女作家学刊

4

学刊

北京语言大学 主办

阎纯德 主编

Chinese
Female
Literature
Studies

［第四辑］

作家出版社

目录

名家天地

汉学视野下的中国女性文学

作家作品论

四季评论

性别意识研究

名作家史料研究

台港澳及华文作家研究

当代女诗人研究

Chinese Female Literature Studies

Issue 4

Hosted by Beijing Language and Culture University
Chief-edited by Yan Chunde
Published by The Writers Publishing House

目
录

Special Column Dedicated to Fan Xiaoqing

Special Column Dedicated to Chi Zijian

Special Column Dedicated to Zeng Zhennan

Shu Jinyu's Interview Column

目
录

The Garden of Female Writers

Prefaces, Postscripts, and Book Reviews

目
录

Translated by Yang Yuying

卷首语

文学，那些远去的女神

海南秋夜满天星斗。置身芳草萋萋的小路仰望星空，偶尔会看见划破长空闪烁而去的流星；这时，便无法控制地想入非非。我问流星："你去哪里旅行？"没有回答，连头都不扭一下。我当然知道这是天象，但人生不很像流星吗？人生即使百年，也只是一眨眼的瞬间！人类历史上，多少伟人，不管他是心系百姓的明君贤臣，还是英雄豪杰，有谁最后不是如此沉落在无边的黑夜之中！

春秋战国，百家争鸣，为我们留下的不仅是"四书五经"的文化辉煌。此后的唐诗宋词元曲明清小说，接续着文化中国的伟大，那些学问大家、诗人、作家，在浩荡不息的岁月长河里，不就是至今依然照耀我们的星光、月光、日光吗？！

现代以降，那些与时俱进，书写社会、人世、人生、德行的文学行当里，可用不朽相称的女作家也有不少！她们笔耕一生，无论是书写历史的苦难，还是思想的辉煌，或是迷人的风景，都已纪念碑式地定格在长空里，像星光月光日光那样照耀着我们！

从"五四"走来的女作家群，石评梅（1902—1928）、庐隐（1898—1934）、萧红（1911—1942）走得最早。之后是武汉大学"珞珈三杰"之一的袁昌英（1894—1973），她没有等到太阳升起就无奈地离开了我们。她的女儿杨静远，曾向我细数其生平与成就。虽然我曾数次赴台，却无缘造访苏雪林（1897—1999），而在里昂曾经的中法大学，却得以查阅其档案，还有幸迎接她魂归故里。"五四"以降的多数女作家，我都曾亲自拜访，或以"作家调查提纲"进行访问，均得到作家们亲自回复，使我获得她们可靠的生平和创作信息。这些作家有丁玲（1904—1986）、白薇（1893—1987）、凌叔华（1900—1990）、温小钰（1938—1993）、茹志鹃（1925—1998）、冰心（1900—1999）、赵清阁（1914—1999）、谢冰莹（1906—2000）、孟瑶（1919—2000）、林海音（1918—2001）、韦君宜（1917—2002）、菡子（1921—2003）、琦君（1917—2006）、张冀雪（1951—2007）、繁露（1918—

2008）、艾雯（1923—2009）、戈扬（1916—2009）、柯岩（1929—2011）、梅娘（1920—2013）、柳溪（1924—2014）、杨绛（1911—2016）、黄庆云（1920—2018）、童真（1926—2018）、李纳（1920—2019）、贺抒玉（1928—2019）、於梨华（1931—2020）、蓉子（1922—2021）等，还有 2022 年 1 月 21 日不告而别的张洁（1937—2022）。

　　於梨华、蓉子和张洁的近期离世，使我想起此前逝世的三十多位女作家，她们都在我的记忆里苏醒，除了悲伤，全是她们照亮中国百年文坛的音容笑貌。她们曾经引领过一个时代，都以自己的智慧和善良审视历史、社会和生活，关注国家命运，关心大众的福祉与命运，以书写历史为正义和时代呐喊，传递真善美；她们虽然辞别了读者，"生命"却未凋零，其作品就是留给人世最美的馈赠。

　　这一辑，除了"纪念张洁"专栏，还有范小青、迟子建专栏以及其他栏目关于大中华女作家作品的评论和女性文学研究，都是我们认识中国文学的重要窗口。有人说，中国文学遭遇了"谋杀"，但我并不悲观，因为与社会紧密拥抱的文学，没有谁能将其分开。文学有高潮也有低潮，但它永远不会毁灭！

　　文学的成功，往往缘于作家笔下那些深沉的痛苦。"文以载道"，但文学不是政治，文学是人心！"心生而言立，言立而文明"，此乃自然之道。文学这个传统，还说明政治与文学可以互补，文学可以影响政治。

　　於梨华、蓉子和张洁走了，我们手捧她们的作品，看着她们远去的背影，呼唤着她们的名字，以寄托无限的思念！

　　流星一去不返，但它是宇宙生命的永恒象征。人生亦似流星，我们敬爱的作家虽然一个个流星般地远去了，但她们留下的是星光、月光和阳光，会永久地闪烁在历史之中……

阎纯德

2022 年 9 月 21 日于海南神州半岛

她一生啜饮婚姻的苦酒

——揭秘女作家苏雪林的婚姻

沈　晖

摘　要：笔者近二十多年来一直在做两千余万字五十卷《苏雪林全集》的整理编辑。除了阅读她在海峡两岸已出版的近七十种著作，还多渠道从民国各种报刊上广泛搜集到许多湮没已久的逸文（小说、散文、评论、译作、书信、诗词等），同时也因缘际会地走访和她有过亲密接触的各方人士及健在的亲属与苏雪林本人，故对苏雪林与丈夫张宝龄①长期分居的婚姻，有了比较清晰的认知。现整理成文，真实地还原她一生不幸婚姻来龙去脉的深层次原因，给当下纸媒及网上流传的关于她婚姻的各种各样的议论与不符合实际的臆测，作一次公开的回应。

关键词：苏文开；包办；婚姻；拒婚；分居

引　言

关于皖籍太平女作家苏雪林（苏辙的第三十四代裔孙）与丈夫张宝龄的婚姻，网上现在流传有各种各样的议论，人云亦云，莫衷一是。有些人为了吸引读者眼球，捕风捉影，杜撰了许多不符合事实的段子；有些人读了同时代人写的关于他们婚姻中的一些所谓"校园故事"而添油加醋，敷衍成篇，纯属空穴来风，无中生有。还有的一些现代文学专业研究者的署

---

① 张宝龄（1897—1961）：江西南昌人，原名建中，字仲康。民国上海"同兴和五金商行"老板张余三之子，上海圣约翰大学肄业，1925年美国马萨诸塞理工大学机械系毕业，回国后曾长期就任上海江南造船厂工程师，新中国成立后任第一机械工业部副总工程师。

3

名文章，对二人的婚姻也有各种不同的表述，归纳起来，大致有这样两种说法：有人说"他们结婚两三年后，就离婚了"；还有人说"他们虽未离婚，结婚不久，就长期分居，各过各的，老死不相往来，直到1961年张宝龄病逝北京，这段三十六年的婚姻孽缘才结束"。

那么苏、张二人婚姻的真实状况究竟怎么样？真的如上文中那些人的说法吗？笔者研究苏雪林四十余年，据本人所掌握的第一手资料（有苏、张二人的自述文字），以及笔者对苏本人及其亲属（如堂弟苏绍丹、侄儿苏经世）、一些与苏雪林相处有年的多位学生的专访（如台南成功大学唐亦男教授、台湾师范大学苏淑年教授，中国社会科学院杨静远研究员），笔者现在可以对苏、张二人在婚姻存续期间究竟是一种什么样的状况，作比较符合事实的表述——换言之，即他们共同生活在一起到底有多长时间？彼此相处究竟是一种什么样的状况？作一个符合实际的、清晰的回答：苏雪林与张宝龄在婚姻存续期间，既有过甜蜜，也伴有酸楚；既有争吵，也有原谅；既有时怨恨，也有些许关爱；既有过长期的分居，也有过五六年之久的短暂团聚，根本不是什么"老死不相往来"！尤其是1961年张宝龄病逝前后，二人对这桩婚姻都有发自内心的审视与检讨，都能各自从内心站在对方的角度，说了一些推心置腹很动情的表白。同天下所有的夫妻一样，每一个家庭的婚姻都有"烦恼与不愉快"——"幸福的家庭是相似的，不幸的家庭各有不幸"，因为"婚姻本是一本难念的经"，苏雪林与张宝龄的婚姻当然也不例外。

一、祖父包办婚姻，导致了苏雪林婚姻不幸

在旧时代，儿女的婚姻大事，一般都是由父母包办，但苏雪林的婚姻却不是由父母做主，而是由她的祖父一手包办的。这里就有必要简单介绍一下苏雪林祖父苏文开（一名苏锦霞，字运卿，眉山苏辙居太平的第三十二代裔孙）在上海生活的一段往事。

1911年秋，在浙江瑞安、兰溪、金华、仁和、平湖做了二十多年知县的苏文开，官升一级，被清廷任命为海宁知州。他正打算赴京领旨去就任时，武昌革命军一声枪响，辛亥革命爆发，推翻了帝制，这位多年老县官的仕途之路从此终止了。杭州被革命军占领后，他只好带着一家老小，从杭州逃到上海，投奔在上海做生意的堂弟苏文卿，暂时租住在上海，避避风头，静观其变。

皖籍太平岭下商人苏文卿，人称其为"岭下苏"的第二代"苏百万"（指其资本积累已达百万之巨），在上海有多家商铺，其中南昌商人张余三所经营的颇具规模的"同兴和五金商行"，苏文卿就是最大的股东。张余三从商

科毕业后，只身来上海经商。据苏雪林晚年在《浮生九四——雪林回忆录》中说："我的舅翁张余三，虽是个五金商人，却癖好读书，家里线装书有十几柜，大半经过他的浏览，虽不会从事写作，国学算是有点基础。"①

苏雪林随祖父全家逃到上海时年仅十四岁，祖父苏文开却已近耳顺之年。因她自幼聪明早慧，异于姐姐苏淑孟，家里大人习惯以"小妹"呼之。爷爷对这个灵动不羁、又会作诗的长房二孙女格外青眼，平时到在沪的苏氏宗亲处串门，或是与堂弟及张余三品茗下棋，总喜欢带上有点才气的"小妹"陪伴左右。一来有孙女照顾在侧，走道安全，上楼下楼可以在旁随时搀扶，避免意外；二来他也想借此让居沪的宗亲们能认识认识我"宝善堂"孙女也有祖上"苏小妹"那般聪明秀丽的芳容。

转眼苏氏一大家老小到沪已数月了。1912年的春天，申江涨绿，杨柳垂丝，风和日丽，人的心情也显得格外舒坦。堂弟苏文卿约堂兄与张余三到一家徽州人开的茶馆，品饮太湖东山"雨前碧螺春"。

这次雅聚，并非仅仅是品茗，原来苏文卿是打算做月下老人的——他要为堂侄孙女苏小妹与张余三的二公子牵红线，故特地约双方家长到此品茗时正式提出。当苏文卿把作伐的意思说出后，首先赞同的是男方家长张余三，因他已多次见过苏家小妹，打心眼里喜欢这个模样周正、聪明灵动的姑娘，能与苏家结下一门亲事，算是张家高攀了。女方家长苏文开这边却并没有表态，苏文卿这时在一旁极力夸奖张家二公子：宝龄这孩子忠厚老实，刻苦用功，我每次到他家，都看到他抱着书本，从不出去玩，是个读书的种子。接着双方又报了孩子的生辰八字，两家儿女竟都生于光绪二十三年（己酉年肖鸡），女方为阴历二月廿四日，男方是阴历七月三十日。苏文卿高兴说道：二人同庚，一夏一春，时令相谐，般配般配！此时苏文开思忖：自己与张余三也相处过一些时日，张虽是个生意人，但为人正派，家教自然不会差，他作为一家之主，也就颔首答应了这门亲事，正式以红纸书写八字，立下婚约：喜今日赤绳系定，璧合珠联，盼日后合卺永偕，桂馥兰馨！孰料就是这一次茶馆品茗，苏家的两位祖辈却为苏雪林一生种下了婚姻的苦果。苏雪林晚年不无伤感地写道："我们到上海数月，清帝逊位，革命政府成立，大姐出嫁，五叔成婚，我也凭祖父作主，为我许配在上海经商的江西人张家。"②

① 苏雪林：《浮生九四——雪林回忆录》，台湾三民书局1991年版，第79页。
② 同上，第20页。

名家春秋

二、苏雪林曾三次拒婚，却始终未能摆脱包办婚姻的羁绊

1914 年，苏雪林以优异的成绩考入安徽省立第一女子师范。随着年龄的增长与思想的解放，尤其是"五四"前夕新文化运动的高歌猛进，"科学""民主""自由"的口号响彻入云，新思想新观念深刻影响着新一代的青年人。苏雪林此时的心里已渐渐萌生了个人命运要自己做主，尤其是婚姻大事，岂能由他人摆布的念头。

1917 年苏雪林从安徽省立第一女子师范毕业，因成绩优异，留本校附小任教。张家认为儿子年满二十周岁，而且已考取了上海圣约翰大学。为图双喜盈门的喜庆，向苏家提出尽快把儿女的婚事办了。苏家也认为双方年纪不小了，女大当嫁，理所当然，父母甚至都在积极为她准备妆奁。但苏雪林在安庆驰家书给父母，坚定地表示反对此刻结婚：说自己刚刚踏进社会，服务母校教育，功课十分繁忙，一口否决。她的父亲苏锡爵接到信后，严厉地怒斥道：一个女子能在社会上谋得一份职业，每月有二十块银圆的进项，这是祖上带给你的福分，你都老大不小了，还不成婚，张家会怎么想？你究竟打算怎么办？真是丢尽了我苏家的脸面！恰好此时北京女子高等师范招生，苏雪林以继续求学深造的正当理由，只身一人跑到北京报考去了，躲开了这场封建顽固家庭的逼婚。

第二次拒婚，是在苏雪林考取里昂中法大学，即将赴法国留学时。张家提出先结婚再出国留学，苏雪林又一次断然回绝。她在致父亲信中说：求学上进，是我毕生的追求，在这个乘长风破万里浪的紧要关头，怎么能让我套上婚姻枷锁，一旦结了婚，女儿在海外能安心读书吗！张家为了能娶到像苏雪林这样的才女做儿媳妇，不得已又作了让步，只好花钱，叫儿子张宝龄到美国以工程学和机器制造闻名于世的私立马萨诸塞理工（简称麻省理工）大学留学去了。

第三次拒婚，发生在 1925 年春天，她在里昂中法大学即将毕业之际。这一次苏雪林表现得更加剧烈——要与张家解除婚约，并决定披纱入道，皈依天主教。

苏雪林在里昂毕业前夕，先接到父亲的来信："你民国元年由祖父作主许配给了张家，等到成年后，张家来信与儿子完婚，你要赴省城入第一师范，坚不答应。一女师毕业后，又想升学北京女子高等师范，又赴了法国，你拒婚三次，前后耽误了十几年，你对得起人家吗？我们苏家是讲究信用的，对于儿女婚姻的大事，更要照传统规矩办。你既受了张家的聘，便是张家的人，你即使自杀而死，我也要把你的一副骸骨送往张家祖茔埋

女作家学刊·第四辑

葬。"①信中还写道:你母亲长期患病,已是肺结核三期了,茶饭不思,恐不久人世,每日念兹在兹的是你的婚姻大事,你不回来成婚,她是死不瞑目的。一开始她不相信父亲的话,以为是父亲找借口骗她回国。后来又接到大姐的来信,才知道母亲确已病入膏肓,奄奄一息。如果自己再一味拒婚,甚至与夫家决裂解除婚约:"假如她真的这样一干,那引起来的反动,是可想而知的,夫家的责言,乡党的讪笑,都可以不管,只是她的母亲,她的严正慈祥的母亲,哪能受得住这样的打击! 她这样是要活活的将母亲忧死,气死,愧死!"②于是她决定束装回国,见慈母最后一面。她心里很明白:"我也知道回国就要走婚姻的道路……母亲既病到这样地步,看来凶多吉少,我能不对她作最后的慰安吗? 便一口允许了母亲,并愿意将未婚夫召至岭下,在她面前举行婚礼。"③

关于她这次拒婚到最后屈服的过程,读者可以在苏雪林的成名作自叙传《棘心》里有详细的了解。里昂中法大学一百二十九名留学生中,女生仅有十五人。在留法同学的眼中,苏雪林给人的印象是:思想很新,行为则旧,是个半新半旧,矛盾性的女生。

苏雪林来到法兰西后,受到法国文学与欧洲人生活方式的影响,她头脑中时常泛滥着浪漫的诗趣和奇幻的梦想,她心目中所喜欢的男子的形象应该是"春水般的柔情,磐石般的意志,春花似的烂漫,大火般的热情,长江大河的气势,泰岱华山似的峻伟"④。但"我们两人连面都没有见过,爱情自无从发生",然而,"我已经有一个未婚夫了",却像一根绳索牢牢地束缚着她。她曾自叹:"我太像个荏弱的女性!"内心的烦恼与情感的纠缠,时时像一个恶兽似的在她心里乱踢乱咬,她有时竟发狂般地呼喊:我有独立的人格,自由的思想,我有权利选择自己的婚姻!但理性又教她平心静气地恪守闺范,最终她还是不能摆脱包办婚姻的命运,不敢逾越传统礼教的藩篱。从封建家庭走出的苏雪林的表现,恰恰就代表了五四后这一部分小资产阶级女性:她们的意志还不够坚定,还不能真正主宰自己的命运,犹如一个人刚从黑屋子走到阳光下,眼睛被太阳的光辉炫惑得睁不开眼,看不清脚下的路,迷茫、彷徨,不知所归。虽然曾三次拒婚,但最终还是委屈了自己,用一生啜饮苦酒的代价,来对换对慈母的一份"反哺"与"孝心",违心地在病入膏肓母亲的病榻前举行了婚礼。

在苏雪林心目中,母亲从幼年到青年时代,给她无私的爱,是她一辈子也报答不了的,这也是为什么她把她的成名作取"棘心"(《诗经·邶风》:

---

① 苏雪林:《浮生九四——雪林回忆录》,第70页。
② 苏雪林:《棘心》,第57页。
③ 苏雪林:《浮生九四——雪林回忆录》,第77页。
④ 苏雪林:《棘心》,第238页。

"棘心夭夭，母氏劬劳"）作书名的原因，就不难理解了。不仅如此，她还特别在《棘心》的扉页上题写："我以我的血和泪，刻骨的疚心，永久的哀慕，写成这本书，纪念我最爱的母亲！"

三、苏州天赐庄与葑门 12 号婚后的生活

1925 年中秋节前一日（9 月 20 日），岭下苏家长房二十八岁二小姐苏梅与留美工程师张宝龄先生举办了隆重的婚礼。热闹了几天，也给这个偏僻的山村带来了津津乐道的话题。夫妇二人婚后，一同侍奉患病的母亲苏杜浣青夫人，尤其是新婚女婿张宝龄，端汤送药，嘘寒问暖，给病中的杜夫人以莫大的精神慰藉。一个月后，母亲苏杜浣青撒手西归，好在她能在生前看到爱女成婚，也算是放心安详地往生，而不留下任何遗憾了。

1926 年春，苏雪林经陈钟凡（苏雪林就读北京女高师时的国文系主任）先生推荐，到苏州景海女师、东吴大学（今苏州大学的前身）任教，张宝龄以机器制造工程师在上海江南造船厂任职。每到周末或节假日，夫妇都在苏州团聚。事有凑巧，东吴大学文乃史校长获悉张宝龄出身麻省理工，想聘请他为本校工程科教授，张宝龄欣然应允，于是他向造船厂请长假一年，到东吴大学工学院教书。校方还在幽静的苏州天赐庄分配半幢中西合璧式的楼房给他们夫妇居住。苏雪林晚年在回忆录中不无动情地说起当年新婚后的甜蜜："我又富于感情，笃于骨肉之爱，夫妇之爱也相当热烈。外子生性孤冷，结婚后，受我的烧炙，他那一颗冷如冰雪的心，稍稍为之融化，所以我们天赐庄那一年的生活，倒也算得甜蜜。"[①]

婚后苏州天赐庄二人的甜蜜生活，给文学家苏雪林生发出创作的灵感，她以"绿漪女士"的笔名，写了一本散文佳作《绿天》，扉页上题写："给建中——我们的结婚纪念。"用苏雪林自己的话来说："我们那时婚姻生活相当甜蜜"，"我撰《绿天》诸文，又锦上添花，写得风光旖旎，情意绵绵"。

上有天堂，下有苏杭。或许是他们在苏州这个宜居小城生活一年，比起上海大都市来，更感到恬静与闲适。张宝龄想在此安个家，于是就在东吴大学附近的葑门购得一块地，自己设计，建了一座外形近似轮船的二层小楼（按：此楼今仍在，位于姑苏区百步街 12 号，只是当年的小楼已面目全非了——前几年旧城改造，有关单位已拆除了屋顶，后遭苏州大学有识之士的反对而停止）。关于苏州买地造屋，苏雪林在回忆录中写道：

---

① 苏雪林：《浮生九四——雪林回忆录》，第 88 页。

女作家学刊 · 第四辑

《绿天》1928年出版封面　　　　　　　《绿天》封面题词

　　"我劝他找个建筑师画屋子的图样，他不听，要自己来画。同事又介绍一个包工，数月后，新屋便落成了。他是学造船出身的，把屋子造成又长又狭的一条，像条轮船。"[1]

　　张宝龄在东吴大学教满一年后，继续回到上海江南造船厂履职，苏雪林这时正处在新文学创作的巅峰时期，也与丈夫回到上海，居家写作。后来苏州的房子造好了，夫妇二人再次回到苏州东吴大学任教（按：张任教东吴大学工学院，苏除了在东大教书，还在杨绛曾就读的振华女中兼课），在自己建造的房子中过起了二人世界的生活。

　　但葑门百步街12号的同居生活，就与天赐庄那段生活截然两样了。苏雪林晚年深有体会地说，如果说新婚后天赐庄的生活是"算得甜蜜的一杯酒"，那么葑门百步街12号的生活就是二人之间不断发生的"矛盾"、"嫌隙"和"争吵"了：是"在苦杯之中掺和若干滴蜜汁"的酸楚的苦酒，"如果不是天生一颗单纯而真挚的'童心'。善于画梦，渴于求爱，有时且不惜编造美丽的谎，来欺骗自己，安慰自己……我们爱情的网，早已支离破碎，随风而逝了"[2]。即使是到了94岁的晚年，苏雪林在回忆录中对这一段生活还是那样刻骨铭心：

①　苏雪林:《浮生九四——雪林回忆录》，第97页。
②　苏雪林:《绿天·自序》，光启出版社1956年版，第2页。

苏雪林在苏州葑门百步街的故居旧址

外子在苏州购地建屋，不过想有个自己的家，并不为我——一般人都以为他为我……他脾气变得非常暴躁，我奉茶奉药殷勤伺候，一见我近前，便发怒，好像我奉上的是毒药，要将他毒死，几乎要把茶杯药碗向我摔过来。我窥其用意，是他现在有房子了，想摆脱我，另找一房他所需要三从四德的伴侣过他舒服的人生。但他不对我提出离婚的要求，只用种种激怒的方法，想我先提，则他可以免出赡养费。我又为某种教条所约束（按：苏雪林在法国曾受洗皈依天主教，按教规离婚是违反教条的），不能离婚，而且我有洁癖，觉离婚声名不雅，也不愿离，他无可如何，只有算了。①

平心而论，夫妻婚姻中出现矛盾与问题，应从各自身上找找原因，有主观的，也有客观的，既有性别差异与价值观的不同，也有因家庭教养与男女双方对问题处理的方式的迥异。苏、张二人婚姻的不谐，客观地说，原因是复杂而多方面的：

一、从苏雪林方面来说：作为封建传统家庭出身的女性，她分外看重的是亲情。由于她最敬爱的大哥伯山英年早逝，寡嫂带着四个儿女，生活很艰难，她教书写作、有了收入后，每月都资助孤儿寡母一二十元；姐姐淑孟，虽嫁了一个出身于日本士官学校却不负家庭责任的丈夫欧阳旭德，两个外甥欧阳师、欧阳建业上学的费用及生活费，也都是靠她常年给予的。她认为这是对手足亲情应该尽的一份道义。每当张宝龄对她资助亲属责难和不满时，她就理直气壮地说：

> 钱是我教书所得，并未用他一文，他却妒恨得像心里有火燃烧一般，刻难容忍。世间竟有这样男人，实为罕见……我们在苏州，他三天闹个小脾气，十天闹个大脾气，尽量展施他的施虐狂，婚姻生活已不如天赐庄那一年的美满，只有勉强维持着夫妻名义而已。②

① 苏雪林：《浮生九四——雪林回忆录》，第97页。
② 同上，第98页。

二、从张宝龄这方面来说，他出身于商人家庭，对金钱看得比较重，加之青年时代受到的是美式教育，看重和追求的是个人的经济利益及婚后二人世界小家庭生活。每月看到苏雪林把大把大把钞票往婆家撒，当然心中不爽，借故找碴的口舌之争也就在所难免了。

三、还有一个重要的原因，是两人体质与脾气而导致的共同缺陷——"暴躁易怒"。苏雪林是 B 型血，医学常识告诉我们：B 型血的人，既敏感又豪放，情绪滋生时不愿意被束缚，逆反心理重而且暴躁易怒。张宝龄自幼患肠胃病，一生为此病所累，时好时坏，平时寡言少语，胃痛发作时，脾气也大，情绪更坏，有时竟暴跳如雷。苏雪林对他一生遭肠胃病之痛，曾说过这样的话："他的身体自幼因营养欠佳，总是羸弱，尤其是肠胃病牵累他一辈子，送终仍是此病。"①

这里我还要引用七十多年前苏雪林任教东吴大学时的高足乐先生写的一篇访问记《我与苏雪林》。从这篇文章中，读者可以窥见他们夫妇当年在苏州生活的不和谐、时时争吵的深层次原因：

> 春假中，我因为记念着雪林先生和母校的许多同学，特地到苏州去了一趟。抵苏时，已经薄暮时候，雪林先生便招待我在她家吃夜饭……菜已经摆在桌上，准备吃夜饭。她自己又亲自取出各色各样的外国酒，什么白兰地、威士忌、葡萄酒，不下三四种。当举杯要喝酒的时候，我忽然想起没有看见她的丈夫，便问"张先生到什么地方去了？"她不作声。过了一会儿，她到应该点灯而还没有点灯的房中去，久久才出来，张先生也跟了来吃夜饭。他和我对坐着，但自始至终没有跟我交谈过一句话，低了头，吃过一碗饭，便走了。这时我倒大大地不自在起来。不知道他这种态度究竟是什么意思。我和张先生很熟，我知道他是麻省理工大学的理学士，是个科学家，他的这种态度也许就是科学家的态度吧。②

但这篇文章的最后一段，还抖搂出一个至今不为外人知晓的惊人秘密：

> 一天我到某大律师公馆，去访问雪林先生的堂妹××女士，③问她关于雪林先生的近况，她告诉我说："家姊近来心境不很佳好。她的阿

① 苏雪林：《浮生九四——雪林回忆录》，第 195 页。

② 高足乐：《我与苏雪林》，载《作家》1942 年第 4 期。

③ ××女士：指苏雪林二叔苏锡衡的二女儿苏燕生，她嫁给上海滩鼎鼎有名的大律师袁仰安（即五十年代香港长城电影公司老板）。苏燕生在上海女子中学读高中时，高足乐先生是她的任课老师。

公因为媳妇不生育，满想替儿子另娶一个，以便生男育女，传宗接代。而她的丈夫见得夫妻间感情不投洽，也想另讨一个女子。何况这位江西老表的父亲在上海开着一爿大五金行，家里相当的富有，娶一个女子，又有什么难呢。但是'娶妾'要获得一位留学生出身的妻子的通过，谈何容易。经双方争执之后，夫妻间已成冰炭一般。"

原来张余三和儿子张宝龄竟然瞒着儿媳妇有"娶妾"念头！苏雪林得知后，怎么能咽下这口恶气，所以后来二人的"分居"，当然也就在所难免了。

四、执教安大、武大时期的分居与团聚

1930 年夏，苏雪林接受安徽大学校长杨亮功的邀请，来到安大文学院执教。仅仅教了一年，苏雪林就离开安大，接受武汉大学之聘，到珞珈山这所著名的大学教书去了。自 1931 年至 1949 年，她在这所华中知名的大学教了十八年书。在武大执教期间，苏、张是异地分居的，但每到寒暑假，只要没有特殊的事务，苏雪林还是会到上海夫家（张余三在武定路武定坊的居所）与一直在上海江南造船厂当工程师的张宝龄小聚。

这里我要特别提到几件事，从中似乎可以窥测到他们夫妇之间微妙的关系。分居固然对夫妻感情有妨碍，但有时也对夫妻感情弥补有黏合的作

苏雪林 37 岁执教武大的玉照　　　　张宝龄 40 岁时留影

用，这也许就是天下夫妻间"小别重逢胜新婚"的缘故吧：

一、苏雪林（自 1931 年离开安大赴武大任教，与在上海的张宝龄分居，彼此寒暑假在上海见面）在 1934 年放暑假时，为了"逃武汉暑热"，她从汉口先到上海，而后夫妇一同愉快地赴青岛避暑、旅游一个月，其间苏雪林还写了《岛居漫兴》《崂山二日游》一组游记。夫妇二人犹如青年情侣般亲密，在海边游泳，在沙滩散步，游记的字里行间，满溢着二人世界的甜蜜。这组散文后来在 1934 年凌叔华主持的《武汉日报》副刊《现代文艺》上发表，青岛美丽的景观，优美的文笔，闲适的度假生活，曾引起许多读者都渴望能到青岛一游的兴致。

二、1935 年寒假，苏雪林自鄂至沪，到夫家过春节。腊月廿二日（1936年 1 月 16 日）苏雪林在日记里写道："仲康给我卅元购一外套，为结婚十年纪念。"[①]1936 年正月初一（1936 年 1 月 24 日），苏雪林又在日记中记道：

> 今日为旧历元旦，天气阴沉，隐有雪意。下午与仲康到跑马场某相馆，拍得相片二种，一为四寸半身单人像，一元四张，并赠送十寸放大一张；一为六寸双人像，一元五角二张，赠送十寸放大一张，盖今日为余与仲康结婚十年纪念故也。[②]

三、1936 年暑假，苏雪林与省立第一女师同学陈默君、周莲溪去黄山避暑月余。由于旅途劳累，九月初回到上海夫家后，身体不适，发烧并伴有便血。其时武大开学在即，张宝龄不放心病中的苏雪林一人乘大轮赴鄂，陪伴苏雪林到了珞珈山。在武大逗留期间，恰逢张宝龄四十寿诞，苏雪林在当年的日记中特别写道："余以今日为仲康诞辰，且为四十整寿[③]，杀鸡炒面，聊申家庭庆祝之意。"

四、1942 年 9 月至 1945 年 8 月，张宝龄来到四川乐山，与苏雪林共同生活三年。据武大教授袁昌英的女儿杨静远《让庐旧事——记女作家袁昌英、苏雪林、凌叔华》一文记述：

> 抗战后，苏先生入川，张先生去云南，互不通信，想不到 1942 年，他忽然又和她生活在一个屋檐下。原来武大工学院郭霖教授病故，临终前向学校推荐张以自代，他便来乐山，住进让庐。苏先生在楼上腾一间房给他做卧室，吃饭合在一起。张先生到的那天，是 1942 年 9

① 苏雪林：《民国二十五年日记》未刊手稿，1 月 16 日。
② 同上，1 月 24 日。
③ 同上，9 月 15 日（按："余以今日为仲康诞辰"，即阴历七月三十日，适逢张宝龄虚岁 40岁，苏雪林主动杀鸡炒面为丈夫庆生）。

月 10 日，我家刚搬进让庐一个月。[①]

苏雪林晚年在回忆录中，曾对自己与张宝龄的婚姻有过这样的总结。她说：

> 我同他民国十四年结婚，在苏州天赐庄同居一年，葑门 12 号的屋子建成后同居不到两年。抗战末期他应聘来武汉大学工学院教书，在乐山又同居一年（按：苏回忆有误，应为三年，见前文）结婚虽 36 年，同居不到四年（按：苏记忆有误，应为六年）。[②]

由于苏雪林抗战期间的日记（按：苏雪林 1942—1945 年三大本日记，原保存在上海夫家，1966 年"文革"时，养子张卫害怕惹祸，专程赴上海付之丙丁）不存，而时代又久远，故晚年在写回忆录中出现了记忆错误，幸好杨静远先生完整地保存了一本 1941—1945 年居住乐山的《让庐日记》，真实地记录了苏雪林与张宝龄在乐山让庐同居三年的事实。

五、张宝龄病逝，三十六年婚姻终结，各自吐露心声

1961 年 2 月 12 日中午 11 时，张宝龄终因长期胃病折磨在北京谢世，终年六十四岁。直到半年后，在台南的苏雪林才辗转获得张的死讯。苏雪林 1961 年 8 月 28 日日记："近 11 时许，忽杨安祥携女来访[③]，八日前我写信与她，报告仲康逝世，来慰问也。"[④]

对于张宝龄的病逝，苏雪林认为是发生在自己身上的"一件大事"，记忆特别深刻："民国五十年夏间，在我身上发生了一件大事，就是闻到外子张宝龄的死讯。"[⑤] 夫妻一场，三十六年的婚姻名分，生者对死者不免怀有些许伤感，这大概也是人之常情吧。九十四岁的苏雪林在回忆录中，第一次写了她内心中张宝龄的为人与优点：

> 提到张宝龄这个人，也有他的好处，人极聪明，到太平岭下不过一个月的婚假，竟能说一口岭下的话，同我说话便用这种乡谈。记得

① 杨静远：《让庐旧事》，载《北京珞珈》1998 年 10 月第 6 期。
② 苏雪林：《浮生九四——雪林回忆录》，第 195 页。
③ 杨安祥（1922—2012）：湖南长沙人，武汉大学外文系毕业，旅美知名的华文女作家，她是武汉大学法学院院长杨端六教授的侄女、杨静远的堂姐，与苏雪林有近五十年的师生之谊。
④ 苏雪林：《苏雪林作品集·日记卷》，台湾成功大学教务处 1998 年 4 月版第 3 册，第 248 页。
⑤ 苏雪林：《浮生九四——雪林回忆录》，第 194 页。

五四后，有一男子择偶的条件以同乡为第一，他说夫妇间说话若不能用乡谈，尚有何情趣可言？我也觉得这话的实在。我同宝龄感情虽格格不入，因他能作我的乡谈，也就融洽了几分。他肄业上海圣约翰大学，又赴美数年，英文当然甚好，中文也颇通顺，写得一笔大小楷，端凝秀劲，远胜我那一笔鬼画符书法。为人也很正派，做事极负责，所以江南造船厂认他为一个人才，由他把造船厂当做旅馆一般，随意进出。他教书也好，在东吴，在武大，都得学生欢迎……他只是同我无缘，因他所要求是个三从四德、竭忠尽智、服侍他如王子一般的女性。可怜我虽会弄弄笔头，家事半点不会，我至今还不能入厨煎个荷包蛋，做一个青菜豆腐汤。[1]

名家春秋

八十年代末期，两岸实行三通，苏雪林还从养子张卫及张家侄辈来信中[2]，了解到张宝龄去世前对她的怀念和忏悔，真可谓"人之将死，其言也哀"，令晚年的苏雪林也不胜感伤。她在回忆录中深切地写道：

张宝龄晚年与养子张卫合影

近年大陆与台湾可以通邮，张家的子侄，常与我通讯。据说二叔在北京，正在患病，一日侄媳妇为他织一件毛线短衫，线不足，忽见他箱中有条羊毛围巾，颜色相同，便想拆开用，他连忙摇手阻止，说这是你们二婶的东西，我要留作纪念，线不足可到街上去买。他流下眼泪说道："我过去对你们二婶太过分了，现在追悔莫及。"他说过这几句话后，没有几天，便过去了。我读了侄辈的信，也甚感伤，一世孽缘，难得临死前还说了几句忏悔的话。或是人之将死，天良自会激发的缘故吧。[3]

（文中图片由作者提供）

（沈晖：安徽大学汉语言文字研究所研究员）

---

① 苏雪林：《浮生九四——雪林回忆录》，第195页。
② 张卫（1934—）：江西南昌人，黑龙江齐齐哈尔富拉尔基技校退休教师。父亲张建献（张宝龄的长兄），张卫幼年时过继给二叔张宝龄、苏雪林夫妇。
③ 苏雪林：《浮生九四——雪林回忆录》，第196页。

"五四"新文学的自觉抒写者
——评苏雪林早年逸作《童养媳》

沈　晖

摘　要："五四"新文学元老级作家苏雪林这篇小说创作于 1918 年。受鼓吹新文化运动《新青年》杂志的影响及胡适、陈独秀等"文学革命"先驱者思想的熏沐，青年学生苏梅亲睹故乡一位名阿珍的童养媳被恶婆迫害致死的悲惨命运，以无比悲痛与愤怒的笔触，创作小说《童养媳》，揭露了罪恶的非人道的童养媳制度必须予以废除。反映了作者自觉为新文学而抒写，并向社会发出为妇女争取自由和解放振聋发聩的呐喊。

关键词：童养媳；阿珍；恶婆；摧残；虐杀

　　1920 年 4 月 1 日，北京女子高等师范《文艺会刊》第一卷第 2 期头条，刊发本校国文部一年级学生苏梅创作的近五千字小说《童养媳》。

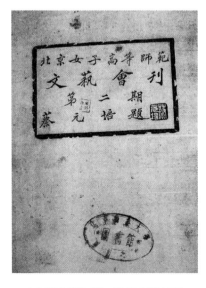 

《文艺会刊》第一卷第 2 期封面　　　　《文艺会刊》第一卷第 2 期头条

笔者近年在整理、编辑《苏雪林全集》中发现，这篇小说在苏雪林已面世的几十种小说、散文集子里，未予收录，应视为逸作，也是她早年的处女作。在这篇小说结尾处，作者特别注云："此篇为余民国七年夏，在里中作。所谓某妇者，与余毗邻，实已虐杀二媳，末购陈氏女阿珍，颇明慧，年余即挫折死。余怜之，因取阿珍平日所告余之身世，为草此篇。"

1918 年夏，苏雪林已从母校安徽省立第一女子师范毕业，留校任附小教员。这篇小说并非虚构，而是取材于她暑假回到故乡太平岭下苏村，亲眼见本家一位叔伯婶母，摧折虐杀一位十三岁名阿珍童养媳的真实故事而创作的。

童养媳，顾名思义是将幼童买来，养在家中，待长大成人作儿媳妇。童养媳是从古代沿袭到民国时期的一种落后而非人道的婚配习俗，已有数千年历史——《三国志》中即有记载："至十岁，婿家即迎之长养为媳。"在贫穷而闭塞的乡村，苦难艰辛多子女家庭的父母，因生活所迫，往往将幼女送养或卖给人家，长大后与该家庭的儿子完婚，结为夫妇。闽南语、粤语称为"新妇仔"，江南地区称作"养媳妇"。在苏雪林生活的民国时代，这种陋习与婚配制度依然在乡村中盛行。

一

《童养媳》故事梗概及主人公阿珍的悲惨命运。

作者在小说的开头，就为童养媳阿珍的出场，营造了一种冰冷悲凉的气氛，同时也为阿珍最后被狠毒婆婆虐待致死的结局埋下了伏笔：

> 暮霭遮山，斜阳满树，炊烟四起，宿鸟归林。斯时也，板桥流水之间，有一女童焉。手长锸，背圆筐，衣青布衫，系犊鼻裈，褴褛黯散，秋风吹之，飒然作落叶声。更视其面，则颜色憔悴，形容枯槁；且以冻馁劳作之躯与秋风战，怯弱不胜，频缩手襟间，欲以取暖。顾见牛羊下山来，天色垂暮，则顿惶然曰："噫！躅蹢终日，所拾豕矢，犹未盈筐，归家又须受阿姑挞楚矣！奈何？"

褴褛单薄的衣衫，挡不住寒风的侵袭，枯槁清瘦的面容，经受不起鞭打的折磨，终日冻馁劳作之躯，已弱不禁风，却仍要去放牧、捡拾猪粪，如未拾满筐，归家还要遭受鞭笞——这就是童养媳阿珍平日的苦难生活！

童养媳阿珍是在父母双亡后，被兄长卖到婆婆家里的，从此她就在这个家庭，过着牛马不如的地狱般生活。阿珍曾向作者自叙身世："儿氏陈，阿珍吾名也。世居东乡，距此二十里而遥。"

小说中，作者以无比愤怒的笔墨，刻画阿珍恶毒婆婆的形象：

某妇与余为伯母行，性极悍戾。攘臂汹汹，跳踉如虓虎，森森如貔犴。

夫丧所夫，泼悍之行不稍杀，恶声流乡里焉。

子稍长为议婚，得杜氏女为童养媳。摧挫之，不期年而夭。又得曹氏女，年七岁，入门，病痢，妇恶之，横施挞楚，病为剧，又死。

妇既连杀两媳，姑恶之声大彰，人无敢以女字之者。

余素耳其悍，亦鄙之。乃今忽闻溪滨所见之女郎，即其家养媳，讶曰：孽矣！谁家父母聋瞽如斯，竟以掌珍投溷厕耶？不出一年，吾决此女坟上生青草矣，噫！

尽管阿珍的婆婆是自己的本家长辈，作者却毫不留情对她表示鄙视与憎恶，并历数其六宗罪孽，控诉她恶毒虐杀阿珍的野蛮暴行：

一、阿珍来此后，悍妇即以磨折前两媳者，磨折之。

二、日逼阿珍操杂役，夜犹使立榻前为搔膝，至鸡鸣，不使息。阿珍渴睡极，辄头触屏风鼾。其姑则大怒，拾履痛批其颊，颊常臃肿如鬼。

三、阿珍日食不饱，至窃豕食，姑又痛挞之。晨执诸役既讫。则授筐使入山采野菜薇葛，不盈筐，则重鞭后，尚靳其食。伤哉阿珍！来时雏发覆额，白皙可怜，自日受凌虐，黧黑瘠瘦如野黑矣！初嫩皮肤，渐易刀锥及炮烙。

四、阿珍周身缕缕皆刀杖痕无完肤也！邻里见阿珍可怜，心积不平，辄进劝：阿珍荏弱不任虐，虐甚且死！彼姑则干笑曰："子休也！几见王法有姑杀媳而论抵之条者，且菩萨亦应明尊卑分，虐媳宁便为罪孽，矧我之教管之，固欲其成人耶，子休矣，勿强预人家事也。"

五、恶婆嫌阿珍脚大，欲为缠之。阿珍年十三矣！筋骨已硬，胡能为力。仍裂布为阿珍缠，急欲其小，则以麻绳束缚五趾，然后加帛。阿珍双足遂烂，脓血流离，跬步难行。每日犹迫之操作，不稍假。

六、一日，其子病疮，使阿珍敷药，阿珍手稍重，其子痛而啼，捽阿珍发，以脚蹴而其面，婆婆谓阿珍藏祸心，故贼其子，则取利剪刺阿珍手，落片肉焉。又痛骂阿珍死母不已。是夜阿珍遂亡。

日复一日，周而复始，一桩桩血淋淋的暴行，活生生地将一位如花似玉可怜的阿珍姑娘摧残致死！罪魁祸首是凶神恶煞的婆婆，而罪责的根源，却是腐朽落后的"童养媳"制度！

文学是社会生活的真实反映。受新文化思潮熏沐的女青年苏雪林，1918 年创作的《童养媳》，为弱者童养媳阿珍被无辜折磨而死，发出控诉与呐喊！同时也为无数个仍在水深火热中煎熬的"阿珍"，走出牢笼，获得自由解放而呼号——必须废除童养媳这种落后的宗法制度！诚如作者在小说中借餐霞（郁葆青）先生之言，来表达自己对落后的童养媳制度的鲜明态度："吾国积数千年宗法制度社会之余毒，而成家族制度，庭纬压缚，不待言矣。"小说结尾处作者有感而发，奉劝天下父母，万万不可将女儿送入火坑："贫家纳媳，不能具礼，则取人家七八龄之女，蓄之待年，谓之童养媳，情虽姑妇，实则奴婢。其待遇之苦，奴役之劳，盖有不忍言者，呜呼！谁非人之子女，而忍令荏弱无告之小女，长坠火阱耶？"

二

众所周知，民国初年，"五四"新文化运动的先驱者陈独秀、胡适、李大钊等一批觉醒的知识分子，利用《新青年》杂志为舆论阵地，连篇累牍地发表"反对旧传统，提倡新文化"的各类文章，鼓吹思想解放，向封建的旧世界发出总攻，并祭起两面大旗，即拥护并引导人们思想解放的"德先生"（Democracy 民主）与"塞先生"（Science 科学）。1919 年 1 月 15 日，陈独秀在《新青年》上发表《本志罪案签辩书》指出：拥护"德先生"，必须反孔教、礼法、贞节、旧伦理、旧政治；拥护"赛先生"，必须反旧艺术、旧宗教。他强调，只有拥护"德先生""赛先生"，才能救治中国一切黑暗。胡适之先生在对中国封建文化的批评中，关于中国妇女所受到不平等、不人道的待遇，是让他最反感也最痛心的。1928 年，他在《祝贺女青年会》的讲稿中说："中国之所以糟糕到这步田地，都是因为我们的老祖宗，太对不住了我们的妇女。他们'把女人当牛马'，这句话还不够形容我们中国人待女人的残忍与惨酷吗？他们把女人当牛马，套了牛轭，上了鞍辔，还不放心，还要砍去一只牛蹄，剁去两只马脚，然后赶她们去做苦工！全世界的人类里，寻不出第二个国家有这样的野蛮制度！"[①]皖籍学者陈东原先生在《中国妇女生活史》中说："三千年的妇女生活，早被宗法的组织排挤到社会以外了。妇女才是畸零者，才是被忘却的人！除非有时要利用她们，有时要玩弄她们之外，三千年来，妇女简直没有什么重要。你细看看她们被摧残的历史，真有出乎你意想之外的……民国建立了几年，妇女生活仍然是从前的妇女生活。民国五年，陈独秀先生在《新青年》上发表了

① 胡适：《胡适文集》（第 4 卷），北京大学出版社 1998 年版，第 641 页。

一篇《一九一六年》，沉痛地向青年喊道：'自居征服地位，勿自居被征服地位——尊重个人独立自主之人格，勿为他人之附属品。'才对于三纲五常的旧说，开始炸毁。"[1]

回顾百年来中国妇女生活史，从新文化运动的先驱者的呐喊，到《新青年》杂志的鼓吹，再到一些关心妇女生活的觉醒者为妇女鸣不平各类文章的发表，才是这一时期中国妇女命运改变的福音与良机。等到"提倡新文化，打倒旧道德"的"五四"运动一起，这些顺应历史潮流改变妇女命运的议论，才陆续在新文学创作中反映出来。譬如1916年《新青年》第6卷第3号上，发表胡适提倡婚姻自主的剧本《终身大事》，在文坛产生巨大反响，自此，婚姻自由，恋爱神圣之风，在知识分子中已蔚然成为时尚。

而1918年苏雪林创作的小说《童养媳》，是较早反映童养媳悲惨命运，也是以文学作品直接揭露童养媳制度罪恶的。一百多年后的今天，我们用历史的眼光来观照，这篇小说是应该在新文学小说创作史上占有一席地位的——其一，这篇小说是在民国初年新文化思潮影响下的文学作品。其二，在同类短篇小说题材的创作的时间上，苏雪林《童养媳》创作于1918年，比沈从文1929年创作、1930年发表反映童养媳悲惨命运小说《萧萧》（刊《小说月报》1930年第21卷第1号）早了十一年。从两位作家创作同类题材小说的时间跨度上，我们可以清楚地看到：苏雪林是"五四"新文化早期被唤醒的第一代女作家中的佼佼者，她用自己创作的小说《童养媳》，响应"五四"新文化先驱者的呼号，把关心妇女命运，当作自己的创作使命，这也切切说明了作家自觉地为新文学抒写的最有说服力的证据。

苏雪林自觉地为五四新文学而写作，还表现在她写作语言上的转变。1918年创作的小说《童养媳》，与她十一年后1929年的成名作自传体小说《棘心》，在写作语言上有很大的转变："五四"前创作的《童养媳》，是用简洁、浅近的文言书写，而"五四"后出版的长篇小说《棘心》，则是"五四"后文坛流行的白话文了。由此也可以看出，她以自己的创作实践，响应"五四"后新文化运动提倡的"反对文言文，提倡白话文"的号召，作家个人在写作语言上的转变，是顺应时代要求的改变——亦即证明她是为"五四"新文学而自觉抒写。

三

众所周知，苏雪林从事新文学写作，从学生时代就开始了。1920年在北京女子高等师范读书期间，经北京《益世报》编辑成舍我先生推荐，她

---

① 陈东原：《中国妇女生活史·绪论》，上海书店1984年版，第3页。

曾担任过一段时期《益世报·女子周刊》的编辑。她曾在《忆写作》一文中说：

> 那刊物既为周刊，每个月需写二三万字的文章，始可应付。那雪地里冻死的小乞丐、被恶姑虐死的童养媳，一心想着贞节牌坊牺牲青春和幸福的节妇，都是写作的素材。至于五四后盛谈的妇女问题，如我国妇女一生受着男性的压抑，没有教育权、经济权，无论你怎样聪敏干练，怎不能到社会上去活动，只好在家庭中做个三从四德的奴隶……又如片面贞操问题，男子可以三妻四妾，女子则须从一而终，或夫死不能再嫁，或望门守节，或自杀殉夫等陋俗，也可提出讨论。还有中国社会上种种恶习俗、坏风气，也无一不可拿来讥评。①

苏雪林晚年在《己酉自述》中写道："我到北京时（按：指她1919年考取北京女子高等师范），五四运动汹涌的狂潮过去不久，我在故乡时原已读了些有关新文化的刊物，头脑已有些转变，到京后，投身于这个大浪潮中，几下翻滚，我便全盘接受这个新文化，而变成一个新人了。"②苏雪林除了早期创作《童养媳》外，她还就如何关心妇女问题发表了一系列文章，如1919年10月1日，发表在《晨报副刊》上《新生活里的妇女问题》一文中，就曾大声呐喊："旧社会的生活，是烦闷的生活，是不自由的生活，是不自然的生活。现在晓得我们是人，是要过人的生活，所以要铲除那烦闷的生活，和不自由的生活，另外去求那活泼的生活，和自然的生活。"还有1924年4月6日《无锡新报》上的《女子教育问题》，1935年8月21日《教育短波》上的《苏州妇女生活》，1929年8月18日《生活周刊》上的《一段值得介绍的婚姻》等等，无不从关心广大妇女阶层如何获得自由平等生活，发表自己的看法与真知灼见，鼓励广大妇女去争取自己幸福美满的生活。

无论是在"五四"前，抑或是在"五四"后，她都矢志不渝地在为新文学而写作，从没有停下手中的笔——用她自己的话来说，"心中有爱，手中有笔，肩上有担"。尤其是在国难当头的对日抗战的"淞沪之战"爆发时，她将自己半生积蓄薪资、稿费计五十两三钱黄金，悉数捐献给浴血守护上海的将士作为军需，一时在文坛传为佳话。1941年抗战正处于艰苦卓绝的相持阶段，国内弥漫消极的"亡国论"甚嚣尘上，为了鼓舞全国军民斗志，她虽然当时随武汉大学西迁至四川乐山，在处境极其艰难的岁月里（按：1939年8月19日，乐山遭日机轰炸，几乎全城灰烬），不忘国耻，

① 苏雪林：《忆写作》，载《联合报》1999年4月22日，第37版。
② 苏雪林：《己酉自述》，载《书和人》1969年第107期。

名家春秋

焚膏继晷，及时推出二十三万字的战时杂感录《屠龙集》（1941 年 11 月重庆商务印书馆出版），与二十一万字《南明忠烈传》（1941 年 5 月重庆国民出版社出版）。她在前书中将侵华的日本法西斯，比作一条杀人不眨眼"毒龙"，我四万万五千万同胞，奋起千千万万支长矛，必将屠杀这条祸害东亚的"毒龙"！后书以历史上南明志士仁人可歌可泣的牺牲精神，鼓励民众英勇抗敌、抵御外侮。《屠龙集》《南明忠烈传》这两本鼓舞国人斗志的作品，在国统区影响甚大，当时被文学界誉为"抗战文学中的响箭与哨音"！

《屠龙集》书影　　　　　　　　　《南明忠烈传》书影

结　语

苏雪林一辈子写作与学术研究逾八十年，从 1918 年学生时代创作、1920 年发表的第一部小说《童养媳》，到 1997 年去世前两年孤身一人住在台南安养院时，应重庆师范大学楚辞研究会之请，在没有任何资料可查阅的斗室中，花了两周时间，写下八千余字的《我与楚辞》的学术论文。这种执着追求、老而弥坚、弘扬中华文化的忘我的牺牲精神，被人誉为 20 世纪"新文学史上少有的奇人"！

20 世纪 50 年代，她曾在《人类的运命》一文中说："地球已有百万万年的生命，人类也已有百万年的历史。但人类之有文化只不过五六千年或三四千年……我们知道文化的产生，是这样的艰难，我们更应该珍惜它，保护它，努力发展它。知道人类与天行战斗之悲壮热烈，人类前途之俊伟光明，我们只有骄傲，不容自卑；只有乐观，永不失望！"[1] 苏雪林一生勤奋笔耕，为世人留下两千余万文字的创作与学术研究成果，人们不禁要问：是什么力量促使她有如此非凡的创造力？用她自己的话来说，是"我只希望文艺之神，再一度拨醒我心灵创作之火"[2]，是"学术研究与文学创作的使命，迫我矢志以求"，[3] 学术研究是长期青灯黄卷陪伴，枯燥生涩坐冷板凳的乏味生活，但苏雪林先生却视为"心灵的探险"，"拾掇奇珍异宝"，"我觉得学术发现，给我趣味之浓厚……使我忘记了疲劳、疾病，使我无视于困厄的环境，鼓舞着我一直追求下去，其乐真所谓南面王不易"[4]。

（文中图片由作者提供）

名家春秋

---

① 苏雪林：《人类的运命》，载《东方杂志》1954年第19卷第1号。
② 苏雪林：《屠龙集·中年》，商务印书馆1941年版，第14页。
③ 苏雪林：《浮生九四——雪林回忆录》，台湾三民书局1991年版，第2页。
④ 苏雪林：《关于我写作和研究的经验》，见《苏雪林自选集》，神州书局1959年版，第110页。

女性应"自己解放自己"

张真慧

摘　要：妇女解放是个谈起来有些沉重的话题，我国新文化运动（1915—1923 年）以前，女性地位极低，除了被当作传宗接代的工具，还受到种种歧视，家境尚可的苏雪林，从小就讨厌把女子不当人，经过不断抗争和五四运动的洗礼，她毅然站在了妇女解放的前列，既是疾呼者，又是践行者，最终成为集作家、学者、教授于一身的文学大师。苏雪林的成功说明，妇女要获得解放，首先要解放自己。

关键词：苏雪林；妇女；解放；张真慧

一百多年前，北京女子高等师范学生苏雪林以"灵芬女士"笔名，在《晨报副刊》上发表了《新生活里的妇女问题》政论文，谈五四后妇女解放："妇女应像男人一样，勇敢挣脱束缚，走出封建家庭，走向社会，自己解放自己。"纵观文学大师苏雪林的丰沛人生，她正是女性"自己解放自己"的典范。

改名与表德

旧社会普遍重男轻女，江浙那时妇女多以"奴"名，如同"话本小说中女人常自言'奴家'"。苏雪林出生在浙江，因祖父任职于瑞安县丞衙门，入乡随俗，将她取名"瑞奴"，她稍稍懂事后，讨厌这个名字，自己改作"瑞庐"。

家中长辈则按照老家——安徽太平县（今黄山区）习惯，喊她"小妹"（指姐妹中的老小）。苏雪林到安庆第一女师读书时，嫌"小妹"俗气，在注册时取谐音"苏小梅"。后到北京女高师读书时，又把名字当中的"小"去掉，变成了"苏梅"。

梅，剪雪裁冰，一身傲骨，向来为我国文人墨客青睐。元末明初，诗人高启创作了《咏梅九首》，其中一首："琼姿只合在瑶台，谁向江南处处栽。雪满山中高士卧，月明林下美人来。寒依疏影萧萧竹，春掩残香漠漠苔。自去何郎无好咏，东风愁寂几回开。"作者以高士与美人来形容梅的高雅与美丽，苏梅颇为赞赏，将"颔联"中的"雪林"为字（古代男女成人以后，不便直呼其名，另取一与本名涵义相关的别名，称之为字，以表其德），后来发表文章多用"雪林"署名，越叫越响。

求学与成婚

苏雪林祖父苏文开任兰溪县令时，汲取自幼失学的"遗憾"，除办了三所小学堂，另设家塾教儿孙读书，苏雪林由此启蒙。

1913年，苏雪林父亲苏锡爵上任安庆对江通厘金局局长，举家从上海迁到安庆，祖父、祖母回到了黄山太平岭下村。曾经留学日本的二叔思想开明，将侄女小妹和女儿爱兰一起送到美国基督教中华圣公会所办的教会学校——安庆培媛女学接受教育。因"功课简陋、校风又极腐败，洋奴气息严重"，苏雪林尽管成绩优秀，只读了一学期毅然退学，随同母亲回到安徽太平老家。

次年秋，安徽省立第一女子师范（原安庆女子师范学堂，今安庆二中校内，为徐锡麟刺杀恩铭的地方）复办，招收本科插班生，苏雪林为躲避祖母"逼婚"，以"自杀未遂"赢得了这次读书的机会。关于苏张两家"联姻"，苏雪林曾有说明。辛亥革命爆发，苏雪林一家从杭州到上海定居，她的婚事由祖父做主，与在上海做五金生意的南昌张家定亲。苏雪林祖父过世后，两家长辈有完婚之意。

苏雪林从省立第一女师毕业后，因各门成绩优秀被留校，担任附属小学教员，同时在安庆实验小学兼课。此时，男方又提出完婚，苏雪林以"刚刚踏入社会，课务繁忙，无暇顾及"拒绝。第二年，教育家陶行知应邀到安庆，为省立第一师范及省立第一女子师范学校作《师范生应有之观念》演讲，说："教育能造文化，则能造人，则能造国"等，对苏雪林产生了重大影响，坚定了她终生奉献教育的信念。

北京女子高等师范1919年增设生物部、国画专修部、家事部，面向全国招生，听到这一"利好"消息，苏雪林升学的"野心"立刻被激起，尽管当时该校国文部名额已足，不再招补，她还是央求徐方汉校长以学校的名义，容女高师让她做一名旁听生，校方回执："名额满，不准。"她没有灰心，恳求徐校长直接修书给女高师国文系主任陈钟凡，请求通融收纳。带着徐校长的信，她抱着不达目的不罢休的决心，只身北上拜见陈钟凡主任，获得批准。旁听半学期以后，以"文理优长"转为正科生。

1921 年 7 月，苏雪林在《晨报》看到了"法国里昂海外大学招生"的消息，怦然心动，尽管离考试仅有七八天，她仍然约了两位女同学报考，结果全部考取。此时，张家向苏家第三次提出完婚要求，"即使要去留学，也可先结婚再留洋"。又一次被苏雪林拒绝，无奈之下，张家也把儿子送到美国留学。9 月 6 日，苏雪林和一百二十八名（女生十四人）同学在中法大学校长吴稚晖率领下，由上海乘船抵达法国，开始了留学生涯。三年后，苏雪林接到父亲信，严厉谴责她拒婚行为，说苏家是讲信用的人，既受了张家的聘便是张家人，即使自杀，也要把骸骨送往张家祖茔埋葬。父亲这封信促使她皈依了天主教。

苏雪林 1925 年得知母病危，中断学业回国，在母亲生前出嫁。次年，苏雪林夫妇到苏州工作，她的散文集《绿天》问世，其序言中道："命运将两个绝对不同的灵魂，勉强结合在一起，在尚未结合之前，两人的感情已有了裂痕……"1949 年，年过半百的苏雪林由上海赴香港定居。第二年游学欧洲，两年以后受聘台湾省立师范学院（苏雪林姐姐一家在台），夫妻从此天各一方，再无瓜葛。

发声与归根

"女孩是赔钱货，早晚要嫁人，白费钱财。"旧时观念让无数女性生命卑贱如草。然而，总有那么一些女子，不甘听从命运的摆布，抓住一切机会，走出了自己的路。

苏雪林四岁时，祖母嫌她"野"，把她的双脚缠成了三寸"金莲"，年幼的她无力反抗，受"形残"一生。等到少女时代，苏雪林想上学，祖母要她嫁人，她以跳河自杀抗争，赢得了读书机会。这次"胜利"让苏雪林认识到，在男女不平等的社会，女性要改变命运，必须自己去争取。

五四运动增强了苏雪林的女性意识，她以媒体为阵地，以笔为武器，充分表达自己的观点。例如：向妇女疾呼"自己解放自己"、"人生如寄，不如浩然独往！"[①]针对一部分时髦女性片面追求妇女解放、恋爱自由，不注重自身人格修养，她发表杂感《洁德》。

爱我所爱，恨我所恨。目睹"淞沪之战"的悲壮场面，苏雪林遂将存在上海银行的两锭黄金（重五十两三钱，作为将来养老所需）全部取出，委托上海《大公报》转交给上海抗敌将士以做军需。学术研究中另辟蹊径，她站在世界文化的高度，跨东西方文化审视、解读战国文化和屈原作品，在"冷板凳"上坐了半个世纪，形成四卷本一百八十万字《屈赋新探》。"棘

---

① 苏雪林：《寄墨君的一封诗信》，见沈晖著：《苏雪林年谱长编》，安徽文艺出版社 2017 年版，第 13 页。

心夭夭，母氏劬劳"，为了成全母亲生前愿望，苏雪林不惜中断学业，从法国还乡，走进一再抗拒的长辈包办婚姻；母亲逝世后，以长篇自传体小说《棘心》寄托为女的思念；离开人世前，先来大陆探亲，后处理掉台湾墓地，叶落归根，安息于安徽太平母亲"身旁"。针对文坛"乱象"，她撰《精神屠杀》杂文，抨击黄色文艺、淫秽小说贻害读者："枪弹击人不过一次，笔则无数次。"敢于仗义执言，批评北大学生谢楚桢的《白话诗研究集》漏洞百出，最终演变为"呜呼苏梅"的笔墨官司。关于"骂鲁"的起因，据中国大陆研究苏雪林第一人沈晖《苏雪林年谱长编》当中"苏雪林1936年日记"记载："阅《武汉日报》，鲁迅于昨日上午五时去世。……彼与余素无关系，只以七八年前，曾替杨荫榆女士讲了一句公道话，匿名作文丑诋我，以后暗中伤害我亦有数次。固彼与余算立于敌对地位也。"

　　著名作家梁晓声《我和我的命》中说：人有"三命"：一是父母给的，叫"天命"；二是由自己生活经历决定的，叫"实命"；三是文化给的，叫"自修命"。苏雪林一生奉献教育事业，著书立说七十余年，留下了两千多万字的精神财富，这位名扬海内外的奇女子，终是用文化改写了自己的命运。

　　注：本文参考沈晖所著《苏雪林年谱长编》

（张真慧：作家、诗人）

名家春秋

凌叔华在直隶女师

陈学勇

摘　要: 凌叔华在天津直隶女师那段生活, 于日后她成为作家极具影响, 但因为各种凌叔华传记失记, 亦几乎不见于研究她生平和创作的论著。此阶段, 她是校学生会干部, 十分活跃, 而且在学校刊物《会报》发表不少习作, 显露她文学才华。

关键词: 凌叔华; 直隶女师; 习作

　　母亲立意给叔华接受正式学校的正规教育, 以前只读了私塾或受教于家庭教师, 在北京在日本都如此。新式学校必须入学考试, 为此母亲先请了一位家庭教师辅导叔华应考。以叔华的聪慧, 顺利考进了天津的直隶第一女子师范学校, 并且直接插班上了三年级。直隶女师与"南开"并享盛誉, 毕业生人才辈出。它是中国最早的女子师范, 受到梁启超、秦毓琦诸多名流关顾, 叔华父亲凌福彭也多所参与, 一再为学校校刊的专栏题写栏名。两年后凌叔华读完师范本科, 同窗纷纷奔赴各地谋职, 她年龄尚幼, 更无家庭经济负累, 便升入本校刚开设的"家事专修科", 再修业两年。专修科毕业后并未从事家政, 优裕家境无须她及早立业, 于是考入燕京大学, 告别了天津。

　　1915年秋天凌叔华去女师住读①, 入学那天, 她着淡蓝上衣, 黑色短裙, 辫子盘在两耳朵边。民国初年典型时髦的女学生装束。站到母亲跟前她得意地宣称:"妈, 我终于长大了。"不料母亲叹了口气:"等你真的长大了, 就不会这么想了。"②许多年后凌叔华才回味出母亲话中的意思, 特别"怀恋

---

① 《古韵》记九岁(1909年)去日本, 两年后回国, 1919年录取在天津第一师范学校(即直隶女师)三年级。1921年入燕京大学, 所记年份均有误。本传记初版所附"年表"及拙编《中国儿女: 凌叔华佚作·年谱》均参照《古韵》, 曾多误。马勤勤博士考辨, 凌叔华1916年入直隶女师, 似亦欠准, 见其《凌叔华在直隶第一女子师范学校事迹及佚作考》。《家国梦影》记凌叔华1914年入女师二年级, 或近凌叔华在校年份, 备考。

② 凌叔华:《古韵》, 见陈学勇编:《凌叔华文存》(上卷), 四川文艺出版社1998年版, 第576页。

着童年的美梦，对于一切儿童的喜乐与悲哀，都感到兴味与同情"①。第二年妹妹凌叔浩也考进这所师范②，两个好胜的姐妹成了学习上的竞赛对手。叔浩不得不承认，"和我相比，她的学业要规矩得多，她是一门心思朝前走，我则是东一榔头西一棒"③。女师时期已经预示了姐妹俩未来发展的不同方向，叔浩偏爱数理化，叔华则喜欢文学、绘画、书法。

进了新式学校的凌叔华随即脱颖而出，同样脱颖而出的还有一位同级又同姓的凌集嘉（有时用"荷生"名）。凌集嘉系安徽籍，明清之际祖上由粤迁皖。粤皖两地相距数千里，往来隔绝数百年，如今两家后人邂逅女师，一见如故。其时张皞如④也在女师兼课。惊为奇遇，特撰写《奇遇歌赠荷生淑（叔）华二女士》，盛赞两人。诗序说："中国女子多高才，余所知者荷生淑华其尤也。""二女士亦相亲相近，宛若姊妹，人之见之者，咸以为才士惜才士。"⑤

凌叔华在女师十分活跃，担任过"校友会"总委员长⑥。此会下设学艺、文艺、运动、交谊等八个部门，凌叔华又兼任了文艺部委员长，学妹邓颖超、许广平皆她手下干部。文艺部分管诗社、文社。校友会编辑公开出版的综合性刊物《会报》，是很得师生喜爱的文章园地。《会报》刊有凌叔华习作二十余篇、首，包括论说、游记、通讯、日记、信函、文言诗、悼念文章，还有一篇化学实验课"心得"。七律《感怀二首》即现今见到的凌叔华发表最早的文学作品：

其一

悔向尘寰寄此身，
聪明徒惹世人嗔。
落花飞絮常扃户，
明月清风自结邻。
与我神交惟笔墨，
慰吾残喘是萱亲。

---

① 凌叔华：《〈小哥儿俩〉自序》，见《凌叔华文存》（下卷），四川文艺出版社1998年版，785页。
② 《古韵》写作梅姐，其外貌描写及"梅成了著名医生，同一位知名科学家结婚"，均可指认梅姐为叔浩。叔浩自己也对了号，见《家国梦影》，（美）魏淑凌著，张林杰译，李娟校译，百花文艺出版社2008年10月出版。
③ 同上。
④ 张皞如在南开中学任教，与学生周恩来过从甚密，周恩来赴日本前夕来辞行，张皞如曾赋诗送行："秋花经雨傍阶开，剥柝叩门有客来。久离乍见惊还喜，暂坐兴辞更怅怀。"
⑤ 张皞如：《奇遇歌赠荷生淑（叔）华二女士》，载《直隶女师会报》1916年第2期。
⑥ 此会非今日各学校必备的毕业生联谊社团，它近似学生会，成员虽也有毕业生，主体乃是在校学生。

愿将棉力供天职，
岂怨前途历苦辛。

其二

前游如梦又如烟，
碌碌尘寰十几年。
读书空羡班超志，
倚柱时怀漆室篇。
窗前喜种冬青树，
池里憎开并蒂莲。
念纪文明多俊秀，
莫辞骀驽逐先鞭。

教员白眉初称赞这两首诗："幽思逸致、落落不群，予以知闺阁多英才也。"凌叔华才华更是深得任课的张鄹如赏识，张老师给她作文的评语赞美不绝，不惜过头。得意门生还赢得业师唱和："秋树秋风秋雨天，白衣寥落似当年。自从唱和添诗兴，笑顾及门也莞然。"①

凌叔华入女师正值"国耻"那年，袁世凯政府与日本签订"二十一"条约定谋和，凌叔华作文《对于中日秘约之感言》：

呜呼！五月七日之国耻方新而二十［原刊如此］条亡国之秘约又至，吾中华民国之末日，其至矣，四千载之文明古国仅置［值？］两千万元矣，四万万黄帝子孙永沦为奴隶矣。吁！诚不审当道者如何忍心为此孤注之一掷。亦曾念及此则，今日之父老昆弟，皆降为牛马之列否？来日之子孙，将忍气吞声、受人鞭笞咤叱否？此犹为他人计。然不知亦曾□及覆巢之下无完卵否？已亦不齿于人否？其为丧心病狂之流耶。自私自利之心何其过也！或醉生梦死之徒耶，则汲汲然阋墙之争又何其烈也！此诚百思不得其故矣。或曰当道非全无心肝者，此次秘约纯为中日御敌便利起见也。承认之又何伤哉？予曰，经举国人民泣血陈请、奔走呼号，何为始终不肯破其秘密耶？如云为军事秘密，防敌侦知然，何为于国人方面，不能开诚布公，以释疑以正舆论耶？推心置腹、同心协力，以谋御敌耶？又何为藏首露足、含糊宣布一二以塞责，以饰人目耶？且外交事均须外交部经理，总统缔结为何？此次总统及交涉员皆不负责耶。若于日本无利，为何朝夕催促，进行暂

---

① 凌叔华：《和凌君淑华原韵》，载《直隶女师会报》1917 年第 3 期。

不付款要挟而恫吓耶？然于彼有利，我则受其害矣。噫！就以上各方面视之，无一不足证其伪者，不待智者而明矣。苟于我国有涓滴之利，则彼悍然甘为卖国之奴者，方欲沽名市誉之不暇，又何能掩秘不宣耶。（某当道方极力运动总统位置也。）噫嘻！亡国秘约已签字矣，将继朝鲜之后矣，四万万同胞将沉沦于万劫不回之域矣，复何言哉！然尚存一线之希望者，则印尚未盖，现此事已暂缓进行也。夫人之病危，必不能坐待死神之至，而深思苦虑力求不死之，方恨庸医之误药，悔已往之不摄生也，我同胞乎？吾国今日即类于濒死者也，惟稍异稍优者，即吾国青年尽有力强体壮、才大思精者在，苟能息争悔祸，同心协力，十年生聚，十年教训，卧之以薪，尝之以胆，不信以四万万之众，不能沼吴强越也。同胞！同胞！莫忘今日之耻！ ①

看似文弱的闺秀淑女，竟放言这般激昂文字，且敢于如此直指"当道者"，真有点初生牛犊气概，反映了世纪初求新图变时代风尚。历史激变，青年们意气风发，此精神更见于她另一篇《人必如何而后为得志说》：

> 甚矣哉！世人之欲得志也，茫茫乎如上青天，沈沈乎如入黄泉。上下四千年，纵横九万里，试披史乘，墨痕惨淡，章句凄凉。或咏四愁之诗，寄幽恨于远道；或吟离骚之赋，诡衷怀于筈人。望美人兮缈缈，怨封侯兮迟迟。岂非诡之诗歌寄之文赋，以鸣其失意者乎？试望平原，蔓草荣枯，断碑残碣，衣冠黄土，无贤无愚，与草同腐。或饮恨乌江，叹拔山之力何济；或高歌易水，悲壮士之去不回。又如无定河边，犹系深闺之梦，辽阳城外几销旅客之魂。然试想当年，何尝不怀请长缨、舍青紫、侍金殿、上玉堂之志。年年忍怨，岁岁含愁以待之耶。噫！峡猿夜夜空啼白帝之声，精卫年年难填恨海之石。红尘失足，千古之恨难消，苦海回头，百年之身空悔。使其早能空色相破除，三界视富贵如浮云，以名利为泡影，同出愁城，偕登乐国，岂不快哉！惟造化弄人，往往颠颠倒倒。当局者迷，圣哲尚不能自信其无，过［何？］况庸众乎？夫人每困于所遇不能自足，或见鸿鹄而兴思揭竿，忽起于畎亩；或感人情于发奋刺股，揣摩于案头。其一终为南面王，号称大楚；其一乃至六国相势埒诸侯，亦见其立志非终不可达者，世人安能不惑于此耶？吁！人事繁矣，人志纷矣，世情异矣。凤凰不见乐于乌鹊，燕雀不见轻于鸿鹄，圣哲之怀或见嘲于庸夫，豪杰之行或被咄于愚妇。今古悠悠，世殊事异，又安可执前者一隅之见，为后

---

① 凌瑞棠：《对于中日秘约之感言》，载《直隶女师会报》1918 年第 5 期。

者千秋之鉴耶？又何能必人之如何而后为之得志耶？虽然处今生存竞争之秋、优胜劣败之日，苟闲居终日，无所用心，优游岁月，虚耗时光，与人无争，与世无益，则何如不有此身之为。愈耶，吾故曰，人不可无志，亦不可徒立富贵之志。盖无志则可不生，徒立富贵之志亦无益于人生。人之生也，生当有益于世，死当留名于世。死死生生本物之道，胜负得失乃事之常，安可以世俗之得失而馁吾人之大志哉。①

张嵞如的文后批语道："色色空空，唤醒世人。理既超妙，笔复纵横。读之如遇南华老仙，放言谈道，句句令人点头称是。"

女师教员虽竭诚爱国，但对于新文化运动中的文白之争，偏于保守，国文课作文限于文言，凌叔华登载《会报》的全部诗文，包括一篇化学实验"心得"，无一不用文言。这篇"得志说"，所受旧赋影响一目了然。然而不是亦步亦趋的模仿，实在难得。幸好文言教学没有拖住凌叔华后腿，她毅然投入新文学洪流，倒为她日后白话写作打下坚实国学根底。

《会报》上文章的作者还有许广平，她比凌叔华大两岁却低一个年级，以文会友，两人时常切磋。许广平祖籍福建，但出生在广东番禺，许氏家族的发展也多在番禺，自认广东人。熟悉后知道原来是小同乡，彼此愈加亲切，毕业分手后仍有过书信往还。过了几年，成为作家的凌叔华嫁给了陈西滢，闹学潮的许广平做了鲁迅的夫人。鲁迅与陈西滢结怨极深，两位太太不得不一左一右各行其道。直至鲁迅去世多年，凌叔华远赴英伦前夕在上海启程，特意登门看望许广平，重续同学情谊。在凌叔华带去的女儿小滢纪念册，许广平欣然为小滢题词：

多才多艺
博学和平
像我们的先生一样
小莹（滢）妹妹
景宋

这几行字有点意味。其一，先生指的并非鲁迅，乃凌叔华。题词本是给女儿的，竟大大夸奖了母亲。因为有前两句，夸奖并不显得生硬。对于凌叔华，夸她才艺夸她博学，美誉都不过头，而"和平"两字倒有点出乎所料，鲁迅不喜欢这个词，许广平这么说，或是战后民众心理的表露吧。其二，许广平和凌叔华乃同辈，谓小滢"妹妹"岂不低了一辈。有人这样

---

① 凌叔华：《人必如何而后为得志说》，载《直隶女师会报》1918 年第 5 期。

女作家学刊·第四辑

解释，凌叔华在女高师教过许广平几天英语，许就认作老师（先生）了。①
这么解释太过坐实"妹妹"和"先生"之谓，无非对孩子的亲热和对学姐
的尊重，况且凌叔华已经享誉文坛，那时对有成就又不再年轻的女性，尊
称先生乃平常之事。更值得从中关注的是，它意味着前嫌尽释。上海一晤
以后，彼此相隔于大陆和海外，再无缘分重逢。

直隶女师同学中出了一批左翼风云人物，邓颖超、郭隆真、刘清扬，
个个不愧为时代弄潮健儿。凌叔华与她们都有过从，与郭隆真尤为密切，
敬佩郭隆真随时准备为国捐躯的气概；郭年长凌叔华几岁，对叔华尤是姐姐
般亲切和蔼。接触洋楼外那群捡煤渣孩子，增添了凌叔华对民情的感性了
解；同学中有邓、郭、刘这一群巾帼志士先驱，加深她对国情的知性认识。

名
家
春
秋

学校每年春天举办体育运动会，好动的叔浩不会放过大显她身手的机
会。好静的凌叔华自然上不了跑跑跳跳的赛场，新式学校体现的崭新气象
令她深受熏染该是一定的。体能与智能并重正是来自西方教育理念，女师
西式校园为凌叔华萌发新思想提供了温床。比校园更大的温床则是校外时
代氛围。负笈南开中学的周恩来热衷演出新剧，女生寝室纷纷议论演出的
《玩偶之家》春意萌动，她们以出走的娜拉为榜样，渴望摆脱旧式婚姻牢
笼。《新青年》杂志在学生中风靡，更具影响。恰逢"五四"洪流滚滚而来，
许广平这么说到她们学校：

> 那浪潮马上卷到天津来，学生们的游行、讲演，是没法子禁止得
> 住的时候，而那位张先生，就在他上课的时候，我们要全班请假而遭
> 严厉禁止了。谁也不会忍受下去，终于在他摇头叹气，以辞职相威胁
> 之后大家走出课室。②

张先生即张皞如。在凌叔华笔下和别人关于周恩来的文章里，张皞如
是积极支持学生运动的。虽大势所趋，张先生仍要求学生继续作文言文。
不过发讲义的时候，也发了些胡适的《文学改良刍议》、克鲁泡特金的《互
助论》。

那是书生意气的岁月，担任燕京大学学生会文书的冰心，与凌叔华同
龄，一在北京，一在天津，担任了不约而同的角色，同时投身爱国运动，
是"五四"洪流激起的两朵细小浪花。凌叔华描述：

> 我们女师的所有学生都热情洋溢地参加了这场运动，以能为国家

---

① 见陈小滢讲述、高艳华记录编选：《散落的珍珠》，百花文艺出版社2008年版，第128页。
② 许广平：《像捣乱，不是学习》，见《许广平文集》（第1卷），江苏文艺出版社1998年版，第16页。

分忧感到骄傲。我校大多数老师积极帮助学生制定游行计划。在北京学生联合总会下面，每个学校都有自己的学生会。我的中文是班里最好的，被选为学生会的四个秘书之一。当我们准备游行或到公众中演讲的时候，都是由我来写计划、标语和演讲词。①

矫枉难免过正，"打倒孔家店"的呐喊声响彻校园，凌叔华深受国文老师张暐如影响，对否定一切传统文化的思潮取保留态度。张暐如认为，孔孟著作含有类似现代民主国家的一些政策，他送凌叔华一册《庄子》，扉页题写了一句："这本书会使你的头脑保持清醒、睿智。"凌叔华读完《庄子》，"开始怀疑学生运动的某些举动"，她说："我能看见我的白日梦。我常一坐就是几个小时，静思冥想一些以前从未理会过的意念。"②凌叔华置身新文化运动态度未免有点审慎，激进的郭隆真看着不以为意③，她找凌叔华谈心，想说服迷途的小学妹。凌叔华没有争辩，只是给她读张老师送的《庄子》。郭隆真起先皱着眉毛，渐渐露出笑容，由不太情愿的睨视到不由自主地入神，被小学妹说服了。这一细节预示凌叔华日后新文化队伍分化中将跟随胡适，而不是加盟左翼。然而没有因此影响郭隆真在凌叔华心目中的高大形象，凌叔华仰视长小粉刺黑脸蛋的学姐，追念她"非常爱国，是那时的思想先驱之一，随时准备为拯救中国牺牲自己"。高大兼具美好，她说："单纯、虚心使她的个性迷人，而且这也是当时许多领导者的品德。"④这话或引人推想，如果没有国文张老师，凌叔华是否也会走上革命道路？类似情形的女学生不乏其例。事实是有位张暐如老师，他一句话深植在凌叔华心坎："一场随随便便的革命不能拯救中国。"于是她涉入革命洪流的双脚踟蹰不前，以后文化建树为己任，远离了政治。郭隆真实践了诺言，果真青春殉国，生命献给了主义，死在山东军阀韩复榘屠刀下。《古韵》虚构了张暐如和他学生相同结局，"张先生在第二次世界大战开始前一年，在南满被日本人杀害"⑤。"我仿佛听到张先生在用浑厚的声音诵读《庄子·秋水篇》：秋水时至，百川灌河，泾流之大……"⑥所以虚构这一细节，或寄寓某种心曲，或意味深长。

天津数年，凌叔华在此确立了人生走向。但天津终究不是中国的文化中心，人才都趋向北京集聚。北京本来有凌叔华魂牵梦绕的童年家园，那

① 凌叔华：《古韵》，见《凌叔华文存》（上卷），第580—581页。
② 同上，第581页。
③ 《古韵》写作郭荣欣，见"老师和同学"一节。
④ 凌叔华：《古韵》，见《凌叔华文存》（上卷），第584页。
⑤ 其实张暐如死于疾病，在抗战爆发前三年。张曾经担任民国时期的地方参议员、县长、省厅秘书长。
⑥ 凌叔华：《古韵》，见《凌叔华文存》（上卷），第584页。

里的巍峨的长城、辉煌的宫殿、富丽的园林，岂能是眼前的烟囱和浊水所能相比，她盼望重返古都。父亲碍于政局，又与天津渊源很深，没有返回北京的意思。幸好在北京的冯表哥来凌府做客，他才从国外归来，见多识广，又能说会道，鼓动凌老爷放行叔华、淑浩去京城深造，父亲同意了送两姐妹到北京上大学。那天晚上，兴奋的姐妹俩跑到楼后白雪覆盖的花园，撒开两条大狗，假山，花坛，石阶，树间，追上追下。这时叔华仅仅为回到故宅欢欣，还不明白，那里为她伸展了人生的康庄大道。

入学前夕，1919年暑天，凌叔华随父亲去北戴河度假，下榻父亲老友家里。阔绰的海滨别墅，二楼阳台望得见跑道上赛马。父亲借这里办过宴会，畅饮木盆里堆满冰块的德国啤酒。第二年暑期她又去了一回北戴河，享受着最后富贵生活。

（陈学勇：南通大学文学院教授）

名家春秋

张洁纪念专栏

论张洁的创作

张　炯

女作家学刊·第四辑

摘　要: 惊闻张洁逝世，内心感慨良多，现以此专文，表示对其的深切怀念。张洁的小说关注女性，高扬女性主义旗帜，不断探索革新，她是唯一一位先后获得两次茅盾文学奖的作家。此外，她还是一名优秀的散文家，著有多本散文集。文学史的长河虽汩汩不息，但她的文学作品始终凝聚着独特的魅力，激荡着我们内心永恒的涟漪。

关键词: 张洁；女性主义；创作；评论

　　我是 1979 年认识张洁的，岁月如流水，如今却闻她在美国逝世，哀悼之余，心中不免歉然，因为相识四十余年，我从未写过关于她的评论。这并非我不重视她的作品。实际上，我曾作为国家图书奖的评委，曾推荐过她的《张洁中篇小说集》，作为茅盾文学奖的评委，还推荐过她的长篇小说《无字》。可见，我是很肯定和欣赏她的作品的。记得 1979 年，中国社会科学院文学所的新领导陈荒煤同志十分强调文学研究要密切联系当前文艺的创作实践，而我那时刚踏上当代文学研究的岗位，荒煤同志参加文艺界的一些会议便领我一起参加，以帮助我接触和了解文艺界的状况。第一次就是让我随他去参加北京市文联的一次小型座谈会。会议由《十月》杂志的主编苏予同志主持，出席会议的有王蒙、刘绍棠、从维熙、刘心武、李陀等，最后到会的便是张洁。她穿一身那时女同志常穿的十分朴素的蓝布列宁装，进入会议室便慌慌忙忙找个角落的板凳坐下，清秀、端庄的面孔显出羞涩、腼腆的神色，自始至终一言不发，只静静地听别人的高谈阔论。荒煤那时可能因为将要兼任全国文联的党组书记，所以他很想听听北京市作家对当前文艺发展和存在什么问题的意见。会议快结束了，他见还有这位坐在角落里的女同志没有发言，便招呼她发言，她却涨红了脸，表示她没有什么意见可说。这就是张洁与我相识的第一次留给我的印象。

此后，她的作品便络绎不绝，而长篇小说《沉重的翅膀》一问世，更好评如潮，并荣获第二届茅盾文学奖。许多中篇小说也获好评。她很快成为"当红"作家。我那时因工作战线被不断拉长，虽欣赏她的作品，却顾不上去评论她。跟她也没有再见面。但知道她毕业于人民大学，婚姻生活颇波折。再次见面已是在她的长篇小说《无字》获得第六届茅盾文学奖之后。那时，中国作协副主席陈建功和他的夫人、北京出版社社长隋丽君都跟我相熟，有一天隋丽君打电话，说张洁邀我和她一起吃顿饭。我便赴约了。见面时，隋丽君和张洁一起，张洁还显得有些腼腆，丽君大大咧咧地说，张洁这次又评上茅盾文学奖，她请你来，想对你表示谢意！我赶快声明，《无字》评上茅盾文学奖是全体评委一致投票通过的，并非我觉得好就能通过。主要还是作品本身写得好，大家才赏识。完全不是我作为评委会主任的功劳。但这顿饭，我吃得未免有些不好意思！用餐中，张洁仍然不多说话，看来她不善应酬，倒是丽君和我说得多。是否张洁希望我为她写评论，她也没有明言。后来，张洁还给我寄过她的新作《知在》，然而我因忙于编撰《中国文学通史》12卷的工作，仍然没有为她写评论。最后一次见到张洁，则是她在现代文学馆举办她的画展那天，我被邀去捧场观赏。我惊讶她还有这方面的艺术造诣！但因人多，我们只握握手，并没有交谈。如今遽闻她去世，我才感到自己实在很抱歉！

前几天，《女作家学刊》有位编辑打电话要采访我，要我谈谈张洁，可是我现在耳力不济，虽然装了助听器，电话里的声音听不清楚。现在，主编阎纯德又约我一定为《女作家学刊》写篇稿，作为女性文学的研究者之一，我虽然年已九旬，还是答应了。其实，我在自己编著的尚未出版的《中国现当代小说史》中，足有一专节是评介张洁的。现在就在这基础上扩写一篇专文，以表达自己对她的追念！

一

在当代中国的女作家中，张洁当年仿佛是新时期文坛第一批的报春燕子，以她的创作，标志着新的文学春天的到来。那正是改革开放之初，文坛荒芜已久、刚刚苏醒，而张洁就以自己丰富的创作受到广大读者的注意，迅速走红，几年之间便成为卓具成就的著名作家之一。她祖籍辽宁，生于北京，从小爱好文学。在中学时，她的理想就是报考大学中文系。然而老师却推荐她学经济。1960年她毕业于中国人民大学计划统计系，后在第一机械工业部工作多年。但学经济的张洁没有放弃对文学的爱好，她阅读了大量文学作品，对音乐也有特殊的感情，喜欢贝多芬、柴可夫斯基和莫扎特的作品。"文革"结束后发表处女作《从森林里来的孩子》（1978）和《爱，是不能忘记的》，一时声名鹊起。其后陆续发表《有一个青年》（1982）、《七巧板》（1983）、《祖母绿》（1984）、《红蘑菇》、《条件尚未成熟》等中短篇小说，并先后出版长篇小说《沉重的翅膀》（人民文学出版社，1981）、《只有一个太阳》（作家出版社，1989）和《无字》等。还出版有《张洁文集》4卷本、《世界上最疼我的那个人去了》等十多部，以及散文集《域外游记》《一个中国女人在欧洲》等。2012年4月，人民文学出版社出版《张洁文集》十一卷：第一卷《沉重的翅膀》，第二卷《只有一个太阳》，第三卷《无字》（第一部），第四卷《无字》（第二部），第五卷《无字》（第三部），第六卷《知在》，第七卷《灵魂是用来流浪的》，第八卷《四只等着喂食的狗》，第九卷《世界上最疼我的那个人去了》，第十卷《中短篇小说卷》，第十一卷《散文随笔卷》。

张洁的作品数十次荣获国内外的奖项，堪称"获奖专业户"。《沉重的翅膀》和《无字》先后获我国最高的茅盾文学奖。自此奖设置以来，她是唯一两次获此殊荣的作家。她的辛勤创作使她成为当代中国著名的小说作家和女性文学的重要代表者。她还获意大利马拉帕尔蒂国际文学奖，被美国文学艺术院授予荣誉院士的称号，她的多部作品被译成英、法、德、俄、丹麦、挪威、瑞典、芬兰、荷兰、意大利等国文字在海外出版。可见她所获得的广泛国际影响。

2003年和2010年，张洁当选北京市作家协会荣誉主席。

二

张洁的作品多涉及女性人生问题，特别像《爱，是不能忘记的》，便属于新时期侧重描写爱情、婚姻的作品。它通过一个名叫珊珊的30岁未婚女青年对已故母亲的回忆，揭开了往昔钟雨与老干部"有情人难成眷属"的悲剧。不过它仍与当时倾诉"伤痕"、反思"文革"、歌颂"改革"、追求理想人性的文坛大潮相一致。她的长篇小说《沉重的翅膀》中虽也有对叶知秋、夏竹筠等女性形象生动的描写，流露出小说家对女性人生的关注，但小说还以正面表现改革题材为主，反映我国当时工业现代化是带着沉重翅膀起飞的，属于作家呼吁工业战线推进改革的力作。在当时"改革文学"的大潮中，中短篇小说居多，之后才出现长篇小说的创作。在首波长篇小说成果中，《沉重的翅膀》能杀出重围，夺得茅盾文学奖，实属不易！足见她驾驭重大题材，描写众多人物和时代风云的胸怀和笔力。她的《从森林里来的孩子》到《爱，是不能忘记的》等作品均具有情感丰富而细腻的特点，注重发掘理想中美好的人情与人性，具有女性作家多具有的优美、蕴藉的风格。而后来她的写作风格发生明显变化，从《沉重的翅膀》开始，她的文字开始变得雄健而尖刻，到了《方舟》变得更尖刻、激愤。

1982年，张洁的中篇小说《方舟》发表于《收获》杂志，这篇小说展示了传统与现代杂糅的特定时代和女主人公面对现实压力坚韧不屈的性格，并强化了当代女性与男权意识、社会风习之间的冲突。曹荆华、柳泉和梁倩作为三个离婚女性，她们对于男性的愤激，反映她们与传统男性中心观念的决绝。作品集中描写知识女性在现代社会中的情感焦虑，对男权发出愤世嫉俗的挑战，并抒写社会现实对女性形成的生活和精神压力。小说生动地描写曹荆华、柳泉和梁倩这三个离婚女人的宿舍如此凌乱不堪，与她们在社会上工作出色，形成反照，展现她们不善料理家务的窘态和焦灼的心态。但是，作家更注重表现现代女性与传统的男性中心观念、封建意识的决绝，因而作品的锋芒所向显得异常明晰、果敢而尖锐：如写曹荆华单位的"刀条脸"对女人的威逼利诱；魏经理对柳泉的纠缠；梁倩的前夫白复山，竟然可以大模大样地闯入她们的宿舍进行骚扰；就连居委会的老太太也会借词来窥探她们的私密。作家的描写表明，曹荆华们感受的现实压力，乃来自弥漫在生活空间的一种约定俗成地将女人视为异物的陈腐气息和旧势力。这种创作倾向在张洁后来的作品中更为明显。对于漫长的封建社会遗留下来的疯风陋习以及"夫为妻纲""夫贵妻荣"之类的陈腐观念发起挑战，申明男人不是女人的依靠，特别是那些深受传统负面影响、缺乏生命力的男人更不足以成为女人的依靠。这种呼喊几乎响彻张洁此后的多部作品中。

当然，张洁作为一位对社会问题相当敏感的女作家，她并不局限于表现女性题材，而是从广阔的现实生活中摄取，像她的长篇小说《沉重的翅膀》和《只有一个太阳》都可以作为这方面的实例。她后来从更为开阔的人生体验和创作视野中，将笔触更加深入男性世界，揭示出那些受到漫长封建专制传统制约的男人，在世俗流弊中暴露何等苍白、孱弱而卑琐的灵魂。如《祖母绿》中徒有其表的左葳，《条件尚未成熟》中惯于施"整人术"的岳拓夫，《红蘑菇》中的"现代文明泼皮"吉尔冬，以及《她吸的是带薄荷味儿的烟》中从肉体到精神皆"阳痿"的"他"。这些作品对男性世界的讥刺，表明张洁的写作实践进入到一个新阶段：她不再局限于比较狭窄的女性生活范围，而是将目光伸向广阔的世界，在世俗百相中以更为冷峭的目光打量千百年来令女性仰视的对象，从而更鲜明地擎起了现代女性主义所标榜的独立人格的旗帜。

张洁曾经说："在妇女中有这么一类人，在她们看来，如果男人离开了她们，世界就完了。要是男人不爱她了，她就会丢掉自己的尊严，千方百计地缠住他，不让他走……还有比这更可悲的女性，哪怕只是极少数。她们不把自己看成是人，而把自己看成是性对象……因此我想，男女平等不只是一个社会问题，也是妇女教育中一个亟须解决的问题。另外，我还认为有些憎恨社会与男性的妇女，她们的思想方法过于肤浅。"① 早在《沉重的翅膀》中，张洁就曾讥讽夏竹筠灵魂的卑俗。对女人在特定历史环境在她们身上酿造的虚荣、自私、褊狭、软弱等就有锐利的针砭。可见，她对妇女解放问题有比较深刻的认识，没有陷入单纯维护女性的简单化立场。从这种意义上说，具有女权色彩的小说对女性自身的审视，恰恰从另一个方面注意到还女人作为现实的人、社会的人的资格。这同样是现代女性主义的追求。

张洁在长篇小说《只有一个太阳》这部新作中，继续进行着跨文化，且颇具哲学内涵的生命追问，展现了女作家孜孜不倦的艺术追求。它通过一个中国代表团访问西方的经历，以改革开放的社会现实为背景，叙述西方人来中国的奇特印象和中国人出访西方国家的不适应感，表现了中西两种文化的同异性。作品以浓烈的感情笔触探索人的心灵世界，然而笔墨奋激、粗鲁之处，仍然沿袭《方舟》的泼辣文风。继续显示她从前期向后期小说创作的风格演化。

三

具有鲜明女性主义色彩，是张洁后期创作的突出特征。历时十二年才完成的长篇小说《无字》无疑是张洁后期的力作。它通过广阔的场景和三代女性在历史风云中的遭遇，以辛辣无比的笔墨，淋漓尽致地揭露和控诉男权社会给女性带来的痛苦，也对女性自身逆来顺受的软弱表示不满。张洁的创作，前后期风格判若两人，但对于女性命运的关注则一以贯之。《无字》是张洁创作的最长的小说，分为三部，1998 年第一部问世，到 2002 年1 月才全部出版。它是张洁后期的代表作。小说以女作家吴为的人生经历为主线，讲述了她及其家族三代女性的婚姻故事，描摹了社会大动荡、大变革中各色人等的与世浮沉的坎坷人生，展现了中国近百年间的风云际会，对 20 世纪的中国社会进行了独特的记录与审视。《无字》是一部有着多重主题的文学作品，作家以女性视角用恢宏的笔法对时代大背景下的人性进行了深度挖掘，既有对以胡秉宸为代表的政界虚伪与龌龊的辛辣批判，又有对当时社会人生百态的生动描摹。在主题的多声部中，最响亮的主旋律无疑是出于女性主义胸怀对于男权社会的控诉。有位新起的女评论家何诗

① 联邦德国《明镜》周刊采访张洁的记录，载《明镜》周刊 1985 年第 34 期。转引自《张洁研究专集》，贵州人民出版社 1991 年版，第 103 页。

弟在一篇题为《作家张洁：一个理想主义者的殉道》的论文中说：在女性作家中"作为写作主体，张洁的女性身份让她能够更幽微地体察社会风物，但是她独特的人格类型，把她与其他一些女性作家区分开来，这种人格特质很大程度上决定了她的写作风格——她的文字和自我意识独树一帜，热烈、大胆、勇敢得近乎偏执、单纯得近乎幼稚，有不为了任何实质性的好处而奋不顾身的牺牲感——这种牺牲感是理想主义的，带有年代性，带有她被红色中国拯救、给予希望，却又被跌宕的政治现实摧残的迷茫。这种落差本身就是后来的经济浪潮中成长起来的作家身上所难以存在的"。这种见地不无道理。张洁的小说虽有《从森林里来的孩子》《条件尚未成熟》那类的作品，而后来她的大多数作品都与自己对于现实的密切观察和感受，特别是与她家庭和本人的婚姻经历、人生体验分不开。而《无字》无疑是她表达自己人生、人性的剖心沥胆之作，也是她高扬女性主义的鲜明旗帜之作。

四

　　《知在》是张洁继第二次摘取茅盾文学奖之后创作出的另一部长篇小说。显然，作者试图在创作构思上另辟蹊径，使自己的创作风格有新的突破。它是一部历史跨越式的悬疑小说，也是书写男女情爱的一部小说。作品通过在沙漠风暴中几乎丧命的艺术鉴赏家叶楷文，偶然得到了半幅西晋古画，从之引出了西晋惠帝之后贾南风的情爱故事，也引出了一对孪生姐妹的爱恨情仇。作品表明，同这幅古画相关的人物，大多命运坎坷，多灾多难。通过两个半幅画的重逢，叶楷文穿越时空，洞悉古画的来龙去脉与作画者跟自己千丝万缕的联系，从而让史上有名的皇后贾南风和情郎的泣血故事宛然历历在目。古画触动叶楷文内心深处的记忆，终于在几世几劫后物归原主。这种扑朔迷离的情节安排，疑团难解的奇妙构思，把一个诡异离奇的故事写得神秘、空灵、动人心魄，自然赋予作品以张洁此前作品未有的一种魅力和新的风格。

　　作为一部悬疑小说，用简洁凝练的纯文学笔法描述那些悬念迭起的情节，在平实中见惊悚，无论抒写古往的恩怨情仇，还是讲述现代的情事，都做到从容委婉，写得神秘、空灵、动人心魄。有些情节耐人寻味，特别动人。如金文萱同那个德国人约瑟夫的爱情故事，前面感觉平淡，在最后却焕发出灿烂异彩。"……最后关头，当燃烧的天花板从上面塌陷下来的时候，约瑟夫将她和女儿推向可能得救的楼梯，然后伸出双臂，拼力撑住塌陷的天花板。可是火焰和浓烟封闭了楼梯，她们母女根本无法逃出。眼看一家人就要葬身火海，金文萱用毯子将女儿包了又包，又顺手将那半幅画卷掖进去，然后将女儿从窗口扔了出去，是死是活，全凭她的命了。然后她转过身来，紧紧抱住约瑟夫。火焰很快将他们包裹。在火焰将他们吞没之前，约瑟夫只来得及对她说出一句话：'我爱你！一生一世……'"尽管约瑟夫不是金文萱的最爱，仅是她走投无路时给她以爱，并娶了她的一个外国男人！但这段美好而悲惨结局的爱情故事，与西晋贾南风皇后的爱情故事所含的恶毒和残忍，同样是爱，方式是多么不同。

《知在》是张洁侨居美国的最后一部长篇，虽欠厚重，却体现了作家新的探索，小说以纯文学笔法描述悬疑情节，于平实中见惊悚，于灵动中诉沧桑，闪耀浪漫主义乃至现代主义、后现代主义幻想和技法，传达出作家对"知"与"在"、我"知"故我"在"的思考。这无疑是现实主义作家张洁的一个罕见的勇敢尝试。

五

张洁还是个优秀的散文家。散文向来以真情实感为贵。好的散文家的笔尖下总汩汩流注浓郁的真情实感。张洁先后出版了《拣麦穗》《我的四季》《漫长的路》《谁生活得更美好》《爱，是不能忘记的》《过不去的夏天》《人妖之间》《这时候你才算长大》等多本散文集，她有多篇散文以情感真挚、文笔优美而被选入国家的中学语文教材。而1995年12月出版的《张洁海外游记》辑集了她的游记散文；同年，长篇散文《世界上最疼我的那个人去了》获得第五届十月文学奖（1991—1994）。这些作品都展现了她的散文创作的实绩。

张洁怀念她母亲的《世界上最疼我的那个人去了》长达十多万字。它在书中说："没想到这十几万文字写得这样艰难。初始每写几个字就难以自持，不得不停笔歇息。在我所有的文字中，这十多万字可能是我付出最多的文字。我终于明白：爱人是可以更换的，而母亲却是唯一的。人的一生其实是不断地失去自己所爱的人的过程，而且是永远地失去。这是每个人必经的最大的伤痛。在这样的变故后，我已非我。新的我将是怎样，也很难预测。妈，您一定不知道，您又创造了我的另一个生命。"可以说，这部长篇散文把悼念母亲的伤痛写到了极致，在一定意义上，它既是她母亲的传记，也是她自己的传记。长篇散文《世界上最疼我的那个人去了》曾被改编为同名电影，由斯琴高娃、黄素影主演，获得第六届中国长春电影节优秀华语故事片奖、第九届中国电影华表奖优秀故事片奖。在张洁的散文中，读者不仅可以读到她对于许多生活细节的描绘，还能够读到她对于生活的感慨、体悟和含有某些哲理性的深刻思考。如《我的四季》中，就有她对于四季从耕耘到收获的体验，还有这样的文字："再没有可能纠正已经成为往事的过错。再有一次四季。未来的四季将属于另一个新的生命。但我还是有事情好做，我将把这一切记录下来。人们无聊的时候，不妨读来解闷，怀恨我的人，也可以幸灾乐祸地骂声：活该！聪明的人也许会说这是多余；刻薄的人也许会敷衍出一把利剑，将我一条条地切割。但我相信，多数人将会理解。他们将会公正地判断我曾做过的一切。在生命的黄昏里，哀叹和寂寞的，将不会是我。"

六

斯人已逝，作品长存。人总是要离开这个世界的。但张洁作为一个作家，却不会被这个世界所忘却。因为，她的诸多文学作品必定不会被广大的读者所淡忘。一个卓具鲜明个性又勇于探索的作家，一个既关注现实社会并热望现实社会变得更加美好的作家，一个能够把自己的爱和恨、自己的寻求和感悟通过生花妙笔化为炽热文字、斑斓画面的作家，必然会被世界上的众多读者所记忆！张洁就是这样的一位卓越的作家！

安息吧！张洁！

2022 年 3 月 8 日于苏州吴园

（张炯：中国社会科学院荣誉学部委员、中国作家协会名誉副主席）

爱的神话和它的时代

——重评张洁《爱，是不能忘记的》

孟繁华

女作家学刊·第四辑

摘　要: 张洁是这个时代重要的作家。她是唯一两次获得茅盾文学奖的作家。她的成名作是《爱，是不能忘记的》，发表于《北京文学》1979 年 11 期。小说甫一发表，在文坛引起极大震动。各种声音此起彼伏。四十多年过去之后，回望文学史发展的过程，我们才有可能比较客观地做出评价。现在，我们尊敬的作家，"30 后"最有才华的作家之一，优雅而性格独具的作家张洁已经驾鹤西去，但她的作品将长留人间。

关键词: 张洁;《爱，是不能忘记的》;文学史

　　《爱，是不能忘记的》是张洁的成名作品，尽管此前她曾有过获奖小说，有过在知识界引起广泛关注的电影文学剧本《寻求》及其他作品，但她真正为人熟知并在文坛确立了自己的地位，成为让人"不能忘记的"作家，还是这篇毁誉参半、引起过激烈争议的作品。于是作家与作品声名鹊起，人们争相阅读这部蒙受了"不幸"或"冤屈"的小说，几乎使它家喻户晓不胫而走。应该说，于张洁和我们那个时代来说，这确实是一部重要的作品，它成为那一时代的经典之作当之无愧。

　　张洁因这篇小说而有了"淡淡的哀愁"的独特风格，在雄关漫道昂扬朗健延续了几十年的时代，一个"淡淡的哀愁"却有如石破天惊，让文学界惊喜有加，赞同者认为: "这篇小说并不是一般的爱情故事，它所写的是人类在感情生活上一种难以弥补的缺陷，作者企图探讨和提出的，并不是什么恋爱观的问题，而是社会学的问题，假如某些读者读了这篇小说而感到大惑不解，甚至引起某种不愉快的感觉，我希望他不要去责怪作者，最好还是认真思索一下为什么我们的道德、法律、舆论、社会风气……加于我们身上和心灵上的精神枷锁是那么多，把我们自己束缚得那么痛苦？而这当中又究竟有多少合理的成分？等到什么时候，人人才有可能按照自己

的理想和意愿去安排自己的生活呢？"（黄秋耘）反对者不仅对作品提出指控，而且劝诫评论家不要"陪伴作家沉陷在'悲剧人物'的感情里，共同'呼唤'那不该呼唤的东西，迷失了革命的道德，革命的情谊"（李希凡）。评论家针锋相对的态度和作品体现的内在紧张都折射出了那一时代的气息，那是新时期的早春，曙光初现雾色苍茫，刚刚解放的人们在心灵的广场狂欢却又不敢喜形于色，每个人都跃跃欲试却又心存疑虑。因此黄秋耘说小说提出的是"社命学问题"是一语中的。这是那一时代文学共有的特征，所有引起社会强烈反响的作品无一不是因为作品所涉及的"社会学问题"，社会并不大关心艺术问题，有如"今日先锋"的小说或诗歌，在艺术上再花样翻新，也只能供"精神贵族"们在沙龙中谈论，社会并不怎么理会。

因此在艺术上这篇小说并没有多少值得谈论的东西，后来人们曾在总结几个"淡化"时，有一"情节淡化"说，《爱，是不能忘记的》曾首当其冲被谈论，其实"淡化"说本身就是"社会学问题"，它意在破除"文以载道"的陈规旧律，却又使自己不幸地陷入同一个"文以载道"的老路。不同的是，那专注外部事件的描述转向了人的内心，从专制转向了人道，但这同属"社会学问题"。因此这一"淡化"就其与社会的关系来说并不意味着是一场深刻的革命。这也是没有办法的事，百年来的中国文学几乎无时不在谈论社会学问题，文学评论和研究几乎谈论的大多是文学之外的话题，中国特殊的历史和现实处境，使中国作家无法超然度外漠然置之，知其不可为而为的忧患已深入知识分子的骨髓，从这个意义上说它又有其合理性和正义性的一面。但这一"淡化"因其仍然负载着先入为主的观念，它损害了作家的叙事能力也是一个不容轻视的事实，后期的鲁迅已无法创作小说，茅盾的叙事能力逐渐衰退，张承志到了《心灵史》已勉强连缀故事，《爱，是不能忘记的》自然不能幸免，它几乎是"没有故事"，叙事人按照作者的观念描述了一场惨绝人寰的心灵悲剧也仅如讲了一种人生体验或感受，小说的情节、性格、动作，乃至跌宕起伏的各式渲染都被彻底放逐于叙事之外，这究竟是小说的幸运还是不幸，小说家如何能获得自我确认，小说家何为？等等，这些问题估计还是悬案，不是一个"淡化"所能了结的。

现在我们来谈论小说本身。如果用一句话来概括小说，就是女儿叙述了母亲一生爱的不幸。女主人公钟雨有过婚姻生活，但那是自己还不了解"追求的、需要的是什么"的婚姻，并不是爱情，在女儿还很小的时候，她就同那位"相当漂亮的、公子哥似的人物"分手了。后来她遇到了一位老干部，一位老地下工作者，他们一见钟情，从此结下了不解之缘，他占据了她二十多年的感情，但从未越雷池一步，因为老干部已经有了"幸福"的家庭，而这一家庭的组合充满了神圣的殉道色彩，它的意义足以感天撼地，那已不是爱情本身，更多的是责任、阶级情谊和对死者的感念。女主人公对这一切没有正面评价，但在潜意识中她显然愿意维护这一切，甚至对老干部的崇高精神和选择感动过。于是主人公找到了爱情却又无法据为己有，有过的不是爱，爱了的又不曾有，这便构成一位女作家一生爱的不幸。她只能在冥想中与他相会，现实中却连手都没有握过一次，在爱的十字架上主人公以不幸获得了苍凉之美，并以自己爱的哲学去教导自己的女儿，以致使一个三十岁的老姑娘真的产生了"我不想嫁人"的理性冲动。

女作家履行了自己爱的忠诚，当他被"四人帮"迫害致死，她也郁郁而终。钟雨以及她的女儿固守自己爱的哲学，战胜了她们认为的庸俗的婚姻，但她们也可能因此而输掉了自己的人生。就其观念而言，张洁完全不同卢梭、拜伦、郁达夫和早期丁玲，在这些作家的作品中，他们以"道德的沦丧"换取了个性的解放，以人间的幸福去蔑视彼岸的召唤，现实的幸福是任何未来的承诺都不能换取的，他们的观念当然要支付代价，但那里充斥的生命力量和个体意识的觉醒却也分外感人，那真实的人生总会让倍受压抑的后人感慨万端。张洁不同，在《爱，是不能忘记的》小说中，钟雨不仅仅是理性的导师，她同时是道德的楷模，她严守道德规约，一任自己在"理想主义"中痛苦不堪，既有的规范她既不曾触动也不曾质疑，她唯一能做的，就是她那一代人对彼岸世界资源的开发或想象，这是她那代人的特征，也是她那代人的局限。张洁作为先觉者，她意识到了自己的压抑和不自由，但她没有冲决罗网的勇气，她孤芳自赏于自己开辟的理想庭院，那里有结着愁怨的紫丁香，它的高雅也来自它的苦痛，但它终没有走出那个庭院。时至今日，反身回望，那个庭院同样是有中国特色的"四合院"，达官贵人、书香门第乃至市井百姓，大家都在那里生存过，封闭的绝望在不同层次的心理上共同开放，有区别的是，"痛苦的理想主义"蒙上了一层高雅的气息，在与社会固有秩序格格不入这一点上，使它多少有些圣人之气。

那是一个启蒙的时代，在这个时代张洁把"爱情至上"这一可人的向往又锻造了一遍，对爱情遍布不幸又无从言说的人们而言，这不啻是一篇自我救赎的福音书，每一位读者都可以在钟雨的遭遇中不同程度地读到自己，但仅此而已，它是婚姻不幸者最后的晚餐，其余的只有在想入非非中实现了。这本无可非议，假如人们连想象都不允许存在，那一定是与野蛮时代遭遇了。但问题绝不如此简单，时过十余年之后，癫狂的人们不仅早已抛弃了作为理性导师的钟雨，也同时抛弃了作为道德楷模的钟雨，人的欲望早已漫过了理想主义者构筑的人文堤坎，理想主义呼唤的那一切实在是太脆弱了，它甚至无法经受十余年历史的检验，更不要说什么"革命道德、革命情谊"的虚伪性了，人真的要为爱的神话断送人生痛心疾首地走进天国吗？历史业已证明，这一天国过去、现在、将来都永远不会存在，世界不会为任何人，按个人想象的方式准备好爱的对象和环境，因此这一呼唤只能是"等待戈多"式的呼唤。爱，也许它远不美好才为人们世代赞颂和向往，然而，也正因为它的"远不美好"，才让所有的人真实地经历了那一切，完美的爱，人们是无法经历的，人能够永远去等待那位缺席的"戈多"吗！

人们曾以想象的方式重新组装了历史并塑造了它的英雄，在准宗教的教义渲染中，人们用自己创造的对象来压抑自己，但人们一时却忘了这些对象是如何创造的，我们膜拜过的这些高耸入云的人物原来不过是些纸人，他们从不具备人的魂灵和欲望，他们只不过充当了某些教义形象化的道具。当我们认识到了这一点时，英雄们顷刻冰释了。同样的道理，爱的神话取代了英雄神话却取代不了同样的命运。人要生存、交流、发展，就永远找不到"刻骨铭心"的爱，除非一个大脑无条件地交付给另一个大脑，否则，矛盾便是普遍的法则，但也正是这矛盾的爱情才让人更加感到它的存在和真实。在这个意义上，《爱，是不能忘记的》构筑的只是一个爱的乌托邦，世界上没有任何地方可供钟雨的爱情观生长，那种想象只能是一种话语实践，仅此而已。

当然，这并没有构成否定这部经典作品的理由，新时期所有的经典之作都因它的局限而存在。在那一时代张洁能写出这样的作品，不仅需要才华同时更需要勇气。作品的局限已不是张洁一个人的问题，更值得我们关注的，是它有幸成了那一时代既跃跃欲试又忧心忡忡的时代的寓言。现在，我们尊敬的作家，"30后"最有才华的作家之一，优雅而性格独具的作家张洁已经驾鹤西去，但她的作品将长留人间。她自己未必喜欢这篇《爱，是不能忘记的》，在张洁所有的文学创作中，它也未必是最出色的。但文学史有文学史的标准和尺度，它提供的新的审美经验和在那个时代的横空出世，是张洁其他作品不能替代的。于是，《爱，是不能忘记的》和它的作者，就这样留在了文学史上，也不可磨灭地留在了我们的心中。

（孟繁华：沈阳师范大学特聘教授，中国当代文学研究会副会长）

苦涩而有味的青橄榄

——评张洁 1980 年的短篇小说

曾镇南

摘　要：纵览张洁 1980 年的短篇小说，好似咀嚼着青橄榄一般，苦涩而有味。她的文字蕴含哲理味有时又显得冷峻，艺术探索中亦不乏现实人生的意味。此时的张洁是一位勇敢的艺术家，她和众多文学新军的佳作丰富了这个时代。不由令人期待着她今后文学创作的别一番风味。

关键词：张洁；短篇小说；艺术感受

　　你嚼过青橄榄吗？头一口咬下去，苦涩、皱眉；慢慢地咀嚼，味道就出来了。读张洁同志 1980 年发表的短篇小说，就像嚼青橄榄那样，苦涩而有味。不过你不要指望在这里得到轻松愉快；要有耐心，要和作者配合，这个艺术世界可不是一马平川，而是到处都能滑堕的陡坡。你不喜欢？说是有一股说不出道不明的别扭劲，说心里话，有些篇我也和你同感。但是，人们不喜欢的东西不见得没有艺术价值，就像人们喜欢的东西不见得都真有艺术价值一样。要知道青橄榄并不是畅销水果，但它特有的苦涩和清香在水果王国里却自有一席地位。你总得承认艺术的王国是疆域无边的，它容得下各种各样风格的作品。只要对人类的精神有滋养，苦涩一点怕什么。当然，要嚼这样的青橄榄，得有一副较为坚固的牙。因为过去我们的文学食谱中甜食太多，所以我的牙也不太坚固。不过，还是来嚼嚼试试吧。

　　张洁同志的小说是极其探研人生的真谛、人性的奥秘的。她的小说，哲学的分量很重，几乎每一篇都有独特的哲理蕴蓄其中。在当代中青年作家群中，像她那样几乎毫不为外界的政治风云、文学思潮的起伏消长所动，一个劲地深钻人生的复杂奥妙的，确也不多。这是张洁的一个特点，也是她在创作中苦苦攀缘着的一个陡坡。在小说中发挥哲理，的确是爬艺术陡坡。才力不逮，就会滑入枯燥或玄虚，不是高手，很难攀上制高点。这里的困难，在于小说中哲学的分量和生活的分量的巧妙调配。在这方面，一般地说，张洁总是显出她是一个高强的艺术家。她对人生的锋利的观察，对人类心灵的丰富知识，总是能帮她把那像飘风一样难以捕捉的哲理化为有生命的活体组织，有机地生长在小说艺术结构的血肉之躯上。当然，并不是每一篇作品中，生活和哲理的交融都那么匀帖，那么有亲切感。

《漫长的路》写于1979年年末。一个处于逆境中的画家，对一张在公共汽车上天天见到的女人的脸发生了兴趣。他并不想认识她，也并不想爱她。他只是把这个女人当作一件艺术品来欣赏，想画这张动人的脸。而他凭眼睛的记忆为她画的素描挂满了斗室，已经成为他的忏悔神父和庇护天使。无疑，这是一个以全部的爱拥抱艺术、对人情世事不管不顾的知识分子。但是，他对人情世事不管不顾，以最自然的、纯艺术的态度观照女性，把女性艺术化了；而人情世事却不能容忍他对女性的这种纯洁的观照。他设想：假如这会儿对她说："我是不是可以为您画张像？"他立刻便会失去每天揣摩她、看见她的可能。就是她不喊警察，她丈夫也会揍他一顿耳光。于是他慨叹："人和人就是这样隔膜。本来是挺自然、挺简单的事全都变得那么复杂。什么时候男人才不把女人，或是女人才不把男人仅仅是当作求偶的对象，而是作为一件艺术品来欣赏呢？"他希冀："人类早晚有一天会摆脱一切虚伪的桎梏，洗掉千百年来积留在自己身上的污秽，恢复生命在开始创造的时候，那种纯朴的、自然的面貌。但是通往那个境界的路该有多么远，又有多么长啊！"如果孤立地就这一情节和从中引发的哲思来看，人们可能会觉得这不过是一个迂得可以的书呆子的奇想，人们还可以指出这个书呆子和人与人关系中的虚伪的冲突仅仅是设想中的冲突，也可以向作者证明人类之间的关系是无法归真返璞的，夏娃和亚当刚被创造出来时生活的伊甸园只不过是幻影，人类童年时期中男女关系并不是那样充满诗意，摩尔根的《古代社会》一书中有很多对张洁不利的证据，等等。但是，尽管理性告诫我们对画家的愿望（或者毋宁说，就是作家自己的愿望）持怀疑态度，我们的感情却同情画家的苦恼。这是为什么呢？我认为，这是因为小说对人生的虚伪和荒谬的描写的分量有力地支撑了飘浮在云端的哲理的尖塔，构成了这尖塔的实际基础。作家有力地用大量生动的人生世事，描写出一个正常的人如何被环境的荒谬所困：画家因为画了两个少男少女的裸体的背影，就莫名其妙地当了右派；美术学院的毕业生，却被弄到物资站工作，要求调动工作这样一个"人的正常的要求"，竟遭到处长的奚落、耍弄、侮辱；天才艺术家老黄的艺术构思，成了画坛市侩骗取荣誉和显赫地位的资本，而知道内情应该出来做证的画家自己，却违心地缄默躲闪；上百货公司买袜子，会遇到"骄傲的公主"，把红袜子当深蓝色袜子扔过来；作裸体绘画，则担心"革命而又饶舌的"住同单元的女人检举报告；而这个女人，却居然放肆地以在丈夫面前才适于展示的时装示人。……这种种人与人之间关系的复杂和荒谬，是现实的社会生活中或一角的常态。给予艺术的写照，无疑会引起面对类似的荒谬现象的人们的共鸣。然而，和西方某些对生活持绝望态度的作家不同，我们并不认为人与人的关系仅仅是荒谬与虚伪的堆积，更何况成为我们的艺术表现对象的，是社会主义制度下人与人的关系。因此，在不削弱对荒谬和虚伪的锐利感受和强烈反拨的同时，适当地显示人民群众中固有的良知和真诚，显示人与人关系中温暖的一面，就是非常必要的了。《漫长的路》在这一方面是有欠缺的。它似乎仅是画家那种多少有点与人群隔绝的"人生处处不如意"的灰暗心情的实录，所写的荒谬与虚伪的现象，也流于浮面和飘忽，缺乏更深厚更强烈的社会意义的涵蓄。作家对人与人关系的纯真无瑕的境界的精神追求，是真挚执着的。但她似乎不能在现实生活中看到这种精神追求借以维系下去的因素，因之只好诉诸痛苦的遐想了。于是读者感到的印象就是虚飘和尖刻、冷峻了。其实，实现人与人的关系的纯真、和谐的"漫长的路"，并不是幻想人类相互关系的简化、归真返璞，而是人类通过社会革命的漫长历程，不断地改造世界与改造自身。共产主义革命，终将清除人与人关系中的积垢，使人民群众中固有的优美心灵得到高扬。希望存在于人间，存在于群众自身，而不在于幻想中的伊甸园，不在于个别孤独的先觉者。张洁同志这篇小说，其实际的认识价值，与其说是在于点出全篇题旨的那种并不缜密的哲理，不如说是在于充盈着全篇的对人生的虚伪和荒谬的尖锐的嘲弄。尽管这种嘲弄在我看来过于冷峻，但它却比张洁的哲理更耐人寻思。是的，张洁同志毕竟只是一个描绘世态的小说家，虽然她似乎有点想做一个哲学家。

很可能，张洁自己也并不那么认真地看待那种希望简化、纯化、净化人类相互关系的哲理。在《我不是个好孩子》中，她不是这样慨叹吗："我多么愿意，生活就像我们在童话里读到的那样美丽，那样简单！但这只不过是我们自己主观上的一种善良的愿望而已！相反，生活，倒常以一个无情的、残酷的、有时是血淋淋的面目，出现在我们的面前，那是你想回避也回避不了的事实！"她给我们讲述了一个已到了不惑之年的人对儿时生活的一桩沉重的回忆：几个孩子由于无意中发现地理老师向站长儿子漏题而受到藤条的威胁，其中的"我"屈服于压力不敢出来做证，这使敢于出来做证的"驼背五少爷"刘建受到了毒打。正像美国作家福克纳在小说《熊》中对孩子的勇敢的品质进行成人理性的探讨一样，张洁在这里对孩子的怯懦进行了极为严峻的剖析。她不能原谅人类自身"对压力、对诱惑的软弱无力"，她把整个事件拿到"最权威的上帝"——人类良心之前进行裁决，让小说中的"我"沉痛地说：打那以后，"我再也不觉得自己是个好孩子了。在那时，在生活还没有变得像后来那么复杂的时候，我便背上了我一生中的十字架"。也许这样的裁决对于一个孩子过于严厉，也过于哲理化，但对于作家追求的良心——不能容忍伤害"善良而无辜的人"——来说，却是铢两悉称的。张洁在诘责人性中的怯懦和丑恶的一面时是毫不妥协的，这使她把一件儿时回忆写得那样惊心动魄，含蕴深长。就自我解剖的无情和真挚而言，这篇作品使我想起鲁迅的《风筝》一文，鲁迅追忆了儿时"对于精神的虐杀"的一幕，含蓄地让心像铅块一样很重很重地堕着；而张洁则让小说中的"我"大声疾呼、条分缕析地自责着。风格不同，艺术效果却是同样强烈的。

这种描写对人生的错误或缺憾发生自省的主题，也出现在《未了录》中。此篇以一种悲悯中略带讽示的笔触，描写一个研究《明史》的老学者，在临死时回首一生，深深地感到没有爱情的缺憾。他从记忆的深井中，淘出"青年时代的，一滴仅有的，闪着珠贝一般柔和色彩的泪珠"——那是他美好的单恋。他的一生，把"整个的心思、灵魂，乃至肉体完全地投入对我们祖先的历史的研究"，但却过得孤独、凄苦、别扭而寒碜。他是善良的，对人生、事业是认真的，但能说他生活过吗？不，人生应该是丰满的、完整的，有对事业的献身和追求，也有爱情、家庭生活的温馨以及其他种种生趣。显然，学者的生活是畸形的，作家让他自省道："我原以为我的感情只朝向人类的过去，其实，我也和所有的人一样，渴望着未来。""但愿新来的房客是个充满生命活力的人，……让这屋子享受它应该享受的，而我又没有能够给予它的一切。"是什么原因造成了学者的畸形生活呢？是对人自身的幸福权利和需要的忽视。这种忽视无论是社会的责任，还是个人的责任，都会造成人生无可挽回的缺憾。张洁这里有意完全不触及社会的原因，而专门探索个人的人生失误，显然是想强调每一个人对自己一生的幸福所负有的责任；这是一种自我抉择的责任。积极地自我抉择，以实现人生的完满幸福，避免偏颇和缺憾，这正是老学者的悔悟从反面给予人们的启示。

以上三篇小说，反映了作家对人生的探索。除了第一篇尚带一点社会历史氛围之外，后两篇充满了纯粹的社会伦理探讨的气氛。人物身上没有半点社会事变、历史风涛的印痕。也许有人会认为人物游离在社会环境之外，缺乏具体的历史的可信性。的确，如果运用典型人物不能离开环绕它的历史环境的传统现实主义理论来分析，那是会感到困惑莫解的。但是，无限繁复曲折的文学现象，不能用一把万古不变的直尺去衡量。应该看到，张洁的现实主义，是一种心理现实主义。它糅进了某些现代主义文学的手法。为了强调作品蕴蓄的人生哲理，加深伦理探讨的气氛，张洁这几篇小说中的人物和情节，比之现实生活是夸张了的，变形了的，它们的特质——如画家面对荒谬时的沮丧感、孩子发现人生黑暗面时的异化感、学者处世的孤僻和他垂死时的缺憾感——都是被艺术地强调了的，人物和情节具有一种适应作品的伦理气氛的自成一体的真实性。不能说这种人生哲理探讨的小说完全脱离了特定的社会历史。细加寻觅，这些小说提出的人生主题，如反虚伪，反荒谬，不屈服于恶，不伤害善，坚持人生的幸福权利等等，显然提法有些抽象，却是十年浩劫后在人们对人生的思索中迫切存在的、富于实感的问题，因而并不缺乏某种现实感——如果人们对现实感作更宽泛的理解的话。

当然，对于在社会历史运动的旋流中奋进着的现代中国的读者，他们是更乐于看到更富有时代气息和历史感的作品的。所以，当他们读到《雨中》《第六棵白杨树》《用三根弦奏完自己的歌》《场》时，更能产生一种亲切感，这是很自然的。这四篇小说，仍然保持着哲理探讨的分量，但在艺术结构的天平上明显地增添了现实人生的砝码，反映了张洁在艺术探索道路上的进展。特别是《用三根弦奏完自己的歌》，就思想的深厚、内容的充实和技巧的圆熟而言，都堪称张洁的力作。

《雨中》和《第六棵白杨树》都是精粹的短章。篇幅虽短，情节虽简，但仍具有层次的精巧结构和丰富的意味。《雨中》摄取了十年浩劫中的一个普通生活镜头，描写孤独、倔强的杨莹在受到不公正的对待之后突然又发现人性中善良和美好的流露，以及她在这整个雨中旅途上的情绪交换。小说的心理描写是强有力的。在杨莹要上车被无理拒绝且遭到伤害时，作家悲愤地写道："那种把一个人扔出人的世界的力量，是那么轻而易举而不可抗拒啊！"而在那个戴鸭舌帽、玩世不恭地叼着烟的司机开车追上来，用"上车吧"这样简单的一句话表示他对人的同情时，作家写道："按照她的心情和她的脾气，她会固执地一直把这条泥泞的路走到底。但她却不能，尽管现在，毫不吝惜地挥霍掉一切美好的东西，早已成为司空见惯的恶习，而她永远也不忍心把它丢弃，哪怕就是这样一句简简单单的话。"小说结束在"这个世界，还是值得活下去的"这个强音上，对任意把人扔出人的世界的愤怒和对人性中任何美好的东西的珍惜、对人类的未来的确信，通过一件小事得到有力的表现，这使小说具有很深的内涵和极强的概括力。在某种意义上，这篇小说使我们窥见张洁的坚强而略带孤峭的个性和终究还是热爱人类的心胸。她的心灵的层岩在时代的雷击中出现条条裂缝，但从那裂缝中迸射出来的仍然是爱的泉水。这一点恐怕是一切有分量的作家共通的。福克纳曾大量描写人类的堕落，但他不接受人类的末日的说法。他说，人是不朽的，"当丧钟敲响，并且钟声从夕阳染红的平静海面上孤悬着的最后一块不足道的礁石那儿消失时，即便在那时，也还有一个声音，即他的不绝如缕的声音，依然在絮絮细语"。"我相信人类不但会苟且地生存下去，他们还能蓬勃发展"。一个生活在资本主义制度下，对人生的丑恶有深切的研味的作家尚且对人类的前途持这种乐观的看法；生活在社会主义

女作家学刊·第四辑

制度下的中国的当代作家，虽饱看了时代的苦难，也不惮于写出人民和自身的伤痕，但仍然应该永葆着对人类、对世界的乐观信念，这是自不待言的。张洁那颗外表上看显得凄冷的心，内里其实也包着温煦。就这一点而言，《雨中》包蕴着我们所说的青橄榄的真味，虽然要研味它得细心。

《第六棵白杨树》在"体操精"比赛后发高烧的幻觉中，织入了她艰苦的、忘我的训练和温柔的、纯洁的爱情；在她回答外国记者的条件反射式的木乃伊语言后面，展示了她在与年龄进行"非常的、非常的，难以想象的艰苦"的搏斗之后的真实感受和心里泛起的女性的温柔。这是一曲人的毅力、献身精神的颂歌，也是纯洁、忠诚的恋歌。它使我们看到，对祖国的爱，对事业的爱，对恋人的忠诚，可以把人的价值高扬到怎样的高度。一般地说，张洁的小说缺乏生活的情趣，而这个短章却是例外。篇末"她"想为即将做新郎的恋人织一件漂亮的毛衣，想让恋人为她多买一些黄油点心，这个细节是那样饶有情趣，把"她"的温柔和娇憨，把艰苦的人生搏斗后的胜利喜悦和轻松感渲染出来，是张洁投给她的人物的罕有的微笑。

《用三根弦奏完自己的歌》，则是深沉、浑厚、强劲的人生交响乐。当别人都在探讨两代人的隔膜和相通的时候，张洁却别出心裁地为我们描绘了受伤的一代青年和更小的一代少年心灵和性格力量的复苏。最引人注目的是那个畸形少年王栓。他是那样缺乏憧憬，只有"一种朦胧的、可却冷静的自我认识，冷静得有点叫人辛酸"。他被侮辱被损害，总是独自一人，透着一种流浪汉的孤独感。但是他有歌唱才能。在史明道的帮助下，他开始刻苦地练唱，"为自己的生存得到承认而战"。终于，他在人生搏斗中突然找到自己，丑小鸭变成天鹅，一个新的生命诞生了。这是一个外形的丑和内在的美形成强烈对照的感人的形象。但是，这个形象，并不处于全篇的中心。作家真正着力的，是青年教师史明道。正是在史明道这个艺术形象上面，张洁显示了她对当代青年的了解之深和期待之殷。史明道绝不是一个简单的有同情心和责任感等正面品质的青年；不，他是一个有思想、有血肉，也难免有人类弱点的性格复合体。在他身上，时代的烙印太深太深了，青年读者们一眼就能从他身上认出自己的面影来。他有和父一代的精神联系。父亲是个为人方正的共产党员，大概是不让他走门子吧，"他就活该倒霉地待在这鬼学校里"。他不满现状，"不想过这种补了又补的生活"，但是，他毕竟是他父亲的儿子，"他们是同一块地上长出来的庄稼"。"人生，总要尽自己的本分吧"，父亲的这种严肃的人生哲学对他是有支配作用的。正是这种人生哲学，唤醒了他对人生的责任感，使他产生了"救救孩子"的力量。这一点是史明道思想性格的底色。然而，这底色上也浮动着时代的投影。他和父一代也有隔膜。"他一向不拿他父亲的见解、谈话当回事"。他的"感觉一向反复无常"。在帮助王栓的过程中，"他曾多次懊悔"。在和姚莉莉的关系上，他"有时软弱得让自己苦恼，害臊，屈从于种种并不是自己真正追求的诱惑"。他觉得她不对劲儿，躲开了向她挨近的肩膀，却又在有知觉中靠了回去。在人生、事业、爱情中，他都不无惶惑。"他曾对生活巴望过一点什么，而那点巴望又在什么烂泥塘子里烂掉了"；他读过一句格言："这就是人生一根弦折断，就用其他的三根把全曲奏完。"但是，他觉得"不论是家庭、学校、社会，似乎都没有造就这种精神的最大可能"，能实行这一格言的人，"也许有，微乎其微罢了"。王栓孤独的歌唱，使他灵魂中的音叉颤动了。"流浪汉的音叉。多么熟悉的，伴随着史明道这一代人的失败和辛酸的孤独感"。他意识到自己以及自己的同代人和王栓的共通之处：他和他，他们和他，都是长得干干巴巴、又酸又涩的野生的小山果。他们收成的年月是旱涝成灾的。作家对史明道的精神世界的挖掘是那样细致、深入，就像精于针灸疗法的高明大夫一样，每一次进针都能在人们灵魂中引起强烈的针感。特别是我们，和史明道有着相同的时代感受的一代人，是不难从作家的描写中获得共鸣的：经过十年浩劫，有哪一把生命的提琴没有被折断的弦呢？怎样用剩下的三根琴弦奏完自己的歌呢？看，史明道是在对王栓的同情、帮助中开始奏自己的歌的。他负起人生的责任来了，他开始爱了，爱王栓这个丑孩子，爱春阳，爱绿色，爱孩子的笑，爱蜜蜂，爱鲜花，爱春天的歌，他帮助了王栓，反过来也得到王栓的帮助。王栓那种"用三根弦奏完自己的歌"的精神，使他那干枯的心复活。"他想，他也要像这孩子一样，用剩下的三根弦，奏完他自己的歌"。就这样，张洁让她的史明道和王栓，也许还有"这个世界有一半对她是关闭着的"那个姚莉莉，一起参加了当代青年们的人生观讨论。人们高兴地看到了张洁艺术生命中的青春活力。也许青年们满可以这样说："张洁是属于我们的！"因为对孩子的爱，对青春的信赖，对时代转机的欣悦，对未来的热切希望，毕竟回荡在现实的带苦涩味的人生之歌中。

我并不认为苦涩味本身有什么不好，也不认为自己有权建议作家多给读者一点甜味。正如作家说的："在生活的舞台里，各自原有各自的角色，何必一定要勉强这一个，去扮演另一个呢？那是不会成功的。"在艺术的舞台上，何尝不是这样呢？让每一只鸟儿用它自己的嗓子歌唱吧，试图统一鸟儿的歌声是愚蠢的。但是，研究一下苦涩味对于读者欣赏心理的影响，却是有必要的。张洁是一个勇敢的艺术家，别人不敢或很少纳入笔端的事物，她敢于如实写出。她写画家对生活的厌倦感，就让他懒到对吃饭、消化、粪便也发一通怪论；写老学者的孤独感，就连他身上被"太史公"带来的跳蚤咬出的小红疙瘩也一并写出；她能画出小学教室大梁上盘绕着的又粗又长的大蛇，也能勾勒雨中光秀而孤独的树；她敢说女运动员回答采访

女作家学刊·第四辑

时的神态像木乃伊，也敢把王栓形容为"像一头被人锁在动物园的铁笼里，任人用石头扔，吐唾沫的四不像"。她甚至描绘了弥漫在一个学校里的粪坑臭味。在如实叙写生活的丑恶、荒谬、可怕、怪异方面，她毫不退让、掩饰。同时，她对人性中的弱点的嘲弄、剖析，也是尖厉、毫不留情的。这一切，再加上她那哲理性很强的、长句很多的、腾挪变幻的文体，让情节、场面像飘风中的纸片一样自由地、奇幻地舒卷在人物情绪的转换推移之中的艺术结构，就形成了苦涩味。这是张洁特有的苦涩味。对于这种苦涩味，读者是可以咀嚼、习惯的。使一部分读者难以接受的，倒是这种苦涩味包着的冷傲感。冷傲感是对世俗而发的，特别是对庸众而发的，本来有其存在的理由，但对有弱点的人嘲骂过甚，则使人觉得未免失之忮刻。例如，对于一般人观察男女关系的俗见，王蒙是这样嘲讽的："对于少女，到处都有自动监听的装置……"幽默中不无温情；而张洁则这样尖刻地说："也不知道是哪一个猥琐的人想出来的污秽的道理，认准了一个男人对一个女人，或一个女人对一个男人发生兴趣便是想要爱他，占有他。"哪一种易为读者接受，是显然的。又如，对王栓的母亲，一个乡下妇女出于生计的考虑不同意孩子学唱歌，张洁是这样剖析的："她不懂，人应该站着走，不应该像一条牲口一样在地上爬，就那样活着，死去，一直到死，也不知道脖子上的重轭并不是一生里唯一一件可干的事。她还不懂，要站着走，就得有一条支撑自己的脊梁骨。"这样的人生哲理，深则深矣，高则高矣，听来却觉得不近人情，好像使人看到一个文化教养很高的知识女性居高临下斥责一个在泥水中为一日三餐而艰苦挣扎的农妇不懂音乐的美和做人的道理一样，令人不快。同样，《漫长的路》中对女售货员的尖刻嘲讽，也使人觉得有失温厚。可见，艺术中有很多东西，也像作家笔下姚莉莉的五官一样，"一切不过是只过了那么一点点，可就全不是那么回事儿了"。拒俗和蔑众的分界地，也就那么一点点，稍一越界，就使一般读者对张洁的小说产生了距离感。

《场》是张洁创作中少有的所谓"干预生活"之作。小说中所揭露的某重工业部部长、副部长、办公厅主任违反党中央公布的《准则》，巧立名目，大搞特权，打击敢于直言的好干部等情况，以及该部纪律检查组文过为功，指白为黑的简报，如果拿来和现实生活中的某单位的实情一一相较，那当然可以找出若干"失实"之处，而向作家大兴问罪之师。但这并不是文学批评的正常之道。文学不是生活的实录。把小说看成是对某人某事的隐私的揭发，自己跑去对号入座，这是和文学毫不相干的人们的神经过敏。卢卡契说得好："在客观现实的再现上，艺术的真实是建立于如此的事实上的，即唯一写人再创造的现实中的东西，是作为一种可能性而存在于人物身上的。艺术创造的长处，就立于使这些蛰伏的可能性得到完全充分的发展。"① 张洁所虚构的那种某重工业部的机构运转状态和生活氛围，她所揭示的由人与人之间的复杂圈子组成的类似磁场、电场的那种"眼睛是看不见的，但是存在着"的"场"，我觉得是异常真实的。它反映了我们党的肢体、社会生活的某些病变，指出了和这种病变的斗争之难。这是作家政治热情的表现，应该得到鼓励。对于像张洁这样偏于内向、偏于道德、良心等抽象问题探索的作家，她开拓自己创作的现实内容的努力，更应该得到支持。我倒是觉得小说的弱点，在于对现实的复杂关系本身，缺乏强悍的、有力的、细致的形象描绘，使全篇读来类似事实报道，较少艺术意味。而小说中那个阅世不深、少见多怪、敏感而又冲动的女实习记者，则显得过于消极。虽然她最后表示"不对，明天我还是要找经济部主任谈谈去"，透露出一点要坚持斗争下去的消息，但弥漫于全篇的总的情绪是一种被愚弄后的困恼："不，我什么也没弄懂，我只想哭，我觉得人人都在愚弄我，耍笑我，我被这种愚弄伤害了。"一种冷傲感和孤独感浸淫于全篇，人们看到的是个人与某一患病的社会群体之间力量不成比例的对抗。知道内情的老沈和二宝，一是阴阳怪气，世故多于义愤，让女实习记者觉得"他就是那个地狱里的魔鬼，梅菲斯多菲尔斯"；一是口气中虽有"谴责和不平"，但行动上却无能为力的承认现状者。他们都不能给女实习记者以切实有效的战斗支援。这样，全篇就显得缺乏信心和热力。

读着《场》，我还有这样一种艺术感受：就是觉得张洁的笔一接触带政治性的社会题材，似乎就失去了某种灵性，看不到一个小说家应有的传神地描绘生活的高强本领。过去读《非党群众》，也有这种感觉。但是，像《忏悔》《未了录》那样揭示内心生活的、侧重于人生探求的作品，却使作家的才气得到最淋漓尽致的发挥。看来，作家的气质和她的艺术才能的特色，是有密切联系的。作家如果想使自己多具备几副笔墨，既善于描摹人物心灵的微妙活动，又不乏为纷纭万状的世相作写照的手段，那是要稍稍改变自己内向的气质，多向身外的社会生活作凝视才行。这也许很难，但也并不是绝对做不到。毕竟，"人是自己的性格的创造者"嘛——记得好像是陈祖芬在一篇文章中这样说过。

把张洁1980年的短篇小说巡视一过，我怀着对作家痛苦的思想追求的深切同情，写了以上这些话。在咀嚼着张洁的苦涩而有味的青橄榄的同时，我也同时读到了张洁的同时代作家的大量生活丰厚，感情强烈，动人心魄的佳作。我感到我们的文学新军的队伍，是如何迅速地在壮大啊。且不说王蒙、张贤亮、高晓声、李国文这些中年作家了，就说崭露头角的青年作家何士光、陈建功、王润滋、古华……他们在1980年为我们的文学画廊提

---

① 《卢卡契文学论文集》（一），中国社会科学出版社1980年版，第178页。

供了多少绚丽的画卷，雕塑了多少神形毕肖的人物啊。这真是一场友好的、紧张的艺术竞赛啊。每一个作家都为每一年的文学编年史提供了自己独特的东西，也都可以向自己的竞赛伙伴学到自己所缺乏的东西。把一个作家的独特的艺术探索，说成是对整个似乎是空漠的文坛的挑战，这并不利于作家恰当地估量自己在文坛总棋局中的位置，也不利于作家意识到自己的弱点并汲取别人的长处。张洁有很高的悟性，也极有才气。清人龚自珍诗云："从来才大人，面貌不专一。"我想，张洁是不会让自己偏于纤丽奇崛的艺术个性凝固起来的。在新的一年里，她也许会带给我们更丰富的创作果实吧，不再仅仅是这些虽然有味但毕竟苦涩的青橄榄。

原载《泥土与蒺藜》，百花文艺出版社 1983 年 12 月出版，收入集子前从未发表过。

（曾镇南：中国社会科学院文学所研究员，著名评论家）

张洁纪念专栏

重思张洁的意义

张颐武

女作家学刊·第四辑

摘　要: 论文重新探究张洁小说的独特意义，通过对张洁小说的再解析来理解她和"新时期"文化的关系。文章认为张洁对于"文明"的生活方式的追问和反思，是其作品的重要主题。

关键词: 张洁；文明；生活方式；现代性；价值

一

张洁于 2022 年 1 月 21 日在美国去世。

这位在"新时期"具有重要影响的作家，走完了自己的人生旅程。在这个充满了巨大变化的、一切都已经和当年张洁活跃的时代非常不同的时代里，她的声音已经微弱，人们对于她的怀念似乎也止于回顾她在"新时期"的那些贡献。她在现在的文坛似乎已经没有了原有的影响，当下的年青一代已经和她相隔遥远。她和当下的关系似乎已经相当淡薄，这个时代和她的关联已经不像当年那样紧密。她仿佛已经来自相当久远的过去。这也确实是当下的状况。

但张洁的作品已经留了下来，成为中国历史的进程中的一段让人难忘的记录，她在 20 世纪 80 年代到 21 世纪初叶写作的那些作品到今天仍然保持了自身的力量，她的探寻和追求依然不会回归于文学史，而是在当下发挥着作用。她不仅见证了她生活的那个时代，对于今天也有着自己独特的意义。张洁的贡献其实是超越了她自己的时代的，她见证了那个改革开放的大时代的发端，也见证了在其间的剧烈的文化冲击和中国参与世界的进程中的内在矛盾和可能性。张洁在她的同代人之中是极为独特的，也是在她的不间断地思考和探索中，她的作品从独到的视角勾勒了她所生活的时代的一个特殊的侧面，也提供了来自她的独到的锐利和尖刻的对于世界的观察，她同时也提供了对于女性境遇的一种重要的思考和探究的角度。张洁在她所处的那个时代所写作的作品，为世人留下了弥足珍贵的遗产。她也无疑是中国"新时期"文学的重要作家，她完成了她所能做的一切。

二

张洁是中国的"新时期"所构筑的文化想象的一个重要的部分。她所体现的是改革开放的"新时期"文化的那些独特的特质。她从某种浪漫的想象开始她的写作生涯，却不断变化，走向了一种尖刻而锐利的对于自己的时代和人性的观察。这后者正是她给予人们的最重要的启发。

张洁的成名作《从森林里来的孩子》无疑是那个时代的"伤痕文学"中的另类的作品，它的极大的影响力和冲击力也让张洁成为"新时期"文学的重要作家。张洁的这部作品既是"伤痕文学"的重要的作品，也超越了当时"伤痕文学"惯有的模式，让当时的人们感受到了一种不同于一般的独到的风格，这也开启了张洁的创作。这篇小说的独到之处，在于它超出了当时伤痕文学常见的对于苦难的描写，而是另辟蹊径，从一个孩子和一位音乐家的相遇展开故事，经历苦难的音乐家和孩子的相遇，给僻远森林里天真而有天赋的孩子带来了音乐，赋予了孩子以新的生命。这里虽有"伤痕文学"常见的那种悲伤和痛苦，但其中却洋溢着一种来自内心的诗意。正是这种诗意的表现，让这部作品从当时众多的表现"伤痕"的作品中脱颖而出，成为一部独特的作品。抒情的浪漫的气息，类似于欧洲 19 世纪文学式的表现方式，故事里独特的"感伤"和对于优雅和优美的事物的强烈的迷恋，让这部作品的意味深沉，在当时的流行小说中跳了出来，展现了特异的风格。

小说用了少年孙长宁的视角来看世界，长笛演奏家梁老师由于"四人帮"的迫害，来到了边远的地方，不能继续他的演奏生涯，而是和伐木工一起劳动。此时，孙长宁遇到了自己的老师，小说用诗意的语言来描写长笛对于一个伐木工儿子的心灵的震撼，他从此有了一个新的机会。梁老师把自己的生命寄托在了这个孩子的身上。梁启明老师融入了森林，而这个孩子最终带着梁老师的精神的寄托，走入了音乐学院。这个故事里的那些关于森林、关于鸟和音乐的浪漫的描写让这部小说有了自己的独到的打动当时的人们的力量。这里有文化对于一个如大自然般自在的生命的启迪，这种启迪开启了一个孩子新的生命。已经误了考试报名的孩子在"新时期"获得了一个机会，这个机会其实也开启了张洁在那个阶段的小说中的对于"文明"和"优雅"这些当时被认为曾经失去的感觉和体验的追寻。

这种追寻成为改革开放初期的一种独特的执着。当时社会有一种对于"文明"的追寻的氛围，认为社会弥漫着一种"愚昧"或"盲目"的社会状况，这是受到"四人帮"的影响而造成的，也是社会的落后所积淀的。而走出这种状况，需要有一种"文明"的力量。"伤痕文学"的开山之作，刘心武的《班主任》中的谢慧敏和宋宝琦虽然个性和生活选择完全相反，但最终却难以超越那种愚昧的状态。而有中西文化的"教养"的石红则是《班主任》中完美的典型。这种从人物的举止修养等"教养"来观察人的人格的健全程度的观念，可以说是"新时期"初期的一种非常重要的观念。"文明"乃是一种"现代性"的观念，是现代人的生活方式的展现，也是生活的某种更高的理想。它被赋予了一种世界普遍的、更合乎"人性"的价值。这其实也是当时的向科学进军的时代潮流的另一个侧面，折射了当时的社会的选择。科学赋予了人们理性，而文明则是主导生活的关键，这其实也应和了"新时期"初期对于"五四"的召唤。"文明"当然是一个相对模糊、内涵丰富的概念。但在这样的语境之下，它并不是一般指向的文化类型，而是指向了一种更高、更好的生活方式，是人们向上提升的"理想化"的目标。这种文明的观念，其实也混合了某种"高雅""优雅"的气质和风度，表现出对于日常生活的平庸的厌弃，同时也混合了一种开放的、自由的生活的理想，它更是一种感性的诉求，一种对于当时的匮乏时代的生活方式的强烈不满，它指向了一种内在和外在和谐的精神之美。当然这种"文明"的观念并不完全清晰，但这在很大程度上是那个时代的主流的观念，其实也是一种个体"现代性"的追求的具体的展开，是一种理想化的追寻。其实这个当时流行的观念对于张洁的影响是巨大的。当然，我们可以看到对于这个关于"文明"的生活方式的思考和追问其实纠结了张洁的一生。

对于张洁来说，这段早期的对于"文明"的礼赞，仅仅是相当短暂的一段特殊的历程。季红真曾经概括的"新时期文学"的文明与愚昧冲突的主题，如果不从她的论文的那些宏大的论述出发，而是从具体的字面的含义来理解的话，这个概括用来描述这一段时间的文学其实是有相当的适切性的。而张洁的早期小说也反映了这样的主题。如《有一个青年》中男主人公从粗俗到优雅的历程，就是一种内心的转变的过程，也是文明的"教化""教养"的实践。而《谁生活得更美好》，则对于这种"高雅"的外在表征提出了质疑，认为内心的丰富和美才是"文明"的展现，这其实也是当时关于生活方式的选择问题的探究流行的观念表达。追求时髦、外表高深都不能掩饰精神上的匮乏。《谁生活得更美好》中的外表优雅的吴欢和自信坦诚的售票员田野的尖锐对比是通过一个见证人、吴欢的朋友施亚男的眼光来观察的。售票员看起来非常质朴，但却是一个心灵丰富的诗人，也能够理解高深的美术作品。而吴欢貌似深沉，其实是一个肤浅的、极度自恋而虚无的人，他伤害了那个售票员姑娘。"文明"在这里展现为一个追

女作家学刊·第四辑

问：谁生活得更美好。结论当然是显而易见的。小说用这个见证人施亚男的话反思"文明"的观念："我看没准咱们才是小市民！别看我们平时温文尔雅地坐在沙发上谈谈哲学、音乐，弹弹吉他，听听录音磁带，甚至不屑于吃小摊上的油饼……可这一切不过都是一种装饰，是极力掩盖我们身上那股浓厚的小市民气息的装饰！我们自以为高雅的那一套，其实都是陈腐得不得了的东西……"这些分析里有趣的是一些当时认为"高雅"的符号内，有一种"小市民"的庸俗，而真正具有高雅的气质和超越性的却是那个售票员姑娘田野，而她的另外一面则是一个优雅的诗人。这种对照的表达，其实是某种矛盾性的产物，而这种矛盾性则是后来张洁的作品一直在延伸的主题。这个矛盾就是，一方面对于物质匮乏所影响的精神的平庸的厌弃，另一方面则是对于商品化所带来的新的后果的厌弃。她的作品在这里尝试追寻一种超越具体的物质生活的更高的追求，而这种追求在很大程度上是不及物的。外在的那些"高雅"其实是现实的"物质"所提供的，而田野具有的那种在匮乏平凡生活中的精神超越性则是张洁当时的小说所追寻的。它是一种极度理想化的表现，这是对于"文明"的生活方式的理想化，一种浪漫的追寻。这种极度的理想化，最终也让她在后来的小说中走向了对于这种"理想化"的尖刻否定。

而她在 1979 年和 1980 年真正引发了广泛的争议和讨论，有巨大社会反响的作品是《爱，是不能忘记的》，这部作品触及了她一生最关键的主题，就是男女两性的关系。这部作品在当时是具有爆炸性的。今天看这个作品其实是一部高度"理想化"的作品，是对于一种更具"文明"特质的感情的追寻，也是尝试在中国社会追寻某种超越性的感情的作品。这是以女儿的视角对于母亲的一段感情的观察，这个作品写到了两个没有握过手的人之间的那种跨越时空的精神之爱，理想化的男主角和母亲的爱是一种对于成熟的、有力量的人的渴慕所产生的超越之爱。这种爱产生了对于女儿的巨大启悟，但这种启悟却来自一个在当时看来其实相对奇特的表述："在商品生产还存在的社会里，婚姻，也像其他的许多问题一样，难免不带有商品交换的烙印。"今天看来，那时中国还在计划经济之下，大规模的市场经济并没有到来。但这里所提出的问题，却是一种对于"商品交换"的焦虑和不安。世俗生活中的商品交换使得生活本身庸俗化，让张洁小说中的女儿感到了厌恶。这其实是一种相对错位的厌恶，中国计划经济下的商品交换在那时的水平显然是相当低的，在那个时候对于商品的警觉显然是一种错位，但这里的说法从根本上反对物质性的"庸俗"，追求更高的"文明"的生活和情感方式，最后母亲这种从来没有真正接触的爱情但这里冲破界限的地方在于，在婚姻之外的刻骨铭心被解读成显然不是她所期望的心态。当时一些人认为这种感情是莫名其妙的，是现实的越轨。但张洁所写出的是某种浪漫精神的相互契合，这被认为是更高的"文明"的生活方式。拒绝平庸的婚姻，拒绝平常的日常生活的常规的选择，是张洁当时认定的更高的生活的标准。这篇小说从一开始引起故事，到最终的结论，都是让女主人公不断地宣布自己拒绝平庸的婚姻。爱情就是不及物的理想，是绝对与平庸的日常生活划定了界限的感情。这种追寻当然是浪漫和诗意的，但同时也是相对脆弱的。这其实标定了张洁对于两性之间感情的"文明"的尺度，也就是超越日常生活的绝对之爱。

其实这种感情的追寻在她当时直接写改革的重要作品《沉重的翅膀》里也有表现。那种对于庸俗的厌恶，对于物质性的厌恶在这部作品中也表现得相当突出，这部作品也有对于一些庸俗表现的尖刻嘲讽，但对于成熟的、有力量的人的肯定则是和与改革的肯定相关联的。张洁的小说也展现了她在当时不少"改革文学"写作中相当不同的一面。这个故事里既有当时改革的流行观念的表达，有其和当时的改革构想相一致的宏大的社会理想的表达。一种对于效率提升和生活改善的强烈愿望被投射在了她所描写的人物身上，寻找一条原有的结构的调整，从而获得更高的效率是当时"改革文学"的普遍的观念，这也就是一种"发展"的观念。《沉重的翅膀》其实也是在运用这种观念。但张洁的特殊之处是在于大量关于生活方式的"文明"的意识和这种当时普泛化的改革的"发展"的意识有了"接合"。这部小说的主人公郑子云当然是正面的改革者，有"现代意识"的角色，其中涉及了他个人的隐秘的情感。叶知秋作为一个知识女性和他心心相印的故事在小说中有相当的篇幅，这也是类似于《爱，是不能忘记的》的描写。一种超脱的精神之恋超越了世俗的具体的限定，而郑子云的家庭和妻子的平庸也是这个作品着力强调的。这些显然还是她对于理想生活方式的追寻的一个重要的方面，对于这部小说来说，这些描写具有相当重要的意义。她对于"教养"和"优雅"的兴趣在这部小说中也有很多呈现。张洁的焦点还是对于一种具有某种精神超越性的生活方式的"文明"的兴趣。这里有一个矛盾其实是典型的 80 年代式的。在这里郑子云和叶知秋等人的"改革"强调物质性的追寻，是经济的发展的重要，这在叶知秋和郑子云的讨论中是他们的共识，而他们追寻这种"物质性"的方式则是一种抽象的对于精神性的强烈渴慕。"文明"的生活方式是精神性的，而改革则是物质性的。抽象的精神性的追求却最终要得到某种物质性的"发展"和繁荣。这是 80 年代的重要的观念。而张洁把这一切统一在了自己的想象之中。"文明"的生活方式是和当时的改革观一致的，可以说社会层面的"改革"为个人生活方面的"文明"提供了条件，而个人生活方面"文明"的个体则是天然和改革站在一起的。张洁其实是强烈地将个体的精神的"文明"生活的追求和"改革"的物质性的"发展"渴望之间的关系做了从一个女性角度的"打通"。这其实是《沉重的翅膀》既应和了当时的时代氛围，也在当时流行的"改革文学"中具有特异之处。

三

这部《沉重的翅膀》可以说是张洁对于"文明"生活方式的追寻的最高潮的作品，也可以说是张洁的前期的写作的集大成之作。

而此后张洁对于这种超越的精神性的"文明"却又有了困惑和不安。现实的女性的境遇也使得这种超越性难以存在。这在她的1982年发表的《方舟》就已经透露了端倪。三个单身女性的境遇和困扰之中，张洁所提示的是那种生活方式的"文明"的不可及和现实的袭扰的永恒存在。三个具有反叛性的女性的生活也是充满了困扰的，精神的"文明"追寻并不足以克服日常生活的困扰，这其实是她在同时就有了对于她所渴慕的一切的某种追问。这在她早期的创作中已经流露了出来。

随着中国的变化和开放的历程，在当时西方对于中国"新时期"文学的认知中，这些作品是有相当影响的。在西方研究者的视角下，她早期的作品其实有着自身重要的社会意义，那种强烈的个人感情和对于特立独行的生活方式的渴慕，对于西方的现代主义来说，其实是相当古典性的，是一个独特的社会变化的样本。张洁所获得的国际声誉在当时也是引人注目的。她也在80年代经历了当时作家中最国际化的历程，她在西方访问频繁，在跨出了原有的隔膜和由此而产生的天真的想象之后，她也可以说是很早就对于西方当时的具体生活形态有了非常充分的认知的中国人。这些经验对于她的影响格外巨大，她获得了一个对于她所渴慕但仍然非常抽象的"文明"生活方式的某种另一面的参照。而这种参照对于她是有某种震撼性的。

她发现了平庸的无所不在，生活的平庸并不因为社会的改变而改变。平庸能够破坏优雅，平庸总是会侵蚀人的生命，而那种"文明"生活方式后面的东西其实是让人失望的，表象和内在是脱节的，不仅肉体和心灵存在矛盾，而且心灵本身也是难以去追寻。西方应该是先发的"发展"的社会，但其实并没有带来她所追寻的"文明"，西方式的中产阶层的生活方式的那些平庸的特性被她所透视，这其实和过往中国存在的那种平庸是相通的。这种思考贯穿了张洁此后的创作，在80年代中期之后，她的写作开始了更为尖刻的嘲讽和更为锐利的追问。她不再简单地把那种生活方式上的粗俗和平庸视为一种中国社会落后的象征，而赋予了其另外的意义。西方市场化的丰裕社会之下的日常生活也是极度平庸的，这其实是让她格外失望的。这和她对于那时的本土日常生活的平庸虽然形态不同，但最终却在精神实质上格外地相似。这种失望化作了一种新的写作的动力。对于"生活方式""文明"的另一面，她发现一种更深的平庸，一种更为让人失望的东西。这似乎深刻地环绕着她，影响了她的写作本身。

她在 20 世纪 80 年代后期到 90 年代的一系列的作品，其实就是无情地将过往的浪漫撕碎的作品。这些作品具有重要的意义。这一系列作品包括《只有一个太阳》《上火》《红蘑菇》等，张洁的尖刻的嘲讽和挖苦有一种特别的悍狠。

其中《只有一个太阳》是她的重要作品，也是她在中西文化之间的穿越经验的深沉感悟。这部小说有许多小品式的片段，把改革开放初期的中西交往的历程中的种种怪现象做了漫画式的描写。里面的嘲讽一方面是针对着西方某些人的虚伪，另一方面是针对着突然开放后所出现的那种在物质生活差异的冲击之下的中国一些人的"震惊"体验之下的那种极度的世俗。这些在交往中所透露出的人性的荒唐和鄙俗正是这部小说的大量的片段所展开的。这里让人看到的是她对于一度渴慕的"文明"生活方式的极度失望和强烈讽刺。这些中国和西方中间游走的经验其实这里的那个保持着优雅的知识分子，这部书中似乎唯一一个相对比较正面的人物——司马南江，他也不再是过往的浪漫的人物，而是在中西之间的穿越中感受到了某种无奈和压抑，感受到了难以弥合的精神冲击的人。最终他在海上游泳而消失，则是张洁过往的那些浪漫的男性人物的一个最终的想象性的结局。这个终局里其实有对于她原来带着理想的色彩写出的诸如《爱，是不能忘记的》中的那个只有侧写的母亲的恋爱对象，或是《沉重的翅膀》中的郑子云等的一种凭吊，一次最终的告别。这里的浪漫已经消失在海平面之下。这其实是具有某种象征意义的。张洁早期的作品里的那种纠缠着她的对于"文明"生活方式的渴望，现在终于化作了对于这种生活方式的一种尖锐的嘲讽和否定。这是从"人性"的角度穿透了自己的浪漫，最终把自身的浪漫彻底地化作了一种嘲讽。她在剖开各种面具之下的某种具体而微无法超越的真实，在只有一个太阳的世界上，人性的状况其实是相通的。这是张洁原来对于某种异域的文化的渴慕的结束，也是她对于过往的成长和写作的经验的一次超越。很少能有作家用彻底抛弃过往的方式来获得一种新的可能，而《只有一个太阳》，则是 80 年代后期的中国文学中并不多见的那种对于中西方具体的生活层面的交往的最独特的见证，也是一种从更开阔的视野反观自己的社会和"他者"的一次相当独特的尝试。可以说这是对于全球化所带来的一切的最初的反思的尝试，这部作品到今天还有其独到的魅力。在当下这个时移势迁，全球化的趋势正在发生巨大变化的时代，张洁的这部作品仍然给我们启悟。

张洁其实格外地意识到了用某种精神性的追求所寻求的对于物质性的

超越，在一个逐渐市场化的全球性的世界中并没有自己的空间，那些曾经的浪漫其实是虚幻的。她的写作其实是很早就已经尖锐地将一个全球性的市场化的社会做了深切的探究。张洁这一段时间的作品自有其重要的意义和价值。

四

此后的张洁的作品，其实是在这样的思考中延伸的。她晚期的作品回到了她自己的家族和过往。无论是对于自己的母亲的追忆和怀念还是对于自己家族历史的回溯，其实都是在这样的视野之下观照世间的作品。

《无字》是作家在跨越了近二十年的历程之后的心血之作。但这是怎样让人震撼的续篇。一切早已破碎和光怪陆离，曾经的让人沉醉的在"天国"才可以得到的爱情，今天在人间真正实现的时候，却是一场令人难堪的噩梦。浪漫的"天国"里可以超越一切的东西，在日常生活之中却被一切所"超越"。这是一个将那些虚幻的浪漫幻想打碎的故事。它显示了张洁在回到她的老故事和老主题时，业已饱经沧桑。天真已逝，当幻想变为真实生命的痕迹的时候，我们不得不看到物是人非。对于"文明"生活方式的渴慕现在早已成为一种难以化解的平庸。这种带有挑衅般的尖刻似乎有一点让人不知所措。这是一个有关"隐私"的故事。女作家吴为和老干部胡秉宸的纠葛无疑引发了这部小说。这段纠葛是爱情，还是飞短流长、街谈巷议？是两性间的斗争，还是一段社会新闻？《无字》在这样的地方制造了"含混"的效果。张洁以她在二十年的写作生涯中练就的尖刻而锐利的文笔撕开了情感波澜下的那些复杂而微妙的真实，把在浪漫传奇之下的难言的具体而微的片段表现出来。张洁异常敏锐地透视了那些无法回避的问题与焦虑，她发现浪漫传奇需要面对的不仅仅是社会舆论，而且是两个人无法承受的内心冲击。《无字》写出了两性关系中最为强烈也最为残酷的一面。在这里，张洁不仅仅对于他人残酷，而且同样敢于对自己残酷。她写出了微妙诡异的新"传奇"，在这传奇里过去渴慕的一切现在化成了现实的、难以逃避的日常。但《无字》的锐利之处在于它在个人的"小历史"中引出了有关20世纪中国的"大历史"的种种"传奇"。张洁没有刻意表现"大历史"，而是在追索个人历史时，"大历史"无法回避地化入其间。这"大历史"不是正史的"宏伟叙事"，而是"野史"或"稗史"，是"大历史"边缘的人的命运。张洁因此跨出了个人的视野，提供了对于20世纪中国人沧桑命运的表述。在小说中，作家吴为正经历着超出常人的体验。这体验尖锐地揭示了语言的极限。疯狂穿透了语言，在语言的断裂处透露生命本身。所谓"无字"似乎可以从这难以表达之处中找到线索。这其实是一个重要的女作家用自己的一生和对于自己的家族史的追寻，去见证她所思考的那一切。其实张洁告诉人们的是一种境遇的难以逃避。

张洁的写作在这一时刻其实已经完成了自身，已经把她所需要表达的一切交给了人们。她可以说是用《无字》最终完成了自身的写作。

五

张洁的一生其实都纠结在她对于"文明"的生活方式的理想的探究之中，从早期的对于这种生活方式的渴慕，到80年代后期之后的对于这种生活方式的反思和追问，张洁的力量其实正是用自己的全部作品，提供了对于属于她的那个时代的深入的探究。她写作的开端应和了时代的声音，而最终她却试图超越时代，提供对于人性的更深切的观察。她的写作仍然会留在我们的时代，让我们看到她的见证和思考的价值。

（张颐武：北京大学中文系教授、博士生导师，著名文学评论家）

对《爱，是不能忘记的》引起的争鸣的梳理与反思

曾镇南

摘　要：1980年婚姻法的问世激起巨大的波澜，而在这之前张洁的小说《爱，是不能忘记的》早在文学领域里刮起了一阵清风，更新了人们对爱情的观念。围绕这篇小说和这个离婚案激起众多谈论，而深入其中的王蒙有着众多的见解值得我们此时来深入思考。

关键词：张洁；《爱，是不能忘记的》；争论；梳理

有一位报告文学作家这样写道："中国还没有哪一部新法像1980年婚姻法那样，一问世就在人们心灵中掀起了如此巨大的波澜。而两种观点的激烈争辩集中地爆发在1981年春那起并不复杂的离婚案上……一个女人（由女人率先试法，此事是引人深思的）以没有爱情为理由，要同她那个品行端正、忠厚老实的丈夫离婚……"

这是中国当代婚姻史上的一页重要记录。但是，如果不仅仅从婚姻法的改革的角度，而是从更广泛的社会思潮——其中包括人们对爱情和婚姻的观念的变迁的角度来看问题，那么，就还必须看到：在婚姻史的这一页掀开之前，也就是1979年9月，已经有一个女性以她的一篇惊世骇俗的小说，从文学领域里刮起了一阵清风，更新了人们对爱情的观念，正是这阵清风，做了尔后发生的一切（至今仍在延续）的前导。

这篇小说，就是张洁的《爱，是不能忘记的》。

围绕着这篇小说和围绕着那个离婚案，社会上发生了广泛、热烈的争论。王蒙相当深地涉入了争论的激流。他以文艺评论和小说并用的方式，发表了很多关于爱情和婚姻的见解。这为人们了解他的思想提供了丰富的材料。当争论已经冷却下来之后，重新回顾一下这桩旧文案，仍然可以得到很多有益的启示和教训。

这里，我必须坦率地向读者承认，我也是当年参加争论的人。所以，在评述王蒙的观点的时候，我想顺便也自审一下自己当年对《爱，是不能

忘记的》的某些气盛但却很难说是言宜的批评意见。这是我灵魂中始终想了却未了的一笔宿债。

王蒙实际上是最早对张洁的特殊的艺术才能和《爱，是不能忘记的》给予高度评价的批评者之一。1979年12月，也就是在《爱，是不能忘记的》发表后不到三个月，王蒙就指出："张洁的名字出现在报刊上还不那么久，然而像一颗新星一样，一出现在天空，就以它独特的光辉吸引了人们。"[①] 他着重评价了《爱，是不能忘记的》：

> 《爱，是不能忘记的》写的是人的感情，人的心灵中的追求希冀、向往、缺憾、懊悔和比死还强烈的幸福与痛苦。我们可以同意或者不同意这种对于爱情的柏拉图式的解释，我们可以同意或不同意作者对于"生儿育女、厮守在一起"、对于"千百年来的社会习惯"的嘲笑，我们甚至也许可以友善地进言作者在维护自己的观点和情绪的同时保持一定的分寸感，但是，作品的主题仍然不在这里。以为靠这篇小说可以指导恋爱婚姻和以为从《乔厂长上任记》中可以找到企业管理问题的答案一样，是"过于执"了。小说写的是人，人的心灵。难道人的精神不应该是自由驰骋的吗？难道爱情不应该比常见的和人人都有的更坚强、更热烈、更崇高、更理想吗？难道一个崇高的、有觉悟的、文明的人，不应该终其一生去追求去寻找去靠拢那分明是存在着的、又明明是不可能完全得到、不可能完全实现的更上一层楼的精神境界吗？难道人生的意义，在某个方面，不也正在于这样一个灵魂的不断升华和不断突破吗？说真的，落后的生产力，落后的文化，贫困，封建专制，以及我们自己的"左"的专横的影响，不是使我们的许多人的灵魂被压扁了，因而太缺乏感情，太缺乏想象了吗？

请读者原谅我抄下了这么长的一段文字。我觉得这段文字是对《爱，是不能忘记的》的公正而有见地的评价，它实际上触及了对这篇小说的评价中最关键的三个问题，同时也表露了王蒙对于文学和生活、爱情和婚姻的一些最基本的见解。

第一，王蒙以一个浪漫主义的杰出作家特有的艺术敏感，透过张洁这篇小说中分量相当不轻因而也就相当触目的关于人类千年来乃至现在婚姻与爱情分离的状况的社会学味道很重的议论，一下子就抓住了小说内在的纯情的和想象的艺术特质。他指出，张洁写的爱情的幸福和痛苦，是"比死还强烈的幸福和痛苦"，她所刻骨镂心永不忘怀的爱情是"比常见的和人

① 王蒙：《当你拿起笔》，北京出版社1981年版，第161页。

人都有的更坚强、更热烈、更崇高、更理想"的爱情，也就是说，这是不能从普通常见的婚姻生活形态和道德尺度去评价的幻想的爱情。这种爱情是人的精神"自由驰骋"的天性在艺术中的表现。

对于这篇小说所讴歌的爱情的想象的或者说幻想的性质，王蒙在过了一年后，即 1980 年 11 月，又作了一次更仔细的分析。他说："有时真诚就是真实。比如幻想，是最不真实的，但是他要是诚心诚意在那里幻想，写到作品里就是真实的、感人的。你要按一般规律细研究，张洁的《爱，是不能忘记的》破绽确实很多，到底她那感情是怎么发生的？为什么感情那么好却手都不能握？为什么爱到这种程度？这个作品为什么能感动一些人呢？至少张洁本人在写这篇小说时是相信有一个超出时间和空间的爱的。"①我认为这是一个浪漫主义作家对一篇纯情的浪漫主义小说的作者的创作心理的深刻理解，也是替张洁在这篇小说中完全可以享有的强化、夸张爱情的美丽而神奇的力量的艺术权利，作了最有力的辩护。我国著名的浪漫主义戏剧诗人汤显祖，在《牡丹亭》的题词中，为他钟爱的人物杜丽娘的奇幻经历，作了这样的辩护："如丽娘者，乃可谓有情之人耳。情不知所起，一往而深。生者可以死，死可以生。生而不可与死，死而不可复生者，皆非情之至也。梦中之情，何必非？天下岂少梦中之人耶！"张洁笔下的钟雨，其情感表现形态当然和杜丽娘有很大的时代差异，但其一往而深、如梦如幻的程度，却是相近的。不把握这种天下至情的艺术化的浪漫、幻想的特征，就无法理解钟雨的苦恋的真实性。在这一点上，王蒙是一下子就抓住了问题的根本的。

指出这一点对于准确地评价张洁的这篇小说实在是太重要了。写到这里，我重新翻读了自己之前写的评论这篇小说的文章，不觉汗颜。我不无遗憾和抱歉地发现，我的苛评正是在这里失足的。带着一种书生意在求胜的执拗和在呆滞的生活（历史赠予我们这一代人的）中形成的方巾气，我处处从"一般人对爱情的正常的美感"、从"正常的人，对爱情怀有切实的看法的人"的"生活经验"、从所谓"实际生活"出发，去论证作家"牺牲了人物形象的艺术真实性"，竟致得出了这种爱情"既不美，也不动人"、"很少人间的活气"的结论，对小说作出了"美感幻灭"这样一个基本上否定的错误评价。②我完全忽略了小说的纯情的、想象的浪漫主义的艺术特质，忽略了它的真诚的爱的幻想给予人的冲击力和感染力，企图把它纳入我所习见的一般现实主义小说的审美圈子。既然用错了尺度，当然也就觉得凿枘不合，于是就挑剔破绽、刮垢索瘢，弄出这么一个错误来了。这是

---

① 王蒙：《探索断想》，《漫话小说创作》，上海文艺出版社 1983 年版，第 61 页。
② 曾镇南：《爱的美感为什么幻灭？》，《泥土与葳蕤》，百花文艺出版社 1983 年版，第 278—286 页。

我的批评生涯中永难忘记的教训。一个批评家总是会有判断失误的，读者也会容许和理解这种错误；但是，对于批评家个人来说，这种失误总是他内省时的精神负累，特别是在对那些有代表性的、在社会思潮和文学思潮的发展上产生过重大影响的重要作品的判断上发生的失误，更是沉重的精神负累，他总是要寻找机会把这精神负累放下的——这就是我在这里写下这一段枝蔓的文字的原因。亲爱的读者，你们不会发出嗤笑吧？

第二，王蒙在评论这篇小说时，实际上承认了人类的爱情生活乃至一般精神生活固有的缺憾，指出在进步的、文明的人类前方，总是悬着一种"分明是存在着的，又明明是不可能完全得到、不可能完全实现的更上一层楼的精神境界"。这种精神境界、感情境界在前方闪光，它既照出了人类精神和感情生活现状的缺憾，引起人类的不满，激起改变的呼声；又远远地导引着、魅惑着、鼓舞着人类奋然前行、不懈追求的欲望。这也就是人类精神史感情史发展的动力吧。艺术家，尤其是浪漫主义的艺术家，总是异常强烈地发现这种缺憾，喊出这种不满，以促使生活的改变。理解了这一点，也就能够理解张洁这篇小说中愤激的、急切的、幽深的调子和"痛苦的理想主义"了。

王蒙在另一个地方，对人类这种在感情生活中的固有的缺憾和渴望，作了更明确的概括：

> 事业和道德之外还有感情。对于友谊和爱情的渴望，这是人皆有之的，但不是每个人的这种渴望都能得到生长、满足和升华。毋宁说，人们在这方面总会有所欠缺、有所遗憾、有所期待。不是说人人都会期待一个第三者，而是说期待一种更好的心灵的靠拢和更高的感情世界。于是乎有了张洁的《爱，是不能忘记的》，于是乎有了感情的《消失了的号音》。[①]

这里最发人深思的地方，是王蒙肯定了感情，即"对友谊和爱情的渴望"具有某种独立的品格。"事业和道德之外还有感情"，这也就是说，感情并不是一定要附于事业和道德之内，并不是一定要完全"合乎理性"（对事业与道德的自觉服从，也就是感情对理性的服从），才有它存在的权利。这种对感情，特别是爱情的看法，较之《青春万岁》中黄丽程的看法（"只有合乎理性的幸福，才是真正的和巩固的"），就更有现代色彩了。这是王蒙对于爱情的体察得出的重要看法。它与其说是肯定人们在实际的婚恋生活中某种超事业、超道德的权利，毋宁说是承认人们"总会有所欠缺、有

---

① 王蒙：《悲非罪》，《漫话小说创作》，第179页。

所缺憾、有所期待"，因而总会生出种种感情渴望这样一种事实。被这种事实吸引，同情这种事实，才会有王蒙对赵慧文、对海云的描写。

第三，王蒙在对《爱，是不能忘记的》进行分析时，实际上已经意识到小说指向中国社会现实中婚姻形态、某一种婚姻与爱情分离的现状的挑战性锋芒。他估计这种锋芒所造成的刺激可能会影响人们认识小说的纯情价值。因此，他一面指出小说中某些纯属社会学方面的议论的偏激，"友善地进言作者在维护自己的观点和情绪的同时保持一定的分寸感"；另一面，他极力想把小说对人的感情的魅惑力与小说对人们婚姻实践的影响力区分开来。用他的说法，就是告诫读者"以为靠这篇小说可以指导恋爱婚姻"是不行的，是"过于执"了。他希望读者把小说只看作小说，不要当作生活指针。似乎这样一来，小说与社会就可以彼此相安了。

但是，王蒙的好心解释，并没有消弭《爱，是不能忘记的》引起的争论。问题在于，这篇纯情的浪漫主义小说呼唤、讴歌超现实、超时空的爱，这本身就提出了爱情在婚姻关系中的价值、地位、作用这样极端敏感的现实问题。艺术方法的浪漫，恰恰把现实感很强的艺术内容更集中、更强化了，也就造成了对现实婚姻形态的更猛烈的冲击，特别是在那些婚姻与爱情分离的角落，这种冲击简直像晴天霹雳一样！更有意思的是，张洁以她从来不避锋芒的倔强个性，反而直截了当地宣称："这不是爱情小说，而是一篇探索社会学问题的小说，是我学习马克思、恩格斯的《共产主义原理》《家庭、私有制和国家的起源》之后，试图用文学形式写的读书笔记。"[1]一篇纯情的、浪漫主义的爱情小说的作者，竟然否定自己的小说是爱情小说！这种主观告白与创作的客观实际的矛盾如何解释呢？我想对于张洁来说，她在50年代所形成的社会理想和人生信念，她在社会这所严峻的大学里所受到的挤压、熬煎和历练，使她在文学生涯的开端即未能忘情于社会，始终以社会斗士的姿态出现。《从森林里来的孩子》写友谊，《爱，是不能忘记的》写爱情，但都披着一件战斗的披风，直面着社会的邪恶和庸俗。这种创作个性决定了张洁羞与一般纯情的、甜腻腻、软绵绵、缠绕不休的"爱情小说"为伍，所以她就宣称《爱，是不能忘记的》"不是爱情小说"了。这和马克思鉴于平庸的马克思主义者之多愤然宣称"我不是马克思主义者"一样同出一种心理。而且，鉴于社会上庸俗、守旧势力动辄缩入"马克思主义"的盔甲中以自雄的现象，张洁干脆把自己呕心沥血的灵魂之歌说成"用文学形式写的"马恩著作的"读书笔记"了。这也反映着作家敢于作社会战斗的勇气和宁折不弯的硬骨。但是，对于不遑深察的读者和评论者来说，张洁的这个创作告白却造成了困惑。问题在于，《爱，是不能忘

---

① 季红真：《爱情、婚姻及其他》，《文明与愚昧的冲突》，浙江文艺出版社1986年版，第3页。

记的》这篇小说的爱情理想主义、爱情浪漫主义的内核上，裹着一层长满社会学毛刺的外壳。如果不把握小说内在的幻想的艺术特质，在一般日常婚恋生活形态的真实上去衡量它，就容易误以为它有违真实，把这整个具有独立艺术生命的浪漫的爱情悲剧，看成是为演绎作家的社会学观念而存在的。作家"探索社会学问题"的宣言和"读书笔记"说，似乎也加强着这种印象。在这种情况下，小说外壳上那锋芒逼人的毛刺，就会变得非常触目了。而那些带着愤激情感的对千百年来婚姻状况、对现实中人们"生儿育女、厮守在一起"的现象的议论和抨击，就经不起严整的社会学理论的盘诘了。但如果把握了小说内在的幻想的、浪漫主义的内核，在超日常婚恋生活形态的真实上去衡量它，就会理解并接受它特殊的艺术真实形态、艺术美感形态，把这整个具有独立艺术生命的浪漫的爱情悲剧，看成是统摄、生发作家那些社会学观念的小说本体。这样，对作家"探索社会学问题"的宣言和"读书笔记"说，也就不会看得过分当真，过分以严整无隙的社会学理论标准去吹求之。在这种情况下，小说外壳上那锋芒逼人的毛刺，就会变得不难理解了。即使它们给读者带来了一些刺痛，也比较容易忍受了。——想在爱情和婚姻的观念上发生一点蜕变，不是得忍受一点脱皮换魂的痛楚吗？

在我看来，对张洁这篇小说的分析和评价的全部复杂性和全部困难的根底，就在这里。

但是，围绕着这篇小说展开的讨论，却似乎都没有意识到小说本身存在的这种特殊矛盾——它在读者中所唤起的特殊的美感（陶醉于超时空的天国之恋）和特殊的痛感（意识到被社会发展程度制约总会存在的感情缺憾）既对立又统一的矛盾。这种特殊的美感是要你暂时（哪怕瞬间）忘却社会现实的限制；而这种特殊的痛感却要你时时想起社会现实的限制。你只有在理解这种特殊的美感后，才能接受小说带来的社会性的刺痛（特殊的痛感）。而理解这种特殊的美感的前提是把小说只当作小说，尤其要当作浪漫主义小说，不要当作婚恋指导和社会学论文；但伴随着理解这种特殊的美感而来的对情感缺憾的深刻痛感，却使人们立即想到现实的婚恋生活形态，想到社会学问题，这时实际上已经不可能把这篇小说仅仅当作小说了。这是读者对这篇小说接受心理上的深刻矛盾。

但是，王蒙的评论，在这个阶段上，却要求读者做他们不可能做到的事，即仅仅把小说当作小说，当作纯情的浪漫艺术。这多少是有点低估了评论这篇小说的困难的。

果然，争论不可能按王蒙的好心的劝告发展。在中国特殊的国情和文情制约下——中国的文学向来是深深地参与社会、反过来又被社会深深地参与的，"五四"以来的现、当代文学尤其如此——争论几乎是不可遏制地向如何评价和处理人们现实的婚姻关系的方向猛烈地发展了。中国社会生活中婚恋问题上积累已久的苦闷和迷惘，也已经使更新人们的婚恋观念——提高感情在婚姻中的独立价值——这样一个现实的社会学问题成熟了、躁动了。有如被坝闸挡住的河水，它已经有了足够的蓄势。一旦闸门提起，它便轰然夺闸而下了。大概它也没有想到，为它的沛然而至拔闸开道的，竟是一双女作家的柔弱的手。"爱，是不能忘记的"，就是这双手写下的将镌刻在新时期文学史和婚姻史上的七个字。

争论的这种发展引起了更多的更激烈的对现实中婚姻形态的攻击。这种攻击有时往往比张洁在小说中发的那些社会学的感慨和议论更简单、更片面、更绝对。当人们想轰毁一种社会旧垒的时候，往往是七手八脚，不遗余力，拿到石头扔石头，抓到投枪掷投枪，不那么有"分寸感"的。于是，这就引起了更富有理智的人们的不安。毕竟，现实的婚姻制度是一个非常复杂的存在，它不是很简单的社会旧垒，不是已经完全成为历史的赘物的巴士底狱。毕竟，人类对自己的婚姻制度的怀疑、失望，是一个由来已久的，甚至是相当古老的问题，它牵涉到非常复杂的社会因素、心理因素乃至生活因素；而人类对自己的婚姻制度的关注、维护，也是同样由来已久、同样古老的问题，它与怀疑论并存，抑制它也补充它。由于估计到这全部复杂的情况，也由于自己丰富的生活经验，王蒙在争论进一步发展的时候，把对不知节制地攻击现实婚姻关系的议论的注意和批评，提到更突出的位置上来了。

1983年，王蒙在为拙著《泥土与蒺藜》写的序言中，善意地指出了我对爱情理想主义的由来的分析有不周到的地方（我由衷地接受这一批评），然后写道：

> 这种爱情理想主义——我愿意用爱情乌托邦主义这个词——的宣扬，有它反拨封建观念，抨击目前在我国确实存在的变相买卖婚姻、爱情上的商业污染的一定的积极意义。对待爱情，在小说、诗歌里来一点浪漫主义、理想主义、乌托邦主义，只要不过分到愤世嫉俗，否定一切道德、法律义务的地步，本来也未尝不可。问题是不应该不知节制地夸张和沉溺于这种情感，又反转过来嘲笑和藐视人们的正常的与健康的爱情、婚姻生活。[①]

这一段话，带着王蒙思想方法中有时相当执拗地表现出来的那种全面性、稳健和公正，既给浪漫主义的感情以生存权，又为现实主义的理性的

---

① 王蒙：《对于当代新作的爱与知》，《王蒙谈创作》，中国文联出版公司1983年版，第162页。

合法作了辩护；既不损害文学的幻想，又不危及人们正常的与健康的爱情、婚姻生活，似乎相当无懈可击。但是，仔细分析这段话，却可以感到王蒙这里所持的观点与前面我们所引用和分析的那些观点有了很大的变化和不同。

首先，王蒙已经不得不面对人们在关于《爱，是不能忘记的》争论中把这样一个幻想的爱情悲剧作现实的理解，把小说当作日常婚恋的指导这样一个事实，从而把立论的重点，从为浪漫主义的爱情追求在文学中的表现辩护，移到对现实的爱情、婚姻生活的合理性和稳定性的关注上来了。

其次，王蒙在发挥他这种对爱情与婚姻的全面性观点的时候，不知不觉地、悄悄地离开了张洁这篇小说特殊的、幻想的艺术性质。问题在于，张洁，以及张抗抗[1]，在她们的小说中所强调的爱情理想主义，其中固然有"反拨封建观念，抨击目前在我国确实存在的变相买卖婚姻、爱情上的商业化污染"的意义，但绝不仅仅限于这层意义，而是比照现实而言相当超前地提出了爱情独立的、不受任何社会条件限制的价值问题。它的批判锋芒，并不是普泛化地针对封建婚姻观念和商业化婚姻观念的粗鄙表现。不论是《爱，是不能忘记的》中的钟雨也好，还是《北极光》中的芩芩也好，她们面对的，主要的并不是封建婚姻观念和商业化婚姻观念的迫压侵害，而是无可言说的、平庸的、低质量的、把爱情置于可有可无位置上的日常婚姻形态的无形压力。她们之所以那样愤世嫉俗，那样绝对主情而不给现实理性留一点余地，她们之所以不仅仅来一点浪漫主义就够了，而是把爱情整个浪漫化，而且把人们日常的婚恋生活拿来充当献给爱情的圣坛的祭品，其原因就在于她们提出的恰恰是超脱于现实（不仅仅是超脱粗鄙的世俗！）的天国之恋，是感情的绝对和唯一的价值。正是在这一点上，表现了她们的现代性、先锋性（感觉到现实婚姻关系本身桎梏人性的一面），也表现了她们的古典性、幻想性（在精神上绝对地占有对方）。

所以，只要张洁、张抗抗坚持她们的浪漫的、痛苦的爱情理想主义，她们在愤世嫉俗地嘲笑（也有自嘲，如芩芩）现实日常婚姻关系方面就很难保持分寸感。

记得，在王蒙的小说《深的湖》里，曾经含蓄地描写到 1981 年春那起著名的离婚案在全国激起的波纹——杨小龙和他的同学们关于黄花鱼与高尚的爱情的关系所进行的有趣争论。最后锦红的看法被公认为"比较深刻"。锦红的看法是："不，不是因为黄花鱼而感情不好，而是因为感情不好才讨厌黄花鱼。黄花鱼是代人受过啊，而感情是勉强不得的。哪怕你批评这种

---

[1] 我当年对《北极光》的批评，其失误的程度及产生失误的思想方法的根源都与对《爱，是不能忘记的》的批评类似，此处不赘。

感情也好。"这大概也可以代表王蒙在当时对那桩离婚案的看法吧。看来，承认感情往往逸出理性的事实，承认感情的独立的价值，是不免要让黄花鱼之类的日常婚恋生活"代人受过"的。

如果和这一段关于黄花鱼与爱情的聪明的、充满理解的议论比较起来，王蒙一年后提出的上述显得更全面、更稳健的批评意见就有点空泛，有点疏于体察了。

到 1986 年，王蒙在《高原的风》中又一次就这个问题发表意见，说："正如仁人志士们指出到处都有荒谬的不道德的无爱婚姻一样，到处都有更多的不准备招揽聘请第三者的一对一的成双婚配。冥冥中有个大自然规律管着呢，男女比例大致相当，有哪个少男不善钟情？有哪个少女不善怀春？因而痴男怨女的数量总还是大大低于成年人口的百分之一、二、三，这不会影响莺歌燕舞、不是小好的比率……"在力显正确与客观的同时，也已经变得有些刻薄了。郭沫若所译的歌德浪漫主义的爱情名句在这里被引用来论证现实的婚姻关系的永恒性，这实在是令人为之感慨万分的。对于我，与其愿意听到王蒙现在讲的这些对我从前的文章的观点很有利的话，毋宁说，更愿意重温他早些时候发出的更多理解和同情的声音。

为什么王蒙在对爱情和婚姻的看法上，会发生这种理性主义倾向日益加强的情况呢？这里有各种我难以分析清楚的个人阅历的原因（例如，对很多造成不幸后果的婚变的目睹与思考）；但也有人类婚姻制度内在的原因。最近，著名社会学家费孝通对人类婚姻制度内在的矛盾作了非常通达、简明，既承认客观现实，又充满理想追求的分析，我以为可以引来作为本文在这个问题上的冗长讨论的小结。费孝通首先指出：

> 人类是男女分体的动物，生殖作用必须通过男女的两性关系。因之，两性关系是社会得以生存的大事。这是一面。一面是两性关系也存在着破坏社会结构的潜在力量。食色性也。色是从生物基础里生长出来的一种男女之间感情上的引力。如果容许这种吸引力任意冲击已经建立起来的社会中人与人的关系，那就会引起社会结构的混乱和破坏，以致社会的分工体系无从稳定地运行。所以自从人类形成了社会，没有不运用社会的力量对人的两性行为加以严格的控制。就是说没有一个社会不立下种种规定，以限制一个人只能在一定时期、一定场合、一定范围里，对一定对象发生性行为。而且一般说来，为了维护这类社会规定，对越规行为总是运用了很强烈的社会制裁。这也是社会生活里的一桩大事。[①]

---

① 费孝通：《重刊潘光旦译注霭理士〈性心理学〉书后》，载《读书》1986 年第 10 期。

这是任何个人都不得不面对的社会的严峻事实，也是有理性的个人对于社会应有的一种理解。

但是，在指出这种社会对男女关系的两重性态度之后，费孝通又着重指出了这种两重性过分向理性倾侧的恶果：

> 看来，在人类社会发展到一定阶段，社会分工形成了较复杂的结构，人际关系更需要稳定和巩固，上述的两重性的比重就出现了倾侧，就是着重强调人们生活所依赖的社会结构的稳定性而把人类两性行为封闭在狭小的范围之内，甚至把两性关系只视作生殖作用，而抹煞了男女感情的心理机能在社会生活中和社会发展上的重要性。事实上，这样的倾侧是不可能彻底做到的。两性关系根本上是有生物基础的所谓"民之大欲"。社会要把它封锁在"正规渠道"里，如果这渠道不能满足这种"大欲"，轶出渠道的行为还是不断会发生。但是更严重的是社会对这种"大欲"所采取的遏制，在强大的社会制裁之下，常使在这种社会里长成的人，在心理的正常发育上，受到了种种挫伤。其严重性在现代西方社会里已被所谓"精神分析学"充分暴露出来。[1]

对这种人类情感受到抑压和挫伤的现象，作家往往是格外敏感的。这也就是张洁这样的作家和《爱，是不能忘记的》这样的作品已经出现并将继续出现的社会心理根源吧。中国有句老话说："古之君子，明于知礼义而陋于知人心。"这是很多人所不能完全避免的。而如费孝通者，则可谓既明礼义又知人心者矣！

总之，王蒙与《爱，是不能忘记的》引起的争论的关系是很深刻的，很复杂的。我之所以来梳理这种关系，是因为在这种关系中，跳动着王蒙内在的心灵情理结构的矛盾性。抒情诗人的气质引导他达到了对人类在爱情生活中的欠缺、抑压和挫折的相当深的理解与同情；而视野开阔、关注整个世界、整个人生并有强烈的责任感、道义感的社会主义公民的自我意识，又引导他反感任何对现实中人们婚姻关系的过分嘲笑和轻蔑、引导他加强爱情观念中的理性主义倾向——那自 50 年代就已经形成并习惯了的理性主义倾向。

（原载《文艺争鸣》1987 年第 1 期）

---

[1]　费孝通：《重刊潘光旦译注霭理士〈性心理学〉书后》，载《读书》1986 年第 10 期。

永远的怀念　永远的张洁

韩小蕙

摘　要: 本文由 1986、1993、1986 年所写的三篇文章组成，这是著名作家张洁文学创作的三个历史节点：第一篇记述了张洁《沉重的翅膀》首获茅盾文学奖的前前后后；第二篇以张洁随笔集《无字我心》的出版，解读她作品的精美文字和深刻内涵；第三篇从张洁一生中最重要作品《无字》的写作背景入手，介绍和描述了张洁的做人与作文。三篇所述均为作者亲历，为张洁研究者提供了鲜活的第一手资料，也为中国当代文学史留下了浓墨重彩的一笔。

关键词: 张洁；悼念；访谈

【按语】

2022 年 2 月 7 日一清早，突然收到张洁在美国病逝的消息，瞬间令我悲恸欲绝，难以接受！就在一周前的春节前夕，我还给她发了电邮，却一直未收到回复。我心中隐隐有点不安，因为以前每次电邮过去，都能很快收到她的回信。上次通电邮是在 2021 年 11 月，我发去节日问候，她马上就回了一封短信：

> 小蕙，接到你的信真高兴，已经很久没有你的消息。接到你的信后，知道你一切都好，放心了。
>
> 我还好，就是太老了，走路都摇摇晃晃了。
>
> 不过女儿已经把我接到他们家来了，全家对我都很关爱。女婿还经常给我做饭吃，孙子、孙女也都照顾我，可惜他们都工作了，不经常回来。想想上帝还是公平的，我一辈子受苦受难，却给了我这样一个安逸的晚年。
>
> 你要多多保重，世界变得如此麻烦啊！
>
> 想念！
>
> 张洁

张洁纪念专栏

唉，我心中后悔没重视其中的一句话："我还好，就是太老了，走路都摇摇晃晃了。"我当时不以为意，还对她说："你哪里老了，人家马识途马老一百零七岁了，还在写书，你比他年轻太多啦！"现在我才明白，张洁当时已经病重，但一辈子生性要强的人，绝口不跟人提起自己生病——张洁就是这样的人，她看似外表柔弱，其实内心刚强无比，承受力比钢铁还硬！

我跟张洁认识于 1986 年，那是她以长篇小说《沉重的翅膀》获得第二届茅盾文学奖不久，任职单位《光明日报》社派我采访她，迄今已有三十六年的亲密交往史。在她的病房里、家里、画展上、会场上……点点滴滴，一幕一幕，全都浮现眼前，我亲爱的老师——生前，张洁不允许我这样称呼她；她也不喜欢过于腻腻歪歪的"姐姐妹妹"之类，仅只让我直呼她的名字——竟然就这样离开了我们，离开了这个世界，像一个美丽精灵回到了她的森林深处！

张洁的文学水平在中国当代作家中处于最前端，这是大家都公认的，她的作品也受到广大读者的高度评价，至今，《无字》《方舟》《从森林里来的孩子》《拣麦穗》等作品，依然活在读者心中。张洁在文学的标准上对自己的要求极高，我曾感叹她用写散文的态度写长篇小说，几十万字、几百万字，都是一个字一个标点符号反复地锤炼，一百二十万字的《无字》就是这么写出来的，前前后后改了不知多少遍，写了十二年！她写给我们《光明日报》副刊的稿子也是这样，每篇来稿都是经典，根本一个字、一个标点符号都不用改。她对文学真是呕心沥血，是所有作家和文学写作者，更是我自己终生学习的榜样！

还有一点，我个人最推崇和要学习张洁的，还是她对推动社会进步的责任感。张洁始终是站在新时期文学潮头的作家，这一代作家对这片土地爱得无比深沉，经历了十年浩劫的大破坏之后，内心都明镜高悬，希望用自己的笔把国家变得更好。所以，他们都有着非常强烈的文学执念，他们的作品不沉湎于风花雪月，不汲汲于个人名利场，而是始终关注着国家的发展和社会文明力量的生长。张洁虽然是女性作家，但可堪称是他们当中的杰出代表。

悲痛难以抑制，久久不能成文。先捡拾起写于 20 世纪八九十年代的三篇旧文，用以悼念我心中的伟大作家——永远的张洁。

第一篇

本文原载《光明日报》1986 年 2 月 13 日。这是张洁长篇小说《沉重的翅膀》获第二届茅盾文学奖后，报社派我去专程采访，记录了当时她的一部分创作思想和创作原貌。

沉重翅膀的奋飞

——访荣获第二届茅盾文学奖的作家张洁

医院的一切几乎都是白的——白的墙壁、白的窗幔、白的桌椅、白的铁床、白的卧具……白得令人敛声屏息。当我走进这白色的病室时，张洁同志正身着白色病员服，半倚在床上。平摊在一侧的右臂上，正插着输液的针头。我知道，她患了心脏病，已经住了一个多月医院，连茅盾文学奖的发奖大会也未能出席。现在她的身体可好些了？

张洁笑着说："好多了，我整天都想出院，可是大夫就是不让。"

我拉了一张白色椅子，在她的对面坐下。她本来体质就弱，现在在宽大的病员服里，显得更加瘦弱，一副弱不禁风的样子。但是在那张削瘦的脸上，眼睛还是那么有光彩，显示出她的坚强性格。我想起有些评论家的话，就问她：

"有人说您的《沉重的翅膀》是失去自我的作品，因为自从您写了《从森林里来的孩子》和《爱，是不能忘记的》之后，他们认定您的主人公范畴是知识分子女性，您的风格是细腻地表达个人生活感受见长。而这部长篇小说却是新时期第一部正面反映工业改革题材的作品，您是怎么看待这个问题的？"

张洁说："也许我写这题材是自不量力，但是我认为，作家应该没有什么固定的框架，一个人的自我是多侧面的，就像演员开拓戏路一样。只要社会需要，自己又有创作激情，什么题材都可以尝试写。"

"那当时您是怎么写起《沉重的翅膀》呢？"

张洁沉吟了一下，抬起头来看着我，恳切地说："今天说来，也许不算什么了，不过七八年十一届三中全会以来，我觉得欢欣鼓舞极了。这是一个非常了不起的转折，党重新确立的实事求是的思想路线，提供了思考的可能性和改革的可能性。那时我就觉得一场深刻的社会大变革即将来临了。"

她停了一下，又接着说："至于萌生写这本书的想法，可以说有四个方面的具体原因吧：第一，我早就从实践中感到，我们的许多生产部门都陷入了生产关系与生产力不相适应的局面。我在一机部搞电站的基本建设大约二十年了，很早就注意到经营和管理方面不完善的地方，引起思索。这种局面不改变，要发展是很难的。我认为中央说得非常对，改革是唯一的出路。第二，当时虽然改革刚刚开始进行，但已因触动某些痼疾而阻力重重。我感到作为一个党员，有责任为消除这些消极因素而献出我的一份力量。第三，我从接触普通人的生活，感到他们的生活确实应有一个很大的提高，自己有责任实现在党旗下宣誓的誓言，为劳动人民生活得更幸福而奋斗。最后一个原因，是基层广大干部工人的行动教育了我。当时尽管没有现成的中央文件可以照搬，但是他们已经在进行岗位责任制、计件工资、打破大锅饭等等试验。这些人的精神感动了我，我真想把他们振兴、奋斗的精神反映出来。

"于是，我就萌生了写一部书的念头。现在小说扉页上的献词——'献给为着中华民族的振兴而忘我工作的人'，可以说是当时的思想写照。"

说到这里，她似乎陷入了回忆。我知道，当时，张洁马上就全身心地投入了这项工作。她调动自己二十多年的生活积累，重新梳理了不止一次思索过的经营和管理的问题、厂长权益问题、工人劳动生产率的提高等工业战线上一系列基本问题。那些问题和矛盾所牵动的人和事潮水般地向她涌来。为了集中概括其中最突出的问题，把聚光点找得准确无误，她再次深入北京和外地的大工厂。山路上汽车的颠簸，使她几乎把胃液都吐了出来，但她硬挺着，详细了解了工厂的管理、经营和生产情况。越了解，她的视野越开阔，对改革事业越有信心。同时，她又学习了中央有关经济改革的方针政策和中外经济管理的书籍。最终，拟出了全书的整体构想——将以我国一个工业部为背景，通过围绕工业体制改革所爆发的一场惊心动魄的斗争，揭露出上上下下尖锐复杂的思想矛盾；尽管翅膀沉重，但改革事业终究还是在起飞。

"那您以前从来没写过长篇小说，为了实现这个构想就必须塑造一个从部长到工厂厂长、到工人及市民的一系列人物塑像群，通过他们的社会生活、家庭生活、思维方式、道德伦理等各方面的变化，来表现中国各个社会阶层对改革的态度。这可是一道难题。"见她点头表示同意，我又说："另外，您动笔写的时候是 1980 年，而写的就是一年前的事，这么近距离地描写生活中两种思想的交锋，褒贬态度极其鲜明，您考虑没考虑会带来麻烦？"

她点点头："考虑到了，但是没有想到那么严重。其实，那时候也已经顾不了那么多了；当时就一个念头——写！结果只用了四个月时间，就写完全书，一共二十六万字。"

张洁说："现在看来，第一稿真是太粗糙了，所以后来修改时候真是费了大劲。光是对文字的加工就差点把我折腾死。你知道，我不是中文系的，我的文法可糟糕了，当我看到原来的那些糟糕句子，真恨不得把自己揍一顿！"

从 1980 年到 1984 年，张洁三次改写《沉重的翅膀》。主要集中在以下几个方面：一是她对改革的认识有了进一步深化。经过几年的经济改革实践，我国工业部门已经积累了一些成功的经验，对如何开辟中国式社会主义建设道路的问题，已经不再像前几年那样模糊不清了。张洁看到改革所带来的最大变化，是人的社会主义积极性被极大地调动起来。对照马克思主义关于社会主义之所以优于资本主义，最根本的一点就是它能创造出比资本主义更高的劳动生产率的论断，她加强了有关调动人的积极性这一思想的阐发，强调了创造新时期社会主义思想工作新方式的必要性。再一个比较大的改动，就是受几年来涌现出来的改革家的启发，又丰富了原著中改革者陈咏明的形象。比如他对工人合理化建议的珍视，对文明生产、新的管理方法的实践，以及他对保守者的"战略战术"等，使这位改革者的形象实实在在站立起来。张洁还对田守诚等反面人物做了润色修改，使他们更加真实可信。

"那您对现在这一稿怎么看，比较满意了吗？"

张洁沉默了一小会儿，又抬头看着我，诚恳地说："很抱歉，我只能告诉你，在我的作品中，我最看中《方舟》和《沉重的翅膀》。至于评价，我从来不回头看我自己的作品。我觉得评价应该是别人的事，到底好不好，或者是有点好、有点不好，都应该由别人来说。"

像是要对我弥补歉意似的，她又补充说："我早就说了，这本书不是我一个人写的，而是社会写的，是上上下下的领导、编者、出版者、评论界以及广大读者共同写的。没有他们的帮助，我根本不可能得奖。我始终认为自己只不过是一个记录者而已。"

我只好换了一个角度，问："那这部书出来后，评论很多，您能否告诉我对哪些观点印象比较深？"

她想了一下，说："国内的评论很多，就不提了。国外有两件事使我难以忘怀。一是1981年出书后不久，美国《基督教科学箴言报》就以《中国第一部政治小说——支持邓的十一届三中全会以来的改革路线，批判极左分子和保守派》为标题，报道了此书的出版及内容。另一件事，就是我出访欧洲四国时，一位七十多岁的华侨老太太，拉着我的手对我说：你为卢沟桥争气了。我当时很感动，倒不是为她称赞了我个人，而是觉得能为祖国做点事，是最大的鼓励和荣誉。"

她讲到这里，脸上出现了笑容，眼中闪出一种被理解的光彩。我也跟着微笑了：也许，这就是作家们最深的幸福所在吧？

第二篇

本文写于1993年12月3日，是为张洁随笔集《无字我心》所作的序言，该书1995年由陕西人民出版社出版。

给张洁作序

从未给人作过序的我，忽一日，接到张洁来电，要我为她的散文集写篇序言。顿时汗颜，坚辞不受："作序从来都是名人的事，何况是你张洁的？我乃无名小辈，让我来作，实在是太不合适！"张洁却不容分说地来了一句："我就看你最合适。"

放下电话，我陷入沉思。

其实，对于我来说，给张洁作序，是一件非常艰难同时也很容易的事。

"艰难"好理解。作为新时期文学之一代表大家的张洁，自从《从森林里来的孩子》发轫起，一发不可收，连续捧出《爱，是不能忘记的》《沉重的翅膀》《方舟》《祖母绿》《只有一个太阳》《红蘑菇》等等作品，一次又一次成为传诵一时的名篇。她是迄今为止第一个获得短篇、中篇、长篇小说三项国家大奖的作家，并荣获 1989 年度意大利马拉帕蒂国际文学奖。1992 年，张洁又被美国文学艺术院选举为荣誉院士，这个尊贵的称号，在全世界的作家、学者、艺术家中，只有 75 人享有。

当然，我们可以说重要的还不在于获奖，而在于我们的作品是否活在广大人民心中。恰恰在这一点上，稍有文化的中国老百姓，很少有不知道张洁的——我曾做过两次文学调查，读过张洁作品的人，都位居榜首。

对于这样一位人们熟悉的著名作家，我怎么能够随便论述随便评价呢？再说新时期以来，凡活跃在文坛上的大小评论家们，几乎所有人都评论过张洁，他们深刻的笔早已把张洁分析得头头是道，使我辈根本不能望其项背。这一切，都构成了"非常艰难"的实实在在的城门。

可是，我为什么又说"也很容易"呢？

"容易"在于我用心灵感受张洁——我自己独特的心灵。

我初识张洁是在 1985 年春天。那时我刚刚当上文化记者与编辑，报社就派我去采访刚刚以《沉重的翅膀》荣获首届茅盾文学奖的张洁，要求写一篇有分量的大东西。张洁正因心脏病住医院，于是我在北京阜外医院一间安静的病房中，见到身穿病衣的著名女作家。初出茅庐，我很胆怯，张洁却很友善地接待了我。给我的印象，她非常平易，也直率、也坦诚，同时也很倔强有个性。

当时使我最惊异的，是张洁怎么竟像我的许多朋友一样普通？她竟一句高调也不唱。在她的帮助下，我顺利地完成了采访任务，文章以 3000 字的篇幅刊登在光明日报二版头条，吸引了文坛众多的目光。我也因之为文坛所初识——所以我内心中一直把张洁作为我的文坛福星。

那以后很久都没有再去拜访张洁。有时只是在开会的场合见到她，发现她越来越美丽，以至于在心里大声赞叹。但我一次都没走上前去同她打招呼，因为我觉得像我这样的小记者小编辑，张洁一天不知能见多少，她可能早就把我忘记了。

没想到完全不是这么回事。那年张洁在病中过生日，她在北京的几位最好的女记者朋友去往她家祝贺，也叫上了我。张洁高兴极了，搬出了一大堆水果点心，还同我们一起弹琴唱歌。她还把她的许多漂亮衣服拿出，一一让我们试穿，然后以她高品位的审美眼光品评，一人送了一套适合于我们穿着的衣裙。从那以后，张洁就再不许我叫她"老师""女士""先生"什么的，也不许再"您"，而只要直呼其名，直接说"你"。

这虽然至今使我觉得别扭——我是地地道道北京文化哺育出来的北京人，北京乃礼仪之邦，极其讲究长者为尊的。可我还是努力按照张洁的意志，不折不扣地照办了。

最近张洁催我读她的一篇散文新作《世界上最疼我的那个人去了》。从她的话语中，我能够体会到她非常在乎自己的这篇心血之作。这是一部长达十七万字的自传体长篇散文，张洁以一种急骤的语调，叙述了她为这个世界上最亲的母亲看病、治病，直到送母亲远行的心路历程。作品最震撼人心之处，在于张洁对母爱的刻骨铭心的再领悟、再体验、再认识，以及由此而产生的深入骨髓的忏悔意识。她写得非常坦诚，坦诚中呈现着极为突出的自我批判成分，从而构成了一种催人泪下的艺术氛围。而从此形而下的内容叙述推及开去，贯穿在这部震撼人心的作品中的主旋，正是张洁的这种对世界人生、对真善美的深刻感悟与从容面对。

我认为这是一篇有着重要意义的作品——除了被感动得泪水涟涟、除了真诚的情感、坦荡的人格、丰富的社会内容、多层的认识价值等等之外，这篇散文的极大贡献还在于文学意义上的革新精神：它勇敢地把散文的传统模式——陈腐的结构方式、苍白的行文意象以及旧有的语言、节奏、铺排、意境等等统统掀翻，却引进了具有全新现代化意识的种种手法，比如荒谬、荒诞、象征、魔幻等等，用最大的张力表述出作者内心的声音。这就显示出它强大的美学意义——在 20 世纪 90 年代，在全人类即将进入 21 世纪之际，我们的文学到底需要一种什么样的全新精神，才能肩负起时代与民族的重托呢？

就是在这个意义上，我把这篇散文大声喧嗒地介绍给社会。我又去找能找到的所有张洁的散文新作，读过、想过，然后再读再想。我发现张洁已经完全变了——早期的张洁，无论是《从森林里来的孩子》，还是《拣麦穗》中的小姑娘，全都生活在理想主义的云霓之中；她自己单纯、善良、真诚、圣洁，同时认定整个世界也如她一样，是一首优美的抒情诗。至 90 年代之后，在经历了一连串社会人生的艰难历程之后，张洁空前地成熟了，除了继续用她女性的灵心善感去感受生活的一面，她也学会了用复杂得多的眼光去认识社会、分析社会和对待社会。已不能再用"女作家"来限定张洁。她同许多男性作家一样，同样具有了社会学的、经济学的、哲学的、历史学的、美学的解析社会的眼光和胸怀。她的思考具有了"全人类"

的精神层面。当然，张洁的思考依然带着强烈的女性色彩，这是因为作为女人，过去的她对这个世界太真切、太轻信、太理想主义、太具有高纯度的真善美期待，她用心太过，用力过猛，就产生了一种悖反的效果：从优美迅速走到"放肆"，于是有人评论说她"开始发出一种'恶声'，更多的是一种激愤，甚至是粗野，表现出来的是对丑恶的一种愤怒。往后就越写越放肆，放肆在艺术领域里并不带贬义，也不是指为人"。不过不论别人说什么、怎么说，张洁已经是"刀枪不入"了，她对自己完全有了把握，只一心向着自己认定的方向走下去，不回头。

我以为这分析同样适合于张洁的散文创作。所以读张洁的这本散文集，应该具有两种审美眼光：一是领略和品味早期作品中的真善美，二是追踪和体会后期作品的激愤与深刻。二者都同等重要。而若以我的角度来说，我自己更与后期的张洁心心相印。

拉拉杂杂写了这么多，不知道成不成文？不知道能不能算作序？也不知道张洁本人认可不认可？在我心中，这一点最为重要，因为理解张洁太难了，我又绝不愿意因为自己的笨拙而影响了读者对她的理解。所以最后，我还要再赘上一个情节：

那是 1993 年 11 月最后一个星期五的晚上，我在张洁家见到青年女作家池莉。她与张洁也是第一次见面。当她把张洁的几个房间参观了一遍之后，望着墙上的油画、钢琴上的奖章（张洁所获的国际奖）、一面墙的书柜、巨大的餐桌、绣花的桌布、精美的餐具、花型和色调都非常高雅的窗幔，以及其他的高雅布置，她轻轻叹息了一声："张洁，我那个家实在太简陋了，我还是给你找个饭店住吧？"

原来张洁即将到武汉去看病，池莉本打算安排她住在自己家里。现在她觉得这样似乎不妥了。我在一旁说："池莉，张洁是一个既会生活又特别能吃苦的女性。女人的苦她全都承受过，男人的苦她也承受过，她年轻时一口袋粮食扛起来就走，这你我可能都不行。"

张洁一脸严肃地点点头，说："是的，我们家的女人都能干——我母亲、我，还有我女儿。"

第三篇

本文写于 1998 年，心中有了感觉，就信"笔"由电脑了。

走近张洁

一、张洁现在真动人（她不许我们说她美丽）。

不管是日常家居，还是出席什么场合；也不管是随便的衣着，还是打扮后的正式装束，反正什么衣服（有时候仅仅一件棉质的 T 恤衫）一穿在她身上，就像被美神维纳斯洒过一遍圣水，立刻显出非同一般的高雅。

每次我们几个女伴儿聚会，一见面，准惹得其他几个大呼小叫：

"哎呀，张洁，你今天怎么又这么漂亮！"

"嫉妒死了！嫉妒死了！！嫉妒死了！！！"

张洁则每每赶快分辩："我哪里漂亮？人都老了，'漂亮'早不是属于我的词了。"

是的，她一直否认自己"漂亮"。她说过，我们家的女人，我、我妈妈和我女儿，只有我妈妈，真是天生漂亮，后天又美丽；我和女儿呢，则都是中等人。别人之所以说我们漂亮，其实是说我们的衣着装束比较得体，说话做事比较有教养，是认为我们的风度气度还可以吧？这其实不是"漂亮"。一个女人动人不动人，不在于脸盘长得漂亮不漂亮，而在于她美丽不美丽，这"美丽"的要求就比较高了，有性格因素、教养因素、文化修养因素等等，有些女孩子可以说很"漂亮"，但却称不上"美丽"。

我理解张洁的意思，这其实也是文明世界的一种共识，"漂亮"属于天然的东西更多些，比如有些女性天生明眸皓齿，身材修长，这是爹妈给的，可以称之"漂亮"；而"美丽"在于气质，主要是后天的修养，要靠女人自身琢磨（"玉不琢，不成器"的"琢磨"），修养越高，档次越高，一个身段、相貌平平的女性，就可以具有卓尔不群的魅力。

张洁就已经"琢磨"到这境界了，这是"轻解罗裳，独上兰舟"的境界，是"不如向帘儿底下，听人笑语"的境界，是"零落成泥碾作尘，只有香如故"的境界！

了解张洁的人才知道，她也是经过了多少坎坷、困顿、挫折、风风雨雨，直至被命运的霸主之鞭抽得遍体鳞伤……之后，一次又一次战胜了自己，保持了精神上没有垮掉，才得以伊人独立，"把吴钩看了，栏杆拍遍"；也才终于穿越了万劫不复的黑森林，走到今天这一片宁静的绿草地。

二、她太不容易了。这几年，命运的灰狗老是追咬着她的脚踝——先是她亲昵的女儿远飞美国去读书，工作，结婚，安家落户，不复飞回她的窝；又是与她相依为命的老母亲生病，治病，住院，去世，走得一去不回头；最后，就连母亲给她留下做伴的大白猫咪咪，也终于一病不起，驾鹤追随她母亲去了，空遗下悲风中病病快快的她。只这三两个折腾，一个"簇带争济楚"的温暖家巢，转瞬就换上了"怎一个愁字了得"的旋律；这个打击实在太大了，超过了张洁的承受能力，她苦心准备了好几年、第一部初稿已近杀青的长篇新作，在 18 个月里，居然再没写一个字，这对于以写作为生命的她来说，简直是生生死死的厮斗！

　　每个人的一生都会有磨难的，不仅包括普通人，也包括著名人物在内——他们不是神，也都有脆弱的时候，需要帮助。

　　万幸，张洁及时地获得了这个帮助，美国的威斯廉大学邀请她去讲学，讲授中国当代文学，给她提供了两年的时间。这两年对她来说太重要了，在校方给她提供的一间靠近树林的小屋里，张洁慢慢品尝着新英格兰与故国完全不同的春夏秋冬，缓缓地医治着心灵的痛伤。

　　春天最好过，小屋的前任房主在周围种植了大片的郁金香，这种性格浓烈的花，色彩本极多，簇拥着张洁的，恰又是她喜欢的那几种颜色，花开花落之间，春天悄然移远了脚步。夏天，别人家里都热得难熬，唯张洁的小屋上面，有一棵遮着屋顶的老松树，就像一名恪尽职守的老卫兵，又像一个呵护孙女的老祖父，倾力伸展着枝杈，排拒炎热的阳光，以至于连风扇还没打开呢，秋天就来敲门了。摇曳的秋风到底有些寥落，是容易带来忧郁的日子，但幸好新英格兰是远近闻名的红叶观赏区，好比北京的西山八大处，张洁独自一人坐在窗台的小沙发上，看落叶飘摇，听林涛起伏，细细品尝着光线斜穿过树林的璀璨，也细细驱赶着内心的哀伤。冬天的大雪则彻底震撼了她的灵魂，在北京多年，她不是没见过大雪，可是美国东部的大雪奇景使她回到了神奇的童年，她不由自主地抓起笔，写道：

> 　　周围的树林在暴风雪中狂舞，风暴恣意地在树梢上奏出忽高忽低、忽紧忽慢、地动山摇的轰鸣，让人感到莫名的慰藉……铲雪车把路上的积雪推向路边，于是垒起了一扇扇雪墙，看不见人们走在街上，只看见颗颗头颅在雪墙上方移动……

　　真正使张洁心头轻松的时刻，是和学生们一起的时光。美国的大学生们都是快乐的大孩子，单纯、天真，睁着一双碧蓝的眼睛看着你，无论你说什么他们都相信。张洁指导他们读沈从文、读汪曾祺、读王安忆……读完了当众念，当然是用中文。然后是发表意见，喜欢或者不喜欢，为什么？喜欢或不喜欢哪些段落，又是为什么？再然后是全班共同讨论，互相打分。最后，才是张洁老师批改、指导、判分。美国的大学生们性格不同，感觉不一样，观点更是五花八门，他们都十分坦率地讲述出来，有时把张洁逗得发笑，有时又令她感到惊奇与神奇。

　　在那寂寞的异国他乡，张洁也有她的盛大节日，这就是去看望女儿和女婿。这一对令张洁感到美好感到骄傲感到安慰的优秀的年轻人，他们的小窝，就在毗邻康州的一个小城市里，温馨、快乐而舒适。可惜，路途还是太遥远了，乘坐大巴士来回要6个多小时，因而不能经常去。所以张洁最殷勤探看的地方，还是她小屋旁边的树林子，早晨去看望在金曦中啁啾的小鸟，傍晚去和知名的或不知名的小草小花们，说上一阵心里的话。

三、郁金香开过两次，时光就不再来。于是，穿过新英格兰那道高高的雪墙，张洁从大洋彼岸，回到了别离两年的祖国。

感觉世界大变了样子。虽然街道依旧，人流依旧，朋友依旧，阳光、温度、语言、表情、蔬菜、水果、飞机、火车、汽车……皆依旧，可还是摆脱不了"换了人间"的感觉。也许是已不大习惯了喧嚣？

又一次的大撕裂、大痛苦、大彻悟，张洁终于重新获得了勇气，撕扯开自己的胸膛，在电脑前坐了下来。看世界的目光全然不同了，第一稿全部推翻，重来！值得庆幸的是，原先担心隔着18个月的时光沟壑，道路已不再通畅，可谁知，久蓄的激情竟化作女娲的七色石，不仅铺平了写作的道路，还补上了心灵的天宇，写作使张洁宁静下来。进展意外的顺利，也使她慢慢找回了自己，不由得信心大增，她有时会抬头朝一箭之遥的天安门方向望上一眼，广场上空有许多风筝，有的已高高地飞入云霄！

这部新的长篇，是一个鸿篇巨制，也许要写三部或者四部。对张洁，它有着非同寻常的意义，她甚至说过，这可能是她一生中最后一部长篇了！因此，她在使出全身的劲儿，写，写！她基本上谢绝了一切社交应酬，还谢绝和推迟了奥地利、德国分别提供的出国写作的邀请。她一门心思地蜗居在北京前三门大街自己的家中，拿着自己的心血和命，"换"出一个又一个字。

从她最初的《从森林里来的孩子》，到今天这部还未起好名字的长篇，张洁把她一生最好的年华，奉献给了文学。可如今，却意想不到地听见她在一声声叹息：

> 跟你们大家说实话吧，现在再看我以前所有的作品，都觉得不行了，真是对不起读者。我写小说，直到今天，才觉得从容自如了。

这话说得跟她的人一样美丽动人。

四、不错，张洁的美丽动人，是来自她的风度，她的气质；更是来自她的琢磨，她的修炼。然而我认定，归根结底，还是来自她的经历和苦难——她好比一只涅槃的火凤凰，已经飞过了碧海云天！

（韩小蕙：中国散文学会副会长，南开大学文学院兼职教授）

敬谢张洁的在天之灵

任一鸣

摘　要：本文由张洁仙逝激发回忆，抒写了张洁作品之于女性文学现代衍进历程所具有的先导意义与史之地位，深情回望张洁作品对自己选择女性文学研究的启迪、出发与成全，以此敬谢张洁在天之灵。

关键词：张洁；女性文学；文学史

一

天涯海角，一个宁静的夜晚，窗外月华如水，涛声依旧。一则不幸的信息惊到了我。

著名作家张洁2022年1月21日于美国仙逝，我伤怀不已，夜不能寐，骨鲠在喉，不吐不义。本已告别女性文学研究数年、日日沐浴南海阳光的闲云一枚，不能不写下这篇追思，以敬谢张洁的在天之灵。

张洁远去。仿佛一位多年醍醐灌顶的恩师去了。

因为我致力三十年的女性文学研究，最早就是从阅读张洁的作品开始的。

1978年，张洁携《从森林里来的孩子》①，从迟到的春天伤感地走来，那是我初遇张洁。作品中流溢着长久压抑之后的悲哀、愤怒，情感倾泻式而又优雅节制的心灵倾诉，深深吸引了我。

严谨地说，张洁发表于1979年的小说《爱，是不能忘记的》（以下简称为《爱》）②，尤其弥漫着一种优雅、感伤、纯净的诗意氛围，散发着浓郁的真善美情愫。阅读《爱》而生出深深的悸动、某种隐隐的期待与对女性命运的忧思。那时，我正在新疆某县级中学教书，正处于调往新疆大学而遭遇官权力阻遏五年之开始。

五年，心在祈求调往新疆大学的路上，一直颠簸、流浪。

---

① 张洁：《从森林里来的孩子》，载《北京文艺》1978年第7期。
② 张洁：《爱，是不能忘记的》，载《北京文艺》1979年第11期。

五年，知识分子向往的选择自由、命运自主和选择遭遇官权力遏制刁难之愤懑，成为我无法止息的内心风暴。

幸遇张洁，在我最痛苦无助的时候。

不能忘记的，远不止是爱情。

我对文学及其研究的执着与爱，同样是不能忘记的。

漫长的五年，中国改革开放包容的大潮汹涌澎湃，新时期文学如雨后春笋，一大批才华横溢的作家、批评家横空出世。从童年时代就如饥似渴热爱着文学而被阻遏的我，陷入海量的阅读之中。

最钟情的自是张洁的作品。张洁的作品就像一位老师，一位挚友一样，俘获了我的心，抚慰着我，与海量的阅读一起，陪伴我度过难熬的那几年。

1984 年，我终于被放行，又被所在属地州府的昌吉师专截留。

1986 年，我有幸赴中科院文学所高级进修班攻读硕士研究生课程。即选择了当时还处于责难和非议中的女性文学作为自己的研究方向。

我对文学的热爱与向往终于找到了一个可以托起她的载体。

神交已久的张洁，及其作品，自是我的第一个研究对象。

爱情是女性生命的权利之一。张洁的《爱》，第一次对有爱无爱必须从一而终的传统道德发出质疑，表达女性对爱的尊严与权利、对爱情中独立自主人格的追求，昭示爱之于女性的心灵价值之美。表现出张洁作为一位女作家对女性情感命运的关怀，对爱情和婚姻富有勇气的独立思考和预见。这是性别意识在"新时期"女性文学中最早的彰显。很难说张洁是以自觉的性别意识进行创作，但女性独特的有异于男性的性别体验与性别遭遇，使得她有意无意触摸到了女性文学的时代按钮，从而使得《爱》成为 80 年代女性文学的先声之一。

从本质上讲，比之于当时刘心武《爱情的位置》[①]所描写的合乎传统规范与现存秩序的"社会爱情"，《爱》是对传统秩序与规范的一种反叛。她标志着女性文学对社会伦理观念的思考，已开始游离当时政治批判的藩篱，进入民族文化传统的深层关照。隐含着作者疏离于主流的个人立场。在封闭多年刚刚开放的 70 年代末 80 年代初，引发舆论大哗。当时被揶揄为"寻找理想男子汉"的文学。围绕着《爱》的争论，也成为新时期重要的文学／文化事件之一。

二

女性文学"寻找理想男子汉"的命题，很快被"寻找女性自我价值"

---

① 刘心武：《爱情的位置》，载《中国青年报》1978 年 10 月 10 日第 3 版。

的命题所超越。

不屈的张洁，一反《爱》中诗意、优雅、感伤的抒情方式，旋即以《方舟》[①]对现实中职业女性的双重角色双重标准、两难抉择的痛苦，发出千年第一声泣血诘问。

张洁以饱蘸激情的文字，酣畅淋漓、浓墨重彩描写了三位知识女性为了实现自我价值而进行的顽强不息的奋斗与追求，以及在追求奋斗中，遭遇到的种种磨难与困厄，以及她们的焦灼与孤独、激愤与抗争。其中弥漫着一种漂泊感和悲剧氛围。诚如《方舟》卷首触目惊心的题记："你将格外不幸，因为你是女人！"

《方舟》是女性的自救之舟。

"方舟"是艰难人世间女子们对事业的执着追求，是坎坷命运中女性的自尊自信自强自立精神，是风霜雨雪中姐妹间的友谊与相互支撑。

她们想证明"她们是什么"，而不是遵从父权＼男性中心文化"她们应该是什么"的指令。

于是，文坛舆论又一次大哗。女性"雄化"的议论指责纷至沓来，几乎成为 80 年代又一次文学／文化事件。

女性"雄化"的议论指责背后，是延续千年的传统性别文化对女性气质的规定性认知与审美标准。

《方舟》冲决几千年压抑，触及女性的生存困境和不公正待遇，义无反顾地开启了中国女性文学对传统性别角色的文化质疑与抗争。在百年中国女性文学史上，这是一次真正具有独立意义与价值的进步。女性性别主体意识的觉醒，至此才获得了一种实质性的突破与进展。

正是五年调往新疆大学而不得，在所谓"称赞"中遭遇的祈求、刁难、愤懑、抗争的屈辱痛苦经历，使得刊发于 1982 年的《方舟》与我深度契合。其中的女性命运感，尤其是知识女性的现实处境和抗争精神，与我的处境、追求产生了强烈的共鸣。

张洁早期作品独有的古典理想主义情结，清丽、优雅、悲情、诗意弥漫的独特美学追求，也俘获了我。此后，我几乎熟读她的所有作品，尤其是她那些关于女性命运、女性情感、女性独立意识的锥心泣血、具有悲剧美的作品，那些独行于人生风雨中坚韧、顽强的知识女性，那些具有刚健不屈人格美的知识女性，启蒙了我，引领了我，弹拨了沉睡在我心中多年尚未响起的琴弦，成全了我女性文学研究之路最早的选择与出发。

文学评论写作之难，远不在于你刻意地理智地要写一篇评论，而在于某一篇作品，打动了你的心，燃起你对生活、对文学的感悟、热望与深度

---

① 张洁:《方舟》，载《收获》1982 年第 3 期。

女作家学刊·第四辑

思考，张洁的作品，之于我，即是如此。

严格说，1988年，我刊发在《小说评论》第3期的《女性文学的现代衍进》，刊发在《艺术广角》第1期的《女性文学一种新的审美流变》，都是从对张洁作品的研究起步的。

这两篇论文从宏观视角论证了20世纪80年代中国女性文学，由寻找理想男子汉，到寻找女性自我价值，再到永恒的寻找，这一宏观衍进轨迹，及其告别传统美学风貌的嬗变轨迹；揭示了20世纪80年代中国女性文学思潮由爱情主题，到社会主题，再向哲学主题衍化的现代性衍进规律。

此后，尤其在我2009年出版的《中国当代女性文学简史》①中，对张洁的《爱》与《方舟》皆浓墨重彩地予以解析和理论阐述。给予其之于中国女性文学史以重要的历史地位。

她们在20世纪80年代女性文学的现代衍进中具有开拓意义。

三

在女性"雄化"的指责声中，孤独痛苦的张洁将《方舟》中激愤冷峻抗争的梁倩们，在《祖母绿》②中化为九死不悔、超越个人悲与苦、超越爱情，也超越男性、集真善美光芒于一身的曾令儿。

曾令儿作为张洁式的具有宗教意味的理想镜像，完成了张洁对于完美女性自我的建构。

极度孤独痛苦中的张洁，只能对女性崇高理想人格寄予厚望。

尽管虚幻，尽管对曾令儿，对女性，极不公平。张洁和她们，已成为我心中永远的女神。

在我心里，张洁不仅是我醍醐灌顶的恩师，还是我心有灵犀的挚友，是改变命运的姐妹。桀骜率真、独立而又孤傲的张洁，与她笔下那些凭借着"无穷思爱"的信念，超越了尘世种种艰难挫折困苦的优秀女性形象，成为中国知识女性的完美典范。

诚然，《爱》中钟雨以坚贞不渝的奉献方式所表现的传统妇女美德，仍然是一种父权\男权制度下的文化逻辑深刻内在化的结果。《方舟》呈现的知识女性追求自我价值的困厄与痛苦，折射出她们在传统与现代之间焦虑的女性自我。这是历史的真实与局限，也是时代的真实与局限。这丝毫无损于张洁之于20世纪80年代女性文学的杰出贡献。其中显露的批判性别歧视的锋芒，作为80年代带有原始、朴素的女性主义元素的文本，具有先

① 任一鸣：《中国当代女性文学简史》，广西师范大学出版社2009年版。
② 张洁：《祖母绿》，载《花城》1984年第3期。

导意义。

十年之后，张洁哀痛：《世界上最疼我的那个人去了》①。这是张洁的呕心沥血之作。张洁写尽了失去母亲的彻骨疼痛。孤傲的张洁从此没有了妈妈，没有了家。阅读这篇作品时，我正游历南方。感念万燕博士盛邀，在深圳大学与青春学子做学术交流。夜晚，我独自一人住在深圳蛇口女儿安排的居所，几乎一口气读完。张洁极度的孤独与痛苦，让童年即失双亲的我，感同身受，不管不顾，潸然泪下。

在沉寂很长一段之后，张洁携长篇《无字》②归来。

《无字》，以血代墨，对女性世代相传的人生悲剧宿命，作了悲凉透彻的述说。象征性地描写了女性从沉默的奴隶，到寻求自我解放、建构独立人格、确立性别主体的全过程。可谓一部浓缩的女性史。张洁以鲜明的性别写作宗旨和个性化的美学追求，审视历史、解构父权\男性中心文化堡垒；审视女性自我，追求建构女性历史主体。她解构了几代女性把爱情当作《圣经》——这一男性中心文化内化为女性的恒久心理期待。在不为感情所累、独立而自由的吴为女儿禅月身上，寄托了对女性摆脱文化传统赋予的规约、藩篱之希冀。

《无字》是张洁的扛鼎之作。使张洁完成了由"情者"到"智者"的涅槃，是张洁与历史之手的一次交握。既有解构，又超越了纯粹的女性悲剧命运的控诉，呈现出审视社会、历史、文化与人性，审视女性与女性文化的建构性思考。

从 80 年代到 90 年代，张洁的女性叙事所具有的女性主义先导意义和启蒙精神，一直贯穿于她二十多年的创作历程。从《爱》《方舟》到《无字》，张洁创作中不变的思想是，力图突破文化传统对女性的命名与塑造，传达出中国特定历史时期，女性由客体、他者、次性身份到女性主体价值弘扬这一历史必然要求。张洁的作品，无论唯美古典、理想浪漫、现实主义乃至现代主义因素，都为中国女性文学的发展提供了丰富的想象资源与启示，也为具有中国特色的女性主义文学批评的建构，奠定了扎实的实践基础。

卓尔不群的张洁，她站立在中国女性文学史中。

卓尔不群的张洁，她站立在中国文学史中。

四

张洁自是一位"主观型"的作家。她的作品往往是自我心灵的折射，

① 张洁：《世界上最疼我的那个人去了》，载《十月》1994 年第 1 期。
② 张洁：《无字》，载《小说界》1998 年第 3 期。

是女性主体价值之思想、理念探索的宣示。

我关注张洁的作品，也尽可能地关注张洁的生活。

张洁的生活，不在别处，在她自己的心灵里。

一生历经那么多磨难和屈辱的她，有那么多的心灵伤痛，抒写那些闪现着她一生经历影子的作品，每每令她肝肠寸断。也令读者，每每为她神伤。其中，必有我。

她的内心世界是一幅美丽的风景，心灵的天空才是她的文学才情自由翱翔之地。

孤独，是她的底色。

孤傲，是她的气质。

她，天生丽质，独立自尊。她的辛酸、较真儿、率真之气；她的脆弱、凛然、桀骜之色；以及她敏感的心，优雅的文字，都鲜活地永存于她的作品里。即使荣耀加身，也从未改变。

多年之后，她说过，现在已是"小时代"，我们这些人的书不能影响谁了。但是，她又说过，她相信，不多的几位读者能懂她，这就够了。

我或许是懂她的那些人中的一位。

知遇张洁，于我，是一种命运的馈赠。

细思，不正是女性文学研究，激励我把文学和现实中女性命运的酸甜苦辣幻化成艺术的情怀，从中获得了一份独立自主、珍惜女性主体生命价值、善待自己，乃至今时日日沐浴南海阳光的启示吗！

致敬往昔。感谢一路有你。

感谢女性文学研究路上的所有相遇。

张洁，给过我启迪，给过我力量，她，成全过我。

她一生都在寻找，寻找心之所依，寻找魂之所系。

她一生都在追问命运，追问存在的意义。

她这一生，太累了。

我怜惜她，理解她，钦佩她。

她就是我心灵相伴四十年的亲人。

《无字》之后，晚年，一部《知在》①，张洁写尽了灵魂的孤独与永世的命运之不可"知"。

一个在孤独痛苦中挣扎、不断超越自我的脆弱而坚强的生命；一个始终坚持理想、不向命运妥协的灵魂。

她持久的创作生命力，来源于此。

如今，她驾鹤西去，孤绝前行。

---

① 张洁：《知在》，北京十月文艺出版社2006年版。

她曾说，在品位与优雅永远消失之前，就离开这个世界。

如今，她，从孤傲决绝的"各色"，终于，告别得那样、那样云淡风轻……

正如她的告别之作《一生太长了》①所宣示：

"一生也没有得到过的惬意、快乐，没有一丝伤感地、轻盈地向着另一个世界飞去……"

不必伤怀。

从此，她，在天国，与命运和解。

从此，她，得自由，得安宁。

……

　　　　　　　2022 年 2 月 8 日，惊闻张洁仙逝，夜文追思，修改致敬。

（任一鸣：中国当代文学研究会理事，中国教育家协会理事）

---

① 张洁：《一生太长了》，人民文学出版社 2010 年版。

张洁作品的海外传播研究

宋 媛

摘 要: 两度获得茅盾文学奖的张洁,作品也被译介推广至海外数十个国家。本文对张洁在海外的传播情况进行汇总梳理,同时,对于"传播之后",海外普通读者真实的接受情况,进行效果评估与分析反思。张洁的海外译作虽数量不少,但实际的传播效果并不理想,以张洁传播为经典案例,可以看到国内出版行业缺乏专业的海外业务代理人才,文学翻译领域难寻适合的翻译人才等客观问题,同时,文学的海外传播,也必须考虑作品内容与海外读者期待视野的匹配与"兼容"。

关键词: 张洁;海外;传播

张洁(1937—2022)是中国当代著名作家,1978年7月以处女作《从森林里来的孩子》登上文坛,几十载的创作生涯间,在长、中、短篇小说及散文领域,均著作颇丰。1985年,她以长篇小说《沉重的翅膀》获第二届茅盾文学奖;2005年,以长篇小说《无字》获第六届茅盾文学奖,是中国文坛上唯一两度获得茅盾文学奖的作家。同时,也曾获1986诺贝尔文学奖候选人提名、意大利马拉帕蒂国际文学奖、意大利托斯卡纳大区文化论坛奖、GIUSEPPE ACERBI国际文学奖终身成就奖等多项国际文学奖项,其作品被译为英、德、法、俄、意大利等数十种语言,在世界范围传播。本文拟对这位具有国际影响力的中国女作家在海外的传播状况进行梳理。

一、张洁在英语世界

WorldCat联机计算机图书馆中心[①]的数据显示,在其收录的112个国家近9000家图书馆数据库中,张洁的海外馆藏作品共99种。其中,中文图

---

① WorldCat:https://www.worldcat.org/

书 92 种，英文 7 种。张洁作品最早被传播至海外，也是以英文译介为开端的。20 世纪 70 年代末期初登文坛的张洁，在 1979 年，便有两篇作品《含羞草》（*A Bouquet for Dajiang*）、《从森林里来的孩子》（*The Music of the Forests*）被刊登于当时的权威英文刊物 Chinese Literature 上。

而作为 20 世纪书写"新时期"中国社会风貌的代表性作家，张洁曾以中国作家代表团成员的身份，参加过一系列的海外文化交流活动。1986 年，她赴美参加第三次中美作家会议，美国旧金山中国书刊社为其举办了小说集《爱，是不能忘记的》庆祝宴会；同年，她与巴金共同被瑞典诺贝尔文学奖评选委员会列入 1986 诺贝尔文学奖候选人名单，在西方世界产生影响；1992 年，张洁荣获美国文学艺术院荣誉院士。

查询 MCLC 资源中心①收录的张洁作品翻译情况，并参考 Goodreads官网②中的数据，张洁共有 5 部英译专著，以及 25 篇中、短篇作品（包含相同作品的不同译本）被刊载于英文刊物或收录于英文作品集，列表汇总如下③：

图表 1   英文专著类

中文作品名	英文作品名	译　者	出版社	年份	备　　注
《爱，是不能忘记的——张洁作品选》	*Love Must Not Be Forgotten*	Gladys Yang	Chinese Literature（CL）	1986	收录作品《爱，是不能忘记的》《祖母绿》《条件尚未成熟》《未了录》《山楂树下》《忏悔录》《方舟》等，1987、1989、1997 年 Chinese Literature Press（CLP）重印出版，2009 年 Foreign Language Press（FLP）重印出版
《沉重的翅膀》	*Leaden Wings*	Gladys Yang	London: Virago Press	1987	

① MCLC（Modern Chinese Literature and Culture）Resource Center：https://u.osu.edu/mclc/
② Goodreads：http://www.goodreads.com/
③ 图表 1、2 中的数据，除网络资源外，还参考了一本专著：Laifong Leung. *Contemporary Chinese Fiction Writers: Biography, Bibliography, and Critical Assessment.* New York: Routledge, 2017, PP.279-280；以及以下两篇文章：一、姜红伟：《张洁文学年谱（1978—2020）》，载《当代作家评论》2020 年第 6 期。二、耿强：《文学译介与中国文学"走向世界"——"熊猫丛书"英译中国文学研究》，上海外国语大学博士学位论文，2010 年。第二篇文章主要参考了其附录一：《"熊猫丛书"出版书目》。

中文作品名	英文作品名	译 者	出版社	年份	备 注
《只要无事发生，什么事都不会发生》	*As Long as Nothing Happens, Nothing Will*		London: Virago Press	1988	
《沉重的翅膀》	*Leaden Wings*	Howard Goldblatt	New York:Grove Weidenfeld	1989	
《敲门的女孩》	*She Knocked at the Door*	Sylvia Yu, Julian Chen	San Francisco, CA : Long River Press	2006	

图表 2　　　　　　英文中、短篇

中文作品名	英文作品名	译 者	出版社	年份	备 注
《含羞草》	*A Bouquet for Dajiang*	He Yunlan		1979	刊载于 *Chinese Literature*，第 9 期
《从森林里来的孩子》	*The Music of the Forests*	Gao Yan		1979	刊载于 *Chinese Literature*，第 9 期
作品篇目不详		Gladys Yang	Bloomington: Indiana University Press	1980	收录于作品集《一九八〇年中国优秀短篇小说》
《从森林里来的孩子》			FLP	1981	收录于作品集 *Prize-Winning Stories from China 1978-1979*
《谁生活的更美好》	*Who Lives a Better Life?*	Janet Yang	FLP	1981	收录于作品集 *Prize-Winning Stories from China 1978-1979*
作品篇目不详		Gladys Yang		1981	收录于作品集《中国当代文学选读》
《寻求》	*Pursuit*			1981	文学剧本，刊载于 *China Reconstructs*，第 12 期
《爱，是不能忘记的》	*Love Must Not Be Forgotten*	Gladys Yang	CL	1982	收录于作品集 *Seven Contemporary Chinese Women Writers*。该文集于 1983、1985、1986 年由 CL 重印出版，1987、1989、1990 年由 CLP 重印出版

中文作品名	英文作品名	译 者	出版社	年份	备 注
《爱，是不能忘记的》	*Love Cannot Be Forgotten*	Helen F. Siu, Zelda Stern	NY: Oxford University Press	1983	收录于作品集 *Mao's Harvest: Voices from China's New Generation*，编者 Helen F. Siu, Zelda Stern
《忏悔》	*Remorse*	Helen F. Siu, Zelda Stern	NY: Oxford University Press	1983	收录于作品集 *Mao's Harvest: Voices from China's New Generation*，编者 Helen F. Siu, Zelda Stern
《爱，是不能忘记的》	*Love Cannot Be Forgotten*	William Crawford	Berkeley, CA: University of California Press	1984	收录于作品集 *Roses and Thorns: The Second Blooming of the Hundred Flowers in Chinese Fiction, 1979-1980.* 编者 Perry Link
《条件尚未成熟》	*The Time is Not Yet Ripe*	Gladys Yang		1984	刊载于 *Chinese Literature, Autumn.* 1991年，该文被收录于 FLP 出版的作品集 *The Time is Not Ripe: Contemporary China's Best Writers and Their Stories*，编者 Yang Bian
《祖母绿》	*Emerald*	Gladys Yang		1985	刊载于 *Chinese Literature, Sunmer*
《我的船》	*My Boat*	Yu Fanqin		1985	刊载于 *Chinese Literature, Summer*
《他有什么病？》	*What's Wrong with Him?*	Gladys Yang		1987	刊载于 *Renditions, Spring-Fall*
作品篇目不详			英国某出版社，不详	1988	收录于作品集《幽默小说选》
《未了录》	*An Unrecorded Life*	Nienling Liu	HK: Joint Publishing Company	1988	收录于作品集 *The Rose Coloured Dinner: New Works by Contemporary Chinese Women Writers*

中文作品名	英文作品名	译　者	出版社	年份	备　注
作品篇目不详			CLP	1989	收录于作品集 *Best Chinese Stories*（*1949-1989*）
作品篇目不详			美国某出版社，不详	1991	收录于作品集《幽默小说选》
《我坚定地掌着舵：很高兴我还有点人性》	*The Boat I Steer: A Study in Perseverance*	Yu Fanqin	Armonk, NY: M.E. Sharpe	1992	收录于作品集 *Modern Chinese Writers: Self-portrayals*，编者 Helmet Martin, Jeffrey Kinkley
《最为著名的单相思》	*Secret Admirer*	Wang Ying		1993	刊载于 *Chinese Literature, Spring*
《未了录》	*An unfinished Record*	W.J.F. Jenner		1996	收录于作品集 *The Penguin Book of International Women's Stories.* 编者 Kate Figes
《妇女在中国的地位——女作家张洁的演讲》	*The Position of Women in China: A Lecture by Woman Writer Zhang Jie*	Chong Woei Lien		1995	刊载于 *China Information*，第 10 期
《爱，是不能忘记的》	*Love Must Not Be Forgotten*		NY: Vintage Books	2001	收录于作品集 *The Vintage Book of Contemporary Chinese Fiction*，编者 Carolyn Choa, David Su Li-qun
《拣麦穗》	*Gathering of Ears of Wheat*	Ren Zhong, Yuzhi Yang	San Francisco: Long River Press	2005	收录于作品集 *In Hometown and Childhood*

　　通过汇总可见，张洁作品在英语世界传播的黄金期是 20 世纪 80 年代。20 世纪 70 年代末期，国家刚刚恢复对外交流，文化传播方面虽未有大的举措，但已着手"预热"，张洁的 2 篇短篇作品被译成英文，便是这一时期的成果；而 80 年代的 10 年间，张洁共有 4 部英译专著面世，16 篇中、短篇作品被刊载于英文刊物或收录于英文作品集，在华语文学不甚受关注的英语世界，这一成绩可说是十分傲人的；90 年代之后，张洁共有 1 部英译专

著，7 篇英译中短篇作品，热度有所下降。

在英译作品的数量上，张洁虽可说成绩斐然，但不能忽视其背后的国家政策因素。张洁曾两度获得茅盾文学奖，从出版时间及出版机构分析，张洁获奖的 1985 年和 2005 年这两年前后，是其作品外译的高峰期及一段时期沉寂之后的复苏期。高峰期的作品外译，中国文学出版社推出的"熊猫丛书"（包含图表中 CL 及 CLP 的出版的大部分作品）出力甚多；而复苏期的外译作品数量较之前一时期有明显减少，这与"熊猫丛书"因销路不畅而停止出版、国家外译政策随之改变相关。

对于"熊猫丛书"的海外影响，苏州大学的季进教授曾作出不甚乐观的评价："没有读者的翻译是无效的交流。对于国家斥巨资组织各种典籍或经典作品的外译'工程'，我们一方面乐观其成，一方面也应当对其效果持保留态度。以前中国政府也推出过'熊猫丛书'，翻译介绍了从古至今的数百部中国文学作品，从整体质量上来讲还是不错的。可是这套丛书中的绝大部分作品出版之后悄无声息，有的永远躺在驻外使馆的地下室蒙上尘埃蛛网、遭受湿气或者蠹虫的侵袭，极少数命运稍好的译本进入大学图书馆，被相关研究者翻阅，但总体来讲对于西方大众读者并没造成多大的触动。"[1]在张洁的英译作品中，"熊猫丛书"的成果占据多数，张洁在英语世界是否拥有实绩的传播，其结果仍需存疑。

二、张洁在英语世界之外的其他国家

英语世界之外，张洁在其他一些海外国家也得到译介传播。考虑到国土面积、人口基数等因素，相较于"广大"的英语世界，某些"小"国的成绩其实并不逊色。讨论张洁的海外传播，如不梳理这些英语世界之外国家的情况，结果则不够完整而缺乏说服力。

（一）张洁在德国

英语世界之外，张洁的作品似乎最受德国读者青睐，而张洁本人也与德国结有亲密的缘分。早在 1986 年访美之前，张洁首次以作家身份出国访问，便是受邀参加 1985 年德国举办的"地平线 85"第三届世界文化节中国文学周活动；1988 年，张洁再次作为中国作家代表团成员访问德国；2008 年，张洁参加德国法兰克福书展，在"2009 中国主宾国"新闻发布会上发表演讲。可以说，从踏入文坛到创作后期，张洁一直与德国保有联系。迄今为止，张洁共有 5 部德文译著，17 篇中、短篇作品被刊载于德文刊物或收录

---

[1] 季进、邓楚、许路：《众声喧哗的中国文学海外传播——季进教授访谈录》，载《国际汉学》2016 年第 2 期。

女作家学刊·第四辑

于德文作品集，列表汇总如下 ① ：

图表 3 ：　　　　　　　　　　　德文专著类

中文作品名	德文作品名	译　者	出版社	年份	备　　注
《方舟》	*Die Arche*	Nelly Ma	Munich: Frauenoffensive Verlag	1985	
《沉重的翅膀》	*Schwere Flugel*	Michael Kahn-Ackermann	Munich: Carl Hanser Verlag	1985	
《短篇爱情小说》		Gerd Simon 等	Simon & Magiera	1987	张洁作品集，收录《爱，是不能忘记的》《我的船》《祖母绿》三篇作品
《何必当初：讽刺小说集》		Michael Kahn-Ackermann	Munich: Carl Hanser Verlag	1987	
《世界上最疼我的那个人去了》		Eva Müller	Unionsverlag	2000	

图表 4　　　　　　　　　　　德文中、短篇

中文作品名	德文作品名	译　者	出版社	年份	备　　注
《爱，是不能忘记的》		Claudia Magiera		1982	1982 年版被收录作品集名称不详，该文于 1986 年被转载收录于作品集《中国女性小说集》、1990 年被收录于作品集《中国讲述——短篇小说 14 篇》重印出版
《方舟》				1985	刊载于《时序》，第 2 期
《条件尚未完成》		Rupprecht Mayer		1985	刊载于《中国报》
《我的船》		Freya Hausen		1985	刊载于《重音》
《山楂树下》		Nelly Ma		1985	刊载于《伯根》
《蛟龙失水被蛇欺》		Michael Kahn-Ackermann		1985	刊载于《时序》
作品篇目不详			FLP	1985	收录于作品集《当代女作家作品选》
《维也纳森林的故事》		Else Unterrieder		1986	刊载于《中国报道》

---

① 该统计汇总了 MCLC 资源中心及 Goodreads 官网中的数据，并参考以下两篇文章：一、姜红伟：《张洁文学年谱（1978—2020）》，载《当代作家评论》2020 年第 6 期。二、孙国亮、沈金秋：《张洁作品在德国的译介与接受研究》，载《当代文坛》2019 年第 6 期。

中文作品名	德文作品名	译　者	出版社	年份	备　注
《男子汉的宣言》		Carolin Blank, Michaela Herrmann		1986	刊载于《文化交流报》
《一个人，有多好》				1988	刊载于《文学工作期刊·中国特辑》
《谁生活得更美好》		Caroline Blanco		1989	刊载于《时序》
《一个尿频患者在 X 国》		Michael Kahn-Ackermann		1990	收录于作品集《中国短篇小说集》《中国故事》
《我坚定地掌着舵：很高兴我还有点人性》		Freya Hausen		1993	收录于作品集《苦涩的梦——中国作家的自述》
《拣麦穗》		Martin Woesler	Bochum: Bochum UP	2000	收录于作品集 20th Century Chinese Essays in Translation，编者 Martin Woesler
《我知道你想说什么》		Wolfgang Kubin		2003	收录于作品集《第三届国际文学节》
《梦》		Ingrid Müller		2007	刊载于《东方向》
《自由》		Marc Hermann		2008	刊载于《东方向》。本文为张洁在德国法兰克福书展"2009 年中国主宾国"新闻发布会上的演讲讲稿

（二）张洁在荷兰

张洁的荷兰语译著数量共 6 部，其中包括 2 种不同版本的《方舟》；收录于其他文集的作品 1 篇。

图表 5　　　　　　　　　荷兰语翻译出版情况 ①

类别	中文作品名	外文作品名	译　者	出版社	年份	备　注
专著类	《爱，是不能忘记的》	De liefde moet niet vergeten worden	Elly Hagenaar	Uitgeverij De Geus	1984	短篇小说集
	《沉重的翅膀》			Uitgeverij De Geus	1986	
	《方舟》	De ark	Eduard Broeks	Uitgeverij De Geus	1987	

---

① 该统计汇总了 MCLC 资源中心及 Goodreads 官网中的数据。

类别	中文作品名	外文作品名	译　者	出版社	年份	备　注
专著类	《祖母绿》			Uitgeverij De Geus	1991	
	《只有一个太阳》	*Er is maar één zon*	Koos Kuiper	De Geus - Epo	1992	
	《方舟》	*Smaragd*	Elly Hagenaar	De Geus	2001	
其　他	作品篇目不详			Uitgeverij De Geus	1990	收录于作品集《幽默小说选》

（三）张洁在意大利

意大利是近年来授予张洁国际文学奖项最多的海外国家。1990 年，张洁获意大利马拉帕蒂国际文学奖；2004 年，张洁获颁意大利"仁惠之星骑士勋章"；2012 年，张洁又获得了意大利托斯卡纳大区文化论坛奖；2014 年，张洁获意大利 GIUSEPPE ACERBI 国际文学奖终身成就奖。

作品译介方面，张洁共有 3 部意语译著，1 篇作品被收录于其他文集。值得注意的是，这 4 种作品里，只有 1 部出版于 1989 年，其他 3 种则出版于 2000 年之后。这与张洁作品海外传播在新世纪全面"撤退"的总体趋势形成鲜明的反向对比。个中缘由，值得做进一步分析，以期对当下文学的海外传播带来经验上的助益。

图表 6　　　　　　　　　　意大利语翻译出版情况 [①]

类别	中文作品名	外文作品名	译　者	出版社	年份	备　注
专著类		*Mandarini cinesi*	G. Tamburello	Feltrinelli	1989	
	《无字》	*Senza parole*	Maria Gottardo	Salani	2008	
	《无字》	*Anni di buio*	Maria Gottardo, Monica Morzenti	Salani	2010	
其　他	收录篇目不详		Monica Morzenti, Maria Gottardo 等	E/O	2003	收录于作品集 *Rose di Cina*（《中国玫瑰》）

（四）张洁在俄罗斯

张洁共有 2 部俄语译著，6 篇其他作品被刊载于俄文刊物或收录于俄文作品集，其中大部分集中在 20 世纪 80 年代。2007 年俄罗斯中国年活动，在双方政府的推动下，两国开展了一系列文化交流活动，这是张洁作品在新世纪，得以在俄又一次传播的背景。

---

① 该统计汇总了 MCLC 资源中心及 Goodreads 官网中的数据。

类别	作品名	译者	出版社	年份	备注
专著类	《沉重的翅膀》	谢曼诺夫	莫斯科：虹出版社	1989	
	《方舟：张洁中短篇小说集》		莫斯科：东西方出版社	2007	共收录《方舟》《他有什么病》等四部作品
其他	《沉重的翅膀》	谢曼诺夫		1986	刊载于《国外当代文学》，第6期
	《条件尚未成熟》	李谢维奇	莫斯科：国家文学艺术出版社	1988	收录于作品集《中国当代小说》
	《最后的高度》	谢梅年科	莫斯科：莫斯科大学出版社	1995	收录于作品集《孔雀开屏》
	《她吸的是带薄荷味儿的烟》	尼科利斯卡娅	北京：人民文学出版社，莫斯科：东方文献出版社	2007	收录于作品集《中国变形：当代中国小说散文选》，编者华克生
	《鱼饵》	杰米多			
	《假如它能够说话》	德米特里耶娃			

（五）张洁在其他国家

英语世界与德国、荷兰、意大利、俄罗斯之外，张洁还在其他9个国家获得译介与传播。这9个国家的作品包括西班牙语译著3部，法文译著2部、短篇2篇，瑞典语译著2部，芬兰语、丹麦语、挪威语、巴西葡萄牙语、越南语译著各1部；日文中、短篇5篇。列表汇总如下 ②：

图表 8　　　　　　　　其他语言翻译情况

国别	中文作品名	外文作品名	译者	出版社	年份	备注
西班牙	《方舟》	*Galera*		Editorial Txalaparta	1994	
	《只有一个太阳》				1994	

① 张洁作品在俄罗斯的传播情况，英文类网站介绍较少。该统计主要参照论文：白杨、白璐、汪俊仙、刘翀：《中国新时期小说在俄罗斯的译介与推广——以张洁作品为例》，载《青年文学家》2018年第9期。

② 该统计汇总了 MCLC 资源中心及 Goodreads 官网中的数据，并参考姜红伟：《张洁文学年谱（1978—2020）》，载《当代作家评论》2020年第6期。日文作品部分统计汇总了 CiNii 日本综合学术信息数据库（https://cir.nii.ac.jp/ja）中的数据，并参考韩聃：《张洁作品在日本的译介与传播》，载《文艺争鸣》2018年第10期。

国别	中文作品名	外文作品名	译　者	出版社	年份	备　注
西班牙	《祖母绿》	*Esmeralda*	Indira Anorve Zapata, Lien-Tan Pan	El Colegio de México	2007	
法国	作品篇目不详			CL	1981	收录于作品集《女作家近作选》
	《沉重的翅膀》				1986	
	《方舟》				1989	
	收录篇目不详			Indigo & Côté-femmes	1994	收录于作品集 *Nous sommes nées femmes: Anthologie de romancières chinoises actuelles*（《我们生来就是女人：当代中国女小说家选集》）
瑞典	《沉重的翅膀》				1986	
	《方舟》	*Arken*		Prisma	1987	
芬兰	《沉重的翅膀》				1987	
丹麦	《沉重的翅膀》				1987	
挪威	《沉重的翅膀》				1987	
巴西	《沉重的翅膀》				1989	
越南	《无字》	*Vô Tự*	Sơn Lê	NXB Công An Nhân Dân	2014	
日本	《相逢》				1982	收录于作品集《草原的小道——短篇小说佳作12篇》
	《爱，是不能忘记的》	『愛、この忘れがたきもの』	辻康吾	东京：研文社	1985	收录于作品集『キビとゴマ（中国女流文学選）』，编者加藤幸子、辻康吾
	《方舟》（一）	『方舟』（一）	福地桂子		1986	刊载于『長崎総合科学大学紀要』，第2期

张洁纪念专栏

105

国别	中文作品名	外文作品名	译 者	出版社	年份	备 注
日本	《谁生活得更美好》	『より美しく生きる者』	现代中国文学翻译研究会	株式会社NGS	1987	收录于作品集『ラブレター８０年代中国女流文学選（３）』
	《方舟》（二）	『方舟』（二）	福地桂子		1987	刊载于『長崎総合科学大学紀要』，第1期
	《祖母绿》（一）	『碎玉』（一）	福地桂子		1988	刊载于『長崎総合科学大学紀要』，第1期
	《方舟》（三）	『方舟』（三）	福地桂子		1988	刊载于『長崎総合科学大学紀要』，第2期
	《祖母绿》（二）	『碎玉』（二）	福地桂子		1989	刊载于『長崎総合科学大学紀要』，第1期

三、张洁海外传播的分析及反思

梳理张洁海外传播情况，可以发现呈现以下三个特点：

（一）政府是推动张洁作品"走出去"的重要力量。

官方的英文刊物 *Chinese Literature*、国家投入大量人力物力的外译工程"熊猫丛书"、中俄互办文化年的文学翻译项目等，都是张洁作品走向海外世界的重要通道；张洁作为中国作家代表参加的一系列海外文化访问活动，如第三次中美作家会议、德国法兰克福书展等，使海外媒体有机会认识到这位来自东方的女性作家，为其带来了国际声誉；此外，张洁获得的部分国际性文学奖项，也有外交背景的助益。

张洁是受到官方肯定的、舆论正向宣传的作家，这一点从她两次获得国内最重要文学奖项——茅盾文学奖便可见一斑。她早期的短篇《爱，是不能忘记的》，是伤痕、反思文学的代表作品；长篇小说《沉重的翅膀》则描写"新时期"工业改革与四化建设，是改革文学的扛鼎之作。这两篇作品，也是张洁最广为传播的作品，前者被翻译介绍到英、德、荷、日等国，多次被多个文集收录出版及重版；后者更是在 1985 年斩获茅盾文学奖后，仅三年间便在英国、德国、荷兰、俄罗斯、法国、瑞典、芬兰、丹麦、挪威、巴西被翻译出版。张洁早期作品的内容性质，是她成为那个"被选中"的幸运儿的决定性因素。当然，张洁的笔触细腻动人，饱含女性的温柔、坚韧，作品富于人道主义精神，对人性与情感拥有独特的理解，同时，她对社会浪潮下种种人情世态，有着全方位透视的深入观察与思索。作品本身的高质量也确保其拥有"走出去"的资本。

（二）20 世纪 80 年代是张洁海外传播的黄金时期。

张洁于 20 世纪 70 年代末期登上文坛，1985 年获茅盾文学奖，整个 80 年代，是张洁作品海外传播最为突出的时期。这十年内，共有 23 部译著，32 篇中、短篇译作被传播至 12 个国家，占据了张洁所有外译作品的三分之二以上。

究其原因，除了这一时期政府积极推动文化交流的政策性因素，80 年代的张洁正处于创作的高峰期，也是确保其能够活跃"输出"的重要因素。90 年代之后，母亲的去世使张洁在一段时间内沉寂于文坛，写作内容也从反映时代巨变而倾向追述至亲之情，作品产出数量的减少与内容的转向，使 80 年代之后张洁作品的海外传播热度降低。

（三）虽然译本不少，但张洁作品并未在海外普通读者中形成传播。

统计拥有"美国豆瓣"之称的 Goodreads 官方网站中张洁的数据，共收录其中文作品 2 种、英译作品 6 种、意大利语作品 4 种、荷兰语作品 3 种、西班牙语作品 2 种、法语作品 1 种、瑞典语作品 1 种、越南语作品 1 种。这些作品评分多在 3 分至 4 分之间（总分为 5 分），参与评分的人数也不甚乐观，人数最多的意大利语版本《无字》（*Senza parole*）也仅有 115 人，大多数作品参与评分人数为个位数，发表评论的更是寥寥无几。普通读者的关注度最能反馈一位作家在异域他乡真实的传播情况，张洁遭遇的"冷遇"，也是大多数国内宣传的、"传播至海外多个国家"的作家所面临的尴尬境遇。

图表 9   张洁作品在 Goodreads 官网中的情况

语言	中文作品名	外文译名	译 者	参与评分人数	发表评论人数	作品评分
中文	《爱，是不能忘记的》	*De liefde moet niet vergeten worden*	Elly Hagenaar	3	2	4.00
	《无字》			1	0	5.00
英语	《沉重的翅膀》	*Leaden Wings*	Howard Goldblatt	68	10	3.59
	《爱，是不能忘记的》	*Love Must Not Be Forgotten*		52	5	3.88

语言	中文作品名	外文译名	译者	参与评分人数	发表评论人数	作品评分
英语	《只要无事发生，什么事都不会发生》	*As Long As Nothing Happens, Nothing Will*		10	1	2.90
	《中国当代七位女作家》（文集，收录张洁、茹志鹃、黄宗英、谌容、张抗抗、王安忆等的作品）	*Seven Contemporary Chinese Women Writers*（1982）	Gladys Yang（编者）	22	5	3.59
	《中国当代七位女作家》	*Seven Contemporary Chinese Women Writers*（1983）		8	0	3.50
	《敲门的女孩》	*She Knocked At The Door*		0	0	0.00
意大利语	《无字》	*Senza parole*	Maria Gottardo, Monica Morzenti	115	12	3.18
	《无字》	*Anni di buio*	Maria Gottardo, Monica Morzenti	11	0	3.55
		Mandarini cinesi	G. Tamburello	3	1	2.67
	《中国玫瑰》（文集，收录张洁、冰心、张爱玲、王安忆、铁凝、迟子建、林白、池莉、安妮宝贝等的作品）	*Rose di Cina*	Monica Morzenti, Maria Gottardo	2	1	3.00
荷兰语	《方舟》	*Smaragd*	Elly Hagenaar	6	1	4.00
	《方舟》	*De ark*	Eduard Broeks	8	0	2.88
	《只有一个太阳》	*Er is maar één zon*	Koos Kuiper	1	0	1.00
西班牙语	《祖母绿》	*Esmeralda*	Indira Anorve Zapata, Lien-Tan Pan	3	1	3.33
	《方舟》	*Galera*		2	1	2.50
法语	《我们生来就是女人：当代中国女小说家选集》（文集，收录张洁、张抗抗、茹志鹃、王安忆、陆星儿、铁凝等的作品）	*Nous sommes nées femmes: Anthologie de romancières chinoises actuelles*	Qian Linsen, Zham Shangci, Li lin, Michelle Loi, Jacqueline Desperrois	1	1	4.00
瑞典语	《方舟》	*Arken*		1	0	3.00
越南语	《无字》	*Vô Tự*	Sơn Lê	1	0	3.00

海外图书馆藏数量的稀少，Goodreads 上无人问津的"寂寞"，与大多数由国家出力而推广至"海外"的中国作家一样，张洁的作品在海外普通读者间未能得到传播。

在研究领域，张洁获得的关注度亦不高。英语世界中，不统计报刊、网络上的短评等，以收录较正式英文文献的 MCLC 资源中心为搜索平台，其文献目录中，研究张洁的仅有 14 篇（见附录一）；日本 CiNii Articles 及雅虎日本[①]网站中，共查询到研究张洁的论文 16 篇；俄罗斯研究张洁的论文共 5 篇，包含 4 篇期刊论文与 1 篇副博士论文[②]；德国张洁相关的文章共 80 多篇，但这一统计是将短评等计算在内的[③]；张洁作品并无韩文译本，但韩国意外有一篇张洁相关的学位论文（硕博不详），将张洁的《无字》与韩国女作家朴婉绪的作品进行比较研究[④]。张洁海外研究至今尚无专门性著述，大多为期刊论文，且不少篇目意在以作品内容来窥探社会主义中国风貌[⑤]，并不能称为纯粹的文学研究。

相对于国内报道中，提及张洁必言其"作品被翻译为数十种语言"的溢美之词，却很少有媒体客观深究"被翻译为数十种语言"之后，其在海外的接受实绩。这一现象所折射出的布鲁姆"影响焦虑"，其实不仅限于文学的海外传播方面，亦深入到文化交流的各个领域。

传播的目的并非寻求"他者认同"，不同文化之间并无优等劣等之分。传播的真正意义在于沟通，在相互的交流中，不同文化背景的人群获得理解，达成世界的"和"而不同。张洁在海外普通读者中的"冷遇"，并非是她创作履历上的"瑕疵"，也并不说明她的作品没有价值，在中国斩获多项重要奖项、家喻户晓的知名作家，海外的传播却困难重重，是什么因素造就的这一境遇？而传播出去的作品，又是什么使之获得了成功？这是梳理其传播情况之后，最值得反思的部分。

作品被推广至海外后的"寂寞"，并非张洁一位中国作家所面临的境况。汉学家蓝诗玲（Julia lovell）曾真实描述过中国文学海外传播所遭遇的情状：

① YAHOO JAPAN：https://www.yahoo.co.jp/

② 参考白杨、白璐、汪俊仙、刘翀：《中国新时期小说在俄罗斯的译介与推广——以张洁作品为例》，载《青年文学家》2018 年第 9 期。

③ 参考孙国亮、沈金秋：《张洁作品在德国的译介与接受研究》，载《当代文坛》2019 年第 6 期。

④ 篇目：한·중 여성 가족사소설 비교 연구：박완서의 "미망"과 장제（張洁）의 "무자（无字）"를 중심으로（《韩中女性家庭小说比较研究：以朴婉绪的〈迷茫〉与张洁的〈无字〉为例》）。

⑤ 例如：Chan, Sylvia. *"Chang Chieh's Fiction: In Search of Female Identity. 'Issues and Studies* 25.9（1989）；与 Roberts, Rosemary A. *"Images of Women in the Fiction of Zhang Jie and Zhang Xinxin." China Quarterly* 120（1989）；以及福地桂子：『張潔の「方舟」に見る中国女性解放の現実』，『長崎総合科学大学紀要』，1985 年第 6 期，等等。

"在英国剑桥大学城最好的学术书店，中国文学古今所有书籍也不过占据了书架的一层，其长度不足一米""中国文学的翻译作品对母语为英语的大众来说始终缺乏市场，大多数作品只是在某些院校、研究机构赞助下出版的，并没有真正进入书店"①。想要改善这一情况，只依靠国内"剃头担子一头热"的"输出"，并不能收取更好的结果，这一点，"熊猫丛书"的破产便是印证。

文学的海外传播，仍要从接受源头一端进行调研分析。有需求才会有真正的传播，20世纪80年代是张洁海外传播的黄金时期，这一时段，除了国家施力之外，海外亦有通过文本，了解甫开国门的社会主义中国风貌的需求。张洁的作品正因满足了这一需求，因而得到一定的传播。而在交流频繁、网络通畅的今时今日，这类需求有所下降，文学传播亦应从别的方向捋清头绪。麦家、刘慈欣等近年"异军突起"的海外热度较高作家能在普通读者中获得传播，正从别样的角度为当代文学的推广传播提供了思路。

2005年张洁第二次获茅盾文学奖后，其作品的译介传播呈现过一段时期的"复苏"状态，《无字》《祖母绿》等被翻译至海外。规模虽不如80年代政府亲力推广时那般宏大，但张洁后期的作品仍能收获到部分海外国家出版商的兴趣，说明了描写人类共通的至亲之情的作品，亦有其传播空间。在这一过程中，也暴露出了值得深思的问题。2005年，意大利一出版公司购买了《无字》的版权，却招募不到国内的版权代理商，每千字100美元的翻译稿酬，依然寻找不到适合的翻译人员，②国内出版行业专业的海外业务代理公司及经理人的缺乏，翻译领域的后继乏力等，均是市场经济商业模式下，中国当代文学海外传播的鸿沟天堑。中国文学跨越这些艰险屏障，真正走向海外普通读者，让更多人了解真实的中国社会与中国人的精神世界，路漫漫其修远。

附录一：MCLC 资源中心张洁研究论文目录

（1）Bailey, Alison. *"Travelling Together: Narrative Technique in Zhang Jie's 'The Ark'."* In Michael S. Duke, ed. *Modern Chinese Women Writers: Critical Appraisals.* NY: M.E. Sharpe, Inc, 1989, 96-111.

（2）Chan, Sylvia. *"Chang Chieh's Fiction: In Search of Female Iden-*

① 《人民日报》驻英国记者白阳采访整理：《文学走出去，根基是思想内涵》，载《人民日报》2014年9月4日。转引自季进、姜智芹：《麦家作品的世界之旅》，江苏大学出版社2021年版，第5页。
② 《意大利版〈无字〉翻译难求　翻译费千字100美元》，原文为《北京娱乐信报》中的新闻报道，载《出版参考（业内资讯版）》，2005年第12期下旬刊，第14页。

tity." *Issues and Studies* 25.9（1989）: 85-104; also in Bih-jaw Lin, ed. *Post-Mao Sociopolitical Changes in Mainland China: The Literary Perspective.* Taibei: Institute of International Relations, National Chengchi University, 1991, 89-108.

（3）Chen, Yu-shih. *"Harmony and Equality: Notes on 'Mimosa' and 'Ark.'"* *Modern Chinese Literature* 4, 1/2（1988）: 163-70.

（4）Chen, Xiaomei. *"Reading Mother's Tale: Reconstructing Women's Space in Amy Tan and Zhang Jie."* *Chinese Literature:* Essays, Articles, Reviews 16（1994）: 111-32.

（5）Chong, Woei Lien. *"The Position of Women in China: A Lecture by Woman Writer Zhang Jie."* *China Information* 10, 1（Summer 1995）: 51-58.

（6）Chou, Eva Shan. *"Zhang Jie."* In Thomas Moran and Ye（Dianna）Xu, eds., *Chinese Fiction Writers, 1950-2000. Dictionary of Literature Biography,* vol. 370. Detroit: Thomson Gale, 2013, 286-93.

（7）Hagenaar, Elly. *"Some Recent Literary Works by Zhang Jie: A Stronger Emphasis on Personal Perspective."* *China Information* 10, 1（Summer 1995）: 59-71.

（8）Lai, Amy Tak-yee. *"Liberation, Confusion, Imprisonment: The Female Self in Ding Ling's 'Diary of Miss Sophie' and Zhang Jie's 'Love Must Not Be Forgotten.'"* *Comparative Literatue and Culture* 3（Sept. 1998）: 88-103.

（9）Lee, Lily Xiao Hong. *"Love and Marriage in Zhang Jie's Fangzhou and Zumulu: Views from Outside."* *Chinese Literature and European Context: Proceedings of the 2nd International Sinological Symposium.* Bratislava: Institute of Asian and African Studies of the Slovak Academy of Sciences, 1994, 233-40.

（10）Muller, Eva. *"Die Schrifstellerin Zhang Jie: Vom Grosen politischen Roman zum weiblichen Psychogramm."* In Christina Neder et al. eds., *China in Seinen Biographischen Dimension: Gedenkscrift fur Helmut Martin.* Weisbaden: Harrossowitz Verlag, 2001.

（11）Prazniak, Roxann. *"Feminist Humanism: Socialism and Neofeminism in the Writings of Zhang Jie."* In Arif Dirlik and Maurice Meisner eds., *Marxism and the Chinese Experience.* Armonk, NY: M. E. Sharpe, 1989, 269-93.

（12）Roberts, Rosemary A. *"Images of Women in the Fiction of Zhang Jie and Zhang Xinxin."* *China Quarterly* 120（1989）: 800-13.

（13）Xiao, Hui Faye. *"Utopia or Distopia? The Sisterhood of Divorced Women."* In Xiao, *Family Revolution: Marital Strife in Contemporary Chinese Lit-*

张
洁
纪
念
专
栏

erature and Visual Culture. Seattle and London: University of Washington Press, 2014, 85-115.

（14）Yang, Gladys. *"Zhang Jie, a Controversial, Mainstream Writer."* In Yang Bian, ed., *The Time is Not Ripe: Contemporary China's Best Writers and Their Stories.* Beijing: FLP, 1991, 253-60.

（宋嫒：北京语言大学中国现当代文学专业博士生）

张洁年表 *

宋 媛

1937 年

4 月 27 日，出生于北京。祖籍随母亲，为辽宁抚顺章党区下哈达村。

1954 年

进入抚顺二中高中学习。

1956 年

高中毕业。理想是报考中文系，但在老师的推荐下学习经济专业。同年，进入中国人民大学计划统计系学习。

1960 年

大学毕业，被分配到国家第一机械工业部工作。

1978 年

发表短篇小说处女作《从森林里来的孩子》（《北京文艺》第 7 期），引起文坛关注；同年发表散文《哪里去了，放风筝的姑娘》（《北京文艺》第 11 期）。

1979 年

发表短篇小说《爱，是不能忘记的》（《北京文艺》第 11 期）、《有一个青年》（《北京文艺》第 1 期）、《含羞草》（《新体育》第 3 期）等。《爱，是不能忘记的》因触及爱情与伦理道德关系这一敏感问题，在文坛引起巨大反响；发表散文《挖荠菜》（《人民日报·战地副刊》5 月刊）、《拣麦穗》（《光

---

* 该年表整理参考如下资料：一、张洁：《张洁文集·九卷本》，人民文学出版社 2012 年版。二、姜红伟：《张洁文学年谱（1978—2020）》，载《当代作家评论》2020 年第 6 期。以及知网百科、百度百科等网络资料。

明日报》12 月 16 日）等；发表电影剧本《寻求》（《电影创作》第 4 期）、《我们还年轻》（《电影创作》第 8 期）。

短篇小说《从森林里来的孩子》获 1978 年全国优秀短篇小说奖；根据《有一个青年》改编的电视短剧《有一个青年》在央视播出，获 1980 年度全国优秀电视剧一等奖。

是年，当选中国作家协会会员。

1980 年

发表短篇小说《未了录》（《十月》第 5 期）等；发表散文《白玉兰》（《上海文学》第 3 期）等。

北京出版社出版"北京文学创作丛书"《张洁小说剧本选》，由作家冰心作序；广东人民出版社出版小说散文集《爱，是不能忘记的》，黄秋耘作代序。

《谁生活得更美好》获 1979 年全国优秀短篇小说奖。

是年，当选中国作家协会北京分会第一届理事会理事，并调至北京电影制片厂担任编剧。

1981 年

发表首部长篇小说《沉重的翅膀》（《十月》第 4 期、第 5 期连载）；发表短篇小说《波希米亚花瓶》（《花城》第 4 期）等；发表散文《我的四季》（《人民文学》第 2 期）、《我的船》（《文汇报》第 15 期）等。

人民文学出版社出版长篇小说《沉重的翅膀》；人民美术出版社出版《从森林里来的孩子》连环画。

是年，调入北京市文联，成为专职作家。

1982 年

发表中篇小说《方舟》（《收获》第 2 期）；发表创作谈《我为什么写〈沉重的翅膀〉？》（《读书》第 3 期）等。

宝文堂书店出版《有一个青年》电视剧连环画。

是年，加入国际笔会中国中心。

1983 年

发表中篇小说《七巧板》（《花城》第 1 期）；发表短篇小说《来点儿葱，来点儿蒜，来点儿芝麻盐》（包括《楞格里格楞》《走红的诺比》，《上海文学》第 9 期）、《条件尚未成熟》（《北京文学》第 9 期）等。

北京出版社出版小说散文集《方舟》；中国文联出版公司出版散文集

《在那绿草地上》。

短篇小说《条件尚未成熟》获1983年度"北京文学奖"。

1984 年

发表中篇小说《串行儿》(《海峡》第2期)、《祖母绿》(《花城》第3期)等;发表短篇小说《尾灯》(《北京文学》第10期)等。

人民文学出版社出版长篇小说《沉重的翅膀》(修订本),由张光年撰写书序。

中篇小说《七巧板》获首届"花城文学奖";短篇小说《条件尚未成熟》获1983年全国优秀短篇小说奖;短篇小说《尾灯》获1984年度"北京文学奖"。

是年,当选中国作家协会第四届理事会理事。

1985 年

发表散文《心如明镜台——我印象中的冰心妈妈》(《中国作家》第1期)等。

百花文艺出版社出版中短篇小说集《祖母绿》。

长篇小说《沉重的翅膀》获第二届茅盾文学奖,受到北京优秀文学艺术工作者表彰大会表彰;中篇小说《祖母绿》获第二届(1984年)"花城文学奖"、首届优秀中篇小说创作奖编辑奖、第三届全国优秀中篇小说奖;短篇小说《尾灯》获北京市文联举办的庆祝建国35周年文艺作品奖、《小说月报》1984年优秀中短篇小说百花奖。

是年,担任花山文艺出版社《中篇小说拔萃》编辑部顾问,并应邀前往德国,参加德国"地平线85"第三届世界文化节中国文学周活动。

1986 年

发表中篇小说《他有什么病?》(《钟山》第4期);发表散文"杂拌儿"专栏系列(共《写在〈杂拌儿〉之前》《干净的眼睛》《归途》《谱儿》《刘晓庆的可爱》5篇,分别刊载于《北京晚报》五色土副刊3月23日、24日、25日、26日、31日)和《一个中国女人在欧洲》(《百花洲》第3期)。

长篇小说《沉重的翅膀》获人民文学出版社首届"人民文学奖"。

是年,与巴金共同被瑞典诺贝尔文学奖评选委员会列入1986年诺贝尔文学奖候选人名单,并作为中国作家代表团成员访问美国,参加第三次中美作家会议;参加美国旧金山中国书刊社举办的张洁小说集《爱,是不能忘记的》庆祝宴会。

1988 年

发表长篇小说《只有一个太阳——一个浪漫的梦想》（作家出版社主办《文学四季》第 2 期冬之卷）等。

是年，当选中国作家协会北京分会副主席，并作为中国作家代表团成员随团访问德国。

1989 年

发表短篇小说《最后的高度》（《人民文学》第 3 期）等。

中国华侨出版公司出版游记散文《一个中国女人在欧洲》；作家出版社出版"当代小说文库丛书"《只有一个太阳——一个浪漫的梦想》。

1990 年

人民日报出版社出版由张洁选编的当代女作家散文选集《总是难忘》；中外文化出版公司出版由张洁、吕同六选编的游记《意大利的遗憾》。

是年，获意大利马拉帕蒂国际文学奖。

1991 年

发表中篇小说《日子》（《花城》第 2 期）、《红蘑菇》（《时代文学》第 5 期）等。

是年，母亲去世，陷入巨大悲痛。

1992 年

华艺出版社出版"中国当代著名作家新作大系丛书"《红蘑菇》；人民文学出版社出版"中国当代作家选集丛书"《张洁》。

是年，获颁美国文学艺术院荣誉院士头衔。

1993 年

发表中篇小说《她吸的是带薄荷味儿的烟》（《椰城》第 1 期）；发表散文《世界上最疼我的那个人去了》（《十月》第 6 期）等。

群众出版社出版"当代名家随笔丛书"《阑珊集》。

1994 年

发表散文《世界上最疼我的那个人去了（续）》（《花城》第 1 期）、《无字我心》（《文艺争鸣》第 4 期）等；发表随笔《旧话重提》（《南方日报》2 月 1 日》）等。

长江文艺出版社出版"跨世纪文丛"中短篇小说集《来点儿葱，来点儿蒜,来点儿芝麻盐》;春风文艺出版社出版散文集《世界上最疼我的那个人去了》;珠海出版社出版散文集《何必当初》。

1995 年

中国华侨出版社出版"中国国际文学大奖得主自选文库丛书"散文集《世界上最疼我的那个人去了》;华文出版社出版"中国作家海外游记丛书"《张洁海外游记》。

是年,《世界上最疼我的那个人去了》获第五届《十月》文学奖(1991—1994)。

1996 年

发表散文《哭我的老儿子》(《收获》第 6 期)。

是年,当选中国作家协会第五届全国委员会委员。

1997 年

作家出版社出版《张洁文集》四卷本。

是年,当选北京市作家协会副主席。

1998 年

发表长篇小说《无字》第一部上卷、下卷(《小说界》第 3 期、第 4 期连载)。

百花洲文艺出版社出版"茅盾文学奖获奖作品丛书"长篇小说《沉重的翅膀》;上海文艺出版社出版"小说界文库丛书"长篇小说《无字》第一部。

1999 年

中国文学出版社、外语教学与研究出版社出版《张洁小说选》(英汉对照)。

2000 年

贵州人民出版社出版长篇小说《无字》第一部。

2001 年

云南人民出版社出版"中国国外获奖作家作品集"《张洁卷》;时代文艺出版社出版"中国小说 50 强丛书(1978—2000 年)"《只有一个太阳》。

是年,当选中国作家协会第六届全国委员会委员。

2002 年

发表长篇小说《无字》第二、三部（《小说选刊》长篇小说增刊上半年号）。

北京十月文艺出版社出版"十月长篇小说创作丛书"《无字》（全三部）。

长篇小说《无字》获"老舍文学奖·优秀长篇小说奖"、第三届北京市文学艺术奖；根据《世界上最疼我的那个人去了》改编的电影《世界上最疼我的那个人去了》获第六届中国长春电影节优秀华语故事片奖。

2003 年

发表短篇小说《听彗星无声地滑行》（《作家》第 7 期）等。

长篇小说《无字》获第二届中国女性文学奖、第六届国家图书奖、"仰韶杯"《小说选刊》优秀小说奖长篇小说奖；根据《世界上最疼我的那个人去了》改编的电影《世界上最疼我的那个人去了》获第 9 届中国电影华表奖优秀故事片奖。

是年，当选北京市作协名誉主席；获"2002 年度中华文学人物"评选活动"文学女士"荣誉称号。

2004 年

北京十月文艺出版社出版长篇小说《沉重的翅膀》。

是年，获北京市庆祝新中国成立 55 周年文艺征集评奖荣誉奖；获颁意大利"仁惠之星骑士勋章"。

2005 年

人民文学出版社出版"茅盾文学奖获奖作品全集丛书"《沉重的翅膀》《无字》。

是年，长篇小说《无字》获第六届茅盾文学奖。

2006 年

发表长篇小说《知在》（《收获》第一期）；发表短篇小说《四个烟筒》（《人民文学》第 4 期）；发表散文《回到起点》（《十月》第 5 期）。

山东画报出版社出版散文集《世界上最疼我的那个人去了》；北京出版社、北京十月文艺出版社出版长篇小说《知在》；人民文学出版社出版《世界上最疼我的那个人去了》、散文集《我们这个时代肝肠寸断的表情》。

是年，当选中国作家协会第七届全国委员会名誉委员。

2008 年

参加德国法兰克福书展，并出席"2009 中国主宾国"首场新闻发布会，发表演讲《自由》。

2009 年

发表长篇小说《灵魂是用来流浪的》（《钟山》第 1 期）、《四只等着喂食的狗》（《十月》长篇小说专刊第 6 期）；发表短篇小说《一生太长了》（《人民文学》第 11 期）。

北京出版社出版长篇小说《灵魂是用来流浪的》。

是年，担任《北京作家》编委会编委。

2010 年

人民文学出版社出版小说集《一生太长了》、长篇小说《四只等着喂食的狗》。

短篇小说《一生太长了》获 2009 年度中国作家出版集团奖优秀作品奖。

是年，当选中国作家协会第八届全国委员会名誉委员。

2011 年

花城出版社出版中短篇小说集《她吸的是带薄荷味儿的烟》。

是年，当选北京市作家协会名誉主席。

2012 年

人民文学出版社出版《张洁文集》九卷本。

是年，获意大利托斯卡纳大区文化论坛奖。

2013 年

人民文学出版社出版中短篇小说集《祖母绿》、"茅盾文学奖获奖作家的短经典丛书"《我那风姿绰约的夜晚》；译林出版社出版旅游摄影随笔集《流浪的老狗》。

《世界上最疼我的那个人去了》获"《十月》创刊 35 年最具影响力作品奖"。

2014 年

在北京举办"张洁油画作品展"，并在展会上做告别致辞——《就此道别》。

是年，获意大利 GIUSEPPE ACERBI 国际文学奖终身成就奖。

2015 年

发表散文《就此道别》(《时代文学》7 月上半月刊)。

2016 年

浙江文艺出版社出版"名家散文典藏丛书"散文集《拣麦穗——张洁散文》。

是年，当选中国作家协会第九届全国委员会名誉委员。

2018 年

长篇小说《沉重的翅膀》入选"改革开放 40 周年小说论坛暨最有影响力小说"40 部。

2019 年

江苏凤凰文艺出版社出版"茅盾文学奖获奖者散文丛书"《我的四季》。

长篇小说《沉重的翅膀》入选"新中国 70 年 70 部长篇小说典藏丛书"。

2022 年

1 月 21 日，病逝于美国，享年 84 岁。

范小青专栏

反弹琵琶与弱电指认
——范小青三部长篇小说阅读随想

子 川

摘　要：范小青三部长篇小说《赤脚医生万泉和》《香火》《灭籍记》集中体现范小青整体创作风格的新变数。在荒诞与魔幻的表象下，坚持"当下意义"写作，寻找艺术和现实之间的融通尺度，以特殊的叙事姿态，挑战读者的阅读经验，在技术变形的写作空间，呼应持续张力的阅读空间，完成"反弹琵琶"的技术转型。"小于一"而"大于零"的弱电效应，指认着读者与作者、作者与作品、时代与人生的"互文性"，也指认着一代人的社会文化历程。

关键词：范小青；反弹琵琶；弱电指认；隐蔽

引　言

在阅读范小青大量中短篇小说的同时，我关注过她三部长篇小说：《赤脚医生万泉和》（人民文学出版社2007年）《香火》（江苏文艺出版社2011年）《灭籍记》（北京十月文艺出版社2018年）。曾经花很大力气读它们，尤其《赤脚医生万泉和》，十多年里，我前后读过三遍。范小青是创作量极大的当代小说家，仅长篇就有二十几部。这三部长篇之所以让我特别关注，很重要的一点，它们集中体现范小青整体创作风格的新变数。粗粗一看，有点荒诞，其实不完全是，或者，所谓的荒诞只是表象。我读荒诞小说，有时会联想到武侠小说中的易容术，有了这一招，高手出入江湖，往往神出鬼没，让人莫辨真伪。

2007年盛夏，素有火炉之称的南京，我坐在空调房内，读《赤脚医生万泉和》，酷暑被关在门外。双层玻璃窗的室内，空调的冷气，人工置换了季节。许多年了，自然季节的变化已经不容易被感觉出来，冬天不再冷，夏天不再热，已成为现实之一种。这种现实的存在，依赖着一个也许复杂也许不很复杂的技术背景。显然，技术主义的盛行，对当今世界产生了重大影响，从物质建设到意识形态。我的思维突然跳到西方的荒诞小说，想到技术这个词和小说创作中技术倾向的问题。应当说，这只是我阅读过程的一个走神，因为范小青是一个不太看重"技术"的小说家。熟悉她早期作品的人都知道这一点。范小青小说的整体风格是"扎实的文字，冲淡略带些琐碎的叙事，在底层生活中，从生活的细部，带给我们一个个故事性未必很强却生活味道很浓，且流淌一些古典韵味的小说"。[①]

20世纪80年代，是中国小说创作繁荣的年代，也是一个崇尚小说技术的年代，在外国小说美学趣味的影响下，在翻译小说叙述文体的牵引下，一时出现许多"现代"小说、先锋小说，和翻译文体倾向明显的新小说。在这波浪潮中，范小青中规中矩、不管不顾地写自己的小说，似乎只"埋头拉车"不"抬头看路"，"实诚"可爱，"实诚"得甚至过于"中规中矩"。我很喜欢她的"实诚"，她的不管不顾的写作姿态尤令我钦佩。1995年，《作家文摘》转载印象记：《平平常常范小青》，在这篇文章中，我自说自话用"浮在未来洋面上的岛屿"来描述她的某些小说。三十年过去，范小青用她的写作实绩，验证了我的预言。

长篇小说《赤脚医生万泉和》的写法大变。进入21世纪，范小青小说有了不少变化，尤其中短篇，但在长篇写作中，《赤脚医生万泉和》似乎是她大变的开端。用开端这词其实不精准，这期间，范小青还有另一路写法的长篇小说《于老师的恋爱时代》《采莲浜苦情录》《女同志》，等等。从《赤脚医生万泉和》读到《香火》，再读到《灭籍记》，回头将一将，发现这三部长篇集中展现范小青的某些"技术"转型，用范小青自己的话："反弹琵琶。"

这三部长篇小说为什么会这样写？第一次读《赤脚医生万泉和》，书刚出版，墨香正浓，阅读过程中，我不时自己被自己绊着，一遍读下来，好像没读太明白，回头再读，依旧似是而非以为自己读懂了。这是我此前读范小青小说从未有过的体验。《香火》的写法更具挑战性，它有一种极特殊的叙事姿态。这一特殊的叙事方式，一定程度上挑战了阅读者的阅读经验。在小说现实中，跨越生死边界始终是一个难题。虽有魔幻小说在前，有穿越小说在后，它们都在穿越或跨越生死边界上做出了一些尝试，然而不管是哪一种，其生死边界始终是清晰的。《香火》不是一部单纯打破或跨越生

---

① 范小青、子川：《我就是我想象中的那个人——范小青、子川对话录》，南京大学出版社2021年版，第203页。

死边界的小说，而是一部根本找不到生死边界的小说。最后是《灭籍记》，等我读完《灭籍记》，再回过头梳理阅读这三个长篇小说的体会，似乎有一些东西把它们串连到一起。

这三部小说的写作时间跨度十一二年，而我，从2007年读到《赤脚医生万泉和》，到此时写下《反弹琵琶与弱电指认》标题，整整十五年过去。

一、"隐蔽"之花开在秋风里

《赤脚医生万泉和》我前后读了三遍，最后一次阅读已是疫情封控期间，算起来，读它的时间跨度有十三四年。一部小说让我这些年读了几遍，自然是小说有吸引我之处，也有一遍读下来不太明白，搁一搁，回头再读再想的小心思，还有就是，当我梳理阅读印象想写点什么时，总觉得自己还没有做好功课。

"赤脚医生"与"万泉和"，小说题材和小说主人公，包括小说的视角，小说的时间氛围，很清晰、确定。小说开始时，万泉和（小说叙事人）画了一幅极写实的后窑大队（后窑村）合作医疗点位置图，描述相关人际关系，似乎也坐实了这一清晰与确定。读进小说，却发现不确定的东西甚多，疑虑也不少。

万泉和父亲万人寿是出身于世家的乡村医生，这种身份的乡村医生是当时赤脚医生的主要构成；科班出身下放到农村的医生，也是赤脚医生队伍的重要医疗人力资源，如小说中涂三江医生（曾二度从公社医院下放到后窑大队合作医疗站）。从小说篇名我们理应认定小说主人公万泉和也是赤脚医生，而这似乎确凿无疑的身份恰恰不属于万泉和，尽管他自始至终在合作医疗站工作，他的住处（家）也与合作医疗站事实上合二为一，他却始终未获取从医资质。这样一来，整个小说就陷于一种荒诞的叙说语境："赤脚医生万泉和"非赤脚医生。小说最后揭开了谜底："这就是说，我三岁的时候得了脑膜炎，差一点死了，后来抢救过来，但是我的智力受到了影响，我几乎就是个傻子。"[1]

许多谜团终于解开：万泉和父亲万人寿为何一直反对他学医做赤脚医生？万泉和被大队派去镇医院跟着涂三江医生学医，为何最终没学成（自始至终未获取从医资格）？这些都说明，万泉和从一开始就不是一个智力健全的健康人。既如此，为何小说中各式人等，生活在后窑大队（后窑村）的几乎所有人，与医疗有关或无关的人，竟未发现有丝毫端倪？不仅如此，原大队支书裘二福还要坚持让万泉和去镇医院培训学医；下乡女孩马莉还

① 范小青：《赤脚医生万泉和》，人民文学出版社2007年版，第375页。

范
小
青
专
栏

要在万泉和自知不能胜任医务工作拟关闭医疗站时，要让万泉和一定坚持下去；甚至连始终不看好他的涂医生似乎也反对万泉和弃医卖菜："你怎么好意思站在这里，做起小贩子来了？你是医生！"[①]后窑村的村民更是如此，从公社化到后来乡镇村不同历史时期，万泉和不止一次被推上赤脚医生岗位，直到小说最后，新村支书裘幸福（裘二福孙子）召开全村大会，拟恢复先前合作医疗诊所，配备医生仍在打万泉和主意，万泉和急了，拼命推辞："大声说，我脑膜炎，我脑膜炎！"而村民们并不听他的，有人怕他逃走，还一人一边扯住他，万全林老人说："除了脑膜炎，谁来管农民的病痛啊？"[②]

在乡村医疗资源匮乏大前提下，无论是赤脚医生曾经作为乡村医疗主体的年代，还是"改革开放"后乡村医疗实际困境，小说涉及的无疑是一个严肃的话题。从这一角度切入，患过脑膜炎的万泉和以及他的略带荒诞色彩的"赤脚医生"经历：为乡民治病的医生竟然是一个有着脑膜炎后遗症的非健康人。似可视作某种反讽。

小说的叙事尺度夸张，比如：万里梅患严重肝病久治不愈几近死亡，后来竟不治而愈；被踢成重伤被误认为死亡的万人寿，是从坟地抬回来的一个植物人，卧床多年之后忽然又能坐、立，甚至能拄着拐杖走路，能说话，生活也基本能自理；试图盗窃万人寿祖传秘方的白善花，冒柳二月之名来与万泉和同居数月，盗去一本什么都不是的破旧的《黄帝内经》，然后在"改革开放"之初生产假药发财再吃一场官司；还有小说中不时出现的万小三子，万泉和一旦有了什么过不去的事，他总会神神道道地出现，摆平几乎所有麻烦事；细细梳理小说的情节线与叙事空间，让小说叙事人是一个得过脑膜炎有后遗症的非健康人，是小说家高明之处。

马莉是小说中另一个重要人物，从小说情节线去看，马莉出场比较晚，小说第三章的最后部分：后窑大队又来了一户下放干部，男的叫马同志，女的叫黎同志，两个小孩，一个男的叫马开，一个女的叫马莉……马同志（马莉）家就在合作医疗站紧隔壁，万泉和与马莉是邻居。下乡女孩马莉不知怎么就暗自喜欢上这个并非医生的赤脚医生。在小说叙事中，马莉进进出出，顺延故事情节线，在小说篇幅中逗留的时间并不算太长，但她一出场总会有一些惊人之举（相对于一个十二三岁的下乡女孩），她的举动着实令人匪夷所思："马莉走过来，粗鲁地拉开曲文金，把我的头按到她自己的胸前，回头问曲文金'万泉和为什么哭？'"等曲文金告诉她万泉和恋人背叛他离开了，"马莉说：'那有什么，等我长大了嫁给他好了。'她也拍着我的

---

① 范小青：《赤脚医生万泉和》，第175页。
② 同上，第377页。

头说:'不哭,不哭,乖,乖啊,不哭。'曲文金笑起来说:'小老卵。'"① 这应当还是小孩子扮大人做派,是一种让大人觉得挺逗的范式。接下来种种:马莉把自留地上的菜铲了去种中药材山茱萸;略带点搞笑意味地针对万泉和的每次恋爱,都搞点小动作、使点坏;不好好复习功课,偷看一些《农村医生手册》之类的书,结果小升初没考好,最后还是父母找关系设法去了"片中"上学。作为一个十二三岁的小女生,这些行为似乎也不难理解,包括后面成天逃学,守在医疗站,做个"小医生",都还在理解范围内。甚至最后被父母摆平答应去上学之前,她还怕万泉和关了合作医疗站,对万泉和说:"不管怎么样,你要好好守在这里,不许撤退。"也可解读成比较倔强、固执、处于叛逆期的少年行为,毕竟她刚升入初中,也就十三四岁吧。再后来,马莉父亲和哥哥马开先后回城了,读高中的马莉拒绝住校,天天从公社农高中往家里赶,"时间好像还绰绰有余,竟然还能常常跑到合作医疗站帮我料理一些事情"②。到了马莉母亲也回城了,一家人集体坐船离开,临行时马莉又出了幺蛾子,帮她家搬迁的大队挂桨船即将启动,马莉竟然不见了,留下一张纸条:"我去上学了,你们不要来找我。我喜欢农高中,我决定不转学,等念完了高中再说。"③ 最让人惊讶的是马莉高中毕业后报考医专,毕业后回到后窑村,与万泉和合办一个"万马"乡村诊所,似乎还有嫁给万泉和、彻底"落户"后窑村的明晰诉求,等等。从一个十来岁下乡女孩,到一个医专毕业的大专生(应该有二十岁了吧),马莉迷恋上赤脚医生和万泉和,为此改变了自己的人生之路(当然也可说这正在她的人生必由之路)。当我不再用看孩子的眼光去看已经长成青年的马莉,还是多了些不理解。很长一段时间里,我总在想小说中的马莉,揣摩小说作者之所以这样写的情感体验。作为纯粹读者,我其实不知道小说人物,更不知道小说作者她们的实际想法,只有一种试图解惑的好奇心。还有,这个愣着性子的马莉带给我一种莫名的感动,久久不能释怀。后窑大队(后窑村)是范小青少年时期随父母下乡的农村。这里说下乡不说插队,是她当年才十一二岁,年龄够不到插队知青的边。她的年龄与经历与马莉契合。很显然小说人物马莉有作者的印记,范小青后来说:"我那时候的年纪,和马莉相似,不仅是年纪相似,心情也差不多,虽然年纪小一点,不可能当赤脚医生,但是我向往当赤脚医生……"范小青还说:《赤脚医生万泉和》是离我的生活最近的一部小说。当年我们全家下放住的地方,那个农村大院,大队的合作医疗站就在我们的院子里,所以书中万泉和画的图是非常非常

① 范小青:《赤脚医生万泉和》,第76页。

② 同上,第147页。

③ 同上,第150页。

接近真实的，几乎就是零距离。"①

时代所致，我们那代人都曾经历"春天锁住春天"的岁月。"赤脚医生"与"万泉河"，是那个年代人们熟知的词汇和概念，能让我们马上回忆起那个年代。小说的主角虽然不是知青，却有着我们那代人（知青）的视角，这一视角是后来人所没有的。我记得我曾在笔记本里写下《隐蔽之花开在秋风里》这个标题，也是被小说中固执得有点不通的小女孩马莉所感动。"我爱五指山，我爱万泉河……"这段旋律让小说人物马莉，从十二岁孩子唱成二十岁青年。那个年代，这旋律并非马莉个人所有，能唤起那个年代许多记忆，马莉头脑中这个旋律却始终与赤脚医生、与万泉和联系在一起。我在《迷因》（〔英〕苏珊·布拉克莫）中读到这些文字："为什么这段旋律有办法不断地在我们脑中盘旋而无法停止？为什么我们会有这样的大脑？这段旋律到底对我有什么用？"《迷因》中说的旋律是一种比拟，"迷因学"也不是这篇文章想涉及的话题。"迷因学对这类盘踞在人脑中的恼人旋律提供了简单且显著的解释，就跟我们思绪停不下来的原因大致相同。这些旋律像是杂草，会径自生长。"不过，这里拿来分析青年马莉的行为，似乎也有意义，"因为那个应该要拥有自我意志的自我，仅仅是形成庞大迷因体一部分的故事，而且是一个错误的故事"。②

当小说从第三章进行到第十一章，十二岁的马莉长到了二十岁，她似乎终于明白了这一点，最后，她选择了不辞而别。"马莉是因为对我的失望，她一直以为我是个有水平的好医生，后来才明白这是她小时候的错误的理解，是她的幻觉幻想。"这是叙事人万泉和的一番话。马莉呢？马莉真的如万泉和所说："马莉知道自己犯了一个大错，这个错误已经耽误她好多年的青春年华，她不能再赔下去了，再赔下去，她就跟我一样了。"③

小说家范小青让马莉最终明白了，小说家自己未必能接受这种"明白"。事实上，尽管小说叙事人是万泉和，但小说视角却是马莉或曰第三人视角，从篇名《赤脚医生万泉和》开始，马莉的视角自始至终笼罩全篇，无论她在不在场。甚至，有时在小说叙事人的叙事中，会有另一个声音抢进，小说开始时，叙事人万泉和以第一人称叙述："我画这张图的时候，裘金才大概四十来岁……"一段话未说完，突然人称换了："现在裘金才变得眉飞色舞起来，对什么事情也有了兴趣，他看万泉和刨来刨去也刨不成一把镰刀柄，就嘲笑说……"第三人称叙事插入这句话后，接下来又是万泉和第一人称："我本想把曲文金画在图上……"④带着这些叙事人称疑问，一直读到

① 范小青、子川：《我就是我想象中的那个人——范小青、子川对话录》，第321页。
② 〔英〕苏珊·布拉克莫：《迷因》，八旗文化出版社2021年版，第355页。
③ 范小青：《赤脚医生万泉和》，第214页。
④ 同上，第3—4页。

马莉的出场，我这才明了让万泉和作为叙事人背后，还有一个全延的叙事视角，只不过她隐蔽着。

隐蔽也就是藏起来。藏起来，无疑会增加阅读理解《赤脚医生万泉和》的难度。事实上，《赤脚医生万泉和》并不太注重叙事逻辑，乍一看，有点像杂树芜生的林子，没有一条现成道让人走进。当然，对林子里生物而言，比如虫呀蛾呀百足蚯蚓甚至鸟呀蜂蝶，这种原生态的生存状态，是极本色的现实。可读者要能走进还是需要有一条道，哪怕是可以下脚的地方。没有现成的道，每次下脚的地方可能都不一样，每次经过的路不同，看在眼里的风景自然不同，故事的意旨也因此不尽相同。这已经说到很"现代"的话题。从读者角度：阅读文学作品的不同时间，眼界与内心感受都可能不一样，你自身的变化也会让你的理解产生变化；一部好作品具备的张力，正是让人每次看了都能有新发现。这里有物理上的距离，心理上的距离，不同想象之间的距离。有些事似乎从一开始就是错：万泉和一开始做赤脚医生是错的；执拗得有点难以理喻的马莉，她对万泉和的一厢情愿的迷恋，对还是错，似乎也能一目了然，倒是她对农村医疗的莫名关切，包括后来事业有成后收购后窑村附近的一家中药厂，无法用对错来衡量；至于"赤脚医生"这社会现象对与错，话题大了，也严峻，不好去评说。

我和范小青是同龄人，也有下乡务农的经历，应当说，后窑大队（村）种种人和事，我一路读过来并不陌生，甚至还有一种特别的亲近感。也就是说，如我一样的读者试图理解小说的叙述与故事，往往会有一个前置的读者预期，譬如有一个既定图案在读者的心中，读小说时，读者只需要像拼图游戏的玩家，取小说提供的不同规格的模块，依照一定规则去组合，使之拼成或还原成一个符合逻辑关系的可辨识的图案。如此说来，小说之外有许多东西在我的预期中，而在小说中，我有时却因为找不到合适模块，颠来倒去、反反复复地在做拼图试错校验，很难拼成预想的图案，甚至，一次次拼图试错的校验结果竟会得出一次次不同的图案效果，仿佛无限可能性的游戏。我怎么也读不穷《赤脚医生万泉和》，仿佛我总也完成不了一个很想完成的拼图游戏。

重读小说，我还意识到一个新问题，那就是今天的尺度能否客观衡量昨天的模块？对《赤脚医生万泉和》的数次阅读，让我深刻体会到"小说的多种可能性"不仅是作者需要思考的问题，也关乎读者。而多种可能性的启示，又似乎告诫我，每次拼成的不同图案之间，并没有对错正伪的印证关系。显然，每次阅读带给我的那些不同的拼图效果，并不都是无意义。写到这里，我其实已经开始了《赤脚医生万泉和》的第四次阅读。因为这是在归拢三部长篇小说阅读体会时又一次阅读，我突然发现，拼图之所以不能如愿拼成，还在于作者在构思和创作过程可能有意弃置或抽取了一些本该有的模块，从而给这一拼图游戏增加了试错操作的难度。赤脚医生是一个特定时期的医疗职业。这特定时期应当是画面的背景或景深，然而，小说中这个特定时期仿佛被刻意模糊掉，这个被模糊的内容应当不是可有可无的内容。后来，当我听小青说起她在写作笔记上曾写过这样的话："隐去政治的背景，不写'文革'，不写粉碎'四人帮'等，不写知青，不写下放干部。"我似乎明白一些什么，只不过，我依旧没有想好，所以又延滞下来。

20世纪七八十年代，我读过许多翻译小说，后来作为《钟山》的小说编辑，也读过许多受翻译小说影响的中国小说家的小说，应当说《赤脚医生万泉和》的写法不会让我蒙圈。作为读者，我既有当年生活现场的经验，又有现代小说的审美经验，为何我读这部小说时有那么多奇怪的感受，并且当我试图把它写出，竟然很难。马莉打动我并非行为的逻辑性，而是一种为生命感动的纯粹性。当我在一次次思考马莉行为的合理性的同时，依旧一次次为她感动。万泉和在一次次被身边女人的欺骗玩弄于股掌，他一点也不可笑，他身上那种不掩饰本能的质朴，依旧让人觉出某种纯粹的东西，有时甚至觉得这样的人生（低智无伪饰），倒也是本质的生命形态。小说的最后，我在马莉二十岁的女儿向阳花那里，读到她心中的"隐秘之花"。有那么一会儿，我觉得自己仿佛是现实生活中另一个万泉和，马莉和她女儿向阳花的"隐秘之花"，不知怎么总让我很感动。

对了，向阳花这名字也是一个有着赤脚医生隐喻的名字，当年曾流行一首《赤脚医生向阳花》的歌曲。"隐秘之花"与我这篇文字的篇名"隐蔽之花"语义相近，或许正是受"向阳花心中的隐秘之花"的启发，只不过，我把隐秘改成隐蔽，有我自己的理由，为了强调这个理由，我给隐蔽加了引号。我忽然发现我对这篇小说的关注与态度，也有点像小说中马莉对赤脚医生万泉和的痴迷。

二、穿越生死边界的一脉"香火"

香火的本义：祭祀用的线香与蜡烛。引申为祭祀，再引申为祭祀祖先者，就有了子孙、后裔、继承人的意思。依照此引申义，所谓香火其实是穿越生死的一种文化图象，是每一个活人的血液中流淌着的先人的遗传基因与文化传承。

在范小青长篇小说《香火》（太阳鸟文学年选"2011中国最佳长篇小说卷"）中，香火（孔大宝）是太平寺里管香火的人，其社会身份是一个级别低于和尚、不需要通晓佛理的寺庙勤杂人员。

两个不同香火。一个是必须受限于生存处境的现实中的人，一个是可以不受时空限制的文化图象，一个实，一个虚。如果让二者的关联仅停留在象征意义上，即"显示中潜藏着讲述"（布斯语），这在我的阅读经验中，还属于让我保持常规姿态的一种阅读。而《香火》恰恰是一个让我从根本上改变了阅读姿势的小说。感觉有点像坐过山车，意想不到的人物关系及它们之间似乎不对称的位置与组合，一次次，搅得我几乎有点转向，有时甚至感觉到一种被颠覆的感觉，又转回来，那车仍在轨道中。

小说《香火》通过一种什么样的叙述技巧与章法，来改变其单纯象征意味，缩短其价值上的距离？即生活中的香火与作为文化图象的香火，在小说中是怎样一分为二，又合二为一。

这里不能不提到一个贯穿小说始终的人物：香火爹（孔常灵）。当读者从小说进程渐渐读出这个始终在场的重要人物，竟然是一个已故世多年的人。常规世界中，一个已故去的人，是无法直接介入当下生活并对其产生影响，二者之间有一条不可逾越的生死边界。而在小说《香火》中，从开头到结尾，在与当下生活的交流互动中，香火爹似乎始终在场。比如小说的开头部分：

> 刚要拔腿，猛地听到有人敲庙门，喊："香火！香火！"
> 香火听出来正是他爹，心头一喜，胆子来了，赶紧去开了庙门，说："爹，是不是有事情了。"
> 爹奇怪地看看香火说："香火，你怎么知道？"
> 香火得意说："我就知道有事情了。"[1]

很显然，当你读到这样的对话，你一定不会意识到香火的爹是一个逝者，如果香火此时还是生者，你也一定不会觉得对话双方之间隔有一道不可逾越的生死边界。

沿着小说的进程，伴随着细读，人们会发现，所有场景中香火爹的出现、介入与参与，只体现在香火的眼里与耳中，而在场的那些人并没有与其直接对话与互动，这就是说，但凡香火爹的一言一行，有可能仅是香火的幻视幻听，而不是一种真实的存在。

有意味的是在香火这种幻视幻听（如果真是如此）中，香火爹的言行其指向竟有一种文化的根性：当历史潮流在某个阶段出现阻碍与回流，自有一股内在的力量推动它最终绕过阻碍、改变回流使之重新流入既有的河床。这也就是说，香火爹非常规地出现在香火的视听中，并非荒诞、无意义，甚至非逻辑的片段。无论是在保护太平寺菩萨、抢救"十三经"、挽救

① 范小青:《香火》，江苏文艺出版社 2011 年版，第 5 页。

祖坟被铲除等情节中，香火爹的一系列行为以及对诸社会事件的评判，某种意义上，均构成规范人类社会进程的文化意义。

也正是在这些地方，孔常灵（香火爹）这名字的象征意蕴，尤显得意味深长。在中华文化中，以孔子为代表在其发展中杂糅进释、道等因子的儒家文化，在不同历史时期始终体现某种文化的根性。而这种根性不易被改变，所以才"孔常灵"。

不仅如此，小说中那个起初毁庙宇、砸菩萨、扒祖坟的造反派，后来的大队革委会主任，再后来的县长，最后皈依的孔万虎，以及那个决意要改名为孔绝子的对孔万虎行径深恶痛绝的孔万虎的父亲等人，也从另一侧面展示文化根性的顽强的力量。

如前所说，作为文化图象的香火是没有生死边界的。而现实生存就不同，现实世界可以有多种分类，唯独不可能出现这样的分类：死者与生者出现在同一个时空场景且产生互动交流。因为他们属于"间断的历史"（福柯语）。也就是说，如果香火爹是个死去的人，他就不该与活着的香火以及香火所生活的现场发生关系。因为谁都知道，把生者与死者混放位置是一种荒谬。然而，非常有趣的是，当《香火》把生与死从各自位置抽取，再置放到似乎不可能的时空位置中，人们竟惊奇地发现，反倒是许多现实的荒谬，比如毁庙、砸菩萨、掘祖坟等行为，在人们的文化判断中被纠正。

这是一种悖反。就是说，从存在的意义，模糊以至打破生死边界是荒谬的。而从文化的意义，每一个活人的身上，都落满逝者的影子。换一个叙说角度，也可以说是活着的人只是载体，"替一个个逝者留下影子"。因此，把小说里这些事件与场景，仅仅看成是存在意义的事件与场景，也许是一种误读。

伽达默尔说："只有理解者顺利带进他自己的假设，理解才是可能的。"（"诠释学"）这是从接受角度说的话，从写作发生角度，其实有一个如何让阅读者顺利带进"他自己的假设"这么一个现实问题。一个好的小说，它在表现手法上，应当很注意这种东西，就是说，它必须布下或埋设一些线索或线头，让阅读者经由这些线索"顺利带入"他自己的假设。

在小说现实中，跨越生死的边界是一个难题。虽有魔幻现实主义小说在前，有穿越小说在后，它们在穿越或跨越生死边界的问题上做出了一些尝试，然而不管是那一种，其生死边界始终清晰。由此可见，《香火》与我们习见的魔幻小说的最大不同，是它改变了常规分类，让生者与死者的坐标轴交叉、重合，甚至互动。《香火》也不同于那些穿越小说，在后者那里，时空的移位始终是确定的、已知的。越界，穿越时空，架空历史这样一些概念，是类型小说的支点。但在那些小说中，虽然可以颠倒时空、混淆生死，但生死的边界始终很明晰。而《香火》不是一部单纯打破或跨越生死边界的小说，而是一部根本找不到生死边界的小说。

显然，生死没有了边界的设定是一个颠覆性的设定。福柯也说，"异位移植是扰乱人心的"。当穿越小说实现了人物关系的异位，它的前提条件是人们都知道（小说中的人物和小说外的读者），这种人物关系是错位，是出于某种考虑有心设置出来的。而《香火》中香火、香火爹、那个始终在寻找（烈士遗孤）过程中的陵园主任，他们对自己的生死处境并不自知，小说中相关人物，也对他们的生死处境的究竟始终陷于困扰，同样，一遍两遍读下来的读者，也会为这里的人物关系发怵。显然，无界的困扰是大于"异位移植"的，没有了边界，怎么来界定"异位"？

在小说的结尾处，关于香火与他爹这两个在小说场景与各种事件中不断进进出出的重要人物，还有这样的一段描写：

> 新瓦带着几个他不认得的人，有男有女，过来了，香火正想上前，有人一把拉住了他，回头一看，是爹，香火大喜，说："爹，爹，真的是你吗？"
>
> 爹说："是我呀，你怎么啦，不认得我啦？"
>
> 香火急道："认得认得，你烧成灰我都认得你。"
>
> 爹笑道："嘿嘿，你是我儿。"
>
> 香火发嗲说："爹，爹，他们都说你死了，我偏不信，果真的，爹，你果真没死。"
>
> 新瓦和那些男女说话，爹"嘘"了香火一声，说："听他们说话。"
>
> 爷两个静下来，且看新瓦他们干什么，新瓦往前走，众人跟着，香火和爹也跟着，走到一处，仍是坟墓，两座挨在一起，比旁边的那些坟大一些，那新瓦说："近水楼台先得月，我总要给自家祖宗做大一点，不然他们要骂我的。"
>
> 那些人问道："这是你家祖宗？"
>
> 那新瓦指了指说："这是我爷爷的，这是我爹的。"遂上前鞠躬，点上香烛，燃了纸钱，供起来。
>
> 香火又惊又气，欲上前责问，爹拉住了他，说："你看看，他还是蛮孝顺的，给我们送了这么多钱，你仔细瞧瞧，这好像不是人民币哎。"
>
> 香火眼尖，早瞧清楚了，说："这是美元。"
>
> 爹说："美元比人民币值钱噢？"
>
> 香火说："从前是的，现在不知道怎样，我好久没听他们说汇率事情了。"[1]

---

[1]　范小青:《香火》，第 313 页。

新瓦是香火的儿子，是香火爹的孙子，这里的人物关系很清楚，新瓦来给爹和爷爷上坟的行为描述得也很清楚。不那么清楚的是香火，他好像依旧不自觉自己到底是生者还是逝者。香火的不自觉还表现在他对他爹的生死状态始终不明了，"香火发嗲说：'爹，爹，他们都说你死了，我偏不信，果真的，爹，你果真没死'"。这里可以看出，香火不仅认为自己没有死，而且认为他爹也没有死。事实上，根据小说的前后文，这时的香火与他爹，都是死人，他们的儿孙新瓦正在坟前给他们上坟祭奠。

香火在小说最后部分表现出来的对生与死的不自觉，以及"两个年轻村干部"在对话中对香火的到底是活人还是早就死去提出质疑，一下子使小说现场中若隐若现的生死边界，变得更加模糊不清。

一部看似无数真人活动于其中却找不到真切生死边界的小说，其形而上的意义是：取存在的维度，死对生，似乎不能产生直接影响。而取文化的维度，死与生，从来都是一体的，倒是对生没有影响的死，才是荒谬的。也正是从这个高度，小说才设计出这样一个没有了生死边界的存在与感知，让香火（孔大宝）成为沟通过去与未来的"使者"，让昨天对今天产生影响，让死对生有意义。从文化意义上读生者与死者，其实可以把死者的行为与评判视作一种隐喻，即那是我们自己身上已经属于过去的某些文化品性。

显然，展开香火的文化图象，其内在张力远远大于事件的当下性。而且，严格来说香火之传承也并不狭义地体现在直接的血缘关系上，从小说的演进过程，我们知道香火爹（孔常灵）与香火之间其实没有直接的血缘关系，这一断档让孔新瓦（香火儿子）与孔常灵之间血脉承续的合法性受到质疑，然而，作为文化图象的一脉香火，并不简单与血缘发生关系。

不仅如此，香火的传承还应当有更宽阔的文化指向。关于这一点，《香火》对"十三经"的"误"用，最能说明问题。在《香火》中"十三经"被作为一种佛学经典频被引用：从香火爹卷着"十三经"想藏到阴阳岗（坟地），再从大饥荒年代的饥饿的和尚背着"十三经"讨饭，到香火捧到"十三经"到县长孔万虎那里行贿借以争取批文来修复太平寺，再到孔万虎借助"十三经"皈依释教成为信徒。

事实上有两个"十三经"：一个是儒家的"十三经"，指的是儒家的十三部经书：《易》《书》《诗》《周礼》《仪礼》《礼记》《春秋左传》《春秋公羊传》《春秋穀梁传》《论语》《孝经》《尔雅》《孟子》[①]。另一个是"佛教十三经"：《心经》《金刚经》《无量寿经》《圆觉经》《梵网经》《坛经》《楞

---

① 阮刻《十三经注疏附校勘记》问世以来，刻印不绝，出现了各种版本。其中嘉庆二十年的初刻本为各版本的源头，道光六年的朱华临重校本为最早的善本，民国二十四年的世界书局缩印本当是由此重校本而来。

女作家学刊·第四辑

严经》《解深密经》《维摩诘经》《楞伽经》《金光明经》《法华经》《四十二章经》。后者是中华书局约请著名佛教研究专家赖永海教授担任主编，精心选择了对中国佛教影响最大、最能体现中国佛教基本精神的十三部佛经。在逻辑关系上，加了"佛教"定语的十三经，相对于"十三经"显然是一个小概念，它与通常知识范畴的"十三经"不在同一层级。因而，把"十三经"当成"佛教十三经"来引用，应当是一种不精确的引用或误引。

当小说一而再，再而三地强调了没加定语的"十三经"，我就敏感地意识这里并不是一个错误的引用，而是作者故意埋设下的一个线头。也就是说，小说里关于"十三经"的引用绝非误引，而是作者的精心安排。

当我们从文化的角度来解读小说，就能明白小说里面所说的寺庙、佛教，并非实指宗教，它们有更大的隐喻空间，标示着更阔大的文化空间。在这样的文化空间，佛教、菩萨、祖坟等等，其实仅是一种指事或会意，包括"孔常灵"的象征义。

还有，掘祖坟的隐喻也有两层含义。现实意义中的掘祖坟很好理解，而文化意义上的祖坟被掘，则需要带入更多的历史思考。事实上，文化意义上的掘祖坟，自秦始皇"焚书坑儒"始，在中国历史上已无数次上演……

《香火》所叙写的时段虽没有涉及更早时期的史实与事件，但发生在小说中掘祖坟的行为，却无异议地指向历史上一次次"掘祖坟"的荒谬。

掘祖坟事件，随着所谓的"破旧立新"成为往事。谁也没有真正破掉"旧"，没有。今天，人们会看到许多当年被破的东西——又回来了，只是有一些东西仍处于被毁坏状态，一时半会还回不来。这是令人遗憾的事。这是文化的悲哀，也是香火作为文化图象的隐喻所在。

从文化的角度阐释小说，我们还可以看到许多悖反：从卑贱者最聪明，到高贵者最愚蠢。从奸险的人坐天下，心存忠厚的人自刎乌江。从肉食者鄙……

前面说过，寺庙里的香火与和尚属于不同级别，一是主业，一是打杂。而"香火"的传承偏偏是一个不通佛理的打杂的人在做。当寺庙历经毁建的磨难，太平寺里正经八百的僧人：大师父借往生逃遁，二师父被迫还俗，小师父从开始到最后似乎总游离在事外。反倒是一个不通佛理似乎愚顽无知的寺庙勤杂人员——香火，在香火爹（一个已亡故的人）与一些似乎愚昧的乡民协助下，维护着寺庙存亡，香火还斗胆闯进县政府找到县长索要修复寺庙的批文，并不惜变卖传家的宝物用以修复寺庙。

真正的"香火"就是这样传承下来的。宗教、文化，甚至一个民族的精神，有时恰恰是这些固执甚至愚顽的人，他们使之历经周折，坚持下来，并延续下去。

三、对灭"籍"的弱电指认

还记得在报刊目录中读到《灭籍记》这小说名，有点兴奋，很想一睹为快。当时，我也正在思考一个话题：零与清零。除了在电脑里记下一些杂碎，还写了一首诗：《大于零》，开头几句，"水往低处流，不停顿，没留下间隙／像是在复印时间／二手的时间／始终清零的动作"。既然时间始终在做清零动作，大于零其实是生命的一种基本欲求。

"灭籍"似乎也有点清零的意思。小说用它做书名，源自一个专有术语：房屋灭籍，意指房屋所有权灭失。房屋灭籍和土地灭籍，说的是物的灭籍。《灭籍记》想说的其实不止这些，或者，它只是把房屋灭籍作为一个线头，扯出更多的生命意义上、历史意义上的线索。这也是小说题目特别有张力的地方。在词典意义上，籍，指的是书册，登记册，也是指个人对国家或组织的隶属关系。

小说中，无论领养契约，还是伪造的房契，郑见桃丢失的档案和"借"来的介绍信，还有虚拟的吴永梅身份与履历，无不与"籍"相关。而籍与人是什么关系？环境又是怎样来确认这二者之间的关系？在历史层面，在生命层面，"灭籍"又意味着什么？比如：历史层面诸多史实，由于种种说不出理由的理由，不能去写，也不能去公布，时间久了，见证史实的人都死去，这是不是一种灭籍？在生命层面，许多说不清来由的潜在心理动机与意识推动作用，如果不能真实记载下来，当个人生命消亡，这算不算一种灭籍？这里的"籍"已经不再是一页纸，不再停留在物的层面。《灭籍记》第一遍读下来，有点走神，被这一应关系缠绕。长篇小说读一遍不容易，走了神，容易断气，断了气，再回头去找，找到断点，续上这口气。续来续去，总觉得有对不上的地方，好像始终差一口气。后来干脆搁下，去做点其他事。

小说的第一章（第一部分）第一节，标题是：假子真孙。第一句话是：我是个孙子。我，是第一人称，孙子，却是爷爷的视角。正如"假"子"真"孙一样，悖谬似乎从小说一开始便出现。尽管小说第一部分，孙子找爷爷花费了不少时间，爷爷并没有出现，爷爷视角始终在。爷爷的视角是20世纪之初的视角，而孙子吴正好呢，他成天沉湎于电子游戏，显然是在20世纪之末了。由此可见，这部《灭籍记》说的其实是关于20世纪的事情。20世纪有哪些事情？事情可多了。小说没有去实写，却始终笼罩在这个大背景下。

关于20世纪，法国作家、哲学家阿兰·巴迪欧曾经这样描述："我完全有理由这样说：这个世纪开始于1914—1918年的战争，这是一个包括1917

年十月革命的战争，结束于苏联的崩溃以及冷战的终结的世纪。"阿兰·巴迪欧还说："我们借助历史与政治的标尺将这个世纪建构为众所周知也是极为传统的一个世纪：'战争与革命的世纪。'"①战争与革命又指向什么？事实上，不管什么主义，都指向要创造或建立一个"美丽新世界"②。显然，这萦绕着"战争与革命"的七十五年时间，差不多正好是从郑见桥到吴正好这三代人穿越世纪的长度。

小说中，孙子吴正好找来找去，终于在墓碑上（也算一种"籍"）找到真爷爷郑见桥。小说中其他人也一样，他们被从事弱电工作的吴正好一一找出。这些原本被失"籍"的小说主要人物，有一沓复杂的人物关系：孙子吴正好的父亲吴永辉的亲生父母是郑见桥和叶兰乡，而不是此时也挂在墙上的吴福祥和吴柴金。郑见桥有一个胞妹叫郑见桃，她是一个有人无"籍"的存在，小说写她在1958年那个所谓错划的运动中，丢失了档案导致失"籍"，出于种种自救，她一生中使用过许多临时应急式的名字。还有一个被虚构出来的吴永梅，按辈分他应该是吴正好的叔叔，只是这个吴永梅与郑见桃刚好相反，他是一个有"籍"无人的存在。关于郑氏大家族，有一个传说："我祖宗给皇帝当过老师。"有一个大宅院："据说在什么样的一本书上，有介绍我祖宗留下的那座老宅，叫祖荫堂。"有以此堂命名的街道，"那堂有多少大呢，它在哪里呢，历史记载得很清楚，在一个叫作祖荫堂街的地段上"③。这些都是从事弱电管理职业的吴正好搜索出来的结果。包括最后被发现的房屋契约上产权人郑之简的名字，据说此契约系郑见桥后来伪造。但产权人郑之简应该不是伪造或捏造出来的，毕竟郑之简与郑见桥、郑见桃、叶兰乡之间代际关系近。郑之简是产权所有人。当然，这个产权所有人也是没有意义的，当浮云街55号（郑家大宅院）早已住进七十二家房客，且不说最后没有找到房契，找到了也没有用。何况那房契如果真找到，年代最晚也得是民初，按说这种大户人家的根基应当在皇帝没有退场的年代。郑家大院的"籍"早已在过去的年代灭掉。当砸烂旧世界，创造新世界，成为一种历史行进的理由与动力。

小说采用第一人称的写法，又不是那种一以贯之的第一人称。小说的三个部分，由三个人分别以第一人称来叙述，也就是说小说有三个叙述人。第一部分的叙述人是自称"我是个孙子"的吴正好。第二部分的叙述人是被孙子吴正好找出来的姑奶奶郑见桃。第三部分的叙述人是当年被叶兰乡有意制造出蛛丝马迹从而虚构出来的叔叔郑永梅。第一叙述人孙子吴正好

① ［法］阿兰·巴迪欧：《世纪》，南京大学出版社2017年版，第2页。
② 阿道司·赫胥黎（英）《美丽新世界》与奥威尔（英）《1984》、扎米亚京（俄）《我们》被誉为"反乌托邦三部曲"。
③ 范小青：《灭籍记》，十月文艺出版社2018年版，第55页。

范小青专栏

不用说。第二叙述人郑见桃，读过小说的人会知道被吴正好找到的时候，她叫叶兰乡，也就是说，吴正好寻找亲奶奶叶兰乡，找到的竟是亲姑奶奶郑见桃。第三叙述人郑永梅，是已经亡故的叶兰乡（郑见桥共谋）虚构出来的一个人，在小说的逻辑层面，这个人应该由虚构他的人来叙述才对，只是，当吴正好寻找到他这条线索，叶兰乡和郑见桥先后故去。于是第三叙述人吴永梅（永没）竟是一个原本虚构出来、事实上没有的人。

读到这里，或者说小说的结构梳理到这里，读者会发现，所谓房屋灭籍，只是一个线头：被人收养的郑氏亲孙子吴正好，为了寻找与郑氏的血缘关系，从而确认他对郑氏大宅院的产籍权属。因了这线头，梳理出横跨差不多一个世纪的关于三代人的许多线索。事实上，三个叙述人的代际也正好是三代人。

理出这些线索，寻找自己的血缘，以至寻找的房屋产籍的权属，似乎是孙子吴正好的用心。试图厘清三代人的线索，一个人的视角远远够不着。因此，作者在设计这个小说时，动了许多脑筋，费了好多手脚。魔幻的，玄奥的，貌似无理其实精妙的小机关，小贴士，几乎都被她用上。写个小说真需要这么费劲吗？如果只有孙子吴正好的动机，小说原可以不这样去写，尤其是对于范小青这样擅长于写实叙事的小说家。可是，1957 年和1966 年这两个时段的事，又有谁能一是一、二是二写实叙事？这是今天小说家面临的大难题。有许多无人区……今天的作家其实也是一种弱电。看得到的和看不到的内容，可以说和不可以说的内容，有些还带着高压电流。也罢，弱电就弱电。弱电也有弱电的效应。

小说中，郑见桃的叙述让读者匆匆经过一下 1957 年和 1966 年这两个历史时段，不是绕过，也不是完整生活过程的那种经历，匆匆经过了一下。小说有"1958 年春天的郑见桃"和"1958 年冬天的郑见桃"两个段落，写到了那个众所周知的有关"错划"的历史事件。事实上，作者并没有正面去写事件，包括当事人王立夫怎么就成了"右派"？也是借用众所周知的故事样本一带而过。

"1958 年的春天，事情就要来了。"事情来了，对于另一个当事人郑见桃来说，读者只看到一个忠实于自己感情的少女，飞蛾扑火一样，很快把青春焚毁，并从此成为一个没有身份的影子人。

小说中正面叙写 1966 年的笔墨就更少：

"这一天不久就来到了。"

> 1966 年夏天，县城满大街都是戴红袖章的人，郑见桃也戴了一个，混在人堆里，她看见从前中学的校长，当铺的掌柜，还有她冒充过的那些人，都混在人堆里。

人堆是什么，人堆就是汪洋大海，郑见桃终于被汪洋大海吞没了。

她最后只听到大海里一片浪声，就是她，就是她，女流氓，女骗子，女特务，女什么什么，女什么什么！

她呛了一肚子的水，差点淹死，凭着过硬的水性，最终游上岸了，但是她无法在大海中立足，再一次从她的人生中出逃，她离开了长平县，回到南州。①

通篇读下来，小说没有正面叙写的东西很多，但也并非没有写，用的另一种笔法。小时候听人讲诗，说形容一个人的美丽，可以这样去写："行者见罗敷，下担捋髭须。少年见罗敷，脱帽着帩头。耕者忘其犁，锄者忘其锄。来归相怨怒，但坐观罗敷。"同理，对美的背面也可以是这么一种写法。

其实，从"灭籍"的命名，到郑见桥、叶兰乡夫妇惶惶不可终日，到有人无籍的郑见桃，有籍无人的郑永梅。写的都是所有人绕不过去的 20 世纪历史。写的都与"灭籍"有关，有纸的"籍"和无纸的"籍"。巴迪欧说："20 世纪是一个极权的世纪。"巴迪欧还说，"最终，20 世纪是资本主义和市场的全球性胜利"。那么，我们且来看一看，已经过去的 20 世纪，到底发生哪些事情，这些事情背后有哪些精神动机或曰意识形态的构成。在《世纪》这本书中，巴迪欧这样描述：20 世纪之初，1900 年，弗洛伊德出版的他的《梦的解析》；1902 年，列宁创造了现代政治；1905 年，爱因斯坦发明了狭义相对论和量子理论；1911 年，辛亥革命爆发，中国推翻了帝制；1914—1918 年第一次世界大战；1917 年，苏联十月革命……在艺术范畴，普鲁斯特的《追忆似水年华》和乔伊斯的《尤利西斯》在这个时期面世，毕加索和克拉克的绘画逻辑革命，哲学社会科学领域由弗雷格所开创，在罗素、希尔伯特、青年维特根斯坦等人推动下，数学逻辑以及与其息息相关的语言哲学；胡塞尔的现象学、葡萄牙的弗尔南多·佩所阿的诗歌；卓别林等人的电影形象的创造；等等。②

这是多么辉煌的世纪之初！在如此美丽黄金般的开局中，20 世纪的世界怎么就从某一点出发，诞生出并始终围绕着对人的改造的想法：创造一种新人类或曰创造一个新世界。可以这么说，20 世纪之初，在所有良好的进步意愿中，创造美丽新世界的愿景最深得人心。甚至，日本的"大东亚邦联制"战略构想和希特勒的"欧陆新秩序"等等，无一不是在给民众指出一个"美丽新世界"的愿景。日本军国主义和希特勒纳粹主义已被证实是一出历史悲剧。巴迪欧说："令人惊奇的是，今天，这些范畴早已烟消云散，

① 范小青：《灭籍记》，第 199—200 页。
② ［法］阿兰·巴迪欧：《世纪》，第 9 页。

范小青专栏

化作尘土……"① 阿兰·巴迪欧说的其实是更大范围、更高层面上的"灭籍"。"美丽新世界"是乌托邦小说，是无法实现的梦想。

这些大道理，郑见桥和叶兰乡不知道。吴福祥和吴柴金也不知道。在郑见桥和叶兰乡那里，作为进步青年，他们的追求是砸烂旧世界，创造新世界。他们那一代人的梦想曾经是那么美好，足以吸引他们抛头颅、洒热血。史实正是这样，早年参加革命的那些有志青年，许多人出身于富裕家庭，读书求知，让他们最终走上这条路。这路，走到途中，发现他们的理想和追求，与他们所面对的生活现象完全不一样。到了他们的儿子那里，那个成天躺在躺椅上的吴永辉，是另一类或是与父辈恰恰相反的一类人。这类人不再像他们父辈那样盲从迷信，同时也丧失了那种可以焕发人进取、追求的原动力，他们已经变成时代的一粒灰。"所以，说他是吴永辉，或者说他是吴永灰，都一样。""他一辈子就像一粒灰。""最后他还是一堆灰。这毫无疑问。"吴正好呢，是沉湎游戏的一代人，虚拟的时空，无谓的生命，利润支配着社会秩序的大前提，一个世纪如同一个圈画下来，像一个封闭式而非开放式的游戏。这是不是另一层意义上"灭籍"？

勤劳致富，原本是上代传下世、千古不易的无籍之"籍"，到郑见桥、吴福祥这里，一样被颠覆，被灭"籍"。具体到吴福祥是："穷即是好。"小说中有这段对话：

> "我爹的成分是穷人。"
>
> "噢，是穷人，穷就好，穷的都是好人。"
>
> "爷爷当时就'扑哧'笑了一声，悄悄和我奶奶说，这城里头和乡下真是不一样，我们村里的穷人，就没一个好人，不是偷就是赖，不是赖也是懒，吃喝嫖赌都是他们。"②

奇怪的是勤劳致富怎么一下子就不对了，富甚至成了恶的代名词。更奇怪的是到了吴正好这一代，又似乎转了回去，还不仅仅是回去，而是成为一种矫枉过正的"致富"光荣，富成了第一要素，有钱即有地位差不多成了主流价值取向。至于怎样致富的反而无关紧要。显然，这所谓回归，严格意义上依旧是一种"灭籍"。反过来，"富即原罪"也一直蚕食郑见桥、叶兰乡们的心灵。他们夫妇为了进步，不惜把孩子送掉，从后来他们发疯似的想找回孩子来看，送掉孩子的痛是剧痛。可是，为了摆脱"原罪"，也为了创造"美丽新世界"的理想，"郑见桥和叶兰乡狠心地将亲生儿子送人，天地良心，他们觉得自己完全没有歹念，他们只有一个单纯的念头，他们

---

① ［法］阿兰·巴迪欧：《世纪》，第13页。
② 范小青：《灭籍记》，第48页。

要上前线，要去打仗，要轻装上阵，所以，连儿子都不要了"①。还有，为了把祖产捐给国家，在找不到房契的前提下，不惜伪造房契来达到捐赠的目的。伪造房契是为了把自己的房产捐赠给国家，这种荒谬中，渗透着让人不知道如何评价的眼泪。

由此可见，历史从来不是外在于具体生命的时间进程。那么，具体生命在历史中是一种什么形态？被动？主动？从众？在历史进程中，具体生命又有哪些作用？毛泽东说过："人民，只有人民，才是创造历史的动力。"且不说人民这词的界定，历史进程当由众人合力形成，应当是毋庸置疑的事实。至于这种众人合力是如何形成的？也还是一个值得思考与深究的问题。先不说一个时代的意识趋向，把众人拢聚在一起，除了制度、主导意识形态等因素，与个人意识与个人的价值取向关系极大。

郑见桥和叶兰乡夫妇，追随组织去参加革命，不惜把儿子送给别人，事实上并不存在谁逼迫他们，也不存在生计原因，比如因为贫穷通过革命来改变自己的生存。严格意义上，如果确有改变自己生存的意识，其实也是一种更阔大的意识和情怀，比如，国家、民族、社会进步，等等。这些意识以及内在驱动，对个人的意义以及对整个国家社会的意义何在？他们或许知道，或许不知道。许多事情都是这样。

砸烂旧世界，创造新世界，是爷爷郑见桥那代人的个人意识与个人价值取向。进步，这个词，那个年代人们可以赋予它许多内容。为了所谓进步，人们可以做出许多匪夷所思的事情。作为一个社会共同作用力，进步有没有尽头？尽头又是什么？

悖谬有时便是这样产生。悖谬也是这部小说的基调：

真孙与假子：吴永辉与吴正好，俩父子，一个是吴福祥的假子，一个是郑见桥的真孙。

真人空籍：郑见梅丢了档案，无法证明自己的身份，"档案丢了，人就丢了"。人生一路过来，前前后后盗用许多名字来佐证自己的存在："赵梅华，南州农业局的干部。""李小琴，一个被丈夫赶出家门的女子。""孙兰英，一个到县城办事的大队妇女主任。""钱月香，一个上了年纪的卖桃子的小贩。""还有一次，她叫周小红，是一个放假回家的大学生。"因为，借用太多，郑见桃想必也不记得或不想颠三倒四地说下去，"反正我永远是另一个人，至于这个人，到底是谁，干什么的，都无关紧要了"。后来，在叙述她一路走来用过哪些假身份，干脆用上"赵钱孙李及其他"的百家姓。她为什么会这样：

① 范小青：《灭籍记》，第 252 页。

范小青专栏

"我什么也没有。

　　"没有身份，没有工作，没有收入。

　　"最后我连名字也没有了。

　　"我叫叶兰乡。

　　"我不能把名字还给叶兰乡。"①

　　有籍无人："如果暂时找不到我这个人，可以先找我的纸。""有人就有纸，或者，反过来说，有纸才有人。"郑永梅的存在是叶兰乡虚构出来的，其理由其实不成立，或者有点荒诞："以后有了孩子，就没有了特务嫌疑？"虚构他的过程，严格意义上也不甚经得起推敲，但结果在那里，几十年过去，这一虚构出来一直有着文字记录的人，被法院一纸宣告死亡判决书："宣告郑永梅死亡。本判决为终审判决。"②这一荒诞的故事情节，一定意义也佐证，这个社会，人与人，在人与人的缝隙，塞进一个子虚乌有的人，未必不可能，尤其是在一个熵状态下的社会环境。

　　更大的悖谬，是小说最后写到的"美丽新世界"。小说中三代人：有理想的历经磨难与被摧残的第一代人郑见桥、郑见桃、叶兰乡；再无理想、因此随波逐流的第二代人吴永辉；被利润细胞侵蚀而又不思进取，迷恋于游戏的第三代人吴正好。吴正好玩的新游戏叫"美丽新世界"。《美丽新世界》是英国作家阿道司·赫胥黎的乌托邦小说。吴正好迷恋的"美丽新世界"是一个策略游戏，"后来又轮到我值夜班了，我瞄了一眼监控，发现有一台电梯的门开了，不过这不关我事，有没有一只蝙蝠飞进来飞出去，也不关我事，我继续打我的游戏"③。回顾20世纪之初，政治、意识形态、个人的愿景等等，无不建构在"美丽新世界"的梦想之上。吴正好在小说中说："游戏就是这样。"

　　从悖谬进入，在悖谬中阅读，读着读着，忍不住会想悖谬这个问题。作者为什么要这样写？当然，这个问题不能问作者本人，也不能求助于他人。事实上，为了对范小青小说始终保持一个纯个人的阅读印象。这些年来，我屏蔽了所有关于范小青小说的评论以至阅读印象等文字。目的只是为了让自己的阅读更接近个人阅读的意味，防止其他阅读对自己嗅觉、味觉的感染，造成串味。我甚至也从未想到打探作者为何要这样设计，这样构想，这样作为。因此，这些疑问只能由我根据自己的理解作出回答。

　　作为作者，她必须在特定的环境中写作。环境如此强大，人的生存必须依赖于环境，因而，在作家试图表现的当下，作家其实是一种弱电。从

----

① 范小青:《灭籍记》，第239页。
② 同上，第351页。
③ 同上，第361页。

这一层意义去理解，开场白"我是个孙子"。其实不只是代际意义上孙子，也是一种自嘲。难道不是吗，在"战争与革命"的20世纪存活下来的人，谁不是孙子？！子曰：邦有道，危言危行；邦无道，危行孙言。

小说有许多留白，除了艺术表现的需要，某些留白其实是环境造成。在特定的环境里写作，在这个环境里发表作品，环境的限制必然会一定程度上影响你的写作。从基本生存角度，比如你在一个公司打工，挣钱，养家糊口，于是，这个公司的规章制度你就不能不执行。除非你炒它鱿鱼。还有，写作的目的肯定不是自己写给自己看，这就存在一个传播问题。而当传播由环境来决定，你去写不能进入传播序列的东西，对你的当下就失去意义。当下，是生命价值的最直接体现，因此，对于一个写作者，舍弃当下同样是一个极严峻的话题。你可以写一部过了200年甚至更久再被挖掘出来的作品，其时，作品或许产生了重大影响，这影响对于个体生命，对于与个体生命同期的活物，一点意义也没有。

所谓"灭籍"，一定意义上基于对这个"政治变成悲剧的世纪"的反思。熵定律还告诉人们：能量是不能被凭空制造出来的。因此，从个体生命角度，人也应当反省自己，为什么诸多非理性的"美丽新世界"的梦，竟被那么多人趋奉，最后生成堆满时间荒野的熵。时间在清零。齐格蒙特·鲍曼曾经说过："无论当时是哪种情况，由于有了事后的认识优势……"[①]是的，相对于当时的情境，今天的作者与读者都具备了"事后的认识优势"。正因为如此，面对尸横遍野的"无效能量"，清醒者的痛楚难以形容。

《灭籍记》通过对灭"籍"的弱电指认，从历史意义和生命意义两个层面进行反思。你说作者曲笔也好，弱电也罢，甚至"我是个孙子"的自嘲，都只是一个不得已的与当下构成妥协的真实存在。

结　语

读完《灭籍记》，又有了重读《香火》和《赤脚医生万泉和》的愿望。这一愿望很容易就实现了。时间窗口正值疫控禁足居家隔离期间，范小青的书又始终在书架最方便抽取的位置。之所以想把这三部长篇归拢到一起，说点自己的阅读印象，不仅因为它们集中体现范小青整体创作风格的新变数，还在于它们之间有着"互文"效应，整体阅读可以多角度丰富作者的及物表意，读者也能从互文阅读的维度对作品有更充分的理解。

当我重读这三部长篇，互文比照，终于发现，它们之间其实有一些相通和互补的项数：

① ［英］齐格蒙特·鲍曼：《流动的现代性》，三联书店2002年版，第319页。

范小青专栏

1. 当下意义。《香火》《赤脚医生万泉和》《灭籍记》都是具有当下意义的写作：当下人写当下题材给当下人看。虽然涵盖的时间幅围不尽相同，落笔的深浅不同，抒写的笔调不一样，三部小说都写到了"当下"，包括某些特殊历史时间段。当下意义的写作，最大难度是如何面对"当下"。范小青说："在时代大潮中，人是渺小的，无力的，被裹挟的。社会变革，旧的将去未去，新的将来未来，这就有了裂缝，一不小心，我们就掉进裂缝中去了。"①

裂隙揭示现代生存的困境。从生命本质出发，在社会发展趋向的裹挟下，现代生存困境以及繁殖它们的当代生活的种种悖谬，通常让人束手无策。许多时候，人们看到更多写作者选择绕开，比如写点 1937 年的爱情和末代王朝故事，或写写秦国明朝南宋北魏康熙乾隆之类的往事、旧事……如何直面人生，如何不至于让"当下"逃逸，也许是更难的选择。因此，我们完全可以把"写当下题材"视作一种挑战难度的写作。

马克思主张：并非人类的意识决定人类的存在；反之，是人类的社会存在决定他们的意识。从创作发生角度，这种"决定"会不会也包含创作者将会剪裁他的"意识"，使之适应"存在"？或通过妥协与改造（包括变形），使之能通过"存在"这一滤器？工程理论认为：强电会干扰弱电。某种意义上，写作者也是一种"弱电"，而社会存在则是强电。显然，如果写作者消极地接受强电的干扰，事实上意味消解了诸多写作的可能。这也就是说，从写作发生角度，小说家写什么、怎么写，或言之，小说的表达和小说的技术应用等等，作者并不具备事实上也不拥有理想中的自由度，除非他不考虑在当代人中传播，事实上，所谓"藏之深山，传之后世"从来都不是主动语态。在当下人无法抵达的未来，且不说写作的意义不可预知，仅当下人无法阅读到这一事实，已注定它不能被称之为"当下意义写作"。从这一角度，作者所在的制度环境，所面临社会现实和传播的限制与可能，一定程度上已经决定能在"当下"刊出、传播、为读者能读到的作品，均与外部（社会存在与强电干扰）的限制达成了某种程度的妥协。从这个角度，理解范小青说的："我现在这种写法，实际是反弹琵琶。"会让人领悟到许多字外的东西。

毫无疑问，我们不能无视当下。设想一下，如果让未来人经由文本的通道，步入一个完全真空的时间窗，他们会怎么看待在他们诞生前离开世界的那些人？且不说生命历程原本是能量释放的过程，作为一次性的生命存在，他不可能与他生活过的时空，仅仅处于两圆相切的状态，事实上，他曾和这世界两圆相交，并被世界这个大圆内含其中。这些都不应当成为

---

① 范小青、子川：《我就是我想象中的那个人——范小青、子川对话录》，第 311 页。

女作家学刊·第四辑

空白！因此，当我在范小青一篇小说中读到"无论谁是谁非，最后鸟屎总是要拉在我们头上的"这句话，特别能感受到一种张力。

每个时代都有它的"当下"，曹雪芹的"满纸荒唐言，一把辛酸泪"。古代诸多匿名写作如兰陵笑笑生等，是他们面对他们的"当下"的一声叹息与自我隐蔽。今天也一样，某些特殊时期的某些现实，甚至大于荒诞小说，据实来写极有可能会被误认为是虚构。面对这些绕不过去的荒诞，"小于一"的表达绝非出于委婉，也不仅仅是变形造成的模糊。尽管如此，哪怕仅仅是"大于零"，也好过从容的绕行，毕竟"行动的至上性，是衡量当下真实的唯一的尺度"[①]。更何况，即使是"小于一"的表达，总还是让当下人看到了冰山一角。范小青就这么说笔下的万泉和："几十年来，社会发生很大的变化，体制、制度变来变去，苦的却还是农民。幸好有个万泉和，他那么笨，但是他心底里很爱农民，他不会看病，但农民生了病，他就得替他们看病，他不能逃脱……"[②]

2.技术变形。现代生存困境，绝非某一时某一地所特有，正因为如此，现代文学中诸如象征、隐喻、歧义、互文、荒诞、魔幻等诸多现代技巧，诞生之初衷或许只是创造者试图更好地表达生命意识，或对不可解的迷踪世界进行种种试错与桥接，同时也为释放个体生命能量开辟一个个新蹊径。

早在20世纪八九十年代，我们就曾经讨论过类似话题，在实际写作过程中，移植西方现代小说技术手段的人，学习、模仿、借鉴、为我所用，可能是许多本土写作者的出发点。但如果文化土壤是文化生长的基础，移植栽培之物与本土生长之物，应当不完全一样。当然，这是从文化层面而非社会层面去考量，但也说明在应用现代小说技术的初始阶段，实用性原则就在起作用。事实上，西方现代小说走向本土，哪怕有诸多实用原则在其中，终究还是在移植栽培过程中，获取了新的成长，同时也起到改良土壤的效用。

这些"技术"显然也具有"隐蔽"的功用与可能。当小说家想着该如何"反弹琵琶"？"技术"在这里似乎可变形为应对与消解"当下写作"难度的某些手段。试着比较一下"隐秘"与"隐蔽"两个词，也不妨把"原形"与"隐秘"关联、把"变形"与"隐蔽"关联，"技术"本身没有变，而运用技术的人的初始动机却有了从"隐秘"到"隐蔽"的微妙变化。如果"当下写作"意味它必须也只能穿越特定网格才能进入传播序列，不管虚构还是写实，写作者得具有能顺利穿越网格尺度的本事。武林中，刀剑出鞘，人头落地，对高手而言，相对容易；而兵不血刃，雁过无声，不忌器

① ［法］阿兰·巴迪欧：《世纪》，第219页。
② 范小青、子川：《我就是我想象中的那个人——范小青、子川对话录》，第321页。

范小青专栏

也能投鼠，则难得多。

《赤脚医生万泉和》让一个低智人来叙述故事；一个城里来的十二岁小女孩陡然切换了一个陌生的乡村视角，她沉迷于当时的某种旋律（类似范小青短篇小说《我们的战斗生活像诗篇》旋律），久久不能脱茧而出；《香火》打破生死边界的情节线及其叙述，将具体的"香火"抽象，使之成为文化隐喻或文化图象，而《香火》中的"掘祖坟"则差不多与《灭籍记》中的"灭籍"同义；《灭籍记》的"假子真孙"的悖谬，"弱电"指认的无奈，失籍人的张冠李戴，叙述人身份的虚拟化，"美丽新世界"游戏式解构；等等。都可视为作者为破解"当下写作"难度所做的选择，是为"当下意义写作"所做的努力。显而易见，为了实现这一目的，小说的叙事逻辑与作者的内心秩序，有时是拧着，有时错开，有时又因叠加折射从而显现更大张力。让读者在阅读过程中保持适度紧张，也会摩擦生成张力，在浅阅读借助网媒盛行的今天，保持适度张力是技术变形的优选项，也是可供检验的标准之一。

"荒诞"也可以成为一种易容术或保护色。《赤脚医生万泉和》《香火》《灭籍记》它们在一些重大历史事件面前，都不约而同地选择了避重就轻或干脆绕行，而荒诞色彩无疑遮蔽了创作者的意图。我不是作者，不知道选择这样的艺术表现，包不包含这么一种动机：让自己不被碰伤？我同样不知道作者在《赤脚医生万泉和》写作笔记中列的那几条规矩："不写'文革'，不写粉碎'四人帮'等，不写知青，不写下放干部。"算不算对指涉当下的一种规避？在打破生死边界的《香火》的小说语境中，当下已经与往昔搅和在一起，再不分彼此。

沿着时间跑道回走，回顾这三部小说，它们的写作难度系数呈递增态势。《赤脚医生万泉和》的荒诞意味，通过一个低智叙事人疙瘩的叙述来实现，"赤脚医生万泉和"不仅不是赤脚医生，自身还是一个低智人，这既是悖论，也是隐喻，铺设于荒诞的布局中。《香火》的无生死边界叙事，更具有颠覆性，让读者的阅读经验遭遇巨大挑战。到了《灭籍记》，小说展现的内容与读者的阅读经验之间似乎已经不构成太多冲突，然而，它却有更大的指认空间，不仅是时间幅围较前两部小说的大，"美丽新世界"的游戏与解构，不仅纵向指认大于"掘祖坟"的"灭籍"，还有着更大幅围的横向指认和更辽阔的意指空间。

说到难度，写作的难度与阅读的难度，对写作者而言，同等重要。虽然难度并不等于厚度与深度，但写作的难度之所以可贵，正如人生道路，难走的路与易走的路，其不同走向一目了然。阅读的难度对于一般阅读者来说，具有挑战性。有时，因为没有充分的完全的阅读，而忽略小说题中之义是常见的事。换一个角度，难度写作也是好作品经得起一读再读的重要原因。

3. 文化维度。当我想用"文化"这词来归纳想说的内容，马上觉出这样说的风险，因为文化这个词已经被使用得"千疮百孔"或"衣衫褴褛"。可当我们把许多看似不能抽去的东西抽离，图面依旧能方方正正地立着；当生死无有边界，叙说依旧炯炯有神、逼真，香火依旧得以传承；许多东西看似被毁坏，当激流涌过，大浪淘沙，它们又能从时间中钻出脑袋；那只能是文化而不是其他。这也就是说，当我指涉文化图象或文化抽象时，我或许已经触及许多原本可能在阅读中流失的东西。

文化图象或抽象，其内在张力远远大于事件的当下性。这里，到底该用文化抽象还是用文化图象？我并没有想好。只是想用一个词作为从现实抽取或提取某些东西的标的物。这里，抽取或提取也是需要斟酌的词汇。但不管如何斟酌取舍，正如前文所说："从存在的意义，模糊以至打破生死边界是荒谬的。而从文化的意义，每一个活人的身上，都落满逝者的影子。换一个叙说角度，也可以说是活着的人只是载体，'替一个个逝者留下影子'。因此，把小说里事件与场景，仅仅看成是存在意义的事件与场景，也许是一种误读。"

赤脚医生的"赤脚"，有一种贴近土地的原生态意味，"生态"显然是文化范畴的概念，中医原本就是中华文化传承之一种，这些都还是小。范小青认为：其实写的是几十年农村变迁，说的是文化。文化是什么？文化就是你说不清道不明的东西，文化无法用什么样的概念或词汇去解释。文化更多的只能让人去感受，去领悟，而不是作说明作解释。

"香火"字面义涵盖的内容，不仅在于它也是超越生死的一种文化图象，还在于故事后面承载了诸多文化的根性。《灭籍记》的叙事时间幅围相对更大一些，但"籍"与"灭籍"同样可以是一种"超限"的文化抽象。"香火"与"灭籍"，语义有点相悖，"香火"因延续目的得以成立，而灭籍也可以说是香火的线头断了。隐蔽与弱电，在某些方面有关联。或言之：隐蔽之花与弱电指认，也是有象征意义的一组概念。

《灭籍记》本身即一部扣着文化去书写的小说，这一回，它的视野不再局限于中国。我是孙子，自然有一种中国文化的赋义，"美丽新世界"则不同，将这个非游戏的"游戏"，代入了 20 世纪，置放于世界范围，尝试用文化的绳子串联起更多东西。

然而，文化是无穷尽的存在，具体生命的历程则是有限的，这就决定了他们无法获取必需的时间来破解其意义或者见证大白于天下。齐格蒙特·鲍曼说："无穷之中，个体的人可能会从凡人视野中消失，但是没有人会无可挽回地沉沦为虚无之物。同时，除了遥遥无期的最终断定之外，每一个判断都是不成熟的。"① 因此，当下意义的写作，不管它对外部世界的判断如何，都是极为重要的记载。

以上还是围绕文本来梳理的一些内容。文本之外，作者与读者之间，其实也有许多值得梳理的内容，拿小说家来说，她的天赋，她存在的时空坐标，地域文化背景，教育背景，阅读经验和写作实践，甚至她的交友与感情纠葛等等，这一切构成了创作主体的全部。显然，这一主体有点像鸡尾酒一样是可调制的"液态"：她不断追求自己喜欢的味觉，汲取种种"酒基"，运用自己的天分与经验，在不断增减、改变、调制过程中，使之成为一种不能具体确定味感同时具有个人特质的佳好饮品。范小青说的"反弹琵琶"是关于创作发生的语态。对读者而言，在纯粹阅读中觉出其中"弱电指认"的效应，未必是作者的创作初衷也未必是文本的确凿表现。如此种种，其实也是文化维度的"互文"关系，也可以说，作者创造出来的未必是她想表达的最完美的表达，而读者读到的又不只是文字表达出来的那么多，也许会更多，尤其对于有张力的小说。恩格斯在描述历史现象时曾有这么一段话："最终的结果总是从许多单个的意志的相互冲突产生出来，而其中某一个意志，又是由于许多的生活条件，才成为它们所成为的那样。"② 艺术创造也是，尤其"如果你触及了真实，你并不能随意处置它"③。

范小青这三部长篇小说，创作时间前后间隔十几年，它们紧挨着列在我的书架上，无一丝间隙。十几年时间，对于个体生命绝对是奢华的刻度，当我把范小青这三部长篇小说重新梳理一遍，不经意发现，日照西楼，去日苦多。生命总是有限的，我们只能像汉斯·约纳斯说的那样，"数着我们的日子，并使它们有价值"④。2017年秋，访问韩国文学与知性出版社，拜见金炳翼诸元老，书写留下一首嵌字诗："文似看山跑死马，学需致用误人多；知无止境春宜早，性本陶然水上荷。"收在这里，有点文不对题。略带点感慨，也有"陶然共忘机"的欣慰。

（子川：江苏作协专业作家，江苏省诗词协会副会长，苏州大学文学院兼职教授，《江海诗词》主编）

---

① ［英］齐格蒙特·鲍曼：《废弃的生命》，江苏人民出版社 2006 年版，第 99 页。

② 《马克思恩格斯选集》（第四卷），人民出版社 1995 年版，第 697 页。

③ ［法］阿兰·巴迪欧：《世纪》，第 214 页。

④ Hans Jonas, *"The burden and blessing of mortality"*, *Hasting Center Report* 1（1992），pp.34-40.

文学怎样了

范小青

世界变了。

他来了。

他是谁？他是未来？他是无形的巨大的主宰？他是另一个宇宙星辰？

无论他是谁，他已经来了，而且是真真实实的存在，它是一个面目陌生的现实，它是一个无解的谜题。

2016 年，有一天我在微信上接连看到三个内容，看得我笑了起来。

一个是诺贝尔文学奖颁给美国摇滚歌手鲍勃迪伦（接下来假新闻不断，真假新闻混淆）；第二是希拉里和特朗普的同台演讲视频被恶搞成情歌对唱，配上了一首粤语歌（"难解百般愁，相逢爱意浓，情深变苍茫，痴心遇冷风"）；第三个是我们记忆中印象非常深的电影《地道战》中"鬼子进村了"那段音乐，原来是俄罗斯作曲家肖斯塔科奇第七交响乐中的片段（不知真假，没有核实）。

我笑了。可是就在我笑出声来的那一瞬间，突然就觉得，心中就被什么东西触动了、击中了。

世界变了。变得不一样，变得很奇怪，变得无逻辑。

但不是简单的一是一二是二那种不一样，也不是莫名其妙的那种奇怪，它是暗含着复杂层次的有趣，是有特殊内涵的奇怪。

从 2016 年到今天，世界的变化，更是加快了步伐，几乎变得面目全非了，世界再也不是我们自以为熟悉、自以为了解、自以为作为过来人能够理解的世界了，它已经不是原来的样子了。

是因为疫情吗？是的，但不完全是，不主要是。即便没有疫情，也会有别的，总之世界就是要变了。世界已经变了。

这是规律吧。

或者就是人类造出来、作出来的。老话说，天作有雨，人作有祸。

世界每天都在变，但是如此之大之强烈的变化，巨变，剧变，不是每天每年都有的，恰好，我们遇上了。

曾经有许多电影，有许多文艺作品，都写过这样的遭遇，但那是科幻，那是想象，那是超现实——如今，超现实不"超"了，它落地了，它来到人间，它成为真实的现实。

文学来自现实，当现实变得面目全非的时候，文学怎么样了？

文学大惊失色？

文学若无其事？

文学闻风而动？

文学我行我素？

放眼今天的现实，风云激荡，是非横生，惊天动地的事，稀奇古怪的事，闻所未闻的事，亘古未有的事，紧紧纠缠，相互搅和，构成了今天的繁复滋生图。

于是，看起来，文学真的险乎乎的，文学是干不过生活了，也干不过实录生活的非文学阅读。

现实的超乎想象，加之今天的全民的网络阅读，碎片阅读，时事阅读，从某种程度上模糊了记录与想象的边界。

今天我们所见到的无数无数的文章，对于社会生活的方方面面，角角落落，无不关注，无不涉及，无不网罗涵盖，其中有许多文章，更是相当的接地气，有逻辑，受欢迎。

只有你想不到的，没有你看不到的。

比如说我在 2021 年所看到的一些内容，随便说几个，因为太过庞杂，先分个类：

反映底层生活的：

《外卖骑手，被困在系统中》

《小店，将悄然倒下》

涉及老龄社会及养老话题的：

《恐怕有一天我们不得不拍护工的马屁》

《凌晨五点，我家的"贱骨头"又溜出门了》

《养老院暴雷》

《有尊严地老去》

大家关心的教育：

《学区房的大雷，要爆了》

《我就退出家长群了》

《高校"青椒"话题》

更多的一言难尽的多视角话题，也是屡屡上线：比如关于"货拉拉女孩"，关于"特斯拉刹车"等等的众说纷纭。

在某些精神关怀方面，也是应有尽有：

女作家学刊·第四辑

《我们为什么害怕接电话》

《人类能熬过大灭绝就不错了》

还有大量大量的从过去来的：

《一个名字叫"喂"的女人》

《国产农村007：特务刘婉香》

《打鸡血，一段真实却又无比荒诞的历史》

至于对于未来的思考、担忧等等更是不胜枚举：

《马斯克：世界上最可怕的事是孩子没有内驱力》

《现代麻烦病，亟须治疗》

《超级人类！即将永生，还是毁灭？》

《两个AI谈恋爱》

《上帝的密码防线逐渐崩溃》

还有代际代沟的，看到一个文章说，老的一辈人，不喜欢得罪人——我在读到这句话的时候，还一边迅速地反省了一下自己，我是这样的老一辈吗？不料，再往下读，顿时吓出了一身冷汗，原来他们所说的"老一辈"，是70后或80后，60后都已经排除在人类之外，我等50后、40后，他们早就把我们看成了古时候的人了，你还思考还反省个毛呀。

然后，你还会发现，你所跟随着无数阅读者一起阅读的内容，很可能是假的，连阅读也是假的，"爆雷"也好，"爆红"也罢，爆什么都行，"花760元把假消息炒出5.4亿阅读量，起底养号控评千亿级灰黑产业链"。

……

简直了，忙死个人了，看也看不过来，笑都来不及，叹也来不及，哭也哭不过来，还写小说干吗呀，还要文学干吗呀？

而且，它们中的许多，也已经直接具备了文学的要素和作用，就是那种读罢让你想哭哭不出来，想笑笑不出来，或者，笑着笑着又哭了，哭着哭着又笑了。

奇异的，可笑的，荒唐的，光辉灿烂的，黑暗恐怖的，惊艳的，破碎的，神乎其神的，等等等等，这已经就是文学了。

那么，文学怎么办，作家干什么呢？

说一声，生活，你太厉害了，我搞不过你，认输？

关门打烊？

不能吧，生活越丰富，文学不是应该越来劲吗？

现实生活火辣辣地扑到你身上，肯定不应该躲避，因为写作这项最是需要生活，生活里有文学的种子呀。

所以不能无视火热的生活，它也许很粗粝，也许很无语，但它是生活呀，它就是你就是我就是他呀，它就是"我们"呀，我们怎么能够无视"我们"呢，我们怎么能够躲避"我们"呢，我们该干的活儿，就是表现"我们"的生活和反映"我们"的想法呀。

如果它是狂风暴雨，文学就在这里经受考验，站住自己。如果生活如同大海，淹着了你，但你不能被淹死，呛几口水是正常的，在大海里，不仅要学会游泳，还要学会从大海中获取对你的工作有用之物，正如另一个常用的比喻：生活是富矿，写作者如何从生活的富矿中把矿石挖出来，再制作成精品，而不是掉进富矿出不来。

这就是对生活的提炼。

要练就一些本领，不仅看到大家都看到都关注的现象，透过这些现状，你还看到了什么，需要警醒些什么，这是作家该干的活儿吧。

除了现实本身，还有现实之外、之上的东西，也许你看不见，也许你说不出，但是你能够感觉到、感受到，那就有了文学的萌芽，比如情怀与思想，比如未来与梦想。

此为一。

另一个方面，现实已经如此巨变，如此不同以往，我们的写作还再依赖熟悉的路径吗？在这里，文本的革命也同样重要，探索新的写作路径和与内容相匹配的样式，也是我们的任务和职责。

作品的思想维度、精神高度、与现实纠缠的难度，都是我们今天的写作所要追求和解难的，还有故事的新鲜感，人物的奇异性，灵魂的拷问，等等。

当然，一个作品中不可能面面俱到，什么都有，更何况，即便是想到了，也不一定能做到。但即便如此，我们在动笔之前，需要对自己有高的要求，才能面对无比精彩的现实。

我写过一个短篇小说《人群中有没有王元木》，主人公收到一个叫"王元木"的人发来的笑话段子，笑过之后，却想不起这个"王元木"是谁了，问了几个人，也都不知道，他直接打电话给对方，问他是谁，对方说，你不知道我是谁？那你怎么会有我的电话呢，开什么玩笑，就是不告诉他——前提就是，这个"王元木"肯定是主人公的一个朋友或熟人，只是他暂时记不得了。主人公再把手机通信录打开来一看，顿时惊慌失措，因为其中竟然有一大半的人名他都想不起来谁是谁了，以为自己脑子有问题了，赶紧去看医生，检查结果却是一切正常，既没有生理问题，也没有心理问题。最后他的儿子告诉他，不是他人脑病了，是电脑病了，手机中毒了，中的这款病毒名叫"汉字拆解病毒"，病毒将所有带有偏旁的汉字统统拆解了偏旁，无论是上下结构、左右结构还是内外结构等等，都拆掉一个部分，"王元木"其实就是他的朋友"汪远林"，"汪远林"拆成了"王元木"，他当然不记得了。然后将病毒杀了，一切恢复正常，手机通信录里的人名，

女作家学刊·第四辑

也一一地回想起来了，虚惊一场。

真的是虚惊一场吗？

人脑真的没有问题吗？

难说。

这个小说起源于我自己的亲身经历，我收到过一个记不起来的人的笑话段子，我也查看我的手机通信录和微信通信录，里边竟有一半以上的人不知道他们是谁——实在是人名太多了。

你也不妨看看你的手机通信录吧。

现代生活的"多"，人们的贪"多"，搅乱了我们的正常人生，但是，"多"不正是人类追求的终极目标吗？

无解？

文学写不过生活吗，文学可以问一问生活。

（范小青：江苏省作协名誉主席，著名作家）

范小青专栏

生活的方方面面都隐藏着文学的萌芽

范小青　子　川

我的所有的不确定性，不是在"未来"，也不是在"后来"，而是在"现在"。

子　川： 与你相识这么多年，看了你这么多小说，却一直没有坐下来聊过小说。有我不善言辞的缘故，也有为自己找托词——不想让别的因素影响阅读小说文本的单纯度。往深处想一下，还是自己问题更多。我口讷，现场反应常常慢半拍。再就是问与答，有个主动性与被动性问题。事实上，一个访谈或对话能否聊得流畅，设问者责任重大，故，此前所参与的各式访谈和对话，我都会选择回答而非设问。

范小青： 我们相约做访谈已经有一段时间了。这是一种最最放松的相约和等待，没有压力，没有任务，没有时间，甚至没有明确的目标，谈了干吗？不知道，无所谓。真的很自在，可以不放在心上，但却又始终在心上。现在终于等到你将访谈的内容发给我了，一看，还真是脑洞大开。我从来没有见到过这样的访谈，这是一个独特的新鲜的访谈，没有问我问题，或者说，你的问题感觉像是你在自言自语，自说自话。那么很好，我也喜欢自言自语自说自话，写作本来就是自言自语自说自话，我们就开始这样的奇异的文字之旅。

子　川： 可不可以先试着就几个语词交流一下？作为热身，然后再切入正题。我想先说"后来"。后来与未来不同，未来是不确定性的时间指向，甚或没有具体内容，有时更多只是一种主观的向往。"后来"则是一个时间副词。1995年，《作家文摘》选了一篇我写你的文章，结尾有"浮在未来洋面上的岛屿"这句话。相对于1995年，今天是未来，时间概念并不确定，而今天作为1995年的"后来"，则是确定的。

范小青： 关于"后来"和"未来"，我在小说中经常用到"后来"，却很少甚至恐怕从来没有用到过"未来"。我的所有的不确定性，不是在"未来"，也不是在"后来"，而是在"现在"。现实生活中的不确定性，来自时

152

代的巨变，许多我们确信的东西，变得面目全非，甚至十分可疑，许多我们信仰的东西坍塌了，我们正在重建，但是重建会是怎样的结果，不确定。

回到 1995 年，你那篇文章里的那句话，"浮在未来洋面上的岛屿"，我当年抄在了我的笔记本上，虽然没有和别人说过，不大好意思说，但心里肯定是欢乐的。再仔细一想，既然是浮在"未来"洋面上的，"现在"看不见，"后来"也看不见，那还"乐"个啥呢。我想，更多是"乐"的那种知己感，有一个人那样议论我的小说，真让人飘飘然。虽然我们谁都不知道它会不会浮在未来的洋面上，也不在意它会不会浮在未来的洋面上。

子　川：现在说说"感觉"。感觉是一个老词。我最初接触这词，是刚恢复棋类竞赛活动的 1973 年，我重新走到棋类竞技赛场。记得有个高手在边上评价棋手的训练对局，时不时就冒出这句：这步棋感觉好！说的是棋感。棋感好，指的是什么具体内容，当时其实不大懂，只是"感觉"这词用得特别，心下对高手崇拜得很。

范小青："感觉"这个词，现在似乎已经被用滥了，用遍了，但是无所谓，用得再滥，用得再多，"感觉"仍然是"感觉"，是上天给予人类的特殊的珍贵的馈赠。

子　川：小说家的感觉其实是一种对分寸的把握。小说家有点像大导演，不仅要布置场景、剧情、演员的分配与台词，甚至还要顾及台下观众的反应等等，一切都得在他拿捏之中。拿捏什么？分寸。因此，传递出来的能够感知的艺术感觉，来自作者拿捏的分寸。这其实是非常非常难的事，古人云：文章千古事，得失寸心知。

范小青：这是高要求。写小说的时候，固然会要考虑东考虑西，希望周全，希望把分寸把握好，拿捏得当。但正如你所说，这是非常难的事情，有时候完全是心有余而力不足，就像跑步那样，看到前面那根胜利的红线了，但就是没有力气再冲上去。有时候会有很强的无力感，也就是说，思想达到了某处，作品却在下面徘徊。有无力感，也不是什么坏事，至少说明你已经想到些什么，那么你就有了努力的方向，你就会去设法增加你的力量，向着那个方向前行。

子　川：读了你很多作品，但我在很长时间里并没有写读后感的打算。我不是评论家，想吃评论家这碗饭，不容易，何况我原就不是科班出身。再就是写你的文章太多，有许多"大手笔"在做你的文章，我哪敢班门弄斧？然后是我也还没有找到一种可以写出别人没有的阅读感受的写法，也不敢相信自己会一篇篇写下这么多。

范小青：说实在的，别说你自己没想到，其实我更没有想到，几年里你竟陆陆续续写出了这么多篇我的小说评论文章。记得第一次看到的是那篇《当精神价值被消解》——也可能记忆有些误差，但确实是比较早的一篇吧。那篇读罢，是很惊讶的，但是感动更大于惊讶。感动于你读作品的专注和深入，感动于你读作品时变被动为主动的能力，感动于你对于我的小说的那种执着的甚至有点固执的深入肌理的剖析。

这是一种解读的超越，或者是超越的解读。我的小说，我自己知道，如果不是用心地专注地读，不是真正地走进去，别说超越的解读，即便是普通的阅读，也不一定能够读出意思来。正如我自己常说的，我的小说通常真的不适合改编成电影或电视，我的东西都深埋在文字之中、对话之中，解读出来，是相当难的。但是你解读了，剖析了，甚至大大超越了我写作的初衷。

小说中有一块玉蝉，也确实有"缠"的意思，但可能仅仅是情感的纠缠，你却认为小说除去爱情的纠缠，还有生与死、得与失、虚与实、真与幻、过去与当下、精神与物质的种种缠绕。你是胡乱吹捧吗？好像不是。我自己再回头读它的时候，知道里边确实是有"生与死，得与失，虚与实，真与幻、过去与当下、精神与物质"的种种缠绕。

子　川: 第一次写成读你小说的文章，从《你要开车去哪里》开始。此前，读你小说，几乎都能读到一些有意味的东西。读有所得，是读书之所以让人兴味不衰的理由。读有所得的"得"是碎片式，且完整写出小说印象也不是纯粹读者该做的事。可这篇小说读后，我忽然有一种强烈的叙写愿望，或者说，此前我已经积累且压制了许多这样的愿望。不记得是谁说过："等有一天，最后一个零件装好。"想必此前我只是在那些所"得"碎片中，不停地寻找我想要的零部件，期望组装出器物。到了这一天，才发现终于找到了最后一个零件。

范小青: 我自己很清楚，我的小说不太适合被评论，或者换个说法，评论我的小说，有点不合算，比较费劲。别人写小说，都是往高处走，我有时候却是反其道而行之，往低处走，至少，在应该高潮迭起的时候，我甚至会故意压抑下去。这似乎是我一贯以来的写作习惯，努力地写呀写呀，努力地往前推进呀推进，终于到了关键的时候了，一切应该清楚了，可偏不说清楚，甚至偏不说，一个字没有，到了高潮的部分，突然就戛然而止，叫人呜啦不出（吴方言），就是不痛不痒，哭笑不得，叫人心里不爽。

这不是在自黑，真的是我写作时的状态，所以这样的小说，要想剖析它，分解它，是有相当难度的，让我自己来谈自己的小说的话，我肯定宁愿重新写另一篇小说去了。

瞄准生存困境，对社会变化在欢呼的同时，保持一种警觉，这是从生命的本质出发的。

子　川:《短信飞吧》写当代机关生活。写当代机关生活的小说在你近期短篇小说创作中比重还不小。小说极其敏锐地捕捉到人们习见、为之麻木而无动于衷的当下生存状态，至少有着两个层面的悖谬：一是现代科技的进步与发展，已经扭曲甚至完全颠倒科技应用服务于发明者的初衷。当现代科技应用扭曲了生存的本旨，当人们被一些东西无情吞噬，这时，"去看一个人前前后后、反反复复、轰轰烈烈的生命，像不像一个正在消失的笑声？"对了，这篇读评文章的标题就叫《一个正在消失的笑声》。显然，面对现实生活的荒诞与悖谬，一个作家应有警觉与责任，在你的几乎所有抒写现实生活的小说中都有充分的体现。《梦幻快递》和《五彩缤纷》也充分显现了你的这一特点。

范小青：在时代大潮中，人是渺小的，无力的，被裹挟的。社会变革，旧的将去未去，新的将来未来，这就有了裂缝，一不小心，我们就掉进裂缝中去了。甚至可以说，你再小心，也避不开这样的裂缝。因为新与旧，这不是你的个人行为，那是时代和历史。一个弱小的个人，在荒诞和悖谬中，内心其实是很苍凉的，满心满腹的无力感。

子　川：如今，似乎已经很少有人能从生命本质，从社会发展趋向，揭示现代生存的困境。你的小说却始终瞄准生存困境以及繁殖它们的当代生活的种种悖谬，通常人们在这些悖谬前几乎无一例外地束手无策。当我在小说中看到"无论谁是谁非，最后鸟屎总是要拉在我们头上的"这句话，特别能感受到一种张力。

范小青：瞄准生存困境，对社会变化，在欢呼的同时，保持一种警觉，这确实是从生命的本质出发的。如果社会的发展和变化的红利，最后不是落在人的生存和存在这个根本问题上，或者说，人们在获得红利的同时，也遭遇了困境，那么我们的文学作品就有了不同的着眼点。

子　川：泡沫行将破灭之际，五彩缤纷是其最后的色彩。我不知道《五彩缤纷》这个小说名，是不是包含这层含义？开卷时我想过这个问题，掩卷时便豁然开朗了。小说固然跌宕起伏，曲折迂回，不乏缤纷之杂，但作者用"五彩缤纷"来做这篇小说的标题，其实有深意，有一种反讽在其中。

范小青：有的小说的标题，是用心用力想出来的，甚至到了搜肠刮肚的地步。也有的小说的标题，却是灵光闪现，突然而至。《五彩缤纷》无疑是后者。既然是突然而至的，那其中的含义，可能作者自己也不是想得很明白，或者说没有来得及想得太明白、太清楚。正如你所说，不知道《五彩缤纷》是不是包含着泡沫破灭之际的最后色彩这层意思，这个真没有。没有想那么多那么细，没有来得及，当五彩缤纷四个字突然冒出来的时候，一阵惊喜，就是它了。

子　川：进城打工的两对小夫妻（准确的表述是未婚先孕的两对恋人），陷入同一个怪圈：当事人办证结婚的先决条件是必须买房，而本城的买房政策是必须先持有结婚证。这两个"必须"是互相缠绕却解不开的死结。

范小青: 这样的死结，在新旧交替的过程中，遍地都是。我们知道，目前我们所处的这个进程，旧的规则正在打破，但还没有完全打掉，新的规则正在建立，但也没有完全建立，于是新的和旧的纠缠在一起，成了死结。

子　川: 这四个短篇的读评，我差不多是一口气写下的。这期间你写了不下几十篇关于当代生活的小说。我选择的这四篇，它们指向当代生活的不同现实内容，大背景相同，所揭示的都是现代生活的生活场景与意识流动，以及其中渗透出种种悖谬的现实行为，都是一些让人掩卷之后挥洒不去的纠结。

范小青: 我的写作的敏感点就在日常的平凡的生活之中，所以平时总觉得可以写的东西很多，生活的方方面面，角角落落，都袒露着或隐藏着文学的萌芽，都会让你激动，让你欲罢不能，不写就难受。正如你所说，我的这四篇小说指向当代生活的不同现实内容，大背景相同。如果再归纳一下，我的近十多年的小说，还可以排列出更多的当代生活中的不同现实内容。那是真正的五彩缤纷。

子　川: 读了《哪年夏天在海边》，我在《海天一如昨日》的开头写道："在电脑里敲出'哪年'二字，我已经没有了最初的恍惚。"是的，我记得在《收获》上第一次读到这个短篇，我就有一种被海浪晃悠的感觉。

范小青:《哪年夏天在海边》是一个寄托在爱情故事上的非爱情故事，我最近也重新读了一遍，里边几乎所有的情节，正如你的感觉，都是在海上颠簸摇晃。试想，你在海上航行，遇到了狂风巨浪，你还能看清楚什么东西？

子　川:《哪年夏天在海边》的"哪"字，一开头就丢一个包袱。小说开头写道："去年夏天在海边我和何丽云一见钟情地好上了。"这里，"去年夏天在海边"，其确凿的时间坐标是"去年"，而非不确定的"哪年"。

范小青: 其实生活更多的是真实的确定的，但是因为现代生活过于光怪陆离，我们碰到的人和事太多太多，我们接收到的信息或真或假，以假乱真，亦真亦假。于是，明明是真实存在的生活，却变得恍惚，变得朦胧。现在好像谈既视感的比较多，其实从理论上说，既视感和人的大脑结构有关，明明是第一次到的地方，你却感觉以前来过，明明是一个陌生人，你却觉得什么时候见过。

子　川: 印象里，你专门写感情纠葛的小说不太多。这个小说让海天成为一种象征，爱与情，是永恒的生命主题，如同海天，永远一如昨日。海之上，天之下，芸芸众生，不同时代，不同环境，不同际遇，不同的价值取向等等，任它有千般万般不同，爱与情，始终嵌在具体生命中，逃脱不了，仿佛是总也走不出的凹地。

女作家学刊·第四辑

范小青: 我确实较少写感情纠葛的小说,即便有写,也都是比较含蓄的,或者就是借着感情纠葛表达其他想法。

子 川: 当你借助小说主人公的梦境写道:导师说,"我只给你设计了一次婚外恋,你超出这一次婚外恋,程序就不够用了"。我说,我哪有。导师又说,"是为师的三年前远见不够,现在看来,我们的预测远远赶不上社会的发展速度啊"。我笑了。有一种特别赞的心情,如果我喜欢直接交流,当时也许会给你打个电话。可我这人口讷,这一点上,我挺自卑。我没有直接用语言表达出此在的阅读感受,一切只能借助码字,我自己都觉得我这人太索然无味。当时试图表达:做小说做到这个份儿上,你真让人服气。尽管这还只是此小说中一个闲笔。

范小青: 知音难觅。你的这个笑,真是十分的会心呵。写与读之间,如果常有这样的会心,写的人的情绪和干劲,还会增添十倍百倍无数倍。

子 川: 还有已被广泛使用到计算机之外的清零,用得也很特别。读到这里,也让人联想许多。机器或程序是可以清零的,至少我们目前了解到的自动化程度是这样。具体生命显然是不能用清零来还原。小说中,这依旧是闲笔。

范小青: 如果闲笔都是有意义、有张力的,小说会更丰富,更值得往里开掘。我努力。

子 川: 我不知道自己是不是特别容易被你的小说拨动,挺奇怪。我有时甚至很想有一个同样喜欢你作品的读者,能与我互动交流阅读体会。你写小说的过程包括后来,我们从未直接交流过,事实上,在小说审美创造与审美接受方面,我和你的共振度,或可视作读者与作者之间,似有某种合谋。

范小青: 这里当然是有共振,有合谋。但我觉得还有一点也是同样重要,那就是纯粹。纯粹地读,纯粹地感受阅读小说的感受,纯粹地谈读后的感想。现代人的特征就是功利。而且对于功利的理解又非常的单一:对我有什么用?我也真的很想和你交流:你这么认真、细致、深入、不厌其烦地读我的小说,并且费了许多时间,许多精力写文章,这对你有什么用?我也只能用"纯粹"两个字来回答。

子 川: 小说从一开始就在找人,找呀找,人没有找到,找人的人却成了精神病人。这是一个悖论。也是一个隐喻:当人们想找到自我,竟然成为非我。小说最后以精神病院逃逸者来破局,或以此为故事的结局,作者是不是也像我此时的心情,其实有点难过。我又把我和你拉扯到一起。

范小青: 其实小说中的主人公到底是不是精神病,并不是问题最关键处,我自己倒不认为他是个精神病,他只是以为自己是精神病,因为他觉得一切的一切都不对了,那肯定是自己的精神出了问题。

女作家学刊·第四辑

其实呢，是谁、是哪里出了问题？问题不在他。

相对于艺术作品，其个人存在往往是附属。对写作者而言，艰辛的创作过程是一个蛹变过程。小说也是一只飞起来的蝴蝶。

子　川：回过头捋一捋，新世纪以来，你的小说有了新变化，印象最深的还是你对小说的技术性有了更多关注。这一期间可以列出一大批小说，其中包括《城乡简史》（2006.9）、《赤脚医生万泉和》（2007.7）等。《城乡简史》也是我觉得有话要说的一个小说，后来《城乡简史》得了鲁奖，许多人都来说它，我也就淡了心性，延滞下来，直到2020年春天，疫情期间，在电脑中找事做，才又捡起《城乡简史》读后文字，续写完成。

范小青：《城乡简史》主要的创作灵感，来自农民工进城这一社会现象。曾经的那段时间，似乎就在一夜之间，我们忽然发现，城市的角角落落，城市的方方面面，都已经离不开农民工了，农民工已经是城市的重要组成部分。有时候我走在街头，看到农民工住的工棚，我会走近去看看，看看他们的生活，看他们在傍晚的时候，在一天劳累之后，就直接坐在马路边上做晚饭，吃晚饭，没有条件讲卫生讲文明，看到路过的市民嫌弃的目光。

也许许多年过去，他们在城市里会有自己的房子，他们的孩子，也会在城市的学校上学，但是我不知道，他们什么时候才能真正地彻底地融入城市。

再有就是账本。因为我自己就有记账的习惯，在漫长的时光里，我有时候也会把这些旧账拿出来看看，我看到1986年购买菠菜一元钱，购买一只电视机罩子五元钱，而到了2005年，也就是我写《城乡简史》前一点的时候，账本上有买一双鞋七百元。

这就是时间，就是时代，这也是距离，也是差别。

有了这些，小说就可以酝酿了。城里人自清的账本丢了，辗转到了乡下人王才的手里，王才看到账本里有个"香熏精油"，要几百块钱，他一辈子都没有离开过农村，完全不知道香熏精油是什么东西，这个事情触动了他进城，他要去看看香熏精油。看起来这是一个偶然事件触动，其实，即便没有账本，农民工进城这个社会大潮，早晚会来的。只是在王才这里，香熏精油成为他进城的最后一把推动力。

小说的结尾，王才进城后，来到自清家所在的小区，住在一个车库里，以收旧货为生，过得非常幸福，而自清每天进出小区，能够看到王才和他一家人的生活。但是，他们是不会相遇相识的。他们是走不到一起的。

子　川：《城乡简史》是一部重要作品，与发表、得奖无关，它是你小说写作整体转型的一个临界点。此前，你的小说写作有一个整体的调调，尽管你时不时寻求突破这调调，让自己处于"变调"的临界状态，我个人以为《城乡简史》是你有意识越过临界点的一个坐标。

范小青: 我觉得"临界点"既是一个固定的词，同时它也可能是一个不断向前移动的词。在《城乡简史》那儿是一个临界点，不过在几十年的写作生涯中，可能还有好多个临界点，只是写作者自己并没有去特别地关注，去回忆，去寻找，更没有等待。

"变调"是一种想法和一种努力，变没变成，变得怎样，是一种事实，想法成真，固然欢喜，想法没有实现，也没事，继续努力。

子川: 临界是什么界? 此状态与彼状态，怎么描述? 很难言说。一般而言，一个成名作家，创作到一定高度，能在同一高度的平台上运行，文字上或可描述为"高水平"运行。只是这种高，大体建筑在一个"水平"线上。这已经是非常不容易做到的事。而我看到的你的整体状态，却始终呈一种拉升飞行状态。这应当是高难度的飞行动作。从《城乡简史》之后，能感觉到你的小说创作的飞行轨迹，始终保持在一个既有高度，且有着一个昂起的机头。

范小青: 你的"拉升飞行状态"，让我有一点点沾沾自喜。不过你放心，仅仅就"一点点"，而且是"一瞬间"。在"一点点"和"一瞬间"时，我会审视自己，无论能不能反省出效果，我始终都会保持警觉，保持对新鲜和奇异的追求——无论它是高水平运行，还是低水平运行。

我的写作基本上是不自觉，不自觉就是一种直觉，直觉似乎在某一个时间告诉我，你要怎么怎么写了。

子　川:《城乡简史》篇幅不长，情节也不复杂，揭示的历史时段是20世纪的最后一二十年，具体来说应当在20世纪80年代中后期到90年代初期。这时城乡人员的流动（主要指乡下人往城里流动）已经不再受制于旧体制，小说其实已经不动声色地写到了时代，写到了文化的作用与意义。还有"人往高处走"这一基本欲念。尽管对高处的指认，不同时代会有不同的坐标。

范小青: 我曾经对自己的小说（主要是短篇小说）有过圆形结构和开放型叙事区别的认识。在《城乡简史》前的相当长的一段时间里，我许多小说都是开放型的叙事结构，从我自己的写作爱好和习惯来说，我不大喜欢精心设计，更喜欢随意性的东西，或者说，更喜欢开放式的小说。开放式这个词不知是否能表达清楚我的意思，我想说的开放式的小说，就不是圆形的，是散状的。因为我总是觉得，散状的形态可以表达更多的东西，或者是无状的东西。表达更多的无状的东西，就是我所认识的现代感。过去我总是担心，一个小说如果构思太精巧，也就是圆形叙事，太圆太完满，会影响它的丰富的内涵，影响它的毛茸茸的生活质地。但是在《城乡简史》中，我却用心地画了一个圆，画了这个圆以后，我开始改变我的想法，散状的形态能够放射出的东西，通过一个圆来放射，也同样是可以，当然，这个难度可能更高一点。一般讲圆了一个故事以后，这个故事就是小说本身了，大家被这个故事吸引了，被这个故事套住了，也许不再去体会故事以外的意思。要让人走进故事又走出故事，这样的小说，和我过去的小说是不大一样了。

子　川：我曾写过一篇《蝴蝶不会说话》的读后感，我觉得《城乡简史》有一种奇特的蝴蝶效应，对小说主人公而言，其个人的城乡巨变竟来自一瓶小小香熏精油，仿佛动力系统中的微小变化，带动整个系统的长期的巨大的连锁反应。小说妙就妙在，作者节制了诸多原可以宏大的叙事书写。

范小青：《城乡简史》之后，我对自己的写实叙事能力有了更多的节制，与此同时，是小说中形而上的内容，得到更多更充分的强调。近年来，高强度、高产的写作，不能不让我要从一个个不同的选点切入，同时关注当代社会、溢出现代意识，不时让人觉得眼前一亮，有如一只只翻飞的五彩缤纷的蝶。也就是你和范小天常争论的小说转型与蜕变问题。

子　川：蝴蝶不会说话。作品也一样。作品是呈现，作品一旦完成，就是一个独立于作者之外的生命体。正如奥登所说，"一个献身于特定职能的人，对于艺术作品而言，其个人存在是附属的"。我记得小说结尾是："你乡下人，不懂就不要乱说啊。"像是在说我，一笑。

遗憾不仅是写作也是艺术永恒的话题，也是人生永恒的话题。跨过了这个半步，另一个半步又在面前了。

子　川：长篇《赤脚医生万泉和》我读得更细一些，当时还记下一些读后心得，并草拟一个文章标题——《隐蔽之花开在秋风里》，遗憾的是这篇文章后来成了收拾不好的烂尾工程，我很沮丧。

范小青：这个标题是你的诗句啊，很打动人心的。虽然烂尾，虽然我也没有看到这篇文章，但是它已经走进我的心里了，已经在我的心里开花了。

子　川：长篇小说《香火》与《赤脚医生万泉和》的叙事时间背景相近，但隐含的意旨与内涵明显不同。"香火"的字面义涵盖的内容，不仅在于它揭示超越生死的一种文化图象，还在故事的后面承载很多文化的根性。《香火》有一种极为特殊的叙事姿态。这一特殊的叙事方式，一定程度上改变了阅读者的阅读习惯。在小说现实中，跨越生死边界始终是一个难题。虽有魔幻小说在前，有穿越小说在后，它们在穿越或跨越生死边界的问题上做出了一些尝试，然而不管是哪一种，其生死边界始终是清晰的。《香火》

不是一部单纯打破或跨越生死边界的小说，而是一部根本找不到生死边界的小说。

范小青：也许，我在写作的时候，我的思维只是停留在打破或跨越生死边界这样的觉悟和境界，但是其实在我的内心，一直是有着找不到生死边界的感受的，这和我的一贯的为文习惯一脉相承。《香火》是到目前为止，我自己非常喜欢的一部长篇，我想说最喜欢，但是一直没有说，其实真的是最喜欢，只是平时较少用"最"这个极端的词。

子　川：说实在的，阅读这部小说，在人物行为中判断生与死或此生与彼死上面，我花了不小的力气。由此，我想到一般读者尤其习惯于浅阅读的读者，未必愿意这样花力气去克服阅读上的难度吧。说到难度，写作的难度与阅读的难度，对于写作者而言，同等重要。虽然难度并不等于厚度与深度，但写作的难度之所以可贵，正如人生道路，难走的路与易走的路，其不同走向一目了然。阅读的难度对于一般阅读者来说，具有挑战性。有时，因为没有充分的完全的阅读，而忽略小说题中之义是常见的事。换一个角度，难度写作也是好作品经得起一读再读的原因。《香火》是一个难度写作的典范。

范小青：在《香火》出版后的不久，我写过一篇关于《香火》的小文，今天再回头看看，仍然是有感觉的："但是事实上，一直到今天，作为《香火》的作者，我心里对于《香火》的想法，却始终还没有定型，始终没有十分的明确，甚至没有七分、五分的明确，就像《香火》这部书里，充满疑问和不确定，在虚与实之间，在生与死之间，我梳理不出应有的逻辑，也归纳不出哲理的主题，很难有条有理地分析这部小说的方方面面。"

这其实也就是《香火》的创作过程和创作特点，写作者时而是清醒的，时而是梦幻的，书中的人物时而是真实的，时而又是虚浮的，历史的方向时而是前行的，时而又是倒转的。

许多本来很踏实的东西悬浮起来，许多本来很正常的东西怪异起来，于是，渐渐地，疑惑弥漫了我们的内心，超出了我们的生命体验，动摇了我们一以贯之地对"真实"这两个字的理解。

这是我彼一时的思想状况。

如果说到阅读难度，我想，可能这部小说里太多地渗入了我的个人感受。

子　川：神奇的魅力正在于此："从存在的意义，模糊以至打破生死边界是荒谬的。而从文化的意义，每一个活人的身上，都落满逝者的影子。换一个叙说角度，也可以说是活着的人只是载体，'替一个个逝者留下影子'。因此，把小说里这些事件与场景，仅仅看成是存在意义的事件与场景，也许是一种误读。"

《灭籍记》是另一部激起我叙写愿望的小说，还记得在报刊目录中一读到这个小说名，就有点兴奋，很想一睹为快。把这本书读完后，我陷入深思，感觉上你似乎有意绕过了一些东西，虽然也能明白你为何要绕过或者说你无法不绕过。小说的第一句话开宗明义：我是个孙子。这让我联想到孙子的弱电管理职业以及"弱电指认"这个词。这是一部关于 20 世纪的大书。

范小青：不完整地写也是写，留在小说之外的东西，过来人都会联想到的。所以不完整，有时候可能也是另一种完整。

子　川：小说用"灭籍"做书名，源自一个专有术语：房屋灭籍，意指房屋所有权灭失。房屋灭籍和土地灭籍，说的是物的灭籍。《灭籍记》把房屋灭籍作为一个线头，随势扯出更多的生命意义上、历史意义上的线索。这也是小说题目特别有张力的地方。

范小青：是的，这个小说，不仅仅说的是房屋。灭籍，也不仅仅是灭的房籍。历史的烟火，生命的意义，灵魂的声音，都在这里飘散，这个"籍"，是渗透在文字的经经络络里的。

子　川：尽管我读过你许多作品，聊到这一段落，依旧觉得自己的阅读量或阅读深度都还够不着。又在补课读你。你的创作量太大，怎么读也读不全。而且，有一些小说读过后，心里头枝枝丫丫，却逮不准，大约自己还没有读透吧，回头再补读，最近又在读《赤脚医生万泉和》，这应当是第三遍读了。这是一部大书。甚至，我都觉得后窑那地方，很值得你钻进去，细细啃，不急着换地方。正如我认为《赤脚医生万泉和》很值得研究者钻进去，细细啃，也不急着换地方，做点大文章。

范小青：你所说的值得钻进去，细细啃，不急着换地方，让我心中猛地一动。确实，写过《赤脚医生万泉和》，我就换了地方，离开了后窑，但是后窑却始终在我心里，永远都在。也许有一天，我又回去了，回去多待一阵，细细地啃，再做文章。

子　川：再回到短篇吧，你今天的短篇的成功，相对于你漫长的创作生涯，或许来得晚了点，却极其厚重，非常有价值。在这一时段而非在新时期文学现场。当年，新文学视野还是一片荒原，任何一个建筑物，哪怕一个小窝棚也可能被视作一个建筑标识。今天就不一样了，且不说已有了一大批成名小说家，文学视野中早已是繁华闹市，处处灯红酒绿，高楼林立。这时，靠作品本身赢得如此多的关注太不容易了！

范小青：灯红酒绿，高楼林立，有人偶尔看到了一盏不太明亮的灯，很好，灯表示很开心，但是如果没有人看到，一直没有人看到，也好，灯它一直在那儿。

子　川：小时候，我跟我父亲在一起的时间相对较多，他跟我说过许多朴素的道理。"衣不争分，木不争寸"就是他告诉我的道理。其实，幼时我并不太懂这话的含意，直到今天，我依旧把这话理解成：裁缝活不能有分的出入，木工活不能有寸的出入，写小说这种活计呢，该以什么尺度来衡量分寸？事实上，有时也就是那么一丁点儿尺度，甚或只是半步之遥。

范小青：呵呵，遗憾不仅是写作、是艺术永恒的话题，也是人生永恒的话题。跨过了这个半步，就不遗憾了？ NO，另一个半步又在面前了。

范小青出版年表

范小青

1986 年

《裤裆巷风流记》（长篇小说），作家出版社，1987 年 6 月出版

1988 年

《个体部落记事》（长篇小说），春风文艺出版社，1988 年 4 月出版

1989 年

《采莲浜苦情录》（长篇小说），天津百花文艺出版社，1989 年 9 月出版

1990 年

《锦帆桥人家》（长篇小说），上海文艺出版社，1990 年 1 月出版

《在那片土地上》（中短篇小说集），时代文艺出版社，1990 年 4 月出版

1991 年

《天砚》（长篇小说），人民文学出版社，1991 年 6 月出版

1992 年

《老岸》（长篇小说），北京十月文艺出版社，1992 年 10 月出版

1993 年

《看客》（中短篇小说集），群众出版社，1993 年 6 月出版

《花开花落的季节》（散文随笔集），上海知识出版社，1993 年 12 月出版

1994 年

《误入歧途》（长篇小说），群众出版社，1994 年 8 月出版

1995 年

《贪看无边月》（散文随笔集），江苏文艺出版社，1995 年 8 月出版

《费家有女》（与人合作）（长篇小说），人民文学出版社，1995 年 9 月出版

《无人作证》（长篇小说），作家出版社，1995 年 11 月出版

《又是雨季》（散文随笔集），四川人民出版社，1996 年 12 月出版

1996 年

《怎么做女人》（散文随笔集），群众出版社，1996 年 1 月出版

1997 年

《城市民谣》（长篇小说），河北花山文艺出版社，1997 年 4 月出版

《单线联系》（中短篇小说集），江苏文艺出版社，1997 年 7 月出版

《昨夜遭遇》（中短篇小说集），江苏文艺出版社，1997 年 7 月出版

《无人作证》（中短篇小说集），江苏文艺出版社，1997 年 7 月出版

《飞进芦花》（中短篇小说集），华夏出版社，1997 年 12 月出版

《百日阳光》（长篇小说），江苏文艺出版社，1997 年 12 月出版

1998 年

《平常日子》（散文随笔集），江苏人民出版社，1998 年 9 月出版

《走不远的昨天》（散文随笔集），吉林人民出版社，1998 年 10 月出版

2000 年

《范小青自选集》（中短篇小说集），人民文学出版社，2000 年 3 月出版

2001 年

《于老师的恋爱时代》（长篇小说），春风文艺出版社，2001 年 9 月出版

《城市片段》（长篇小说），人民文学出版社，2001 年 10 月出版

2004 年

《城市表情》（长篇小说），作家出版社，2004 年 1 月出版

2005 年

《女同志》（长篇小说），春风文艺出版社，2005 年 5 月出版

《一错再错》（中短篇小说集），古吴轩出版社，2005 年 9 月出版

2007 年

《赤脚医生万泉和》（长篇小说），人民文学出版社，2007 年 7 月出版

《像鸟一样飞来飞去》（中短篇小说集），春风文艺出版社，2007 年 10 月出版

2010 年

《你越过那片沼泽》（中短篇小说集），人民文学出版社，2010 年 5 月出版

《人间信息》（中短篇小说集），人民文学出版社，2010 年 5 月出版

《寻找失散的姐妹》（中短篇小说集），人民文学出版社，2010 年 5 月出版

《你要开车去哪里》（中短篇小说集），人民文学出版社，2010 年 5 月出版

《暗道机关》（中短篇小说集），文化艺术出版社，2010 年 6 月出版

2011 年

《香火》（长篇小说），江苏文艺出版社，2011 年 9 月出版

《城乡简史》（中短篇小说集），江苏文艺出版社，2011 年 6 月出版

《范小青长篇小说四部（再版）》，天津人民出版社，2011 年出版

2012 年

《嫁入豪门》（中短篇小说集），工人出版社，2012 年 1 月出版

《这边风景》（散文随笔集），江苏文艺出版社，2012 年 4 月出版

《哪年夏天在海边》（中短篇小说集），上海文艺出版社，2012 年 8 月出版

《范小青小说精选》（中短篇小说集），海南出版社，2012 年 12 月出版

2013 年

《请你马上就开花》（中短篇小说集），辽宁人民出版社，2013 年 1 月出版

2014 年

《我的名字叫王村》（长篇小说），作家出版社，2014 年 7 月出版

《小青六短篇》，海豚出版社，2014 年 11 月出版

《苏州人》（散文集），南京大学出版社，2014 年 4 月出版

《在水开始的地方》（散文集），湖南文艺出版社，2014 年 8 月出版

《范小青经典散文》（散文集），山东文艺出版社，2014年8月出版

2015年

《今夜你去往哪里》（短篇小说集，）2015年台海出版社

《梦幻快递》（短篇小说集），2015年作家出版社

《走过石桥》（中短篇小说集），2015年长江少儿出版社

《人群中有没有王元木》（短篇小说集），2015年长江文艺出版社

《范小青文集》（十二卷），2015年山东人民出版社

2016年

《桂香街》（长篇小说），2016年江苏文艺出版社

《中国好小说》（短篇小说集），2016年中国青年出版社

《范小青长篇小说十九部》（再版），2016年人民文学出版社

2017年

《一个人的车站》（散文集），2017年南京大学出版社

《与谁同坐》（散文集），2017年中国商务出版社

《浓妆淡抹总相宜》（散文集），2017年山东文艺出版社

《坐在山脚下看风景》（散文集），2017年民主与建设出版社

《碎片》（短篇小说集），2017年江苏文艺出版社

《浪漫的事》（短篇小说集），2017年长江文艺出版社

2018年

《童戏百图》，2018年江苏教育出版社

《灭籍记》（长篇小说），2018年十月文艺出版社

《南来北往都是客》（中短篇小说集），2018年中国书籍出版社

《哪年夏天在海边》（短篇小说集），2018年人民文学出版社。

《双语阅读范小青》（中英文短篇小说集），2018年南京师范大学出版社

《城市系列长篇小说六部》，2018年安徽文艺出版社

2020年

《百年江南——范小青中短篇小说集十部》，2020年四川文艺出版社

《我在哪里丢失了你》（短篇小说集），2020年言实出版社

《嫁入豪门》（中篇小说集），2020年河南文艺出版社

《合租者》（中短篇小说集），2020年文化发展出版社

《在时光中行走》（散文随笔集），2020年文史出版社

2021 年

《遍地痕迹》（中短篇小说集），2021 年人民文学出版社

《我就是我想象中的那个人——范小青、子川对话录》，2021 年南京大学出版社

迟子建专栏

这是"未名的爱和忧伤"

—— 评迟子建的长篇小说《群山之巅》

孟繁华

摘　要：迟子建是具有长久创造能力的作家。她长久地书写东北生活，但每部作品都有新意。《群山之巅》是一部仅有 20 万字的长篇小说，在长篇小说关于体积和重量的赛事愈演愈烈的今天，一个著名作家还能用 20 万字发表长篇小说，不仅凤毛麟角，夸张地说，这也不失为一种胆识或优雅；从小说内部来说，它的丰富性、复杂性远远超出了我们的想象。

关键词：迟子建；《群山之巅》；说部；现代感

　　《群山之巅》是 2015 年文学界的"开年大戏"之一。在国展图书订货会的首发式，迟子建的读者和男女"灯谜"们人头攒动比肩接踵，溢于言表的兴奋如同节日来临般。从不为推广自己作品出场的迟子建，也破例现身首发式上与读者兴致盎然地对话，足见迟子建对这部小说的看重。在我看来，《群山之巅》无论对文坛还是对迟子建个人来说，都是一部极为特殊的小说：表面看，这是一部仅有 20 万字的长篇小说，在长篇小说关于体积和重量的赛事愈演愈烈的今天，一个著名作家还能用 20 万字发表长篇小说，不仅凤毛麟角，夸张地说，这也不失为一种胆识或优雅；从小说内部来说，它的丰富性、复杂性远远超出了我们的想象：它相貌平平看似低调，但它确是一部极有"现代感"的小说；在叙事方法上，它不仅汲取了传统"说部"，尤其是"满族说部"的技法，而且对魔幻、荒诞以及民间传奇等技法和经验的运用，使这部小说有极大的叙事魅力和内在体积，它建构的巨大空间恰如层峦叠嶂的群山之间——那无尽的想象、冷硬荒寒的悲凉诗意，构成了它"未名的爱和忧伤"的主旋律，在巍峨的群山之巅的上空盘旋回响。

小说以两个家族相互交织的当下生活为主要内容：这两个家族因历史原因而成为两个截然不同的家庭：安家的祖辈安玉顺是一个"赶走了日本人，又赶走了国民党人"的老英雄，这个"英雄"是国家授予的，他的合法性毋庸置疑。安玉顺的历史泽被了子孙，安家因他的身份荣耀乡里，安家是龙盏镇名副其实的新"望族"；辛家则因辛永库是"逃兵"的恶名而一蹶不振。辛永库被命名为"辛开溜"纯属杜撰，人们完全出于没有任何道理的想象命名了"辛开溜"：那么多人都战死了，为什么你能够在枪林弹雨中活着回来还娶了日本女人？你肯定是一个"逃兵"。于是，一个凭空想象决定了"辛开溜"的命名和命运。"英雄"与"逃兵"的对立关系，在小说中是一个难解的矛盾关系，也是小说内部结构的基本线索。这一在小说中被虚构的关系，本身就是一个荒诞的关系："辛开溜"并不是逃兵，他的"逃兵"身份是被虚构并强加给他的。但是这一命名却被"历史化"，并在"历史化"过程中被"合理化"：一个人的命运个人不能主宰，它的偶然性几乎就是宿命的。"辛开溜"不仅没有能力为自己辩护解脱，甚至他的儿子辛七杂都不相信他不是逃兵，直到辛开溜死后火化出了弹片，辛七杂才相信父亲不是逃兵，辛开溜的这一不白之冤才得以洗刷。如果这只是辛开溜的个人命运还构不成小说的历史感，重要的是这一"血统"带来了令人意想不到的后果。"辛开溜"的儿子辛七杂因老婆不育，抱养了一个男孩辛欣来。辛欣来长大成人不仅与养父母形同路人，而且先后两次入狱：一次是与人在深山种罂粟、贩毒品而获刑三年，一次是在山中吸烟引起森林大火又被判了三年。出狱后他对家人和社会的不满亦在情理之中，但没有想到的是，他问养母王秀满自己生母名字未被理睬，一怒之下将斩马刀挥向了王秀满，王秀满身首异处。作案后的辛欣来尽管惊恐不已，但他还是扔掉斩马刀，进屋取了条蓝色印花枕巾罩在了养母头上，他洗了脸换掉了血衣，拿走了家里两千多元钱，居然还抽了一支烟才走出家门。关键是，他走出家门之后去了石碑坊，强奸了他一直觊觎的小矮人安雪儿后，才亡命天涯。于是，小说波澜骤起一如漫天风雪。

捉拿辛欣来的过程牵扯出各种人物和人际关系。辛开溜与辛欣来没有血缘关系，但他自认还是辛欣来的爷爷。辛欣来强奸安雪儿之后，安雪儿居然怀孕并生下了孩子。辛开溜为逃亡的辛欣来不断地雪夜送给养，为的是让辛欣来能够在死之前看到自己的孩子；而安平等捉拿辛欣来，不仅因为辛欣来有命案，同时也因为他强奸的是自己的独生女；陈庆北亲自坐镇缉拿辛欣来，并不是要给受害人申冤，而是为了辛欣来的肾。因为他父亲陈金谷的尿毒症急需换肾。陈庆北不愿意为父亲捐肾，但他愿意为父亲积极寻找肾源。而通过唐眉，陈庆北得知，辛欣来的生父恰恰就是自己的父亲陈金谷——当年与一上海女知青刘爱娣生的"孽债"。是辛七杂夫妇接纳了被遗弃的辛欣来。辛欣来作为陈金谷的亲生儿子，他的肾不用配型就是最好的肾源。权力关系和人的命运支配与被支配的关系，是小说揭示的重要内容。因此，辛欣来面对缉拿他的安平说："我知道我强奸了小仙，你恨不能吃了我。实话跟你说吧，我早就想干她，看她是不是肉身。因为我恨你们全家！你们家在龙盏镇太风光了，要英雄有英雄，要神仙有神仙，要警官有警官，要乡长有乡长，妈的个个得意！我们家呢，除了逃兵、屠夫就是蹲笆篱子的，一窝草寇！我连亲爹亲妈是谁都不知道，谁待见我？没人！我明明没在林子里吸烟，可公安局非把我抓去，说我扔烟头引起山火。我被屈打成招，受冤坐牢。你说我要是英雄的儿子，他们敢抓我吗？借他们十个胆儿也不敢！生活公平吗？不他妈公平哇！"辛欣来确实心有大恶，他报复家人和社会就是缘于他的怨恨心理。但是辛欣来的控诉能说没有道理吗？小说在讲述这个基本线索的同时，旁溢出各色人等和诸多复杂的人际关系。特别是对当下社会价值混乱道德沦陷的揭示和指控，显示了小说的现实批判力量和作家的勇气：比如饭馆用罂粟壳做火锅底料；唐眉给同学陈媛在饮用水里投放化学制品，致使陈媛成为生活不能自理的废人；比如警察对辛欣来惨无人道的刑讯逼供；部队刘师长八万元与刘大花的"买处"交易；窃贼到陈金谷家行窃，虽然没有拿到钱财，但却窃得一个主人记载收礼的记录本等，虽然隐藏在生活的皱褶里，但在现实生活中早已是未作宣告的秘密。

当然，小说中那些温暖的部分虽然还不能构成主体，但却感人至深。比如辛开溜对日本女人的不变的深情，虽然辛七杂也未必是辛开溜的，因为秋山爱子当时还同两个男人有关系。但辛开溜似乎并不介意。日本战败，秋山爱子突然失踪后，"辛开溜再没找过女人，他对秋山爱子难以忘怀，尤其是她的体息，一经回味，总会落泪。秋山爱子留下的每件东西，他都视作宝贝"；秋山爱子对丈夫的寻找和深爱以及最后的失踪，让我们看到了一个日本女人内心永未平息的巨大波澜，她的失踪是个秘密，但她没有言说的苦痛却也能够被我们深深体会；还有法警安平和理容师李素贞的爱情等，都写得如杜鹃啼血山高水长，那是小说最为感人的片段。甚至辛开溜为辛欣来送给养的情节，在情理之间有巨大的矛盾，但却使人物性格愈加鲜活生动。

《群山之巅》之所以能够用20万字的篇幅完成这样一个复杂的讲述，确实是一个奇迹。在我看来，重要的一点缘于迟子建小说技法上的先进性。如前所述，《群山之巅》不仅汲取了本土"说部"的技法，而且对民间传奇以及域外的魔幻、荒诞等技法，都耳熟能详融会贯通。比如开篇，是典型的传统"说部"的写法：辛七杂要重新打制屠刀，便引出王铁匠，屠刀打制后要在刀柄上镌刻花纹，于是有了绣娘的出场。"花开两朵各表一枝"，使故事清晰凝练一目了然；但作为"现代小说"，毕竟不同于传统的"说部"，其不同的功能要求，决定了现代小说的容量和讲述方法的丰富性。因此，在《群山之巅》中，每个人物的塑造方法都截然不同。比如小矮人安雪儿，虽然是法警的独生女，一个侏儒，但她又是一个奇人，不仅智力超常，而且能够预卜你的死期，她说到谁的名字谁就死到临头，于是她被龙盏镇的人称为"小仙儿"。这种现象在东北民间是有生活依据的，她的传奇性使这个侏儒在小说中大放异彩。还有像辛开溜雪夜入深山等，与东北山里响马胡子的书写，都可找谱系关系；安平作为一个法警，在枪毙一个二十一岁的女犯人时，女犯提出了两个要求：一是不能打她脑袋，以免毁容；二是给她松绑，她想毫无束缚地走。第一个要求不难满足，但第二个要求实难应允。但是，就在安平和另一个法警即将瞄准女犯心脏扣动扳机时，意外发生了："一条老狼忽然从林中蹿出，奔向那女人。现场的人吓了一跳，以为它要充当法警，吃掉那女人。谁知它在女人背后停下，用锐利的牙齿咬断她手脚的绳索，不等人们将枪口转向它，老狼已绝尘而去。"这一讲述的神奇性，多有魔幻现实主义的遗风流韵。多种叙事技法的融合，使《群山之巅》不仅有极大的可读性，而且在短小简洁的体积中蕴含了丰富的内容。这是小说叙事方法的另一种实验或先锋。

另一方面，在我看来，小说的后记《每个故事都有回忆》和结尾的那首诗非常重要。或者说那是我们理解《群山之巅》的一把钥匙。后记告诉我们：每个故事都有回忆，那是每个故事都有来处，每个人物、细节，都并非空穴来风。不说字字有来历，也可以说都有现实依据而绝非杜撰；最后的那首诗，不仅含蓄地告白了迟子建对创作《群山之巅》的诗意诉求，更重要的是，这首诗用另一种形式表达了迟子建与讲述对象的情感关系。这个关系就是她的"未名的爱和忧伤"。她的这句诗让我想起了艾青的"为什么我的眼里常含泪水，因为我对这土地爱得深沉"。迟子建的故事、人物和讲述对象一直没有离开东北广袤的平原山川。这个地理环境造就了迟子建小说的气象和格局。但是，这个冷漠荒寒之地是如此的不尽人意，又如此的令人须臾地难以舍弃，这就是她爱与忧伤的全部理由。她在诗中写道：

> 如果心灵能生出彩虹，
> 我愿它缚住魑魅魍魉；
> 如果心灵能生出泉水，
> 我愿它熄灭每一团邪恶之火；
> 如果心灵能生出歌声，

我愿它飞越万水千山！

　　于是，我们理解了迟子建的"群山之巅"是什么：那是彩云、月亮，是银色的大海、长满神树的山峦和无垠的七彩泥土，是身里身外的天上人间。如果"翻译"成"普通话"也可以说，诗人期待的生活不是小说讲述的那样。但是，这就是龙盏镇的生活，没有人可以超越它。这样的生活尽管还卑微、还远不"高大上"，然而，那永无休止的琐屑、烦恼乃至忧伤，就是龙盏镇当下生活的真实写照和未来生活的历史参照。于是，诗人就有理由为那"未名的爱和忧伤"而歌唱。

迟子建专栏

173

迟子建：追忆人与自然和谐共生的民间史诗

王红旗

摘　要：迟子建的小说精神，总是在探寻人与自然的和谐共生。回溯中华文化源头的宇宙母性生态观，阴阳和合的生命哲学，以女性的"母性人本"超越性别的现代创构，讲述在战争物欲生存之境下生态道德与性别人伦的不平衡悖论。并且，小说蕴含对女性精神生命的价值重估，对男女平等伙伴关系的原色信仰，以及为人类创造一个和平与和谐的社会理想。

关键词：人与自然；超越性别；母性人本；社会理想

迟子建的小说创作，无论长篇还是中短篇，无论描写人与自然还是人类社会的现实或历史，文脉里流淌的那种中国传统文化的生态经验、哲学智慧与审美情感，总会将白山黑水之万物有灵性，融合为通向"天人合一"的厚重、深邃与辽远的境界，指向存在源头的童真、纯朴与明媚的温暖。即使随着时空的变迁转换，作品人物形象个体生命底色渐次洇染了世事沧桑，或者遭遇生存"黑化"的内在疼痛与绝处逢生的人生悲凉，却仍然能够看到在终极性意义上人性的爱与善，新生出悲天悯人、超越生死的神性意象隐喻，赋予作品一种超越现实表象的创造想象与精神能量。

她的长篇《树下》《晨钟响彻黄昏》《越过云层的晴朗》《伪满洲国》《额尔古纳河右岸》《群山之巅》《烟火漫卷》等，中篇《北极村童话》《原始风景》《逆行精灵》《踏着月光的行板》《白银那》《世界上所有的夜晚》《晚安玫瑰》《候鸟的勇敢》等，短篇《雾月牛栏》《清水洗尘》《亲亲土豆》《逝川》等，虽然几乎均取材于东北黑土地，却是从不同维度探究自然生态、社会生态与人性生态的"失衡"原因，修复弥合人与自然、自我与他人、男人与女人、心灵与肉体之间的破坏性断裂。因为，对故乡人与黑土地的挚爱深情，已是根植于迟子建艺术生命的原色信仰。

因而迟子建的生态关怀叙事，蕴含着人与自然和谐共生的原乡记忆。古圣先哲承继"母神文明"时代"万物有灵"的原始信仰，"万物与我为一"

朴素的平等关怀伦理，进而生成的"道法自然""玄牝之门"的宇宙母性生态观、阴阳和合的生命哲学，即中国传统的"生态道德"观念、"母神信仰"、鬼神故事与民间传说，从儿时起就给予她丰富的熏陶与滋养，逐渐形成了她自觉的生态意识与女性生命意识。

她认为，生命本来是没有高低贵贱之分。

"大自然是这世界上真正不朽的东西。它有呼吸，有灵性，往往会使你与它产生共鸣。很小的时候，我就有这种感觉了。现在我印象比较深刻的，还是童年经历中的自然画面与生活场景。"①

她以母性的爱与关怀立场反对性别对立，重建人类与自然、男性与女性的平等和谐关系，相互融合而生生不息的双重生态秩序。

自然生态与性别生态的平衡观念

迟子建以女性的自然性别属性——母性精神，奠基自己的性别立场。她曾言："女性是以母性的特征出现在社会舞台上，她应该包含着母性特有的宽容、善良、隐忍、无私的性格特征。女性在生殖中获得对生命的认识，在抚养子女中自然而然地参与了对社会角色的认同。女性从来就不是完全独立的，她天性有比男性强烈得多的依附感和归属感，所以决定了她们看待世界的眼光流于感性，而感性是文学的'天籁'，它们像闪光的珍珠一样四散，只要你巧手穿起来，就是一串美丽的项链……男性做不了大自然的主宰。而女性的灵性气质往往更接近大自然，大自然才是宇宙间的永恒事物。"② 她认为，女性的特殊人本——母性，因月经的来潮、怀孕、分娩的生育，以及人类文化源头的"母神崇拜"，人类才把大地喻为母亲，女性与自然的生命构造之间存在着某种天然联系，即女性天生的博大母爱与宇宙自然包容万物的繁衍之爱，具有神秘相通性，而男性是不具备的。

迟子建主张"女性应该树立起母性特有的高贵气质，而不是卑贱感，只有这样，才能获得真正意义上的精神的独立"。并提出"上帝造人只有两种：男人和女人。这决定了他们必须相依相偎才能维系这个世界。宇宙间的太阳与月亮的转换，可以看作是人世间男女之间所应有的关系，它们紧密衔接，不可替代，谁也别指望打倒谁。只有获得和谐，这个世界才不至于倾斜，才能维持平衡状态"③。这种本体论意义上的性别平衡生态理念，是她文学作品的生命内核，涌动的深意温润。正如她所言，自童年起我的世界

---

① 方守金：《自然化育文学精灵——迟子建访谈录》，载《文艺评论》2001年第3期，第81页。

② 谭湘：《我的女性观：宽容和无私》，《花雨·飞天卷》，花山文艺出版社2001年版，第108页。

③ 同上，第108—109页。

观就是相信万物有灵，一棵草，一朵花，甚至一片云，都是有来历的。这本来就是由男人女人构成的世界，如同日升月落，受宇宙启示在这片土地上生发的爱情故事，也与都市确有不一样之处，是自然而朴实的生命的真情律动。

尤其，迟子建在书写女性的爱情婚姻家庭、悲剧性人生时，"也许来自于泥土，也来自琐碎日常生活中人们感受到的种种的不容易"，她理想的两性关系是"懂得宽容和理解对方，和谐而又彼此独立"，而不是像有些女作家把批判的锋芒直指男人，而是从人性深处坦然揭开社会文化里的性别偏见，心平气和地表达对女性造成的不公平，理性宽容地建构男女两性互依共存情感世界。如《亲亲土豆》结尾时，从丈夫秦山的坟顶上坠下来的一个土豆，"一直滚到李爱杰（妻子）脚边，仿佛一个受惯了宠的小孩子在乞求母亲那至爱的亲昵。李爱杰怜爱的看看那个土豆，轻轻嗔怪道：'还跟我的脚呀？'"①这黑暗的死亡里闪出的真爱，足以让活在世上的妻子温暖一生。《清水洗尘》里，天灶的母亲怨恨地唠叨着等待父亲从邻居寡妇家归来，而惴惴不安的父亲回家后，"战争"并没有开始，透出的却是母亲与父亲在一个澡盆里洗澡，水流溢出来的幸福滋味。还有《河柳图》《伪满洲国》里所描写的，在世人看起来极不相般配的夫妻，都有着生命的相互偎依与搀扶、宽容与珍惜的温暖故事。

这些不同时代的乡村女性的包容意识，男性的内疚心理，不禁让人想到美国妇运领袖弗里丹的检讨与反思："我们的失败在于，我们在有关家庭问题方面存在盲点。它表现在我们自己极端反对那种妻子、母亲角色，那种全身心地依靠男人、养育孩子、充当家庭女性的角色。这种角色曾经是并且仍然是许多女性获得权力、地位及身份的源泉，使她们实现自己的目标、自我价值并获得经济保障的源泉——尽管这种角色早已不再是那么安全。"②西方后女性主义思潮也发表类似观点，"男女不平等问题不宜以对立态度提出，而应该寻求两性关系和谐的态度提出来"。③

虽然全世界女性面对自我、事业、爱情、婚姻家庭的"四大困惑"有其相似的生存发展处境，在 20 世纪 90 年代末，中国女性写作与西方女性主义因"95 世妇会"机缘"亲密融合"，一批女作家操持极端尖锐的批判利器进行"颠覆与突围"，但是，迟子建仍然坚守她建基于中华母体之上的性别平衡生态观念，主张在借鉴西方文化时，更要注重中国传统文化自身传承与价值。她认为，虽然全世界女性的生存发展处境具有共性——男尊女卑、男女不平等。我们应当尊重彼此的差异，在双重差异之间重构男女平

---

① 迟子建：《亲亲土豆》，《清水洗尘》，中国文联出版社 2001 年版，第 40 页。
② 李银河：《女性主义》，山东人民出版社 2005 年版，第 175 页。
③ 同上，第 173 页。

等，这是男女两性的共同目标。

迟子建的《树下》《逝川》，从女性个体生命成长、命运遭际的沉痛体验，揭开男女不平等的社会性别文化深层，批判封建父权家长制"男尊女卑""男强女弱""男外女内"的社会与家庭的性别伦理既定，不仅压迫女性更阉割男性，"阉割"男性对女性的关爱、做女性平等伴侣的能力，而造成两性的悲剧。迟子建认为应该唤醒人们的性别关怀意识，两性才能获得真正的生活幸福、精神解放。《树下》里的女主人公，七斗因自己的性别"女"，屡遭父权遗弃、性侵暴力、职场男权解雇、家庭夫权压迫。七斗年幼丧母，被父亲送给偏僻乡村的姨妈，而遭遇姨父的性侵犯；在职场因与工区长解除婚约，而失去小学教师的职位；被发配到船上后因与男船长深夜长谈，再次被开除公职；后来流落到无人相识的黑龙江畔，在那里的农场与年长她许多岁的张怀结婚生子，丈夫以绝对权力的"善良"，不允许妻子反驳，不允许妻子有自己的想法。但是七斗"在一个又一个的葬礼、一次又一次的劫难中长大"，她面对沉重而艰难的生活，充满天然的乐观，她丧子之后，回到农场仍然平静而感恩地生活着。

《逝川》是对男权文化传统社会，性别偏见极辛辣的讥讽批判。年轻的吉喜丰腴挺拔，有着高高鼻梁，明眸皓齿，鲜艳嘴唇，还有小鸟依人的可人神态。并且，认为"一个渔妇如果不会捕鱼，制干菜，晒鱼干，酿酒，织网，而只会生孩子，那又有什么可爱呢？"[1] 她勇敢追求独立自我，实现存在价值理想，但是"这种想法酿造了她一生的悲剧，在阿甲，男人们都欣赏她，都喜欢喝她酿的酒，她烹的茶，她制的烟叶"[2]，"在那个难忘的黄昏尽头想，胡会一定会娶了她的。她会给他烹茶、煮饭、剐鱼、喂猪，给他生上几个孩子。然而胡会却娶了另一个女人做他的妻子"。某年才告诉她原因竟然是："你太能了，你什么都会，你能挑起门户过日子，男人在你的屋檐下会慢慢丧失生活能力的，你能过了头。"吉喜恨恨地说："我有能力难道也是罪过吗？"[3] 如果说因为吉喜是阿甲小渔村最能干、最优秀的渔妇，使得那个年代的男性产生恐惧心理而只能孤身一生的话，那么现代都市的知识女性精英，不仅因性别遭遇各种"职场玻璃顶"，而且更因学位高、职位高与技术高的卓越智慧，成为"独居"的单身贵族。那些知识男性精英可以和她们一起喝酒、品茶、论道，就是不肯娶其做妻子。胡会与吉喜"一语破的"的对话，一箭双雕，彻底破解了传统与现代、乡村与都市，男女不平等的社会性别文化密码。如今独身生活已经成为更多都市知识女性的自觉选择，那么当代社会两性情感与智慧的分裂或者不和谐，将会导致人

迟子建专栏

---

① 迟子建：《逝川》，见《清水洗尘》，第6页。
② 同上。
③ 同上。

性的残缺、人类文明的悲剧。

七斗与吉喜不仅是两位乡村女性形象，而且成为一种性别文化象征。七斗的自我独立意识是混沌的，她依靠在"大树下"并没有得到关爱与庇护，而是遭遇种种不幸，做了母亲却失去了儿子，她的命运悲剧仿佛在于没有走出家庭。渔妇吉喜对自我生命价值有清醒的认识，她认为女性不只是家庭传宗接代的生育工具，还可以同男性一样拥有广阔天空，而练就了男人能做到的一切，连吃生鱼都如男人一样生机勃勃的表情，却因为"太能了"没一个男人敢娶而不能走进婚姻"围城"。虽然吉喜没有自己的孩子，但是过了四十岁，她就"频繁地出入一家家为女人们接生，她是多么羡慕分娩者有那极其幸福痛苦的一瞬间"[1]，道出她母性人本的复杂感受、欣喜与渴望。当然其中也揭示出当代女性独立解放的文化悖论。但是，这两位乡村女性形象却有着相似的灵魂底色。她们超越性别命运苦难，甚至是劫难的匍匐与坚韧、豁达与宽容的乐观精神，对生命的珍惜与热爱，穿透雪野时空，化为人性暖阳的绚烂神圣，是源自于自然赋予女性的母性人本，女性与大地母亲的精神拥抱，与日月星辰的情感共鸣，而生出"活着"本身也是一种壮举的尊严。

尤其吉喜女性形象的塑造，在对男权意识辛辣讥讽的批判中，深藏一种灵魂唤醒式的关怀："吉喜过了中年特别喜欢唱歌，她站在逝川岸边剐鱼时要唱，在秋季进山采蘑菇时要唱，在她家的木屋顶晾制干菜时要唱，在傍晚给家禽喂食时也要唱。吉喜的歌声像炊烟一样在阿甲渔村四处弥漫，男人们就像是听到了泪鱼的哭声一样心如刀绞。他们每逢吉喜唱歌的时候就来朝她讨烟吃，并且亲切地一遍遍地叫着'吉喜吉喜'，吉喜就不再唱了，她麻利地碾碎烟末，将烟窝擦得更加亮堂，铜和木纹都显出上好的本色。吉喜好喜欢听男人们唤她'吉喜吉喜'的声音，那时她就显出小鸟依人的神态。然而吃完她的烟的男人，大都拍拍脚掌趿上鞋回家了，留给吉喜的，是月光下的院子里斑斑驳驳的树影。"[2]

吉喜"四处弥漫"的歌声，男人们"心如刀绞"的痛苦，他们之间短暂欢悦的场景，她四十岁以后面对命运的不可能而创造了一种可能，不仅开始沉静地"迎接"她头上出现的第一根白发，而且主动选择"为女人接生"，冲破俗规不去捕泪鱼，为当年抛弃自己的情郎的妻子，接生下一对龙凤双胞胎。更有寓意的是，结尾吉喜望着渔民和渔妇，快要回到自己小木屋飘忽不定的身影，一抹绯红的霞光出现在天际，阿甲渔村沉浸在受孕般的和平之中的生命幸福感的体验，均渗透着两性关系如"太阳与月亮转换"，须臾不可离开。吉喜成为一位女神的象征，她以身试法用悲凉蕴蓄的真爱

---

① 迟子建:《逝川》，见《清水洗尘》，第 7 页。
② 同上，第 6 页。

歌声，呼唤男性走出传统男权文化规定的性别怪圈，迈向两性关怀的爱的觉醒，虽然自我力量非常微弱，但是表达出人性本然渴望真爱的永恒真谛，彰显出母性人本对两性生命的特殊意义。

弗吉尼亚·伍尔夫阐释她的"雌雄同体、双性和谐"观点时曾言，对于两种性别来说，和睦相处才是自然的状态。"人们有一种深层但或许毫无道理的直觉，倾向于相信一种理论：只有男性和女性结合起来，才能带来最大的满足，实现最完整的幸福……我们每个人心中都有两股力量，一种是男性的，一种是女性的；在男性的大脑中，男性力量比女性力量更占优势，在女性的大脑中，女性力量则比男性力量更占优势。这两种力量彼此和谐，形成了精神上的合作关系，一个人的内心才会处在正常和舒适的状态。对于男性来说，他头脑中女性的那部分依然发挥着作用；对于女性来说，她和自己心中的男性也有交流。柯勒律治说，伟大的心灵是雌雄同体的。只有实现了这种融合，心灵才能得到充分营养，发挥自己全部的能力……雌雄同体的头脑更易于共鸣和渗透；情感传递起来没有障碍；她天生就富有创造力、热情、完整。"[1]

伍尔夫的"雌雄同体"与迟子建的"两性和谐"观念呈现出一种相似性。但是伍尔夫在性别与民族属性中选择了性别，她以作为一个女人，我没有国家，我的国家是整个世界，强调性别压迫的跨国界、跨文化与跨阶级性，全世界的女性都生活在不同程度的男权文化压抑下。迟子建则是选择了民族国家与性别，她认为中国母体文化是"根"，是文化源泉的母乳，自我民族根性的也是人类的，来建构自己的人类意识。她在散文《阿央白》里讲道："我与阿央白（一尊刻有女性生殖器的石窟，据说是白族先民原始崇拜的特殊雕刻）邂逅的一瞬，我便于无形中看见了一双手拂它而过的痕迹。那只能是一双男人的手，只有男性的手才能使女性的美获得真正意义上的解放。"[2]这是以先民对女性由"生殖崇拜"到"精神崇拜"的历史遗存，来阐释男女两性的人本性爱理想。阿央白的美如同"母神文明"时代的"春社"岩画，在于"睥睨世俗的那种天真无邪"，"就要流出一股白芬芬的生命之泉"，在深谷中摇曳着、释放着它亘古的美，赤裸裸地只为它自己而存在。以朴素温情的诗化人本，遥视那个人与自然、天地万物和谐的人类童年时代。

因为，人类自诞生之日起生就的"智慧"，在走向现代性文明的进程中，距离充满灵性生命的万物越来越远了，唤醒个体生命记忆、家族、民族记忆，就成为救赎现代人类的一种方式。

迟子建专栏

---

① ［英］弗吉尼亚·伍尔夫：《一间自己的房间》，天津人民出版社 2019 年版，第128—129 页。
② 迟子建：《阿央白》，《清水洗尘》，第 281 页。

人类与自然和谐共生的心灵诉求

迟子建对生死两极的生命意义具有一种灵性诠释。她的作品涉及死亡主题的大约有三十多篇，几乎占其创作总量的二分之一。如《炉火依然》《向着白夜旅行》《亲亲土豆》《一匹马两个人》《踏着月光的行板》《越过云层的晴朗》《世界上所有的夜晚》《额尔古纳河右岸》《晚安玫瑰》《候鸟的勇敢》等等，但是她在描写死亡的悲歌里孕育灵魂的再生，是一种"死是为了生"的生命轮回嬗替。其间一再再现"我"与死亡后的"幽灵"亲切地同行共存。因为迟子建相信生命不仅仅是一生一世，她说如果人类最大的敌人是死亡的话，那么克服死亡威胁为人类带来的恐惧，是人类获得精神自由的途径之一。人的肉体生命死亡了，如果意识不死、灵魂不死，乃至意识所追求的某些终极价值不死，死亡就不是终极的。

她的《世界上所有的夜晚》，是因丈夫车祸去世的个人伤痛记忆叙事。虽然个人的伤痛记忆对于一个作家来说是财富，也是陷阱，但是对于迟子建而言显然是前者。小说开篇以"我想把脸涂上厚厚的泥巴，不让人看到我的哀伤"，直抒"我"难以承受的丧夫之痛。但是当"我"亲眼看到这世上所有的夜晚都是那么的黑，"乌塘的夜色那么混沌，没有月亮，也没有星星，路面上路灯投下的光影是那么的单调和稀薄，犹如被连绵的秋雨熬烂了的几片黄叶"。[①]她感受到这里密布着死亡的阴云、下着"黑雨"，盛产的煤炭与寡妇都印证人世间骇人听闻的双重悲惨，自然生态与人文生态都遭遇了严重危机，"我"不堪承受的"丧夫之痛"突然变得相形见微。"我突然觉得自己所经历的生活变故是那么的轻，轻得就像月亮旁丝丝缕缕的浮云。"[②]因为"我"经历个人生活变故的那段岁月，中国频频发生重大矿难，看着电视上那一张张悲恸欲绝的寡妇的脸，"我"在想她们面对亲人的死亡比我经历的要惨痛得多。因为"我"去过煤矿，知道煤矿的一些黑幕。伤痛确实是有"轻"和"重"的，在那个时刻，"我"不愿意过分放大自己的痛，更愿意用"我"的笔去挖掘那些女人心中痛而不能言的"痛"。迟子建在自我个体的痛、寡妇们集体的痛、这个世道的痛的"轻""重"心理转换中，实现了审美时空境界的延展、升华与超越。但是无论"轻""重"都是不堪承受的、令人震撼与反思的痛，她正是借魔术师妻子的那种难以承受的悲哀，浇开自我心中的块垒。正如她所言，如果说生活有时候会遭遇黑暗，那么你用笔可以撕裂这黑暗，让它透出亮色。

这部小说获第四届鲁迅文学奖的评语这样写道："《世界上所有的夜晚》

---

① 迟子建:《世界上所有的夜晚》，上海出版社2008年版，第307页。
② 同上，第316页。

踏出了一行新的脚印：在盈满泪水但又不失冷静，处处悬疑却又率性自然的文字间，超越了表象的痛苦，进入了大悲悯的境界。"因为，迟子建并没有在痛苦和追忆中沉沦，当"我"把剃须刀里"细弱尘埃"的胡须轻轻放入莲花形的河灯里，"我的心里不再有那种被遗弃的委屈和哀痛，在这个晚上，天和地完美地衔接到了一起，我确信这清流上的河灯可以一路走到银河之中"。[①]尤其文末"无声地落在我右手的无名指上"的蓝色蝴蝶意象，仿佛"我"和丈夫的两个灵魂超越生死界，于天地间爱的相聚，又像是两个"自我"的化蝶重生，化为死之悲伤为生之希望的温暖。这是因为，乌塘有一条可以"唤魂回家"的"清流"，通向最远的、最清澈的源头。

迟子建曾在《越过云层的晴朗》的后记中讲，这部长篇冥冥之中完全是为丈夫写的悼词，与《一匹马两个人》《踏着月光的行板》构成了一条哀思之河。那么《世界上所有的夜晚》，就是其将自我的"哀思之河"汇入汪洋的"黑海"的化蝶重生，转向了对人类文化历史的幽深处去探求，创作了《额尔古纳河右岸》。她在第七届茅盾文学奖领奖时讲道："我要感激一个远去的人——我的爱人，感激他离世后在我的梦境中仍然送来亲切的嘱托，使我获得别样的温暖……"如果说《世界上所有的夜晚》，讲述的是"我"与乌塘人的伤痛记忆，那么《额尔古纳河右岸》讲述的则是，中国最后的一个狩猎部落鄂温克族的百年兴衰史。

在《额尔古纳河右岸》里，也写了很多人的、动物的死亡，不仅没有让人恐惧，而且人与动物的灵魂能够相互托生转世，死亡升华为另一种生命存在的形式，显示出超越一切苦难生死而存在的人的精神性，隐喻人类的精神不死、未来希望将永存。其实，迟子建消解生死两极，具有本源性的生命意识的审美创造，赋予"那根本性的枯竭"以生机盎然的鲜活生命，更赋予文本一种"宜人体温"价值上的终极永生。然而《额尔古纳河右岸》的叙事方式，却在"灵魂唤醒式"的基础上加入了叙事者"我"口述历史的深情呐喊。

对迟子建来说，《额尔古纳河右岸》象征人类诗意生存的"原乡"记忆。因为她从小就生活在大兴安岭脚下，对这个民族的认知源自于童年的真实生活记忆。在大兴安岭地区生存的鄂温克族狩猎部落，以森林为家，与驯鹿相依为命，"喜欢骑马，喜欢喝酒，喜欢歌唱"，信奉从"母神文明"传承的萨满教，认同女萨满是创世神话中的"母神原型"，尊崇人、神、动物"一体"、大自然"万物有灵""万物有神"，人与自然万物和谐快乐地生活在一起。鄂温克人与自然有着最亲密关系，对游说他们下山养猪和羊的汉族会这样回答："我们的驯鹿，它们夏天走路时踩着露珠儿，吃东西时身边

---

① 迟子建：《世界上所有的夜晚》，第 317 页。

有花朵和蝴蝶伴着，喝水时能看见水里的游鱼；冬天呢，它们扒开积雪吃苔藓的时候，还能看到埋藏在雪下的红豆，听到小鸟的叫声。猪和牛怎么能跟驯鹿比呢？"①

但是，自上世纪六十年代伊始，大兴安岭被大规模开发，在那片被称为"绿色宝库"的土地，伐木声取代了鸟鸣，炊烟取代了云朵。如今数十年过去了，伐木声虽微弱而不息，巨额诱惑下的肆意开发与挥霍行径，"使那片原始森林出现了苍老、退化的现象。沙尘暴像幽灵一样闪现在新世纪的曙光中。稀疏的林木和锐减的动物，终于使我们觉醒了：我们对大自然索取的太多了"②。这种攫取式与破坏性的开发，是迟子建"几十年"困惑、思考的天人之际，即双重生态的失衡问题。这部作品的诞生是先有了这些"泥土"，然后才有了"种子"，而孕育成长了"几十年"的故事。

新世纪初，当中国最后一个狩猎部落被集体搬迁至城镇新建的定居点，告别了大森林的生活，"当很多人蜂拥到内蒙古的根河市，想见证人类文明进程中这个伟大的时刻的时候，我的心中却弥漫着一股挥之不去的忧郁和悲凉感"③。迟子建在澳大利亚访问时，看到在悉尼火车站候车厅里土著夫妇发生冲突的一幕幕情景，看到达尔文市海滨小城里被"优惠政策"照顾进城的土著移民的生存现状：在公园坐草地上饮着酒而唱着忧郁低沉的歌，在街头坐在公交车站的长椅前打盹儿，在商业区的街道上席地而坐在画布上描画着自己部落的图腾以换取微薄的收入，甚至倚靠在店铺的门窗前向往来的游人伸出乞讨的手。更值得思考的是，他们进城后仍然时常回到山林的部落中，过着割舍不下的老日子。"他们大约都是被现代文明的滚滚车轮碾碎了心灵、为此而困惑和痛苦着的人！"④

当她去看敖鲁古雅的鄂温克人下山定居的现状，"在根河市城郊，定居点那些崭新的白墙红顶的房子，多半已经空着。那一排排用砖红色铁丝网拦起来的鹿圈，看不到一只驯鹿，只有一群懒散的山羊在杂草丛生的小路上逛来逛去。根河市的领导介绍说，驯鹿下山圈养的失败和老一辈人对新生活的不适应，造成了猎民一批批的回归。据说驯鹿被关进鹿圈后，对喂给它们的食物不闻不碰，只几天的时间，驯鹿就接二连三的病倒了。猎民急了，他们把驯鹿从鹿圈中解放出来，不顾乡里干部的劝阻，又回到山林中。我追踪他们的足迹，连续两天来到山上的猎民点，倾听他们内心的苦楚和哀愁，听他们的歌唱。鄂温克猎民几乎个个都是出色的歌手，他们能即兴歌唱。那歌唱听上去是沉郁而苍凉的，如呜咽而雄浑的流水"⑤。还有那

---

① 迟子建：《额尔古纳河右岸》，十月文艺出版社2005年版，第205页。
② 同上，第252页。
③ 同上，第253页。
④ 同上，第255页。
⑤ 同上，第256页。

女作家学刊·第四辑

鄂温克老女人眷恋山林的个性，已逝画家柳芭母亲在医院病床上说起儿子时，那无助的悲伤神态。

如此相似的画面，撕裂了"自西向东"的经济全球化的现代性文明，揭示了繁华物质表象遮蔽下的双重生态困境。迟子建在西方"分明看见了一团猩红滴血的落日，正沉沦在苍茫而繁华的海面上"。即使在自己的故乡鄂温克族猎民也正在遭遇相似的命运，虽然有些人从搬迁点再次回到了鄂温克营地，但是森林植被的破坏，草原沙化，连驯鹿可食的苔藓也越来越少，面临频繁的搬迁猎民与驯鹿最终会往何处去呢？在这个物质越来越繁华的人类世界，本来就生活在这片土地的猎民却成了"边缘人"。其实，全球性的自然生态危机，从本质上就是裹挟第一、第二、第三世界的人文生态精神危机。"这股弥漫全球的文明的冷漠，难道不是人间最深重的凄风苦雨吗？"[1]"人类与自身之外的其他动物达成信任和解，并非人类对动物的恩赐，也不仅仅是人类缓解生态危机的策略，而是人的内在需求，一种超越现实的功利的渴望，一种充满敬畏之心的敬仰，一种趋向完美完善的自我塑造。"[2]因而迟子建提出，要爱自己脚下的土地，要一点点地挖掘它，感受它的温度，体味它的博大。这样你就有了"根"。有了"根"，不飘浮，持之以恒，终会修成正果。

迟子建就是亲眼看到东西方猎民边缘化的生存现状，在对全球视野下人类平等与和谐文明思考中，找到了写作《额尔古纳河右岸》的种子。她说"这是一粒沉甸甸的、饱满的种子。我从小就拥有的那片辽阔而苍茫的林地就是它的温床，我相信一定会让它发芽和成长的。"[3]在"这粒种子"闪现发芽而生叶秀穗的寒冬岁末，她确定了叙述方式、创作基调、小说题目，并写下开头，"我是雨和雪的老人的老熟人了，我有九十岁了。雨雪看老了我，我也把它们给看老了"[4]。她认为，这是最满意的苍凉自述的开头。如果说《世界上所有的夜晚》是"自我创痛"延伸到"乌塘所有人创痛"，这种民族创痛体验感觉到更深刻的彻骨之痛，那么《额尔古纳河右岸》则是迟子建从自己数十年关注的生态平衡问题，反思中国最后一个部落猎民鄂温克族人搬迁城镇的利弊，延伸到西方欧洲城市多重边缘生存着的土著人。以底层少数民族的个体生命创痛，揭开人类社会文化结构存在的失衡问题，超越性别短视偏见而迈向人类性与宇宙性的大悲悯终极关怀。

① 迟子建：《额尔古纳河右岸》，第 255 页。
② 鲁枢元：《精神守望》，上海东方出版中心 2004 年版，第 157 页。
③ 迟子建：《额尔古纳河右岸》，第 257 页。
④ 同上，第 3 页。

口述历史：百年兴衰的母性精神传承

《额尔古纳河右岸》中女性口述历史的结构叙事，具有其独特意义。

新世纪以来，女作家的母系家族历史叙事，越来越走向多维深度，把被历史尘埃覆盖了的女性"邀请"出来赋权与赋格，呈现其生命亲历、见证、承载、救赎历史的"代际"悲壮，以及来自她们身体内在的源泉性精神能量。然而以一个少数民族部落的最后一位酋长的女人，以九十年岁月的亲历记忆口述历史，在一天之内，讲述一个鄂温克部落猎民与森林、驯鹿的百年兴衰演变的历史故事，在当代中国女性文学史，或者当代中国文学史上还是第一部。不仅这位九十岁的历史讲述者的身份是妻子与母亲，而且"我"的记忆讲述，以故事里"套着"故事的结构方式，由"我"作为一个民族的"心灵窗口"，转述与传播男萨满、女萨满、最后一位部落酋长等，近三十位不同时代的人物形象出场，发表部落所有猎民的生命存在体验之声，还有山川河流、日月星辰，森林里的白那查山神、驯鹿、鱼群、飞鸟、熊、狼等等，自然万物与人类共同诉求的灵性之音。"我"聚合人与自然万物之声像、意志与精神，生成跨越时空的多声部的复调，多种声音或碰撞或融合，形成一种光耀或势流，这是口述历史最大的艺术魅力，隐喻一个民族对"自我"文化百年如一日的坚守，拯救将要消亡的"自我"文化一日如百年的紧迫感。这不仅充分表达出女作家与叙事者"我"合一的痛心疾首与心急如焚，而且真诚阐释了全球化语境下，重建人与人、人与自然平等和谐生态伦理的迫切性、重要性。

从小说的表面结构看，就是一位老祖母给自己的子女、儿孙讲述的家庭家族往事，是一种"原生态"的口述历史，好比古已有之的远古神话传说，或民间歌谣形式，又如同"女性社会学"式的以过去事件亲历者的讲述，并非追寻事物的"原本面貌"，而是重构一种多维开放性的历史。因为，每个人都是社会人，每个人都在属于他\她自己的同时还属于一个家庭，一个家族群体，一个社会阶层。每个人的生命经验记忆有其独特个性，然而放在社会大环境中，放在某个人群中，融进"时间流"里，这一个个生命经验记忆就聚合为一种集体经验记忆，其个性化的表象下，反映着一个特定历史时期，某种社会人群的存在共性。

从小说每一部以自然时间秩序命名，"清晨→正午→黄昏→半个月亮"来看，"一天"之内讲述"百年"民族沧桑巨变，可以看出这位老祖母口述历史的海纳百川、包罗万象的神力。把话语权交给叙事者"我"统领"百年"，更是一个指向原初母性精神的隐喻。因而这里的自然时间与空间表达并非实指，是以女性生命两极深度价值体验（创伤体验与幸福体验）的"选择性记忆"讲述，从原生家庭父母姐妹兄弟，向家族、氏族部落延展，进而穿越血缘之围伸向无限。不禁联想到"坐地日行八万里，巡天遥看一千河"（毛泽东《七律·送瘟神·其一》）之深邃浩瀚。从萨满教"萨满母神"信仰看，迟子建认为由"我"口述历史可能会更真实、更包容、更能体现其人类与自然和谐共生的价值；从女性口述历史讲，以往的历史女性声音是沉默或微弱的，小说以女性自己的声音与经验记忆，运用与人类记忆同样古老的"口头传统"，可以重建一个有情感的民族历史。因此，讲述这个生活在大兴安岭中行将消亡的鄂温克部落的百年历史，也就成为一种象征，这不仅表现一个有社会历史使命感的女作家，对民族文化价值与生态平衡意识的急切呐喊、济世情怀，而且具有了一种警醒全世界现代人的人类共同体意识，即人类是大自然的一部分，而不是"大自然是人类的一部分"。不尊重大自然其实就是不尊重自己，或者说是不尊重人类文明。

曾有学人言，人类意识根植于宇宙论。从人类学本体论讲，虽然中西方文化的远古传统均认为自然是母性的，是养育人类与万物生命的"母亲"。但是百年的人类现代性文明进程，残酷的战争掠夺，霸权强势文化对弱势文化、对"他者"的征服愈演愈烈，在极端功利和实用主义的心态支配下，对霸权强势文化的盲目崇拜、自愿臣属或亦步亦趋，造成了"自我"文化记忆的丧失，自我生命的沉沦与迷惘。"正是这些进展，导致了自然作为一个活生生的存在的死亡，导致了以文化和进步的名义对人类资源和自然资源的加速开发。"[①] 为获利对各种动物的肆意捕杀，对原始森林的大量砍伐，自然与人类之间的"母与子"关系情感已丧失殆尽。

从西方哲学的根基结构讲，虽然自然也被拟人化为一位女性，但是其强调自然对上帝的从属性，是"神——上帝（造物者）"赋予自然（被造物）以生命，构成精神（神——上帝）与物质（自然、女性、身体）分离的"二元论"。中国传统哲学的根基，立足于生命的"宇宙生胎论"，其本质是传承更替而生生不息，生成了"生命一元论"。老子以"道"为"万物之母"，庄子以"天地者，万物之父母也"。明代生命哲学家罗汝芳认为，"孔门《学》《庸》全从《周易》'生生'一语化得出来"。[②] 古代先哲描绘自然"母亲"化生万物的自然状态、自然精神、自然神灵的"先在性"图景，是一个充满生机与活力的、富有生命之爱的大家庭。揭示"天与地、物与我""贯通联属"的本源性宇宙自然秩序。在某种程度上，迟子建的《额尔古纳河右岸》以女性口述历史，与鄂温克族猎民的历史"会话叙事"，"她表达了

---

① ［美］卡洛琳·麦茜特：《自然之死——妇女、生态和科学革命》，吉林人民出版社1999年版，第4页。

② 成复旺：《走向自然生命——中国文化精神的再生》，中国人民大学出版社2004年版，第27页。

对尊重生命、敬畏自然、坚持信仰、爱憎分明等等被现代性所遮蔽的人类理想主义的彰扬"[1]，是对中国传统哲学"生命一元论"宇宙观的延伸诗化，而显示出其世界性的生命美学价值。

尤其《额尔古纳河右岸》的创作，涉及年代久远的各种文化历史资料，特别是鄂温克族部落猎民"万物有灵"的自然观，萨满宗教信仰、祭祀跳神仪式，婚丧嫁娶风俗，不同时代的生存状况，部落之间的人际，爱情婚姻方式，家族家庭生活的性别伦理序位等等，梳理一个民族部落的百年流变，的确是一种历史文化考古。谈到对《额尔古纳河右岸》的历史考察实践，迟子建说早期创作历史长篇《伪满洲国》，在这部长达七十万字的小说里，已经验证了自己对历史资料的收集与虚构想象力。她认为，一个作家，如果没有构建虚构世界的能力就是低能的。

虽然这支鄂温克族部落就生活在大兴安岭，是她从小就熟悉的山脉和环境，他们的生存命运也自然地关注。但是她仍然不辞辛苦自己奔赴故事发生地，以灵魂触摸性的深度体验搜集第一手材料，去根河市城郊查看崭新的房子"多半已经空着"的鄂温克族部落定居点，到山上的猎民点，听他们哀伤地歌唱，晚上走进鄂温克族老大妈家里促膝交谈，喝着驯鹿奶茶与她们聊天，还专程到根河市医院看望已逝画家柳芭的躺在病床上的母亲……并且，用了整整三个月的时间，集中阅读鄂温克族部落的历史与风俗研究资料，写出数万字的史料笔记，一次次以温润的文字与故乡的历史风物对话，感受着亲笔记录的鄂温克部落遗存、族人记忆与流淌在自己血液里的情感，融合着孕育这部小说的"种子"发芽生长，自己在整理、选择与提炼的过程中，创作的激情已经闪现如蝶。用她自己的话说，"对作品'气'的积累，与生俱来；对'资料'的积累，当然是做了严格的功课。因为她就诞生于这片有灵性的沃土之上"。

当然，《额尔古纳河右岸》作为民族记忆叙事的口述历史文本，其整个创作过程从实地调查、选点勘测、深入个体人的心理探掘，以原生历史场景与个体人物生活情景，再现整体状况与重建，可通称为对民族文化历史与民族个体生命的"心灵考古"。"口述历史"叙事的"心灵考古"，是访谈对话、心灵会话基础上的最高层次，其核心指向对人类灵魂的深层探索。"所谓心灵考古，就是要在人类心灵深海或人脑神经宇宙的广袤星空中探索、打捞、发掘并激活某些重要的个体生命记忆信息。"[2]其审美本质是一种内化叙事模式，叙事结构是以内在直觉、内在时空为序的。

叙事者"我"在小说序篇就讲道："我不愿意睡在看不到星星的屋子里，我这辈子是伴着星星度过黑夜的。如果午夜梦醒时我望见的是漆黑的屋顶，

---

① 迟子建：第七届茅盾文学奖授奖词，《额尔古纳河右岸》，封四。
② 陈墨：《口述史学与心灵考古——论文与演讲集》，人民出版社2019年版，第26页。

女作家学刊·第四辑

我的眼睛会瞎的；我的驯鹿没有犯罪，我也不想看到它们蹲进'监狱'。听不到那流水一样的鹿铃声，我一定会耳聋的；我的腿脚习惯了坑坑洼洼的山路，如果让我每天走在城镇平坦的小路上，它们一定会疲软得再也负载不起我的身躯，使我成为一个瘫子；我一直呼吸着山野清新的空气，如果让我去闻布苏的汽车放出的那些'臭屁'，我一定就不会喘气了。我的身体是神灵给予的，我要在山里，把它还给神灵。"[1]可以看出，"我"不仅是历史讲述人又是见证人，更是这个民族精神的代言人，表达出鄂温克族部落在原始、纯朴的生存环境里，生存方式是真正与山林、驯鹿、自然万物融为一体的。可以说是一种民族真实心理的心灵考古。

　　"我"因"饥饿"嫁给的第一个丈夫拉吉达，他的父亲不仅同意他"入赘"，而且还送来二十头驯鹿作为其新婚礼物。"我"的母亲送给"我"的新婚礼物是一团火，也就是我眼前守着的火，这团火是她和父亲结合时，母亲的父亲送给她的。她从未让它熄灭过，即使她疯癫以后，搬迁的时候，总不会忘记了带火种。"我"记得那是个月圆之夜，"在希楞柱的尖顶可以看见一轮银白的月亮，他（拉吉达）亲吻着我的一对乳房，称它们一个是他的太阳，一个是他的月亮，它们会给他带来永远的光明……"[2]。我的第二个丈夫瓦罗加，当那些烟和光焰都飘到天上，给天美美享用的时候，他就悄悄走到"我"背后，"他用双臂环绕着我的脖子，贴着我的耳朵动情地说：'我是山，你是水，山能生水，水能养山，山水相连，天地永存。'"[3]这些童真、纯朴、浪漫与美好的记忆讲述，蕴藏自然万物的生命玄机、风采神韵的生存场景，不仅反映出回忆的那个年代的人与人、人与自然水乳交融的生活形态，而且表现出其坚信夫妻关系、两性爱情，如天地山川亘古永在的心灵样态。我不禁联想到迟子建早期的《北极村童话》的题记，"假如没有真纯，就没有童年。假如没有童年，就不会有成熟丰满的今天"，甚至《诗经》里朴素美妙的爱情诗篇。这样的个体生命心灵考古过程，携带着原乡理想的虚构想象，超越现实与自我有限性，是一种通向"神圣存在"的升华。

　　尤其塑造的女萨满形象——妮浩，是"我"弟弟鲁尼的妻子，承继的是"我"伯父尼都萨满的神职，也是妻子与母亲。她做萨满前就有出现"异样"言行，在"我"母亲的葬礼上她仿佛被萨满神"击中"而颤抖，在尼都萨满不为"日本效劳"，一件一件地扔掉身上的神衣、法器而倒下，唯有妮浩一件一件地拾起来。尼都萨满去世三年后，她可以光着脚在雪地上奔跑不会冻伤，七天不吃不喝就像"刚打了一个盹"，吞下已死的玛鲁王脖子

①　迟子建：《额尔古纳河右岸》，第 4 页。
②　同上，第 83 页。
③　同上，第 170 页。

上的"一对铜铃",待小玛鲁王诞生了还能再吐出来给它戴上，而无受到伤害。妮浩做了萨满，不仅为本氏族驱灾解难，还为了挽救其他氏族孩子的生命而失去了自己的三个孩子。迟子建说，这个女萨满救人的故事，她并没有过分虚构，在生活中是有原型的。妮浩萨满明明知道她救活一个孩子，就会失去一个自己的孩子。但是，每当看到危在旦夕的生命，她都会选择去救治。为救外族一个高烧不退的十岁男孩，为救马粪包"熊骨梗喉"，为救偷驯鹿的十六岁男孩，先后失去了自己的儿子果格力、女儿百合花和还在母腹中的儿子。

妮浩萨满最后一次披挂上神衣、神帽、神裙，手持神鼓，跳神求雨，是 1998 年山中发生了大火，火势从大兴安岭北部的山脉蔓延而来。"那场大火是两个林业工人吸烟，是乱扔烟头引发的。直升机在空中飞来飞去进行人工降雨，然而云层厚度不够，只听到雷一样隆隆的声响，却不见雨落下。"① "妮浩跳了一个小时后，空中开始出现阴云；又跳了一个小时后，浓云密布；再一个小时过去后，闪电出现了。妮浩停止了舞蹈，她摇晃着走到额尔古纳河畔，提起那两只湿漉漉的啄木鸟，把它们挂到一棵茁壮的松树上，雷声和闪电就交替出现，大雨倾盆而下。妮浩在雨中唱起了她生命中最后的一支神歌。可她没有唱完就倒在了雨水中……"② 其中隐含迟子建对科技与信仰、爱与生命、"完整的人"的人性的独到理解。在萨满教的理念中，自然界的一切都是有生命的，而且所有的生命都是平等的，都应得到尊重和珍爱。女萨满是创世神话中的原型母神，也是"世俗生活中抚安世界、百聪百伶百慧百巧的神者"。③ 因而女萨满在女神神系中居重要位置，她是生活中女萨满的一种宗教升华。那么在妮浩萨满身上，体现了真正的大悲悯情怀，真正的对生命的大爱，令人屏息的人格魅力，她有着一颗纯朴善良、宽容舍己、承载苦难与神明聪慧的伟大母性心灵。这颗"伟大的母性心灵"为挽救生命、拯救家族民族危难，而鞠躬尽瘁、死而后已的乡土深情，可以感动得天上降甘露，地上开鲜花，具有胜于最现代、最先进科技的精神性力量。因为她通向人类祖先诞生的"没有冬天"的地方。

这就是没有一个鄂温克族人，愿意走出那片林海，甘愿与森林共进退、与驯鹿共存亡的生存态度和生命价值观。"我"教会了画岩画的外孙女依莲娜，新世纪之春用两年时间终于完成了"妮浩萨满祈雨图"，以凝重的油彩再现了鄂温克族人激荡的百年风雨，她的生命却带着困惑与诘问飘向了看不见的远方。"我"这一生画的最后一幅岩画，就是在她上岸的地方找到一

① 迟子建,《额尔古纳河右岸》，第 239 页。
② 同上，第 240 页。
③ 李枫:《论原始崇拜对萧红和迟子建小说儿童梦想世界生成的影响》，载《学术交流》2009 年第 10 期，第 187 页。

块白色的岩石，为她画了一盏灯，"我"的泪水为它注入了灯油。"我"的养孙西班，为木库莲拴上了金色铃铛，它在风中发出清脆而悠扬的琴声回响，唤醒了"我"对岁月的记忆，记忆天上的太阳和月亮，穿越漫长的历史时空隧道照耀着我们，找到了回家的路。如果说《世界上所有的夜晚》，是其将自我"哀思之河"汇入汪洋的"黑海"，那么《额尔古纳河右岸》以对历史记忆的发掘与重建，则是向黑海深层"海底"的探测。其不仅揭示"驯鹿下山圈养的失败和老一辈人对新生活的不适应的"根本性原因，而且以虚构与非虚构、"内视"与"外视"的双翼，苍凉壮美而根基永生希望的叙事，与近年来《群山之巅》大自然的"先在之美"对现实生活里龌龊人性的净化，《候鸟的勇敢》以自然生态呼唤民族自省意识的复归，《烟火漫卷》对哈尔滨城市历史"老灵魂"的追忆，如"在天之日月星辰，在地之山川民物，在吾身之视听言动，浑然是此生生之机，则同然是此天心之复。天命生生不已，……直竖起来，变成上下古今；横亘开去，便作家国天下"（《盱坛直诠·上卷》），[①]其遥远而亲近地沟通历史纵横，构成人类与自然、人与人和谐共生的民间史诗。

（王红旗：首都师范大学教授）

迟子建专栏

---

① 成复旺：《走向自然生命——中国文化精神的再生》，第27—28页。

茅盾文学奖获奖感言

迟子建

一个人也许不该记住荣誉的瞬间，但是在这个时刻我要坦诚地说：这个时刻，这个夜晚，会留在我的记忆中。因为跟我一起来到这个颁奖台的，不仅仅是我，还有我的故乡，有森林、河流、清风、明月，是那一片土地，给我的文学世界注入了生机与活力。感谢大兴安岭的亲人对我的关爱，感谢推荐此书的北京十月文艺出版社、黑龙江省作家协会和《收获》杂志社，感谢中国海洋大学文学院在我修订长篇时所提供的美好环境，同时在这里，我还要感谢一个远去的人——我的爱人，感谢他离世后在我的梦境中，依然送来亲切的嘱托，使我获得别样的温暖。

茅盾文学奖选择了《额尔古纳河右岸》是我的幸运。在此我还想说，那些没有获得本届茅盾文学奖的一些作家和他们的作品，如轮椅上的巨人史铁生先生，他们的作品也值得我们深深的尊敬，他们的作品也依然是过去四年中，中国长篇小说的重要收获。茅盾先生是我敬仰的文坛前辈，他是一个始终站在时代前列、关注民族命运、同情民族疾苦、具有强烈使命感和悲悯意识的作家，与他相比，我们还显得渺小和卑微。接下来我会磨炼自己的作品，使它能够达到比较理想的境界。

最后我要特别感谢本届茅盾文学奖的各位评委老师，感谢你们对一个诚实勤恳的写作者的厚爱和肯定，感谢你们把庄重的一票投给了《额尔古纳河右岸》，我相信是你们深厚的学养和良知，与这部作品的旋律产生了共鸣，谢谢你们！

我非常喜欢俄罗斯当代著名作家，被誉为"当代俄罗斯文学良心"的拉斯普京先生说的一句话，在此作为答谢词的结语：这个世界的恶是强大的，但是爱与美更强大！

告别"那些本不该告别的人"

—— 重读迟子建的长篇小说《额尔古纳河右岸》

马明高

摘 要:《额尔古纳河右岸》,是当代著名小说家迟子建以伤愁之感书写的一部关于中国少数民族——鄂温克族的消亡史。小说采用追忆的形式,把心中的理想寄托于过去的时光中,其实是在追怀不可挽回的消亡的文明,让我们这些还处于幸福之中的民族和人们,"与不幸的人们感同身受",在告别"小说中那些本不该告别的人",不仅仅是"无比地酸楚",潸然泪下,而且更应该去思考:鄂温克族是如何由盛而衰直至消亡的?是谁破坏而剥夺了鄂温克人宁静而幸福的生活的?从"清晨"到"正午","黄昏",在不断加快的现代化历史进程中,社会急剧动荡,自然环境遭到破坏,鄂温克族人的生活,开始经受"文明"的挤压,进入了一个与他们的传统社会文化生存迥然不同的"再社会化过程"。其重要思想价值,就在于警醒世人:人类要想延续生存下去,就必须在各个民族和各种文明之间和合包容,不分多寡强弱,不讲自我他者,而是互相尊重和理解,信仰宽容,手足相助,友爱和睦,形成人类命运共同体,共同面对延续生存的各种自然灾难与敌人,建设能够使人类健康发展与美好生活的共有家园。

关键词: 伤愁之感;消亡史;"文明"挤压;再社会化过程

迟子建专栏

一

在民间,老百姓教育小孩时,经常会说这样一句话:"记吃不记打。"

其实,不仅小孩如此,大人即成人亦是如此。

人类有一个永远不可自然去掉的致命弱点,就是容易遗忘。而且,容易记住幸福、快乐和成功,却不容易记住痛苦、死亡和失败。

这个世界上,谁都渴望幸福、快乐和成功。而且,人在幸福、快乐和成功的时候，最容易很快就忘记了经历过的痛苦、死亡和失败。

此时此刻，现在，在我们历经的这场蔓延全世界的新冠肺炎病毒疫情刚刚微弱的今天，不用提醒，有谁还会记得那些一开始的恐惧、绝望和迷茫。

所以，玛格丽特·杜拉斯才说："和平即将到来，仿佛即将来临的黑夜，仿佛是遗忘的开始。"战争结束后，所有的人都急于遗忘，同样的情形也会发生在新冠肺炎病毒疫情结束的时候。那时的痛苦迫使我们面对模糊不清的真相，重新思考我们的优势，它鼓励我们为当下赋予新的意义。然而，一旦疫情过去，这些启迪就会放在脑门背后，或者烟消云散。

正是在这个时候，我重新去读迟子建的长篇小说《额尔古纳河右岸》，自然，会产生另一番别样的深意。

卢梭说过这样一句话："人们不会对比自己幸福的人产生同感，而只会对比我们不幸的人感同身受。"是的，这个世界上，谁不渴望辛苦、快乐和成功？但是，人的生命却只不过是一些时光片段的集合，它总是会按照自然规律而无情地消逝，这是一个谁都无法改变的事实。人是如此，民族和国家亦是如此。尤其是那些深深依赖传统文明的少数民族和弱小国家。《额尔古纳河右岸》，正是当代著名小说家迟子建以伤愁之感书写的一部关于中国少数民族——鄂温克族的消亡史。她以一个年届九旬的鄂温克族最后一位酋长女人的口吻和视角，娓娓道来，远远观之，满目苍凉，满眼凄泪。

"我是雨和雪的老熟人了，我有九十岁了。雨雪看老了我，我也把它们看老了。如今夏季的雨越来越稀疏，冬季的雪也逐年稀薄了。它们就像我身下的已被磨得脱了毛的狍皮褥子，那些浓密的绒毛都随风而逝了，留下的是岁月的累累瘢痕。坐在这样的褥子上，我就像守着一片碱场的猎手，可我等来的不是那些竖着美丽犄角的鹿，而是裹挟着沙尘的狂风。"[1] 小说的结构，以上部"清晨"、中部"正午"、下部"黄昏"和尾声"半个月亮"，将鄂温克民族的历史浓缩于一天之中，其时间意象充满悲凉哀伤之感，其精神内涵自然令人深思。鄂温克民族由兴盛到衰弱的沧桑巨变，成为让人难以放下的疼痛、忧伤和念想。正如最后一位酋长瓦罗加在那个夜晚所唱："清晨的露珠温眼睛，正午的阳光晒脊梁，黄昏的鹿铃最清凉，夜晚的小鸟要归林。"尽管作家以"半个月亮"做"尾声"，寄希望于木库莲（驯鹿）的归来，但是，她的心里是凄凉而哀愁的，正如她在小说结尾写道："我不敢相信自己的眼睛，虽然鹿铃声听起来越来越清脆了。我抬头看了看月亮，觉得它就像朝我们跑来的白色驯鹿；而我再看那只离我们越来越近的驯鹿时，觉得它就是掉在地上的那半轮淡白的月亮。我落泪了，因为我已分不

---

[1]　迟子建:《额尔古纳河右岸》，载《收获》2005 年第 6 期。

清天上人间了。"小说采用追忆的形式，把心中的理想寄托于过去的时光中，其实是在追怀不可挽回的消亡的文明，让我们这些还处于幸福之中的民族和人们，"与不幸的人们感同身受"，在告别"小说中那些本不该告别的人"，不仅仅是"无比地酸楚"，潸然泪下，而且更应该去思考：鄂温克族是如何由盛而衰直至消亡的？是谁破坏而剥夺了鄂温克人宁静而幸福的生活的？

二

其实，鄂温克是一个跨越俄、中、蒙三个国家极北边境的少数民族，在中国境内生活的人口现在大约是三万多人。他们是欧亚大陆北部地区生活着的以牧养驯鹿为生的三个族群之一。中国的鄂温克族人，主要生活在黑龙江省西部及内蒙古自治区的东北部。人类学博士、阿拉斯加大学人类学系研究员曲风说："这些少数族裔生活的地域属于北极及次北极地区。那里有漫长而寒冷的冬季，大片土地是苔原，较偏南部的土地是针叶林。苔原上所生长着的一种特别的苔藓，是驯鹿最喜欢的食物。这种苔藓还生长在密集的针叶林中，因而使人类在次北极区的森林中养育驯鹿成为现实。"[①]额尔古纳河，原为中国内河，发源于大兴安岭西坡，全长 1621 公里。"额尔古纳"是蒙古语"肘"之意，即河流弯曲如肘形，其流域内有一千八百多条干流、支流和众多的山脉，有海拉尔河、根河、石勒喀河、黑龙江等。整个流域是众多游牧民族或部落共用共享的文化生存空间。1689 年中俄签署《尼布楚条约》后，左岸被划归俄罗斯。那些在贝加尔湖和列拿湖流域游牧两千多年的鄂温克族人，好多迁徙到中国的右岸。过去一直是"有边无防"，两岸多有跨境游牧和贸易。而且，过去这一大片流域，有几十万平方公里的可供鄂温克人使用的苔原森林。在这里生长出来的苔藓，基本可以满足他们驯鹿的食用。正如迟子建在小说中所写："那时额尔古纳河右岸的森林，不仅有遮天蔽日的大树，而且河流遍布"，"那一带山峦的苔藓非常丰富，野兽也很多，到处可见在树梢飞翔的飞龙和地上奔跑的野兔"，"才是九月底，从向阳山坡上还可以看到零星开放的野菊花呢，忽然刮了两天的狂风，……树脱尽了叶子，光秃秃的，树下则积了层厚厚的落叶"。据 E.J.Lindgren 博士的研究报告所知，后来，额尔古纳河流域边境地区的好多俄罗斯人、汉人和蒙古人，向这里移民农耕，自然需要开垦种植的土地越来越多，渐渐地，他们就把靠苔藓驯鹿为生四处游牧的鄂温克族人作为外来文明的闯入者，他们就故意放火焚烧自己地界里的驯鹿苔藓，逼迫鄂

[①] 曲风：《界限之内——迟子建〈额尔古纳河右岸〉批评》，载《社会科学论坛》2017 年第 2 期。

迟子建专栏

温克族人无法生存，只好离开，渐渐退到高山深林之处。

从小说中，我们知道，靠苔藓驯鹿为生的鄂温克族人，是以家庭为单位，或者以血缘关系为主，组成乌力楞，共同游牧，集体打猎，然后平均分配猎物和必需品，以此生存生活。根据秋浦等人的考察研究，一直到 20 世纪 60 年代，他们都依然保持着这种原始的社会结构，依靠平等互助的道德原则，来生存生活的。[①]《额尔古纳河右岸》中叙写了三个乌力楞："我"的第一任丈夫拉吉达原来的乌力楞，有三十多人；第二个丈夫瓦罗加领导过的乌力楞，有不到五十个猎民；"我"所在的乌力楞，人口则长期徘徊在十五人左右。就是如此，每有新人嫁进或入赘，或者婴儿出生，都会损失一个到两个成员。这不仅是一种文学性隐喻，更是一种真实的人类学观察。这些人丁薄弱的靠游猎为生的少数民族，一直在和严酷的大自然博取生存，的确十分艰难，又没有现代的衣食住行和卫生医疗保障，而且靠原始落后的生产手段和方式，生儿育女，死亡概率很大。所以，小说中多处写到聪慧而善良的鄂温克族人，尽管也有"我"的姑姑伊芙琳、马粪包等人比较刻薄、自私，或者制造口舌纠纷，或者抱怨猎物分配不公，但是大多数人对内团结友爱，对外好客慷慨，在森林中搭建"靠老宝"，储存食物用具，而且门从不上锁，一旦有路过的人，即使不是本族的人，你确实是急需，都可以进去自取食用，但是，食用后，你必须把东西再还回来，以供后面同样情况的人再食用。他们的这种做事原则历史悠久，而且渐渐影响感化了进林谋生的其他外来民族。

从小说中可以看到，鄂温克族人主要靠在原始森林中游牧狩猎生存，但是无法做到完全的自给自足，有些生活必需品，如酒、面粉、盐、棉布、子弹等，只能靠中介"安达"，通过自己的皮毛、药材等交换获得。他们日常生活所需的这些生活资料，都是靠游猎区内无数丰富植被供养的驯鹿，以及打猎的飞禽走兽鱼等获取。而主要的生活资料驯鹿，又叫角鹿，是鹿科驯鹿属下的唯一一种动物，有四个胃室，食量很大，小说中写道："它们总是自己寻找食物，森林就是它们的粮仓。除了吃苔藓的石蕊外，春季它们也吃青草、草问荆以及白头翁等。夏季呢，它们也啃桦树和柳树的叶子。到了秋天，鲜美的林间蘑菇是它们最爱吃的东西。"所以，以色列先知以赛亚说，"所有的肉都是草"。草，或者广大而无尽的丰富植被，才是鄂温克族人生存的命根子。这些丰富的植被植物多达 100 多种，《额尔古纳河右岸》中写到了 32 种，比如驯鹿食用的主要食物苔藓、石蕊、蘑菇、青草等，针叶林的主要植物松、桦、柳等，林下的草药手掌参、黄芪、马粪包、红百合等，神圣植物卡瓦、松桦、莲花等。这种生存和生活的方式，使得他们

---

① 秋浦主编：《鄂温克人的原始社会形态》，中华书局 1962 年版，第 2、3 页。

女作家学刊·第四辑

从身体到心灵都深植传统而悠久的精神信仰：人与大自然必须融于一体，互相依存，互相依靠，共生共存，休戚相关。他们敬畏大自然，尊重大自然，而且认为"万物有灵"，山有山神，水有水神，火有火神，而把自己谦卑地称为"森林之子"。他们认为栖居于森林中的"白那查"是山神，主宰着一切野兽，必须对它敬重。在狩猎时遇见它，必须敬奉烟酒，祈求保佑。他们崇拜火神，认为是火神给他们带来了光明和温暖，因此营地的火从不熄灭，迁徙时，走在最前面的是白鹿驮着的玛鲁神，接着就是敬奉的火种。他们坚信火中有神，因此不能往火里吐痰，洒水，扔不干净的东西。他们把驯鹿尊为"上天的使者"，因为它的皮毛、茸角、鹿筋、鹿鞭等，都为他们的生存生活提供了必需之物，而且驯鹿还是他们很好的搬运好手。他们在吃熊肉时，都要举行祭祀仪式，以此来赦免人的罪过。而且，对吃剩的熊骨不能乱丢，不然会惹怒熊神，受到惩罚。并且，对熊的头、心及内脏等，也要像对待人一样，为其举办"风葬"仪式，唱祭熊的歌。小说中，"我"深情地回忆叙述了父亲、母亲和伯父尼都萨满不平凡的一生。父亲林克机智耿直，在一场瘟疫中为了下山换取健壮的驯鹿而被雷电击死，"风葬"于松树上。母亲达玛拉勤劳坚贞，丧失丈夫和爱情后，被氏族规矩所困，以致疯癫，穿着用羽毛编织的裙子，在不息的舞蹈中离世。伯父尼都是一个萨满教徒，一生给人跳神驱邪治病，主持丧葬仪式，为了战胜日本人，运用作法杀死日本战马，为此耗尽体力而身亡。所有这些亲人，最后都被"风葬"，回到了大自然的怀抱，成为大自然的一部分。

迟子建专栏

三

在"清晨"的时间意象中，鄂温克族人生活得宁静而温暖，虽然在生活中艰辛而悲壮，但是，人的生命充满尊严，而显得坚韧且有力量，自然，人的精神也就坚定而殷实。随着时间的流逝，过了"正午"就是"黄昏"，白昼即将结束，黑暗将要来临，在不断加快的现代化历史进程中，社会急剧动荡，自然环境遭到破坏，鄂温克族人的生活，开始经受"文明"的挤压，进入了一个与他们的传统社会文化生存迥然不同的"再社会化过程"。

兰德曼在《哲学人类学》中说：人"作为一种文化的存在，也是一种历史的存在，这一点也具有双重意义：他对历史既有控制权，又依赖于历史；他决定于历史，又为历史所决定"。[①] 一百多年来，鄂温克族人的命运渐渐被历史所决定，成为在历史时间中的被动存在，先是俄军入侵，后是日本人统治，接着是土地改革，然后是政府建起激流乡，用新的户籍制、单

---

① ［德］兰德曼：《哲学人类学》，社会科学出版社 2009 年版，第 13 页。

位制、档案制来对抗他们过去以家庭为主体组成的乌力楞制，大大限制了他们的自由度，生活方式被他者文明所摧毁而彻底改变，让他们弃猎务农。1952年，更是让他们下山定居，实行半牧半农。到20世纪末，国家实施天然林保护工程，森林采伐和狩猎都被禁止。直至2003年，最后的游猎部落鄂温克族人走出山林，到城市居住。不管是前面的为了征服大自然，显示人类的伟大智慧，还是后来的为了保护大自然，显示人类对大自然的敬畏，但是，正如美国人类文化学家露丝·本尼迪克特在其《文化模式》一书说，只有他们的杯子是"上帝的陶杯"，"他们都在水里蘸了一下，但是他们的杯子不一样。现在我们的杯子破碎了，没有了"，这使得鄂温克族人远离了他们赖以生存的大自然，让他们心中的神鹿直接进入了"动物园"，让他们这些猎民感觉到也像被赶进了"人类动物园"。这一系列的外敌"入侵掠夺"，政府"改造自然"和对少数民族"原始落后"进行"改造教育"的"伟大工程"或"人类壮举"，都是自以为是的他者文明，对鄂温克族人传统社会文化存在已有文明的"再社会化过程"。在这种"再社会化过程"中，他们原有的生态环境、生活方式、生产方式等都被彻底打破和颠覆，使他们与自己原有的文明断裂直至脱钩。

从小说中我们知道，鄂温克族人没有自己的文字，"西班在造字"，但是，直至小说结束时，我们也不知道西班造出了鄂温克族字没有。其实，这只是作家的一种美好想象与理想寄托，更重要的意义在于启迪我们，一个没有文字的民族是无法延续和传承自己的历史的。他们被赶下山进了城以后，要想融入汉人的主流生活当中，就必须学习汉语。语言是一种民族文化的载体，失去自己的语言，就等于失去了自己的生存文化。失去了自身的文化，就等于失去了自己的世界和自我的历史意识。而没有了文化特征的民族，再经历几代人，自然就会作为一个整体在这个世界上消亡。正如苏联作家艾特玛托夫所说："一个人失去民族和历史属性，失去个性的全部特征，他就变成了顺从的奴隶，驯服的机器。"也正如小说中的女萨满妮浩在最后所唱的哀歌一样，"古老的额尔古纳河啊，你流向银河吧，干旱的人间……"

据迟子建说，她创作这部长篇小说的起源大约是2003年，媒体报道了敖鲁古雅的鄂温克人下山定居的事情，许多人蜂拥到内蒙古的根河市，想见证人类文明进程中的这个所谓的"伟大的时刻"。她的心中却弥漫起一种挥之不去的忧郁感和苍凉感。这时，她从报纸上看到一篇关于鄂温克族画家柳芭命运的新闻报道，写柳芭如何带着才华走出森林，最终又满怀疲惫地辞掉工作，回到森林，在困惑中葬身河流的故事。迟子建感到十分震惊，2004年8月到根河市通过追踪驯鹿的足迹找到了山上的猎民点，找到了小说中酋长女人的原型，探望了柳芭的妈妈，倾听了他们内心的苦楚和哀愁，听他们唱歌，后来集中三个月时间，开始阅读各种关于鄂温克族历史和风俗的文献资料，做了大量笔记，2005 年年初进入创作阶段。迟子建根据画家柳芭的原型，塑造了"我"的孙女伊莲娜这样一个精神分离的典型。她既厌恶城市生活，可又同时迷恋城市生活。她离不开城市生活中的商店、酒店、电话、电影院和各色人流，可在现代都市文明与自己的内在精神世界之间，又无法找到一种心理平衡，最后只能是在困惑与绝望当中自杀，留下耗时两年之久创作的一幅作品，成为自己民族的文明被他者文明"再社会化过程"的见证。

四

所以，迟子建《额尔古纳河右岸》的重要思想价值，就在于警醒世人：人类要想延续生存下去，就必须在各个民族和各种文明之间和合包容，不分多寡强弱，不讲自我他者，而是互相尊重和理解，信仰宽容，手足相助，友爱和睦，形成人类命运共同体，共同面对延续生存的各种自然灾难与敌人，建设能够使人类健康发展与美好生活的共有家园。

正如古代哲学家王充所言，"天地合气，万物自生；犹夫妇合气，子自生矣"。可是，人类在历史进化与文明演进过程中，总是有些团体、政府和国家，自觉或不自觉地成为"文化霸权主义"者和"文明霸权主义"者，逆人性人道而动，不是平等友爱地与他方沟通交流，包容对话，吸收、吸纳他方文化和文明，从而和平共处，而是以多欺少，以大欺小，以强欺弱，一心想的是要改造、战胜、吃掉和消灭他方，以实现其称霸世界，一统天下。这与中华文化一直所倡导的"万物并育而不相害，道并行而不相悖"的人文精神是格格不入、大相径庭的。

历史学家们已经发现，自己一生所撰写的历史是错误的。世界历史观，既不是前现代的循环史观，也不是现代的现代化或发展史观，而是人与生物圈相和谐的由生态学与发展相结合的可持续发展史观。我在《黑夜里，我睁大眼睛——对人与事物的另类思考》一书中说过，"他们发现应当把人类的历史放回到生态体系中，还历史以本来面目；他们发现必须以生态与发展的动态平衡观来撰写人类历史发展的持续性和断裂性；他们认为必须正视科技和理性给人类历史发展带来的负面效应，反对狂热的科技和理性崇拜，进而重评人类历史的发展"[1]。正如世界环境史学家克罗农所说："人类并非创造历史的唯一演员，其他生物、大自然发展进程等，都与人一样具有创造历史的能力。如果在撰写历史时忽略了这些能力，写出来的肯定是令人

① 马明高:《黑夜里，我睁大眼睛——对人与事物的另类思考》，作家出版社 2003 年版，第 95 页。

迟子建专栏

遗憾的不完整的历史。"

世界著名哲学家海德格尔一再告诫我们：大自然是我们赖以生存的唯一所在，是我们唯一的精神与肉体的双重故乡，是需要维护的人类的共同生存的家园。因此，我们应该"诗意地栖居"，应该爱护自然，拯救大地。正如他在《筑·居·思》中所说："拯救不仅是使某物摆脱危险；拯救的真正意思是把某物释放到它的本己的本质中。拯救大地远非利用大地，甚或耗尽大地。对大地的拯救并不控制大地，并不征服大地——这还只是无限制的掠夺的一个步骤而已。"① 曾繁仁先生说得更为清楚："'诗意地栖居'就是拯救大地，摆脱对于大地的征服与控制，使之回归本己特性，从而使人类美好地生存在大地之上、世界之中。"②

现代环境伦理学创始人之一、法国哲学家施韦兹说："善是保护生命，促进生命，使可发展的生命实现其最高价值。恶则是毁灭生命，伤害生命，压制生命的发展。"只有承认、包容其他生命物、自然物的内在价值，才能去尊重他族的生存环境、尊重他人的生命、善待大自然，维护生态环境系统的平衡和健康运行。只有从大自然共同体的征服者和保护者，转变为大自然生物圈中的一位善良的公民，才能把我们人类的道德良心，扩展到大地和广阔的生态系统之中，才能坚持用大地伦理规范和约束我们的精神和行为。只有真正从内心深处确立保证人与自然和谐相处的新的精神理念和文化价值观念，确定新的社会政治机制、生活方式和新的消费模式，才有可能做到人类与自然万物为友，保护他族他人他物，保护自然资源，应和着生态系统的生命节律和韵律，与其中的所有生命物与非生命物自然而和谐地相处，从而共存共生共荣。

2021 年 4 月 7 日写于山西省孝义市

（马明高：中国作家协会会员，中国电影家协会会员，中国文艺评论家协会会员，山西省作家协会全委委员）

① ［德］马丁·海德格尔著，孙周兴选编：《海德格尔选集》，上海三联书店 1996 年版，第 1193 页。
② 曾繁仁：《生态美学导论》，商务印书馆 2010 年版，第 318 页。

迟子建简介及其主要作品目录

迟子建简介

迟子建，女，1964 年生于漠河。1983 年开始写作，已发表以小说为主的文学作品六百余万字，出版有百部单行本。主要作品有：长篇小说《伪满洲国》《越过云层的晴朗》《额尔古纳河右岸》《白雪乌鸦》《群山之巅》《烟火漫卷》，小说集《北极村童话》《白雪的墓园》《向着白夜旅行》《逝川》《清水洗尘》《雾月牛栏》《踏着月光的行板》《世界上所有的夜晚》，散文随笔集《伤怀之美》《我的世界下雪了》等。曾获得第一、第二、第四届鲁迅文学奖，第七届茅盾文学奖，澳大利亚"悬念句子文学奖"等文学奖励。作品有英、法、日、意、韩、荷兰文、瑞典文、阿拉伯文、泰文、波兰文、芬兰文等海外译本。

迟子建出版作品目录

小说集

《北极村童话》	作家出版社	1989 年
《逝川》	长江文艺出版社	1994 年
《向着白夜旅行》	河北教育出版社	1995 年
《白雪的墓园》	云南人民出版社	1995 年
《白银那》	中国文联出版社	1998 年
《朋友们来看雪吧》	解放军文艺出版社	2000 年
《当代作家选集丛书——迟子建卷》	人民文学出版社	2000 年
《清水洗尘》	中国文联出版公司	2001 年
《雾月牛栏》	华文出版社	2002 年
《疯人院的小磨盘》	新世界出版社	2002 年

《逆行精灵》	中国文联出版社	2002 年
《格里格海的细雨黄昏》	江苏文艺出版社	2003 年
《踏着月光的行板》	北京十月文艺出版社	2004 年
《逝川》	香港明报出版社	2004 年
《微风入林》	春风文艺出版社	2004 年
《花瓣饭》	中国福利会出版社	2005 年
《世界上所有的夜晚》	人民文学出版社	2006 年
《迟子建作品精选》	长江文艺出版社	2006 年
《踏着月光的行板》	春风文艺出版社	2007 年
《福翩翩》	湖南文艺出版社	2008 年
《世界上所有的夜晚》	台湾馥林文化出版	2008 年
《世界上所有的夜晚》		
香港《明报月刊》出版社 新加坡青年书局联合出版		2009 年
《鬼魅丹青》	云南人民出版社	2009 年
《日落碗窑》	作家出版社	2010 年
《北极村童话》	黄山书社	2010 年
《踏着月光的行板》	浙江文艺出版社	2011 年
《一匹马两个人》	上海文艺出版社	2012 年
《黄鸡白酒》	湖南文艺出版社	2013 年
《第三地晚餐》	重庆出版社	2013 年
《中国好小说　迟子建卷》	中国青年出版社	2013 年
《晚安玫瑰》	人民文学出版社	2013 年
《起舞》	河南人民出版社	2014 年
《北极村童话》	云南人民出版社	2015 年
《踏着月光的行板》	上海文艺出版社	2015 年
《秧歌》	湖南人民出版社	2015 年
《逆行精灵》	安徽文艺出版社	2016 年
《别雅山谷的父子》	百花文艺出版社	2017 年
《草原》	江苏文艺出版社	2017 年
《空色林澡屋》	长江文艺出版社	2017 年
《候鸟的勇敢》	人民文学出版社	2018 年
《炖马靴》	广西师范大学出版社	2019 年

散文随笔集

《伤怀之美》	云南人民出版社	1995 年
《听时光飞舞》	江苏文艺出版社	1997 年

《迟子建随笔自选集》	广西民族出版社	1998 年
《迟子建影记》	河北教育出版社	1998 年
《女人的手》	明天出版社	2000 年
《假如鱼也生有翅膀》	湖南文艺出版社	2005 年
《我的世界下雪了》	山东画报出版社	2005 年
《北方的盐》	江苏文艺出版社	2006 年
《迟子建散文精品赏析》	学林出版社	2006 年
《迟子建散文》	人民文学出版社	2008 年
《迟子建散文》	浙江文艺出版社	2009 年
《我对黑暗的柔情》	江苏文艺出版社	2010 年
《一滴水可以活多久》	湖南文艺出版社	2011 年
《会唱歌的火炉》	明天出版社	2013 年
《迟子建散文——中学生读本》	人民日报出版社	2014 年
《年画与蟋蟀》	浙江文艺出版社	2014 年

长篇小说

《茫茫前程》	上海文艺出版社	1991 年
《晨钟响彻黄昏》	江苏文艺出版社	1997 年
《热鸟》	明天出版社	1998 年
《伪满洲国》（上下卷）	作家出版社	2000 年
《树下》	北岳文艺出版社	2001 年
《越过云层的晴朗》	上海文艺出版社	2003 年
《伪满洲国》（插图本）	人民文学出版社	2005 年
《额尔古纳河右岸》	北京十月文艺出版社	2005 年
《额尔古纳河右岸》	台湾馥林文化出版	2006 年
《树下》	河南文艺出版社	2009 年
《越过云层的晴朗》	作家出版社	2010 年
《白雪乌鸦》	人民文学出版社	2010 年
《白雪乌鸦》	台湾联经出版公司	2012 年
《伪满洲国》	台湾联经出版公司	2013 年
《群山之巅》	人民文学出版社	2015 年
《烟火漫卷》	人民文学出版社	2020 年

文　集

| 《迟子建文集》（四卷） | 江苏文艺出版社 | 1997 年 |
| 《迟子建作品精华》（三卷） | 中国青年出版社 | 2002 年 |

《迟子建中篇小说集》（五卷）　　　　　上海人民出版社　　　2008 年

《迟子建短篇小说系列》（四卷）　　　　人民文学出版社　　　2012 年

《迟子建中篇小说系列》（八卷）　　　　人民文学出版社　　　2014 年

《迟子建长篇小说系列》（六卷）　　　　人民文学出版社　　　2014 年

《迟子建散文系列》（五卷）　　　　　　浙江文艺出版社　　　2017 年

《迟子建中篇小说系列》（十卷）　　　　　作家出版社　　　2021 年

两部女作家代表作及简评

曾镇南

摘　要：张洁是一位杰出的女作家，她的作品也有着深远的力量。如其代表
作《沉重的翅膀》和《无字》就激荡着强烈的震撼力。本文试在此
对这两部作品做一个简要的评述。

关键词：《沉重的翅膀》；《无字》；简评

《沉重的翅膀》推荐语

张洁创作生涯开始并不太久，却已蜚声中外，影响广泛。她的小说，
既是中国知识女性觉醒的新声，又是中国改革事业的前奏。——在这两方
面，她都表现出自己特有的敏锐和激烈。张洁对中国知识女性在爱情、婚
姻上感觉到的苦闷分外敏感，她以追求理想的爱情境界的执着和勇敢激动
了广大读者的心灵。她的创作的进一步发展向人们表明：对爱情完美的追
求，是她对人的完美的总追求的一个部分。伦理主题与社会主题融为一体，
共同表现出当代中国所处的社会蝉蜕期的痛苦和希望。张洁的小说极富个
性色彩。她的语言极有锋芒，有如寒光熠熠、薄得透明的刀锋；但也有温
热、清丽的一面，有如春花秋月，沁人心脾。她的联想之妙和设譬之巧也
是独步文坛的。（1986 年《南方文坛》创刊号）

张洁的《沉重的翅膀》，是我国改革开放之初出现的第一部正面反映和
表现工业战线改革题材与主题的长篇小说。

这部力作的独特的震撼力，就在于作家以峭拔新锐的笔锋划破了沉闷
停滞、因循守旧的庸常生活的表皮，把对我国工业经济体制改革的滥觞期
的描写，在深阔的社会背景上，推衍为对处于蝉蜕期的时代的基本特征的

艺术概括。它是时代的尖刺，也是社会的透镜。

就改革的经济学细节而言，小说提供的与其说是昭示未来的蓝图，不如说是记录被我国经济生活的迅猛发展疾速地抛到后面去的第一批探索改革者的脚印和心迹。小说更加重要的方面是由经济改革这个旋涡中心所旋动的整个社会和人的艰难的心理变迁过程，是改革的先行者及追随他们毅然前行的一群当代中国人的姿影和心声——这其中包括郑子云、陈咏明、叶知秋等主要人物乃至莫征、郑圆圆、万群等善良而正直的，渴望着民族振兴、社会进步、憧憬着人类自身的全面发展和纯洁美丽的一个大的人物群——写出了他们负荷着蝉蜕期的痛苦和希望，鼓动沉重的翅膀悲壮地奋飞的群像速写图。

在张洁笔下，峻烈纯净的道德感和意识到社会经济发展潮流方向的深刻的历史感是完全统一的。社会的经济变动和人的精神变动，社会与人的双重蝉蜕混合地交织显现，这使小说历经岁月磨洗而仍保持着它泼辣的激动人心的力量。

2018 年 7 月 19 日

《无字》简评

《无字》，这是一部长达百万字的三卷本长篇小说。小说在中国近百年来交织着革命、战争、动乱、改革的社会大变迁的复杂背景上，描写了三代中国女性的悲剧命运。小说主人公吴为是一个心高志洁、追求爱情幸福但又命途多舛，屡遭挫折颠簸的女作家。年轻时她因爱好文学与一作家相恋生下私生女，又为调回北京草草结婚生下第二个女儿。在遇人不淑，终告仳离的情况下，遇到当时下放干校的高级干部胡秉宸，和他有了一段刻骨铭心的爱情。但当这爱情历尽磨难，克服压力进入婚姻以后，吴为才发现自己在家庭生活中，实际上处于旧社会那种妾侍地位。出身于传统世家子弟的革命干部胡秉宸，在公众生活中不失为一个有思想、有担当、有魄力的改革者，但在私生活中却是一个霸道、矫情的旧式宗法家族意识浓厚的丈夫。在感情幻灭之后，吴为选择了离去。小说把吴为的爱情与人生悲剧和她的母亲叶莲子（一个旧军人的弃妇）、外祖母墨荷（典型的封建旧家庭的牺牲品）的悲剧命运交叉描写，相互比照，有力地透视了形灭魂存的中国封建宗法制度及其种种现代乃至当代的遗蜕形态。作品从头到尾，激荡着人性的呼唤，是一部幽深幻变的女性心灵的史诗。

女作家徐坤两部"即时触发"的小长篇
读后随想
——旅美文学讲座稿之一页

曾镇南

摘　要: 徐坤在 21 世纪初的创作敏锐地着眼于都市生活，描写了大都市中人物的生活悲喜和情感波动，描绘出了社会众生相，也写出了爱与现实的冲突碰撞。在此，本文试简要介绍一下这位女作家的两部长篇小说《春天的二十二个夜晚》和《爱你两周半》。

关键词: 徐坤；《春天的二十二个夜晚》；《爱你两周半》；都市生活

　　21 世纪初，反映都市生活题材的长篇小说创作十分活跃，产量急剧增长，内容和艺术形式也呈现许多新的变化、新的特色。其中，以描写大都市里白领阶层的动荡生活和感情悲欢、心理变迁的小说最引人注目。这类小说往往敏锐地反映现代都市白领青年骚动着的心理、情绪，映射着起伏跌宕的社会思潮，直率地剥露现代都市生活中的社会众生相，揭示人性中的种种畸变与冲突，带有强烈的刺激力。这里，我想简略介绍一下女作家徐坤的两部长篇小说，即《春天的二十二个夜晚》和《爱你两周半》。

　　女作家徐坤的第一部长篇小说，是问世于 2002 年的《春天的二十二个夜晚》。这部自叙传色彩浓厚的感情历程小说，只是截取了一个躁动不安的春天里二十二个夜晚的惊心动魄的感情波澜写成的。全身心投入的淳朴炽热的青春之恋的追忆；在首都北京展开的虽有动荡却终于复归平静的小家庭生活和扬起风帆的追求事业之旅；突如其来，无可告诉的分居和婚变；在苦闷的春夜中如雷鸣电闪般骤然爆发又猛地撕裂、熄灭的爱情；在失望中因再次邂逅而开始的半麻木半清醒的同居生活及其平淡的收束；酒吧地图上的夜之漫游，郊区游憩地的寻觅和沉思，稠人广众中蓦然回首看到的一个背影……这种种人生遭际和场景，就是主人公毛榛与丈夫陈米松，情人庞大固埃，短暂同居者、所谓儒商汪新荃等形形色色的都市男人在那个春天的那段只有二十二个夜晚的日子里所经历和体验的。这是一场冲击心灵的内心风暴，这是一段椎心泣血的感情历程。徐坤用带血的心灵倾诉将这一切和盘托出，既浓缩又奔放、既执着又洒脱、既迷惘又明白地写出了一个渴求爱也能够爱的都市知识女性的"爱之梦"，终于撞碎在无爱的对手突然永遁的冷酷现实上。这是一个实用主义的理性估量和算计在都市人婚姻爱情生活中早已占据了上风，单纯朴素的、忘我投入的爱早已跟跄失路的时代。徐坤用毛榛的失爱的悲剧，为这样一个时代作了痛定思痛的印证。当然这也不过是小儿女的悲欢，似乎无关乎时代大的变局。可是，当社会这条大鱼在不断翻滚转身时，它被碰伤的伤口处掉下的鳞片，不也牵着血的丝缕吗？毛榛的感情悲剧，正是这样一片带血的鳞片，细细辨析和指认，是可以看出它的社会精神生活悲剧的属性的。这不仅是鲁迅所说的那种"几乎无事的悲剧"，简直可以说就是无事无波的悲剧。陈米松突然人间蒸发，撇下毛榛在感情的泥潭中踽踽独行，这使那么多的读者感到了揪心的痛和无可奈何的茫然与空虚，这就是它的社会意义和艺术冲击力的证明。

2004年上半年，徐坤出版了第二部长篇小说《爱你两周半》。这是一部非常时期的爱情故事，或者更准确一点说，是徐坤借助艺术的透镜，截取了"非典"流行时期"两周半"日子的一段时间框架，透视了顾跃进和于珊珊、梁丽茹和董强这四个男女无意中为自己安排的性爱生活的种种情状，予以定格曝光，立此存照。在这两周半里，处于内景地北京疫区并突然遭到隔离的一对情人，是成功男人、社会中坚、房地产商顾跃进和怀着出人头地的欲望、颇有心计但也还不失单纯的电视台记者于珊珊。他们在"非典"时期一次兴之所至临时约见的幽会中被突然隔离了，不得不在一起过起了临时夫妻的日子。而进入外景地云南丽江的另一对情人，是顾跃进的分居而未离婚的妻子、大学教授、系主任梁丽茹和青年教师、大龄青年董强。他们以夫妻的名义登记参加一个旅游团，开始了首度性爱之旅，没想到遇到了"非典"，遭遇到另外一种形态的隔离——外地人如临大敌、像躲避瘟疫一样的过度紧张反应所造成的隔绝与疏离。梁丽茹不得不提前结束这趟半秘密半公开、半推半就的性爱之旅，直接转机沈阳回到家里，百感交集地浸润在久违了的亲情的温水里。顾跃进与于珊珊、梁丽茹与董强这两对情人在各自经历了"爱你两周半"的悲喜剧之后，对生命、社会、世界，对人生、爱情、婚姻、家庭、伦理、亲情等等，便有了新的感悟和体会。顾跃进解除隔离，在一场高烧的虚惊中，悟到了自己真正的牵挂所在；于珊珊为了冲破憋闷申请去抗"非典"第一线采访，拓展了自己的精神天地；梁丽茹被女儿的作文感动得流泪，决定化解与顾跃进的僵局，同意离婚。她和顾跃进相会在女儿参加高考的考场外，而以记者身份出现的于珊珊则平静地对这一家三口进行了采访，小说到此戛然而止，给人们留下了长久的回味。小说题目叫《爱你两周半》，这是从女性角度发出的对非婚姻的性爱的感慨：它是如此短促、脆弱、易逝。而女性所渴盼的，则是可望而不可即的永生永世的爱情。在这永恒的爱之寂光的照临下，徐坤不但对顾跃进一类处于中年危机中的、情欲膨胀的、"黄金壮起荒淫志"的新富作了淋漓尽致的无情剥露，对梁丽茹这一类人到中年、事业功名都有却失去婚姻爱情的知识女性陷入短暂的婚外性爱的窘态，也投以温婉的微讽。这一对在经历"非典"时都下意识地浮起给对方打电话的念头又终于没有打的分居夫妇，他们的结局会是怎样的呢？在留给读者的猜测里，在于珊珊作为局外人冷静地对他们进行采访的戏剧性场面里，作家对永生永世的爱情的期盼，对家庭夫妻恩爱的珍存和忆念，已经含蓄而隽永地流露出来了。对于徐坤来说，爱你二十二个春天的夜晚或爱你两周半，这都是爱滞留在现实中必然要无奈面对的命运。在其现实性上，人是一切社会关系的总和，是社会巨网上的一个结、一个点。作为人的社会行为和生活欲望的一种，爱自然也绝难超出社会之网而纯粹诗意地存在。超越这一段被隔绝的短暂的时间栅栏，向永生永世的爱情投出渴盼的目光，这才是徐坤向茫茫人世发出的真正的信号。这是有些微茫的信号，有如脉息，需要屏息静气才能"把"到。在这个意义上，《爱你两周半》是都市人现代性爱放佚的探索终于又触碰到人类传统爱情伦理底线的一个标志。爱，真正纯洁的爱，终究还是不能忘记的。而且，这样的爱的私人性和社会性，也都比人们自己想象的要丰富得多、重要得多。难道不正是一场社会性的灾难，一场对人际关系、情感质素的普遍考验，才逼使顾跃进、梁丽茹、于珊珊（也许还有董强）有了一个直面自己内心真实的机会吗？

当然，《爱你两周半》在剥露顾跃进、于珊珊的性爱生活的本相时笔力的强悍、恣肆泼辣，在绘状梁丽茹、董强的性爱之旅时的温婉洒脱、清丽细腻而又略带讽刺的笔触，的确是才华横溢的。而那些仓促地表现这些人物在"非典"过后对人生有所顿悟的言行和心态的文字则未免有些相形失色，造成了小说前大半部分非常生活化并具有强烈的艺术冲击力而后小半部分却有些理念化，这也是显而易见的缺点。不过，造成这一缺点的因素——不论是社会生活源泉方面的还是作家主观条件方面的，都有某种天然性，不是短时间可以移易和改善的。值得称许的是，即使是在小说后半比较单薄的部分，也有一些精彩的、与小说旨趣有关的细节，显示了作家的智慧和才情。比如，在经历了"非典"流行期的煎熬之后，顾跃进、梁丽茹都不约而同地想起给对方打个电话，但又都终于没有打。刚刚有过那么亲密接触的情人他们想不起来，却惦记起已经分居多年的妻子和丈夫来，这个细节无意中泄露的人物心灵深处的秘密，是多么耐人寻味啊！又如于珊珊装作与顾跃进毫不相识，从容自若地采访了顾跃进一家，细心的梁丽茹看出了破绽，但也不予点破。这个细节蕴含的丰富意味，也是颇可演绎的。徐坤凭借她有爆发力的才情赋予体量适中的长篇小说以"短促突击"穿透力，也就是说，她赋予了这种类型的长篇小说某些表现。这是我们在讨论这位女作家修改时须多加留意的。

谌容的《人到中年》在新时期
文学发轫期的文学史意义

曾镇南

摘　要: 谌容的《人到中年》围绕陆文婷描写了形色各异的人物，从而生动细致地刻画大时代中知识分子形象，这是新时期的一部标志性作品，它有着透视时代的警策意义和新表现形式的革新意义。

关键词: 谌容；人到中年；陆文婷；"伤痕文学"

谌容的中篇小说《人到中年》，刊载于《收获》1980 年第 1 期。它是新时期文学的激流刚刚夺闸而出时飞腾而起的一朵耀眼的、绚丽的浪花，是早期收获的足以显示这一阶段文学实绩的一部标志性作品。它所蕴含的透视时代命题的警策意义和尝试中篇小说新的表现形式的艺术革新意义，迄今也没有随岁月的流逝而减色。

《人到中年》展现了一个比较成熟而有经验的小说家在塑造各种各样的人物方面的功力。环绕着主人公陆文婷的工作和生活、情思和品格、或浓或淡、或正面绘状或侧笔勾勒，写活了七八个身份、类型各异的人物，在这些人物与陆文婷或近或远、或直接或间接的关系中，层层掘进地直析陆文婷命运和性格形成的历史深处，纤毫毕见地洞照了她感情生活的丝丝缕缕，把这个平凡而又光辉的中年知识分子的形象饱满而细致地雕绘出来。这是一个在大时代转折的背景上默默地负重艰行，在"超负荷运转"的临床履职中焕发出惊人的智、光和美，几乎用自己的生命去殉身事业的普通的、常见的具有崇高的使命感的奉献者形象，也就是在改革、开放的时代大波中涌现出来的一代科、教、文、卫知识分子的朴素而切实的形象。这样的形象，诚如鲁迅所说："在中国第一要他多"中国的现代化建设和改革开放事业，也才有希望。

重温《人到中年》，再次亲炙陆文婷的形象，使我们又想起了，在新时期文学发端之初，与椎心泣血在研味历史的苦难中开出反省和改革之路的"伤痕文学"并行不悖的，还有在呼唤"科学的春天"的滚滚雷声中涌现的别一种文学潮流即当时一度被称为"科技文学热"的一批蜚声文坛的作品，即以描绘一代隐而复现的科、教、文、卫知识分子智慧风貌和报国热情为职志的文学。这也许是内容更加深厚、声势更加浩大，思想境界更加高远的放射着感性的社会主义诗意光辉的文学。而《人到中年》则是这种真正的时代先锋文学的一支嘹亮的响箭。由作家亲自改编成的同名电影拍摄公映后形成的万人空巷的观影热潮盛况，至今还恍若眼前。"伤痕文学"和"科技文学"，共同构成了新时期文学发端期的全面的文学景观，这是当代文学史家所不应忽略的吧。

2018 年 12 月 7 日

残雪：冒险是我的命运，我乐在其中

舒晋瑜

摘　要：残雪的作品之所以在国外文坛上占有一席之地，主要得益于创作本质的开放性。她总能够直击人心。能做到这一点是因为她对中西两种文化的精髓的吸取。残雪热爱中国人的世俗生活，中国的物质文化渗透到她的血液。同时她又热爱西方人的精神文化，不知疲倦地在实践中向西方文化学习。经过四十年的实际操作之后，她终于将两种文化元素在文学中（以及未来的哲学专著中）融为一体。

关键词：残雪；中西文化；世界文学

　　从 1985 年开始发表作品，近四十年间，作家残雪的创作势头越来越好，其影响尤其在国外的影响越来越大。有评论用"墙内开花墙外红"形容"残雪现象"。

　　这一阅读感受得到了她的认可："我确实是势头越来越好。可能是因为我进入的是一个很少有人敢于探索到底的文学新领域吧。最近这些年我已经写开了，生活中所有的事都是我的原材料，爱怎么写就怎么写，一点都不费力，充满了快乐。外界爱怎么评就怎么评，我不怎么在乎。当然我也有很少的几位知己。他们总是给我鼓励和力量。"

　　残雪的自信、乐观和超脱溢于言表。她的确有底气自信。据不完全统计，残雪迄今出版小说、散文、评论、随笔专著 79 部。各大院校都有学者将残雪的作品作为研究对象，版权输出国外颇多，还有地方出版残雪的评论专著，认为是世界文学领域里的一种新突破。2015 年 5 月，残雪获得美国的最佳翻译图书奖，而且是唯一获得这一奖项的中国作家，同时入围美国纽斯塔特国际文学奖。2019 年 9 月，残雪再次进入博彩公司赔榜率，成为诺贝尔文学奖热门作家。

她分析自己的作品之所以在国外文坛上占了一席之地，主要得益于创作本质的开放性。"我总是直击人心。我能做到这一点主要是我对中西两种文化的精髓的吸取。如果你仅仅寄生在一种文化上，就很难做到这一点。我是中国人，特别热爱中国人的世俗生活，中国的物质文化渗透到了我的血液中。但我同时又热爱西方人的精神文化，不知疲倦地在实践中向他们的文化学习。经过四十年的实际操作之后，我终于将两种文化元素在文学中（以及未来的哲学专著中）融为了一体，现在已到了得心应手的程度。"残雪说，如果要攀登高峰的话，这应是最好的途径。

残雪认为，自己的作品之所以在国外文坛上占了一席之地，主要在于创作本质的开放性。

问：您从 1985 年开始发表作品，近四十年间，感觉创作势头越来越好，影响尤其在国外的影响越来越大。有评论用"墙内开花墙外红"形容"残雪现象"。您怎么看？

残雪：我确实是势头越来越好。可能是因为我进入的是一个很少有人敢于探索到底的文学新领域吧。最近这些年我已经写开了，生活中所有的事都是我的原材料，爱怎么写就怎么写，一点都不费力，充满了快乐。外界爱怎么评就怎么评，我不怎么在乎。当然我也有很少的几位知己。他们总是给我鼓励和力量。

问：据不完全统计，您迄今出版小说、散文、评论、随笔专著 79 部。各大院校都有学者将您的作品作为研究对象，版权输出国外也有很多，还有地方出版您的评论专著，认为是世界文学领域里的一种新突破。您的作品"走出去"，分哪几种情况？

残雪：我现在"走出去"的作品主要还是小说，日本和美国也出版了少数我的文学评论。英文版已有十三本，日本版十二本，其次是西班牙语、法语、德语、意大利语、丹麦语、韩语，等等。现在我在美国麻省理工学院有一个文学网页，出版人可以通过那个网页与我取得联系。目前出版我的作品最积极的是美国、德国、西班牙、日本和韩国。我估计自己的作品终将在世界各地都有出版，凡研究实验文学的人都会来读。

问：2015 年 5 月，您获得美国的最佳翻译图书奖，而且是唯一获得这一奖项的中国作家，同时入围美国纽斯塔特国际文学奖。如果请您分析，为何自己的作品在国际上有如此高的文学地位，您认为主要有哪些方面的原因？

残雪：我的作品之所以在国外文坛上占了一席之地，主要在于我的创作本质的开放性。我总是直击人心。我能做到这一点主要是我对中西两种文化的精髓的吸取。如果你仅仅寄生在一种文化上，就很难做到这一点。我是中国人，特别热爱中国人的世俗生活，中国的物质文化渗透到了我的血液中。但我同时又热爱西方人的精神文化，不知疲倦地在实践中向他们的文化学习。经过四十年的实际操作之后，我终于将两种文化元素在文学中（以及未来的哲学专著中）融为了一体，现在已到了得心应手的程度。我想，如果要攀登高峰的话，这应是最好的途径。

问：2019 年 9 月，您再次进了博彩公司赔榜率，成为诺贝尔文学奖热门作家，能描述一下那时的情况吗？是否电话都被打爆了？您以怎样的心情应对这些事情？如果真的获得诺奖，您会怎样看待？

残雪：当时确实轰动很大。据我所知，国际文坛上这几年仍有余波。我认为这是个好事。获不获奖没关系，主要的好处在于传播了作品。现在我的作品不论在国内和国外，出版的速度都加快了很多倍。我从网上了解到，一些文学青年读者认为不读我的作品就很难算进入了实验文学。我不认为我很快会得奖，即使将来得了，也不是因为那时就写得比现在好了。获奖这种事作家左右不了。国内也许有人为操纵这种事，在国外除个别外都很难实施。即使如此，国外的奖项也有许许多多的同文学无关的因素影响它们。其中最主要的是文学的口味。我认为世界本质文学的影响较之卡尔维诺和博尔赫斯的时代大大地降低了，高水准的学者和读者极为少见。这也是没办法的事。

残雪一直认为，只要创作，就是在代表大自然发声。

问：回到文学本身，我们再谈谈您的新作《水乡》。出版社在宣传这部作品时，打出"残雪成为诺奖热门作家后出版的首部长篇小说"——外界的议论或评论，会影响到您的创作心态吗？

残雪：当然不会。从我的小说中也可以看出，我是那种有能力将自我分裂的人。我投入日常生活，但我又能同日常生活随时拉开距离。常常在一天当中，我要做好几样性质完全不同的事。实际上，我几乎每天都在写。一旦坐下来外界就消失了。

问：《水乡》的创作契机是什么？

残雪：《水乡》的创作契机是从我的终极追求中引申出来的。常有这种念头冒出来：像我这样一名艺术工作者，对于自由的追求会是什么样的？能够将追求的模式形象地演绎出来吗？思想上的自由与身体的自由（也就是外部生活条件）二者之间是一种什么关系？这部作品就是对这些朦胧地意识到的问题的回答。我并没有整天想这些高深的哲学和文学的问题，实际上，我不会刻意去想它们。我只是默默地实践，用艺术家的方式将这些人性的追求不间断地演绎出来。我认为我的这种纯实践的方法是最好的，不论我写下什么，都是来自那种最为古老的根源。我们南方人对于水像对于身体一样既陌生又熟悉，在火热的夏天，我们常常有钻进水的深处的冲动。如果这种行动实现出来了，那究竟会是一种什么样的情况？这就是我的创作冲动的契机。

问：小说共十四章，在架构小说上，您是怎么考虑的，您的小说创作一般是怎么开始的，会先列提纲或明确故事走向吗？

残雪：我是自动写作。我的架构都是随意的，也从来不列提纲和规定故事的走向，而是沉浸在一种朦胧的营造中，写到哪儿算哪儿。但这种随意却是高难度的，因为必须符合深层的情感逻辑，也就是身体逻辑。我在写的过程中会集中意念辨别我的每一个句子：它是否出于冲动？我认为写实验文学的人必须对自己的身体具有超级的敏感，以及掌控全局的气魄。不然写出来的就很可能是夹生饭。一般这种气质是天生的，但热爱日常生活，关注他人也很重要，这些生活体验都是构成作家的身体意识的基质。实验小说是本质文学，属于文学创作中极为重要的一股力量。

问：很喜欢《水乡》的对话，所有人物形象饱满生动，用对话撑起了整个故事。如何确定小说的叙事特点，能否谈谈您的经验？

残雪：我自己也最喜欢我的小说中的对话。我总是将我的小说称作"表演"。处在那种表演的氛围中，对话自然而然就生动了。我用不着像传统文学那样去描写细节，因为我就处在细节感受当中，我用对话来刺激读者对于细节的想象，这种直观的方法比那些描写更高一筹，也更能刺激起阅读的主动性，读者（如果他们是我的读者的话）的代入感也会更强烈。要说我的小说的特点，这就是特点之一吧。我也从来不去描写人的面部外形等等，这方面我比一般作家的审美更为个性化，那种常规描写很少进入我的审美范围。所以如果要当我的读者的话，就必须在阅读时提起精神和身体功能，努力发挥想象力，而不是懒懒散散地被书中的文字带着走，像我们文坛流行的很多畅销书一样。《水乡》里面有不少对话也是这样，常常一个人说一件事，却并不是要说这件事，只是为了刺激谈话对象同他或她一道去接近某种境界。我想，这就是交流当中的理想主义的氛围吧。

问：《水乡》在您的创作中有何独特意义吗？可否谈谈您最看重的几部

作品？

残雪: 写《水乡》这部作品时，我已经写了两部类似主题的作品了:《边疆》和《最后的情人》。正如英国著名文学评论家博伊德·唐金所总结的那样，他说我的长篇构成一些生长的系列，是同一主题的不同层次和方面的变奏。《水乡》对我来说当然是很重要的，因为它是我的又一次冒险生存。冒险是我的命运，我也乐在其中。那里面那种进入身体（即大自然或世俗生活）的黑暗中的活动让我体验到自由的令人着迷的快感。可以说，营造的场景越匪夷所思，作者越能放开肢体的活动。一个人到了老年还能从事这种冒险，这不就是幸福的巅峰吗？那里面的每一个人物都是自我的分裂，也是一种人生的演出。我对此乐此不疲。希望这类作品也能给青年们带来生活的动力。最看重的几部作品？我的创作涉及自我的各个不同方面和领域，各有特色，很难这样来区分。这十几年里，我的创作在缓缓地进入文学的核心本质，写得最顺手的长篇有《新世纪爱情故事》《最后的情人》等。这两部长篇在国际上也受到喜爱，多次获奖。最近《新世纪爱情故事》还进入了德国国际文学奖提名。我希望《水乡》也能走向世界受到欢迎。

问: 此前您的《赤脚医生》，写到药草、行医，您对涉及的材料信手拈来，创作之前一定做了充分准备吧？小说中写人与自然的和谐共处，药草银针是一种传统文化的精神隐喻，药草是有生命的，它们能够发出声音。它不仅仅是药，不仅仅能治疗身体的病，还能治疗人的心灵创伤。您在小说寄托了很多，但是读者真的能领悟到多少，您会担心吗？

残雪: 创作之前我从来不做任何准备，也不查任何资料。我写的都是我最熟悉的生活。《赤脚医生》也是我很喜欢的一部作品，现在已经在美国出版了，估计有可能获奖。这部作品特别能体现人与大自然互动的境界。我总将自己看作大自然的女儿，我幼年时期住在山下，总是同外婆和弟弟们在山里爬来爬去，隔几天不上山就觉得坐立不安。写这部作品给了我重返那些情境的机会。我还是相当幸运的。那时身体虽饥饿，精神上却振奋。后来我又有机会去学习做赤脚医生。你说得对，这篇作品中有传统文化的隐喻，当我在那山上挖掘之际，就会有奇迹出现，那时传统的宝物就会在黑暗里焕发出灵光，那种感觉真是太好了。我写的时候不可能顾及读者，但我也一贯相信，只要我付出了身心两方面的真诚，读者在未来的日子里总会慢慢地增加的。如你所说，我的作品所追求的是身心的一致，这种追求贯穿了我的整个写作生涯。我从来就认为心灵只能通过身体来体现，人的身体则散发着灵光。也许我的这种观点对于很多西方读者是新奇的，所以他们才会青睐我的作品。总之我认为自己有很深的中国文化的根基，我是通过常年不懈的文学实践到达根源之处的。

在残雪的作品中，人可以和树说话，还可以和空气说话。在创作中她进入了本质世界，自然中的一切事物都是残雪的身体，她是自然的联体女儿。这些事物向她发出信息，她的精神向它们做出回应。

问：您的语言的诗意令人着迷，能否谈谈您对语言的追求？

残雪：我在创作中采用的是为一些人所痛恨的"翻译体"，也就是白话文汉语。我认为白话文汉语古朴典雅，它们塑造了我们这些后来者的基本语感。从我的作品输出情况来看，外国读者也很喜欢白话文汉语所传达的语境。这是中国作家的优势，千万不要将它看作劣势而自卑。如果都像某些人那样看待翻译体，鲁迅先生他们当年付出的巨大努力就白费了。我认为我的小说的语言追求的是富有童心，含蓄却又直白朴素的风格，这同我将我的小说定为本质文学是一致的。

问：从早期的《黄泥街》看，您的作品充满烟火气；但到了《种在走廊上的苹果树》《苍老的浮云》以及您的首部长篇《突围表演》，已开始从外向里挖掘；从《痕》开始您的创作又有了新的变化，以艺术家本身的创作为题材。那么现在，您如何概括自己的创作特点？

残雪：我觉得我的创作历程不应该简单地用"内"和"外"来机械区分。因为内和外总是相对的。比如在我的后期作品《黑暗地母的礼物》与我最近要出版的长篇新作中，我又转向"外部"了，尤其这部新长篇，几乎人人可懂。应该以"表面"和"深层"来区分。我这种文学创造，全部是以艺术家的自我为题材的。由于艺术家代表了全人类，所以我写的也是全人类的事情。当我将整个大自然（包括人类社会）都看作自我的"内"部时，我也可以采用所有的表层的表达去比喻深层的事物。深层同样广大无边，当作者突入进去之后就会发现这个世界既是内又是外，是身体和灵魂的合构，二者互为本质。我的四十年的创作可以说是由外到内，又由内到外的一个漫长过程。看来你的阅读感觉到了这个特点，我听了很高兴。但丁、博尔赫斯、卡夫卡、卡尔维诺和塞万提斯这类作家也是以艺术家的自我为题材的。我作为中国作家，我的自我还包括了身体，我特别愿意发挥身体功能，也许这是中国人的优势。一般认为身体（物质生活）是"外"，但我认为这个外也是"内"，它同精神的功能是相互转化的，它正好是精神的本质。一个没有烟火味的作家不可能长期延续其写作。你要能够有很好的内涵，你就必须有很好的外包。也就是说，这类作家必须沉浸于世俗，热爱世俗生活，到世俗生活里面去操练。

问：写论文时，有学生说残雪是"自己吃自己"。您愿意作何解释？

残雪：可以说，所有的实验文学，包括但丁、塞万提斯这样的实验文学，全部都是自己吃自己。如鲁迅先生所说的："长蛇"，"……不以啮人，自啮其身"。问题是如何看待这个自我。前面已说过，我的创作中的"小我"与自然这个"大我"是连体的，可说两个就是一个。这也是为什么我能越写越宽广，花样层出不穷的原因。我希望读者不但要看到作者在自己吃自己，更要找准自己的位置投入到作品当中，与作品中的人物和背景共舞，创造出属于自己的"自啮其身"的阅读模式。这当然有难度，但我自己的阅读经验就是如此。实验文学的确有门槛，我想，它也有诱惑，巨大的幸福感属于那些不懈地攀登的勇者。

问：写了几十年，现在创作对您来说是否已经不存在什么难度或瓶颈？

残雪：好像是这样。我每天固定一个时间坐下来写，每天都是不到一个小时就写完了。写小说基本上不占多少时间，四十年里头一直如此。可能是得天独厚吧。整个白天我都在写哲学，只有傍晚写一下小说。我的长、中、短篇都是这样写出来的。我属于高产小说家。我想，这同我是中国人有关系。我同世俗生活，同大自然是一体化的，想什么时候发动身体功能就什么时候发动，愿意停下来就停下来。我现在仍然对世俗生活充满了好奇心，喜欢关注别人的事（多半是间接的）。如果没有这一点，而是像西方一些书卷气的作家一样对待生活，我早就写不下去了。

问：您作为湖南作家，以故乡为背景的作品在您的创作中占了多大比例？您如何看待故乡对自己的影响？

残雪：肯定占了很大的比例，但从来都不是刻意的。故乡既是我的肢体，也是我的魂，它是丢不了的。只要我还在创作，作品就会散发出故乡的气息——不畏艰难，胸怀全局，幽默达观，沉醉于日常生活等等，这不正是很多湖南人的特征吗？一方水土养一方人，我就是从那些不屈不挠的"黄泥街"人当中走出来的，我也是从骨子里充满幽默的"五香街"人当中走出来的。我通过自嘲写出了我们所缺少的，但心底又无时不在盼望着的生活。也许今天回过头去看，会有一些老练的读者看出作品中的本质结构来，从而获得生活的勇气吧。我愿这样想。家乡常常是炼狱，但我对它充满了感恩，它让我魂牵梦萦。不过这都是从文学的角度来说的。我将我对它的爱留给文学，而在现实生活中，我是另外一个人，一个讲究实际、不太近人情的人。湖南的世俗生活将我磨炼出了这种分裂的性格，我同样要感恩。因为这种分裂对于文学事业来说是很有益的，这既保护了我的才能又丰富了我的创作。

《残雪文学观》中全面展示了残雪对文坛的观察和思考。残雪批评当代文坛名家王蒙、王安忆、余华、格非、阿城等人在经历过追求灵魂创作的小说之后，无一例外地回归到传统，是一种"自卑情结"作祟，是向西方文学浮皮潦草的学习使当代文学整体滑坡。

问："我的思想感情像从西方传统长出的植物，我把它掘出来栽到中国的土壤里，这株移栽的植物就是我的作品。"为什么您对西方经典如此推崇？在您接触并受益的文学作品中，西方文学和中国传统文学分别占怎样的比例？能做一下比较吗？

残雪：中国文学 10%，外国文学 90%。从受益来说，西方经典文学最多，然后是俄罗斯经典文学。

问："在手法上、写作的深层结构上、理念上都要全盘西化才能使中国文学前进"，这一说法也许会受到一些作家的质疑。您认为在中国文化里面受到的限制主要来自哪些方面？

残雪：我主要指的是文学理念应全盘向西方经典学习。我提到我们的传统文化不是一个人性的文化，所以我们的传统文学里面呢，也就没有西方的人性关怀和人道主义。也没有把人性作为一个最高理想去追求的作品。还是像鲁迅感到的吧，读中国书就沉下去，颓废，读外国书才会振奋，产生崇高感而要去干点什么。文学本来就是人学，把最普遍的人性撇开，用地域文化和风俗，以及浅层次的娱乐性、故事性来代替她，只能是倒退，产生一些榜样戏的翻版。

问：阅读了大量的西方经典著作的同时，您也关注国内当代作家的创作。您认为他们的写作是肤浅的，而自己是本质的写作。为什么？

残雪：我没有说国内的作品都是肤浅的，我只是说肤浅化是大的趋势。造成这种情况的根本原因是不愿向西方经典文学学习。抱残守缺能有什么大的突破呢？挖空心思编故事而不触及灵魂是当前主流文学的特征。什么时候认识到人性的反省才是解放创造力的根本，我们的文学才会有救。这些我书里头都写到了。

问：像您这样直率、深刻、不留情面地批评文学界的作家，在中国很难找到第二个。但是，您不担心这样会失去文学界的朋友吗？比如格非、王安忆等人，他们的作品出版时，评论界可是相当重视。

残雪：我的批评是公对公的，没有任何私人杂念混在里头。众所周知，我不太和文坛的人来往，我是从作品出发去分析的。正因为我提到的那些人影响很大，我才觉得自己有必要讲出自己的看法——既作为内行的批评者，也作为一名特殊的读者。他们也可以反批评嘛。

问：受不同的文学土壤滋养，您认为自己早期的《黄泥街》《山上的小屋》《阿梅》《旷野里》等作品，和同时期同类型的中国作家的作品，主要的区别在哪里？

残雪：我的作品在早期就可以看出里头那个人性的原型，创作的过程便是人性的矛盾斗争发展的过程。每一篇作品如此，每一批作品如此，将20多年作为一个整体来看也是如此。其他类似作品里头，余华早期部分作品有这个内核，但他后来没意识到，所以没能坚持下来。

问：先锋作家们，比如余华、马原、格非、洪峰，似乎只有您还在坚守着先锋的姿态？

残雪：我根本就不承认自己是国内批评界归纳的那种"先锋"，他们仅仅是依据描写技法这种表面的东西做出划分。我将我这类文学称之为"新实验"。再说先锋后面有大部队，我的部队在哪里？

问：网上您有文章，认为中国文学缺乏幻想的传统。我不认同。从古到今，奇幻绝妙的作品太多了，屈原的《离骚》、四大名著……哪一部作品都不缺乏幻想。这样的观点，您会觉得偏颇吗？

残雪：对于什么是文学幻想，我的看法同国内文学界并不一样。在我看来，承认精神的独立性，承认人是因为有了精神才称其为人，是一个民族能形成文学幻想传统的根本。而幻想又必须有坚强的理性来维护她，才会延续下来。我们的传统文化和文学，既缺理性也缺幻想，因为这个文化和文学太世俗小气，太物质化，不能上升到人性。所以古代文学家来写文学，只能触景生情，不能无中生有；只能低姿态地发些感慨（因为所有的人都在皇帝之下），不能义无反顾地追求那些纯精神的东西。几大名著也就那个样，不能将没有的东西说成有吧。

问：您在接受采访时，多次谈到对中国现当代文学的希望，很小。这种不乐观的评价，来自什么原因？

残雪：我早说过了，来自文学界的集体民族自恋，不肯向国外优秀文化文学学习。成天唱自己的赞歌，可又拿不出过硬的作品。

问："压缩自己的世俗生活，退到只有两个人的世界"，您的这种生活状况，会影响自己的思路或者视野吗？

残雪：这样做的结果，是扩大了自己的视野。当我排除了表面的干扰时，就能更执着于精神的东西，胸怀变得更开阔。我想所有从事艺术活动的人都会是这样。而我，由于职业的特殊性，在这方面更走极端一点。文学界缺的不是到处跑的人，缺的是具有内省精神的艺术工作者。

问:《最后的情人》销量达四万册，文学界却鲜有评论。对于这种状况，您是怎么看待的？其实也许不只您，不是所有的作家都受到评论家的关注。

残雪: 这个情况同以前没什么区别，我很坦然。也许因为作品太超前，写评论的人还未产生。我的朋友近藤直子打算写评论，而且这本书的英译本版权一年多以前就卖给美国的一家出版社了。有这么多人欣赏，我感到欣慰。

问:《残雪文学观》之前，您还出版过一本《残雪访谈录》，将媒体的采访文章结集出版。我觉得，您一方面致力于个人化的纯文学写作，一方面却并不沉湎于书斋，而是尽力传播自己的观点，这与您所表达的"感觉到文学界某些权威对我的敌意"有关吗?

残雪: 因为我的作品是超前的，观点也是崭新的，所以我感到有必要尽量传播。现在的大环境比过去好多了，但某些人思想上的守旧并没有多大的改变，只要不对他们路的东西，他们就看不惯，歧视。对我们这样的大国来说，媒体是好东西，记者尤其需要。一些人之所以恨媒体，是因为媒体扰乱了他们心目中的文学界的秩序。

问: 您对于卡夫卡和博尔赫斯的研究与评论，是非常深入的，作家担当起评论家，您认为对自己的创作有何帮助或者意义?

残雪: 我认为自己是可以做评论家的那种作家。我写的卡夫卡的评论，日、美两国的出版社和专家都认为是第一流的。创作是反省自己，评论同样是反省自己，只不过是通过别人提供的镜子而已。我通过多年的评论训练，更加坚定了搞创作的信心。作为现代艺术，评论与创作的界限正在逐渐重划，二者相互渗透，卡尔维诺和博尔赫斯多次提到了这种情况。

谈读书，喜欢《红楼梦》里面的日常生活的描写，更热爱外国文学作品中的精神塑造。

问: 记得上次采访中，您谈到自己接触并受益的文学作品中，中国文学10%，外国文学90%。能否具体谈谈接触外国文学作品的机缘是什么，那时您多大?

残雪: 这种说法并无什么褒贬的意思，只是指我在学习上花费的精力。从数量上来说，顶尖级的中国文学，尤其能给我这样的人带来影响的作品

女作家学刊·第四辑

少一些。我是通过创作实践来吸取中国文化的营养的，我认为这比那些读死书的方法要好得多。我是中国人，我吃饭穿衣和审美的习惯都有很浓的中国元素，我在作品中发挥了这些元素，因而也就领略了老祖宗们的文化的精髓，达到了同古人的相通。所以我主张凡有创作能力的人都拼命去写，不管写出的是什么文化，都会对弘扬民族文化有贡献。当然从策略上来讲还是多读外国文学好处更大，因为两种文化要结合才会出精品。只要长于实践的人都会在创作时感觉到这一点。掌握了西方文学和俄罗斯文学的核心功能曾让我如虎添翼。我五六岁就接触外国童话，那时我父亲在图书馆做清洁工，常给家里小孩借书。有《安徒生童话》，也有《三国演义》。我快二十七八岁了才接触但丁、卡夫卡、歌德、塞万提斯等人的作品，那相当于在我面前出现了一个新的世界，创作的欲望马上高涨了。博尔赫斯等人是后来接触的，他们的作品让我爱不释手，读了又读。

问：您同时代的作家中，我觉得像您这么热爱外国文学作品的似乎不是太多？您读外国文学作品，和读中国文学作品，会有何不同的感受？

残雪：也许吧。能坚持阅读的更少。中国文学中我最爱的是《红楼梦》，十一二岁就开始读。对我有启发的还有鲁迅的诗性小散文和萧红的少量作品。我喜欢《红楼梦》里面的日常生活的描写，尽管作者要宣扬佛教思想，但他的创作反对着他的观念。那里面有些诗句我至今能背诵。外国文学更注重精神，比如博尔赫斯。这在中国人看来也是很新奇的。我希望将中西文化的两种元素在我的作品中结合为一体。我用不着刻意这样去做，只要在创作中往深处挖掘，就会时刻感到我们的古老的物质文化的魅力。

问：能否谈谈您的童年阅读？童年时代特别喜爱的人物或主角是谁？有哪一本书您希望所有的孩子都读到吗？

残雪：童年时代我特别喜欢的是普希金诗歌中的女主角塔吉亚娜。我感到这位女孩是那么柔和、优雅、细腻，但又十分坚强内敛。后来我长大了，就不再喜欢这种类型了，因为新的作品给出了另外的更为美丽的形象。我不希望所有小孩都读一本书，还是自己选择的是最好的。

问：您最钟爱的文学类型是什么？

残雪：当然是我自己正在实践的这种实验文学。我认为它是描写本质的文学。这种文学不会大家都去读，但它是在文学的前沿的，有寓言性质的。人类如果连寓言都不要了，就会从肉体到精神都走到末路上去了。

问：从1997年开始，您开始经典作家的解读，从卡夫卡、博尔赫斯、卡尔维诺等等，您受过影响的作家都要写吗？解读他们的过程，您自己有怎样的收获？

残雪：是啊，我过几年还要继续写。因为以前写的那一百多万字还不够深刻，还可以改进。那时还没有达到现在这样的世界观。收获就是自己的眼界越来越宽，而且有利于保持创作的活力。

问：看到《为了报仇写小说：残雪访谈录》，标题就很引人注目。能否为没看过这本书的读者解释一下？这么做标题，不仅仅是为了吸引眼球吧？

残雪：那是一本早期访谈录。我想，人在世界上生活，肉体和心灵都会有很多屈辱。而写小说是最大的释放——所谓化腐朽为神奇。所有从前的屈辱都是动力，你依仗它们做出美的事物，仇也就报了。小说家都是一些念念不忘的人。

问：能否谈谈您的枕边书？最近在读的书是什么？

残雪：我从来不在睡前读书。我总是正儿八经地坐在桌旁读书。我一般在家里读书。有时也在飞机上和火车上读书。对于我来说，读书既是享受又是艰苦的劳动。现在我几乎不读闲书了，一有点时间就在网上看看信息，了解世界大事。

问：让您感到"真正了不起"的是哪本书？

残雪：有好多本。文学书大概有十几本，哲学上目前只有一本康德的名著——《纯粹理性批判》。

问：您最理想的阅读体验是怎样的？

残雪：就是同作者一道起舞。双人冰上舞蹈。我已经有过无数次这种体验了。读到一本自己喜爱的书，是人生最大的幸福。

问：您常常重温读过的书吗？反复重读的书有哪些？

残雪：所有这些我喜欢的书我都要重复阅读。目前重复阅读的是罗伯特·穆齐尔的《没有个性的人》。他写得非常精彩，但有些地方还是流于肤浅了，可能是时代的缺陷所致吧。这本长篇巨著让作者陷入了困境，写了一辈子也没写完。死后好久才得以发表的那些片段都有缺陷。我认为他陷入的是经典哲学的困境，因为他最崇拜的哲学家也是康德。我觉得自己完全可以超越他，因为时代已经变了，从前认为不可能的事今天都会可能了。他的书给人以百读不厌的感觉，但不要每一个章节都去读。他的文学受现象论的影响很深，还未完全达到我所说的本质文学。

问: 对您来说，写作最大的魅力是什么？

残雪: 写作的最大魅力，就是能给你的个人生活增添勇气。因为写下的文字赋予了你的日常生活以意义。我每天写完后都会有这种感觉：瞧，我的日常生活是多么有质量啊！这种欢乐感是任何旅游，任何荣誉的获得都比不上的。只有在写作中，我才能最充分地发挥身心两方面的功能，达到极致。

问: 如果要在您的小说中选一本改编成电影，您会选哪一本？

残雪: 我会毫不犹豫地选择我的即将出版的新长篇《迷人的异类生活》。这部长篇非常亲近读者，几乎人人能懂，和我的所有的小说都大不相同。而且里面充满了优美的环境氛围和激情又幽默的对话，拍电影会很精彩。作品的主题是用几对情人之间的复杂爱情来体现文学的本质之美。到现在为止，凡读过这部作品的我的青年朋友们都被深深地打动。目前已在《四川文学》上刊出一部分，还有一部分将于七月初在《花城》杂志刊出。目前我在联系韩国拍电影。

问: 如果您可以带三本书到无人岛，您会选哪三本？

残雪: 如果目前我去无人岛，我会选择《神曲》《没有个性的人》和康德的《纯粹理性批判》。这三本书都用不着按次序来读。对于我这样的老手来说，随意翻到一章就融进去了，因为已经被我读得滚瓜烂熟了。

问: 假设您正在策划一场宴会，可以邀请在世或已故作家出席，您会邀请谁？

残雪: 我愿意邀请伊曼努尔·康德和罗伯特·穆齐尔，一块讨论我们最熟悉的话题，争论不休。在哲学观点上我倾向于穆齐尔（他在某些基本观点上反对康德），但我认为他还有缺陷，也没能建立起自己的体系，从而使自己的观点站得住脚。如果这位作家生活在当今的中国，他是有可能建立体系的。

问: 如果您可以成为任意文学作品中的主角，您想变成谁？

残雪: 我愿意成为自己作品中的所有的角色，将他们的戏都重演一遍。也许我再过些年会做这个工作：将作品改编成歌剧或电影，并且慢慢写出对我的一些重要作品的评论或随笔。一般来说传统作家不会来做这种异想天开的事。但为什么不？世界不正是朝着这个方向发展吗？我正站在世界文学交流的前沿。

（舒晋瑜：《中华读书报》总编辑助理）

林白：希望《北流》装得下自己的全部感受

舒晋瑜

女作家学刊·第四辑

摘　要: 一段时期内，林白曾被认为是"个人化写作""女性主义"的作表作家。《一个人的战争》《玻璃虫》……她写出了所有人的青春期，写出了所有人的成长，更写出了女性群体的命运。在后期的写作中，她一直勇于挑战自我，在新的作品中打破既有的惯性，不断呈现出"完全的他者"，颠覆了她既有的文学观，也颠覆了读者对她的认识。

关键词: 林白；私人写作；女性主义

采访手记

一段时期内，林白曾被认为是"个人化写作""女性主义"的代表作家。《一个人的战争》《玻璃虫》……她写出了所有人的青春期，写出了所有人的成长，更写出了女性群体的命运。

她也总想着挑战自我，总是在新的作品中打破既有的惯性，于是我们在《万物花开》中看到了浓烈而散漫的一束束光，明亮而灿烂，充满强烈的生命能量。《妇女闲聊录》则呈现出"完全的他者"，几乎颠覆了她既有的文学观。2021年，沉潜八年的长篇小说《北流》出版，林白猛然发现，自己已经到了《红楼梦》里刘姥姥的年龄；而刚刚开始动笔的时候还是个中年作家。

中国作协副主席、著名批评家李敬泽高度评价《北流》："我们每个人身上都经历了沧海桑田。这个沧海桑田不仅仅是作为故事，也不仅仅是作为叙事，而是作为一个人类的经验。如何在人类经验中，像普鲁斯特那样在回忆中保证生命的饱满，林白给我们提出了一个很大的题目。"他甚至觉得，这个题目在某种程度上可能也有助于我们理解此时此刻中国小说面对的新的可能性。

20世纪90年代以来，林白一直活跃在文学现场，我曾在90年代末采访过林白，事隔数年，再度采访，亦是缘自《北流》。访谈间隔时间太久，因为林白总觉得回忆像是"从山上下来再回望另一座山"，这样的反复有可能会是疲惫，但完成采访之后，竟觉得这样断断续续地采访，生出另一番诗意。

完成访谈后的6月，林白所在的小区疫情解封，她约了生平第一次街舞课。她的老师表示，可以按林白的程度和要求编舞，林白大喜。因正在看湖南卫视的港乐节目《声生不息》，周笔畅那首《红绿灯》有几句的节奏就可以，老师果然掐出其中的三十八秒帮林白编了，并发来一个八拍。

"今天一觉睡醒，觉得其实最中意的，是《北流》尾章的那首《宇宙谁在暗暗笑》。"林白说，筑梦人生大概就开启了吧。

我因此很认同沈阳师范大学教授孟繁华的话。他说，多年来，林白极其暧昧地站在文学前沿，她说了什么并不重要，重要的是她用极端化的个人姿态曼妙又欲说还羞，有了林白，文坛便更加的生动。

从十九岁开始写诗，几十年后林白再次出版诗集《过程》，收入的诗作题材多样，充分反映出作者的敏感、善思。

问：您在十九岁就开始写诗，是在什么情况下转向小说写作的？

林白：接受关于《北流》的采访，就好比是八九年的时间爬一座山，完了下来，下来之后再爬另外一座山，到途中有人让你回忆前面那座山，你走过山腰的时候看见什么，那我还得从正在爬的这座山下来再爬到前面那座山的半山腰去。从十九岁开始回溯，那就得下了山之后再往回走四十多年的路，实在是非常远。当然，现在算是想通了，一是对作品有一定责任，同时可以认识一个从前意识不到的自己。

好像波拉尼奥说过，写不出诗就写短篇，写不出短篇就写长篇。估计我当时就是写不出诗了，我的诗很难发表，一次次退稿，《青春》退得最多，越退越写不出来，越退越没有感觉，就写一下小说。结果小说发表非常顺利，很容易得到认可。最早是在四川的《青年作家》发了一篇，然后北流文学界的前辈覃富鑫老师写了一篇短评，发在《广西日报》上，这就开始正式写小说了。

问：2020年一年间您写了一百多首诗。为什么突然间诗情迸发？诗集《过程》的出版流传甚广。这个时期的写诗，和四十年前的写作状态有何不同？诗歌风格也有很大变化吧？

林白：有什么内在的能量被激发出来了？也许。

这个我自己猜想了一下，是不是打坐了几年，把潜意识里的什么激发出来了？

海子有一句诗，"黑夜一无所有，为何给我安慰"，"开天辟地，世界必然破碎"，就是这么神秘。写诗的事情是很神秘的，是没办法知道的，只能等待，等待天启吧。诗歌风格？推荐《植物志》《苹果》等几首吧，《白鹭》（十九首）里面有几首也不错，沈浩波选了那首《当冰雪涌入甘蔗变成甜汁》推出来在他的公众号。还有几首也可以。本来诗集《母熊》打算选精一些，后来一想，是特殊时期一气写成的一百多首诗，就尽量多收点吧。

自 1977 年发表处女作到 2022 年，从事写作四十五年之后，《北流》出版了，林白觉得，好像是四十五年的时间给自己的一个礼物。

问：您的处女作是在哪里发表的，文学的热爱和创作受到哪些作家或作品的影响比较大？

林白：处女作，组诗《从这里走向明天》（这个题目，回忆了一天才想出来），发在《广西文艺》1977 年。算起来到现在已经四十多年了，这么长的写作时间真是难以置信。

编辑部把我从北流县民安公社六感大队竹冲生产队叫到南宁去，他们打长途电话到大队，大队的文书通知的我。编辑部给我看了小样，一共是四首，窄窄长长的纸，一溜连起来的。我十七岁插队，被指定为公社报道组成员，每个月都要有任务，写出来的报道如果在北流县人民广播电台播出，就觉得很有成就感。有线广播网是千家万户都有，如果写的报道被广播站播出，就会有人米告诉我母亲，说广播站播了你女儿的文章。若是在《广西日报》发表出来那就不得了了，是非常非常大的成就。但是写诗不同，它是变成铅字。我很着迷于自己的文字能印出来变成铅字。大概十九岁前后，我对写诗有了兴趣，觉得写诗吧分行排列，很新鲜的，比写通讯报道有趣多了。就这么写起来。

忽然想起，自 1977 年发表处女作到今年 2022 年，正好是四十五年，《北流》就好像是四十五年的时间给我的一个礼物，真是很安慰。如果有人在我十九岁的时候告诉我，四十五年之后你还会写出一个六百多页的长篇，首先我不能相信，而且四十五年，那简直是一个看不到头的时间，是不可能到达的，我们年轻的时候经常觉得三十岁已经是很老很老了。结果，现在就到了。觉得蛮神奇的。

诗歌……惠特曼应该是影响过我，聂鲁达我也是挺喜欢的，后来读得就多了。

《北流》里提到尤瑟纳尔，其实她不太对我构成影响。但她有一本书我一直念念不忘，就是《阿德里安回忆录》。1989 年买到的《尤瑟纳尔研究》，收有片段，我一直觉得我有可能写一部类似的书，后来东方出版社出版了单行本，译为《哈德良回忆录》，但我也一直没有从头到尾看，只看了开头和结尾。

法国作家对我影响比较大的是普鲁斯特，整个20世纪90年代我都热爱他那本《追忆似水年华》，我有三套，一套是七大本平装的，还有两套是精装的，都是译林出版社的。有两本看破了，封面脱落了。

当然杜拉斯也有影响的，她的语言、她生活的勇气、她的自传或者自撰写作……我记得法国文学研究者兼译者袁筱一说过，无论自传还是自撰，这些都不耽误杜拉斯成为杜拉斯。有个诗人叫安琪，她出了一本诗集，送给我一本，叫作《像杜拉斯一样生活》，我觉得这个书名很带劲。那时候，大概是2004年？

好像是2018年，彭伦做了一本袁筱一的书，到北京来做新书分享，就在单向空间，请了两位嘉宾，一位是余中先先生，一位是我。本来我特别不适合做新书分享，一般我在这种公众场合大脑都是一片空白，人木木呆呆的没精神。由于是法国文学，我还是比较有兴趣，就去了。我记得就是那次分享会上袁筱一说了那句话。她和余先生谈了很多法国文学，别的我都没记住，只记住了这一句。

杜拉斯的《情人》，实在是激荡人心，王道乾先生的译笔也真是好。最近我看的一本书《礼拜五或太平洋上的灵薄狱》，也是王道乾先生译的。

我2012年买到波拉尼奥的《2666》和《荒野侦探》，非常喜欢，我还写了一首诗就叫《波拉尼奥》，就是2012年冬天，北京市作协开文代会，我看谁桌上摆了这《2666》一大本厚厚的，我翻了一下，觉得我要买，然后马上就下单买回来了。他还有一本叫《美洲纳粹文学》，我看是他的，马上又买回来了，这本我一点都不喜欢。现在在喜马拉雅听奥地利作家罗伯特·穆齐尔《没有个性的人》，厚厚两大本，上册听了有大半了。

我写《北去来辞》的时候每天早上先读一篇古文，就是我女儿大学课本，《古代作品选》是上册，从《诗经》开始的，每天读一读觉得不错。我也不知道受没受影响。

2020年开始，晚上临睡前听《楞严经》。这个《楞严经》，最早是2016年我去香港，跟工作坊到广州、珠海参观，到了广州，《一个人的战争》初刊责编林宋瑜来看我，她送给我一个小挂件，一个小玉瓶，里面放了楞严咒，然后我就忘了。一直到2020年，我忽然想起要听一听，这就才听起来，在喜马拉雅APP。所以《植物志》里就顺手加了一段楞严经句。

之后养成临睡前听佛经的习惯，除了《楞严经》还有《圆觉经》《药师经》《维摩诘经》，主要是听南怀瑾讲，还听了点别的，像《黄帝内经》呀，《道家、密宗与东方神秘学》呀这些东西，临睡前总要听一些东西，觉得听佛经比较好。

有时，偶尔也想想"万法归一，一归何处"的玄虚事。于此类，我是最无悟性的。但也觉得愉悦。万法归一，一归万法，万法归空……这时也会想到《北流》中的"异辞"，"去却一，拈得七，上下四维无等匹。人有七窍，北斗有七星……"其实百岁姨婆所嘟囔的，我也不能参透。

那就这样吧。生有涯。

所谓小说，其实就是写作者认为她听见了人物说话的声音，当然最早的时候人物不是说的这些，最早的时候是南新仓街心公园那个老太太嘟囔的那些，"千锤百炼出深山清明时节雨纷纷一江春水向东流"，然后远在几千里之外、现在已经肉身不存的百岁姨婆，她说出我写在《北流》中的那些。

问：可否分不同时期谈谈您的创作状况？具体到作品，先谈谈 1994 年发表的长篇小说《一个人的战争》吧，这部作品被认为是"个人化写作"和"女性写作"的代表性作品。作品最早在《花城》发表，七年后才由中国青年出版社出版？中间经历了什么？

林白：在《花城》发表的当年，在甘肃人民出版社出版单行本。有些指责吧，就在《中华读书报》，也许有些文章能找到。我具体不太记得了。

作为女性代表性作家，林白的书写激荡而清晰，营造出至为热烈而坦荡的个人经验世界，创造出女性写作独特的审美精神。

问：《一个人的战争》是在什么背景下创作出来的，"我"与多米可否理解为两种不同身份？比如过去与现在，虚构与现实？发表后给您带来怎样的影响？

林白：写作没什么特殊背景。但发表的第二年或第三年，是世界妇女大会在中国召开，获得一些关注，带来的影响就是作品的出版和发表更容易些了。现在《一个人的战争》大概有十三个中文版本。

问：自传色彩的书写与表达是需要勇气的，这种勇气不是所有作家都具备。您在写作的时候，只遵从自己内心的表达需要？您如何看待所谓的"私人写作"？

林白：为什么会有"私人写作"，因为改革开放之前，只有集体的人，所以要用"私人"来标志自己的独特。改革开放四十年，早就发生了翻天覆地的变化，早期的私人，有当年的历史意义。就我而言，现在的私人，是更开阔的私人了。《北流》，是经过跟世界交流后的私人，就是用个人来理解世界的努力。

这是一个 90 年代的问题,一个旧问题,确实可以重新思考。

年轻的时候,大概是只盯着自己内心的一点点东西吧,如果遇到不顺利,就是世界出了问题。随着年龄的增长,时间会赐予我们一些什么,不管有意还是无意,人会慢慢跟世界或世界的一部分和解,写作虽然仍然是私人的,容纳的内容已经不同了,或许也不能用"私人写作"来概括了。西方的成长小说,说的好像就是一个人跟世界相处的过程中慢慢长大,那,我慢慢了解世界,慢慢写作,这个过程,总体来看,也可能是自我成长的一部分。

问: 评论家孟繁华甚至认为,《一个人的战争》是中国女性文学里程碑式的作品,从《一个人的战争》开始,中国女性文学进入到一个新时代。您如何看待女性文学,对于他的评价,您认同吗?

林白: "中国女性文学里程碑式的作品",这么大的名头,觉得荣幸啊。当然无论如何,《一个人的战争》写作的时候并没有特意考虑女性文学的问题,我是 1993 年用了半年时间写成的,1993 年三月开始,写作完成的时间我记得很清楚,是 1993 年 9 月,本来答应了朋友,把这个作品拿到十月份的深圳文稿拍卖会拍卖,但是后来我一想,这个东西不能随便拍卖,就退出来了。半夜给他打了电话,他声音嘶哑着说:好吧。1994 年《花城》首发,1995 年世界妇女大会才在北京怀柔召开,才出来女性文学这个概念。

问: 能否谈谈您的《玻璃虫》。我第一次采访您,就是 2000 年出版《玻璃虫》之后。那个时期,您从《中国文化报》辞职?生活状态如何?您觉得生活状态会影响到写作吗?

林白: 生活状态当然会影响到写作,那段时间没有收入,孩子才四岁,心里不免慌张。就猛写长篇,一两年就出来一部长篇,一般都是写一稿就拿出去,没有时间很好修改。《一个人的战争》《守望空心岁月》《说吧,房间》《玻璃虫》《枕黄记》《万物花开》《妇女闲聊录》,包括《致一九七五》,都是一稿写了就拿出去,其实后面两部长篇都是到武汉之后,有正常收入之后写的,但也延续了之前的习惯(2004 年到武汉当专业作家),直到《北去来辞》,才经过了一年半的沉淀修改。

问: 您在很多作品中并不回避性描写。您如何看待性描写在小说中的作用和意义?

林白: 性描写,我觉得是非常高级,非常能说明人的生命状态、人和人的关系的一件事情,非常非常难的一件事情。要靠生命力才能写好性。

我经常梦想将来，假如我修炼到一定的程度，能有更强悍的生命力，说不定能写一部极之高级性描写的作品，基本上是做不到的。生命力会越来越弱吧。人又不能逆天。不过，我听《黄帝内经》，还有南怀瑾讲《小言黄帝内经与生命科学》，总还是有一些幻想。

万一能写出来，三十岁的时候写，和七十岁写，估计也不是一码事。

问: 《玻璃虫》仍以自传体的纪实方式讲述个体生命体验。您的勇气和探索来自什么?

林白: 只能说，《北流》之后，我对谈论旧作品已经提不起精神了。

问: 2000 年您还出版过一本《枕黄记》，这部作品记录了您走黄河的一路见闻，这次行走对您带来什么影响?

林白: 最大的影响就是克服了社交恐惧症，硬着头皮去走了一趟，硬着头皮采访了很多人，去问陌生人家里几口人种了几亩地，儿子在哪里打工，吃饭吃什么，种菜种什么，生孩子痛不痛，又琐碎又无聊，人家不把你赶走还能回答你，就发现这个世界不错。这是多难的一件事情啊，然后克服了，心里还是很愉快的。之前不能跟人交谈。之前是很难很难的。

《万物花开》以虚构的村庄王榨为背景，以脑子里长了五颗瘤子的少年大头的视角，描画了一个热烈自由的村庄和村庄里一群沸腾昂扬的灵魂。

问: 此后，您的《万物花开》中出现的是完全不同于先前的人物形象。《妇女闲聊录》更是一次让读者感到惊喜的作品。对于一个以自我为创作中心（我这么说会不会冒犯到您）的女作家来说，转向乡村底层的写作应该面临很多挑战吧? 最要解决的难题是什么?

林白: 没有特意转向乡村底层的写作。是素材自动来到。

有时候就是这样，《万物花开》看起来比较特别的表达，《妇女闲聊录》看上去平实的表达，虽然都取自现实生活，但都不是刻意的。民间的东西丰富很有活力，当然其实，也不是主动来到的，有时候看上去是主动来的，其实是自身的气足了……有一种来自更深广处的认识，内心的体量有所增加，才能碰得到，而不是仅仅在模仿民间。我觉得这个很重要。

问: 长篇《枕黄记》《万物花开》《致一九七五》《妇女闲聊录》，包括您的短篇小说集《枪，或以梦为马》中的部分创作，小说主题都有所转变，不但抛开了以往私语化写作的模式，从全新的创作视角（民间叙事）入手，呈现出乡村生活长卷，而且，还以"闲聊"的实践，为文学发现了一种更为自由的写作形式。能否以《妇女闲聊录》为例，具体谈谈您在写作中的发现和改变？

林白：到了一定年纪，才能见自己，见天地，见众生……

问：《妇女闲聊录》中所揭示的是沉默的大多数的生活状态。比如木珍这样的女性，她内心的隐痛以及周围大多数人的日子，您在写作中有怎样的收获？

林白：看见更广阔的世界和人的生活。跟上面一样……

北京大学中文系教授陈晓明认为，林白在为 50 后人物画像，他们这一代人的生活像植物一样生长过，像植物一样扭曲过。

问：《植物志》的诗一开始就说"寂静降临时 / 你必定是一切"，似乎暗示当北流的方言不存在时，只有植物才能将北流保存下来；后章《语膜》中有对于非物质文化遗产标本项目"北流话语膜"的表述，更有对未来世界的描写。是否可以理解为，方言的丢失，或者说记忆的丢失？

林白：后章《语膜》，灵感来源是我女儿，2019 年她编一本青年作家小说集，给我讲了一下这个。我当时觉得语膜这个意思一定要写进去，这样等于多了一个维度。我觉得不能说是丢失，反而是语言的嬗变。我们现在说语言只是在说口头的语言，叙述的语言，但其实语言真正的重要性，我认为是记录时代的信息，保存不同阶段的活力。小说，或者说一切文学艺术作品，它是在提取不同的活力，用作品把它们保存，或者说保护下来。随着时间的更新，很多东西都叠在一起了，还有的东西被其他一些东西所笼罩，那么语言也自然是如此。我们现在看到一些东西好像消失了，但其实它只是被其他东西裹挟了，进入另外一些东西的包围圈之中，它的重要性好像被取消，但并不是不存在。肯定要重视正在发生的，甚至未来的一些预判性的想象，因为这些东西是现在的活力。我觉得在写作里，所有的时间，所有的语言，它们都存在一个竞争关系。记忆本身会被新的记忆覆盖，但新的记忆里面又有旧的记忆。如果我们感觉新战胜了旧，或者说我们觉得方言被丢失了，那其实只是我们对现在正在发生的，对现在的语言方式更熟悉。丢失的从来不是语言，是人的内心发生了位移，过滤掉了一些东西。

问：《植物志》的诗歌表述非常灵动饱满。每一章开头的《李跃豆词典》，耐心细致地解释粤地方言、异辞的民间语汇，您认为这样的结构在小说中起到什么作用？

林白：每章开头的词典，在小说的作用，第一是间隔，第二是调性，第三是像诗一样有一种节奏，大概是这样吧，原来的那种重复出现可能诗的意味更重一些，反复出现闪电，虹……写《植物志》，我自己最吃惊了，再也不可能有这种状态了，前一天下午四五点开始动笔（用铅笔写在本子上），第二天下午四五点就写完了……有一种狂喜。后来我修改小说，也写了很多诗。我觉得这之间有奇妙的联结。我从来没有说要写一个故意很不一样的作品，但有时候自身的状态也和作品一样在构成作品。写这个小说，我也许是把自己完全打通了，就是我方方面面的感受都要不同层次地灌入这部作品中。你提到的这些方言、词汇就是这么找到我的。自身打通了，它们就自然而然来了，结构也渐渐形成了。

注疏志典式的写法既是文体需要，也体现了作者对世界的复杂性的认识。在林白笔下，中国文章传统仍然可以成为承载今日生活的容器。

问：结构是独一无二的。为什么会以注、疏、笺、异辞的文本结构方式？这对于一般读者来说，会不会有些陌生感？

林白：把庞杂的东西放进一本书里，这个结构、这个文本是可以无限扩充的，当然会有陌生感。尤其是笺这部分，我一直想放进文本，无论如何都没办法，结构解决了这个问题。有一个想法之后，比如注疏，要针对经来注疏，应该有个相当于经的文本；异辞最早就是经，但是什么样子我不是很清晰的，直到在南新仓碰到一个嘟嘟囔囔的老太太……其实有时候就是这样，看起来很特别的表达，其实反而都取自现实生活。民间的东西是非常丰富的，很有活力，但是它不会主动来到你身边，有时候看上去是它主动来的，其实是你自身的气足了……有一种来自更深广处的认识，内心的体量有所增加，才能碰得到，而不是仅仅在模仿民间。我觉得这个很重要。

问：内心的探索、文体的探索……而且您对汉语的使用总能带给读者新鲜感。您如何看待《北流》的艺术形式？是不是也有意探索？

林白：小说的艺术形式很有特点。很多人都在说要写契合时代的作品，但其实这个时代是什么样的，确实很难说得很清楚，最终大部分作家都选择找一个切入口，用展现一个横切面的方式去呈现一个复杂视角。但是《北流》就没有，它的结构也展示出它是一个容器的状态，它把看到的感受到的都放进这个容器里面了。复杂性是逐渐孕育出来的。有关创新探索——并不是刻意地要创新刻意探索……实在是因为北流这个，我想要容纳的更多一些，比较舒服地把这些庞杂的内容都容纳进去，确实要找这么一个容器，探索……实验……非也！文学，既不是马戏也不是杂技。它是自然形成的。但这个自然是前期包括很多准备。就像每个作家都有自己的写作准备期。在这个过程中，需要调动一切力量去进入一个作品的核心地带，但一旦进入了，小说自己就会提要求。《北流》是记录进入世界的过程，带出的是一个观看方式的变化，然后很多更复杂的东西自然出现。

问：《北流》是艺术感很强的小说，您有没有这种情况——有的段落没有想着要去写，却写下了？

林白： 有时候不是段落，是整整很大一块没打算写的忽然就觉得要写，比如火车笔记三卷，整整一条线，是 2020 年才加进去的，还有长诗还有异辞，有时候会有一点触动，就出来一大堆东西。一开始我确实做了很多功课，但后来更特别的是很多东西自己找到了我，也是那些一段一段没想到要去写的东西一点点提出要求，有时候我是跟着它走的。就像一条河流的感觉一样。

《北去来辞》中林白处理的是改革开放后的当代城市流动史；到了《北流》，叙事重点放在了 20 世纪 90 年代之前的广西本地生活中，用当代眼光回望传统、地方与个人经验。

问：《北流》的叙事重点是 90 年代之前的广西本地生活，作品的结尾对于北流的历史沿革做了清晰的说明，"北流"不只是地名，也有很多的隐喻，您愿意谈谈吗？

林白： 叙事内容，很多是当下，也有很多 80 年代的，之前的也不少。它可能是一个文化坐标意义上的故乡。就现在谈论一个地方的时候，很多描述都太具体了。我们看过很多讲一个地方的故事、文本，但抽掉那些情节，你根本不知道那个地方是什么样子的。我想可能是因为对作为背景的那个语言挖掘不够。什么是背景的语言？也许这个就接近你说的隐喻。就是对一个地方的了解不光是要了解它的历史文化，了解它的习俗，更重要的是对气息的了解。就像第一次见面的人你肯定不能跟他说什么，只能是观看。对一个地方的观看也是如此。你观看它，感受它里面生活的人的面貌，你就才真的是走进它的背景之中。最终小说不是要留下一段故事，故事是为了让我们理解这个地方为什么是这么来的。最终小说记录的是时代的背景语言。九十年之前的北流和现在肯定是不同的，其实这个小说里好几十年前的时间点都有，很多细节其实都在说这种不同是怎么来的。

问：《北流》涉及社会的方方面面，从工农商到医学、教育，以及风俗

233

文化方言饮食等等，时代感强，更有历史感。写这样一部长篇，您觉得累吗？对您来说最大的挑战是什么？

林白：前面几年还是有点累的，素材太庞杂了，读各种各样的东西……2020 年气比较足，主要的几稿都是在 2020 年改的，这一年倒不累，《植物志》的初稿一天就写完了，异辞，也是，人比较兴奋。精神饱满的时候是感觉不到累的。那时候我骑车，骑共享单车。我觉得这个太有意思了。精神的跋涉久了，体力的消耗反而又让人变得有精神起来。写长篇整体来说不可能没有不累的时候。长篇会自己提出很多要求，每一个要求都要给它安排妥当。面对它没办法像面对生活中的一些事情那样，你可以省略过去，那种要求是必须要面对的要求。否则作品的状态会停滞。这是对作者难以估量的损失。所有写作都是递进，是一场长跑，在这里面体力和精神渐渐融合成一种东西，然后汇聚到作品提出的那些要求那里。

问：素材是有所准备的还是边写边进入的？

林白：有些是有准备的，有一些是边写边进入的。后者的状态看起来很神秘，很多时候要靠天。但其实也和前者没有什么不同。可以理解为是作品本身渐渐形成一股力，推着作者把自己的感受全部打开，所以会一边写，一边出来很多东西。这个还挺有意思的。因为每一天都很新鲜，心里面都是力量，就看哪个节点适合释放出一些来。眼睛看到很多东西，耳朵听到很多东西，写下来的时候，交织的东西就变多了，人也变得轻盈许多。

问：小说中个别地方是重复的，比如两次出现您在武大时买的大衣。

林白：重复是有的，向来有互文，我自己称之为重叠，同样的内容在不同的文本，节奏肯定变了，能量也变了，气息也变，会构成一个新的文本的一些复杂或微妙的东西。

独特的叙事雄心、强烈的艺术风格，《北流》提供了阐释的多重意蕴，林白说，她希望此书装得下自己的全部感受。

问：《北流》是一部集大成的著作，语言的集大成、个人经验的集大成，甚至是您本人之前所有著作的集大成。能否谈谈，您希望这部作品呈现的面貌？最终完成的作品是否达到预期？

林白：没有一个既定的面貌，《北流》的面貌在写作中一直变动，我的预期是，所有庞杂的东西最终要能够放进一本书里。而且它得能尽可能装得下我全部的感受，同时和世界的联系是十分紧密的。我想到这几十年，我们的文学是活在全球视野下的。民族的东西，在地性的东西，也是

女作家学刊·第四辑

包裹在这个全球视野下。《北流》和我之前的小说很不同，它更强调包容与流动。

问：在您的作品中，万物有灵。平时您也在不断拓展艺术领地，写诗、写字、画画，包括打坐等等，这些对于您的创作有何帮助？

林白：打坐对写作肯定有些帮助，主要是气比较足。当然现在气又不太足了，写完病了三个月，主要是肠胃不好，吃了几剂中药就好了，现在开始又能打坐了，睡眠不好打不了坐，病了也打不了坐。我原来是临楷体，后来临碑，叶兆言推荐了游寿临的《董美人墓志》，我临了以后才能自己写写毛笔字，光临楷是写不出来的。游寿跟沈祖棻是民国两大才女，沈祖棻是民国最好的女词人，她原来是武大的。我有一个大学同学的母亲是沈祖棻的学生，现在还健在，90多岁老太太还能弹钢琴，挺厉害的。这些东西对我来说可能就是多了一些感受的维度，很多感官会打开。这些打开的东西最终会进入小说里，以不同的形式，不同的语言。小说最终应该寻求的是更好地打开。人打开了，才可能落地。如果只以文学的方式进入生活确实是不够的，文学作为背景，但方式是多元多样的。

问：《北流》中，李跃豆在香港的大学讲课时对学生提出要求："找到自己最喜欢的方式琐碎，琐碎到底，将来琐碎会升华，成为好东西。"是否也可以理解为您的创作原则？您似乎曾经说过："我们真心热爱宏大叙事……"您如何理解"琐碎"和"宏大叙事"？

林白：我觉得很奇怪为什么大家都注意到这一段话，这个绝对不是我的创作原则，我也不认为《北流》琐碎。

问：我也非常喜欢您的《北去来辞》，在某种程度上，似乎与《北流》有着精神上的持续，您觉得呢？

林白：《北流》与《北去来辞》有精神上的持续吗？我好像不太觉得，不过也许……每个写作者的作品之间，都会有一定的精神联系？

她希望继续写下去，哪怕前面又是重叠关山路。

问：您的作品密度不算太大。很多作家每隔一两年都要推出新作，似乎以此才能证明写作的潜力。您认为呢？

林白：虽然密度不算太大，但还是写了很多。刚才还列了一下，我发现我写得太多了，不应该写那么多，如果我有稳定的收入绝对不会写这么多。

问: 您觉得创作的持久性需要刻意保持吗?

林白: 这个我想,不能刻意保持的。很有可能到了一个时候,忽然就写不出来了,更大概率是这样。

或者,换句话说,创作的持久性不知道怎么保持,但有一个基本的问题可以确认,就是如果长时间不写肯定保持不了。

问: 您的很多作品之间都有内在的隐秘的联系。有一种观点认为,作家一生都在写同一部作品,您赞同吗?

林白: 可以这样说。

问: 您的创作状态越来越好了,是不是又有新的规划?

林白: 正好这几天又听《圆觉经》,就是南怀瑾讲圆觉经,讲到"止",把各种纷乱的念头止住。我想那就样样都止下来吧,其实念头只能止住十几秒。一想到止,会忘记呼吸的,自动止息,但一想到我呼吸停止了,马上又呼吸起来。

十几年前碰到海男,每次她都说我们要写到八十岁,后来变成线上说,最近几年她不说八十岁了,她说我们都要写到九十岁。说两句闲话,齐白石九十多岁的时候画画,到最后九十的九字往哪边拐弯,那个钩,他都不知道了,得问旁边的人才知往哪边拐弯。但还能画个牡丹什么的,画得出神入化,作家要是到九字钩往哪边拐都不知,就不知道能不能写出来了。不记得是哪一位美国女诗人,阿尔茨海默病以后还写了很多诗,好像是从张新颖的文章里看到的。阿尔茨海默病还能写诗,这最值得羡慕。

这次停下来说不定就不再写了,随时能放得下,不写也能随遇而安。

当然也许还会再写。我对自己的希望是:既可以安住在写作中,也可以安住在不写中。最好是,随时可以写,也随时可以停下来。

徐坤：心有梦想　妙笔生花

舒晋瑜

摘　要： 徐坤年轻时的文章幼稚，但有激情，敢冲撞，想当前锋，想射门，有快感；年老时的文章、技术纯熟，但倦怠，围着球门子转，兜圈子，看热闹，就是不往里进球，知道射门以后会有危险后果出来。这是一个自然的心理流程，谁也逃脱不了。2022 年，八卷本的《徐坤文集》（安徽文艺出版社）记录了徐坤从事文学创作 30 余年的旅踪屐痕。她研究女性主义文学批评，犀利地透视世纪末人文精神的衰落，叩问知识分子的灵魂，探寻欲望与挣扎背后的心灵，也温情款款地书写亲情、友情和爱情。

关键词： 徐坤；知识分子；人文精神；女性主义

舒晋瑜访谈专栏

采访手记

"一直是短发，戴一副不断变换样式的眼镜，仔细看，她的短发讲究，总需要及时修理，打扮得利落而入时。她酒量大、酒品好，任何时候都是体面地坐在那里，比男子更有气魄……"

在作家邱华栋简笔素描式的勾画中，徐坤就这么生动地跃入眼帘了。印象中，徐坤总是笑眯眯的，说话不疾不徐，让人如沐春风。但是她的文字与思想日渐成熟，作品也在逐渐走向阔大与深沉。

徐坤是在写作中成长的。别人是一岁一岁地长大，她是一篇文章一篇文章地长大，从中能嗅出成长的痕迹。徐坤获得很多荣誉"女性文学成就奖"、首届"冯牧文学奖"、第二届"鲁迅文学奖"。从她的《白话》《先锋》《热狗》《遭遇爱情》到《狗日的足球》《厨房》等等，"生活给了我什么刺激，我就会把这种刺激从写作中交还给生活"。徐坤说，年轻时的文章很幼稚，但有激情，敢冲撞，想当前锋，想射门，有快感；年老时的文章技术纯熟，但倦怠，围着球门子转，兜圈子，看热闹，就是不往里进球，知道射门以后会有危险后果出来。这是一个自然的心理流程，谁也逃脱不了。

2022 年，八卷本的《徐坤文集》(安徽文艺出版社) 记录了徐坤从事文学创作 30 余年的旅踪屐痕。文集囊括了徐坤的长篇小说四卷，中短篇小说两卷，散文及学术论著各一卷。其中新增的三部是长篇小说《野草根》《爱你两周半》，以及她的学术专著《双调夜行船——九十年代的女性写作》。

徐坤将自己的第一部文学评论著作命名为《双调夜行船》，想必是因为学者和作家的双重身份。文学创作起步时，她还是中国社会科学院亚太所的一名青年科研人员，短短两年时间，《白话》《呓语》《先锋》等中篇小说的问世，使她一度成为文坛熠熠生辉的明星。

她研究女性主义文学批评，犀利地透视 20 世纪末人文精神的衰落，叩问知识分子的灵魂，探寻欲望与挣扎背后的心灵，也温情款款地书写亲情、友情和爱情。风头正健时，她转身离去，选择了编辑。三十年间，徐坤经历了什么？

王蒙曾称徐坤"女王朔"，其先锋姿态与女性视角令人耳目一新。

舒晋瑜: 您曾说过对自己影响最大的是随社科院同行下乡锻炼的那一年，回来就按捺不住地要写小说。能具体谈谈是怎样的影响吗？

徐 坤: 20 世纪 90 年代初，我刚毕业进中国社会科学院工作，一身学生气，带着年轻人成长过程中普遍的叛逆和冲撞精神。80 年代的结束和 90 年代的开始，对于中国的改革开放进程来说，是一段非常特殊的历史时期。刚参加工作不久，我就随社科院的八十几位博士硕士一起到河北农村下放锻炼一年。远离城市，客居乡间，忧思无限，前程渺茫。在乡下的日子里，我们这群共同继承着 80 年代文化精神资源的二十来岁的青年学子，经历浅，想法多，闲暇时喜欢聚在一起喝酒清谈，读费孝通的《乡土中国》，看昆德拉的《生命中不能承受之轻》，播放中关村淘回来的各种国外艺术片，在高粱玉米深夜拔节声中，在骤雨初歇乡村小道咕吱咕吱的泥泞声里，凌虚蹈空探讨国家前途和知识分子命运，虽难有结论却兴味盎然。回城以后，这个小团体就自动解散，然而，在乡下探讨的问题以及与底层乡村民众打交道时的种种冲突和遭际却一直萦绕我心，挥之不去。终有一天，对世道的焦虑以及对于前程的思索，催使我拿起笔来，做起了小说——相比起"板凳要坐十年冷"的做学问方式，激情与义愤喷发的小说更能迅捷表达作者的情绪。

舒晋瑜: 中篇小说《白话》让您一举成名,《中国作家》《人民文学》《当代》等刊物几乎同一时间刊发您的系列小说。您如何评价那一时期的创作风格？

徐 坤: 在 1993—1994 年两年间，我以《白话》《先锋》《热狗》《斯人》

女作家学刊·第四辑

《呓语》《鸟粪》《梵歌》等一系列描写知识分子的小说登上文坛，文化批判的锋芒毕现，又都是发表在《中国作家》《人民文学》《当代》这三家大刊物上的，立即就引起了读者和批评家的广泛关注。年轻时的写作，十分峻急，仿佛有无数力量催迫，有青春热情鼓荡，所有的明天，都是光荣和梦想。仿佛可以乘着文字飞翔，向着歌德《浮士德》中"灵的境界"疾驰。

舒晋瑜：《先锋》刊发于 1994 年第 6 期《人民文学》时，评论家李敬泽首先以"欢乐"形容它，说"如果说以艰涩的陌生化表现世界并考验读者曾是一种小说时尚，《先锋》对世界、对读者却摆出了亲昵无间的姿态"。评论和作品相得益彰，读来特别过瘾。您还记得当时作品发表后的情景吗？

徐　坤：相当激动！接到通知稿子采用后，就天天等着《人民文学》第 6 期出刊。那时我在社科院亚太所工作，住在学院路，总去学院路的五道口新华书店看看杂志到了没有。前一次去五道口书店还是排队去买《废都》。5 月底的一天，终于看到了有卖，只剩下一本。赶紧买下来，拿起杂志一翻，哇！第 6 期整个卷首语都说的是《先锋》啊！天哪！我只是个新人呀！我还是第一次上《人民文学》啊！我是投稿过去的啊！跟他们一个人也不认识啊！这是谁写的啊！这么会写，表扬得这么的好！激动得我啊，立刻，骑着自行车就直奔了王府井新华书店，因为知道那里的书报杂志到得多。十多公里的路，没多久就骑到了，也不觉得远。到了王府井书店，一下子买光了店里的三十本刊物！那时的杂志是三块钱一本，花了我九十块钱，差不多是一个月的工资。

舒晋瑜：那时候人们对文学的虔诚和激情，很令人羡慕啊。

徐　坤：是啊！那期的卷首语，我几乎是能够背下来，还曾一笔一画抄到了本子上。后来才知，是个跟我一般大的年轻人写的，叫李敬泽，刚升任了小说组的主任。那是他写的第一篇卷首语，从此以后，他开启了书写《人民文学》卷首语的生涯，一直写了十八年，直到 2012 年第 4 期，卸任了《人民文学》主编，到作协任党组成员、书记处书记，后来成为中国作协副主席。

舒晋瑜：竟然是这种因缘！太具有文学史料价值了！

徐　坤：是的。特别想借贵刊宝地，把原卷首语录下来。寥寥六百字，将近三十年，关于《先锋》的评论也有千百篇了，我认为竟没有一篇能超过它。

关于《先锋》

李敬泽

《先锋》是欢乐的；如果以艰涩的陌生化表现世界并考验读者曾是

一种小说时尚，《先锋》对世界、对读者却摆出了亲昵无间的姿态。它强烈的叙述趣味源于和读者一起开怀笑闹的自由自在；它花样百出的戏谑使对方不能板起面孔——在这狂欢节的夜晚，即使素不相识，何妨给他画个花脸，然后相对大笑？

《先锋》是嘈杂的；它拒绝文体和话言的统一性、同质性，戏剧、百科全书、新闻、评论镶嵌拼贴在一起；抒情的、沉思的、形而上的、形而下的、市井饶舌、庙堂论议、七嘴八舌、众音和鸣。这是话语的假面舞会，每一种话语方式都被诙谐地模仿，每一种话语套路都从日常语境中解放出来，尽情展示着它另一面的本性。

《先锋》对八十年代以来中国艺术历程的表现，与其说是一种判断、一种结论，不如说是提供了一个角度。艺术的价值、文化的命运、生存的意义，这些问题是需要正襟危坐、费尽九牛二虎之力地思索的，但正如狂欢的感受使人透悟万物的相对性一样，《先锋》的欢乐和嘈杂也彰显了人在思索和行动中不能自觉又无法摆脱的限制和迷误。

《先锋》热烈地、兴趣盎然地关注现实，这种关注包含着知识分子清醒的文化承担：文化就在我们身边令人振奋令人困惑、令人欢喜令人忧的现实生活中生长，对现实的关注也就意味着对文化的过去、现在和未来的审视、批评和守护。

因此，我们把《先锋》和它的作者徐坤——一位年轻的学者，这样一批年轻的、受过系统教育的作家正在给中国文学注入新的灵感、才情和活力——介绍给我们的读者。

——《人民文学》1994 年第 6 期

舒晋瑜：王蒙先生说您"虽为女流，堪称大'侃'。虽然年轻，实为老辣，虽为学人，直把学问玩弄于股掌之上，虽为新秀，写起来满不论，抡起来云山雾罩，天昏地暗，如入无人之境"。您是怎样理解的?

徐　坤：那是王蒙老师发表在 1994 年《读书》杂志"欲读书结"专栏上的文章。我理解他的本意，一是震惊，刚进入 90 年代没几天，年轻人写的东西已经变成这样后现代了；二是希望文坛多出几个王朔，不管是男的还是女的，都能够以年轻的话语，冲撞的身姿，把进入 90 年代以来的文坛特殊的沉闷的日子捏出个响来；三是希望年轻写作者除了戏谑、解构、嘲笑外，能不能再稳健庄重些，能有一些建构的思想意见表达。他的话让我深受教益。从此以后就逐渐收敛起锋芒，努力在文章中做一些文化建设性的工作。

在北京作家协会期间，对于徐坤是创作上的拓展和深化。《春天的二十二个夜晚》《爱你两周半》《野草根》《八月狂想曲》等都是这一阶段完成的。

舒晋瑜：早期的写作，您以知识分子题材为主，后来您写《厨房》《狗日的足球》《午夜广场最后的探戈》《春天的二十二个夜晚》《爱你两周半》《野草根》等，不断关注着女性的生存状况，书写她们独特的生命体验。您这种转变的契机或说原因是什么？

徐　坤：20世纪90年代初，刚开始写小说那会儿，不考虑男女，只是按先贤先哲大师们的样子，追寻文学审美的传统精神之路，写《热狗》《白话》《先锋》《鸟粪》，写我熟悉的知识分子生活，探究人类生存本相，相信能成正果。后来，某一天，女权主义女性主义潮涌来了，急起直落，劈头盖脸。忽然知道了原来女性性别是"第二性"，西蒙娜·德·波伏瓦告诉我们，子宫的最大副作用，是成为让妇女受罪的器官。

《厨房》写于1997年，距今已经有二十五个年头过去。依稀能记得，原先想写的是"男人在女人有目的的调情面前的望而却步"，写着写着，却不知最后怎么就变成了"没达到目的的女人，眼泪兮兮拎着一袋厨房垃圾往回走"。之后，《厨房》的主题给批评家演绎成了"女强人想回归家庭而不得"，所有同情方都集中在女性身上。

《午夜广场最后的探戈》，写在2005年，距今也已经十七年。2005年的夏季，不知在哪家厨房待腻了钻出来放风的那么一对男女，开始在大庭广众之下的居民区的午夜广场上发飙。他们把社区跳健身舞的街心花园广场，当成了表演弗拉门戈、拉丁、探戈舞的舞台，男女每天总是着装妖艳，嗯瑟大跨度炫技舞步，像两个正在发情的遗世独立的斗篷。最后以女方在大庭广众之下摔跟头收场。

舒晋瑜：您想没想过把《厨房》和《午夜广场最后的探戈》两篇小说放在一起比较一番？

徐　坤：《厨房》和《午夜广场最后的探戈》两篇中间跨度有近十年，却又横亘了两个世纪的小说，前后放在一起考察时，连我自己也不禁悚然一惊！十余年来，竟然用"厨房"和"广场"两个喻象，用"拎垃圾"和"摔跟头"的结局，把女性解放陷入重重失败之中。小说的结局都不是预设的，而是随着故事自己形成的。但愿它不是女巫的谶语，而只是性别意识的愚者寓言。

十年一觉女权梦，赢得人前身后名。乐观一点想，"厨房"和"广场"的喻象，如果真能作为跨世纪中国女性解放的隐喻和象征，二者的场面也已经不可同日而语，不光活动半径明显扩大，姿态和步伐也明显大胆和妖娆。如果真有女性的所谓"内在"解放和"外在"解放，我真心祝愿二者能够早一天统一。既然，中国女性的解放之路，从"厨房"已经写到了"广场"，那么，下一篇，是否就该是"庙堂"了呢？

《野草根》被评价为女版的《活着》。三代女性始终在生活的夹缝中挣扎奋斗、狂欢跳跃，如风中摇曳的野草生生不息。

舒晋瑜: 您的长篇小说《野草根》被香港《亚洲周刊》评为"2007 年十大中文小说"，这部作品在文坛获得诸多好评，可否谈谈这部作品对您个人创作的价值？

徐 坤: 在今天看来，这部小说的价值是完全被低估了的。当年是 2007 年下半年，湖南文艺出版社当时将书的后期宣传工作做得不太够，就连被评为"2007 年十大中文小说"这么大的利好消息，都没有引起他们什么反响，没有深入挖掘书的全媒体价值，错过了宣传的黄金时段，真的是可惜了。当然还有个客观原因，2008 年大家都忙着宣传北京奥运会，连我自己也忙着宣传另一本书写奥运的长篇小说《八月狂想曲》，所以，这本书的宣传就被搁置了。

舒晋瑜: 我觉得《野草根》书中的情节、东北风俗，跟刚刚播出的电视剧《人世间》都很像，完全可以拍成一部同样的电视剧。

徐 坤:《野草根》堪称女版的《活着》。小说讲述的是那个动荡年代，三代女人在各种艰苦环境下的坚持与隐忍、不断与命运抗争的故事。知青于小顶、于小庄与后代夏小禾三个女人的卓绝成长与红颜薄命，围绕她们身边的男人们的暴戾、颓败与倾情，构成广袤东北大地上四十年的最为壮观的风俗风情画和最为激越的命运交响曲。

作品的地域背景放到我的出生地东北沈阳，时间跨度则从"文革"知青下乡到当下，笔触深入底层女性的成长、情感、事业中，而真正的指涉却是对女性命运的关照。不管命运如何多舛，三代女性始终在生活的夹缝中挣扎奋斗、狂欢跳跃，她们宛如那随风摇曳的野草，根系深深扎在泥土里，生生不息，盎然丰沛。

小说首发于《中国作家》杂志 2006 年第 9 期，《小说月报》2006 年第 10 期转载，赢得大量读者好评，获 2005—2006 年《中国作家》"百丽杯"年度小说年奖。2007 年 4 月由湖南文艺出版社出版，同年获香港《亚洲周刊》评选"2007 十大中文小说"。

"用爱情、乐观、贫穷等角度折射苦难与教训"，这是《亚洲周刊》对 2007 年中文小说的评语。小说分别于 2014 年、2021 年由河南文艺出版社、安徽文艺出版社再版。

舒晋瑜: 如果拍成像《人世间》那样的电视剧的话，您觉得谁来演合适？

徐　坤: 要说合适的演员，那得首推俺们大连姑娘秦海璐，长着一双桃花眼的周迅，老戏骨宋春丽，风头正健的抚顺小伙于和伟。《野草根》有望成为继电视剧《人世间》之后，又一部打动几代观众的爆款剧目。

第一，"时代·女性·命运"是这部《野草根》最为重要的主题；第二，"挣扎，奋斗，不屈"是这部《野草根》最强大的主基调；第三，"人间百态现实，时代变革发展"在剧中有最好的体现；第四，浓郁的东北风情，催人泪下的年代故事，三代女性的命运，吸引老中青三代观众有沉浸式观影体验；第五，绝世独立的大女主、红颜薄命的女配、桀骜不驯的女新新人类、刚愎强悍的东北老太太……这些人物形象，都给演员表演提供了极大的空间。

舒晋瑜:《野草根》以追忆和倒叙的方式讲述一个家庭三代女性的故事，折射近个半世纪里残酷的女性命运。这部作品的创作源于什么？

徐　坤: 说起来，《野草根》这部作品的创作动因十分偶然，完全是跟沈阳有关。2006年五一长假，我应邀回沈去看沈阳世博园，也顺路回家探望父母。在世博园开幕式那天，人山人海，几乎看不清楚景观。于是，隔了两天，在电视台工作的堂妹又开车带我去转了一次，悄悄地走，想寻找一些细节的写作资料。看完世界园艺博览会盛开的百花园，回来的路上，堂妹为让我多观些风景，特意多绕了些路，将车子一路从棋盘山和东陵山间的森林里穿过。刚从人声鼎沸、火辣辣大太阳当头的世博园里走出来，突然进入这静悄悄遮天蔽日的林荫道，耳听得飒飒的风响、眼见得路两旁瘿死枯黄的老树"唰—唰—"地从车子两旁掠过，再加上我那个小资堂妹在车里放着美国蓝调音乐……富有节奏的乐曲声敲打得人一时间竟有点恍如隔世！

最不可思议的是，小妹自作主张，最后竟将车子拐到了东陵山野的墓地上，说这儿离姥姥姥爷的坟不远了，我领你顺道去看看吧。

她的姥姥姥爷也就是我的爷爷奶奶，我们徐家去世的几个亲人都葬于此。这还是我头一次在这个季节里来扫墓。一见到奶奶那座栽着柏树的坟我就哭了，泪如泉涌。手抚着墓碑，是热的，似觉有奶奶的体温在上面，分别之日竟像昨天！那一刻我真觉得奶奶好像还活着，她知道我们来看她，也能听到我们在跟她老人家说话。我和小堂妹都是奶奶给一手带大的，我在奶奶身边一直长到15岁，考进辽宁省实验中学后才住校离家，对祖母的感情远胜过对自己的亲生父母。我总是在思乡的梦里和她老人家频频相见……那天的墓地方圆几十里几乎没有人，静寂无边。只有隐约的远山、青葱的绿草、夏季的风声和脚下的坟茔与我们为伴。站在芳草萋萋一望无际的墓地，我的心里霎时涌起无尽的惶惑和迷茫，生与死的问题头一次如此鲜明地涌上心间。

我当时想的问题跟《野草根》书里夏小禾想的并不一样，我想的竟是：再过几十年，二十年或者三十年，我也不过就是回到这里来吧？到时候也在埋在这里的祖母和亲人们的身边化作一抔黄土吧！那时候埋葬我的是谁？又会有谁会来扫墓看望？二十年或者三十年是个很快的时日，倏忽即逝，很快就来。那么，我们如此辛苦地打拼奋斗又有什么意思？活来活去的意义究竟何在？

……就在那短短一天的时间里，眼前的景物从一个喧嚣的极端到另一个静寂的极端，我的情感从一个欢乐的极端到另一个悲哀的极端，造成的刺激非常大。这已经完全不是从哲学书和讲义里来追问"我是谁？""我从哪里来？要到哪里去？"那么抽象而无当的问题，完全是此情此景、此时此地生发的感性的悲哀。这种悲哀设身处地，极其真实，且随时都有变为现实场景的可能。

回北京后，我仍然久久不能平静。就这样，原本要做的有关世博园的欢乐文章被搁下了，我开始写《野草根》，写生与死，写底层人民蓬勃的生命力，写中国人生生不息的生命哲学中的原动力。

舒晋瑜：您为什么选择知青一代和她们的子女的故事来写？

徐　坤：《野草根》因为沈阳而引发创作联想，通篇又是以沈阳为背景展开，主要线索就是于小庄母女二人的命运。书中设计了一个生命的轮回：让知青于小庄在二十九岁芳华死去，如今站在墓前悼念她的女儿夏小禾也恰好是二十九岁。

为什么要选择这个年龄段的人来写？因为我考虑到在当下中国的人口成分构成中，知青一代人和他们的子女们正构成中国社会的基本力量。我重点要写的夏小禾这一代"新新人类"一族的生存状态，由此而上溯，先定下夏小禾的年龄身份，然后逆向推理，找出她的母系家族谱系，由此带出了母亲、姨妈、外婆这几个主要人物以及附带着的一些男人。然后选择从母亲于小庄下乡的1968年写起，直到现在，将近四十年的时间跨度，写了三代生活在底层女人的命运。

2001年，徐坤的《厨房》获得第二届鲁迅文学奖。它像一首悲歌，却只能在如水的夜晚任热泪汹涌。

舒晋瑜：您的《厨房》在2001年获得第二届鲁迅文学奖。还记得当时获奖的情景吗？您知道这篇作品参评吗？

徐　坤：当时的鲁迅文学奖，才是刚设立这个奖项的第二次评选，动静还没有闹得今天这么大，报得很安静，我自己也不知道谁给报的奖，应该是首发这篇作品的《作家》杂志报的吧。

舒晋瑜：关于当年鲁迅文学奖评选，您还知道些什么？

徐　坤：啥也不知道。那时候风气很正，大家对文学都怀有一颗初心，评奖就是评奖，安安静静、公公正正。

舒晋瑜：后来是在什么情况下得知获奖消息的？您最希望和谁分享这个好消息？是怎么庆祝的？

徐　坤：好像就是作协创联部电话通知了一下。那时候我还在社科院工作，根本没敢张扬，怕领导批评不务正业。

舒晋瑜：当年的颁奖活动，有什么印象深刻的事情？

徐　坤：2001年9月25日鲁迅先生120周年诞辰纪念日，到绍兴颁的奖。那时候还是太年轻啊，懵懵懂懂，稀里糊涂的，总把自己当成一个看热闹的，就知道玩，啥也没记住。记得是在绍兴大剧院颁的奖，短篇小说组上台领奖时，迟子建（《清水洗尘》）拿完奖牌就跑下去了，没跟着照合影，后来留下的合影里就只有四个获奖者：刘庆邦（《鞋》）、红柯（《吹牛》）、石舒清（《清水里的刀子》）和徐坤（《厨房》）。颁完奖后给了两千块奖金。

舒晋瑜：您当时的获奖感言说了些什么？

徐　坤：当时没让说获奖感言，人太多了，派获奖代表发的言。二十年后，当我故地重游，我才把获奖感言说了出来。2021年9月25日是鲁迅先生140周年诞辰纪念日，我们《小说选刊》杂志社与绍兴市人民政府共同举办"鲁奖作家鲁迅故乡行"采风活动，邀请全国三十名鲁奖获奖作家到绍兴，相聚鲁迅故乡，寻找精神原乡。同样的时间，同样的地点，顶着同一片绍兴烟云，站在同一片大师故土，我才分外感受到大师的气脉，感受到大师精神的源远流长。大师的存在，就是在昭示一个民族精神气度和人类文明的高度，走近他们，就仿佛触摸到人类文化的灵魂。

舒晋瑜：看到您的八卷本《徐坤文集》新近由安徽文艺出版社出版了。这是您作品的全部吗？

徐　坤：这套八卷本《徐坤文集》是我的部分作品，只能算作从事文学创作三十余年的旅踪屐痕吧。这套文集是在2015年的五卷本基础上扩充的，囊括了长篇小说四卷，中短篇小说两卷，散文及学术论著各一卷。其中新增的三部是长篇小说《野草根》《爱你两周半》，以及我1999年在社科院工作期间出版的一部学术专著《双调夜行船——九十年代的女性写作》。

舒晋瑜：我记得您还写过好几个话剧剧本，还有一部《性情男女》话剧由北京人艺上演过。这些收入文集了吗？

徐　坤：还没有。还有一些剧本和博士论文等都未收入文集。慢慢来，不着急。我还在继续写，不断增加新东西。生命不息，文集增新不止。

舒晋瑜：近十年您当了编辑以后写得少了，是不是编辑工作影响了您的写作？

徐　坤：其实当年我是因为写不下去了才去当编辑的。当编辑这十年受益匪浅，从人生观价值观到写作格局和视野，从具体的文本文法，到创作中的禁忌与突围，都有了新的认识和提升。

舒晋瑜：是不是以前您单纯是一个作家，闭环写作，只管好自己就行了；现在，您从事文学管理工作，还要看到其他人，还要关照到别人？

徐　坤：你说得很对。尤其是，从事了一段时期的文化和文学管理工作后，看问题的站位和角度都不一样了。

在写作风头正健的时候，徐坤转向了编辑职业。因此有评论说，中国并不缺少编辑人才，如果文坛增加了一个好编辑，却因此失去了一位优秀作家，也是重大损失。

舒晋瑜：说到这儿，我特别感兴趣，特想问问您：您是您这一代60后新生代作家里，特别独特的、逆向行走的人，您是从专业作家走向职业编辑行列的，而上一代作家们，包括铁凝、王安忆、刘恒等，都是离开编辑队伍走向专业作家岗位的大家。专业作家的岗位那么好，那么舒服，不用坐班，写出的职务作品稿费和成就都归个人，多好的事儿！只有在咱们社会主义中国才会有的福利。您为什么还要逆向行走，还要选择当编辑去挨累上班呢？

徐　坤：看你这咄咄逼人的架势，怎么特像白岩松啊！（笑）白岩松就特别会提问，主持的《新闻周刊》《新闻1+1》，还有董倩主持的《新闻会客厅》节目，是央视最有含金量的节目，直击时事，直捣时弊，我一直都在坚持观看。《中华读书报》也是知识分子群体和书界的风向标和晴雨表，你的访谈是我最爱看的栏目，每次都能够穷尽真相，找到要害，把作家们问得无路可逃，不得不交代真相，哈哈。

女作家学刊·第四辑

说到作家逆向选择去当编辑，其实，在老一辈作家中也有（咱们只限定改革开放后从 80 年代以来的当代作家群谈论，如果要推演至现代文学史上的作家群，那情况就复杂、说起来话就长了，不在咱们今天要探讨的范围之内）。咱就说当代作家吧，80 年代也曾有过文坛"四条汉子"的传说：当年的王蒙、刘心武、李国文、从维熙四位著名作家，都是从专业作家岗位到作协去当编辑的，王蒙、刘心武先后担任《人民文学》杂志主编，李国文担任《小说选刊》主编，从维熙担任作家出版社社长和总编辑。他们啸聚文坛，引领一代风骚，构成了 80 年代中国文学和文化的重要景观。

舒晋瑜：那么您自己为什么选择去当编辑呢？

徐　坤：还是回到我为什么选择当编辑这个问题上来。我是 2013 年 6 月从北京作家协会副主席岗位调到《人民文学》杂志工作的。那时候吧，我觉得二十年间，通过吃苦受累，我已经把一个作家能做的事情都做完了，已经把能写的库存题材都写光了，也把能获的奖都获了（鲁迅文学奖、中宣部五个一工程奖、老舍文学奖、冯牧文学奖、庄重文文学奖、中宣部"四个一批"领军人才、国务院特殊津贴专家、北京市三八红旗手、北京文联德艺双馨艺术家、北京市政协委员等等），我的人生和写作都已滑入巨大的惯性，苦尽甘来，激情不在，日子舒服，慵懒怠惰，每年发几篇小说就可以完成工作量，日子几乎可以说是一眼望得见底，就等着退休去加入大妈群跳广场舞了。

估计好多作家写到一定程度后，都会有和我当时一样的感觉。

然后吧，就想换一个岗位、换一种生活试试，看看有没有那种能够让日子紧起来、让神经绷起来、让身体里像装上四驱发动机一样，轰隆隆隆、嘎嘎嘎嘎，一脚油门就"轰——"的一声瞬间提速八十迈奔高速，令人血脉偾张、新鲜、兴奋、刺激的新生活。

舒晋瑜：然后您就选择当编辑去了？编辑生活刺激着您了吗？

徐　坤：哈哈！要说刺激，还真被刺激着了！当年，去《人民文学》杂志报到之前的一个细节让我终生难忘：按规定我需要履行入职手续，到作协的合同医院例行体检。大清早，去西坝河南里的北京煤炭总医院前台排队，一个女的，戴大口罩，遮住大半张脸，接过身份证，问我做什么项目，我说，入职体检。她看了一眼我的身份证，说，哎哟喂……都四十八岁了还入职哪。

当时的我啊！脑袋瓜子上就像挨了一瓢击，"啪"的一声，那叫一个崩溃啊！女护士的话，一语惊醒梦中人，重锤敲击了一下我：还以为自己年轻哪！你一个女的，快五十了，本该下岗退休、含饴弄孙、安度晚年，现在还在这折腾个什么劲儿呀！

就像临离开北京作协前，我的同事、诗人邹静之大哥揶揄我的：坤儿，你可真愿意挨累。瞧我们，都从中国作协往外出，你可倒好，还愿意往里进。静之哥是多年前从《诗刊》杂志调到北京作协当专业作家的。我的好朋友周晓枫也从《人民文学》杂志调到了北京作协当专业作家。我自己的逆向行走、整个调动过程，也没什么太多感觉，只想赶紧办完手续过去杂志社上班，要能赶在 6 月 15 号以前报到就好了，还能拿上全月工资。对"女的""四十八岁"这两个关键词儿，一点感觉都没有。毕竟嘛，自己是业务骨干，在岗位上受重视，在微博上也是有粉丝四百多万的人，一点点个人小自信还是有的。但是，经煤炭医院女护士一这么大呼小叫，我也开始怀疑自己：我自己，是不是真有什么毛病啊。

舒晋瑜：哈哈哈哈！您到底是小说家，靠细节打动人。那后来呢？

徐　坤：后来，还是身体健康状况良好，按时去报到了呗！2013 年 6 月 13 日上午，到《人民文学》杂志社报到那天，正是端午节小长假刚过，我一个人穿着白衬衫，头发梳得溜光水滑，揣着报到通知书，乘坐地铁，到梦想之地报到。

《人民文学》是中国文学的殿堂，也是所有文学爱好者的梦想之地。1994 年 6 月我在《人民文学》头题发表中篇小说《先锋》，并在当年 12 月获《人民文学》创刊 45 周年优秀小说奖。初登文坛的我，获得国刊的阳光照拂，得到王蒙等老一辈作家的关注和提携，王蒙老师在当年的《读书》杂志上发表有关我的作品评论《后的以后是小说》，赢得热烈反响，使我这个文学小青年迅速抽枝发芽开花，成长猛烈，坚定了把文学当作一生事业去奋斗的决心和信念。

二十年后，机缘巧合，我又回到了出发地，来到《人民文学》，到了我的文学梦想最初放飞的地方，怎能叫我不珍惜、不感慨，暗自庆幸自己又一次来到人生加油站呢！

舒晋瑜：哎，还真是的，一转眼就是二十年。有一句话很流行：每一次相见，都是久别重逢。那么对您来说，是不是意味着每一个起点，都是终点，而每一个终点，又都是起点？

徐　坤：你总结得太好了！年轻时觉得人生是个单行道，有去无回、一条大路走到黑；年纪渐长、有了一定阅历后，方知，人生有时就是环形道，起点和终点，早晚都是要闭环的。

话说 2013 年 6 月 13 日那天，我从团结湖站 10 号线地铁口 B 口上来，天高云淡，满目青翠。夏季的微风轻拂，几棵高大的老槐树，从作家出版集团大楼的栅栏上方探出枝叶，茂密、连绵、高耸入云、摇曳，仿佛在对北京的晴空诉说着心语。我没有直接进集团大门，而是在门口站住了，仰头看着那些绿树，听着它们在微风中絮语，一个人在大门外站了好久，好久。心说：一个人，要奋斗多久，走过万水千山，跨过多少障碍，才能来到这里，中国文学的话语中心，CBD 的延长线上，谋得一个工位！来之不易的一个工位！充满光荣和使命感的一个工位！

从前都是别人为我服务，那些出版社、杂志社的编辑，孜孜矻矻，劳心尽力，为我这个作家编稿、校对、出刊、出书服务。现在轮到我来为作家们服务，为文学服务。虽然未来留给我的时间不多了，但在编辑岗位上，我却完全可以用退休前的十二年做完别人二十年做的事情。我一定要加倍努力，加油好好干！

舒晋瑜：您说得太好了！能像您这样想的编辑一定不多。

徐　坤：像我这样四十八岁才来当编辑的人也一定不多呀！

我就站在团结湖地铁东北出口的大槐树下暗暗发誓：未来还没来，我怎敢说老去！女护士的话就像是放屁。怠惰的程序渴望重启，天行健君子自强不息。

想到这里，我拽了拽衣襟，又捋了捋头发，然后，就迈着矫健的步伐，进到中国作家出版大楼七楼，到《人民文学》杂志社去见战军主编啦！

舒晋瑜：哈哈哈哈！女护士的话就像是放屁哈哈哈！那战军主编见到您又说啥啦？

徐　坤：战军说：坤儿，你来啦！办公室给你准备好了。

舒晋瑜：哈哈哈哈哈！那里一定有您许多小伙伴吧？

徐　坤：是呀是呀！文坛精英、风头正健青少年都在这里哪！那时华栋正忙着在会计那里对账，听见我来了，扭头说：嘻嘻，坤儿，咱俩一个办公室。则臣从楼道过来，说：哎，坤姐，你到啦？马上要吃饭了，我这儿正好有一套闲置的饭盆，送给你吧（直到现在我用的还是这套不锈钢饭盆）。我亲爱的鲁院同班同学美女杨海蒂，扭搭扭搭，手里拎着一个长把扫帚，迈着舞步扭过来，说，领导，我把你办公室都打扫完了哈！我上去搂了她一下，说：拉倒吧！你才是领导，你们全家都是领导。

我的编辑生涯，就这么开始啦！

舒晋瑜：哈哈！真是青春好年华！中国文坛的顶尖人物都在你们的团队里。那真是一个朝气蓬勃的好时代呀！

徐　坤：只要心怀梦想，什么年华都是青春好年华，什么时代都是梦笔生花的好时代。

名家天地

穿越生命的黑洞

——再读王安忆的《荒山之恋》《小城之恋》《锦绣谷之恋》《岗上的世纪》

张学正

女作家学刊·第四辑

摘　要: 王安忆于20世纪80年代中后期创作发表的"四恋",通过四个性爱故事,探索了人的本质、爱的本质、性的本质,讴歌了性爱在唤醒、激活、升华人的生命意识中的伟力与美丽;同时严厉批判了无爱的、盲目的性所造成的悲剧。这一系列作品在当代文学中具有开拓性的革命意义。本文论述了王安忆的性爱哲学:强调摆脱各种束缚的自然的、纯粹的性爱;主张男女双方在性爱上的平等,均衡拥有性爱的自主权、话语权、体验权、享受权;王安忆重视"机缘"在性爱中的神秘存在。文章还涉及对未来性爱的思考:性在未来爱情、婚姻中占有越来越突出的地位;未来性爱的多元性与流动性;未来性爱是爱与性的统一、灵与肉的统一、快感与美感的统一,具有高度自由度与包容性。

关键词: 性爱本质;纯粹性爱;平等性爱;"机缘"与性爱;未来性爱

　　20世纪80年代中后期,王安忆密集地发表了四部性爱系列小说:《荒山之恋》(1986)、《小城之恋》(1986)、《锦绣谷之恋》(1987)、《岗上的世纪》(1989)(简称"四恋"),在文艺界引起了一次不小的震动与波澜。时隔三十多年,再次细细品读这几部作品,仍觉得有许多耐人寻味、引人思索之处。

　　"四恋"是新时期王安忆创作的一次大喷发。她多年生活与写作的积累如奔突的熔岩终于冲破地壳,思想的火焰连同情感的呼啸喷涌而出。"四恋"是王安忆倾心、倾情、倾力之作,也是在中国当代文学史上留下深深印痕的作品，值得一读再读。

她勇敢地出发了

包括文学在内的一切社会现象都有它产生的时代背景。只有把"四恋"放在 20 世纪 80 年代这一特定背景之下考察，方可更深切地了解它出现的历史必然性及其特殊的意义。

今天，"性"已成为大众的话语，甚至在一些人那里，性已成为烂语。然而在中国，有着数千年禁欲主义传统，新中国成立后直至"文化大革命"的几十年里，又有对性的数不清的禁忌。中国人虽未丧失传宗接代的本能，然而真正意义上的性爱是缺失的。特别是长期的、频繁的政治运动与斗争，造成了人与人之间关系的紧张与冷漠，不仅有许许多多"被爱情遗忘的角落"，连夫妻之间也难有温柔的表达和肌肤之亲。许多人既不懂得恋爱，也不会做爱，至于什么是性快感、性高潮，对于许多国人来说既陌生而又恐惧。1978 年，刘心武发表了"文革"后第一篇以"爱情"为题的小说《爱情的位置》，虽然充斥概念化、政治化的说教，但仍然引起社会上的一阵喧哗与骚动，说明"爱情"在生活中没有"位置"已经很久了。1980 年，张洁发表《爱，是不能忘记的》，发出对爱的深情呼唤。虽然呼唤的只是"连一次手都没有握过"的可怜的爱情，却仍然被指责为"倾听了爱情的呼唤，背离了革命道德的呼唤"。直到这时，中国人仍处于性饥渴、性苦闷、性蒙昧、性压抑之中。1980 年，随着新婚姻法的颁布而出现的离婚大潮即对性爱困境的一次突围，又是性爱欲望的一次释放。

1883 年，恩格斯在论述"德国无产阶级文学第一个和最重要的诗人"格奥尔格·维尔特时说："最后终有一天，至少德国工人们会习惯于从容地谈论他们自己白天或夜间所做的事情，谈论那些自然的、必需的和非常惬意的事情。"这一天终于到来了，这就是 20 世纪 80 年代中国出现的性爱文学思潮，而王安忆正是这一思潮的第一批无畏的冲浪者。

在中国传统文化里，性爱只是手段与工具，不具有本体的意义。王安忆认为："爱情其实也是一种人性发挥的舞台，人性的很多奥秘在这里都可以得到解释。"王安忆的"四恋"对性爱的大声礼赞，是对人性和人的文学的又一次确认，在当时具有开拓性的革命意义。

宇宙空间有神秘的黑洞，而两性关系更是数千年来困扰着人类的一个巨大的生命黑洞。性爱，包蕴着太多太多的痴情与背叛、神圣与龌龊、美丽与血腥、癫狂与迷失、困惑与悖论、痛苦与欢乐、悲剧与喜剧，它光怪陆离，深不可测。王安忆刚过而立之年就开始了她对生命黑洞的探索。她不会不知道在这种探索中跋涉的艰难，她也不会不知道当时发表这样一些敏感度极高而且会引起聚讼的作品，将会给自己带来的麻烦，然而她却义无反顾地勇敢地出发了。

"人究竟是什么，爱情究竟是什么"

王安忆在创作"四恋"之初就曾明确宣示："很长一段时间，我一直在想那么一个问题：究竟，男人是怎么回事，女人又是怎么回事？"（《男人和女人，女人和城市》）她又说："我的创作宗旨和主题上始终是一致的，那就是一直在探究着人究竟是什么，爱情究竟是什么。"（《心灵的世界很大很大》）

由此可见，王安忆创作"四恋"绝不仅仅是为了讲几个悲欢离合的爱情故事，靠"性"来吸引读者的眼球，弄出点轰动效应，而是想通过作品传达她对性爱问题的严肃思索。

爱是婚姻的基础，这是恩格斯早在一百三十多年前就讲过的："以爱情为基础的婚姻才是合乎道德的"（《家庭、私有制和国家的起源》）。这一经典论述早已为人们所熟知。然而性是爱的核心则常常为人们所忽略。

在长期禁欲主义影响下，人们怯于或羞于谈性。后来，又由于对西方"性解放"的误读，一些人又追求纵欲主义。性在爱情、婚姻中的正确位置和应有的价值变得模糊不清或被完全漠视。有感于性在爱情与婚姻中的严重缺失，王安忆在"四恋"中大胆地直接地触碰了性。她说："如果写人不写其性，是不能全面表现人的，也不能写到人的核心，如果你真是一个严肃的、有深度的作家，性这个问题是无法逃避的。"（《两个69届初中生的即兴对话》）

在"四恋"中，有别于此前的许多爱情作品在性上的回避与羞涩，王安忆对于性爱的美丽、性爱的伟力进行了毫不掩饰的讴歌；同时，对于盲目的性爱及其悲剧也有痛心的沉思。

有人把《荒山之恋》简单地看作一个婚外恋的故事；其实，它深入地涉及了有关爱情与家庭、性格与命运等诸多复杂问题。

从小纤弱、怯懦的"拉大提琴的他"同一位比他"强大的女人"结了婚，虽然他享受着妻子给予他的无微不至的爱（实际上是母亲对孩子的慈爱），他的软弱的灵魂得到庇护，而他的真正的性意识却仍在沉睡。

"金谷巷的女孩儿"是一个俊俏、聪明、伶俐又有些放荡的姑娘。她争强好胜，遇到的中学同学、复员军人也是一个强人，二人都决心"征服"对方，经过多个回合的智斗与暗战，最后打成平手，结为夫妻。

后来，"拉大提琴的他"与"金谷巷的女孩儿"先后调到文化宫工作，二人发生了恋情。性格反差成了一种互相吸引的条件。"女孩儿"的活泼、

女作家学刊·第四辑

美丽使"拉大提琴的他"有一种"陌生的感觉"，而这种新鲜的感觉在妻子那里似乎没有得到过。而他那"几乎睡在了琴箱上"的怪姿与他奏出的时而忧伤时而温存的琴声则引起了"女孩儿"对他的好奇。于是她主动找他，听他拉琴，同他聊天，了解了他的家庭与身世。她觉得"那男人身上的那一股清静的气息很有力量，足够使很沸腾的她静谧下来。这一种静谧是她从来未体验过的，因此这种静谧比任何激情都更感动她"。特别是"他细长的手指在她颈脖里轻轻地摸索，就如冰凉的露珠在温和地滚动。她从未体验过这样清冷的爱抚，这清冷的爱抚反激起了她火一般的激情"。这种感动和激情使她"窒息""心碎"，甚至变得"柔顺了""纯真了"。她从没有这样爱过一个人，爱得连性情都变了。"也许她的人生走到这一步，爱情才真正觉醒"。这位曾与许多男人周旋过的女人认为，她找到了自己的"唯一的男人"。为了这个男人，她同他不能"生同时"，但求"死同日"。最后二人在无花无果的荒山上双双殉情。之前不充分的恋爱和不慎重的选择造成了性爱的错位与婚姻的解体，而"心境、性情的偶合"却促成了性的唤醒和爱的爆发。

《锦绣谷之恋》写的是一位女编辑与一位男作家一段短暂但却刻骨铭心的恋情。他们都是有家的人，故事恰恰是由"家"引起的。

女编辑的家是一个激情冷却之后的家。她和丈夫近在咫尺却"旷远得很"。双方不再留意和关注对方，他们"再难互相仰慕了"。"这个家是熟到熟透，再没有什么能够激起好奇和兴趣的了"。他们好像被"拴在了一起"，度着冗长而又乏味的时光。她期待着一种能够给她朝气与活力的新生活。

后来，女编辑到庐山参加一次笔会，与男作家邂逅。他们在一起交谈、跳舞、幽会。他们一同游仙人洞，下锦绣谷，观三叠泉。他们是那么默契和心有灵犀。他们不论是相隔着或是背对着，都能声声相通，心心相印。他们真心真意地相爱了。这爱使她"如再生了一般"。"她重新发现了男人，也重新认识了，自己是个女人，她重新获得了性别"。她同丈夫之间"早已消失了性别的差异"，从而也就消失了这种差异带给双方的"神奇的战栗"。这次与他相遇，她的这种"神奇的战栗"再次来临，甚至有一种"初恋的感觉"。王安忆说，《锦绣谷之恋》实际上是一个人的恋爱，是一个人的一场白日梦。在这个梦中，女编辑的青春意识、女性意识、生命意识有了再次的觉醒。她让她的心灵外出闯荡，建立新关系，创造新故事，然后下山回家。

回家后女编辑仍继续着对男作家的思念，感到总有一双眼睛在远方注视着她，而她"决不能叫这双眼睛失望"。他的注视成为一种精神的召唤，使她强迫自己平静下来，温和下来。这样，家中"所有的风波与纠纷全因了那第三个人的隐身的在场而烟消云灭"。

此后，她一直等不到他的消息。"没有了他，她便失去了管束与督促"，于是一切又回复到去庐山前的状态。她和丈夫"苟且偷生"，"得过且过"；"他们既没有重建的勇敢和精神，也没有弃下它走出去的决断，便只有空漠漠地相对着，或者就是更甚的相互糟践"。这是一种"婚姻的宿命"，而性爱是唤醒和激活生命，使爱情得到更新与升华，从而改变"宿命"的一种动力。

《岗上的世纪》中的生产队长杨绪国与下乡知青李小琴在一次次情感的交流与肌肤的亲密接触中，都尝到了"性"的滋味。杨绪国在和李小琴经历了那么些个夜晚以后，"他的肋骨间竟然滋长了新肉，他的焦枯的皮肤有了润滑的光泽，他的坏血牙龈渐渐转成了健康的肉色，甚至他嘴里那股腐臭也逐渐地消失了。他觉得自己重新地活了一次人似的"。李小琴也感到杨绪国是自己的"活命水"，"自从他们暗底下往来，她的身子就好像睡醒了，又知疼，又知热；她的骨骼柔韧异常，能屈能伸，能弯能折；她的皮肉像是活的，能听话也能说话，她的血液流动，就好像在歌唱"。性爱使他们的生命成长、成熟起来，"他在很短的时间内，从一个男孩长成了大人，也将她从一个女孩培养成了大人"。

后来李小琴因陷入与杨绪国的热恋，把"招工指标"的事全忘记了；而杨绪国更是置自己的荣辱生死于度外。他的党员干部被撤职，并且因"奸污女知青"罪而被公安局拘留所关押，还用车拉着他到全公社批斗，这些都丝毫没有打消他对李小琴的爱恋。他被放出来后，千方百计地打听李小琴的下落，寻找李小琴的踪迹。最后终于在小岗上村的一间小屋找到了她。他冒着家庭破裂、"罪上加罪"的风险，在小屋里与李小琴度过了销魂的七天七夜，"在那汹涌澎湃的一刹那间，他们开创了一个极乐的世纪"。他们在性爱中体验到了生命的快乐，在性爱的满足中得到了生命的再造。他们互相创造了新的生命。这不是一个"复仇的故事"，而是一首生命之歌。

在"四恋"中，王安忆也有对性爱的沉思：那种缺少爱的情感与丰富精神介入的单纯的肉欲，只能是性爱的一种灾难！

《小城之恋》写的是两个处于性蒙昧状态下的男女演员从少年到青年在身体、精神与情感的多重变态中痛苦挣扎的历史。他们不仅体态丑陋，而且没有文化（只上过三年小学）。他们青春期已到，两人整天在一起练功，耳鬓厮磨，性欲萌动，最后坠入欲河而不能自拔。交媾是他们"爱"的全部，他们寻找一切机会寻欢做爱。"他们并不懂什么叫爱情，只知道相互无法克制的需要"，他们"好比两条交尾的野狗"。这种单纯的肉欲非但没有拯救他们的"爱"，而且最终毁了他们的家！

《小城之恋》有强烈的警示意味：文化的支撑对于性爱的实现与完成具有决定性的意义。不知"爱""性"为何物，为性而性，无异于动物的发情与交配。在这种性蒙昧主义的有毒的土壤上，绝不会开出真正性爱的花朵！

生命原则是全人类都应遵循的最高原则，是唯一不能破坏的原则。然而人类现存的生命状态却令人堪忧，尤其是在性爱领域中，许多生命是沉睡的枯萎的和扭曲的，而真正的性爱则是唤醒、激活和升华生命的一种强大力量。

王安忆以十分严肃的态度对待性爱小说的写作。她说："当我确信不会有堕落的危险的时候，我才决定写'三恋'。"（《创作与评论》）王安忆在《荒山之恋》等小说中对性的描写是有度的，她更多表达的是人物性爱中的感受与体验。作品中没有直露地对性器官的暴露，性过程的渲染，性技巧的展示，没有任何低俗、肮脏的东西。她的立意是高雅的，描写是含蓄的、有节制的，语言是审美化的。所以有人批评她的作品是"错把肉感当成了美感"，是"优美的失落"，这是不符合实际的和不公正的。

还有人指责作者的"四恋"是非道德化的，说它们是"低俗的性小说"，是在"鼓励婚外恋"。此论有些简单化和有失公允。这几部作品以性爱为切入点，站在生命的高度揭示了人性中的诸多问题，如性格在性爱中的特殊意义，爱的错位与缺失所造成的婚姻悲剧（《荒山之恋》）；无爱和精神介入的纯粹的肉欲对人性的背离与对爱的毁灭性伤害（《小城之恋》）；激情的冷却与爱情的更新（《锦绣谷之恋》）；性爱对唤醒新的生命与促进青春成长的意义（《岗上的世纪》）等等，其中所传达出的性爱信息、性爱观念、性爱哲学都值得我们认真思考。

另外，从创作角度来考察，王安忆是把故事提纯了，她有意规避了政治的、社会的、道德的等因素，而只想从人性、从生命本体的价值上去表现性爱。在她看来，剥离了外在因素后的两情相悦的性爱能最大限度地焕发出人的情感冲动、创造冲动，把两个人的人生演绎得淋漓尽致，光彩夺目。正如恩格斯在谈到现代性爱时所指出的："性爱常常达到这样强烈和持久的程度，如果不能结合和彼此分离，对双方来说即使不是一个最大的不幸，也是一个大不幸；仅仅为了能彼此结合，双方甘冒很大的危险，直至拿生命孤注一掷，而这种事情在古代充其量只是在通奸的场合才会发生。最后，对于性交关系的评价，产生了一种新的道德标准，不仅要问：它是结婚的还是私通的，而且要问：是不是由于爱情，由于相互的爱而发生的？"（《家庭、私有制和国家的起源》）由此看来，对于"四恋"在进行道德评价时，是否也应有"一种新的道德标准"呢？

王安忆的性爱哲学

王安忆通过"四恋"表达出的一个重要理念就是，希望男女间有一种自然的、纯粹的性爱，这也是她的性爱理想。

"拉大提琴的他"与"金谷巷的女孩儿"、女编辑与男作家之间发生的性爱只是性格的吸引和感情、精神的契合，几乎无功利的考虑。杨绪国与李小琴的关系稍有曲折，开始有"招工指标"的纠缠，后来两人全身心地投入了，什么都忘记了，"抛掷一边"了，只有生命的激情。很清楚，只有除却一切附着于爱之上的出身、门第、权位、财产等身外之物之后，性爱才能真正成为一个纯粹的男人与一个纯粹的女人之爱，才能由于相互欣赏与相互融入而爆发情感的火焰，并最终抵达巅峰体验，享受到纯粹的性爱的欢乐。性爱的功利化、实用主义、金钱至上，只能使男女双方都沦为"爱情"的牺牲品。

自然的纯粹的性爱，是对特定的"这一个"人的爱，如对他（她）的容貌、身材、体态、气质的喜爱，对他（她）的天赋、才华、能力的倾倒，对他（她）信仰、品德的仰慕，对他（她）性格、脾性的认同，对他（她）性感、性趣、性力的激赏，等等。正如马克思致燕妮的信中所表达的那样："然而爱情，不是对费尔巴哈的'人'的爱，不是对摩莱肖特'物质交换'的爱，不是对无产阶级的爱，而是对亲爱的人即对你的爱，使一个人成为真正意义上的人。"（《马克思致燕妮·马克思》）爱的对象不是抽象的"人"，不是"物质"，不是"阶级"，而是对具体的、特定的"真正意义上的人"的爱。马克思与燕妮虽是贫贱夫妻，但他们的爱却格外的纯洁、热烈而持久。正因为如此，马克思才能对燕妮真诚地表白："我衷心珍爱你，自顶至踵地吻你，跪倒在你的跟前。"

虽然在现阶段的婚恋中，我们还不能排除"一切经济的考虑"；然而，追求自然的纯粹的性爱仍然是我们心向往之的理想境界。

平等，在王安忆的性爱哲学中占着很重的分量。在《荒山之恋》《锦绣谷之恋》《岗上的世纪》中，相爱的双方都是双向互动的，甚至在动作、语言上都是相似的和对称的。

在《锦绣谷之恋》中到处可以看到这样的对话：

> "上天保佑，你也来了庐山。"他喃喃地说。
> "上天保佑，你也来了庐山。"她喃喃地说。
> 男作家："嫁给我吧，嫁给我吧！"
> 女编辑："娶我，娶我吧！"

"这才是世界上最最不通又最最会意不过的交谈，最最简短又最最尽情的交谈，他们好像在这几个字眼的交换里将自己的一切都交托了。"

类似的例子在《岗上的世纪》中也俯拾即是：

> 杨绪国："我舍不得放走你，你这个鬼，鬼啊！"李小琴："我不走，不走，不走！"
> 杨绪国："你走了，我变个魂，跟你去，跟你去，跟你去！"李小琴："我要走，变个魂，留给你，留给你，留给你！"

他们互相需求，互相呼应，互相激发，一同把爱推向高潮，共享性爱之果。

在王安忆的作品中，既否定了"金谷巷的女孩儿"与复员军人之间的征服与被征服的强制占有的"爱"，也否定了"拉大提琴的他"与妻子之间居高临下的人身依附之"爱"，正是这种不平等的"爱"导致了他们婚姻的破裂。

王安忆说："我的确没有和男人作对的意思"，"我不是女权主义作家"。她既反对以女性为奴的男权主义，也不赞成以男性为敌的女权主义，在性别问题上，王安忆秉持一种中性立场。有人说王安忆是"女性中心立场"恐是一种误读。在王安忆看来，在两性世界中，不是谁掌控谁，谁依附谁，谁欺侮谁，而是要互相尊重、理解、包容、善待，"男女携起手来，互相补充和配合"，这样两个人抱团取暖，才能活出比个人更好的未来。

在当代中国，在实现了社会、家庭、人格等层面的男女平等之后，实行性爱方面的权利平等已提到日程上。女性要摆脱在以男人为中心的世界中那种附庸的被动的性角色的地位，争取性爱的自主权、话语权、体验权、共享权。当女性主动地参与性生活的设计时，性爱将更易达极致之境。从男人独享到男女共享性爱之乐，这是人类性爱史上的又一次革命。

"机缘"论是王安忆性爱哲学的又一个重要组成部分。

王安忆在写到"拉大提琴的他"与"金谷巷的女孩儿"在文化宫相识、相恋时说："那就是在这样的时间，这样的地方，遇到了这样一个人，正与她此时此地的心境、性情偶合了。"在后来的《纪实与虚构》中，当写到女主人公"我"的婚姻时她又说："它是机缘、时间以及我们各自的人生准备的结果。它证明了深刻关系（指性爱关系——引者注）不在于谁同谁相遇，更是在于两个人在什么地点，什么时间，彼此什么样的人生阶段相遇，错一步也不成。"

"四恋"中的人物，《荒山之恋》中的她与他，《小城之恋》中的两个演员，《锦绣谷之恋》中的女编辑与男作家，《岗上的世纪》中的杨绪国与李小琴，他们分别来到"此时此地"，有一定的偶然性；但他们此前的"人生准备"，包括经历、文化修养、心境、性情等等，又使他们恋情的发生有其必然性，二者"偶合"造就了一种"机缘"。如果不在这样一个时候到这样一个地点，遇到这样一个人，而是"错一步"，两个人的生活可能会是另外一个样子。正如王安忆在《米妮》中写到米妮回忆她和阿康巧合的命运的时候说的："如果不是那一天回家，而是在早一天或者晚一天，那将会怎么样呢？"这一天，就好像一道分水岭，将米妮的生活分成了两半。这就是"机缘"。把握住这种"机缘"，就会看清人的命运的来龙去脉和他们的必然结局。

　　"机缘"就是人与人命运的交汇点。它因为有时空的不确定性、不可预测性而带有浓厚的神秘色彩，有某种命中注定的意味。有一阵子王安忆相信机缘、巧合、谶语、先兆、报应、轮回、宿命、天意，但后来她对自己的"机缘"论又有所纠正。她说："缘"夸张了人生中短暂的偶遇，"其实还是一种丧失原则的说法，它承认所遇见人的一切关系，其实也就使这所遇见的人的一切都落了空"，从而"使我们堕入虚无"。（《纪实与虚构》第九章）我们承认"机缘"的存在，但又不能夸大"机缘"的力量，好像冥冥之中有一种神秘的力量把我们的命运都预设了。在唯物主义者看来，"机缘"难测而命运不是不可改变的；如能"扼住命运的咽喉"，悲剧并非命中注定。

新的伊甸园，你在哪里？

　　人类一直在追求着爱、性、婚姻的三元统一，然而现实生活中却大量存在着三元的分离，或有爱无性，或有性无爱，或爱性两失，"四恋"正是三元分离现状的艺术再现。不难看到众多的中国家庭处于高稳定低质量状态，虽心已破碎，却仍然靠责任、义务、忍耐、牺牲勉强维持着一个名存实亡的家。

　　人类的婚姻史，是从以传宗接代为基础的传统婚姻向以爱情为基础的现代婚姻和以性爱为基础的未来婚姻转变的历史，这是从压抑逐渐走向自由的历史。性爱在未来家庭中的地位越来越突出，最终将成为决定婚姻缔结和婚姻存续的唯一因素。

　　未来人类会有一种更纯粹更自由的性爱。在物质文明高度发展，制约婚姻的经济因素消除以后；在社会服务高度发展，孩子抚养和老人赡养完全社会化以后；在科技高度发展，试管婴儿、精子库、冷冻卵子、胚胎移植等生殖技术广泛投入使用以后；在精神文明高度发展，高素质的人类在性爱问题上有了更大的理解度与包容度以后，总之，在摆脱了一切经济的、政治的、社会的、道德的、技术的、负累与羁绊之后，男女之间"除了相互的爱慕以外，就再也不会有别的动机了"，到那时，人类会有更多元、更自由的性爱方式：有像钱锺书、杨绛那样精心经营的婚姻，他们能相亲相爱，相依为命，相濡以沫，白头偕老，爱情、亲情、友情、恩情、手足之情，渗透于两个人的生命之中，维系着两人的老年岁月；也可以像萨特、波伏娃那样，同居而不结婚，相爱而又有个人的自由；也有人选择独身主义（包括拒绝爱情婚姻的绝对独身和不完全排斥性爱的相对独身），等等。

有的未来学家还曾预言："未来的婚姻是一次次结婚又一次次离婚的过程。"在流动、多元的世界里，在广泛、快速的人际交往中，人们对性爱会有不止一次的选择。这种漂泊的情感虽然不失为解决爱情倦怠、衰竭的一种途径，但未必是最好的归宿。

未来性爱是高度自由又高度包容的性爱。合得来就在一起，合不来就平静分手，既不委屈自己的情感，也不委屈别人的心愿。未来的性爱是爱与性的统一，灵与肉的统一，精神与物质的统一，快感与美感的统一。它把人的激情充分点燃起来，把人性的美充分体现出来，把人的创造力、潜力充分发挥出来。自由的性爱实现以后，不再有不爱又要捆绑在一起的痛苦，不再有"爱又不得其所爱"的遗憾，不再有因嫉妒、仇恨而引发的爱情婚姻悲剧。当人类从以承担家庭、社会责任而结合回复到以快乐为目的的性爱时，我们已走进了新的伊甸园。

我们已听到新的伊甸园的召唤，然而不会很快抵达。新的伊甸园是遥远的。

王安忆的"四恋"集中表现的是人的生命现象及内在冲突。其后的《叔叔的故事》《纪实与虚构》《伤心太平洋》《长恨歌》等作品，关注的同样是人类的生命问题。王安忆的小说体现出一种眼光和魄力，一种全新的思维方式。她不是一个单纯的女性作家，她用女性和男性作家兼有的全视角观察和阐释世界；她不再是一个地域性的或某一职业领域的作家，也不是某一文学流派的作家，而是具有人类意识的作家。王安忆正走向博大与深邃。她从民族土壤的此岸出发，开始抵达世界文学的彼岸。王安忆是少数能被世界读者接纳的中国作家之一，这是王安忆生命中同时也是中国当代文学中的辉煌篇章。

（张学正：南开大学文学院教授）

梅洁在塞外的文学之履

曹　森

摘　要: 这篇评述较详尽地记录了著名女作家梅洁20世纪七八十年代在塞外蔚州以及张家口的生活与文学创作经历和成效，是目前较全面总结梅洁文学起步和这一时期创作实践的唯一文本，有着较高的史料留存价值。按原中国作协创联部副主任、著名女作家冯秋子的话说，这是一篇很用心写了认识、理解并做了细致研究的记述兼评述性的文章。①

关键词: 梅洁；塞外；文学创作成效

女作家学刊·第四辑

2020年冬，著名女作家梅洁迎来了她难忘的文学圣诞——"梅洁文学创作40周年纪念活动"，从她文学之梦的起始地河北蔚县出发，经张家口、北京、石家庄、宁夏、湖北等地的纪录片拍摄；在祖籍湖北郧阳召开的作品研讨会等，吸引了媒体广泛的传播。以中国作协副主席陈建功为主的众多国内专家学者认为，梅洁的"移民三部曲"恢宏壮阔、慷慨悲壮，展示了鄂西北人民的深明大义和牺牲精神。此外，梅洁还以先天细腻的性情，独到的体味生活认知生活的能力，水滴石穿颇具征服力的悲情之笔，将楚文化和燕赵文化的神韵熔于一炉，形成具有浓重的时代感和使命感的文学气象。

解读梅洁的创作文本似乎应该从两方面说起。一是她女性的先天性情，细腻柔情和淋漓飘逸的个体呈现；二是她观察发现生活的灵性与敏锐，这应该是她特有的独到的体味生活的能力。那种涵括了高洁深厚水滴石穿的笔力，笔者称之为"梅氏审美"之功。

这里，笔者仅从她文学之梦开启的地方，塞外蔚州以及张家口的创作经历着笔，窥见一个文学生命的发轫之旅。

---

① 见冯秋子与梅洁的通信。

世代的寻常成为她笔下的经典

北方的大雪婆家的火炕蔚州陈旧的木格窗，以及窗棂上糊的白麻纸，白麻纸上艳丽灵动的窗花，在一代又一代蔚州人眼里都是再平常不过的事物，春秋轮度中的这些事物这些符号这些平淡的日子，标记着这一方土地的人们无论怎样贫穷或艰难，他们都会慨然面对都会积极地愉悦地活着，这是一种世代的习以为常的人生，这种人生很纯洁很厚实。梅洁面对这一切，除却新鲜到惊叹的地步，还把这种自然的质感上升到诗意，上升到几近华美的浪漫，上升到对灵魂的叩问。

像是千百年来惯常的黄土地上走来一位久违的女史，让塞外古老的岁月平添了妩媚的知性，也多了一首首壮美的童谣。

> 每一条负载着积雪的傍枝都微微向南的方向倾斜着。远看，恰似一方肃穆、悲壮的女性的仪仗在默默地祈祷着什么，倾诉着什么。整个大山、雪野都在低吟着一支庄严的歌。（梅洁散文《在这块土地上》）①

这是多么壮美和沉重的景致，这肃穆的、悲壮的白色为什么是女性的仪仗和祈祷，为什么都在微微地向着南方？这种生命与自然，生存与命运，表征与心灵的陈述，使原本无知的冬雪活络起来舞动起来，成为作者深情的寄托。

一切文学艺术的形式都离不开创作者们自身的人生轨迹与情愫表达，从汉水江边来到北国塞外的梅洁似乎是更加出人头地，她把幼年离开家乡的悲苦，父亲遭受的冤屈与自己所承受的命运不公，在一个特定的时空节点上呼呼地喷发出来，她的出人头地就在于能够把心灵的冬窗在所有的平凡的事件里都融入春风与热泪，让读者与她的文字一起咀嚼一起体味一个女孩一个弱女子所经历过的历史严寒，和在这严寒中如何坚韧如何顽强地一步步跋涉到生命的春天。

> "冷吗？"不是阿之这一声温存地问，我是断然忘我、忘情了的。阿之拉起我冻木了的双手，为我暖着、搓着、呵着……整个屋里没有一条凳子，我只得跨在炕沿边。可婆母不管三七二十一，硬是把我的两条腿掬到了炕上，我在炕上坐着个小板凳……
>
> 阿之的二娘三婶们来了，她们送来了一簸箕的毛豆角、煮玉米，

名家天地

---

① 梅洁：《在这块土地上》，见梅洁：《爱的履历》，北岳文艺出版社1987年版，第25页。

261

还抱来了黑油油亮光光的大西瓜、金黄金黄的小秋果，满满地摆了一炕呢！妈妈，她们吃什么都是摆在这睡觉的炕上，连一天三顿饭也是在炕上吃……天黑了，客人们散去了。公公抱进一大抱玉米秸，往炕下边一个洞口里一劲儿地塞。然后，他把玉米秸点着，炕底的火就突突地着了，火苗不时地蹿出来舔着炕沿。我惊呆了！腾的一下跳到炕下，惊惶地问阿之："这是干什么？"

"烧烧炕，睡觉暖和。"阿之说。

"那……被子，不会烧着被子？"我瞪大双眼，直直地望着眼前的一切。①

从白雪皑皑的寒冬降临蔚州时的一咏三叹，到金黄色的秋天涌来满屋子的喜气，梅洁用激情洋溢的语言描写着第一次到婆家的温暖和塞外的风情，她用俏皮亮丽的话语，把蔚州的风物与乡民的淳朴一股脑地泼洒在纸面，成为对这一方土地永久而鲜活的记载。这篇散文一举成为首届河北省文艺振兴奖获奖作品，也成为梅洁七百万文字里的经典之一。

梅洁的作品以超常于一般写作者的审美趣味，调动细腻而广泛的无处不闪烁着柔美光泽的话语资源，给生活的每一个角落都能够赋予饱满的情感与崭新的美学概念。"一只十五度的低功率灯泡从窑洞房的穹顶垂挂下来，垂成一只橙黄色的小太阳，夜夜照亮睡熟的我的两个儿子，也照亮落在稿纸上的我的诗行"。"我在蔚州古镇窄瘦的小巷里穿梭，几缸腌菜够我们一家人吃整整一个冬天……我始终怀念在张家口蔚州那段很清贫、很辛苦、很琐碎，也很女人的岁月"。②"低功率灯泡"能够"垂成一只橙黄色的小太阳"，这太阳与心中的梦想通过"儿子"与"诗行"已表达得十分健劲。即使是再贫穷的日子，有心中太阳的照耀，有在"窄瘦的小巷里穿梭"的精神与本领，也能以"很女人"的幸福挺过岁月的冬天。

梅洁是以写诗起步的，诗性的语言贯穿了她四十年的创作经历，使我们在她的作品纵深处无不感觉到诗的元素诗的鄰光。

时间的深处审视着世俗的定位

梅洁在一次接受采访时曾说过，"好散文在时间的深处，在生命的疼处"，又说，"我行走的理由不再是为了满足文人的浪漫"。③

梅洁在蔚州工作生活了十四年，从"北方那个破碎的不长树也不长草的小山村"的深井里，拧着两三丈绳索的辘轳，以瘦弱的肩膀挑起沉重的日子，以漫长的艰辛丰富着思想的内涵，决定着未来的人生。终于有一天，她告别了自己在大学所学的经济专业，也告别了属于经济专业的财务工作，直至也告别了给过她爱、给过她苦，也给过她梦想的蔚州。

她书写蔚州的大部分文字，是到张家口文联《长城文艺》杂志社之后，可以说，那是她"山顶上的岩石也在开花"的岁月——蔚州的文学之梦刚刚发端，张垣的如椽之笔便岁岁华章。"如果我们爱，就要忠诚和坚守"，这是一种有着文学信仰与文人操守的情怀。梅洁这样说了，也这样做了。蔚州的热土给过她爱，文学的生命让她承载让她感恩让她写下这不尽的深情。

北傍泥河湾，蔚州很古老；南依太行山，蔚州很坚强！晋商到这里落脚，东行进京，北上蒙俄，蔚州便成了旧时"茶马古道"的集散地；这里的八百村堡蜿蜒盘踞成长城脚下的防御奇观，筑成燕山之北又一道京城屏障；这里的人们以憨厚、睿智、友善、谦卑的处世之道和坚忍不拔的生存品质，耕作着养命的五谷和花环一般的日子，形成冀西北独特的地域文化。梅洁带着这一切，带着十四年在蔚州的风霜雨雪和甘甜，北上张家口安营扎寨，开始了对这片存满"爱的履历"的土地的深情回望与书写，开始了她文学生命的激情跋涉。

笔者在拜读梅洁书写蔚州书写塞外的作品时，曾在笔记中写下过许多"顺口溜"以便记忆。如："最初的香甜至今留恋／大山里为汉江女端上莜面／京城的西贝馆遍布九州／小雪的辣子面是永久的恩典。"这是在读她《最初的营养》时的留言。又如，看了她的《商道》她的《天下蔚州》之后又写道："我从大山、从草原带回诗行／任由一脸盈泪的光芒／为什么键盘里都是美酒？／那是绵厚的情意在心底流淌。"再如："是谁让 Y 县人这般谦谨？／骨子里却满是自信飞腾／祖辈的血液使我不畏强悍／黄土的文化教我厚道做人。"

"Y 县人"这一首因为读了梅洁刚到张家口时写过的一篇《我们都是 Y 县人》①而成，那应该是她 20 世纪 80 年代中期的作品。其时，我们都还年轻，于文学而言亦显稚嫩，但梅洁却道出了一个让无数蔚州人镂刻于心的话题。如果勤劳节俭厚道坚韧与人为善等等都是中华民族的传统美德，那么蔚州人便具备了这诸多优良的品德。但蔚州人的憨厚是真诚的睿智，蔚州人的友善是谦卑恭敬的礼让，蔚州人的活泛灵动谦让甚至以退为进亦是有口皆碑。蔚州的土地虽不肥沃，但却养育了无数仁人志士，如西汉楚相

① 梅洁：《我们都是 Y 县人》，见梅洁：《爱的履历》，第 213 页。

冯唐，元代工部尚书王敏，大清廉吏魏象枢，抗战时期的狼牙山五壮士马宝玉，蝉联两届残奥会男子乒乓球冠军的独臂英雄赵帅等。梅洁的《我们都是 Y 县人》里，将诸多蔚州人的这些良好的品质具化在"毛毛勃勃"两个小主人公身上，最初的起因却是表述了一座城市对来自边远的"Y 县人"存在的一种地域偏见，这种偏见是如何让她和她的孩子们感到不可思议，甚至据理力争。她把蔚州作为"Y 县人"的内在依托，把城市与乡村的文化差异通过这种"偏见"检视给读者，以母子及友人叙事的综合解读，以两代人生活、生长在 Y 县的切身感受，以勃勃毛毛两个优秀儿子品学兼优的"Y 县"典例，让存有偏见的人们重新审视自己的意识偏见。不难看出，这里的"Y 县"也就是典型的蔚州。因为塞外这座城市里，穿梭着太多的蔚州人，他们的聪明才智他们的吃苦耐劳，他们为了生存不得不端着笑脸揣着才艺洒着汗水去"口外"挣莜面讨老婆。可以说，他们既有"徽商"的吃苦精神忍辱负重以及兴宗耀祖的抱负，又有"晋商"的诚信敬业勤奋刻苦自强不息。这就是为什么梅洁在日后的作品里，把蔚州人称作是"张家口的犹太人"的道理。

到张家口以及赴省城专业创作之后，梅洁书写蔚州的作品更是不断问世，从深山里海子村的小雪姑娘跑几十里的山路，为她这位"南方女子"找"辣椒"，我们看到了蔚州人是如何地开开门子大气待客，关住门子小气吃苦的友善与厚道。从冯骥才先生高度评价并为之作序的《中国剪纸瑰宝·蔚县窗花》的出版，到虎年春晚蔚州剪纸做 3D 舞台背景板、平昌冬奥会"北京八分钟短片"窗花定格，从惊艳世界的国际友人"六层剪纸头像"到历史深处的《红楼十二金钗》《清明上河图》，从这一方蝉翼般清爽精致却叙事万千的"蔚州剪纸"，到民间无所不通的"百工图"……梅洁在一篇篇荡气回肠的佳作中，为蔚州的人杰地灵，进行了全新的审视与定位。

生命的疼处闪烁着人性的光芒

梅洁对好散文好作品的认知和写作体验，从"蔚州作品"窥见一斑。笔者所说的"蔚州作品"是指书写蔚州和在蔚州在张家口写作的这样一个概念。这一时段，按她本人说，是生命中最美好最令人难忘的世纪的四分之一。"人们在那里高谈阔论着天启和灵感之类的东西，而我却像首饰匠打金锁链那样精心地劳动着，把一个个小环非常合适地联结起来。"这是横跨了 18 世纪与 19 世纪，又经历了拿破仑战争和疾病折磨的杰出的抒情诗人海涅对文学生命的思考，引在这里，笔者认为同样也符合梅洁四十年来的创作态度与实践。还以她的"蔚州作品"为例，她的"处女作"《金色的衣衫》^①，可以说是盈满了一个苦难女子的眼泪，这眼泪里有悲戚也有喜悦，悲的是自己的童年所跟踪的是"一袋黑色档案"，喜的是她的孩子们现在"都穿起金色的衣衫 / 有了金色的童年"。一首短诗，用了十二个"金色"，以如此重复加重的语气，把历史与春天的密码逐一解开，通过孩子们穿上"金色衣衫"的微观场景，全时空地呈现给一个"感恩、反思的生命"，一个插上金色的双翅的"梦想"。

这一时段的作品，多数都是从倾诉个体与时代的悲欢开始，逐步寻找属于自己与和音者们的精神空间。"感谢我圆如明月清如水的乡梦，梦中，童年的阿三向我走来……"^②；"我执意要到很远的地方找哥哥，找属于我的一片亮色，找属于我的歌，我走了。然而，我做梦也没有想到，和苦难的父亲，这便是永别……"^③；"幻梦般的岁月似绵绵的青烟，托付我渺渺的顾往。我真不知那晚的初识竟真的铸成了后来至诚的歌；我真不知他独爱的嫉妒竟成了我深长的远梦"^④。这种对历史余音的回忆，使生命活力与向往在绽放的诗意中显得格外优美，尽管满含着忧伤。

可以这样说，写蔚州和在蔚州写的一些作品还说不上是梅洁最满意的，但却是她心灵里流淌出来的歌。这歌声里，有屈枉的泪水凄楚的感伤，有真挚的情谊火热的爱恋，也有对北方大地神秘蔚州的一往情深。"生命的疼处痛处"在这里已不是久敷的伤疤，而是治病的艾灸奋发的火焰："我难道不能像伟岸的树一样生长属于我自己的昂扬吗？"^⑤

她在对往事的回眸中开始叩问自己的内心，重新定位着人生的价值取向。她并非要脱离平凡的柴米油盐，但一定不甘无趣的生活。其实在她的精神原乡里，早已编织好了彼岸的花环："写作不一定能够拯救世界，但肯定能够拯救我们自己！"^⑥这是她怀揣的梅家女儿之梦，是她文学生命的气魄与胸怀。

她开始这样做了，就在古老的蔚州，在她"梦想开始的地方"，恰好那是一个文学能够唤醒灵魂让思想走脉的时代。

她用聪慧的目光和细腻的笔触观察、书写着蔚州的山山水水历史人文岁月流年，她最早发现了古镇暖泉的水环街市，竟是江南水乡般的气韵。她通过蔚州器宇轩昂的明清古建筑，琳琅满目的文化遗存，县中有国（代国）的悠久历史，两山夹一川的自然地貌，永远也述说不尽的乡间民俗市态风情，"沉稳、冷静、勤奋、节俭、精明、强干，思想多于言语，喜怒不

---

① 梅洁：《金色的衣衫》，载《张家口日报（副刊）》1981 年 6 月 2 日。
② 梅洁：《童年的阿三》，见梅洁：《爱的履历》，第 288 页。
③ 梅洁：《我寻找属于我心灵的歌》，见梅洁：《爱的履历》，第 3 页。
④ 梅洁：《爱的履历》，见梅洁：《爱的履历》，第 15 页。
⑤ 同上，第 15 页。
⑥ 梅洁：《泪水之花》，金城出版社 2010 年版，第 80 页。

形于表，独立孤傲的自我意识以及敬业、责任、吃苦、耐劳、意志力和生存力等等作为人的优秀素质……天下十三省，能不过蔚县人"。① 于是，她一次次问道："是谁在这里建造了如此的气宇轩昂，他们背后庞大的财政支持如何而来？"②"他们来看从南方来的新媳妇……窗花染了他们的舌头……黄土的塞外有着怎样的文化和岁月？"③

梅洁是用心用情地做了一回塞外的儿媳妇，她的爱人曾经是蔚州规模最大的国有矿的副矿长，她在蔚州十四年的相夫教子，某种意义上说，也是煤炭系统一位最美的矿嫂，她把中国女人最优秀的品格和才华，如忠贞与贤淑，勤谨与体贴，高洁与内敛，博学与精致几乎集结一身，这才有了充足的底气去实现她要实现的梦想。这种饱受磨难自我教化励志成金的人性之光，成为她对生活与文学驾轻就熟的基础。在《长城文艺》编辑部，她以最短的时间实现了三个惊人的跨越：从普通编辑到编辑部主任，从编辑部主任到主编；刊物发行从数千份猛增到三十万份；从事业余创作不到十年，步入中国作家协会殿堂，成为中国当代令人瞩目的女作家。

2006年，笔者的纪实文学《乌龙出山》④首发，邀请梅洁来参加活动。殊不知，她的爱人，我们煤矿的老领导，从矿山走到省厅级别的蔚州才子崇仰之刚刚过世。会上，她满含着热泪把祭悼亡夫的新作《我的丈夫走在那片青山绿水间》《不是遗言的遗言》等文章散发给煤矿的作者们。会下，她挽着老书记袁蔚的手，怀揣着时任矿党委书记、矿长史福玉为其颁发的"荣誉矿工"证书，与矿区的作者们一起畅谈如何成就"写作的光荣和生命的质地"。那天早上，史福玉陪同76岁高龄的袁蔚老人一起来看望梅洁。袁蔚曾是梅洁笔下的一个人物，她以"乌金燃烧"般的激情赞誉着为蔚州矿区发展做出过卓越贡献的老书记，赞誉着那一批"光和热的奠基者们"。仪式上，梅洁深情地说，蔚州是她大学毕业时和丈夫一起走向新的人生的地方，来到丈夫工作过的矿山百感交集。她从《乌龙出山》一书中，了解到这几十年煤矿惊人的发展，感到十分高兴。作为一个写作者，她觉得以一本文学速记的形式书写煤矿发展的历程，汇集一批可歌可泣的矿山人的剪影，她感到十分欣慰。

若干年后，梅洁在接受采访时是这样表述她最初的写作动机的："我之所以断然放弃了大学五年经济系本科的专业，放弃大学毕业后从事了十多年经济工作而改做文学，那实在是我的心灵想发出一种声音。这声音一定要穿越肉体、穿越时空、穿越苦难、穿越空谷与山脉而不管不顾地发出来，

---

① 梅洁：《天下蔚州》，载《散文百家》2017年第7期。
② 同上。
③ 梅洁：《飘逝的风景》，见梅洁：《梅洁文学作品典藏·散文卷》，第105页。
④ 曹森：《乌龙出山》，中国戏剧出版社2005年版。

那必定是命中注定了。"①

　　庚子年的晚秋时节，由十堰籍上海作家、制片人王成伟先生策划、蔚县政府资助的、以梅洁文学创作四十周年为主题的纪录片《梦想开始的地方》开机仪式，在河北省蔚县隆重举行。蔚县政界领导及八十多位文学爱好者和文化界人士参与了开机仪式。作为最早一批承纳梅洁文学雨露和光环的本土作者闻听此讯甚感欣慰。8月31日那个秋雨绵绵的清晨，笔者怀揣着连夜赶写的诗稿，冒雨前往存有五千多件国宝文物的"蔚州博物馆"参加开机仪式为她祝贺。

　　可以这样说，因了梅洁的文学贡献，京西蔚州的传播更加广泛更加遥远，这片神奇的土地得到了更多读者的认知和青睐。她结识了一位优秀的蔚州男人，她生下了两位更加优秀的蔚州血统的儿子，她把一位江南女子的柔情深深地撒在了她的婆家，她的第二故乡。她虽然一步步走向更加广阔的书写领域，但她留给蔚州的文学财富足以对得起这片古老的土地。她灵敏的文学嗅觉和辛勤劳作，把许久沉默的散落的珍珠逐一串起，成为她宏大的文学宝库里最精彩的一束项链。她对夫家的付出与回报，她的锐利的目光如清泉般汩汩流淌的才华，她灵动的无处不闪耀着光芒的思想与文字，足以对得起蔚州贡米的滋养，对得起婆家火炕的温暖，对得起九朝古城的文学挚友艺术人才们对她的景仰与敬重，对得起蔚州血脉的子孙喊她一声妈妈。

　　著名的军旅作家北乔先生说过这样一句话：你"与我们的感觉保持天生的熟悉，是在读我们内心的图景"。梅洁虽然已经离开蔚州多年，但笔者一直以为她与蔚州的土地蔚州的人民始终保持着天生的联系，一直是"我们内心的图景"。她的人性的文字光芒，会永远照耀在这片神奇的土地上。

　　　　（曹森：中国作家协会会员，中国煤矿作协理事，高级政工师）

名家天地

---

① 徐芳：《梅洁：好散文在时间的深处，在生命的疼处》，载《十堰日报》2019年1月
　　29日。

历史与社会的口述史

——读韩小蕙的《协和大院》

阎纯德

女作家学刊·第四辑

摘　要：韩小蕙的《协和大院》是一部大散文，一部报告文学，一部口述史！它是文学，但不是虚构，而是纪实，是一部可以用手触摸的历史，又是眼睛可以看见的现实。《协和大院》作为历史和"社会"的缩影，演绎的历史、人物、故事，是作者从童年开始，不断积累沉淀而成，然后才有其深邃、独特的厚度，生动地展示了百年大历史。"协和大院"，是一个时代的象征；"协和"就是协和万邦，万众皆同。

关键词：北京历史；传教士；协和医院

历史上的北京，再远的不说，就记忆可及，一个世纪的风云变幻，人们的生老病死，小民百姓从出生到离开，人们能看到的，熟悉的，或陌生的，无论是民居四合院或小小蜗居，或是纵横交错的大街小巷，历史的节奏，社会的表情，数不尽的历史与故事和许许多多的爱恨情仇，这百年的记忆，都隐藏在深浅不一的市井里。这样一部大历史、大社会、大生活的大作品，都是读者对于作家的期待。

这样的社会生活，无论是世俗或是高雅，都应该在作家笔下得到真实的体现。韩小蕙的《协和大院》就是这样的一部好书。

最初看到这部作品，我想这大概是大散文家韩小蕙的一部散文新作，一看策划人——何启治，报告文学作家，人文社的一位老领导！于是又想，是否就是一部长篇报告文学？

读"代序"，我被作者领进她"悠远的旧梦"，看到占据两条胡同之间的那个深宅大院里的小姑娘韩小蕙。大院就是坐落在历史中的"协和大院"。

读了这部作品，就能明白，这是一部大散文，一部报告文学，一部口述史！它是文学，但不是虚构，而是纪实，是一部可以用手触摸的历史，又是眼睛可以看见的现实。在这部作品里，自始至终活跃着作者的影子，读者处处都像在与作者促膝谈心，听她不紧不慢地道来，时不时地还能听到"不起眼儿""乌泱乌泱"那些地道的北京话，也能看到那些信手拈来的描写或抒情——"一眨眼，三百年大清朝，又马嘶人喊过去了。""普通小百姓不足道，即如挥挥手影响时代进程的历史大人物，亦摆脱不了社会和命运的掌控。"无论是孙中山、袁世凯，还是李鸿章，物是人非，"一切都成了历史的下脚料"。

第一章中的"外交部街"原是"元大都"的发源地之一。从这里，引出明朝于谦麾下的石亨将军和"土木之变"、北京保卫战，于是有了"石大人胡同"，又变成了"石驸马大街"。这条大街里的每棵树，每个电线杆和马路牙子都认识作者，因为她是"外交部街的女儿"，也是在协和医院看病的"资深患者"。

"协和大院"的诞生，其实是明末清初传教士开创"西学东渐"后期落实在北京的一个文化实体；"传教士"的真善美，与中国文化的仁慈善良改变了传教士的"初衷"，中国文化也接受了传教士。于是，一个"西学东渐"和"中学西传"，揭开了人类文化史上至今长盛不衰的"SINOLOGY"（汉学）的传播序幕。

从"代序"开始，进入"协和大院"的正题。给大院打"地基"的，是"传教士时代"后期即19世纪末期，从"伦敦宣教会"来华的三位传教士医生雒魏林（William Lockhart，1811—1896）、德贞（John dudgeon，1837—1901）和柯克仁（Thomas Cockrane，1866—1955），他们是"协和"的先驱。之后，在20世纪曙光升起的时候，由于洛克菲勒美国财团的慈善投资，也就有了中国人家喻户晓的协和医院。

《协和大院》，除了"代序"和"代跋"，还有十八章。作者说，从"第五章·物事篇"起，我们才算推开了"协和大院"百年沧桑的大门，由"史"演绎出"人"和"事"的漫长故事。从"三位西来和缓""医学殿堂落地东方""百年不倒的协和"，直到后来的"三位大医女神""四位世家子弟""五位寒门大医"，还有"三十朵金花"，再到作者的儿童和少女时代的"迷人的乐园"、"动物世界"和"形形色色的花絮"，以"我"为中心线索，贯穿历史，作者好像是"协和大院"历史大展的解说员，我们跟着从小到大的作者，细腻、跳跃，而又自然地目睹了时空广阔的百年风云激荡的画面。"大院"作为历史和"社会"的缩影，我们可知极其深邃、独特的厚度。

这部作品第十七章"动物世界"，是一章不可忽略的"绝唱"！这一章不是写"大院"里的飞禽走兽，而是写凶悍的"穿山甲"，在她的忽悠、指挥下，无论是身后的狗、狼、豺、狈、鬣狗，还是鸡、鸭、鹅、兔、鼬、獾、刺猬、黄鼠狼，他们以"舍得一身剐，敢把皇帝拉下马"的"造反派"

气魄，以无限"上纲上线"的政治手腕，给人扣上"阶级斗争新动向"，打成"牛鬼蛇神"，然后批倒、批臭、打倒，予以专政！这近似寓言的笔法，写尽了那个"十年"疯狂毁灭人类文明的现实！

这部十分接地气的作品，看似散淡而随意，但实际上，章章无不环环相扣，你中有我，我中有你，书中的历史、人物和故事，就像大河里漂流的游船，岸上欣赏"风景"的看客，乐见历史长河涌流的波涛，令我们时而赞叹，时而心寒！

作为"协和"的三位先驱及令人敬仰的李宗恩教授、黄家驷、王世真、张鋆和大医女神林巧稚、劳远琇、胡懋华等，还有许多神医大大夫、"院二代"和护士们，都秉承"协和"精神与传统为其信仰，代代相传，把生命留在"协和"，拯救无数人的病苦与生命，铸就了一部大历史。

这个"协和大院"与人们心目中的"协和医院"，就像无法分开的连体巨人，其"五脏六腑"演绎的历史、人物、故事，是作者从童年开始，不断积累沉淀而成，然后才生动地展示了这部百年大历史。

这部作品，尽管我把它视为"口述史"，但行文中，也有不少描写与抒情，以一两句发人深思的古语或诗词画龙点睛："怅然天地间，人生一浮萍"来比喻人生；"那棵老杏树，一定是协和大院众花树的精神领袖……谢了梨花，大院的花事就纷繁起来：大门口的迎春花迎客始罢，甬道两旁就走来一棵棵白丁香紫丁香。不几日，桃花也伴着嫩叶开了出来。还有我最喜欢的灌木榆叶梅，一团一团的粉红色像人工造出来的大花球，远远地就让人看醉了眼……"作者称赞那位"旧知识分子"王老师时说："他的课就像一把一把钥匙，一点一点打开了同学们心中的锈锁，也教我重新找回了学习的快乐。""念去去，千里烟波，暮霭沉沉楚天阔"（宋·柳永），"天意从来高难问，况人情老易悲难诉"（宋·张元干）。虽是写情景交融，离情别绪，却让读者心里一亮！"祸兮福所倚，福兮祸所伏。"这些令人深思的隽语，彰显了这部文学作品的艺术特性。

层层递进，逐步深化，使人物和故事越发丰满。从"代序"到"代跋"，前后二十章，作者没有忘记随时敲打、鞭笞那个令人恓恓惶惶、腥风血雨的"十年"；这场人为内乱，杀人越货，对国家来说，是物质大破坏，文化大毁灭，生命大涂炭，这场大灾难，不仅是中国的，也是人类的。灾难中，"协和大院"当然不是世外桃源：这个"大院"，就有重量级的"国手"胡正详大夫、党委副书记王从阵，都因遭受抄家、毒打、侮辱而自杀；王伯伯的儿子，在学校虽是"学霸"，却因心灵创伤，竟拒绝上大学，宁可当一辈子修理工。

"协和大院"，是一个时代的象征；"协和"就是协和万邦，万众皆同，就是中国"四海之内皆兄弟"的温暖寓意。作者说，建筑是凝固的音乐、感人的诗歌、丰富的戏剧，"协和大院"这个文化象征，是历史留给中国文化的礼物。作者还引用狄更斯《双城记》开篇的话："这是一个最好的时代，也是一个最坏的时代。"白云苍狗，天地玄黄，此话的深意，还有待岁月的变迁来证实，我们可以拭目以待。

举目北京，到处都是历史，都是生活，都是文学。20世纪初，我们看过书写医药世家"同仁堂"历史故事的连续剧《大宅门》。现在我们又读到了韩小蕙的长篇口述史《协和大院》，希望它将来也能搬上银幕……

2020年9月10日

（阎纯德：北京语言大学教授，《汉学研究》主编）

名家天地

汉学视野下的中国女性文学

冰心创作在波希米亚和斯洛伐克

［斯洛伐克］马利安·高利克 著[①]

李 玲 译　　倪辉莉 校

摘　要：早在 1940 年普实克就把冰心介绍给了捷克人，并翻译了她的三首小诗，而后达娜·什托维科娃又翻译了冰心的另外三首小诗。50年代末，马塞拉·鲍什科娃发表了论文《冰心的短篇小说》，随后她还阐释了冰心诗歌的韵律特点。1967 年娅米拉·黑林高娃，将冰心的《繁星》《春水》中的一百二十九首小诗译成了捷克语。1986 年我访问了冰心。1992 年至 1993 年间，我撰写了两篇冰心研究论文《中国现代知识分子史研究之六：青年冰心》《中国现代知识分子的典范——年轻的冰心、年老的泰戈尔与善良的牧者》，探讨道教、佛教、基督教以及印度教在青年冰心精神发展中的作用。

关键词：冰心；捷克；斯洛伐克；普实克

女作家学刊·第四辑

　　女作家冰心（生于 1900 年 10 月 5 日）是最早被介绍给捷克人的中国现代作家之一。那是在 1940 年，年轻的雅罗斯拉夫·普实克发表了一系列有趣的散文，谈论鲁迅（1881—1936）、徐志摩（1897—1931）、丁玲（1904—1986）和冰心[②]。他在书中还涉及胡适（1891—1962）[③]、郭沫

---

① 马利安·高利克（Marián Gálik），1933 年生，斯洛伐克科学院资深研究员、著名汉学家和比较文学学者。1958 年毕业于布拉格查理大学，同年前往北京大学学习中国文学，是"布拉格汉学学派"的代表人物之一，著有《中西文学关系的里程碑（1917—1978）》《中国现代文学批评发生史（1917—1930）》《中国现代思想史研究》《茅盾与现代中国作家论》《捷克与斯洛伐克汉学研究》等专著，曾获"亚历山大·洪堡学术奖"。
② ［捷克］雅罗斯拉夫·普实克:《中国——我的姐妹》，布拉格，Druzstevni 出版社 1940年版，第 292—296 页，205—208 页，283—292 页和 212—221 页。
③ 同上，第 125—129 页。

若（1892—1978）[①]、茅盾（1896—1981）[②]、沈从文（1902—1988）[③]、胡也频（1903—1931）[④]、巴金（1904— ）[⑤]以及其他一些人。胡适曾把普实克介绍给一些住在北京的重要作家。但普实克对这些人的关注程度显然不如上面提到的四位作家。

一

1932—1934年普实克住在北京期间，冰心（原名谢婉莹）已经非常知名了。她青年时代最重要的创作都已经出版。捷克斯洛伐克汉学的缔造者[⑥]，为何把她作为少数几位他献上整篇散文的人选，我们不得而知。胡适是否在其中起了作用，是个小小的疑问。郑振铎（1898—1958）是普实克最好的中国朋友。他先是冰心的老师，而后成了她在燕京大学的同事。郑振铎很可能向冰心提供了罗宾得拉纳特·泰戈尔（1861—1941）的著作以及有关泰戈尔的书。[⑦]或许他还帮助安排普实克和冰心会面。另一个有可能帮助安排他们会面的人是金雅妹（1864—1934）。"她是中国第一位女医生"，普实克称之为"老太太"。普实克住在金雅妹的房子里。她在海淀有一个农场。她建议普实克见一见冰心。[⑧]金雅妹是许多中国年轻知识分子的好朋友。

"我接到了吴太太的一次午餐邀请。"[⑨]普实克在他的散文中这么写道，并没有详细的时间描述。根据留下来的照片看，这一定是在1933年或1934年那个寒冷的冬天。吴太太就是冰心，中国著名社会学家吴文藻教授的妻子。写这篇散文之前，普实克读过冰心的自传。它印行在《冰心全集》中。普实克在文中多次引用冰心《自序》[⑩]中的事实，尽管他的引用并不很准确，带着些"对真理的追求，对幻觉的兴味"之歌德精神。例如，冰心的两位私人教师杨子敬和王隼逢，都被说成是钦慕传统中国小说的，但实际上只

① ［捷克］雅罗斯拉夫·普实克：《中国——我的姐妹》，布拉格，Druzstevni出版社1940年版，第173—174页。
② 同上，第178—179页。
③ 同上，第290页。
④ 同上，第283、285和291页。
⑤ 同上，第166和178页。
⑥ 指普实克，译者注。
⑦ 参看［斯洛伐克］马利安·高利克：《中国现代知识分子研究之六：青年冰心》，斯洛伐克科学院《亚非研究》1993年第2卷第1期，第41—60页。
⑧ 参看［捷克］雅罗斯拉夫·普实克：《中国——我的姐妹》，第129—134页，201—204页（特别是204页）和296—303页。
⑨ 同上，第212页。
⑩ 范伯群（编）：《冰心研究资料》，北京出版社1984年版，第468页。该文完成于1932年清明节，首次发表于1933年北新书局版的《冰心小说集》。

有杨子敬是如此。尽管这篇散文看上去似乎是普实克与冰心对话或者会谈的成果，但事实却与此相异。在整个午餐中，普实克只和吴文藻以及其他一些在吴宅的绅士讨论问题，冰心并没有参与。她沉默寡言，只是不时地对她那尚未取名的儿子吴平（生于 1931 年 2 月）说一些话。

散文的末尾，是三首冰心的诗：

母亲呵！
天上的风雨来了，
　鸟儿躲到它的巢里；
心中的风雨来了，
　我只躲到你的怀里。

童年呵！
是梦中的真，
　是真中的梦，
　是回忆时含泪的微笑。

大海呵，
　哪一颗星没有光？
　哪一朵花没有香？
　哪一次我的思潮里
　　没有你波涛的清响？　[①]

以上三首诗，王哲甫在他的《中国新文学运动史》[②] 中作了一模一样的引用。普实克的藏书室中存有此书。他在自己最早的有关中国现代文学的散文中用到了它。

这种影响的痕迹，我们还可以在普实克的另外一篇重要的研究文章中找到。该文即《中国新文学》[③]，它的捷克语译文后来发表于《中国文学与中国文化》一书中。这篇文章再次引用了上面两首诗（关于童年的那首删去了），并对冰心诗歌进行了较多的评论。[④] 他认为冰心的诗"实际上是古老

① ［捷克］雅罗斯拉夫·普实克:《中国——我的姐妹》，第 221 页。
② 王哲甫:《中国新文学运动史》，杰成书局 1933 年版，第 105—106 页。
③ 首次发表于《新中国》杂志（柏林），1940 年 6 月第 39 期，第 456—465 页、第 40 期，第 523—536 页、第 41 期，第 588—600 页。
④ ［捷克］雅罗斯拉夫·普实克:《中国新文学》，布拉格，Druzstevn Prace 1947 年版，第 251 页。

的艺术、古老的感情领域与富有创造性的方法之结合。"① 他希望冰心的诗生命力长久，将来还能读得到。和王哲甫那本具有拓荒性质的书一样，普实克那篇富有创意的散文，也是把冰心和徐志摩放在一起论述的：王哲甫先分析冰心，而后分析徐志摩；普实克则刚好反过来。②

二

就我所知，普实克后期没有再论及冰心。他仅仅在《解放区文学和它的民间传统》这一专题论文中，重申自己的观点，认为冰心的诗"富于感情，十分可爱，但没有超出个人生活的狭小圈子"③。

达娜·什托维科娃（1929—1976），跟她的老师雅罗斯拉夫·普实克一样，也翻译了三首冰心的短诗，收入她的《银色之马——二十至四十年代的中国现代诗集》。

这三首诗如下：

> 父亲呵！
> 出来坐在月明里，
> 　我要听你说你的海。

> 小松树，
> 　容我伴你罢，
> 　山上白云深了！

> 墙角的花！
> 　你孤芳自赏时，
> 　天地便小了。④

五十年代末，普实克的另一个学生从事冰心研究。马塞拉·鲍什科娃（1936—）在《中国现代文学研究》上发表了一篇有趣的论文《冰心的短

① ［捷克］雅罗斯拉夫·普实克：《中国新文学》，布拉格，Druzstevn Prace 1947 年版，第252 页。

② 参看王哲甫同上书第 105—110 页，参看普实克《中国——我的姐妹》，第 205—208 页和第 212—221 页。

③ ［捷克］雅罗斯拉夫·普实克：《解放区文学和它的民间传统》，布拉格，CSAV 出版社1953 年版，第 89 页。

④ ［捷克斯洛伐克］达娜·什托维科娃编：《银色之马——二十至四十年代的中国现代诗集》，布拉格，SNKLU1964 年版，第 27 页。

篇小说》。在布拉格汉学研究已成气候这一背景上，对于最年轻的投稿者而言，它是一个引人注目的成果。她最初把冰心作为一个诗人来研究的时候，在布拉格，乃至整个捷克斯洛伐克，只有两本冰心的选集《超人》①和《冰心小说散文选集》②可用，没有更多中国出版的冰心作品以及有关冰心的资料供她使用。1961年在斯摩棱尼斯召开的捷克斯洛伐克第五届东方学者大会期间，我曾经把我从中国带回来的一些资料送给她。③但这些她在该论文中都用不上。

鲍什科娃认为冰心的短篇小说是抒情的，④冰心主要还是一个诗人。⑤鲍什科娃无法彻底回避那个时代的精神。她至少在一定程度上是根据那一时期的需要和要求来分析冰心的发展道路的。按照她的分析，抗战时期，冰心"走过了从犹豫到坚定的这一所有中国作家的符合逻辑的发展历程"⑥。另一方面，我们必须钦佩她在文章第二部分对《庄鸿的姊姊》在形式和结构上进行精到的分析中所表现出的胆识。⑦格洛里亚·比恩认为鲍什科娃对这篇小说的评论是一种"杰出的分析"⑧。

我发现她的另一篇标题为《中国现代韵律学的起源》（冰心创作中的韵律成分分析）⑨的论文并没有得到同样的赞美，尽管这第二篇论文的价值更高。它在中国现代诗歌批评领域、中国现代诗学批评领域中都是开创性的研究。在汉学学术成就中，现代诗学批评，过去是，现在仍然是被忽略的课题。该论文是一个更为广阔的学术领域中的第一个脚印。紧接其后的一个研究成果是《中国现代诗学的基石》（1917—1925年的新诗理论和批评）⑩，对前一篇关于韵律学的论文进行了补充，但已与冰心无关。

在其引人注目的韵律学研究中，施托尔佐娃·鲍什科娃（她婚后的名字）就冰心的两部诗集《繁星》、《春水》⑪以及其他一些未收入这两部诗集中的诗，分析它们的韵脚（如果有的话）、韵律、句法、语调以及至少部分

---

① 冰心：《超人》，商务印书馆1923年版。

② 冰心：《冰心小说散文选集》，人民文学出版社1954年版。

③ 我确切记得我曾把李希同编的《冰心论》送给我的布拉格同事。该书1932年由北新书局出版。

④ ［捷克斯洛伐克］马·鲍什科娃：《冰心的短篇小说》，载普实克（编）的《中国现代文学研究》，柏林Akademie1964年版，第117页。

⑤ 同上，第119页。

⑥ 同上，第120—121页。

⑦ 同上，第121—127页。

⑧ 格洛里亚·比恩：《冰心短篇小说中的妇女形象》，载韦·库宾（编）《中国现代文学》，法兰克福（美因河畔）Suhrkamp出版社1985年版，第260—261页。

⑨ ［捷克斯洛伐克］施托尔佐娃·鲍什科娃：《中国现代韵律学的起源》，档案室原稿（布拉格）1964年第32卷，第619—634页。

⑩ 同上，1968年第36卷，第585—608页。

⑪ 同上，第619—620页。

所谓的语言学或者语汇变形方面的问题。冰心绝大部分的创作都是自由诗。虽然冰心没有用自由诗这个术语，①但自由诗至少占其诗歌创作总量的94.73%。②句法上的平行，经常出现于冰心诗中（这种平行在传统中国诗以及部分现代中国诗中是很自然的）。在冰心诗中，句法上的重合，像在欧洲诗歌中那么普遍，也像在中国现代诗中那么常见。特别是在韵律搭配和语调等问题上，鲍什科娃与布拉格的语言学家、语音学家以及以汉语为母语的人进行合作。这使她的研究增加了分量。根据鲍什科娃的看法，"冰心的主要价值在于其诗歌与小说这两种文体的相互渗透……冰心在诗中，也像在她随意的散文中一样，无须尝试就解放了自由流动的语言。她把它融入她并不知晓的诗歌的特定形式中。在她的时代里，这种做法并不巩固"③。后来，"是新月派成功地运用了欧洲的某些形式，而艾青才是创造完美的自由诗之第一人"④。

鲍什科娃在这一分析基础上的研究没有继续下去。上面提到的她在中国现代诗学基础上的研究，是她在文学学术成果领域中的"天鹅之绝唱"。她曾试图以其为基点为自己、为中国现代诗歌学者重建这一部分文学的基本性质。令人遗憾的是，这样一位富有天赋的学者，在1968年8月21日之后的将近二十年间，被禁止继续这一工作。其间，迫于暂时的宣传需要，她不得不为捷克的汉学研究而阅读并翻译毫无用处的中国新闻报纸、编辑中华人民共和国领袖的短篇传记。即使是她和她的同事（克塞尼亚·德沃多尔、泰雷扎·莱霍斯夸和玛尔塔·里沙娃）1974年编定的很有价值的《东方研究所鲁迅图书馆馆藏中国现代文学书目》（捷克斯洛伐克科学院，布拉格，东方研究所），也只能到1991年才面世。

"文化大革命"这一艰难时期，汉学家兼优秀的女诗人（和达娜·什托维科娃相似）娅米拉·黑林高娃，开始对冰心的《繁星》《春水》感兴趣。翻译中，黑林高娃奉献给捷克和斯洛伐克读者的是，从冰心的小丛书中进行相对宽泛的选择后之所得。在《〈繁星〉与〈春水〉》中，我们看到的不再是普实克和什托维科娃所选的三首诗，而是从冰心这两本诗集总共三百四十六首诗中选出的一百二十九首。⑤它远远多于新近由格雷斯·博因顿和约翰·凯利翻译、翻译出版社出版的集子（《中英翻译杂志》1989年秋季第32卷第98—107页和第109—117页上有六十一首诗）。这很可能是译

① ［捷克斯洛伐克］施托尔佐娃·鲍什科娃：《中国现代韵律学的起源》，档案室原稿（布拉格）1964年第32卷，第620页。

② 同上，第626页。

③ 同上，1968年第36卷，第638页。

④ 同上，第639页。

⑤ 冰心著，［捷克斯洛伐克］娅米拉·黑林高娃编译：《〈繁星〉与〈春水〉》，布拉格，Mlada战线1967年出版。

汉学视野下的中国女性文学

成欧洲语言后最多的集成了。敏感、孤独的捷克诗人，总是徜徉于其充满不平、迫害和深沉忧郁的小小宇宙中。在青年冰心的抒情之声中，她们寻找着孩童、母亲、花朵、石头和自然或者造物者之美丽。

在黑林高娃同样富有抒情性的跋中，没有一个词提及当她翻译之时正在发生的震撼中国的可怕之事。她肯定不知道在所谓无产阶级"文化大革命"的最初几个月中冰心的命运何如。由于曾经是燕京大学的学生和教师，她也成了"司徒雷登的干女儿"①。司徒雷登是首任燕京大学校长。②造反派搜查了冰心的家。她所收藏的中外书籍被偷走，再也找不回来。一个星期天，她脖子上挂着黑牌，站在房子前面，接受年轻人的审问，甚至挨了打。③命运之神在中国比在我们这里更为残酷。

"冰心的天赋表现得很早。"娅米拉·黑林高娃在译诗的"跋"中写道，"两个引人注目的成果《繁星》和《春水》很快产生了。她在学生时代就创作了这两部诗集。它们是用现代语言和现代形式写的。但对她而言，特殊的是，这种现代语言和形式是与旧格律的镣铐一同使用的。她并未像绝大多数为了表达现实需要的同僚所宣称的那样抛弃中国旧诗积极的非形式价值。创作中，她继承中国精神特性的本质与典型。这种特性在古老的世界观中是有其基础的。把宇宙的进程看作是过往的抒情性中融合进和谐这一最高法则的反映，在那种世界观中是极为稳固的看法。"④

冰心对她周围的生活是非常敏感的。她对日常生活很有兴趣并有着清醒的意识。这些包括：人道主义问题、妇女解放、社会公正、人与人之间的关系。这些构成她的诗歌甚至更是其小说创作的基本内容。在中国的女诗人中，如果她被看作"象牙塔"中的完人，那么对她的角色这是一个巨大的误会。她只不过对政治论战和政治斗争没有兴趣而已。

根据下面这首诗，可以看出冰心的明智。

冷静的心，
在任何环境里，
都能建立了更深微的世界。⑤

几年之后，黑林高娃翻译了冰心传记小说中的一篇——《我的邻居》。⑥

① 王炳根：《永远的爱心——冰心》，山东画报出版社1994年版，第139页。
② 汇文的格勒林·谢：《中国妇女高等教育（1907—1937）》，见《北京燕京大学史》，魏因海姆和巴泽尔，Beltz出版社1990年版，第65—70页。
③ 王炳根：《永远的爱心——冰心》，第140页。
④ ［捷克斯洛伐克］娅·黑林高娃：《〈繁星〉和〈春水〉》，第60—61页。
⑤ 冰心：《繁星》第57首，《冰心全集》（第一卷），海峡文艺出版社2012年版，第252页。
⑥ 冰心：《关于女人》，《冰心文集》（第一卷），上海文艺出版社1982年版，第381—387页。

它讲述的是，冰心的一个学生——一个初习写作者，对中国家长制下的家庭生活没有充分准备，虽在景色秀丽的昆明，却忍受着婚后沉重的人生。

三

在普实克的前捷克斯洛伐克学生中，我很可能是唯一一位访问过冰心并与她进行了会谈的人。

"文革"之后，在1986年4月，我和达娜·卡尔沃多娃一起，组成一个小小的汉学代表团，得到了一个访问中国的机会。在中国的波希米亚学者朱维华（音）的帮助下，我终于在民族学院校园的冰心寓所中，见到了八十六岁的冰心。

4月15日上午10点整，我在起居室中等冰心。她拄着拐杖朝我走来，叫我在沙发上坐。沙发上方挂着梁启超（1873—1929）署名送给她的对联。梁启超是中国现代知识分子之父。紧挨着对联的是献给周恩来的颂词。周恩来在她最艰难的"红色风暴"中曾经帮助过她。

我的第一个问题是："您经常见到普实克吗？"

"不经常。"她答得很干脆。

"您知道不知道《繁星》《春水》的捷克语选译本的有关情况？"

"一点也不知道。"

"您要一本吗？我给您带了一本。它是译者的个人赠送品。我把它送给您。"

"好，太感谢您了。"

手里拿着黑林高娃翻译的小册子，老太太又惊奇又高兴。我问起鲍什科娃的论文，她一无所知。我也没有带这些论文来。我带了太多的书要送给不同的中国机构。由于我后来再没有和冰心通过信，我想冰心家中以及设在冰心出生地福州市的冰心文学馆都没有这些很有价值的论文。

冰心问起我自己的论著。我提到了《中国现代文学批评发生史（1917—1930）》[1]和《中西文学关系的里程碑（1898—1979）》[2]。在第一本书中我谈到了冰心以及蒋光慈对她的批评。[3]她同意我的看法，认为这种批评，和对其他一些作家、诗人的批评一样，有欠公允。

"外国作家、诗人中，您最喜欢谁？"

---

①　［斯洛伐克］马利安·高利克：《中国现代文学批评发生史（1917—1930）》，布拉迪斯拉发—伦敦，Veda-Curzon出版社1980年版。中文译本，社会科学文献出版社1997年版。

②　［斯洛伐克］马利安·高利克：《中西文学关系的里程碑（1898—1979）》，布拉迪斯拉发—威斯巴登，Veda-Otto Harrassowitz 1986年版。中文译本由伍晓明、张文定等人翻译，北京大学出版社1990年版。

③　［斯洛伐克］马利安·高利克：《中国现代文学批评史》，第151—155页。

她的回答很简洁："凯罗·纪伯伦（1883—1931）和罗宾得拉纳特·泰戈尔。对纪伯伦的喜欢还要超过对泰戈尔的喜欢。他的一生非常艰辛，他对人的灵魂有伟大的见解。"

"我猜想，您一定最喜欢泰戈尔的《新月集》。"

"不，"冰心回答说，"《新月集》主要是写孩子。泰戈尔的书，我最喜欢的是《吉檀迦利》。"

"为什么？"

"因为它是一本神秘的书。"

就像她看过其创作的捷克译作后感到惊奇一样，她的回答也让我很惊奇。

我离开之前，她送给我《冰心选集》第 3 卷诗歌卷以及《文汇月刊》1986 年第 1 期。前者 1984 年由四川省的成都人民出版社出版；后者刊有周明写的纪念性散文。周明现在在北京的中国现代文学馆工作，是冰心家庭的一个好朋友。冰心还送给我她自己在 1985 年 9 月 24 日吴文藻去世两星期后写的纪念性文章。①

几年之后，我开始对冰心青年时代的生活和创作产生了兴趣。1992—1993 年间，我写了两篇涉及很广的论文：《中国现代知识分子史研究之六：青年冰心》②和《中国现代知识分子的典范——年轻的冰心、年老的泰戈尔与善良的牧者》③。

研究中，我没有关注纪伯伦（1931 年，冰心把他的《先知》译成中文）④和《吉檀迦利》（1946 年冰心把它译成中文）⑤。两篇论文中，我沿着冰心的思想发展轨迹，追溯到她 23 岁时，分析道教、佛教、基督教（主要是《圣经》的）以及印度教（主要根据泰戈尔的理解）对她精神发展的作用。第一篇论文中，道教、佛教、基督教都分析到了；第二篇论文中，只分析有关佛教和基督教两方面的内容。第二篇论文的中文译文可在台北"中央图书馆"的《汉学研究中心》1995 年 12 月第 22 期上读到。⑥

---

① 王炳根：《永远的爱心——冰心》，第 234 页。

② ［斯洛伐克］马利安·高利克：《中国现代知识分子史研究之六：青年冰心》，斯洛伐克科学院《亚非研究》1993 年第 2 卷第 1 期，第 41—60 页。

③ ［斯洛伐克］马利安·高利克：李玲译：《中国现代知识分子的典范——年轻的冰心、年老的泰戈尔与善良的牧者》，见《爱心》，福州，1993 年第 1 卷第 2 期；英文原文发表于《塔楼建筑中断：中国与欧洲精神研究——罗尔夫纪念文集》（顾彬·W 和莫热·H.-G. 编），德国 Nettetal，Steyler 出版社 1995 年版。

④ 王炳根：《永远的爱心——冰心》，第 225 页。

⑤ 同上，第 227 页。

⑥ 这次演讲会有许多著名汉学家、中外诗人参加：已故的赫尔穆特·马丁（1940—1999 年）和他的妻子廖天驰（博许姆，德国），大卫·古德曼和他的妻子梅布尔·李（悉尼），斯坦尼斯瓦夫·库奇拉和维奥拉·阿杰马穆达娃（均为莫斯科），陈鹏翔教授和诗人商禽，女诗人蓉子、张香华。

关于《圣经》遗产的影响，我注意到了《赞美诗》第十九篇。它似乎展示了冰心诗歌的基础。天国的高空和伟大的自然，它们"这日到那日发出言语，这夜到那夜传出知识"（《新旧约全书·诗篇第十九篇》），以阐述上帝的功绩。它仿佛是个巨大的画布。冰心在上面画下了关于爱的宇宙的想象。

> 灵台上——
>
>   燃起星星微火，
>   黯黯地低头膜拜。[①]

无论是《繁星》还是《春水》中的诗，都有着相同的特性。它们仿佛就是闪烁在漆黑天空中的繁星。

冰心的有些宗教诗，是着迷于基督教时写的，却又显示了佛教思想的影响。这是十分有趣的现象，又是可以理解的。例如，下面便是她对人类世界的描述。

> 空华影落，
>   万籁无声，
>   隐隐地涌现了：
>   是宝盖珠幢，
>   是金身法相。[②]

另一首诗，我们可以读到这样的句子：

> 更何处有宝盖珠幢？
>   又何处是金身法相？
>   即我——
>   也即是众生。[③]

在诗中，尽管用了佛教术语，但她更多是涉及梵，而非佛。在漫长的历史进程中，中国哲学——宗教讲道中，联想的思维是日常实用的。因此，如上所言，尽管使用了佛教语汇，冰心在思考关于神、个体、众生以及宇宙的关系这个疑问时，也是把它解释为上帝与我同一、梵我同一，认为这

———————————
① 冰心：《迎神曲》，见《冰心诗集》，上海北新书局 1934 年版，第 1 页。
② 同上，第 2 页。
③ 冰心：《送神曲》，同上书，第 5 页。

汉学视野下的中国女性文学

至少是宇宙的一部分，是其富有活力的混合物。

冰心向我所作的关于《吉檀迦利》是她最爱的泰戈尔诗集的声明，让我想起萨尔瓦帕利·拉达克里希南的观点："《吉檀迦利》中的神并非印度哲学中非人格的、冷静的绝对存在。事实上，无论他是否明显地就是救世主耶稣本身，但至少他是一个救世主式的神。其追随者和热爱者的感受，是所有基督徒感受中最深的精髓。"①

冰心献给泰戈尔的颂词②，也是献给"《吉檀迦利》之神"的。虽然冰心没有直接这样对我说。

*

冰心来源于"心冰"，这是一个佛教惯用语，可指"心境纯洁得像冰"，或指"精神像冰一样冻结着"③。

在中国传统哲学和宗教学派中，心（指精神或心境）是一个重要的概念。就年轻的冰心而言，"精神"这个词比"心境"更容易引起争论和质疑。爱的宇宙并非是来自她的心境、情感的一个疑问，而来自她的精神、理智和意识。或许正是由于这一点，冰心的诗要比她的小说写得好。

冰心的心在 1999 年 2 月 28 日停止了跳动，停止了工作。所有的亲人、朋友和读者都盼望她活过一百岁。冷酷无情的阿特洛波斯——命运三女神之一，切断了她的生命之绳。我们的希望落空了。留存的是她的创作。它们现在是，将来也是，我们以及后代的小诗珍宝中的伟大宝藏。

（李玲：北京语言大学教授）

① 萨·拉达克里希南：《罗宾得拉纳特·泰戈尔的哲学》，巴洛达，良友出版社 1961 年版，第 3 页。此为 1918 年初版本的重印本。初版本郑振铎用过，或许冰心也用过。
② 冰心：《遥寄印度哲人泰戈尔》，见《冰心散文集》，开明书店 1943 年版，第 1—2 页。
③ ［英］苏慧廉、［美］何乐益编：《中国佛教术语词典》，台北 1975 年重版，第 151 页。

作为群体话语的自我叙事: 王安忆小说中的女性主体性 *

［澳大利亚］杜博妮① 著

杨玉英 译

摘 要: 受西方和日本模式的启发,20世纪许多现代中国作家都选择用小说来表达自己的情感和态度。在众多的中国文学作品中,所谓的"自我"不一定是个体的"自我",而是作为他们所属的特定社会群体之一员的"自我"。本文通过对比当代上海作家王安忆的两部作品,并主要参照其他男女作家如鲁迅、郁达夫、丁玲、浩然、汪浙成及其妻子温小钰等来研究这一现象。

关键词: 自我;群体话语;女性主体性

* Bonnie S. McDougall. "Self-Narrative as Group Discourse: Female Subjectivity in Wang Anyi's Fiction". *Asian Studies Review,* Vol.19, No.2, 1995, pp.1-24.

原文注释1:本文是1991年8月在檀香山东西中心举办的关于"自我与社会秩序:中国、印度和日本"国际会议上发表的题为《作为群体话语的自我叙事:现代中国小说中作者的声音》论文的修订版。感谢会议组织者Wimal Dissanayake博士允许我以这种形式出版。1991年5月,我在剑桥大学发表了题为《现代中国小说中的自我投射和作者的声音》的论文早期版本。我要感谢参加研讨会的成员们的非常有益的回应。我还要感谢T. E. Huters, Carole Murray和Hilary Chung提出的宝贵建议和意见。

① Bonnie S. McDougall(杜博妮,1941—),出生于澳大利亚悉尼市,西方汉学界知名的现当代中国文学评论家、翻译家和翻译理论家。她波澜壮阔的学术和翻译人生有三个重要特点:长期在中国工作和生活,与中国文人和学界互动密切;汉学研究与文学翻译整合一体,相互发明;翻译研究与翻译教学紧密结合,教研相长。杜博妮提出了中国文学翻译的两种模式:国家支持的"威权命令"模式(正式翻译)与个人间的"礼物交换"模式(非正式翻译)。在她身上,两种模式彼此对照、相互交织。杜博妮对充斥于翻译学界的流行话语和宏大叙事并不赞同,认为翻译理论家或翻译史家往往忽视作为个体的译者的译作以及译语读者身上所体现出来的复杂性和多样性。她呼吁翻译理论家应关注文学翻译和译文阅读中的个人因素,特别是大众读者的阅读快感。杜博妮有关当代中国文学的译者和读者的看法对我们实施"走出去"战略和文化"软实力"建设有重要借鉴意义。

20 世纪，许多中国作家都在探索现代小说作为一种主观表达工具的可能性。受西方和日本模式的启发，许多现代中国最著名的作家选择小说（而不是像传统所做的那样选择诗歌或散文）来表达自己的情感和态度。任何主观小说都有可能是自传体式的。描写内心世界的现代中国作家们选择那些社会身份和经验与作家们自己的社会身份和经验相近或别无二致的人物来作为作品的主人公（通常是作家们自己的叙述者）也就不足为奇了。

即使在最压抑的文学控制时期（如 1966—1976 年间），小说作家也可以使用相当广泛的叙事风格，如，使用的是第一人称还是第三人称叙事，是否在语域上区别叙事和对话，使用的是无所不知的视角还是单一的视角，叙事角色是可靠的还是不可靠的，等等。国内和国外的读者对这些策略普遍都能很好地理解。西方评论家注意到这些策略中的许多最初是从西方引进的，因而西方评论家们有时声称他们比中国国内的读者更了解中国作家们的选择以及他们对这些策略的理解。并非总是能被理解的是，20 世纪在许多中国文学作品中所谓的"自我"不一定是个体的"自我"，而是作为他们所属的特定社会群体之一员的"自我"。

本文通过对比当代上海作家王安忆的两部作品，并主要参照其他男女作家如鲁迅、郁达夫、丁玲、浩然、汪浙成及其妻子温小钰等来研究这一现象。首先，我想阐明论点中的一些关键术语和概念①。

自治的自我，群体意识与社会秩序

相对于亚洲的以群体为中心的自我，西方自治的个性化自我的抽象对立很大程度上是西方文化历史学家和人类学家的创造。尽管因西方和亚洲政治家的认可而广为流传，但在过去的二十多年里，这些构想的两端都一直受到人类学家的不断修改，特别是关于有可能表明的是历史范畴而非地理范畴的亚洲和西方社会的变化。现代中国作家和日本作家从西方借用的语言和文学作品，也倾向于以最明确的、极端的形式模糊两种构想之间的差异。

从简单的对立中退缩有其自身的伴随危险，但是，在另一种文化沙

---

① 原文注释 2：对这些作家的分析在姊妹篇《写作自我：现代中国小说中的作者/读者共谋》（*Writing Self: Author/Audience Complicity in Modern Chinese Fiction*）中得到了扩展，该文将发表在《东方档案》（*Archiv Orientalni*）（Vol.2, 1996）上。该文以及发表在1994 年在布拉格举办的欧洲中国研究协会会议论文集中的《现代中国文学及其批评家》（*Modern Chinese Literature and its Critics*）也以略有不同的术语重复了以下描述的一些术语。

文主义中，它假定相似的表达具有相似的参照对象。在中国，因对原始语境和固有文化传统的了解很少，从西方来源借用（或重新发明）的术语通常在新的语境中可能没有多少意义或毫无意义。汉语中①的"个人""自我""文学"和"知识分子"等词的语义历史在新的上下文语境中可能并不重要，而只有在特定语篇中参与者具有大致相同的背景下才相关。但是，在跨文化交际中，由这些差异引起的混淆却有可能是深远的。

在现代西方汉学中，最困惑的领域之一一直是关于中国现代知识分子在社会秩序中的地位。与大致相同时期的东欧和苏联国家相比，中国从 20 世纪 50 年代至 80 年代末的历史表明，知识分子与国家之间一直存在着相互支持，而前者则明显是没有的。因此，在本文中，我将通过暗示，考察"自我"（如其在中国现代文学中所呈现的）与中国作家所属的社会群体（知识分子）之间的关系，以及该群体与社会秩序之间的关系。正如王安忆小说中所表达的那样，甚至女性的主体性也更多归因于社会地位而非性别认同。

"中国现代文学"的初步定义

本文中的"中国现代文学"是指从 20 世纪初到现在（20 世纪 90 年代），由在中国大陆出生、长大的作家所创作的诗歌、小说、戏剧和散文，通常但不一定是一种自觉的现代模式。就本文而言，该术语不包括那些在香港、台湾或海外华人中心长大和居住的作家们撰写的文章，也不对排除的材料进行价值判断。

通过将"中国现代文学"这个术语限制在书面文学作品这个范围，我关注的是隐含在现代汉语术语"文学"及其内在习惯用法中的信息。"文学"一词可以表述为"文—学"，指需要学习的书写文本，即，一种由那些通过持续学习而获得书写文化的人所生产和消费的商品。

中国现代作家的身份

关于中国现代作家的传记信息不断增长，使我们能够勾勒出典型作家（文学家，或"文学专业人士"）②的有用概况。很简单，我们可以观察到他

---

① 原文注释 3：常指出的现象是，20 世纪初，与日本学者相比较，中国思想家经常从既存的古典词汇中为西方术语选取新的术语。例如，可参见我的《当代中国文学翻译中的问题和可能性》（*Problems and Possibilities in Translating Contemporary Chinese Literature*），载《澳大利亚中国事务杂志》第 25 期（1991 年 1 月），第 47 页。

② 原文注释 4：尽管有年代和书目上的限制，但最有用和最新的传记信息来源是由米列娜·多勒热洛娃-维林格洛娃（Milena Dolezelová-Velingerová）编辑的《中国文学指南，1900—1949》（*A Selective Guide to Chinese Literature, 1900-1949*）第 1 卷《小说卷》和由史罗甫（Zbigniew Slupski）编辑的第 2 卷《短篇小说》。中国的传记词典、访谈和其他形式的传记或自传体作品通常对其对象的社会和教育背景不诚实。

或她来自一个有教养的家庭，而且他或她本人接受过专科教育（尽管有时专科学校没有普通学校的好处多）。除少数例外，这些作家在根本上将自己看成是知识分子。

在现代中国，"知识分子"一词的使用比西方更广泛，也更狭窄。从最广泛的意义上讲，它可以指所有接受过高中及以上教育并从事文字工作的人。令人困惑的是，那些原本在国家和党的官僚机构中有资格并受雇的人有时被归类（或将自己归类）为知识分子，而有时则不被归类为知识分子（例如，在"知识分子"被占统治地位的政客们认为对社会和政治发展具有敌意的时期）。正如现代中国知识分子自己经常使用的那样，"知识分子"一词意指受过教育的人（不包括政客和官僚）。此外，甚至更加令人困惑的是，"知识分子"一词在狭义上也常用于指代"高级知识分子"，主要是知名的作家、新闻工作者和学者。

尽管"知识分子"这个术语可被表述为"有学问的社会分子"，但上述最后一种用法表明，较高的读写能力，如对文学的掌握，是知识分子的典型特征。读写能力、文学与社会政治权力之间的古老联系，在1905年随着官方考试制度的废除而破裂，但并未被现代知识分子们忘记。现代知识分子被剥夺了自动获得政治权力的途径，但在读写能力方面仍然具有垄断权。他们发展了一项新的战略，以确立其在社会秩序中的社会和道德领导权。对文学的控制，是这一策略的重要组成部分，但它却造成了一种尴尬的冲突：在作家们声称要为整个国家说话的同时，他们却只向一小部分国民读者呈现他们的作品[1]。因此，中国现代文学的普遍特征是：马斯顿·安德森（Marston Anderson）将其看成"可能写实的小说中的'道德污点'（moral taint）"[2]，或者从一个不同的角度，称之为"读写能力的焦虑"（the anxiety of literacy）。

正是基于这些思路，中国现代作家们几乎总是一成不变地表明自己的身份，并且常常被其他人称为"知识分子"，表现出与现代西方社会，尤其是英国、澳大利亚和美国的"作家"形象不一定相关的一系列特征[3]。作为

① 原文注释5：与性别问题相关的策略的挑衅性分析，可参见雷金庆（Kam Louie）：《大男子气概的太监：贾平凹的"人类极端情况"下的男性化政治》（*The Macho Eunuch: The Politics of Masculinity in Jia Pingwa's Human Extremities*），载《现代中国》第17卷第2期（1991年4月），第163—187页。

② 原文注释6：参见马斯顿·安德森，《形式的道德》（*The Morality of Form*），载李欧梵（Leo Ou-fan Lee）的《鲁迅和他的遗产》（*Lu Xun and His Legacy*）第32—53页，特别是第52页。该主题在马斯顿·安德森的《禁止的观点：萧军的〈羊〉中的神秘叙述者》（*The Barred View: On the Enigmatic Narrator in Xiao Jun's Goats*）中得到了进一步发展。此文载西奥多·胡特斯（Theodore Huters）编：《阅读现代中国短篇小说》（*Reading the Modern Chinese Short Story*）1990年版，第37—50页。

③ 原文注释7：在这种情况下，"西方"很可能是一个过于宽泛的术语。例如，在当代法国，与英国或澳大利亚相比，作家/知识分子也许更普遍并且较少被质疑。

知识分子，中国作家认为自己是国家理所当然的社会和道德领导者。在现代中国，这一角色一直受到挑战、篡夺、削弱或忽视，他们的工作因重新主张的需要或对他们认为是自己应有的义务的捍卫而得到发展。

中国现代文学的假定读者

尽管中国有官方要求，但似乎没有理由假定在中国有统一的读者。然而，它所获得的被普遍接受的神话导致缺乏对中国现代文学的实际读者的详细研究。因此，以下模式（schema）是名义上的，主要基于给人印象深刻的逸事证据。

中国现代文学的主要读者似乎是中国大陆的城镇中受过教育的年轻人，只有少数年纪较大的人阅读如毛泽东、鲁迅或北岛等这些年纪更大、实力更强、更有才华或更具争议性的作家的作品。确实存在倾向于将注意力集中在这些读者身上的民意测验，也可以将城市办公室的工作人员，特别是官方教育和文化部门的工作人员添加到这些人中。

中国现代文学的第三类读者也越来越具影响力，他们是中国之外的读者，包括西方汉学家和其他学者，以及学术和文学方面的海外华人读者。尽管他们对自己的社会期望可能有很大的不同，但这些读者与作为知识分子的中国作家之间有很多共同之处，并倾向于与他们紧密地联系在一起。随着这两个群体之间的表面接触变得平常，在 20 世纪 80 年代，西方学生和中国现代文学学者中这种趋势得到了加强。第三类读者很少挑战第二类读者的选择，而且，在某些情况下，他们似乎与第二类读者协同合作以使第一类读者早已不感兴趣的作品得以保持生机。

这三类读者总的数量可能是巨大的，根据以上的定义，这个数量仍远远小于中国的人口总数，因为没有理由认为农村的大部分人口都是"中国现代文学"的读者[①]。但在特殊情况下，例如出于政治目的而被指定阅读，如毛泽东诗词。第二类和第三类读者中的许多人对被选出或被视为经典呈现在公众面前的文学作品感兴趣。

所有这些读者都可以与第四类读者区分开来：中国之外的国家的人以阅读为乐趣，他们从任何年代或任何国家选择书籍，也许是受到时尚或宣传的推动，但没有形塑其回应的别有用心（例如，我考虑过拉丁美洲小说的非专业读者）。近年来，北美、西欧和大洋洲的普通读者对现代中国抱有好意。但是，被第二类和第三类读者宣传的作品并没有得到第四类读者同

① 原文注释 8：我对白之（Cyril Birch）在 1963 年所说的"共产主义作家""是为大众而写作的，并且有许多证据表明他正在走向大众"表示质疑。他提供的证据难以令人信服。参见白之：《艺术的粒子》（The Particle of Art），载《中国季刊》第 13 卷（1963 年1—3 月），第 3—14 页，特别是第 5 页。

样的热情响应。尽管这些读者的好意很深，但对中国现代文学的翻译似乎仍然没有多少。

最近的一个引人注目的例子是前三类读者对阿城小说的热烈欢迎（即，1985年的"阿城热"）和1990年出版阿城小说翻译的商业出版社对出版物的沉默①。诚然，阿城（像鲁迅一样）是一位不太好翻译的作家。而且，当其英译本付印之时，"中国热"已经冷却下来，但似乎有必要作进一步的解释。另一个例子是诗人多多的第一本诗集的英译本②，也是由商业出版社出版的，当时广为流传。

作家，读者和作者的声音

将作家与上述几类读者相比较，我们发现作家与第一、第二和第三类读者之间存在着惊人的对应关系：他们都是自觉的社会群体，即"知识分子"成员或潜在成员。那些选择在小说中探索情感或态度的中国作家倾向于选择知识分子主人公／叙述者，并以尊重的态度对待她或他。他们能与其读者产生共鸣。

异常之处是第四类读者，即那些中国境外为娱乐而读书的读者，他们缺乏与中国作家之间的这种感官上的共鸣。第四类读者可以被归类为知识分子（无论是在中国的还是在西方的用法上），但是他们对于知识分子在社会中的作用有着相当不同的观念，并且对文学中知识分子的刻画有着迥异的期望。第四类读者对非知识分子主人公和常常被讽刺地或厌恶地描绘（如图书销售所表明的那样）的知识分子的偏爱，在很大程度上被中国作家所忽略。

下面讨论的作品不一定代表整个中国现代文学。首先，它们是主观写作的例子（即，关注与外部社会变化不同的内在心理状态）。其次，其作者直接或间接地将其识别为自画像。本文的第三个标准是，它们已受到第二类和第三类读者的良好关注，构成了公认的部分标准。所有这些例子均来自小说（包括长篇小说、中篇小说和短篇小说），为作者声音的实验提供了最大的范围。在某些方面，选择是随意的，而且当然不是面面俱到的，可以选择其他有用的例子。我的目的是，表明男性或女性"自我"的概念化如何显示一个抽象的、通常是理想化的群体肖像，而不是对个体身份进行探索。

---

① 原文注释9：Ah Cheng. *Three Kings: Three Stories from Today's China,* translated by Bonnie S. McDougall. London: Collins Harvill, 1990. A brief description of the "Ah Cheng fever" is given in the Introduction. "导论"中有对"阿城"的简要介绍。译者注。

② 原文注释10：Duoduo. *Looking Out from Death: From the Cultural Revolution to Tiananmen Square.* London: Bloomsbury, 1989.

女作家学刊·第四辑

二

王安忆（1954—）出生于一个作家家庭，在知识分子受到公开改造的时候正是她自己成熟的时候。当王安忆写一些她在社会上不认同的人物时，她描绘了这些由于社会的狭隘和腐败而受到严重摧残的人的现实肖像。然而，在描写有关知识分子，尤其是女性知识分子的文章时，她却创造了高度理想化的人物，这些人物看起来像是不加掩饰（thinly-disguised）的自画像。从作者的距离到自我投射之间的这种摇摆，从两个故事间的比较来看显得非常明显，这两个故事构成了她著名的"浪漫"三部曲即《荒山之恋》①、《小城之恋》②和《锦绣谷之恋》③中的第二部和第三部。

《小城之恋》
《小城之恋》的主人公在小说开头几段是被这样描写的：

> 有省艺校舞蹈系的老师来此地，带着练了一日功。只这一日，就看出他们练坏了体形，一身上下没有肌肉，全是圆肉，没有弹性和力度。还特地将她拉到练功房中央，翻过来侧过去地让大家参观她尤其典型的腿、臂、胳膊。果然是腿粗，臂圆，膀大，腰圆，大大地出了差错。两个乳房更是高出正常人的一二倍，高高耸着，山峰似的，不像个十四岁的人。一队人在省艺校老师的指拨下，细细考察她的身体，心里有股不是滋味的滋味。她自然觉着羞耻，为了克服这羞耻，便作出满不在乎的傲慢样子，更高地昂首挺胸撅腚，眼珠在下眼角里不看人似的。④

---

① 原文注释 11：第一稿写于 1980 年，第二稿写于 1986 年并于 1986 年 7 月在《十月》第 4 期上发表（1986 年 7 月，第 32—78 页）。授权的英译本，由孔慧怡（Eva Hung）英译，以 1988 年香港华南出版社出版的《荒山之恋》为底本，以 *Love on a Barren Mountain* 为书名，于 1991 年由香港《译丛文库》出版。这些故事用中文称为中篇小说，即长的短篇小说或短篇故事。中文出版物建议将其作为短篇小说引用，但英文出版物则要求将其作为小说引用。以下所有参考文献仅针对英文版本。See Eva Hung. Love on a Barren Mountain. Hong Kong: Renditions Paperbacks, 1991.

② 原文注释 12：首次发表于《上海文学》第 8 期（1986）。授权的英译本，由孔慧怡（Eva Hung）根据原著英译为 *Love in a Small Town*，于 1988 年由香港《译丛文库》出版。See Eva Hung. Love in a Small Town. Hong Kong: Renditions Paperbacks, 1988.

③ 原文注释 13：首次发表于《钟山》第 1 期（1987）。授权的英译本，由我根据原著英译为 *Brocade Valley*，于 1992 年由纽约新航向出版社出版。See Bonnie S. McDougall. Brocade Valley. New York: New Directions, 1992.

④ 原文注释 14：Eva Hung. Love in a Small Town. Hong Kong: Renditions Paperbacks, 1988, p.2.

汉学视野下的中国女性文学

289

这处写由于"四人帮"的文化政策,不适当的训练对一个年轻女孩的身体造成的畸形,而且具有讽刺意味的是,她进一步屈辱的描写,是 20 世纪 70 年代后期中国现代小说中最动人的描写之一。这位年轻舞者及其男伴的叙述可能是基于第一手资料("文革"期间王安忆曾在徐州地区文工团工作),但这与自我认同的暗示还相去甚远。

正如刚刚引用并与整个故事保持显著一致的段落中所显示的那样,叙述的语调是冷静客观的,作者似乎是在根据个人的观察和主人公的反应来记录畸形的主人公的病史,并享有见证该主人公的心理状态的权利。就像主人公和她的舞伴(作为其对手被灵巧地放置其中)在一个带有观察面板的房间里表演自己的故事一样,在两者的心和头上连接着虚构的电极,使观察者能够了解他们所经历的每个想法和感受。

观察者—叙事者会不时偏离客观性,对主角进行价值判断。如,在故事的结尾,我们读到:"而事实上,经过情欲狂暴的洗涤(导致双胞胎的出生),她比以往任何时候都更干净,更纯洁。可是没有人能明白这一点,连她自己也不明白,只是一味地自卑。"[1] 最后几行是:"'妈妈!'孩子耍赖的一迭声的叫,在空荡荡的练功房里激起了回声。犹如来自天穹的声音,令她感到一种博大的神圣的庄严,不禁肃穆起来。"[2] 幸运的是,这最后的预兆感,在整个小说中并不常见。

《锦绣谷之恋》

三部曲的最后一个故事《锦绣谷之恋》的叙述者的角色完全不同。在介绍主人公之后不久,叙述者将自己视为主人公的无形的自我:

> 她穿了一身蓝裙白衣,未出阁的女儿家似的,翩翩地下了肮脏的楼梯。阳光透明似的,凉风便在透明的阳光里穿行。她仰起脸,让风把头发吹向后边,心情开朗起来。……
>
> 我只得随她而去,看着她调皮地用脚尖去追索那些金色的卷片,然后恶作剧地咕吱吱一脚踩下,像个无忧无虑的女大学生,犹如所有过路人那么认为的。因为她尚未生育的苗条的身材,因为她朴素整洁的衣着,因为她背着一个大大的、鼓鼓的牛津包,而不是女人通常惯用的那种钱包般大小的皮包。有人对她瞧着,止不住有点嫉妒,嫉妒她的看上去是这般年轻且没有忧虑。她竟也觉得心里一片明净。可是,她就要有那么一点儿事了。是的,就要有一点儿什么发生了。这一路

---

①　原文注释 15：Eva Hung. *Love in a Small Town*. Op. cit., p.103.
②　原文注释 16：Ibid, p.104.

上，大约只有我知道了。……

　　她用手理了理自然如天生的鬈发，看着从马路对面越过围墙直射过来的阳光，将她投在这面围墙上的影子，犹如一面镜子，她照见了自己美好的身影，不免有些感动。[①]

　　从这段话中可以看出，叙事从第三人称转换到第一人称，然后又转换到第三人称，这样叙事者有时与人物主体相融合，有时则跨出人物主体，以便更好地欣赏她。为了强调这种效果，人物主体自己常常停下来思考自己的吸引力，有时甚至是欣赏自己的沉思。叙事的焦点又一次呈现出一致：叙事中只允许采用其他观点，以便进一步给人物主体一个良好的印象。

　　与《小城之恋》中的观察者与被观察者被一块想象的玻璃幕隔开不同，《锦绣谷之恋》中的观察者与被观察者是直到读者意识到他们是一个人时才重叠的：叙述者是事件发生后的主人公，她在描述事件发生之前的主人公。叙述者对主人公的赞美，实际上是在自我赞美，由此将这种自我赞美推崇为第二权力。随着故事的继续，以及主人公显示出与作者具有共同的属性，读者越来越怀疑主人公至少在某些方面就是作者自己。由于作者相当放纵地对待叙述者和主人公的自恋，由此产生了第三层次的自我欣赏。

　　《锦绣谷之恋》的主人公也仅用"她"来指称，但这个"她"与《小城之恋》中笨拙的舞者没有什么不同。她不仅身材吸引人，还自豪地意识到自己作为一家大型出版社编辑的地位。从职业上讲，主人公是作者所属的同一文学精英世界的一部分。她是第二类读者中的一员，这是作者的首要关注点。而故事中的一个关键要素是，她被选为有着与作家亲密接触的特权，即，与作者本人所属群体的内部的群体，这种情况引起了作者对主人公的赞扬。

　　主人公还为她在组织内的卓越地位感到自豪。例如，她拥有更好的扶手椅之一。对一个与之分享烫发虚荣心的女同事，她假装的耐心几乎掩盖了她的蔑视，但叙述者对主人公的同情却忽略了两个女人之间的相似之处：

　　她将茶脚倒了，用手指蘸了去污粉，细心地洗她的茶杯。接着，也有人进来倒茶脚，与她站在一处洗茶杯。是小张，新烫了头发，一肩乌黑锃亮的波浪。她宽容而大度地称赞她烫得很好。小张则说，还是你的好啊！她谦让着，心里是明镜高照。小张向她诉说理发的过程，

---

① 原文注释17：我引用的是直译，未经修饰也未经删节的翻译版本，而不是后来出版的版本。后来出版的译本，可参见 Bonnie S. McDougall. *Brocade Valley*. Op. cit., pp.3-5.

以及理发店的见闻。她耐心地听着。然后又有人进来洗手，她趁机让出地方退了出来。①

当主人公情绪高涨地出发报道庐山笔会时，故事情节继续进行。参会人员先在省城集合，在那里她被分配与一位年轻女作家共住一个房间，而不是在另一家招待所里与其他编辑和记者共住一个房间。叙事者称赞主人公善于利用这次机会的能力：

> 再没有比她更方便的了，可与作家们朝夕相处。虽不好光天化日地约稿，而使主办出版社不快，可是却有效地联络了感情，为日后的稿源奠下了基础。何况，她是那么仪态大方，谈吐极聪明，进退也有分寸，很博得好感。②

她的投机取巧给人留下了深刻的印象，她被邀请陪同会议主办方的人（出版社文艺室副主任老姚）到机场去接最后两位作家。在这里，我们发现她正在为去机场做准备：

> 她没有将洗过的头发卷上卷发筒，那样子是可笑而丑陋的。她只将头发用干毛巾擦干，梳平，用牛皮筋在脑后束起来，反倒显得清秀了。③

在机场，她吸引了一个作家，"他"的注意力：

> 他们上车，戴眼镜的作家坐在了司机座的旁边。他，她和老姚坐在后边，她坐在他们中间。他问她能不能吸烟。她并不回答，只是伸过手将边上的烟灰缸揭了开来，他便吸烟了。烟从她腮边掠过，微风似的，撩动了她的头发。她忽然有些感动，眼眶湿漉漉的。④

与作家短暂接触的直接后果是加强了她的自恋：

> 回到房里，已是十一点了，同屋的那个年轻的小女孩似的女作家已经睡熟了。她怕惊扰了她，没有开灯。月亮照透了薄薄的窗帘，她趁着月光悄悄地上了床。她朝天躺在床上，伸直了两条腿，将胳膊也

---

① 原文注释 18：Bonnie S. McDougall. *Brocade Valley.* Op. cit., pp.6-7.
② 原文注释 19：Ibid., pp.25-26.
③ 原文注释 20：Ibid., pp.26-27.
④ 原文注释 21：Bonnie S. McDougall. *Brocade Valley.* Op. cit., p.31.

伸得笔直。伸直了的身体非常舒服，并且极美。月光沐浴着她颀长的身体，她半垂着眼睑打量着自己，被自己柔美的身体感动了，竟有些哽咽。她松了下来，将她心爱的身子蜷起，缩在干爽的被单里。①

在庐山，他和她与团队分开了。一日在游锦绣谷时，他们的手触碰了。在迷雾笼罩的夜晚，他们吻在了一起。"云和雾"是中国文学中性交的常见委婉说法。但在随后的段落中，很明显这一对情侣再没有身体上的接触。取而代之的是，"雾"成了他们浪漫幻想和虚无的象征。正是在故事的这一点上，主人公意识到她正在发展另一种自我，一种比她的日常自我更具道德感的自我。故事中现在有三个自我（如果我们把作者算上的话，则有四个）。

现在是时候考虑"他"在故事中扮演的角色了。正如他们初次相遇时所暗示的那样（烟从她腮边掠过），他在整个故事中仍然是个虚幻的人物。到故事结束时，我们对他的了解只比第一次相识时增加了如下信息：他是一位著名作家，烟瘾很大。在庐山发生的情节中，当他们离得更近时，叙述者有时会详细描述他们间共有的思想和情感。由于他们（"她"和"他"）思考的东西总是相同（他们甚至用与彼此的声音相反的回声来说话），因此他们变得类似于那个重复的"她"，而不是两个不同的人物："他"永远不会显示出拥有独立的想法或感受。由于叙事者、主人公以及笔会所有的其他参与者（更不用说他的读者）都对他作为作家的地位赞不绝口，读者会又一次怀疑，在赞扬这位作家时，我们的作者实际上是在赞扬她自己："他"只是具有多重意义的"她"的另一面。

当这些多重自我在读者的意识中交织并融合在一起时，就像故事中形成了一个恒定主题的"烟"和"雾"的花环一样，叙述者越来越关注主人公分裂的自我："他"变得更虚幻，因为"她"被描述为更爱和这个男人在一起时的"新"自我，而不是爱他。正如叙述者所说，避开了专有名称的简单优雅，"她爱和他在一起的这个自己更超过了爱他"②。同时，叙述者再次走上前台，使用诸如"后来经过了很多年的日子，她才渐渐悟到……"③这样的表达向读者表明故事结束时或故事结束后会发生什么。

这种预测仍处于模棱两可的叙事声音的总体框架之内：叙述者和主人公是为一体。然而，有一段话叙述者让自己与主人公相脱离，在该评论中缺乏对两个角色之间关系含义的理解："而这一点，他们却是永远也不会明

① 原文注释 22：Ibid., p.33.
② 原文注释 23：Ibid., p.87.
③ 原文注释 24：Ibid., p.87.

白的了，尽管他们聪明绝顶，却总难脱俗了。"① 除了因主人公如此聪明和敏感而不断受到赞誉这样的间接赞美，我们在这里发现了一个例子，叙述者称赞自己比自己的主人公更聪明。

当主人公从庐山回到她的日常生活时，她继续养育着自己在浪漫的情感经历影响下发现的新自我。但是，这个新自我太依赖浪漫了。当她没有收到他的来信时，她很快就恢复了自己的旧自我：在工作中勤奋，但在家里却懒散挑剔。最终，她变得明白，意识到自己的浪漫幻想既是因为她自己也是因为他：她也没有给他写信。这种突然的自我意识使她振作起来，尽管我们没有被告知她的新自我将幸存，但至少在故事的结尾让她表现出了乐观的心情。

《锦绣谷之恋》有几个方面可以作为评论当代中国对待爱情、性爱和婚姻的态度的起点，而不必考虑作品本身的文学价值。小说具有引导民意的有用性并不是最近的发现。1753 年，一位大胆的浪漫小说迷玛丽·沃特利·蒙塔古夫人（Mary Wortley Montague）给她的女儿比特夫人写信说："也许你会说，我不应该从如此微不足道的作家们那里获得我对时代风尚的了解，但更切合实际的是，在他们那里比在任何历史学家那里更容易发现这些信息。当他们仅仅为赚钱而刻薄地写作时，他们总是陷入那个时代最能接受的审美观念之中。"② 然而，在 20 世纪 80 年代上半期，享有对商品和服务的特权在中国仍然是社会地位而非金钱的一个方面。而且，声称王安忆主要对直接的经济回报感兴趣是一个严重的错误。

在本文中，我只关注作品的两个方面：第一，主人公的两个自我之间的关系；第二，将所有自我等同为文学知识分子的形象。对第二方面而言，文学价值和读者反映的相关问题变得至关重要。

三

在一个身体中同时具有两个自我这一理念在 20 世纪后期的中国并不新鲜。自 1942 年以来，知识分子因受政治道统的压力而不得不对两个自我予以区分：一个是坏的、旧的自我，这与他们的社会背景和受教育程度相关。另一个是好的、新的自我，通过自我批评、体力劳动、与群众接触和学习毛泽东思想而得到发展。然而，在 20 世纪 80 年代中期，王安忆通过性幻想向读者呈现出一个好的、新的自我。

也许，作为女主人公她观察到但作为一个叙述者她超越了这个正统

女作家学刊·第四辑

---

① 原文注释 25：Bonnie S. McDougall. *Brocade Valley*. Op. cit., p.95.
② 原文注释 26：Robert Halsband ed. *The Complete Letters of Lady Mary Wortley Montagu,* Vol. III. Oxford: The Clarendon Press, 1967, p.35.

观念的一支箭，这个好的、新的自我因对性的否定而得以蓬勃发展。在与这个男作家会面之前，女主人公对自己对男人的吸引力的感觉是相对受到限制的：在她的日常生活中，她会烫发并且对头发是否卷曲非常留意。但是在准备去机场时，她却选择了一种朴实的风格，这在叙述者的眼里看来更吸引人。如上所述，相遇的结果是，使她更加了解自己的身体，但是随着这种关系的发展，她不予理会身体的需求，以追求更高尚的道德。沉浸在对高尚自我的憧憬中，她竟然忘了给自己的爱人写信。而在故事的结尾，她再次因单调的婚姻生活而沉淀下来，这显然没有那么大的危险。

故事结束时，尚不清楚那个好的、新的自我能否在婚外情中幸存下来并被她自己无助的自恋所支撑。王阳明的自我修养理念也得到了回响。而且，我应该认为西方声音很可能也构成了这一背景的一部分。

顺便可以注意到，中国前现代文学对自我的论述极为丰富。如果我们将传统文学概念所理解的哲学著作，即，公认的儒家经典之外的哲学著作也包括其中，那就更是如此。除那些杰出的著作，如 18 世纪的小说《红楼梦》，小说并不是沉思和认同自我的工具。毕竟，小说不是"文学"，而是"娱乐"。

但是，我关心的并非追寻王安忆自我修养理念的起源，而只是注意它对之前 30 多年的正统观念的背离。然而，在中国现代文学的更广泛背景下，它构成了小说自我叙事的一般叙事模式的一部分，与 20 世纪 80 年代中期官方对知识分子的抱负予以重视的政策非常吻合。

四

我在另一篇文章中试图通过对 70 多年来的中国现代小说的一系列个案研究来考察这些自我叙事模式①。1949 年以前的例子非常普遍，以下所述只是其中最著名的例子。鲁迅的"鲁先生"系列小说，如《祝福》和《故乡》，与作者极为相似的不可靠叙述者被高度控制在自我憎恨中。同样，郁达夫在 20 世纪 20 年代和 30 年代的许多半自传体小说，如《沉沦》《春风沉醉的晚上》《青烟》《迟桂花》，这些小说都因其中太多的自怜而闻名。同样，丁玲在 20 世纪 20 年代末和 30 年代初的一些小故事，如《梦柯》《阿毛姑娘》《一九三〇年春的上海》《田家冲》，都是自我实现和自我辩解的幻想。

第三类读者中的一些评论家试图以自传身份和过度多愁善感为郁达夫

---

① 原文注释 27：载《写作自我：现代中国小说中的作者／读者共谋》，可参见原文注释 2。

和丁玲辩护①。我曾在别处争论过，因为在不同的国家和时代，作者、读者和文学作品之间的隐含关系存在很大差异，因此他们使用现代的西方批评工具往往会遗漏这一点②。出于本文的目的，当代第一类读者的回应更为相关，他们在作者的鼓励下阅读那些轻松伪装的自传体作品，并希望沉迷于作者的自我探索意识中。

在 1950—1980 年间，关于自我的写作比较少，也比较不那么显眼。自我迷恋的知识分子不再被允许充当主人公，而且通常不鼓励主观小说。对于作者的自我理念，我们不得不来看一些故事。作为政体的"新知识分子"之一，作者在其中控制着叙事，同时创作对话以把这些人物进行分类。浩然 20 世纪 50 年代末至 60 年代初的短篇小说包括几种此类故事，其中以浩然的"梁先生"（本名梁金广）为标志的叙述者显露出了他作为新近拥有特权的文学教授的自鸣得意③。

20 世纪 70 年代末，知识分子主人公又回到了正统的中国小说中。最早的例子之一是汪浙成和温小钰于 1980 年出版的小说《积蓄》，其中具有半自传性的主人公（男性观点占主导）是与记者进行对话的直接叙述者④。以爱国主义和文化的名义，而且没有任何讽刺或距离感，叙述者赞美他的伪善是他作为一个知识分子的自我身份的核心要素。

上面讨论的作品在文学品质和历史意义上有很大的不同。然而，所有作品都吸引了第二类和第三类读者的注意。据我所知，其中一些甚至吸引了第一类读者。另外，毫无例外，它们都未能对公正的读者产生影响。

① 原文注释 37：关于郁达夫，可参见 Michael Egan. "Yu Dafu and the Transition to Modern Chinese Literature" In Merle Goldman ed. *Modern Chinese Literature in the May Fourth Era.* Cambridge: Harvard University Press, 1977, pp.309-324 和 Chan Wing-ming, "The Self-Mocking of a Chinese Intellectual: A Study of Yu Dafu's *An Intoxicating Spring Night*" In M. Gálik ed. *Interliterary and Intraliterary Aspects of the May Fourth Movement, 1919 in China.* Bratislava: Veda, 1990, pp.111-117. 关于丁玲，可参见 Yi-tsi Mei Feuerwerker. *Ding Ling's Fiction: Ideology and Narrative in Modern Chinese Literature.* Cambridge: Harvard University Press, 1982, esp. Chapter 1. "Subjectivity and Literature", pp.19-51, also p.55, p.58, p.61 和 Tani E. Barlow. "Feminist Genealogy: The Problem of Literature in China". Bochum: Studienverlag Brockmeyer, 1985, pp. 239-58, esp. p.255.
② 原文注释 38：载《写作自我：现代中国小说中的作者/读者共谋》，可参见原文注释 2。
③ 原文注释 39：故事选自《彩霞集》。北京：中国青年出版社，1963 年版。后收录进《春歌集》。天津：天津人民出版社，1973 年版。英译本可参见：Hao Jan［Ran］. *Bright Clouds.* Peking: Foreign Languages Press, 1974.
④ 原文注释 40：载《收获》1980 年第 2 期，第 157—166 页。由唐纳德·吉布斯（Donald A. Gibbs）英译为 *Nest Egg.* 可参见：Perry Link ed. *Roses and Thorns: The Second Blooming of the Hundred Flowers in Chinese Fiction 1979-1980.* Berkeley: University of California Press, 1984, pp.57-82.

女作家学刊·第四辑

五

第四类读者对中国现代文学缺乏兴趣的原因有很多，在此我不建议对既存解释作详尽的阐释。王安忆的《锦绣谷之恋》，似乎很难从开始预期第四类读者的反应开始。在主题和情绪上，它与玛丽夫人喜欢的通俗小说或我们这个时代的大众爱情故事相近。除了现代大众爱情故事，小说家通常受到更多的限制。众所周知，美国的 Harlequin 出版社，英国和澳大利亚的 Mills & Boon 出版社，都发布了关于人物刻画和情节的严格说明，并对其作者的自我放纵的尝试施加了相当的控制。另外，在 20 世纪的中国创作中，冗长、虚弱的技巧（例如，很少知道的那种杂耍）、杂乱无章的美学和无拘无束的自我赞美，在前面的引文中都得到了充分的说明。在上面所列的大多数作品中，并不少见。而且，在较小程度上，在上面所列的大多数作品中，都可以找到。

由于美学事件难以分析而对其予以排除或忽视的缘故，文学理论和批评经常出现的趋势是对其性质的理解不足，以及对其效果的估计不够。就像睡眠和梦境一样，美学事件存在于现实世界中，即使其存在的原因尚无法解决当前的批判性问题。忽略其真实存在（在这种情况下）是在文学研究者与其消费者之间，或者甚至在作为研究者的研究者以及与作为消费者的研究者之间营造一种枯燥乏味的距离。

几乎没有统计数据表明，《锦绣谷之恋》吸引了第一类读者，尽管我认为它的读者不会超出大学生和城市办公室工作人员的范围，也许年轻女性比年轻男性更多（很难想象，没有一定读写能力的读者会花很多时间来看这些东西）。当然，它吸引了第二类读者的大量关注。中国媒体的批评主要集中在行为细节上。第三类读者可能更任性。例如，有两篇论文对《锦绣谷之恋》进行了详细的讨论。在 1990 年 5 月举办的哈佛中国当代文学会议上，有几位与会者也发表了对其进行研究的论文，但没有对其缺点发表任何评论①。

但是，在我看来，认识到它的缺点似乎是理解其吸引力的一个关键的阶段：当其被写得这样糟糕时，它必须具有巨大的补偿功能。那么，在文学

---

① 原文注释 41：这次会议论文集以《从"五四"到"六四"：二十世纪的中国小说和电影》为标题出版。可参见：Ellen Widmer and David Der-wei Wang eds. *May Fourth to June Fourth: Fiction and Film in Twentieth-Century China.* Cambridge: Harvard University Press, 1993. 在广泛参照王安忆的两篇会议论文中，论文集只收录了其中一篇，是刘禾（Lydia H.Liu）的《创造与干预：中国现代文学中女性传统的形成》（*Invention and Intervention: The Making of a Female Tradition in Modern Chinese Literature*），载论文集第 194—220 页。没有该论文集的索引，但据我所知，除这两篇外，没有其他讨论王安忆的文章。

氛围中这种单调乏味的自爱幻想的吸引力体现在哪呢？

《锦绣谷之恋》不是一个其主题可以在多个层面上吸引人的作品。就像20世纪20年代和30年代的"鸳鸯蝴蝶派"小说一样，它为缺乏经验的性行为提供了指南，但是它探索的社会世界却极为有限。它最明显的吸引力在于促进了在中国刚刚兴起的女权主义的背景下女性的自恋（这仍然是仅限于知识分子的某些领域的一个运动）。可能有女权主义者准备支持所有的女性写作，而不考虑这可能会对作为创造性艺术家的女性的事业造成损害。也可能有女权主义者支持作为重建女性意识的必要一步的自恋。但是我应该想到，即使是最没有经验的女权主义者也会被故事中女主人公对男人传统的服从、默许所排斥。在西方女权主义艺术批评中已成为陈词滥调的"男性的注视"（male gaze），其字面意思在《锦绣谷之恋》中是维持着主人公的新的自我的"目光的照拂"（a shining light）：当这个"目光的照拂"不再时，主人公的新的自我也就随之不再。

然而，当她早晨在离开家去办公室上班前说的最后一句话（"很热"）中出发时，主人公呈现在读者眼前的是她通常的开朗举止。在单位，没有任何这个层级中的女性的或她自己的好朋友惹得她不快的评论。在这个相当狭窄的工作环境中，没有女性团结一致的空间。家庭已经缩小到最小的单位：丈夫和妻子（也许将来可能会生一个孩子）。下班后没有母亲、姐妹或朋友可以听她倾诉自己的神经质。其他的社会团体，如同事和邻居恰当露面，但缺乏更大些的群体如政党、国家和民族。作者主要局限于主人公的家庭、性生活和职业生活。故事中，唯一的其他女人是一个生病或熟睡的小女孩似的女作家，一个办公室里喜欢八卦的女同事，以及另一位在故事开始时不在（由于流产）而后回到办公室工作的女同事。这种排斥在故事的自恋语调中是一致的，但在女权意识方面则是其另一个缺点。即使第一类和第二类读者可能会较之没有性行为而喜欢其缺乏活力的性行为，但很难理解第三类或第四类富有经验的读者将如何接受它[①]。

在这一点上，可能值得一提的是三部曲中的第一个故事：《荒山之恋》，它描述了同在一家文化宫上班的女人和男人（这个女人对别人的丈夫心存幻想），他们是如何导致两段婚姻破裂的。这部作品的叙事声音是不确定的，但它声明说："女人实际上有超过男人的力量和智慧，可是因为没有她

① 原文注释42：在中国文学研究中，女权主义批评仍然是一种相对较新的形式。有关其对前现代时期中国文学有用性的解释和例子，可参见 Louise P. Edwards. "Women in Honglou meng: Prescriptions of Purity in the Femininity of Qing Dynasty China". *Modern China,* Vol.16, No.4, 1990, pp.407-29 和 Louise P. Edwards. *Men and Women in Qing China: Gender in The Red Chamber Dream.* Leiden: Brill, 1994. 关于"五四"时期的研究，可参见 Hilary Chung. "The Portrayal of Women in Mao Dun's Early Fiction（1927-32）". Ph. D. dissertation, University of Durham, 1991。

女作家学刊·第四辑

们的战场，她们便只能寄于自己的爱情了。"① "女孩子天生下来就带了一种母性"②和"可是，女人爱男人，并不是为了那男人本身的价值，而往往只是为了实现自己的爱情的理想。为了这个理想，她们奋不顾身，不惜牺牲"。③这些似乎承载着作者的认可。不过，正如一位批评家所认为的那样，这个故事并不是以女性为中心的，而是两个强大的女人争夺一个软弱、怯懦的男人④。相反，中心仍然是女人们为之而战的男人：尽管他很软弱、怯懦，但他仍然是个男人（而且，尤其是他的文化水平比故事中其他任何人物的文化水平都要高），因此，真正的或理想化的中心是男人。声称该故事是对当时中国压制社会的一种特别形式的指控似乎也具有误导性：在任何社会中，同事和邻居的无聊八卦都是常见的，通奸导致两人死亡的故事也不陌生。（虚构的）官方的唯一反对（私下的）有奸情的那一对男女的行为（他们的打情骂俏扰乱了办公室的生活），是降了那位丈夫的职（无论如何，他都是一个无可救药的、无能的雇员）。而故事中的暴力来自另一位丈夫，他殴打他的竞争对手和不贞的女人，后者试图两次自杀（或自杀与谋杀）。这个故事没有带给那个对性感到好奇的年轻女子希望，并回应了（目前）官方在20世纪80年代对办公室通奸所造成的影响的日益关注。这部三部曲的整体效果无疑是对婚外的狂热性行为的警告。在《锦绣谷之恋》中，向年轻的女学生和知识分子提供的具体指导是如何使你更狂暴的性欲变得高尚，同时又能审慎地经营你的事业。

如果我们从女权主义或社会批评的所有但却最表面的方面入手，那么除了这些故事中一个理想的知识分子形象的"自我"个体标识外，似乎几乎没有留下《锦绣谷之恋》吸引第二类和第三类读者的基础。出现在《锦绣谷之恋》中的第一个自我，一个进入文学知识界但没有完全成员资格的女主人公，不是一个丰满的个体，而是一个有吸引力的现代知识分子的肖像，她的缺点是由于对知识分子的卑微存在的严苛（关于他们对恶劣的物质条件的抱怨在20世纪70年代和80年代关于知识分子的正统文献中非常普遍）。作为作家/知识分子的叙述者的自我甚至更加理想化：她比女主人公更聪明，显然已没有女主人公的那些小毛病，而且她的读写能力水平更高。作者本人再一次显得既更聪明又更抽象，她与男性作家虚幻的形象融为一体，并吸收了他的美德。最后，主人公的分裂的自我不是由两个个体组成的复合体，而是由一个相对现实的类型（一个顽固守旧的主人公）和一个抽象的、不现实的、高度理想化的类型（自我修身的主人公）组成的

---

① 原文注释43：Eva Hung. *Love on a Barren Mountain*. Op. cit., p.49.

② 原文注释44：Ibid., p.76.

③ 原文注释45：Ibid., p.133.

④ 原文注释46：See the *Introduction to Love on a Barren Mountain* by the translator. Eva Hung. *Love on a Barren Mountain*. Op. cit., pp.ix-xiii.

汉学视野下的中国女性文学

复合体。

这几个自我中的每一个都互相称赞，这是自我修养过程的一部分，其高潮是道德原型的产生，这种道德原型除了作为知识分子的社会身份外没有其他身份。因此，作者、叙述者和主人公的自恋并非导致对自主的个体自我的培养，而是导致作为一个群体的知识分子的正当性和对其道德价值的确认。

当代英国小说中有关作家和写作的最杰出作品是安东尼·鲍威尔（Anthony Powell）的《随时间之乐起舞》（*A Dance to the Music of Time*，1951-1975）。故事的叙述者尼古拉斯·詹金斯（Nicholas Jenkins）本人是作家、知识分子和伦敦文学界的常客，喜欢沉思和阐释。他还是一位半自传体式的人物，具有作者的许多特征：出生于一个军人家庭、在伊顿大学和牛津大学接受教育、早期从事编辑工作、后来成为一名专业作家、与贵族通婚等。然而，作者使用大量手段来使叙述者与其读者之间保持距离：如，詹金斯对自己的私生活持沉默的态度，拒绝直截了当地描述自己的婚姻。

通过制造出作者/叙述者和读者之间更远的距离，叙述者在其职业和从业方面变得不那么谦虚。他声称在写作中，感觉"辛苦、冷血，几乎是一种精确的乐趣"[①]。他在评论一个较老的、曾经广受欢迎的小说家圣约翰·克拉克（St. John Clarke）的小说时说："简言之，在我看来，它们似乎是琐碎的、虚幻的、庸俗的、糟糕拼凑在一起的、措辞令人讨厌且不真诚的"[②]。被嘲笑的小说家则被他被称作是"一个虚构的、荒唐可笑的世界的创造者，误导社会，从事令人恶心的职业"[③]，是一个"才华平庸的"[④]"冷漠的作家"[⑤]；他的作品因"那些吹牛的、描述性的段落，缺乏深度的人物刻画……和内在内容的空虚"[⑥] 而受到谴责。但是，他不安地承认，另一个人则"仍然比坐在桌旁的其他人更像我"[⑦]。即使是其作品受到詹金斯高度赞扬的神秘的 X. Trapnel，也只能勉强免于"完全荒谬"[⑧] 的结论：伟大的利己主义者[⑨]、

① 原文注释 47：All page references are to the Fontana Paperback edition of the 1980s. For the narrator's attitude to writing, see Anthony Powell. Casanova's *Chinese Restaurant*. Book 5 of *A Dance to the Music of Time*. Chicago: The University of Chicago Press, 1984, p.20.
② 原文注释 48：Anthony Powell. Casanova's *Chinese Restaurant*. Op. cit., p.82.
③ 原文注释 49：Ibid., pp.82-83.
④ 原文注释 50：Ibid., p.184.
⑤ 原文注释 51：Ibid., p.186.
⑥ 原文注释 52：Anthony Powell. *A Buyer's Market*. Book 2 of *A Dance to the Music of Time*. Chicago: The University of Chicago Press, 1983, p.255.
⑦ 原文注释 53：Anthony Powell. Casanova's *Chinese Restaurant*. Op. cit., p.82.
⑧ 原文注释 54：Anthony Powell. *Books Do Furnish a Room*. Book 10 of *A Dance to the Music of Time*. Op. cit., 1983, p.115.
⑨ 原文注释 55：Ibid., p.167.

暴露狂①、惯常的角色扮演者②、蹭饭吃的人③、女性的剥削者④，等等。尽管在另一方面，"自怜是一种特质，对于作家（更不用说小说家了），他具有非同寻常的自由"。⑤

詹金斯的言语风格最好用"弄巧成拙"来形容：他对一般真理的观察通常伴随着对其平凡的贬低陈述。叙述者对自己和他的专业一致贬损的悖论结果是，读者毫不犹豫地相信自己的判断力，而《随时间之乐起舞》也成为战后英国最受欢迎的小说之一。鲍威尔不仅使作为作者的自己与作为作家的叙述者之间保持距离，而且还是英国小说中反智主义悠久传统的一部分。这种趋势的一个较早的例子是奥尔德斯·赫胥黎（Aldous Huxley）的《针锋相对》（*Point Counter Point*）（1941），作者在其中使他的小说家／主人公将作家和艺术家排除在知识分子之外。赫胥黎的作家／叙述者继续对后者进行刻画："知识分子往往成为孩子，然后成为低能的人。最后，正如最近几个世纪的政治史和工业史所清楚地表明的那样，成为杀人的疯子和野兽。"⑥在最近的更多小说中，知识分子（或将要成为知识分子的人）成为被讽刺的对象，就像金斯利·艾米斯（Kingsley Amis）极为成功的小说《幸运的吉姆》（*Lucky Jim*）（1954）一样。约翰·韦恩（John Wain）的《大学后的漂泊》（*Hurry on Down*）（1953），对知识分子作家和整个中产阶级知识分子界予以了更加笨拙的讽刺，也是当时的主要成就之一⑦。综上所述，这四个例子提供了关于作家、写作、作者声音和叙事策略的另一种观点。

六

在 20 世纪的中国，知识分子（尤其是文学知识分子）认为自己与近现代时期相比（或者与近代相比，在 20 世纪 70 年代和 80 年代），其社会权力和地位急剧下降。自恋是作为社会群体的知识分子的辩护，它对第一类、第二类和第三类读者至关重要。这些读者亲身、专业地致力于作家的事业，他们显然是准备好了为这种群体地位的正当性而宽恕所有其他的失败。对

① 原文注释 56：Ibid., p.114.

② 原文注释 57：Ibid., pp.153-155.

③ 原文注释 58：Ibid., pp.160-165.

④ 原文注释 59：Ibid., pp.158-160.

⑤ 原文注释 60：Ibid., p.156.

⑥ 原文注释 61：Aldous Huxley. *Point Counter Point*. London: Chatto and Windus, 1941, p.439 and p.443.

⑦ 原文注释 62：1953 年，由伦敦 Martin Secker & Warburg 出版社首次出版，并在 20 世纪 50—70 年代多次重印。1954 年，Knopf 出版社以 *Born in Captivity* 为题在美国发行。作者自己认为，它从未在美国流行，尽管在我的记忆中它当时几乎受到了澳大利亚读者和英国读者一样的热情欢迎。

王安忆和她的大多数同行官方作家来说，小说是为中国社会和道德领导的推理活动的一部分。而他们的策略，反过来又让第三类读者起到越来越活跃的作用。

另外，正如图书销售所表明的那样，第四类读者将读写能力视作理所当然的一种社会财产，不一定要知识分子认同自己，也不一定要知识分子认同作家。他们通常偏爱小说中作为嘲笑的对象的知识分子且鄙视把知识分子刻画为英雄。而且，他们期望文学作品中（作者与主人公之间）存在距离而非毫不掩饰的自我投射。结果，第四类读者甚至会被构成这些作家的主要国内吸引力的因素所排斥。对于像《锦绣谷之恋》这样的故事，由于它缺乏想象力、深度、机智或克制，前三类读者与第四类读者之间的鸿沟可能无法弥合。

鉴于隐喻性的鸿沟无法弥合，如果第三类读者对第二类读者提出的选择更为挑剔，并且对第四类读者的缺点更为坦率的话，那么至少可以使它更容易理解。毕竟，有中国读者知道他们的现代文学是多么贫瘠，并且明白如果假装中国现代文学并不贫瘠的话，最终是会在世界范围内损坏中国文学的形象的。我想再次强调，以上讨论的主观小说只是中国现代文学的一小部分。其他作品关于自我的观念不同，或者对知识分子在社会秩序中的地位没有干扰，能够像近现代时期的中国文学作品一样吸引非华裔读者。没有人会想说现代的中国人缺乏一种内在自我的感觉。问题在于，20世纪很少有中国作家感到超脱到去探索非群体中心的自我。

到现在为止，显而易见的是，在本文中，我将自主的自我作为意识的中心，这个自我在与集体间的对抗关系中成为一种政治和认知力量的来源。我还认为，在中国现代文学中，对无能为力的、自主的自我的忽视与中国前现代时期的社会秩序中有教养的部门与国家之间的传统的相互支持是相关的。这完全不是说传统的中国历史和思想缺乏自主的自我这个理念或实践。相反，前现代时期中国的哲学和艺术产生了丰富的关于自我及其与国家、社会交往中的"他者"和其他世界之间的关系的作品。至少从理论上讲，在中国实现现代化的交易可能包括中国知识分子对其前现代"自我"的恢复：不是通过抛弃其作为知识分子的地位，而是通过将他们的过渡性的"读写能力的焦虑"放回到过去的次要地位，并将读写能力作为民主进程的一部分扩展到整个国家以建立新的社会秩序。

（杨玉英：文学博士，长江师范学院外国语学院教授）

王安忆"三恋"中的女性观和主体性[*]

[澳大利亚]鲁拉庞德·史安皮塔克^① 著

熊春花 译

摘 要: 本文围绕中国著名作家王安忆在 20 世纪 80 年代中期创作的恋爱三部曲"三恋",即《荒山之恋》《小城之恋》《锦绣谷之恋》三篇小说,从创作背景、小说主题、小说内容、叙事手法和写作策略多维度深入剖析,探究了王安忆在"三恋"中所表达的女性主义意识,包含性意识、女性观和主体性意识。本文经与西方女权主义对比研究后发现,王安忆在"三恋"中呈现的性兼具破坏性和建设性,其女性主义意识既不同于西方的女权主义,又打破了中国传统文学作品及社会观念里唯诺顺从的刻板女性形象。这在当时的社会背景下具有前卫性和创新性,是王安忆文学创作的一次大胆挑战,表明了她渴望追求女性主体性、建立女性文化和社会空间,也是女性主义题材小说的一大突破。

关键词: 王安忆;三恋;性;女性观;主体性

文学中的爱、性和自我认知在"文化大革命"(1966—1976)中大多是缺失的,因为它们"在正式出版的写作中几乎被大众路线所吞没"^②。自1978 年改革开放政策实施以来,随着女权主义观念等诸多现代西方思想涌入中国,中国在政治、经济、文化和社会方面发生了重大变化。中国作家亦更加关注性、个性和主体性等问题。作家为提高女性的地位苦苦斗争,

* Ruttapond Swanpitak: Female Sexuality and Subjectivity in Wang Anyi's Fiction. JOSA, Vol.47, 2017, pp.302-321.

① Ruttapond Swanpitak(鲁拉庞德·史安皮塔克),泰国人,2016 年至今,澳大利亚悉尼大学教授,汉学博士;2011—2012,英国伦敦大学亚非学院,汉学研究硕士;2006—2010,朱拉隆功大学,中文文学学士;取得的主要荣誉:2016—2019 年连续四年荣获由泰国政府颁布的全额博士奖学金;2014—2015 年获得泰国第 11 届和第 12 届国际汉语大赛指导教师证书;2010 年以一等荣誉获得朱拉隆功大学优秀本科毕业生。

② 杜博妮:《二十世纪中国晚期女性作家关于隐私的论述》,载《中国信息》2005 年第 19 卷,第 99 页。

于是一些女作家转而写女性的私生活，爱情和激情，以此抗争男权主导的文学世界。在这样的文学世界里，男性拥有绝对话语权，并经常把女性看作自己的附属品。王安忆是杰出的女作家，她细腻地描写女性身体，大胆地在文学作品里释放女性性欲①。她的作品涵盖女性视角和主观经历，挑战婚前性行为和婚外恋等禁忌。这篇文章考察了王安忆20世纪80年代中期创作的恋爱三部曲"三恋"（*Three Loves,* 1986—1987）中的女性性意识，主体性以及女性自我认知。

一、王安忆和她的写作

三十多年来，王安忆全身心投入创作。最终，她发表了数百篇小说和散文，表达了她对女性、爱、性、两性关系、阶级冲突和上海的浓厚兴趣。她的文学创造力和艺术感召力在作品中体现得淋漓尽致。比如，1985年创作的寻根文学作品《小鲍庄》揭露了文化冲突，检验了人性；1986—1987年间创作的"三恋"探寻了性与爱这一主题；1989年创作的《弟兄们》深掘了姐妹关系；1992年出版的《伤心太平洋》追踪了父亲对历史现实主义观念发生转变的轨迹；1996年出版的《长恨歌》深切追思了人文璀璨的上海；2005年的《遍地枭雄》通过讲述诱拐事件讽刺了社会现实；2015年出版的小说《匿名》同样表达了对现实世界的嘲讽；2007年的《启蒙时代》刻画了"文革"时期一代人的心路历程；2011年的长篇小说《天香》描述了资本主义前期上海的变迁，贵族家庭的兴落以及园艺和刺绣这两门物质文化遗产②。这些作品既促进了中国女性自身的发展，又推动了女性作家的创作，还有助于更好地理解当代中国文化。王安忆现为复旦大学中国语言文学系教授、中国作协副主席、上海市作家协会主席。

尽管王安忆的作品主题丰富多样，女性问题却始终是她关注的焦点。她的大部分作品都描写女性，包括她们的生活经历、意识和认知。不过王安忆并不接受自己是西方文化观念里的女权主义作家，因为她清楚西方女权主义作家通常侧重女权，并且站在男性世界的对立面③。王安忆所接受的

① 张敬元：《突破：二十世纪八九十年代后期中国女作家写作》，选自齐邦媛、王德威：《二十世纪后半叶的中国文学》，印第安纳出版社2000版，第164页。

② 王安忆在小说上造诣颇丰，获得诸多文学荣誉与奖项。比如，2000年《长恨歌》荣获第五届茅盾文学奖，该奖是中国最高文学奖项；2011年《启蒙时代》荣获布克国际文学奖；2012年《天香》获第四届世界华文长篇小说奖"红楼梦奖"首奖；2017年荣获纽曼华语文学奖。

③ 王峥：《三次访谈：王安忆、朱琳、戴青》，选自汤尼·白露：《现代中国的性别政治——写作与女性主义》，杜克大学出版社1993年版，第164—165页。

是性别的自然选择，是男女之间的协作互助①。她在性别上保留着自己独特的批判思维，这与中国传统文化中柔弱顺从的刻板女性形象大相径庭。这一观点得到了女性主义评论家戴锦华的证实，她认为 20 世纪八九十年代包括王安忆在内的大多数女性作家，经常在作品中出其不意地抨击并颠覆父权制性别秩序②。

　　从某种层面上说，王安忆在作品中不仅挑战儒家文化中的性别和性观念，她还反对国家女权主义下的社会主义父权制文化。杨美惠（Mayfair Mei-hui Yang）提出，在新中国初期，社会主义国家女权主义发生的三次巨变促进中国女性摆脱传统的父权束缚。如打破了公众和家庭的界限；女性得以进入劳动和政治公共领域；"集体单位取代家庭单位作为生产和计算的基本单位"削弱了传统的家庭结构③。然而，由于女性的完全解放涉及"消除女性性别"，在国家社会主义秩序下，女性进入公共领域，即所谓的男性世界，并没有带来女性的完全解放，甚至给妇女造成了工作和家庭的双重负担④。这些消极因素隐晦地表明了性别支配导致的不平衡。杨教授强调，由于"性别特征不显著，以及在新的男权国家秩序中女性转变为国家主体"，女权主义进程会被淡化⑤。在与李昂的对话中，王安忆批判了压制女性外貌特征和"性别平等"政策，该政策导致妇女承担有偿工作和育儿等无偿家务的双重重任⑥。这种形势意味着尽管提倡男女平等，但实际上女性的负担远大于男性⑥。王安忆还强调了女性解放的迫切需要，将女性从强制性参加劳动中解救出来，并呼吁重塑具有女性意识和敏感性的女性特征。鉴于此，王安忆在她的写作中通过展现性别差异，讲述了性越轨，描写了女性自身挑战。

　　女性主义意识在新中国后期成为王安忆等大量女作家文学创作的动力。女性主义评论家李小江呼吁女性集体意识的觉醒，以此实现独立，促进自我发展，进而达到自我解放，实现自我价值⑦。李教授还提出，女性想要自我发展的主观条件是女性主体性的觉醒，这是妇女解放过程中的主要

---

① 王安忆、秦立德、斯特凡亚：《从现实人生的体验到叙述策略的转型——关于王安忆十年小说创作的访谈录》，选自薛建主编：《王安忆说》，湖南文艺出版社 2003 年版，第 38—39 页。

② 杨美慧：《重写女性——八九十年代的性别写作与文化空间》，选自杨美慧：《她们的空间：转型中国的女性公共空间》，明尼苏达大学出版社 1999 年版，第 203 页。

③ 杨美慧：《从性别歧视到性别差异：国家女权主义，消费者性行为和中国女性的公共领域》，选自杨美慧：《她们的空间：转型中国的女性公共空间》，第 37—39 页。

④ 同上，第 43—45 页。

⑤ 同上，第 63 页。

⑥ 王安忆、李昂：《妇女问题与妇女文学——与台湾作家李昂的对话（1988）》，选自王安忆：《王安忆说》，湖南文艺出版社 2003 年版，第 17 页。

⑦ 李小江：《改革与中国女性群体意识的觉醒》，选自吉尔马汀、贺萧、罗丽莎和泰勒怀特：《性别中国：女性、文化与国家》，哈佛大学出版社 1994 年版，第 360—382 页。

因素①。本文认为王安忆在叙事手法和写作策略中表达出的女性意识，抨击了传统性别观念。尽管她的对抗反响不大，但这不仅表明她在个人领域对有关性别和性等先前的禁忌主题的摸索，而且展现了她对探寻女性主体性的愿望，并建立了属于女性自身的文化空间。

二、20 世纪 50 年代至 70 年代文学作品中的性别和性

杜博妮（Bonnie S. McDougall）认为，在 20 世纪 50 年代，女性作家在探求主体性方面暗地里被给予了更多的主动权。杨沫 1958 年所著小说《青春之歌》和茹志鹃 1959 年的短篇小说《高高的白杨树》②就是很好的案例。《青春之歌》讲述了一位资产阶级知识女性在 20 世纪 30 年代末至40 年代转变成无产阶级革命者的故事，展现了爱情和性两大主题。孟悦在对革命文学的研究中指出了《青春之歌》里的性别因素、女性情感和个体独特的知识女性，不像国家标准写作风格那样展现出国家集体主义和共产党英雄形象，但类似于 20 世纪二三十年代女性作家创作的特定性别特点③。王斑认为，尽管这个故事唤醒了具有教育小说叙事特性的特定性别传统观念，但女主角的愿望在党对国家和民族的对话中被革命化，她的性取向源于政治忠诚，这导致了在被政治路线划分的性选择范围内，她爱谁就得为谁付出④。经过一番自我搏斗，她决定离开丈夫，告别资产阶级生活方式，并且爱上了一个使她成为成熟革命者的地下革命领袖。她的转变是在男性角色的促进下完成的，这暗示了知识女性仍然受控于父权体系。

"文化大革命"时期的文学严重压抑了个人和性。温迪·拉尔森（Wendy Larson）表示，在这段时期内，未经过官方允许而表达性通常被定为犯罪⑤。该观点得到马跃的支持，他还表明由于性倾向往往是"革命的反作用力"，因此性表达常常被排除在社会主义主流叙事之外，毕竟性通常被视为一种

① 李小江：《改革与中国女性群体意识的觉醒》，选自吉尔马汀、贺萧、罗丽莎和泰勒怀特：《性别中国：女性、文化与国家》，哈佛大学出版社 1994 年版，第 375 页。
② 杜博妮：《二十世纪中国晚期女性作家关于隐私的论述》，第 98—99 页。这三部作品分别与男性作家的小说进行对比，例如周而复的长篇小说《上海的早晨》（1958 年）和曲波《林海雪原》（1957 年）。
③ 孟悦：《女性形象与民族神话》，选自汤尼·白露：《现代中国的性别政治》，杜克大学出版社 1994 年版，第 126—127 页。
④ 王斑：《历史的崇高形象——二十世纪中国的美学与政治》，斯坦福大学出版社 1997 年版，第 133 页。
⑤ 温迪·拉尔森：《前所未有的大胆：文化大革命中的性》，载《现代中国》1999 年第 25 卷第 4 期第 448 页。"文化大革命"之后的小说和自传，很大程度上是为了实现现代化而被创作成爱情故事。

个人乐趣，而革命崇尚集体主义则需要个人的全部奉献①。在 20 世纪 70 年代末、80 年代，随着政治和经济管控的松缓，中国作家重新开始了关于爱情、性和身份认知的写作。

三、20 世纪 80 年代有关性的叙述

由于"文化大革命"时期禁止任何公开或私下对性的煽动性言论，因而在此期间福柯的性压抑观念似乎并不适用。然而，他的性压抑观念和对战术逆转的描述似乎与中国后毛泽东时期相关联②。尽管 1980 年的《婚姻法》用来约束个人的性行为，并且社会主义国家在性和婚姻的言论中始终倡导一夫一妻制③，但在文学和电影中不乏性欲流露和性越轨。换言之，20世纪 70 年代末的中国作家回归到对爱和性的探寻，以此打破长期的社会和政治禁忌。女作家张洁在 1979 年发表的小说《爱，是不能忘记的》中大胆描写了无爱婚姻和婚外情，揭示了"文化大革命"时期爱情与婚姻伦理之间的紧张关系。即便如此，这个故事也仅仅只勾勒出恋人之间柏拉图式的恋爱关系，避免身体的亲密接触，而且也未涉及性欲的描写。这部中篇小说中的恋人甚至连手都未曾牵过。因此，它契合社会主义意识形态和儒家传统文化中的"反身体"主题。与之相反的是，性这一主题在男性作家张贤亮 1985 年创作的厌女长篇小说《男人的一半是女人》中得到了刻骨的描绘④。小说中，男主人公在一位女子的帮助下重获男性性能力和自我认识，后来他却抛弃了女主。由此看来，女性只是帮助男性恢复其男子气概的工具。

然而，在王安忆 20 世纪 80 年中期创作的恋爱三部曲中，女性的性经历和性别主体性得到了深入剖析。许多学者认为，王安忆在 1983 年参加"爱荷华州作家研讨会"，在为期四个月的研学中，与国际作家的交流，体验不同的文化，这些勾起了她对性的浓厚兴趣。此次经历促使她的后续写

① 马跃：《王小波：革命的双重形象之诱惑与奴役——以新文学的革命表象为例》，载《同心圆：文学与文化研究》2005 年第 31 卷第 2 期，第 216 页。
② 杨美慧：《从性别消除到性别差异：国家女权主义，消费者性行为和中国女性的公共领域》，选自杨美慧：《她们的空间：转型中国的女性公共空间》，第 44 页。她指出，她发现"文化大革命"期间城市居民对性忽略的事迹。
③ 艾华：《中国的女性与性相：1949 年以来的性别话语》，剑桥政治出版社 1997 年版，第 112 页。艾华将福柯对西方历史上有关"性技术"的讨论融入到解读中国的社会历史背景中。
④ 钟雪萍：《男人的遭遇与渴望：读张贤亮〈男人的一半是女人〉》，选自吉尔马汀、贺萧、罗丽莎和泰勒·怀特编：《性别中国：女性、文化与国家》，哈佛大学出版社 1994 年版，第 175—178 页。

汉学视野下的中国女性文学

作发生变化，其中包括对性的探索是一种自然本能①。张贤亮的作品中已经出现了性和肉欲的主题，但他的作品仅探讨了毛泽东思想下的社会和文化主题，因而它只局限于关注男性性解放的话语。对比之下，王安忆探寻性本身，尤其是女性性行为，并将性看作一种人性，而不是社会主义制度下揭露社会和文化问题的喻体。王安忆提出中国文化中与性相关的若干疑问，认为性兼具个人性和社会性，而非淫言秽语。这些疑问如下：为什么中国人谈性时感到淫秽？为什么日本人谈性即有耻辱感？为什么西方人认为性就像吃饭走路一样自然②？王安忆指出，对性的描写是探索人性的手段，正如她所解释的那样：

> 倘若一个人真正想要写人性，那么对爱的描写是必然；写爱情必涉及性爱……如果你确实是严谨且有深度的作家，在性这个主题上，则无法避免。③

四、王安忆的"三恋"

构成恋爱三部曲的三部中篇小说分别是《荒山之恋》（1986）、《小城之恋》（1986）和《锦绣谷之恋》（1987）。王安忆在每一部小说中都探讨了女性在与异性的恋爱关系中其女性自我认知的建构和发展。主要人物的称呼一般为第三人称代词"他"和"她"，这是让"他"和"她"代表所有男人和女人的一次尝试。她的三部曲展示了20世纪80年代个人性欲的救赎。她还研究了性对文化和意识形态性别规范的反应。王德威（David Der-wei Wang）在对王安忆作品的研究中指出，"三恋"通过描写越轨和通奸等大胆性行为，表达了社会主义政治背景下女性自我意识的深刻觉醒和强烈对抗④。从这个意义上说，王安忆的叙事可以理解为一种颠覆性话语，它回应了儒家对性欲的道德约束以及社会主义去性化意识形态。尽管这三本中篇

① 陈海伦：《性别、主体性和性：定义王安忆四部性越轨小说中的颠覆性话语》，选自张英进：《中国比较文学论文集》，斯坦福大学出版社1998年版，第94页；萧虹：《中国妇女传记辞典：二十世纪卷（1912—2000）》，第524页。

② 王安忆、陈思和：《两个六九届初中生的即兴对话——与陈思和对话》，选自薛建主编：《王安忆说》，第14—15页。

③ 薛建主编：《王安忆说》，第9页。译文选自伊莲·杰弗里斯和于海清的《中国的性》，麦登政治出版社2015年版，第50页。

④ 王德威：《海派作家，又见传人——王安忆论》，选自王德威：《跨世纪风华：当代小说20家》，台北麦田出版社2002年版，第37—38页。

小说的叙事内容都不尽相同①，但都紧紧围绕着"在道德伦理颇为保守的国家探索无法接受的社会关系"这一女性主题展开②。小说阐述性越轨这个主题，诸如婚前性行为和婚外恋，以及女子积极寻求性满足并渴望拥有自己的性身份。

三部曲融合了性越轨主题和主体性建构。引用芮塔·菲尔斯基（Rita Felski）的观点，对性越轨行为感到刺激是现代主体性形成的关键时期，异常性行为的影响被认为是抵抗身份的标志③。正如福柯所言，在话语映射的过程中，性是身份的基本标志，是自我真理的关键④。如此一来，王安忆在"三恋"中通过越轨性行为展现出的女性欲望可以视为女性自我建构的方式。克里斯·威顿（Chris Weedon）主张重新定义主体概念，并提出主观性的替代方式，尤其是女性主观性，与本质主义、传统以男性为主导的主观性形成对比。在威顿看来，女性主观性总和了个人的有意识思想、无意识思想、情感、女性自我认知以及她认知世界关系的方式⑤。此外，女性主体性在文化和历史上得到了建构，个体总是主体性冲突的场所⑥。她还进一步提出了一种易变的、动态的、多重的、矛盾的主体性，并认为女性主体性具有流动性。

威顿在论述这种多重性和流动性时主张："只有意识到主体性的矛盾性质，才能在不同情境下的女性模式之间以及在女性所涉及的话语之间引入政治选择的可能性。"⑦基于此观点，女性新的可能性涵盖了在不同情境和话语中的自我定位，且其具有流动性、动态性和矛盾性。然而，本论文并不深入探讨男性主体性与女性主体性之间的差异，而是以威顿提出的女性主体性概念作为理论指导框架。

《荒山之恋》：女性性欲望与悲剧性自由

《荒山之恋》讲述已婚的女主与另一位有家室的男人之间的婚外情，他们二人都对自己原本的婚姻感到不满。即使已婚并育有子女，但他们的邂逅相恋，却激起了前所未有的性欲，且将彼此视为真爱。作者对男女主人

---

① 比如《小城之恋》中主人公的分离与《锦绣谷之恋》中男女主亲密关系的深入，主体与客体相互交织，直到读者意识到他们是一体。更多叙述详情请参阅杜博妮《虚构的作者与想象的读者——二十世纪中国现代文学》。详见杜博妮《虚构的作者与想象的读者——二十世纪中国现代文学》，香港中文大学出版社2003版，第95—113页。

② 王安忆著，杜博妮和陈迈平译：《锦绣谷之恋》，纽约新方向出版社1992年版，前言第5页。

③ 芮塔·菲尔斯基：《现代性的性别》，哈佛大学出版社1995年版，第174页。

④ 同上，第175页。

⑤ 克里斯·威顿：《女权主义与后结构主义原则》，伦敦布莱克威尔出版社1996年版，第32页。

⑥ 同上，第32页。

⑦ 同上，第87页。

公的情欲是这样评论的："也许这一切理由都不重要，重要的理由十分简单，那就是在这样的时间，这样的地方，遇到了这样一个人，正与她此时此地的心境、性情偶合了。"① 王安忆把性看作自然的力量，认为存在即合理。正如她在小说中描述的那样，男女主人公在第一次拥抱之后就一发不可收地激情相爱。

> 从此，犹如大河决了堤，他们身不由己。互相的渴望逐步上升，白日打字间里的会面已经远远不能满足需要。他们开始幽会，一次，又一次。他们忘记了一切，不顾羞耻，不顾屈辱，卷在树丛里，狂热地抱成一团。除去爱情的一切激动与快乐以外，还有冒险的快乐，悲剧的高尚的快乐，叛逆的伟大的快乐。②

男女主人公在婚外恋中获得了身体和精神上的双重喜悦，继而无法自控。但与此同时，他们也忍受着耻辱，背负着婚姻道德伦理的重压，承受着这段不伦恋爱关系带给家人的苦痛。这段恋情也给他们自身造成了诸多麻烦。女主人公被家暴，她的丈夫被职务降级，但男女主人公自始至终都没有放弃这段关系。

小说中塑造的女主人公形象，其性格、态度和自我认知均优于男主，这是女权主义的突出标志。王安忆反对把女性刻画成唯唯诺诺、柔弱顺从、对男性卑躬屈膝的传统形象。小说将男女主人公从童年到成年，二人的相知相遇及其后来的悲剧结尾——呈现出来。终其一生，女主人公的张力、活力、灵动自信和坚定意志跃然于纸上。反观男主人公，软弱怯懦、生性胆小、多愁善感，情感上依赖于女性，从母亲到妻子，再到情人。小说以社会主义去性别化的手法，并未将他塑造成一个能庇护女子的父亲般形象。相反，他相当无能。而她并非那种易于被男人摆布的传统女人，亦不想从男人那里获得物质保障和情感归依。她只想找到自我价值，形成自我认知，获得自我独立，从而赢得他的喜爱和崇拜。十几岁的时候，她就喜欢跟男孩子打成一片，还获得了他们的钦佩。

在男女主人公的交往中，女主人公绝不是男主人公激情发泄的消极对象。相反，她主动出击，利用自己的魅力将他征服。一次次的恋爱场景中，她都是激情、决绝、性感和充满欲望的化身。而他则消极被动、怯懦害羞、冷淡无情。作者如此表述，她只觉得男人身上的那一股清静的气息很有力量，足够使很沸腾的她静谧下来。这一种静谧是她从未体验过的，因

---

① 王安忆著，孔慧怡译：《荒山之恋》，香港中文大学出版社1991年版，第113页。
② 同上，第121页。

女作家学刊·第四辑

此这种静谧比任何激情都更感动她①。她本是想打乱他的安静叫自己乐乐的，却不料他的安静乱了，也叫自己的安静乱了。自己是太不防备了，总以为只有人家动情的份，不料自己也动了②。她深深地爱上了他，彻底沦陷，开始了新的人生征程。她觉出在自己的灵魂和欲念的极深处的沉睡，被搅乱了③。女主人公的性渴求和行为让她找到了女性的主观意识，从而对自我有了认知。

小说以这对出轨的夫妇在偏僻难寻的荒山殉情自杀结束。男女主人公背弃家庭和社会责任，放纵他们的性欲。小说原文把这座山叫作花果山。实际上，这里无花无果亦无山④。故事中的荒山形象与传统经典小说《西游记》里的花果山形成鲜明对比，象征着更大规模地对文化限制的压抑与压迫⑤。他们的爱情就像荒山野岭一样无拘无束，不受道德、羞愧、责任的束缚，荒山承载着他们这段被自己软弱意志和社会舆论扼杀的无果的不伦之恋⑥。这座山象征着社会道德与个人情欲之间的冲突，并非没有羞耻感的人物无拘束地享受性与爱的乌托邦。为了他们的性自由，她选择与情人殉情自杀，这样二人就不再承受家庭压力，不被社会束缚。她的自杀也可能是认为自己没有扮演好贤妻良母的角色所致。这个故事将性的力量阐释成一种破坏性力量，性不单单给生命注入正能量，还给人造成了很多心理负担，因而性会摧毁而非成全生命。他们的死不仅象征着向社会道德的妥协，以及难以承受的巨大压力，也是对婚外恋付出的巨大代价。作者可能仍然坚守甚至强化传统观念，而不是打破这些社会道德伦理范式。悲剧性的故事结尾暗含了20世纪80年代爱与性的自由还很难完全实现。

《小城之恋》：女性的性放纵与回归

《小城之恋》以婚前性行为为主题，探寻了女性从性意识、性觉醒、性放纵到性回归的发展变化过程。

小说讲述了两个小镇青年的恋爱关系。他们在偏远小镇长大，而后成为歌舞团的舞蹈演员。跳舞导致其身体变形，有时候他们在排练中互相帮助。

---

① 王安忆：《荒山之恋》，第113页。
② 同上，第113页。
③ 同上，第113页。
④ 同上，第29页。
⑤ 陈海伦：《性别、主体性和性：定义王安忆四部性越轨小说中的颠覆性话语》，选自张英进：《多元中心世界中的中国：中国比较文学论文集》，第97—98页。《西游记》在本篇小说中有所提及。
⑥ 同上，第97页。

汉学视野下的中国女性文学

　　　　果然是腿粗，臀圆，膀大，腰圆，大大的出了差错。两个乳房更
　　是高出正常人的一二倍，高高耸着，山峰似的……这时候的她，几乎
　　要高过他半个脑袋……他的身体不知在什么地方出了问题，不再生长，
　　十八岁的人，却依然是个孩子的形状，只能跳小孩儿舞。①

　　作者以讽刺的手法写作，身体的畸形象征着性压抑。"文化大革命"期
间与清教徒时代不同，小说中的主要人物进行特别的舞蹈排练，要求女孩
背着男孩。这样的经历为他们身体和心理的亲密接触，为性爱的发展提供
了契机。王安忆运用了大量的比喻来讲述女主人公举起男主人公时女性意
识的觉醒。比如，"她一旦将他背了上来，则连心肺都燃烧了起来，几乎想
睡倒在地上打个滚，扑灭周身的火焰"。②"他在她背上滚翻上下，她的背给
了他亲爱的摩擦，缓解着他皮肤与心灵的饥渴。他一整个体重的滚揉翻腾，
对她则犹如爱抚。她分明是被他弄痛了，压得几乎直不起腰，腿在打颤，
可是音乐和舞蹈不允她躺倒。"③音乐和舞蹈可能暗示着她内心的性本能。此
外，舞蹈排练将他们的身体和思想结合起来，这隐喻着性交，就像小说里
"他们所有的动作都像是连接在了一起，如胶似漆，难舍难分，息息相通，
丝丝入扣"④描绘的那样。这样的彩排为他们之后的婚前性行为创造了空间。
　　他们的关系没有恋爱基础，而是性本能和性冲动的驱使。性是人性不
可抗拒的力量。"当两人身体一旦接触，合二为一的时候，什么犯罪，什么
不应该，什么造孽，便什么都不存在了，只有欢乐，欢乐的激动，欢乐的
痛苦，欢乐的惊惧。"⑤尽管他们觉得性如同犯罪，可肉体的欲望能冲破一切
束缚。羞耻里涤荡着快感，道德与性欲相抗争。男女主人公随歌舞团去大
城市表演时很难找到安静的地方，但他们却能在与世隔绝的居住小镇轻而
易举地找到僻静之地满足性渴望，在晚上探寻性爱之旅。这样的情境传达
了作者将性本能与自然环境相融合的观点。
　　男女主人公沉醉于这样的关系。可他们身体上亲密，内心却彼此疏
远。最终，他们变成凶狠的敌人，憎恶对方，懊悔不已。她与他对抗，背
离了传统女性处于被动地位的刻板形象。他们认为性是"肮脏的快感"，所
以对自己的交媾充满羞耻和内疚。他们疯狂地跳舞，惩罚自己的身体和心
灵。她无休无止地旋转跳跃，狠狠地把自己摔在地上，爬起来又继续摔倒。
他弯曲身体，双手着地靠前移动，直到双手触到脚跟，用头着地，保持这
个姿势二十分钟。即便如此，他们仍然无法控制自己，反而激起了更强烈

① 　王安忆著，孔慧怡译：《小城之恋》，香港中文大学出版社1990年版，第2页。
② 　同上，第34页。
③ 　同上，第34页。
④ 　同上，第34页。
⑤ 　同上，第34页。

女作家学刊·第四辑

的性欲。他们的羞耻感和罪恶感在许多反复出现的意象中都能轻而易举地被捕捉到，如排练时大量地流汗、洗澡、换洗包裹着罪恶身子的床单被褥等①。他们反复洗澡，换洗褥套，不只是冲洗掉污垢，更是通过这样的方式洗涤罪孽的欲望和耻辱，净化内心②。他们克制性行为就要忍受压抑性欲的痛苦，而放纵自己，又要承担社会道德舆论的谴责③。压抑性让他们苦不堪言，可似乎没人关心他们的痛苦煎熬。女主人公甚至想过自杀，这是她脱离苦海最便捷的方式。因此，这部小说阐释了性欲的多重力量，它既能让人摆脱社会束缚，又可以摧毁人的身心言行。

归根结底，尽管这部小说讲述了性的消极因素，但它并不及《荒山之恋》那样尖锐冷酷，以一对恋人殉情而终。《小城之恋》的结局与《荒山之恋》大不相同。男主人公仍然痴迷于性，饱受折磨，以赌博度日。而女主人公却在成为母亲后获得了情欲的超脱。

身为单亲妈妈，她独自养育着双胞胎孩子，不需要男人填补生命的隙缝，内心平和宁静。事实上，未婚先孕的女性通常被指为不贞洁，或者是受到身体上的重创，最终往往导致流产。但与之不同的是，怀孕与分娩的自然心理促成了女主人公从性放纵到性回归的自我觉醒④。这个故事中，成为母亲实现了女主人公的自我赎救和性回归，这样的变化暗含着作者对女性的惯常理解。在塑造女性的坚强意志上，她被描绘成一个身体和心理都比男主人公强大的人，因而她能一个人应对艰辛的生活。换言之，这部小说讲述了女主找寻自我的成长历程，以及女性自身的终极力量。

《锦绣谷之恋》：女性的性幻想与精神自足

与前两部小说不同的是，《锦绣谷之恋》侧重于解构性的各个方面，从性欲望到性幻想，这些是女主人公拯救自身主体性和自我意识的变革力量。这部小说表达了这样一个观点：偷情是个人自我满足的中心，是创造和主体性转变的巅峰，而婚姻却是阻碍⑤。这个故事以20世纪80年代的大城市为背景，并不涉及"文化大革命"。这部小说着重讲述了一个女人的故事，无关男人，无关夫妻。正如开篇所讲那样"我想说一个故事，一个女人的

① 陈海伦：《性别、主体性和性：定义王安忆四部性越轨小说中的颠覆性话语》，选自张英进：《多元中心世界中的中国：中国比较文学论文集》，第201—202页。
② 同上，第201—202页。
③ 王峥：《三次访谈：王安忆、朱琳、戴青》，选自汤尼·白露：《现代中国的性别政治——写作与女性主义》，第175页。
④ 沈红芳：《女性叙事的共性与个性：王安忆、铁凝小说创作比较谈》，河南大学出版社2005年版，第187页。
⑤ 陈海伦：《性别、主体性和性：定义王安忆四部性越轨小说中的颠覆性话语》，选自张英进：《多元中心世界中的中国：中国比较文学论文集》，第97页。

故事。"① 小说讲述了一个年轻的已婚女人的故事。她是编辑，对自己的婚姻生活感到厌倦，夫妻之间激情亦销铪殆尽。沉闷枯燥的家务劳动抑制个性。小说这样写道："她对着镜子站了良久，久久地察看自己在镜子里的模样，镜子里的自己，像是另一个自己。"② "她依然是认不清。她变得很陌生，很遥远，可又是那么很奇怪地熟谙着"③。她自我的迷失可能来自工作压力与家庭重担，妇女承受着工作和家庭的双重负荷已然成为常态。承担婚姻生活里的日常家务琐事让她丧失了性意识和自我认知。从这个层面来说，婚姻限制了个人的自由。这表明了王安忆反对给女性强加工作与家庭的双重负担，淡化了女性性别。

女主人公去庐山参加作家座谈会，与身为作家同去参会的男主人公相遇。他们短暂的婚外恋让她找到了新的自我认知和性别意识。她与他在一起时，她随心所欲地释放着情欲，并且肯定自己能够坚持自我。两人的邂逅让她更痴迷于自己的身体，"随着关系的发展，她否认自己的身体，赞成崇高道德，她沉浸在自我升华的幻想中"④。回到家后，她便把给他写信的事情抛诸脑后。王安忆如此解释女主人公的这一行为，"她爱的并不是他这个人，她爱的是自己，是和他在一起的那种感觉。她可以像扔掉一件旧衣服那样抛弃他"⑤。她与作家的浪漫情感产生于锦绣谷，这是一个原始狂野、浓雾弥漫、充满神秘、雄伟壮观的山脉景观。但有别于《荒山之恋》和《小城之恋》，男女主人公并没有发生性关系。她在迷雾层云的掩映下尽情尽欢，此番场地制造出安逸、祥和、朦胧的气氛。当二人停止短暂的性事，迷雾象征着他们爱情的虚无⑥。故事的结尾这样写道："随她一个人没有故事地远去了。"⑦ 也就是说，这个故事是她幻想世界里的一段心理活动。

山谷本身存在于真实场地（物理位置），然而这个山谷却不存在（心理位置）。

这个故事突出了性觉醒、性快感等一系列女性性心理，以及女主人公精神上的自我满足，而不是通过偷情来度过不幸的婚姻。"女主人公幻想、捏造，并希望婚外恋情的发生，重塑被婚姻所迷失的自我，以此达到婚姻

---

① 王安忆:《锦绣谷之恋》，第 1 页。

② 同上，第 39 页。

③ 同上，第 39—40 页。

④ 杜博妮:《虚构的作者与想象的读者：二十世纪的当代中国文学》，香港中文大学出版社 2003 年版，第 104 页。

⑤ 王峥:《三次访谈：王安忆、朱琳、戴青》，选自汤尼·白露:《现代中国的性别政治——写作与女性主义》，第 176 页。

⑥ 杜博妮:《虚构的作者与想象的读者：二十世纪的当代中国文学》，第 101 页。杜博妮注释说，"云雾"是中国文学对交媾的一种常见的委婉说法。

⑦ 王安忆:《锦绣谷之恋》，第 122 页。

生活的平衡。但最终，却不得不向自己反抗的婚姻制度屈服。"①换句话说，他是她的一面镜子，她幻想着与他相爱，结果发现爱上的竟是她自己，重新发现的也是她自己。男性视角并不会威胁到她的主体性，而是临时肯定了她是一位优雅睿智的女人，这倒激起了她的柔情。她的认知、个性以及创造性同样被唤醒。作者写道："一个女人的知觉是由男人的注意来促进和加强的。"②作者采用男性视角，用这种方式来表达了她追求女性主体性的女性主义研究策略，以挑战传统性别观念。这部小说不同于前两部，主人公因性行为而受到惩罚，因而其具有争议性。相反的是，女主人公认识了全新的自我，能够把自己的故事阐释出来，获得现代主义的高度赞扬③。通过这段婚外情，女主人公重构了内心的自我，并再次回归到了乏味的婚姻性生活中。她违背了有关性的主流话语，逾越了社会和道德规范而没有受到负面影响。

五、结语

王安忆是杰出作家，她在写作中通过探索女性的性欲和主观经历，回应了"文化大革命"在文学上对个人和性的压迫。她在恋爱三部曲"三恋"中表达的性和主体性，被认为是她取代社会主义意识形态再现个人和社会的一次文化实践。

按出版的时间先后顺序精读每一部小说，从《荒山之恋》到《小城之恋》再到《锦绣谷之恋》，可以看出王安忆对性探索的演变过程，一开始关注性的破坏性，转而侧重于性的建设性。《荒山之恋》和《小城之恋》具有阐述性的消极方面，女主人公因为性而遭受不同程度的苦痛。而《锦绣谷之恋》表达了性欲的建设力量。正是性欲让主人公得以自救，激起了她的自知、个性和性意识而没有受到爱情的惩罚。

除此之外，故事发生的地点，荒山、小城、锦绣谷也分别出自她三部小说的标题，这似乎是作者精心设置的意象，采用了讽刺的写作方法。这三个地点具有相同的特征：安全、宁和、远离社会和公众。这表明王安忆笔下的性世界与自然背景紧密相连。《荒山之恋》和《小城之恋》中设置的故事背景强化了社会规范与人的情欲本性间的冲突。而《锦绣谷之恋》表明了作者试图构建一个乌托邦，她将主人公置身于远离社会和道德规范的世界。尽管这个故事最终并没有真实发生，描写的只是主人公的心理活动。

---

① 陈海伦：《性别、主体性和性：定义王安忆四部性越轨小说中的颠覆性话语》，选自张英进：《多元中心世界中的中国：中国比较文学论文集》，第106页。
② 王安忆：《锦绣谷之恋》，第77页。
③ 同上，前言第5—6页。

王安忆作品中前卫的性主题涉及了婚前性行为和婚外恋，这体现出她试图颠覆性的主流话语。她的叙事手法和写作策略也表达了女性主义意识，是一种超越男性和性主导的观念，突出了女性的自我认知和性别差异。她笔下的女性人物积极地寻求性满足，尝试婚外情。这一特征表明了她反对儒家性别观念、社会主义父权制文化和国家女权主义。尽管她的作品大多数以悲剧收尾，但她的抗争表明了她追求女性主体性、建立女性文化和社会空间的渴望。

（熊春花：重庆师范大学翻译专业硕士研究生，现任四川省绵阳市芦溪中学教师）

内部的革命：陌生度、异质性和深沉感

—— 孙频的小说《以鸟兽之名》及其近作新变

马明高

摘　要： 孙频的小说创作旺盛茂密而充满生机，出现了一次又一次清醒而自觉的自我革命和自我突围，从《松林夜宴图》《鲛在水中央》，她走出了偏执、凛冽、锐痛和窄逼，小说书写突然变得宽阔而舒展，具有了历史的深度感与叙述的理性思考，而且有了飞白和静寂，有了舒缓与沉思，出现了崭新的艺术气质。到现在的《以鸟兽之名》《天物墟》《游园》，已经成熟，而且充满小说叙述与思辨的活力和激情。其实从《我们骑鲸而去》《骑白马者》开始，她就已经在小说内部又出现了新的革命。整个小说叙述的语感舒缓而沉稳，仿佛小说的空间被她彻底打开，变得开阔而自由，开放而包容，而且，每一部小说都会给你一种异质感和一定的陌生度。

关键词： 内部革命；异质感；陌生度；深沉感

一

　　刚刚读完孙频发表在《收获》第 2 期的中篇小说《以鸟兽之名》，感触很深。又联想这几日读过的她发表在《十月》第 2 期的《天物墟》和《江南》第 2 期的《游园》，觉得孙频尽管是一个 80 后作家，但她已经是一位非常成熟的小说家，深谙小说创作之道，而且一直不停地对小说创作充满了强烈而好奇的探索精神，一直在谋求和探索小说内部的革命。今日的孙频，绝非六七年前"生猛酷烈"的孙频。不吃老本，不依赖写作惯性，探究小说本质特征与可能性的强劲驱动力，使得孙频的小说创作旺盛茂密而充满生机，出现了一次又一次清醒而自觉的自我革命和自我突围，从《松林夜宴图》《鲛在水中央》，她走出了偏执、凛冽、锐痛和窄逼，小说书写突然变得宽阔而舒展，具有了历史的深度感与叙述的理性思考，而且有了飞白和静寂，有了舒缓与沉思，出现了崭新的艺术气质。到现在的《以鸟兽之名》《天物墟》《游园》，已经成熟，而且充满小说叙述与思辨的活力和激情。其实从《我们骑鲸而去》《骑白马者》开始，她就已经在小说内部又出现了新的革命。整个小说叙述的语感舒缓而沉稳，仿佛小说的空间被她彻底打开，变得开阔而自由，开放而包容，而且，每一部小说都会给你一种异质感和一定的陌生度。《我们骑鲸而去》，以一个孤岛上三个人的生活为书写内容，去思考人类面临生活、生存和生命困境之际的人性劣性与"权力"之力。《骑白马者》，以对北方深山里"听泉山庄"建造者田利生的逆流寻找，去写对过去几十年来中国北方农民艰难生存与发展的思考，去写对故土、乡人、山民的深情，去写对理想精神高蹈的追求和超越。《游园》，以江南独有的游园为书写环境和背景，去写一群艺术家和知识分子对艺术本质的思考，写他们对现实与理想的迷惘和清醒，对艺术的坚守和妥协，充满了一种斑斓、怆然、迷茫和无奈的伤愁之美。《天物墟》和《以鸟兽之名》又回到了北方大山里文谷河流域的磁窑河与阳关山，前者以土生土长的文化研究专家和收藏者老元的日常生活与精神思考为主，去写一位身处凋敝村庄的本土文化人的生命理想与精神追求，去写那些古老拓跋族人对文化与文明的矻矻以求。后者以寻找杀死杜迎春的凶手为幌子，却重点去写北方小县城文化馆前同事游小龙内心世界的卑微、慎独与巨大痛苦，写在历史大变革与时代大转折中那些山民们的严重不适，内心的巨大孤独、寂寥和苦楚。

二十年前，诺贝尔文学奖获得者、日本小说家大江健三郎说过这样一段话："现在，写作新小说时我只考虑两个问题，一是如何面对所处的时代；二是如何创作唯有自己才能写出的文体和结构。"孙频亦仿佛如此。她说过一句很有洞见力的话："小说是一种关于凝视的艺术。"[①] 她认为：小说和故事不一样，小说是一种艺术，而且是一种凝视的艺术，是你在凝视世界、凝视时代与现实、凝视社会之各类人群的一种结晶体。小说是虚构的艺术，但小说必须给人最真实的感觉，但不是故事的真实和人物的真实，而是情感的真实。好的小说中的情感，它蕴涵的力量，以及其中最不可言说、又最动人的一些东西，就是强烈的真实性。小说的艺术性，不在于你把在现实生活中看到什么，经历了什么，都搬进了小说里，而在于在这一切背后你写出最真实的时代的情感、人类的情感。而这些都是来自一个作家经过

---

① 孙频，傅元峰：《孙频 vs 傅元峰：小说是一种关于凝视的艺术，是无形的，又是一种结晶体》，载《文学报》2020 年 7 月 31 日。

女作家学刊·第四辑

心力、脑力苦苦思索的艺术结晶。这种结晶，就是深深埋藏在故事与人物之下的、小说最不可言说的、最幽微的、又最动人的东西。而优秀的小说家，就是要把通过对现实与时代深深思考而获得的，人类生命中的那些最深邃的、最暗黑的、最深情的、最难以忘怀的真实情感书写出来。而这些东西的结晶，就是艺术，就是小说弥久而持远的魅力。

所以，仿佛孙频什么都可以写似的，孤岛求生，江南园林，北方深山，古老文化，落魄的企业家，无奈的艺术家，忧郁的山民，每一部小说都是新的书写领域，都是一种新的打开，都会给读者扑面而来新的异质感和陌生性，而且充满强烈的情感真实性，但是，这一切，都是作家面对我们所处的这个时代与现实的深深思考，对人类生存境遇与精神世界的深情凝视。

我们先看看，她对北方深山河谷里那些移迁山下的山民们的精神世界是如何凝视的。

二

《以鸟兽之名》这部中篇小说，作家凝视的是在这场全球经济化、城市化的百年大变局中，在历史大变革与时代大转折的进程中，中国农民精神世界大裂变的文学作品。

但是，孙频不像其他的报告文学作家和小说家，仅仅满足于对这场人类历史进程的表层观察与浮浅扫描。这部中篇小说，也不是对当下现实与时代生活的浮光掠影，而是作家对时代与现实巨大变革之下人之内心世界与精神生命的深情凝视。当然，这也是一位真正的小说家应该具有的写作姿态与艺术凝视。

似乎从《我们骑鲸而去》开始，孙频就不再追求小说的故事性与情节性了，不再满足于书写那些与自己气质相近的人物，不再刻意去写人在历史与时代之中的酷烈故事与尖锐而逼仄的心理，而且把自己彻底打开，先把自己十几年来本身固化的逼窄世界竭尽全力分崩瓦解，彻底粉碎，然后去包容这个时代与现实中所有的各类人群、各色人们，然后再以开放、自由的心理去理解更多的生活和更多的人物，去书写那些与自己气质迥异、生活环境不同的人们，把小说的空间打开，写出一位小说家对同时代的更多人物精神世界裂变与忧伤的深切关注和深邃思考。

"我"叫李建新，是一位混在北京、靠写悬疑小说谋生的作家，在桃花盛开的时候，回到自己的老家——北方小县城，想打捞点写作素材。母亲知道儿子每次回来都要打听"最近县里有没有什么吓人的事情"，便给他"攒了这么一桩事"，"你那个同学，杜迎春，在山上被人杀了，杀了以后又把她烧成灰，连案子都破不了，听说连脖子里的一条金项链都被人家拿走了，

你说怕不怕？死了有一个多月了吧。"① "我"和杜迎春也经常微信来往，了
解她，知道她在我们县城里也算一个人物，十八岁就爱上一个男人，爱得
死去活来，可是和那男的结婚六年后便离婚，又和一个广东的网友爱得轰
轰烈烈，跑到广东两个月后又悄悄回来了，又嫁给一个面相老实的男人生
了个女儿，几年后又离婚了，又喜欢山上的山民了，说山民被文明驯化得
少，感觉有股什么劲儿。听说和她相好的那个男人从山上下来了，就住在
移民小区——"大足底小区"。这个小区是阳关山上修水库，占了大足底村
的地，村里的人们整村搬迁进了城住进了楼房。小区在"县城的西南角"，
"孤零零地悬在那个角落里，孱弱瘦小，天外来物一般"，"周围围着一圈
矮矮的围墙，有一只长胡子山羊居然稳稳地站在墙头"。"小区的西面和南
面皆是旷野，旷野里隐隐可见几棵柳树"。"小区对面立着两棵粗壮的大白
杨，树上筑着巨大的鸟窝"。"小区周围开垦了几块奇形怪状的菜地，犬牙
参差"，"后面还有猪圈、羊圈，里面养了几头猪和几只羊，很是热闹"。"小
区旁边的旷野里还搭了个简易厕所，就是刨了个坑，周围插上四条木棍，
拿块破布围着"。② 就是在这样的一个移民新区门口，"我"居然碰见了"我
当年在县文化馆的同事游小龙"。

游小龙和"我"都是当年县城里稀有的文学青年。在人们下班后，"我"
来到了县文化馆，在"感应灯随着我的脚步声一明一灭"的空寂暗黑中，
我来到了"那间杂物间"里，"那张单人床还在，落满灰尘，几只拖把披头
散发地立在墙角，84消毒液的味道割着我的鼻子"。他因家在阳关山里村
里，城里没有住处，"曾在这个角落里住过数年之久"。走进那个"一切又
和十年前天衣无缝地对接上"的办公室，他们两人把酒叙旧。他取出那只
柿黄色的天目标，从酒壶里给我倒了一杯酒，"脸色雪白，目光远远地看着
我说，劝君莫做独醒人，烂醉花间应有数，这是玫瑰汾，用玫瑰花泡出来
的汾酒，很雅致，你闻，有玫瑰花的清香"。说着"为了掩饰自己山民的口
音"的普通话，"这些话还好像都戴着礼帽，穿着西装，或涂着脂粉，摇着
扇子捂住嘴角浅笑"。③

随着交往的深入，"我"走进了他在"大足底小区"的家。"小区里十
分简陋，几栋灰色的楼房"，穿过"堆满了老人们捡来的破烂"的"破败
的水泥凉亭"，"他的家是六十多平方米的两室一厅，简单地装修过，摆着
几件劣质的家具，一只柜子上摆着各种颜色的玻璃瓶。白色的地板干净极
了，像湖泊一样，能映出我们的倒影。两间卧室，一间敞开门，一间关着

① 孙频：《以鸟兽之名》，载《收获》2021年第2期，第5页。
② 同上，第6页。
③ 同上，第7页。

门，那扇紧紧关着的门看起来有些神秘，我也不好多问"①。随之，我认识了他的哑巴母亲和傻子胞胎兄弟游小虎，吃了用"山民们一年四季的主要食物"土豆做的"恶"。随着"我"对游小龙更深入的了解，才知道这位前同事，竟然在默默地写着一部书，一部有关山村草木鸟兽的书，详细记录着文谷河流域阳关山间的各种花草树木、飞禽走兽，以鸟兽的名义追溯回味着山民们过往的自然而舒适的生活，纾解着作为一个山民遭遇现代生活的窘迫与焦虑。他对"我"说："建新，你知道我为什么要给阳关山写一本书？对我们山民来说，尽管羡慕城市文明和城市人的身份，但大山给我们的安全感其实更重要。对山民来说，大山是宗教般的存在，山上所有的鸟兽草木、所有的风俗习惯都是我们的避难所。可是，建新，告诉你吧，我也只能写写山上的鸟兽草木，别的我一个字都不能写，一个字都不能写。"②

"我"还了解到他那个"衣衫不整""蓬着头发"的同胞兄弟游小龙，竟然是个赌徒。因为山里人穷，家里只能供一个孩子上学，他下山去上学，"比我晚出生了一分钟"的弟弟留在山里，他终生觉得"亏欠了他"，一次又一次地怂恿了弟弟的赌瘾。他的弟弟为了能够挣钱，"去大街上碰瓷，见辆车就往上撞"，吓得"那些汽车见了他就绕着走"，他"居然会想到死人也是可以赚钱的"③；"我"还了解到他的母亲"其实不是哑巴，也不是聋子"，只有在黑夜深处说梦话的时候才说话，"她说的是四川话，她的家乡话"。"她是被拐卖到大山里来的"，"给兄弟俩做老婆"，"母亲跑过两次，都被捉了回来""她就是那个时候放弃了说话的权利，开始时可能是因为语言不通，为了赌气和斗争，到后来，她可能发现不说话其实也挺好的"。因为，"在一个山村里，所有的傻子、疯子、哑巴、聋子都会受到特殊的照顾，他们会获得一种不同于正常人的生存权"④。

为了进一步地去寻求老同学杜迎春被害的详细案情和凶手，这个从北京回到小县城的作家，多次去"大足底小区"了解情况。这些山民们的"城市生活"也让"我"这个"类型小说作家"倍感新鲜。这些山民们，虽然被时代推动得下山进城住上楼房了，但依旧对过往的生活方式、风情习性、文化遗产深深怀恋，不由自主地就要在新的生活环境中重现滋生。他们的衣食住行、生活习惯和思想观念，总是与城市文明显得格格不入，令人啼笑皆非而又充满忧伤。"我"发现这些山民们，"在山上，钱确实没有太大的用途，所以对钱没概念，只认莜麦和土豆，但下山之后，诱惑忽然多了起来，见到什么想买什么，结果，很快就把手里的一点积蓄花光了，这才

① 孙频：《以鸟兽之名》，载《收获》2021年第2期，第15页。
② 同上，第23页。
③ 同上，第33页。
④ 同上，第28页。

作家作品论

慢慢开始知道钱是什么。对钱的概念因为来得太猛烈太迅速，他们中的一部分人便寄希望于那些能够一夜暴富的方式，比如买彩票，再比如，赌博[①]。这些山民们，不仅为自己的未来生活担忧，而且更为他们的后代担忧。"我"看见"有十几个十七八岁的年轻人从小区里出来，个个穿着九分裤，露着一截脚踝，染着黄头发，嘴里叼着一根烟"，"前呼后拥地走到马路上打车，一辆出租车停下来，他们呼啦一下全挤进去，塞得满满的，然后出租车扬长而去"。"我"从老人们嘴里知道，"自从他们村从山上搬到县城后，就出现了这样的一群年轻人，因为学习成绩跟不上，又怕被人看不起，就自动辍学了，辍学之后又找不到正经事情做，便终日浪迹街头，有的开始赌博吸毒，有的欠了网贷还不起，急得爹妈要上吊"[②]。一种寄生虫的生活，更让这些过去一直靠辛勤"耕读传家"的山民们，觉得羞耻、内疚、痛苦和无奈。如今的客车到山上是拉不到人了，因为人大都下山进城了，但车"也并非没有作用了，客车每次从山上下来，其实还是满载而归，但拉的不是人，是一袋一袋不会说话的土豆、莜面、干蘑菇。这是住在山里的老人们给山下的儿孙们捎的东西，因为在山下吃个土豆都要花钱买，太浪费钱了。至此客车已经基本沦落为货车"[③]。这些"小区里的老人们都有一个共同的恐惧，那就是死后没有棺材的问题。本来，在山上的时候，他们都早早为自己备下一口上好的柏木棺材，连寿衣也一起备好了"，"人没死的时候就把棺材先当家具用着，里面装粮食装被褥"，心里觉得极踏实，"这辈子不管过得怎么样，死了好歹也是有个地方让自己睡得"。可是，现在下山了，"楼房里没地方放一口棺材"，只好把"棺材当礼物送了亲戚"。现在"老人们有一个共同的爱好，就是喜欢三五成群地去棺材店"，可是"县城里的棺材卖得木黄，一口棺材最少要两万块钱。八十八岁的老汉向我诉苦道，你说说，谁还能死得起？"[④]

杀害杜迎春的凶手已经十分明确了，就在这个"大足底小区"里。但是，这个小区里所有的人都在默默地保护着这个人。他们都不约而同地高度警惕，一致对外，竟然把我当成"汉奸"，当成"公安局的"，"人群把我箍得越来越紧，越来越严实，我终于想喊出一句，我是个作家，我只想写出一部小说。但是在我还没来得及张开口之前，有一只拳头已经猛地挥舞到了我的脸上"[⑤]。就这样，"我"住进了医院。从医院里出来后，"我"找到了游小龙。一向谨慎、高度节制，自处"慎独""一直以律己为自豪"的游小龙，对"我"说："你不要怪他们，他们是这世上最老实巴交的一群可怜

① 孙频：《以鸟兽之名》，载《收获》2021年第2期，第21页。
② 同上，第25页。
③ 同上，第30，31页。
④ 同上，第24页。
⑤ 同上，第30页。

女作家学刊·第四辑

人，他们连自己的家乡都没有了。""你不了解他们，你知道他们为什么要拼命去保护一个杀人犯？因为他们知道杀了人是要去偿命的，而这样一个杀人犯在大山里的时候，和他们没有什么两样，日出而作日落而息，每日种地放羊采蘑菇，饭市上和大伙一起吃饭一起吹牛，但这样的一个人在下山之后却忽然杀了人，变成了杀人犯。他们觉得正是这个杀人犯把他们所有人的苦难都承担下来了，他把所有人即将遭受的磨难承担在了他一个人的肩上，他们觉得他是要替他们去死的，他就像一个全村人献出的祭品。他们对他有一种类似宗教的感情在里面，所以才拼命要保护他"。[①]

尤为让人难以忘怀的是游小龙和游小虎这一对胞胎兄弟，一位高度自律、极爱干净、勤俭节省，清醒而又迷茫；一位甘愿堕落、蓬头垢面、肆意赌玩、反复无常、空虚而又无奈。但是，他们都是这个历史与时代巨大变革和迅捷进程中的必然结果和产物。一对兄弟，互为镜像，你中有我，我中有你，你就是我，我就是你，你的存在就是我的死亡，我的涅槃就是你的永生。强烈的具象，形成了高度的寓言。其中的意味与含义，让人深思，回味不已。

小说以一种前所未有的陌生感和异质性，冲击着我们的心灵。随着作家舒缓而从容、深沉而平稳的语言叙述，随着小说情节的一步一步推进和散淡故事的一下一下展开，我们在沉静中思想，我们在矛盾中反省，我们透过这场轰轰烈烈而又迅捷快速的伟大壮举的历史与现实之表面繁荣与欢笑，看到了中国人民在百年伟大复兴中内心世界深处的酷烈惨痛，感受到了中国农民在这场人类伟大壮举中精神世界历经的，不被人世所知道与理解的大撕裂、大孤苦和大悲恸。

在小说即将结束的时候，作家借小说中游小虎在他写那本故土鸟兽草木集的第一页写道："天之高，星辰之远，而人事渺茫，星一度可当两千九百三十里，星辰之下众生平等，就连大足底这等弹丸小地，亦可仰观天象，俯察人事，星河浩瀚恒久，而人世荣辱转瞬即逝。"[②]可谓小说之文眼，足见作家之悠悠情怀与深沉思想。

三

我从孙频的《以鸟兽之名》及其近作中，发现她对小说艺术的理解十分宽阔而开放，不再一味强调去讲述更多复杂的故事，不再焦虑小说能否以非常奇特的情节去取胜，而是考虑如何通过小说这种艺术去面对我们所处的这个时代，以及这个时代中所有的问题与焦虑，去给自己的心灵松绑，

① 孙频：《以鸟兽之名》，载《收获》2021年第2期，第32页。
② 同上，第32页。

以松弛、自由、开放、包容的心态，去打开小说的空间，把过去单一的、自闭的小说空间打开，让它出现两个以上的多个空间，到时代变革的逻辑与人性自身发展的逻辑中，发现真正有关联的东西，要真正去逼近人物的灵魂深处，去拷问和叩击他们思想与精神里内在情感与生命情绪，让我们的小说再深厚一些，再深邃一些，充满深沉感。

孙频近作出现的最大变化，就是作家能够跳出自己所处的环境，站在一个更高的位置来俯瞰与思考。她绝非一个自己经历的讲述者，这一点非常重要，而是从另外一个角度来观看各种经历，凝视各类人群，去体察与同情他们的生命遭遇与心灵苦楚。这样，使她有了更高的高度。在她的近作中，我们发现小说中人物的对话充满了思辨性，是一种叙述与思辨性的语言，它们悄然无声地以一种哲学思辨的形式出现。从《我们骑鲸而去》到《骑白马者》，再到现在的《以鸟兽之名》《天物墟》《游园》，这种人物对话式的哲学思辨语言经常出现，虽然每一处都不很长，却是短碎而出现频率高。这种哲学思辨语言在小说中的渗透，也可能是她在向米兰·昆德拉的小说学习和致敬。但是，我们又可以看出来，她与米兰·昆德拉的截然不同。这或许可能又是孙频新近出现的可贵变化之处。

孙频的近作虽然在小说的内部出现新的自我革命，但是，她又没有对自己已有的写作优势也弃掉，这也很可贵。她过去的小说虽然偏执而逼仄，但偏向于内化的、内倾化的小说叙写，这是与同时代 80 后作家有别，已经形成了鲜明的小说辨识度。现在，她的这种内倾化、向内探究与追寻的特点并没有减弱，而是出现了新的形式变化。不像过去的小说那样，过多地滞留于人物的心理空间上，使人物和小说显得窄逼而偏执，而不够开阔而疏朗。而现在把这种内倾化、内在化的书写，着力于对人物内心世界的追问与时代问题的思辨上，却显得小说空间开放而自由，使小说出现了"开放的作品"的气度。

当然，孙频过去那种喜欢把故事情节与人物性格推向极端的问题，现在依然存在。现在，尽管她的小说已经淡化了故事与情节，但是，喜欢把人物与环境推向极致的问题，依然存在。我个人认为：这些，或许可能也会损伤小说的真实性与客观性。

四

孙频小说近作的新变，让我忽然想起了文学批评家王尧先生，2020 年 8 月在"第六届郁达夫小说奖审读委会议"上，提出的新"小说革命"的问题。于是，在文学界出现了众多的关于"小说如何革命""文学需要不需要革命"的大讨论。小说家和评论家众说纷纭，热闹不已。

女作家学刊·第四辑

其实，这本身就是一个简单的伪问题。小说肯定必须革命，文学自然也必须革命。因为时代与现实在发生剧烈的变革，读者的群体特征已经发生了变化，90后、00后的"Z世代"读者正在成为文学的主流阅读群体，他们的阅读喜好，正在逼着我们的文学必须革命，加之小说数十年形成的模式固化与写作惰性，也在倒逼着小说必须进行革命。

倒是孙频近作出现的新变，启示我们：小说的革命，不能指望文学批评家与文学读者从外部推动，而必须依靠小说家的自我革命。只有小说家们努力从写作惯性中自我突围，竭尽全力从小说内部进行革命，中国当下的"小说革命"与"文学变革"，才会出现新的格局与气象。

2021年3月19日写于山西省孝义市

作家作品论

如筝亦如筝

——读顾艳小说《岁月亲情》《楼下》

李扬帆

摘 要:《岁月亲情》《楼下》是旅美华人作家顾艳停顿十年后的回归之作,作品在写实与虚构之间塑造了两个迥异的女性形象。从《岁月亲情》到《楼下》,如筝般羁绊于家庭、事业的女人冲破种种缠绕,摆脱负重后的女子亦如筝般轻盈地腾空飞翔。顾艳以或绵密或克制的言说方式刻画了当代女性角色的两种面貌。在对身处疾病与亲情、事业与家庭缠绕中的女人的书写中,表现了其对当下一些具体而边缘的社会现象和问题的关注和承担。

关键词:女性形象;女性身份;女作家书写;人文关怀;

一、羁绊

中篇小说《岁月亲情》发表于《中国作家》2021年第12期,是顾艳恢复写作一年来的新作,也是停顿数年后,对父母亲情关系的一次回溯和再思考。顾艳以散文式的笔法,以第一人称视角,书写了“我”在父亲去世后照顾患阿尔兹海默症的母亲的故事,以及在此期间“我”在家庭、亲情、事业之间的选择与承担。小说中的“我”在父亲弥留之际从旧金山飞回杭州,处理完父亲的后事之后,陪伴和照顾年迈而孤独的母亲成为她必须面对的一个紧迫问题。这是一个社会普遍问题,顾艳的难得之处在于以一种切肤的体验将这个大问题下牵连的种种小问题事无巨细地牵引出来:陪伴照顾年迈的母亲、接送和培养年幼的孩子、工作时间和个人空间被极度挤压、丈夫的微词、兄弟的不承担……那些平常极易被忽视的真实而具体的问题:老年人对保姆和养老院的恐惧,母亲在儿子面前的逞能和倔强、对女儿的依赖,消耗在来回送饭上的交通时间,工作时因牵挂母亲而时刻紧绷无法落地的心……日常生活的琐屑,如一片片轻鸿般落到“我”的身上,满身疲惫、一地鸡毛。

在四代人的大家庭面前，面对代际无法求同的生活方式、思想观念上的差异，"我"只能只身去抗衡，为使大家庭的各部件能正常运转，"我"像一颗螺丝，哪里有需要就往哪儿拧，"我"也是这大家庭机器的润滑剂，有了"我"大家庭里的每个人都能安心做自己的事儿，可是这却是以"我"的自我消耗为代价的。"我"在大家庭的困难面前选择了独自承担，本是孝悌、体恤之举却似乎是一种理所应当的牺牲。顾艳在小说里写道："我非常明白我肩上扛着四代人的重担，压力促使我每天忙得像陀螺那样团团转，但我的情绪需要时时克制"，她清楚地明白"这些日常琐事，需要持之以恒的努力，心平气和的态度"。这种自觉的克制与其说是一种无奈，不如说是一种主动的选择与承担。

由此我们也可以看出，新一代知识女性们如顾艳者，虽一只脚踏入了那太平洋彼岸的国门，另一只脚仍深深地被传统的中国伦理道德与价值观所牵系着，虽从小在新式教育与西洋文化的熏陶中长大，但乡土中国的秩序与传统仍如血脉般流淌在她的骨骼里。《岁月亲情》是一篇写实性极强的小说，顾艳本人称其为一篇"海外作家牵系国内的小说，是经验的，写实的"。小说中的"我"就像是作家本人的一个镜像，一个时间轴上并不遥远的她者对当时情境下的自我的凝视。"记忆是一种'重构'，是一种从现实情境出发的重新编织"（洪子诚语），而写作是对记忆的"再重构"，顾艳笔下的"我"的形象，展现了当代中国知识女性身上的一个有趣的面貌：兼具古典与现代的品质。

费孝通在书写乡土中国的结构和格局时曾引述奥斯瓦尔德·斯宾格勒《西方的没落》谈到的两种西洋文化模式，"一种是阿波罗式的，一种是浮士德式的。阿波罗式的文化认定宇宙的安排有一个完整的秩序，人必须遵循这个秩序。现代文化是浮士德式的，他们把冲突看成存在的基础，生命是阻碍的克服。"[①]《岁月亲情》中，"我"对生活的态度是以克己来迁就外界，通过改变自己来适合外在的秩序、顺应他者的需要，我们可以说这是古典的，是阿波罗式的。"我"在家庭、事业、自我的一系列冲突中不断地妥协与克服，在变化的世界中不断突进，这又具有现代文化中浮士德的特点。但无论是对传统秩序的遵循，还是现代文化中对阻碍与冲突的克服，这个求同的过程，都使女性陷入更深一层的桎梏里，无处遁形。

顾艳曾说："这是一个关注老年痴呆症的小说，主题是疾病与亲情，如何承担亲情的义务和责任，就是我想通过这个小说来探讨的话题，我们每个人都将面对疾病、衰老和死亡，对于独生子女而言，孝道就成为不堪重负的人生重担。"《岁月亲情》抽丝剥茧般事无巨细地描绘了"我"对老年

① 费孝通:《乡土中国》，北京时代华文书局 2018 年版，第 57 页。

丧偶又患病无法自理的母亲的陪伴与照顾，"我"的母亲有那一代知识分子的尊严与倔强，因此不愿请保姆，也不愿住养老院，更不愿向儿子们显露自己的窘态，因此这个重担自然落到了女儿"我"身上。在小说中，"我"目睹了"已经在医院住八年，只有一个儿子，丈夫被儿子接去美国看病，现在，她身边一个亲人也没有"的七十七岁的清华教授，也亲身经历着同胞兄弟借工作繁忙之名对远在国内的母亲的不闻不问，子女不在身边，老人无人赡养的问题实际上已经成为现代化进程中的一个结构性的社会问题。小说中的"我"满身疲惫地穿梭其间，作为作家顾艳的"我"跳出小说外，平静地审视着这一在老龄化逐渐严重的现代化社会中普遍而严肃的社会性问题，从中我们看到了回归写作后的顾艳在新的人生经历、生命体验和新的社会现实中回顾生命痛点、反思社会问题的勇气和责任感。

然而，更让人惊喜的是，顾艳从自身经验出发，以女性书写女性，不仅提供了一种观察世界、反映社会问题的眼光，也提供了一个以女性观察女性、书写女性的视角。在这种视角里，小说文本在无形中写出了现代知识女性在女儿、妻子、母亲、祖母、老师、作家等各种社会角色之间的缠绕与纠葛，拥有了"自己的房间"的现代女性一度在这种缠绕与选择中失去了"自己的时间"。这种状态一直持续到最后"我"因母亲病情加重迫不得已将其送进医院，母亲也突然想开愿意请陪护后才结束，而此时"我"的心理感觉是："自从母亲住院后，我确实松绑了很多，特别是精神上不用像以前那样提心吊胆，虽然免不了劳心费神，但已经有了自己的时间。"也正是在这时，被缚于血浓于水的亲情与孝悌道德纲常的"我"获得了某种解放。《岁月亲情》里顾艳笔下的女性形象"我"是如筝般的女人，想要腾空而起却发现自己被周身缠绕，羁绊她的不只是伦理亲情、孝悌责任，更是在种种身份之间难以周旋的境遇，顾艳以个人化的经历书写了这一代现代女性的精神负重，女性不该只有这种宿命。

二、飞翔

《楼下》发表于《长城》2022年第5期，同为知识女性的安米则显得自由豁达很多，虽然她也曾困顿于家庭琐屑，但这篇小说中的女性形象就显得从容轻盈很多了，旅美华文作家的身份不仅为顾艳小说提供了异域的发生空间，也赋予了她另一种话语和言说方式。

不同于《岁月亲情》近乎写实而铺陈的散文笔法，《楼下》的语言风格内敛而克制，作家采用第三人称近乎零度叙事的叙述视角，随读者旁观了安米的生活片段。同是写女性在家庭中的身份、角色，《楼下》将矛盾冲突聚焦在安米与丈夫孙小阳构成的小家庭，写异国背景下看似寻常夫妻生活中的平静与波澜。

这部小说的特别之处在于作家顾艳以敏锐的视角关注到了陪读这一社会现象，以及这一群体的生活状态、内心世界，和由此触发的波澜与火花。小说中，安米赴美攻读博士学位，丈夫孙小阳辞去国内的工作赴美陪读，安米获得了一份大学助理教授的教职，丈夫小阳则在家带孩子，偶尔在网上教教孩子们画画，没有多少收入。国内男主外女主内的传统家庭分工在安米和小阳家完全颠倒了过来，小阳身体不好，在家庭中没有地位，时不时还要忍受安米的咄咄逼人的冷嘲热讽，他只能默默承受着、忍受着，因为学不会英语即便出门也难以和他人交流。顾艳在这篇小说中刻画了一个经历着生活和精神双重匮乏的男性角色，男子气概在这个男性角色中消失了，小阳成为一个社会边缘人，在异国首都华盛顿，小阳是一个被社会和家庭抛弃的人，因此他常常自卑，正如他有时对安米说："我曾经是个身体虚弱的儿童，后来是个身体虚弱的青年，现在是个身体虚弱的中年人了。再下去，我这辈子就完了……"安米在家中对小阳颐指气使，小阳在家中就像小媳妇儿一样生活，颓废、窝囊、不被重视、没有地位。不平等的家庭地位、不一致的步调、失衡的夫妻关系使他们终究只能凑合着过日子，表面看起来波澜不惊的生活实际上暗潮汹涌，双方都在一定程度上精神出轨。

安米的心思被偶遇的小她十来岁的华裔年轻人"绿毛"牵动了，他年轻、搞怪，他的身份、职业对于安米来说是一个谜，绿毛的出现如同生活中的惊鸿一瞥，给安米的平静乏味的生活注入了一丝新鲜感，安米需要的正是这种新鲜的活力。而孙小阳因为在家里没有地位、个人价值没有得到充分认可而对安米产生"报复心"，在这种报复心的驱使下他碰到了楼下的华裔女妇人王莉莉，在帮王莉莉把书柜从地下车库扛到客厅的过程中，小阳感受到了来美陪读九年未曾有过的成就感。安米和小阳的这段婚姻注定失败的原因在于，双方的需要都没有被满足。在安米眼里，小阳成天无所事事、颓废窝囊、身体虚弱，可以说是一无是处，在小阳眼里，安米仗着掌握家里的经济大权和大学教职的社会身份对他颐指气使、不留颜面，毫无女人性，两人步调不一致，又缺乏相互尊重、崇拜与认可，因而只是凑合着过日子，终究是同床异梦。

显然，绿毛和王莉莉的出现只是加速其婚姻破裂的催化剂。陪读这一行为本身就是以一方的无条件牺牲为代价的，然而和谐、平等的夫妻关系并非一方为另一方牺牲，而是双方在平等基础上步调一致的良性发展。顾艳对孙小阳形象的书写实际上道出了陪读这一现象中暗藏的家庭性、社会性危机，无论陪读的一方是夫妻还是父母，陪读者在异国环境下面临的处境是相似的：对语言和环境的不适应、放弃自己一部分家庭属性或社会属性、精神上的孤独和不被理解。这类群体应该被看到、被重视，他们的物质生活和精神生活应该被充实，他们的存在不应该是为了另一个人而存在，他们的价值需要得到发挥和肯定。

顾艳对这一题材的发掘体现其目光的敏锐性，对这一群体的关注和书写表现出了作家对时代和社会的自觉介入。作为海外流动华人的一分子，顾艳对这一群体在异国的经历及可能面临的问题有着切肤的了解，而作家的身份和知识背景又使她获得了一种游离者的视角，使她得以与被叙述者保持一段审视的距离。因此，相比《岁月亲情》，中篇小说《楼下》虽不乏想象性的虚构，其叙述显得更为客观而冷静，作家通过这个故事意在描绘海外华人的生活状态、心理状态，引起读者对陪读这一边缘群体的重视和对这一社会现象的关注。

小说中的安米形象同样值得关注，如果说顾艳在《楼下》中塑造了一个贫弱的男子形象，是对传统男主外女主内传统的颠覆的话，女主人公安米的形象塑造同样也是一个颠覆。小说中的安米虽是接受了高等教育的知识女性，但在家庭生活中，她说话刻薄、态度强硬，在家里拥有绝对的权威，家庭中心由男性倾斜到了女性，男女的家庭地位和价值分工仍然处于一个失衡状态。在安米与小阳的对话中，似乎不无几分古代悍妇的样子，全然失却了现代高等知识分子该有的模样，女子气在安米身上被削弱了，从某种程度上说，安米是以扮演男性的方式来获得了家庭的统治。除了性格上女子气的弱化，在外貌上顾艳也埋伏了一笔，她写道："来美国后，安米的穿着不是掉了一个档次，而是很多。她越穿越随意，大部分时间都是一条西裤，一双平底鞋，再加上 T 恤和外套。"这一笔，标志着安米在外貌形象上也逐渐弱化了自己的女性特质。

然而，《楼下》的精妙之处在于小说家并没有将这个角色塑造得平面化，那些游离的部分，才是小说的微妙之处。比如，小说家紧接着写道："因此，她非常怀念上海生活的日子。那些曼妙多姿、丰姿绰约的上海女人，才是女人中的女人。"在类似的叙述中，主人公的形象逐渐立体起来。《岁月亲情》中，"我"也曾是穿着旗袍丰姿绰约的女人，面对母亲的衰老，"我"不禁感慨："从母亲身上，我发现一个女人的变化是不知不觉的。"在安米的回忆中，我们也不禁揣测，是什么改变了安米？使她变成了现在的模样？是异国求学的艰辛、是人在客乡的自我保护、是面对林林总总平淡生活琐屑的疲惫，还是辛苦养家的经济重担？小说中早已有了铺垫和注脚。

小说的结局以安米和小阳的离婚收束，曾挑逗两人生活之弦使其心生微澜的王莉莉和绿毛也终究只是萍水之交，飘移出了他们的精神生活，他们不过是日新月异的华盛顿生活里的一个过客。不同于《岁月亲情》血浓于水无法割舍的亲情和华夏民族深重的文化传统,作者将小说《楼下》的背景置于华盛顿,不仅是作家自身一部分生活观察的再现,更是在这个小说中表现了美国文化传统中的无根感,城市人精神上的悬浮感和漂浮感,以及在快速发展的城市生活里,人与人之间的隔膜和日渐紧张的城市资源和空间设置带来的幽闭感和压力感。在这种语境下,人与人匆匆相遇,也匆匆告别。在告别了小阳痛快淋漓地哭了一场后,"她的眼前,忽然出现了一条五彩缤纷的彩虹",她仿佛与过去的生活告别,一个崭新的未来等着她去创造。小说的结尾,安米的事业蒸蒸日上,当小阳给安米发出想要重归于好的信号时,安米回信道:"忘却过去,就是为了更好的生活。"

如果说《岁月亲情》中的"我"仍深深牵绊于亲情、家庭与事业之间的缠绕的话,《楼下》里的安米已经有了解开束缚、自我松绑与过去说再见的决绝和勇气。顾艳立足于生活现实,用或写实或虚构的笔法道出了当代女性正在面临的一些难题和困境、正在承受着的精神负重,以及在此过程中的压抑和扭曲。伍尔夫在一百年前就说过女性要有一间"自己的房间"女性需要自己的空间和时间,女性的独立方式从拥有一间自己的房间,即独立而自由的灵魂开始,剔除掉女儿、妻子、母亲、教授等社会身份,女性首先应该做自己,这比任何事都重要。显然,安米正在往这条路上前进。

两个小说虽立足于不同的社会现实语境,但都凸显了女性在逆境里的智慧、坚韧。《岁月亲情》和《楼下》里的"我"和安米不过是各自生活里默默承担起生活重担的个体,她们有各自的弱点和局限,她们并不完满,但都立体生动,她们是生活着的人,对这两个人物形象的塑造体现了作家顾艳的敏锐和功力,同时也饱含了作家对女性该有的理想模样和生活的追寻和探索。

三、结语

在顾艳第一阶段和第二阶段的写作中,她以"个人化的边缘写作"特立独行于文坛。停笔十年,再度回归。她的作品书写大环境下的个体经验,具有鲜明的性别特征和精神性追寻,在个体与时代的碰撞中,展现出对社会和人的思考。《岁月亲情》《楼下》两个中篇小说的题材反映了顾艳对自己九十年代以来的一贯风格的承传和接续,叙写家庭生活时颇有当年新写实主义的叙述风格。正如作家自己所言:"从前对写作的追求是一种智性表达,在重新恢复写作后,该以一种什么样的方式来发现和表达呢?"这是她要思考的问题。在这两篇近作中,我们也看到了顾艳的探索和努力,《岁月亲情》中绵密铺陈的生活写实与《楼下》客观克制的旁观想象,让我们看到了作家在处理不同题材时迥然不同的叙述方式,以及回归后的顾艳驾

作家作品论

驭多种写作题材的能力。

旅美的作家身份和文化经验使顾艳获得了一双异域之眼，因此无论是书写国内题材还是书写国外题材，都使她具有游离的眼光，具有跳出来审视的可能。她从女性入手，在小说中书写了现代女性在当代生活缠绕于多种社会身份之间的生活状态，她用绵密的笔触书写了女性身体、精神上的紧张与压力，这是一种承担，但她们需要解放。这是继"五四"以来丁玲们追求女性独立、尊严和自我解放以来的"另一种解放"，是当代女性在新的社会现实下的新的自我解放需要。从《岁月亲情》到《楼下》，由羁绊于岁月亲情的"我"到大胆放下过去、重新开始的安米，我们可以看到作家的这种探索。

值得肯定的是，顾艳的写作以女性入手，又超越了女性叙事。除了对当代女性精神生活的关注，《岁月亲情》中对老年痴呆患者群体的关注和《楼下》对海外陪读群体的关注不仅反映了她对社会边缘群体的关注，表现出了作家的社会意识和承担，也向我们展示了回归后的顾艳在面对新的写作现实的活力。

（李扬帆：浙江大学中国现当代文学博士研究生）

四季评论

召唤、和解及与文明的疏离

——读孙频的中篇小说《海边魔术师》

马明高

摘　要:《海边魔术师》的自然性书写更盛。这是一个更加阔大的自然世界。在这个世界里，植物、动物、山川、河流、日月、飓风、神灵、亡魂、妖魅、精灵，都是可以互相交流的。还有那些大量社会方言的运用，使之成为一个与我们所处的这个已经被"文明化"与"物化"的人类社会迥然不同的自然化的生态世界。刘小飞不仅在召唤"我"（文文）和他的老父亲，也在召唤我们，要想和过往的一切和解，就必须回归大自然，回归人的属性与自性，回归到这个自然化的生态世界。《海边魔术师》是站在康拉德、劳伦斯等人的肩膀上，思考着人怎么样才能与过往的一切和解，这就是在回归大自然与人的自性的同时，要与所谓的文化、文明疏离。

关键词: 民间性；大地性；自然性书写；文明疏离

一

我个人的感觉，从《我们骑鲸而去》《白貉夜行》《猫将军》，到《以鸟兽之名》《骑白马者》《游园》《天物墟》，再到现在的《海边魔术师》，孙频一直在书写一个大的思想主题，这就是"和解"。与自己和解，与他人和解，与生活和解，与历史和过往和解，与这个庞大的世界和解。人，要想走出沉重的过去，就必须和过往的一切和解。但是，和过往的一切和解，并不是一件简单的事情。如何才能和解？怎么样和解？孙频一直在用自己的小说"文学"地思考着这个大问题。可以说，她的这些小说，书写的都是这

333

个漫长而艰难的和解过程。

我很惊讶于孙频小说《以鸟兽之名》《骑白马者》《天物墟》《游园》中强烈的民间性和大地性书写。久远的山村野地，孤寂的沟谷树林，浓重的民俗民情，让人透不过气来的民生民风，那些破败而久远的器物和游园，那些灰暗而执拗的人物，都给我们留下了很深的印象。我们在感受到她书写趋向舒缓宽阔的同时，依然觉得，在她的这些小说中，那些生活还是那样的沉重、闷暗，那些一个又一个的人物，还是那样的灰暗、颓废和执拗。《我们骑鲸而去》是一个"异数"，所以，被她称之为"孤岛文学"，而与那些合称为"山林系列"的小说大不一样。《海边的魔术师》，自然也是与那些"山林系列"大不一样，而应该是"孤岛文学"式的"异数"之一。但是，它却是对"和解"这个大思想主题的继续思考和深入思考。

《海边魔术师》和《我们骑鲸而去》一样，叙述的语感舒缓而沉稳，意境开阔而自由，人物思想开放而包容，有着浓郁而宽阔的自然性。《海边魔术师》比《我们骑鲸而去》的自然性书写更盛。这是一个更加阔大的自然世界。在这个世界里，植物、动物、山川、河流、日月、飓风、神灵、亡魂、妖魅、精灵，都是可以互相交流的。还有那些大量社会方言的运用，使之成为一个与我们所处的这个已经被"文明化"与"物化"的人类社会迥然不同的自然化的生态世界。刘小飞不仅在召唤"我"（文文）和他的老父亲，也在召唤我们，要想和过往的一切和解，就必须回归大自然，回归人的属性与自性，回归到这个自然化的生态世界。《我们骑鲸而去》，是站在莎士比亚的肩膀上，思考人之欲望与庞大世界紧张关系的如何和解。而《海边魔术师》则是，站在康拉德、劳伦斯等人的肩膀上，思考着人怎么样才能与过往的一切和解，这就是在回归大自然与人的自性的同时，要与所谓的文化、文明疏离。

这一点，极其重要。在当下互联网信息爆炸时代，作家获取写作材料十分便捷，于是产生无所不能的自大心理，在这样的文学境遇中，孙频却独步匍匐大地与民间，正在重新思考小说与当下这个世界的关系。或许，这可能也是她另类命名"孤岛文学"的意义之一吧。

二

在"骑马"走天涯，藏身于大陆尽头，离大海最近的一个小镇——木瓜镇之前，刘小飞肯定是和生活与世界不可"和解"的人。母亲早逝，父亲又早早下岗，生活自然艰难，从小喜欢读书的刘小飞，为了给小他四岁的妹妹文文带来生活的些许惊喜与温暖，经常会隔段时间就变出一样小礼物来送她，有自动铅笔、彩色橡皮、小圆镜子、假珍珠项链，有钢笔、电话本、纱巾、泡泡糖、陀螺、发卡、塑料梳子。他就像个魔术师，变出这些东西来。但是，妹妹渐渐知道，艰难的生活中，是不会有这样快活的魔术师的。"魔术师"，是对生活的一种反讽。"我一边对这些小东西爱不释手，一边开始有了隐隐约约的恐惧感，我有些怀疑它们真正的来路，但又实在无法抵御这点诱惑，所以我情愿相信，他真的会变魔术，这些东西都是他变出来的。"① 刘小飞就这样养成了小偷小摸的习惯。直到在省城上了大学，依然顽习难改。在大三快结束的时候，"因为屡次偷同学的东西，他被学校开除了"②。从此，在家赋闲，在路边摆摊卖水果。"这样过了半年，他又因为再次行窃被判刑一年"。③

　　这样的一个人，自然在我们所处的现实社会中是受人小看和歧视的。不仅社会上的人歧视，而且连最亲近的自家人也在歧视。他的妹妹，文文"宁可绕路，都不从他的水果摊经过，为了躲他，我后来甚至住了校。只有一次，我俩在路上迎面碰到了，躲都躲不开，我忽然对他居高临下地说了一句，长个教训吧，以后不要再偷了。他一愣，但什么也没说，脸上挂着一抹奇异的笑，从我身边走了过去"。④ 刘小飞的父亲对他更胜一筹。下岗后，开了一个"小得像一只蜗牛壳"的小杂货店。嫌他丢人败兴，居然不许他在家里住，逼他搬出去住。由此可见，刘小飞和妹妹、父亲的关系异常紧张，不可和解。后来，刘小飞就开始在县城里到处流浪，到建筑工地上打工为生。他有时住在建筑工地高高的塔吊上，有时住在废弃的汽车里，有时住在尼姑庙里。他已经越来越被这个世界遗弃。他与自己的过往、与他人、与这个社会和世界，已经有了不可和解的深深的矛盾。最后，只好逃避和疏离这个强大的现实社会，逃避和疏离这个强大的人类"文化"和"文明"造就的世界，一直向南走，走到大陆的尽头，走到"陆地已经全部消失了，世界被海洋所占领"。⑤

　　一切当代史都是历史。当然，一切历史其实也都是当代史。历史总是以"何其相似乃尔"的方式，给当代人上课。刘小飞的"当代史"，就像一百年前英籍波兰作家约瑟夫·康拉德在他的长篇小说《黑暗的心》中，所写的主人公马洛和库尔兹的"历史"。孙频在这部小说中，三次提到了康拉德的《黑暗的心》和库尔兹这个人。《黑暗的心》，被认为是英国文学史上第一部真正意义上的现代主义小说。在这部小说中，康拉德对人类文明以及人性这一主题进行了深入的思考。那个时候，工业化给人类带来了巨大的经济繁荣，人们疯狂地去追求物质享受，传统意义上的理性都被丢弃，人的个体性被强大的现实颠覆、物化、异化，精神世界的迷乱使人的孤独意识到处弥漫。就是在这种背景下，船长马洛坐着一艘汽船，从泰晤士河口出发，到非洲沿着刚果河深入荒林莽原，去寻找一个叫库尔兹的人。这个白人代理商脱离了"文明世界"，和土著人生活在一起。土著人把他奉若神明，尊为领袖。马洛对此人产生了极大的好奇心，千方百计想见到他。小说采用复式叙事策略，通过两条交替出现的叙事线索形成作者与人物之间平等的复调式对话。一条是关于马洛前往非洲丛林的旅行，一条是关于库尔兹的人性发展变化。马洛越往前走，越发现库尔兹并不像人们说的那样，而是充满腐败与罪恶。事实上，存在着两个库尔兹。一个是马洛心中理想化的库尔兹；一个是堕落了的库尔兹。所以，《黑暗的心》看上去好像是马洛在寻找库尔兹的故事，其实是在写马洛寻找自己的心路历程。通过这次旅行，马洛更清楚地认识了自己。康拉德是通过马洛写自己，他曾经说过："在去刚果之前，我只不过是禽兽而已"。① 回到文明社会，他越发觉得自己与之格格不入：

> 我发现自己回到那座坟墓般的城市，正对着眼前大街上匆匆走过的人们发怒……在我看来，他们的生活只是一些惹人气恼的自我吹嘘……他们的举止神情令我反感……我跟跟跄跄地走在街上——朝着那些十分可敬的人们苦笑。②

孙频的《海边的魔术师》，似乎是对康拉德的《黑暗的心》的仿写和戏写，甚至是反写。但是，她是在接着康拉德对人类社会与人性主题继续思考。整个现在的所谓的人类文明社会，其实就是这块被四周的海洋包围起来的陆地。而那面向大海的最后一个小镇——木瓜镇，才可能是每个人心灵里都向往的"另一个地方"和"另一个状态"。正如心理学家弗洛伊德所说：人类为了驯服、对抗大自然，从而建立了文明。但不幸的是，文明的目标并不是个体的目标，它另有所图。理论家伊格尔顿认为：人类所创造的文化和文明，本来是为了保护人类免受自然的侵袭，从而与自然达成一种平衡。但不幸的是，文化和文明的发展，绝不会止步于仅仅满足人类的基本需求。它持续不断地创造的科技成果，催生并繁殖着人类的欲望与需求，从而打破了这种平衡。穆齐尔、志贺直哉等作家也认为：人类一旦踏过自然与文明的平衡点，实际上已经踏上了一条不归之路，从而必然导致地球上"最后之人"的出现。③ 这样看来，刘小飞正是地球上的"最后之人"之一。

---

① ［英］约瑟夫·康拉德：《黑暗的心》，译林出版社 2016 年版，第 63 页。
② 同上，第 67 页。
③ 格非：《文明的边界》，译林出版社 2021 年版，第 253—254 页。

女作家学刊·第四辑

《海边魔术师》也不是在玩"魔术"，而是在召唤我们，要与现在的这个强大的"文明社会"有所疏离，回归和拥抱大自然和人原本带有的"自性"。

三

于是，我们在《海边魔术师》中，看到了刘小飞通过人类古老的书信方式，向妹妹文文和老父亲发出了一次又一次的召唤。他想通过召唤来达成他与妹妹和父亲的和解，达成他与这个现实世界即"文明社会"的和解。

人们对现实世界的逼仄充满了厌恶，不想在这个最狭窄的角落里困死，就想象着像鸟一样，"想飞到哪里就飞到哪里"①。刘小飞召唤妹妹和父亲"只要一直往南走，就肯定能看到大海"②。他说他"正在体验当代游牧民的生活方式，四海为家，自由自在"。他走过了很多地方，"一路上都没有坐过火车和汽车，甚至也不骑自行车"。他养了一匹马，"纯黑色的，像个王子，漂亮极了"。他骑着马儿慢慢从北到南，走过很多说着不同方言的城市和村庄。没钱的时候他会停下来找份工作，挣点钱，储备好足够的粮食，接着再上路。一路上，他"交到了不少朋友，有农民、伐木工、流浪汉、牧民、骗子、巫医、马戏团演员、旅行家、朝圣者、推销员、通缉犯、大学生，等等。大家都在大地上行过，大地上的人分不出尊卑贵贱，直到与万物平等"③。就这样，刘小飞路经安徽、江苏、江西、湖北、湖南、广东，每到一个地方，他都给妹妹和老父亲写信。"直到有一天，他的信从一个叫木瓜镇的海边小镇上寄了过来"。④刘小飞在木瓜镇生活的时候，又召唤他们到这里来，"木瓜镇是大陆最南端的一个小镇，紧靠着大海，走到这里，前面就没有陆路可走了。木瓜镇那棵最大的榕树下有一座旅馆，叫旭日升，是一对夫妻开的，女的叫梅姐，男的叫强哥，当地人管它叫公婆店"⑤。这里的人自由自在，一天到晚，唱歌喝酒，快乐不已。酒都是强哥自己泡的，有蜜蜂酒、蜥蜴酒、春凉（壁虎）酒、木瓜酒、菠萝蜜酒、蛇酒、虎骨酒、胎盘酒，等等。特别是有一种貘酒，"是用马来西亚的貘泡的酒。据说喝了这种貘酒，人就能把自己最痛苦的那部分记忆删除掉，因为貘是以吃梦为生的动物，兼吃记忆。而记忆和梦是同一科属，所以这种貘酒又像是用梦泡的酒"⑥。以前，我不知道孙频为何要用这种生活在热带的、体形类似犀、无角、鼻子能自由伸缩的哺乳动物命名自己那部小说，叫《白貘夜

① 孙频：《海边魔术师》，第7页。
② 同上，第11页。
③ 同上。
④ 同上，第12页。
⑤ 同上，第9页。
⑥ 同上，第10页。

行》。小说里那四位在北方小煤城生活的女教师，为了达到和这个强大的"文明社会"的和解，多么想像獏一样，"把自己最痛苦的那部分记忆"吃掉。她们考研，谈恋爱，给远方的爱人写信，嫁给煤老板的儿子，所有的努力都是为了逃离现实。多少时光过去了，梁爱华依旧是单身老姑娘；曲小红嫁了人又离婚，又从省城回到了小煤城；姚丽丽为人师表，相夫教子，看似最稳妥，但是内心里最无奈；当初徒然消失的康西琳，二十年后又回来了，在百货大楼门口卖烙饼，却生活得十分率真而优雅。强大的"文明社会"形成的固有的一切，使她们不能与他人和解，不能和自己和解，不能和过往的一切和解。在这样的人生困境中，要么像梁爱华、曲小红、姚丽丽那样平庸而世俗地生活着，要么像康西琳那样，在黑暗的夜里，毅然决然向严冬的冰河里一跃，彻底结束过去的一切，向"另一个地方""另一个状态"而去。现在知道了，她们为了能够实现"和解"，都想让獏把她们最痛苦的那些记忆和梦吃掉。现在这个世界上的人可能都想如此。当然，被人看不起的小偷刘小飞，更想如此。

果然，在这个人与自然和谐相处的生态世界里，人们都在按照自己的自然本性生活着，不存在你看不起我、我歧视你的现象，每天说着自己从古至今离不开的方言俗语，吃着各种各样的鱼，老老少少和很多植物动物生活在一起，院前院后有很多树，"椰子、菠萝蜜、龙眼、黄皮、鸡蛋果、释迦、阳桃、降香、秋枫、含笑"。所有的树都认识他们。"树上的椰子从来不砸他们，因为那椰子上长着眼睛。""每个月都有一种果树捧出自己的果实敬献给他们，荔枝、龙眼、黄皮、菠萝、杧果、木瓜、百香果。"① 这里的饺子馆是"风月饺"，饺子皮和饺子馅都加入了不同的药材和花卉。所以，煮熟之后的饺子就会出来不同的颜色。正如那对东北老夫妻给饺子起的各种雅致的名字，"墨玉、翡翠、红绫、蓝晶、石榴、新月、蔷薇、火凤、炫霜"。"每种饺子的味道都不一样，功效也不一样，而且还可以治病。相当于食疗。"② 刘小飞的信里，还告诉妹妹和老父亲木瓜镇边上还有疍家村。村里住的全是疍家人，祖祖辈辈都在水上生活。"胥家人都是汉族，但是我觉得他们的祖先应该是生活在海洋上的一支少数民族，后来又融入了一些从北方被流放的过去的罪人的后代"。③ 他们终生与船相依为命，把船看得很重要。这里民风彪悍。这里的人根本不相信刘小飞是小偷。刘小飞有一天"忽然说自己以前是小偷，偷过东西"，这里的人坚决不信。他们说："他住我的破船都给我钱，怎么可能偷东西，再说了，哪有小偷说自己是小

---

① 孙频:《海边魔术师》，第 10 页。
② 同上，第 19 页。
③ 同上，第 33 页。

女作家学刊·第四辑

偷。"①他自己过去"最痛苦的那部分记忆"真的被彻底删除掉了。真的被貘酒吃掉了刘小飞过去的那些耻辱的记忆和罪恶的梦。

如此看来，陆地与海洋真的不同。陆地与海洋的关系，当然存在着一种哲学性的隐喻与象征，其中蕴含着一个更隐秘、更深邃的对比。孙频在《海边魔术师》中提到了英国作家 D.H. 劳伦斯的一段话："所有人的血液都来自海洋。莫非，人与海洋之间真有一种亲缘关系？"②是的，自从进入工业文明以来，人类就有了更多的与他人、与社会、与世界的不可和解之痛苦。进入科技文明和信息文明之后，人类的种种不可和解之痛苦更加恶劣。在农业文明的传统社会里，文明更多的就是自然，就是陆地或海洋自在的状态。人就是自由自在的"人"。那时候，并没有"个人"和"他人"的概念。所以，劳伦斯才说：

> 他们的血是古老的，他们的肌肤是古老而柔软的。他们忙碌的日子则是几千年前的日子，那时的世界比现在柔和得多，空气湿润得多，地球表面温暖得多，荷花成年成月地盛开着。那是在埃及之前伟大的世界。③

只有进入工业文明以来，人类就逐步生活在一个由科学伦理掌控一切的时代，文明就与自然有了割裂，甚至对抗。人也被迫逐渐散失了"人"的整体意义。正如穆齐尔所说："人们变成另外一个样子了。不再是一个完好的人面对一个完好的世界，而是某种有人性的东西在一种一般性的营养液中移动。"④而这种"营养液"，正是由文化、科学、文明等构成的理性和道德。这样，人类就感到并不是在生活，而是在为一个成问题的未来操心或筹措。"人更像是被判了无期徒刑，被关在拘留所中，为未来做着没有真正尽头的准备工作。"⑤而这个拘留所就是"社会"，与"社会"同时出现的另一个概念，就是"个人"。"社会"中，既然有"个人"，就必然有"他人"。这样，人就永远被处于一种悬置或疏离的状态。所以，存在主义者才说"他人即地狱"。因为传统逐渐衰落，文明越来越强大，"个人被抛向了社会的对立面，处于他人的包围之中，个人的行为和存在的意义，都必须由他人给予认定；同时，他人的意见见解和话语，每时每刻都在对'我'构成影响、限制和威胁"⑥。而且，文化、文明和社会的力量共同融合，形成了庞大

① 孙频：《海边魔术师》，第34页。
② 同上，第5页。
③ ［英］D.H. 劳伦斯：《劳伦斯论美国名著》，上海三联书店2006年版，第135—136页。
④ ［奥］罗伯特·穆齐尔：《没有个性的人》，上海译文出版社2015年版，第201页。
⑤ 同上，第548页。
⑥ 格非：《文明的边界》，第60—61页。

四季评论

的"他人"。正如海德格尔在《存在与时间》中所说：因为每个人都是他人。正如大卫·里斯曼在《孤独的人群》中所说：他人引导社会。于是就出现了野蛮人与社会人的区别："野蛮人过着他自己的生活，而社会的人只知道生活在他人的意见之中，也可以说，他们对自己的生存的意义的看法都是从别人的判断中得来的。"①

刘小飞，以及他的妹妹、老父亲，都在面临着这样的痛苦。作为"社会人"的他们，时时刻刻都生活在由"每个人都是他人""他人引导社会""他人即地狱"组成的"文明社会"包围之中。直到老父亲身患癌症，离死不远之时，妹妹文文才带着老父亲，接受刘小飞的召唤，来到了大海之边的木瓜镇、疍家村。虽然他已不在，但是，他们仿佛时时处处可以看到刘小飞的身影，感觉他的存在。一切都正在和解之中。但是，尽管一切都似乎可以和解，可遗憾的是人已不在。《海边魔术师》，正是在当下这个高科技发达、互联网无所不能的现实世界中，对人与文化、文明的关系及人的自性进行的深入思考。孙频就是这样，站在过去那些哲人的肩膀上，用文学来思考着这些关乎人的本性、关乎人的现在与未来的重要问题。

四

日本批评家小林秀雄早在 1938 年，在《志贺直哉论》中，就对当今形形色色的"写实主义"，即那些所谓的现实主义小说，提出了尖锐的批评：

> 且不说小说的未来如何，至少在萨克雷、狄更斯以后，刻画世态人情风俗的严肃小说的传统已经很长，小说家们拥有充足的描写社会生活的技术，耳目所及，一切皆像小说的场面。到了这种程度，已经不是写小说，而是被小说写了，而人的真正的睿智，对小说家而言逐渐不再必要。

他又说：

> 当今的写实主义小说中的真实性的混乱，肇因于描写对象本身的混乱。作家越是倚仗写实主义这种他们认为好用的武器来展开工作，这武器就越是给作家提供混乱的作品形态……这样一来，作家就算不

---

① ［法］卢梭：《论科学与艺术》，转引自［美］莱昂内尔·特里林的《诚与真》，江苏教育出版社 2006 年版，第 62—63 页。

女作家学刊·第四辑

情愿，也不得不意识到写实主义手法所孕育的两难困境。①

　　这种两难困境，致使我们当下的许多小说醉心于表层现实主义的书写，缺乏直抵现实生活本质的思想力量，缺乏对现实世界整体性思考的雄心，满足于表象化、自我化和观念化的写作。这样，许多小说中的人物，成了作家自己的影子或者自己手中的牵线木偶。许多小说细节，成了作家自己情趣生活的再现，或者人物琐屑行为举止的铺陈，缺乏深刻思想意蕴的支撑，缺乏对生活本身内含意义的把握。许多小说中所描写的场景，成了现实生活中自然存在的繁杂器具和物件的冰冷堆积，缺乏生命的温度与人的情感。自然，读者读后也是麻木不仁，提不起兴趣和精神来。因为，"小说的读者不是在小说中寻找宛如真实存在的人，而是寻找不可替代的人。那些牢记故事里人物名字的孩子的心灵，直接通向历史的智慧，这种智慧记住的是小说史上的几个典型人物"②。

　　小林秀雄的这些言论，或许，对于我们理解孙频近年的小说创作会有所帮助，对于当下那些 80 后、90 后青年作家的创作会有所启发，对于当下的中国小说创作如何成为世界文学中的一部分也会有所启发。

四
季
评
论

---

① ［日］小林秀雄：《志贺直哉论》，原载日本《改造》杂志，1938 年 2 月，转引自格非的《文明的边界》，第 200 页。
② 格非：《文明的边界》，第 199 页。

纤柔之指 教育之疴
——评俞莉的教育题材小说

刘世芬

摘 要: 俞莉是深圳一所中学的教师,一直以来坚守在教育阵地默默耕耘,勤奋写作,创作了大量以教育为主题的中短篇以及长篇小说。俞莉的写作有一种不慌不忙的静气,安静地教书,安静地写作,但安静的水面下是力量的汹涌,以自己的写作热情深掘教育这口深井,进入教育和文学的"核反应堆"。将教育与文学的林林总总收集于她的小说:拒绝生命的了然无趣,内心的棱角随时蠢蠢欲动,横斜着刺出来,温柔的双眼却锐如鹰隼,将世情洞穿。从这个意义说,俞莉的教育题材小说精准地掐住了这个时代的痛点。

关键词: 俞莉;深圳;教育;精神成长;社会思考

近些年,深圳教师、作家俞莉的教育题材小说被越来越多的人所关注:长篇小说《谁敲响了上课的钟声》(安徽文艺出版社,2012年7月)、中短篇小说集《潮湿的春天》(海天出版社,2016年1月)以及《我和你的世界》(花城出版社,2018年7月),这些作品皆以俞莉在深圳的教师职业为背景,全景展现了教育这个全民行业中的学生主体、家长主体、教师主体以及教育背后社会各层面的生存万象,尤其以身在教育中的各类主体人物挣扎浮沉的故事提出了当下教育教学中存在的痼疾,在锋锐的观察与思考中,彰显了一位教师与作家的使命与担当,其主旨直指教育,关乎成长,更瞻向未来。

不会笑的孩子

《我和你的世界》中,高一学生周云瀚的母亲林雪燕打算在家长沙龙里提出自己的疑惑:孩子不会笑,算不算一个问题? ①

---

① 俞莉:《我和你的世界》,花城出版社2018年版,第204页。

周云瀚在深圳中考失利，从春谷这个小县城一路打拼到深圳的林雪燕不甘于让儿子读职高，遂让其转学回到老家弋江中学。经历了被老师同学评为"最不守纪律前五名"而停课，也与母亲因电游激烈争执，又告别了早恋女孩……回到弋江的周云瀚竟然"不会笑了"。

岂止周云瀚，本来被林雪燕羡慕嫉妒的弋江一中品学兼优好学生柯童童，也渐渐失去了笑容。林雪燕与柯童童的母亲焦海棠是高中同学，二人高考后的人生立见分晓：林雪燕大学毕业后到深圳成为高级白领，而丈夫周志城则成为那一时期常见的——老板。他们不但拥有在深圳的中产生活，更让居无定所并时而面临失业的抄表工焦海棠隐隐不平：林雪燕居然在弋江买了投资住房……然而，这态势很快被双方的儿子"调换"过来：焦海棠生了个"别人家的孩子"柯童童，而周云瀚却险些成为"蓝领"。当然，这才到哪儿？柯童童并没因此一路高歌考进985，令人痛心疾首的是，他连高考都缺席了——因为母亲焦海棠的个人生活，柯童童受到严重刺激，加之高考前山雨欲来的比拼和重压，他的笑容从越来越少，到渐渐消失，在学校已有两个考生跳楼的高考前夕，柯童童过完18岁生日，离家出走……

俞莉的教育题材小说中，出现了一大批柯童童和周云瀚一样本来聪明阳光却慢慢变得可气又可爱、在形势重压下挣扎又无奈的学生：《谁敲响了上课的钟声》中的张茵、简小龙、赖文豪、朱志华；中篇小说《潮湿的春天》里的刘诗诗、曾逸凡；《宝贝》中的宋宝儿、茵茵、俊文；《幸运草》中的李梦白、郑扬扬；《老板》中的赵若林；《无病呻吟》中的梅梅……这个格外辛苦的学生群体，在残酷排名下，在父母望子成龙的殷切目光中，在整个战争般的教育硝烟里，经历着个性与环境的冲突、胶着、炙烤，个人理想与外部因素的冲撞，以及少年成长时期升学带来的强力碾轧。在中考、高考的羊肠小道上，他们迎来的第一个魔咒就是——排名，为了胜出，学生本身，分分钟被塞入被比较的行列，无人能逃脱。

《潮湿的春天》中的"好学生"班长刘诗诗因一系列事件导致从"小白兔"到"小刺猬"的"基因突变"，她在全班面前声称不再"装"，"我装累了，以后不装了，我要活出真正的自己来"①。于是，她请辞班长，口出狂言，狂傲不羁，暗恋班上的"刺儿头"，最后精神失常。《幸运草》中李梦白有着男孩的共同特点：调皮，贪玩，但他也热爱生活，喜欢文学，然而最后在学校的严厉教育和家长的棍棒下迷上游戏。偷钱风波中，母亲刘伟红不但打他，还摔了电脑。《谁敲响了上课的钟声》中，代课教师叶小凡眼中的学生"其实真是不简单，点子多，又会玩，又老练。只要不看成绩，个个都很可爱。只是，为什么一说到学习就没了热情了呢？是什么缘由造成的厌

---

① 俞莉：《潮湿的春天》，海天出版社2016年版，第9页。

倦？"①……学而优则仕，望子成龙，打着爱的名义，绑架孩子，要他们成功，可是在成人世界，极少人觉得这其实是自私的利己。看上去的"爱"，不断扩大着孩子们的心理阴影面积。

"我干吗要跟别人一样，我就是我！"②《宝贝》中的宋宝儿终于对母亲发出自己的"吼声"。作为作者，俞莉借由小说人物也发出自己的嘶喊，"'长大后我就成了你'！多么一厢情愿！为什么要成为你？为什么一定要成为你！为什么不能成为自己？"③

教育学家告诫家长，不要把"你看人家谁谁"挂在嘴边，反而会打击、激怒孩子，加重孩子的抵触和反感。俞莉也在小说中表达了自己的痛惜："那些小孩子小学才毕业，不过十一二岁，就给他们分了类，贴上了标签，未免太残忍了点。"④然而，无论家长还是学校，比较何曾停止？"人家谁谁"成为家长必杀技，学校更是将排名残酷地强加于无辜的孩子，无视个人差异，稚嫩的孩子时时被置于排名的风口浪尖：火箭班、精英班、分数、家世……自从他们出生，就被这样掂量、被称重、被选择、被排队，形成更加蚀骨的摧残。这样"比较"着，教育变得扭曲、变形，学生变得如此尴尬，而失去笑容的孩子会带给我们怎样的世界呢？

教育学家怀特海在《教育的目的》中曾警示我们——

"学生是有血有肉的人，教育的目的是为了激发和引导他们的自我发展这路。"⑤

"就教育而言，充斥呆滞思想的教育不仅无用，反而有害。因为其极具腐蚀性。"⑥

"不能让知识僵化，而要让它生动活泼起来——这是所有教育的核心问题。"⑦

"如果一个人仅仅见多识广，那么他在上帝的世界里是最无趣的。"⑧

"在教育中如果排除差异化，那就是在毁灭生活。"⑨

反观我们，一直在做什么？当《宝贝》中的宝儿向母亲建议再生一个孩子，母亲却对二胎如临大敌。对此，俞莉也有探索和反思：是否两个孩

① 俞莉：《谁敲响了上课的钟声》，安徽文艺出版社 2012 年版，第 54 页。
② 俞莉：《潮湿的春天》，第 59 页。
③ 同上。
④ 俞莉：《谁敲响了上课的钟声》，第 12 页。
⑤ ［英］怀特海：《教育的目的》，文汇出版社 2021 年版，作者前言。
⑥ 同上，第 2 页。
⑦ 同上，第 9 页。
⑧ 同上，第 1 页。
⑨ 同上，第 16 页。

子更好一些？他就不会那么孤独，那么乖张自我？而家长也不会过度焦虑，过分在意？显然，对孩子倾注一切心思，让自己和孩子都透不过气。

"透不过气"的背后，是成人强加给孩子潮水般泛滥的爱——爱，有错吗？事实上，变味的爱确是一种暴政，而我们的父母和学校往往将以上理由冠之以"爱"，无视孩子的具体状况，统统将自认为的"爱"暴戾地捆绑于孩子；我们考虑到孩子的自由发展了吗？考虑到尊重孩子的兴趣爱好吗？难怪最后孩子对父母吼出：你爱的是你自己！于是弑父母、跳楼轻生的悲剧时有发生。

我们总是试图强行塑造一个活生生的人，就像城市里被修剪成各种造型的树，其实是对树的不敬。修剪成才是个误区，那个美丽的造型仅仅适于人类，却是以树的伤痛残缺为代价，这种修剪作用到学生身上，就是刘诗诗的疯、李梦白和柯童童的离家出走以及简小龙和周云瀚的"不想上学"。激烈抵抗之后，孩子们还学会了"冷战"，他们"似乎与老师分隔在两个世界，你讲你的，讲得口沫横飞，他们玩他们的，根本不理，也不捣乱，也不吭声，反正就是神游在自己的领地，你盯着他们，他们用眼神奇怪地反问你，你在说什么呢"。[①]

教育走到这一步，一定出了问题。树不会说话，让人类随意摆弄，人不会。

"拿什么拯救你？我的孩子！"[②] 这是俞莉借《谁敲响了上课的钟声》中叶小凡之口表达的心痛。她在小说中也在探索一个关于"努力"的方向问题：人的行为一定关乎环境，光怪陆离的社交媒体使昔日地球村缩小为地球家，"家"里的事还能隐瞒谁？学校的初衷想让学生专注，却因为堵与疏的不当酿成悲剧。孩子成了机器，连走路吃饭都看书，作为人的快乐、尊严、信心，一次次被打击被摧毁，到最后归于了"钱学森之问"：为什么我们的学校培养不出大师？

太阳底下最崇高的……

"太阳底下最崇高的"教师，近年如同被绑上一架战车。俞莉身为教师，奋战在教学一线，出自她笔下的那些故事，字字滴血，刀刀抵骨。

俞莉笔下的教师大致分为三个类型。"春蚕到死""蜡炬成灰"并对既有体制的拥护和躬体力行者，如《潮湿的春天》中木棉中学的拼命三郎——"火箭班"班主任冯贞屏、《幸运草》中的米亚、《宝贝》中的邓老师、《我和你的世界》中的莫老师；倾注了自己的思考并对现状不同程度的抵触者，

① 俞莉：《谁敲响了上课的钟声》，第 14 页。
② 同上，第 271 页。

如《谁敲响了上课的钟声》中的代课教师叶小凡、《无病呻吟》中的李鹭、《老板》中的朱瑷瑷；而上官先生和秦朗则是教育体制改革的鼎力推行者。当然，无论哪一类，他们都是热爱教育事业、身携使命和责任的代表人物，却因对教育现状的不同态度迎来不同命运。

让老师和学生投票选出"最不守纪律五名同学"的情节分别出现在不同作品中，《幸运草》里的班主任米老师，《我和你的世界》中周云瀚的班主任莫老师，这样做的结果，是最后都激化了矛盾，莫老师把云瀚的半边脸扇得热辣，林雪燕告到教育局，莫老师被开除，而林雪燕不得已也给云瀚转学。

这个情节涉及了班级排名、主副科冲突、老师对学生的体罚，最重要的还是这种投票的"变态"后果。赖文豪在作文中写道："'刚才，我像是被美术老师扇了一记耳光，现在，我也要扇你们。你们同意吗？'我们同意了。只见老师一个巴掌扇过来，那一刻，我觉悟了！这一巴掌一下把我从梦中扇醒，这一巴掌是老师恨铁不成钢的良苦用心。"[①]

俞莉让文中那位教育改革的倡导者秦海洋愤怒发声：这样的老师怎么能培养出健康的下一代？"最可悲的是，你看那个结尾，他觉悟了，觉悟出这一巴掌代表老师的恨铁不成钢！……他从此觉悟了？没有再违纪了？这一巴掌就这么被肯定了？"[②]这样的诘问无疑如一串惊雷，将人们所思而无言的疑问导向空中，炸裂。

《幸运草》中李梦白的老师米亚也是强悍派，米亚是个"能干"的教师，尤其以管理烂班出名，"这些孩子就配来狠的"[③]；《老板》中的"我"也是一名教师，与《无病呻吟》中的李鹭34岁就被学生甩了一句"更年期"境况相近；监控头的细节，分别出现在《潮湿的春天》和《无病呻吟》中。当刘诗诗在冯老师的办公室看到工人安装摄像头，"身体好像被谁猛推了一下，朝后仰了仰，眼神复杂"[④]，而后她的眼睛不时瞟在监控头上，仿佛那是什么值得让人玩味又令人恐惧的怪物；《无病呻吟》中的李鹭因为工作不敢要孩子，并且经常做噩梦，梦见迟到，或被校领导听"推门课"，或在一个陌生学校监考却找不到教室……李鹭也是抵触监控头的，"高高在上的眼光，悬在头顶，……就像赤身裸体在众人面前"[⑤]。以至于年轻的她竟希望自己生病，终于，学生梅梅用黑绸布蒙住了摄像头：老师，你不是最讨厌摄像头吗——老师的"心结"竟被一个"有病"的孩子窥破。

《谁敲响了上课钟声》中的女主人公叶小凡是一位代课教师，面对着转

---

① 俞莉：《谁敲响了上课的钟声》，第 174 页。
② 同上，第 175 页。
③ 俞莉：《潮湿的春天》，第 165 页。
④ 俞莉：《谁敲响了上课的钟声》，第 14 页。
⑤ 俞莉：《潮湿的春天》，第 114 页。

正的命运以及同事之间的内卷，更重要的是让人"头疼"的学生。为了找到出走的张茵，她借助注册了QQ号"烦着呢"稳住张茵，为的是让警察迅速定位。

　　"你烦什么？"张茵问。
　　"烦学习，烦妈妈，烦课堂，一切都烦。"[1]

　　以这种方式跟自己的学生"斗智斗勇"，好笑又辛酸，令人难忘。俞莉小说中有许多老师寻找出走学生的情节，找到张茵不久，叶小凡就开始满大街地寻找"藏在小士多店后面的网吧"里的简小龙，"当班主任真比当妈还累，妈只管一个孩子，而她要管40多个孩子"[2]。叶小凡反省自己，不也是压迫他们的一员吗？"可是，有什么办法？政府要政绩，学校要声誉，老师要分数。上面压老师，老师压学生——教育制度不改，任何一句响亮的口号都是空话。"[3]

　　教师本身已疲于奔命，教师之间，既在同一战壕，又利益攸关。为分数计较是件悲哀的事，然而谁也无力逃脱。"千学万学学做真人，千教万教教人求真"，这是木棉中学石柱上的两句话。叶小凡经常无语凝望，显然这等同于俞莉的凝望。

　　俞莉笔下的教师或霸气凌厉，或明快镇静，或乾坤朗朗。秦朗虽出场不多，一个血气方刚、胸怀一腔热望的热血青年形象却呼之欲出。秦朗期望在深圳实现自己的教育梦想，他以为深圳有别于内地，事实却告诉他，"别"肯定存在，但深圳"同"起来，更让他苦不堪言。"太阳底下最崇高的"背后，其实有多少琐屑、辛酸和不堪。

"下辈子跟谁有仇就罚他当家长"

　　学生和教师周围，站着更为壮观的家长群体。倘若从这一角度出发，教育牵涉到了更为广阔的维度——谁家没有孩子？谁没当过家长？
　　在家长这个名号面前，几乎所有老师对所有家长发出同样的警告：

　　有的家长有意见，嫌麻烦，说工作忙，现在谁工作不忙？再忙，孩子的事也是大事。就一个孩子，你们都嫌累，我们老师要管那么多孩子

① 俞莉：《谁敲响了上课的钟声》，第96页。
② 同上，第19页。
③ 同上，第49页。

怎么办？不要以为孩子送到学校，交给老师就行了，这是错误观点。①

老师说错了吗？"老师是对的。你的孩子你能不管？你敢不管？这世界就像赛跑，决不能输在起跑线上。"②而这加重的却是那些职场母亲的惭愧和焦虑。她们的职场形态千差万别，都要面临升迁、裁员，等等，特别是性别本身已经敏感，再加上身后这个孩子，职场母亲的状况可想而知。

周云瀚把书桌上打印好的A4纸递给林雪燕让她填写，其中最后一条是"你的孩子喜欢上学吗？""你觉得学校好玩吗？"云瀚没有回答；丈夫周志诚"眼睛有血丝"，男人很累无疑，那么谁来管教孩子？林雪燕也想过辞职回家做全职，却终有不甘，"好不容易一路读书读出来，来到深圳，打拼到现在，难道就此放弃？难道她的人生价值最后就落得在家陪孩子？"③

云瀚因去红树林看黑脸琵鹭，受到老师严厉"收拾"，抄写《弟子规》50遍，林雪燕说不清老师这样是否应该，她签字时心情是"矛盾纠结"的；纠结绝不止她一个，平时那几个邻居交谈起来，也面临各种叛逆。

相对网游、逃课等，早恋这颗"定时炸弹"也时而造访。云瀚恰恰早恋了，恰恰"不争气"了，只考了职高，好强的雪燕岂能允许儿子如此"惨败"？忍痛辞职把云瀚转回老家重读高中。这时，她看到了那个早恋女孩写给云瀚的信，那些十四五岁的孩子，信中的温情，令林雪燕惊讶又感动。然而，她虽能体谅中学生高压下心灵的郁闷与孤独，但她又不得不扮演一个摧毁者。

转回老家的云瀚就脱胎换骨了吗？他成了不会笑的人！当林雪燕渐渐沦为"怨妇"，焦海棠却暗自骄傲，以为儿子的优秀扳回了人生一局，"人生总还是公平的"④。

果真如此吗？

由于焦海棠与邱师傅的地下交往被发现，邱妻带人打上门，柯童童在家目睹了这一切，加之竞争和高考的残酷压力，他先是睡眠障碍，然后焦虑，继而抑郁，也"很久没有笑过了"。一个十八岁的学生，一边是刀山火海的高考，另一边却要面对家庭的窘境，可以想象童童内心经历了怎样的啃噬烧灼、排山倒海。他在十八岁生日第二天，给家长留字条："我就是想出去几天，我会回来参加高考的。"⑤然而他并没回来。

家长被孩子折磨，亲子之间成为寇仇。《谁敲响了上课的钟声》里，一个妈妈到学校开家长会，竟接到儿子留给自己的纸条——"滚！谁叫你来

---

① 俞莉:《我和你的世界》，第73页。
② 同上。
③ 同上，第77页。
④ 同上，第100页。
⑤ 同上，第234页。

的！"妈妈抹着眼泪，伤心欲绝，引起老师们的"同情和公愤"；宝儿威胁把母亲 QQ 拉黑，吓得母亲再不敢说话，更让母亲崩溃的，宋宝儿用假手机模型骗她；邻家好孩子茵茵，倒是从不玩游戏，热爱阅读，却因为一只鹦鹉从四楼跳下，折断一条腿；施文的另一闺密郭春红的儿子俊文如愿考上一所上海大学，并获得一等奖学金，却因同学嫉妒引发争执，俊文用刀刺伤同学被带到派出所……无论长篇还是中短篇，俞莉多次写到一句话，"下辈子跟谁有仇就罚他当家长"①。

曾经，成为家长是多么幸福的事！

家长们还有一个顽固"敌人"——网游。周云瀚、赖文豪、李梦白，他们都曾因玩游戏与母亲战争升级，离家出走。《我和你的世界》中，云瀚因晚归爆发冲突后第二天早晨迟迟不出门上学。林雪燕问云瀚："你到底去不去上学？"云瀚没忍住眼泪，带着哭音大声说道："我不想去学校，不想去！""我讨厌上学！讨厌排名！"②

林雪燕惊讶的是，回到弋江后，大学教师苏南的女儿也是不想念书，痛恨去学校。

学生，老师，家长，究竟谁错了？

教育背后的社会思考

在教育主题的背后，俞莉还笔调节制地揭示出社会大背景下人性的复杂、隐晦和曲折。因教育话题引出的社会万象：网游、单亲家庭、社会竞争、婚外诱惑、职场内卷、理想与现实的冲突，无不烧灼着现代人的神经。

俞莉笔下，各类人物显示出强烈的命运感。无论有钱没钱，学历高低，城市农村，每个人都背负着命运这个咒符，在同一片天空下挣扎。通过小说提出问题、寻找希望的同时，描摹出了当下社会各个人群的困境。她在《我和你的世界》中直接提出自己的困惑——

> 现在的教育到底怎么了？一个个都不快乐，孩子不快乐，家长不快乐，老师也不快乐，整个社会都不快乐。难道教育不是让人变得更好，人格更健全吗？③

作为女性，俞莉笔下多为教育主题下的女性人物：女教师，女性家长。她们在职场、孩子、学校、家庭以及个人情感诸多方面经受着痛苦的纠缠

---

① 俞莉:《潮湿的春天》，第 58 页。
② 俞莉:《我和你的世界》，第 159 页。
③ 同上，第 209 页。

挤压，然而，作为教育环境中的男性就能轻松吗？

俞莉笔下的男性，虽不多，但很有代表性。除了一个个奋斗挣扎的男性家长，还有几位男教师：秦海洋的外甥秦朗，宋子立，班主任邓老师等。他们要面对代课教师的尴尬，要面对学校的竞争，同时像秦朗还要面对深圳带给他的期望落差。

除却社会责任、人生使命、理想抱负的大道理，养家糊口成为男人最为切近的责任，他们成功的标志就是——忙。东方未明颠倒衣裳的是昔日小吏，当代男人东方未明的时候不但不能颠倒衣裳还要衣履鲜明，到了夜晚，陪客户是事实，诱惑也是事实，衣裳是否颠倒真就难说了……男人女人都有理由，一地鸡毛谁之过？

《我和你的世界》里，柯童童在作文中写过："我们常说，父亲是山，父亲的臂膀是最有力的依靠，而我却认为母亲的怀抱则是心灵深处的归宿。"① 事实上，柯大为的确缺失了儿子的成长，儿子每天面对的只有两个女人：外婆和妈妈。

《老板》中的"我"和丈夫都是教师，面对老板表哥赵楠林，以及作为家长的表嫂吴春华，生活的困惑带给他们同样的煎熬。吴春华是职员同时也是家长，儿子赵若森把她从"一个优雅的知性女子打造成一介怨妇"②，赵若森沉迷游戏，吴春华与林雪燕、施文一样，三对母子之间因为游戏、因为早恋、因为在学校的纪律问题斗到两败甚至三败、多败俱伤。她们都痛恨这个新媒体时代，诅咒网络这个恶魔，同时，她们又要面对家庭的另一半——作为企业家的丈夫。赵楠林本是科技大学博士，是家族的骄傲，但自从到深圳下海经商，噩梦开始。作为"老板"，他就像周志诚、李大勇们一样，整天一副"成功男人"的标配：家里难得见人。吴春华告诉"我"，她和赵楠林虽然同在一个屋檐下，却经常见不着面，施文、林雪燕面临的也是同样的家庭战争。而"我"的丈夫在福田一家中学的高中部带高三，基本上是"卖身给学校的"，他们为此不敢要孩子，"连自己的生存都应接不暇，哪有工夫炮制第二代？就是有，也养不起"③。

一个默认的社会规则：女人被定义为家庭付出，男人要在外面拼世界。无论现实还是作品，在教育孩子的过程中，必定要接受父亲的缺席——每次学校开家长会的，大多是妈妈。

大学教师苏南的妻子是政府官员，他称呼妻子"人家"；焦海棠与邱师傅，林海燕与苏南，施文与老陶……更有那些单亲家庭的学生——阅读俞莉的小说，一定要注意"深圳"这个迥异于内地的大城市，其火箭式突飞

---

① 俞莉：《我和你的世界》，第 235 页。
② 同上，第 234 页。
③ 俞莉：《潮湿的春天》，第 234 页。

猛进的发展，以及特殊的家庭结构，势必反作用于教育。作为教师，无论现实中的俞莉，还是作品中的叶小凡们，都要面对"失父"的学生，简小龙14岁成为孤儿，母亲再嫁后生了孩子，只把他一人留在家中，叶小凡要时而行使家长之责，把重病中的简小龙从死神身边拉回来……

几年前，一位空军专家公布了一个数据：高近视率已经影响到了国防安全，一所上万人的中学，竟招不到一个合格的飞行预备学员！在分析近视原因时，专家指出，西方国家电子产品比中国使用得更早更普遍，为什么中国青少年的近视率世界第一？显然还有更深层次的原因：用眼过度。假如再进一步，就探到了教育体制：堆积如山的作业，严酷的分班和排名，血腥般的升学、就业竞争，到最后，学生的高近视率背后潜藏的，不仅仅是后备飞行人员问题，而是中国青少年的整体健康。这一结论，不能不说振聋发聩。

深圳底片上的本色呈现

鹏城深圳，蒸腾激扬。然而，与深圳浓烈霸气的城市气质不同，俞莉给人的感觉总是静的，她的写作更有一种不慌不忙的静气。她自称在热火朝天的特区，自己更像一株"阴生的植物"，适合在"背光的地方安静缓慢地生长"[①]。安静的人，安静地教书，安静地写作，她把一张书桌安静地放置在了内心深处。

不过，千万不要被安静蒙蔽，所谓静水流深，安静的水面下是力量的汹涌。俞莉属于"心慈""手狠"的作家，她的文字充满了对于探索和出发的迷恋，韧而坚执，石赤不夺。在教育这片浩瀚的丛林里，俞莉甘愿做一只啄木鸟，或许这种手术刀式精确剖析、直抵问题核心的坦率和真诚令人不适，但必须承认，作家的文学执念是不可动摇的，经年累月的乐此不疲，就是俞莉的一部部作品，她是通过作品向她挚爱的教育事业致敬。人类的肉身需要医学意义上的医生，不可否认的是，当物质发展到一定阶段，人类精神和思想的世界越发娇气起来，却不愿意承认自己需要精神和思想的医生。那么，就让作家站出来吧，何况，俞莉还是教育一线的实践者，无需刻意"体验生活"，笔下的故事切进血肉，真实淋漓。哪怕"纠错"的过程如刀刮骨，且忍耐一下，相信若干年后我们会感谢这种疼。

上官先生和秦朗是俞莉精心塑造的两个人物，她让这二人对教育的思考和探索带给我们心灵微火。周云瀚转到红湾实验小学后，校长正是力推改革的上官先生。这是一个教育先行者，他竭力改变教育现状，虽作为孤

---

① 俞莉：《潮湿的春天》，第289页。

独的失败者成为人们眼中可笑的堂吉诃德，但俞莉对这个人物更多是激赏，"不管这些探索多么稚嫩、粗糙，不管我们蒙受了多大的孤独和挫败，也是值得自豪的，因为我们是在和形形色色畸形、伪善的教育抗争"[1]。秦朗与上官先生一样都怀着一腔热血和自己的教育理想来到深圳。事实证明，他们的探索在引发社会思考的同时也正在优化着某些教育规则，我们身边的世界也必将迎来越来越多的人性和科学。

俞莉在小说中多次提到"四叶草"。《幸运草》中的李梦白到了咸宁，去找一种四叶草，他曾被老师教导"找到四叶草很幸运"[2]……看得出，俞莉执意要用一支笔，钻探一眼教育的深井，为她的学生，为健朗澄明的教育生态，寻找一株幸运的"四叶草"。尽管这样的寻找充满艰辛，甚而成为滚石上山的西西弗斯，但我们仍要为她的坚执，鼓与呼。

(刘世芬：石家庄市文艺评论家协会副主席)

---

① 俞莉：《我和你的世界》，第 96 页。
② 俞莉：《潮湿的春天》，第 186 页。

铁凝《秀色》的伦理叙事研究

许 杨

摘 要: 铁凝的短篇小说《秀色》围绕水与女性身体两个关键意象展开叙事，塑造了具有明艳的肉体与牺牲精神的秀色女人形象。在温情的叙事主调下，隐含作者理解着民间伦理基于低文明程度与生存现实所形成的道德标准，肯定了女性人物所拥有的坚毅力量，也揭示了乡土社会的愚昧落后。另外，通过设计李技术这一形象，隐含作者不仅使乡村有了接触现代文明的机会，也表达了自身的一种理想愿景。小说以女性的献身行为在不同语境中的境遇变化为线索，展开了对多重伦理话语的书写与审视。

关键词:《秀色》；伦理；身体修辞；女性境遇

四季评论

铁凝发表于 1997 年的短篇小说《秀色》，以"水"与"女性身体"为核心意象，将叙事焦点再次转向乡村，并于温情的注视中礼赞乡村女性的壮烈与刚毅。作为铁凝写作中的"浴女"形象，张二家的与张品体现了肉体与精神共在的生命诗意，但这份诗意并未完全掩盖女性的创痛与乡村的愚昧。小说以"女性为水献身"作为推进叙事的内在主线，串联起张家两代女性的命运，而围绕着女性在这一行为之下的不同境遇，隐含作者也展开了对多重伦理话语的书写和审视。

一、立足现实生存的民间伦理建构

《秀色》的主要故事空间在名为秀色的山村，小说以较多篇幅铺设了它的缺水程度，使后来的情节推展具备了合理性。意象"水"在生命维持中的不可或缺，使挖水井以延续祖辈的血脉成为秀色人的希望与执念。在满足现实生存需要的特殊语境下，女性的肉体交易行为被秀色人视作崇高，这也表明当地村民依循民间的生存逻辑建构了本村特有的伦理标准，形成了一种民间化的道德力量。

作为自然物质的水，成为秀色人的精神图腾，隐含作者对这种基于生理需求而产生的本能欲望寄予理解与同情。小说以翔实的笔触，记录了秀色人取水之艰难与用水之节俭，洗脸环节的减省使乡亲们大多村眉土眼，姑娘们的眼睛也失却了光泽。干涸愈甚愈显乡民生的渴望，水成为他们近乎"疯狂"的诱因。因此，男人们"会疯了似的匍匐在泉眼上"[①]，村民们会在雨雪日狂欢，肆意填补着平日里因饥渴造成的机体欲望的缺口。物质的匮乏也影响了人的精神活动，秀色人甚至被剥夺了悲痛的权利，情感的阻滞潜藏着精神畸化的危机。水是秀色村每户人家珍贵的私有财产，水橱上的锁指涉了村民间无法逾越的距离，以至于在政治风波席卷的年代，水成为村民们"斗争"的原因。秀色村也曾搞过"文化大革命"，村长李老哲就因多给自家分冰块而成了被批斗的对象。但小说并未对此作严厉的政治批判，而是以平和的口吻体认着人物在生存本能的驱动下生成的悲欢，并捕捉到他们身上所闪现的坚韧顽强的生命意识。在这样的极端背景下，秀色女人的肉体交易行为便也具备了一个较为充分的前提。

在考察秀色村对女性献身行为的道德评判时，小说主要以独立的家庭单位作为观察窗口。它略去了对家庭内部状态的详细描摹，而勾勒出一个模糊的忠厚丈夫形象与温情的两性关系。丈夫们是去百里外的山下取水的劳动主力，远途跋涉耗竭了他们体内的水分，面对背上的水的诱惑，对家庭的责任使他们至多看一看与嗅一嗅，而不肯喝一口。男人们在清亮的泉水中看到了"一家人渴望的容颜"[②]，女人们在贡献身体时也思念着在山间卖力的丈夫们。就如起初为了笼络住打井队的心，男人们挑水，女人们琢磨饭菜，他们分别以自己的方式为秀色村的命运付出着大力，进而拧成一股合力，消解了女性作家笔下常出现的因敌对而存在裂隙的两性模式。

但温情并不等于两性关系的绝对平等，秀色整体上仍属于男性占主导地位的传统乡村，但女性也未被简单地置于从属性地位，而是具有能动性的行为主体。锁住水桶的钥匙由一家之主保管，张二家的与张品需要砸水橱的铁锁取水的细节，暗示着在秀色村扮演一家之主角色的仍是家庭中的男性，他们手中的钥匙即等同于话语权。也正因如此，外县的打井队才会在男人们下山背水时准备离开，因为"对一个少了男人的村子，他们怎么做就怎么是"[③]。但是秀色女人颠覆了"他们"在思维定式下的自以为，而是敢于在没有男人撑腰时拦截想不辞而别的打井队，不温不火却有着不容回绝的坚定。这些媳妇不是在对丈夫的无助等待中坐以待毙，而是能用自己的智谋与逻辑去解决问题，她们令窝棚里的男人们受着惊吓。

① 铁凝：《铁凝精选集》，北京燕山出版社 2015 年版，第 302 页。
② 同上。
③ 同上，第 304 页。

"浴女"的出现构成了基础的生存伦理与传统的家庭伦理之间的扦格，后者在秀色村暂时退位，取而代之的是秀色人基于生存现状所建立的道德标准。从砸开水锁用尽能维持全家半个月用项的水，到与其他男人发生性关系，媳妇们的这些行为实际上都在撼动着男性的家庭权威。但背水回来的男人们在砸落的锁与妻子的气色中，得知了一切却"并不找女人的茬子"[①]，而是在默默忍受中更拼命地帮着打井。普通的伦理道德已无法关怀到秀色村的每个个体，正是在全村人以寻找水源为重而建立的价值标准下，全村老幼才无一人敢戳这些媳妇们的脊梁骨。年华正茂的张品选择效仿母亲当年的做法，去完成母辈的未竟之业。女承母志的情节，强化了这种悲壮感，她们不是《月牙儿》中走不出轮回的堕落母女，而是秉持着共同的生存信念与大局观念。但小说没有为了过分地拔高人物而忽视他们的生命伤痛与生存苦难，丈夫们的闭一闭眼、把心一横，多年后张二家的说出"别提了，从前的娘"[②]时的辛酸，与她对张品献身决定的犹豫，都注入着隐含作者对村民暗藏痛感的体恤。

小说在描写秀色村内部建立的伦理标准时，既突出了他们以生存为重的价值理念，也揭示了集体话语对女性个体创痛的淹没。隐含作者并没有控诉秀色男人需要利用女性做交易的无能，而是在虚构的文学想象空间内建构了原始淳朴的乡村世界与质朴光辉的女性形象。不过，这样的精神佳话实际上是建立在小说所设置的令人无奈的落后文明语境之上的。秀色在集体利益的层面，包容着这种低文明程度下的两性行为，将作为牺牲者的女性推上神坛，而忽视了这一行为对个体自我造成的伤害。从张二家的面对张品做出的慨叹中，可以看到女性仍经受着传统道德规范的制约。

二、欲望视野下的民间伦理书写

《秀色》对民间伦理的书写虽以秀色村为主体，但也辐射了秀色村外的范围。小说对村外人这一群体的塑造，更侧重于表现女性在男性凝视中被欲望化的现实处境。可见，秀色人对这些献身女性的尊崇，并不意味着她们实现了在整个社会的地位的提高，一旦脱离了特定的生存语境，这些女性可能会面临从"祛欲"到被"复欲"的危机。

一方面，隐含作者在塑造这些女性形象时，有意用灵魂的圣洁淡化肉欲的低俗，女人们在这种挑战着传统道德认知的性交中，既无爱也无欲。下雨的日子，"娘儿们汉们一律半裸着自己"[③]，形成独特的乡村景观，其中

---

① 铁凝：《铁凝精选集》，第 305 页。
② 同上，第 307 页。
③ 同上，第 303 页。

迸发的欢欣冲散了传统社会增设的性别防线，使他们更贴近于自然的生命状态。如果说这种狂欢性的举动尚情有可原，那么秀色村的一众女性为了留住打井队而以肉体做交易的行为，则不仅撼动着传统的道德律令与贞洁观念的根基，也与现代文明理念相龃龉。尽管《秀色》中女性的献身依旧带有性工具论的色彩，但却因其意图的纯净而荡尽了自身的欲念化成分。水能延续秀色村的血脉，也能浸润姑娘们的青春容颜，而打井队就是她们的希望。那献上肉身的心甘情愿不是耽溺鱼水之欢的放纵，而是为大我暂时舍弃小我的大义凛然。

小说中的女性肉体还被描写为诗意化的视觉审美对象，隐含作者借由男性目光肯定了女性的躯体美。水的沐浴使秀色女人重新恢复了光彩明媚，张二家的被形容为像山妖又像仙女，张品则被李技术称作秀色。显然，这种看似低俗的行为并没有矮化她们的灵魂，她们心中始终不忘挖井的信念，油灯映射下张品的巨大身影与她的俯视姿态，都如同在对那些被欲望裹挟的人进行质问。小说中的两个主要意象，即水的清澈与女性肉体的纯净相契合，因共同的精神指向而成为异质同构体。隐含作者以赞扬的态度，赋予这些女性人物以高尚的人格魅力与坚毅的力量，肯定了她们的不凡与光明磊落。但值得注意的是，女人的献身行为虽然是她们主动选择的结果，但这种有限度的自我选择并非意味着她们拥有了主体性或自身得到了全面发展。

另一方面，在秀色村外的伦理语境中，女性自身的"无欲"却并未使其脱离被欲望化凝视的困境。在这种对照所形成的矛盾中，小说揭示了民间伦理中的落后因子，也关怀着女性的生存境遇。巴特耶提到："从普遍法则来看，一个在男人面前裸体的女人满足了那个男人最无礼的欲望。裸体倘若没有十足淫秽的意义，至少有暗示淫秽的意义。"[①]因此，即便当时秀色女人的心中不曾怀有欲念，她们的裸体却依旧挑逗着其他人的欲望。尽管村外人也接受或默认着这种献身行为，但他们不再以为集体利益牺牲作为价值评判的尺度，也不再将女性献身的前提与灵魂的高洁作为关注的重点，而是从原始欲望的层级放大了女性的肉体，将她们作为情色谈资。村外人对秀色女人的赞不绝口，不是出于敬重而只是聚焦于肉体交易这一行为本身，带有鲜明的女性玩味色彩，削弱了女性献身的意义与地位。在漫长的二十天内，外来挖井队欣然接受着眼前的女人。秀色女人的名声在公开的调侃与私下的议论中不断传播，以至于当李哲去县水利局讲述秀色的情况时，还有知情者向年轻的领导以暧昧的口气开着玩笑。从这个角度而言，《秀色》中这些深明大义的女性人物，仍成为"被看"的对象，并在肉体

---

① ［法］乔治·巴塔耶:《色情史》，商务印书馆2003年版，第125页。

的牺牲中遭遇着精神的亵渎。

小说在描写村外人对女性献身行为的态度时，内容虽简单却也打破了叙事的局限性，并与秀色村内的道德标准形成一种抗衡。这既展现了民间伦理的复杂性，也揭示了民间话语中落后冷漠的一面。村外人脱离了水源匮乏的现实困境，他们在谈到秀色女人时，既没有站在人道主义的立场予以同情，也没有以人伦道德为标杆加以批评，而是抱以看客的心态。自然，隐含作者意不在于对此做国民性批判，但从中尚可窥见女性所面临的被物化的困境。

三、现代文明与民间伦理的碰撞

小说围绕秀色村挖井一事，设置了传统的民间伦理与现代文明之间的碰撞与对话。如果说秀色人与外县打井队代表着传统的民间伦理，那李技术则象征着现代文明的精神理性，他的出现为改变秀色女人的生存境遇提供了一定的转机。隐含作者既没有以居高临下的审视姿态去质疑民间话语的逻辑合理性，也没有将这种现代文明建立在不近人情的乌托邦世界中，而是试图在两种话语的交汇中找到契合点，并由此塑造出一个科学精神与人情味兼备的共产党员形象。

行为目的的高尚并不能抵消行为本身的愚昧，小说对于女性献身的书写并未止步于讴歌高尚，而是透过行为的表象发现了乡土社会中的愚昧。地理位置的偏远与山路的难行，一定程度上造成了山村的封闭，阻隔了现代文明与理性的传入，村民的认知水平还停留在相对落后的阶段，也因此形成了当地所特有的风习观念。在秀色的女人看来，身体是她们与别人交易的最好对象，她们不加深虑的献身举动虽壮烈却又有些许的盲目。这种思维方式甚至也传给了新一代年轻女性张品，只有小学学历的她相较于母亲，已经可以在教育的影响下将这种做法定性为"壮烈"，而不再有沉重的精神负担，但她却依旧没有彻底走出女人靠"出卖"青春来留住青春的意识圈层。丈夫们的不加劝阻也表明了对这种交易行为的默认。然而，这样的牺牲行为不仅是对个体尊严的践踏，也无法真正有效地解决问题。

对此隐含作者虽没有表露出激烈的批判态度，但情感上的理解并不等同于她对这种行为的完全认可与支持，而是通过对共产党员李技术的塑造，让秀色村有了接触现代文明与发生转变的机会。首先，作为接受过现代文明熏陶的精英知识分子，李技术在一定程度上代表了具备科学理性与技术知识的专业者，而且他也有着高度的道德自觉。他在对秀色山脉的认真且不懈的勘探中找到了水脉，在面对张品的"勾引"时他想到的是跟她讲水利文明，讲玛雅文化的毁灭，等等。其次，他也是心系民众的踏实肯干的人民公仆，李技术为了省水也不再洗脸刷牙，拒绝村民额外款待的水，他的心思全在为秀色找到水源上。如此，一个大公无私又有情有义的共产党员形象便勾画而出。

现代文明话语的介入对乡土社会的民间伦理构成了挑战，但隐含作者并未对二者做出进步与落后的二元划分，而是创造了沟通的机会并使其达成双向的理解。张品与李技术在不同观念的支撑下，坚定着各自的选择，但他们的行为本质上都指向了拯救秀色这一共同目的。李技术对张品身体的匆匆一览，不再掺杂邪恶的欲望，他生发出的痛楚是对女性境遇的哀恸与悲悯。几轮较量后，李技术站在一般性的道德立场上，对张品的举动做出了"你怎么是这样没有廉耻"①的评价，这既表明李技术已然脱离了世俗的低级趣味，也是小说中首次对秀色女人的献身行为提出质疑。但简单的道德评价并不能触及献身行为产生的根源，两种价值观念的对峙也由此展开。张品的回答实际上点明了物质与文明间的复杂关系，作为物质的水的缺乏，势必会影响秀色村民的精神进步。这场激烈的交锋也以李技术对张品的理解，与张品对李技术的信任告终，这份纯洁的情感也成为李技术一行人成功打井的重要动力。共产党员李技术既挽救了秀色村的生计，也保全了女性的尊严。这样的情节走向在继续凸显女性的伟大高洁之余，又将叙事引向了正确的价值方向，似乎也体现了隐含作者对她笔下人物的一种怜惜。

无论是对李技术的形象塑造还是对冲突的合理化解，都体现了作家本人的一种理想期待与美好愿景。面对女性的献身行为，李技术所代表的现代文明理念不再持以高歌或戏谑的态度，它既指出了这一行为的不足却又未完全加以否定，而是以平等的姿态，在对张品的批评与同情之上，实现了对民间的苦难与生存逻辑的理解和接纳，体现了一种以人为本的道德关怀。同时，它的出现也为秀色村打开了一个文明进入的豁口，为民间伦理注入了新鲜的力量。

但美中不足的是，这种女性献身故事不仅略显老套与模式化，也没有充分体现出进步的女性意识，甚至从中尚可窥探到陈腐的性别观念。另外小说对李技术的党员身份的刻意凸显，有着明显的政治意图，正如有学者指出《秀色》存在意识形态化②，图解观念③的弊病，从而破坏了小说原有的叙事肌理，并造成人物设计的观念化与扁平化等问题。李技术的突然死亡增添了主题的复杂性，形成了赞扬崇高与质疑、消解崇高的双声调。

总的来说，《秀色》仍是一篇兼具温暖与力量的作品，熔铸了铁凝对乡

女作家学刊·第四辑

---

① 铁凝：《铁凝精选集》，第 309 页。
② 冯可可：《〈秀色〉：当代"神话"的重构与颠覆》，载《名作欣赏》1999 年第 1 期。
③ 王泉：《〈秀色〉不秀》，载《名作欣赏》1999 年第 1 期。

村生活的关注与思考，也体现了她所坚守的"对人类和生活永远的爱和体贴"①。正如有学者指出："铁凝的叙事是从生存的经验出发并具有强烈的现实关怀，没有花哨的叙事游戏，没有教条式的道德律令，也完全没有陷入浅表庸常的日常经验中。"②围绕水而展开的一段故事，看似简单却又包含多重文化内涵。内在于其中的不同的价值标准所构成的冲突不仅未造成叙事的断裂，反而得到巧妙的化解而趋于和谐，在满足丰富性的同时也保证了作品的流畅度。秀色人从缺水到卖水，水的可贵也衬托着秀色女人及共产党员的精神的可贵，因此意象"水"不仅是小说的线索，也具有文化隐喻的功能。小说中反复强调的"连水都没有，还能有什么呢"③，也将铁凝对物质与文明的关系的思考纳入其中。

（许杨：北京语言大学中国现当代文学专业硕士研究生）

四
季
评
论

①　朱育颖：《精神的田园——铁凝访谈》，载《小说评论》2003 年第 3 期。
②　刘嘉：《论新世纪以来铁凝短篇小说的叙事伦理》，载《中国现代文学研究丛刊》2014 年第 6 期。
③　铁凝：《铁凝精选集》，第 305 页。

性别意识研究

论电视剧《三十而已》中女性意识的
全面崛起 *

陆兴忍

女作家学刊·第四辑

摘　要：电视剧《三十而已》从获得项目资助、主创人员的主张、剧情表达等方面都体现出对社会性别平等观念的积极认可态度。剧作从思想层面上对女性意识全面崛起的揭示，从多阶层女性生活情态的展现，从走向审美化、意义化日常生活的探索，体现出思想的深刻性和情节的丰富性、多样性的统一，超越市面上单一凸显女权的"大女主"剧和以情感慰藉为卖点的"甜宠"剧，堪称近年女性现实主义题材影视剧创作的文艺高峰。这种文艺高峰，属于王一川先生概括的八种文艺高峰中的"时代精神式高峰"，它得益于整个时代精神整体氛围的支援，是自五四运动、新中国成立到改革开放以来中国女性解放运动累积的成果，尤其是近 40 年来学术和文化上社会性别平等观念累积成果的集中呈现。

关键词：女性题材；女性意识；文艺高峰；性别平等

　　我国从 20 世纪 80 年代初开始译介、接受西方女性主义理论，20 世纪 80 年代末女性主义理论开始运用于批评实践，到 20 世纪 90 年代以来女性主义文学批评文本大规模出现，女性主义渗透于多个学科，高校各类女性主义课程和讲座的不断开设，女性主义理论逐渐成为一个普泛化的研究视角。十五年前有学者曾担忧："作为专业的女性文化研究者，如何使自己的理论主张和研究成果回馈社会，推动社会文明的发展，而不是高高在上、

＊　本文为国家社科基金重点项目"东欧马克思主义美学研究"阶段成果，批准号（15AZD 035）。

沉浸于自我的优越感之中，这确实是中国的知识群体，尤其是女性知识群体需要加以自省的，这也将是关涉到中国的女性主义前途和未来的重要问题。"① 目前这种担忧可以缓解了——时至今日，女性主义理论在中国的传播和接受已有近四十年的历程，我们看到男女平等的观念、女性意识的崛起在城市中已日益常见。最显著的标志我以为就是 2020 年 7 月网台同播的四十三集电视连续剧《三十而已》，该剧从获得项目资助、主创人员的背景及主张、剧情表达等方面都体现出主创和社会民众对社会性别平等观念的认可、积极拥抱的态度。剧作从思想层面上女性意识全面崛起的揭示，从多阶层女性生活情态的展现，从走向审美化、意义化的生活道路的探索，体现出思想的深刻性和情节的丰富性、多样性的统一，超越市面上单一凸显女权的"大女主"剧和以情感慰藉为卖点的"甜宠"剧，堪称近年女性现实主义题材影视剧创作的文艺高峰。

一、《三十而已》主创团队自觉的女性立场

（一）柠萌影业对电视剧品质有精准的定位

"诞生于 2014 年的柠萌影业至今共出品了五部已播出的卫视大剧，不属高产，但每部剧播出后，总能因为阵容强而有力或是内容直戳观众痛点，引发话题热议的同时，在网台成绩上获得双收"②。之所以取得这样的好成绩，在于掌门人团队苏晓、陈菲、徐晓鸥等已经在影视制作行业从业多年，有着过硬专业的水准，在古装剧热潮中，独辟蹊径力攻现实主义题材，呼应现实生活的热点问题，既担负传播时代呼声，连接、沟通社会民情，又以高品质的制作实现了企业效益，可谓叫座又叫好。他们坚持的一个文化追求和价值导向是"柠萌不做速食的产品"，为此在电视剧题材开发上，不惜花时间，做扎实的调研、采访、讨论，以真正符合现实主义创作方法的方式采集、提炼剧情内容，编剧张英姬花了近两年时间调研、采访和写作，自曝曾数度崩溃③。正因为这样的坚持，这一女性题材的剧作不是简单地"接地气"，不是简单地还原家庭的婆媳关系、柴米油盐的矛盾、育儿的慌张……或许生活还是那个生活，柴米油盐还是那个柴米油盐，但是融入了一定的思考、一定的判断、一定的倾向性，体现出那么一点时代的哲思，用制片人陈菲的话说：就是"离地半尺"。2015 年苏晓带领柠萌影业提出要

---

① 杨莉馨：《异域性与本土化：女性主义诗学在中国的流变与影响》，北京大学出版社 2005 年版，第 130 页。

② 《柠萌影业 CEO 苏晓：中国剧集仍有突破性，需要再大胆一些》，骨朵传媒：http://news. guduomedia.com/?p=24930，2018-04-12。

③ 《〈三十而已〉编剧：写这个本子，我曾经数度崩溃》，1905 电影网：https://www.1905. com/news/20200730/1471642.shtml，2020-07-30。

以"超级内容连接新大众",即制作的内容可以贯穿所有媒体渠道,把消费者重新聚合起来;2019提出内容公司的一切起点和终点都是"人","人塑内容,内容塑人"的愿景使命。正是这些精准定位和创作主张,提供了制作出高品质电视剧的基本保证。

(二)《三十而已》主创团队自觉的女性立场

剧作主创人员大多是"80后",正是伴随着西方女性主义理论的译介节拍成长起来的影视人。柠萌掌门人苏晓、总裁陈菲均是80后,该剧编剧张英姬为"85后",2011年硕士毕业于中国传媒大学,导演张晓波为重庆大学美视电影学院2000届毕业生,正是伴随西方女性主义在中国译介、接受成长起来的影业骨干,受过高等教育的他们无疑在学校课程中接触过女性主义的话题。张英姬直指自己"特别喜欢写人物的成长,也喜欢从女性视角代入",但"不是一个女权主义者,写东西的时候也从没有仇恨男性"。[①]她谈到看到两本书,即《男孩要学的一百件事》和《女孩要学的一百件事》,心里很不舒服,想呼吁大家共同努力去消除掉性别的刻板印象。这些都说明她接触过并接受女性主义理论,并致力于性别平等的表达。编剧张英姬有了《三十而已》的创作想法,"陈菲和徐晓鸥也在对整个市场的观察中,敏锐地感受到了女性意识的崛起。这些正是《三十而已》的创作土壤,主创迅速明确了要做展现新一代女性困境与成长的作品"[②]。《三十而已》的总制片人、柠萌影业总裁陈菲在接受澎湃新闻采访,坦陈《三十而已》的三个难点中,"第三也许是最难的,如何做一个表达清晰的女性视角、女性立场的作品"[③]。陈菲还说:"我们未来一定会在女性题材上深耕。这是一个取之不尽的话题宝库。"[④]所有这些说明该剧主创从创作之初就有在剧本表达明确的女性意识、批判刻板的性别偏见及传达性别平等观念的自觉意识。该剧获得具有政府背景的上海文化发展基金会资助(现代剧每集20万—50万元)[⑤],也可以从侧面反映出基金会认可这一剧作前瞻的创作观念。

---

① 《〈三十而已〉编剧:写这个本子,我曾经数度崩溃》,1905电影网:https://www.1905.com/news/20200730/1471642.shtml,2020-07-30。

② 《想问一下〈三十而已〉的主创,你们是不是认识我?》,新浪看点:http://k.sina.com.cn/article_5737990122_15602c7ea01900o89l.html,2020-07-24。

③ 澎湃新闻专访:《制片人陈菲:"不惑"和"而已"都是一种态度》,2020-07-28。

④ 《想问一下〈三十而已〉的主创,你们是不是认识我?》,新浪看点:http://k.sina.com.cn/article_5737990122_15602c7ea01900o89l.html,2020-07-24.

⑤ 《热剧〈三十而已〉背后又见上海文化发展基金会,已是多家上市公司补助"金主",联合出品方也估值起飞》,每日经济新闻:www.nbd.com.n,2020-07-31。

二、《三十而已》对女性意识全面崛起的揭示

《三十而已》在剧情的表达上也做到了清晰的女性视角、女性立场的贯穿。剧作中主要表现了三个三十岁青年女性在大都市工作和生活：以顾佳为代表的都市精英女性——家庭和事业兼顾，样样事能做到优+，几乎达到完美状态的女性；王漫妮为代表的"沪漂"打工阶层，以自己辛勤的汗水和出色的工作业绩在都市扎下脚跟；钟晓芹为代表的本地乖乖女、普通一般工薪阶层女性；还有作为背景在剧集片尾表现的第四个三十岁的女性——在街边摆摊卖葱油饼的不知名女性。

《三十而已》直面四个不同阶层三十岁女性在都市生活面临的挑战、困惑与取舍。顾佳，刚开始想要走捷径，孜孜于融入富太太圈，想以此圈人脉去开拓一个全新的事业，上当后幡然醒悟，洗尽铅华从此为了自己的小家庭、更为了偏远山区千千万万的小家庭，迎难而上揽下湖南山区茶厂的生产、包装、销售，从为"自己"到为"大家"，从浮华、高调的都市生活追求走向朴实、低调地为"大家"的奋斗，从多个层面展现了一个都市优秀女性的成长历程与她睿智、达观的处事态度和能力。自始至终，她都不依赖于人，虽然为全职太太，但实际掌控公司大局，关键时刻还得为丈夫解决危机；她是娇柔、善解人意的妻子，是能为朋友分忧的闺密、是能够放下体面，为了捍卫儿子的尊严而动手打人的母亲，是孝敬父亲、讲义气的女儿、晚辈。她想赚钱，但面对以色要挟的恶意商业合作，宁可面临公司破产也坚决不妥协；面对公司以媚邀宠、以巧讨好的不务实作风，她毫不犹豫地批评、叫止。可以说，因为少年失母而造就了她性格的独立、内敛、自律和敢于担当，但她八面玲珑而不世故，多面周旋而能收放自如，堪称新时代美丽、独立、自信、有能力、坚守道德底线的理想职业女性和全职太太。

而王漫妮则是个没受过高等教育、来自平民阶层的女性，从一个懵懂的职场"小白"奋斗到奢侈品服饰品牌的高级销售。在上海漂泊八年，每一个铜板、每一次升职都来自自己真实的打拼和积累——她每天第一个到店打卡，最后一个离店锁门，妆容精致，微笑待客，不以貌取人而获得买菜大妈的百万订单。她与人为善，但面对同事的妒忌、使坏，她也不是任人拿捏，而是直接还击、解决问题。王漫妮在职场上努力到极致，怕耽误工作经常不喝水、憋尿得了急性肾炎，还要应对各种职场的纷扰，诸如经手店内最大金额的订单差点遭到同事抢单、接待男顾客受到骚扰，满心期待升职副店长等来的却是空降来的副店长……即使如此，王漫妮也扛住了。让她心灰意冷的却是感情的挫败。王漫妮坐邮轮旅行，遇到的梁正贤正符

合王漫妮对另一半的所有幻想，然而梁正贤宣称自己是个不婚主义者，为着个人尊严，她坚决地退出了。经过在家乡短暂休憩后复出的她，迎接着富商魏先生给出的貌似不可能完成的挑战——到至晟做应收员追债。面对这一零基础的工作，她拉得下脸皮、放得下身段，干得有板有眼，三个月下来不仅与客户成了朋友，还超额完成了业绩。按照协议，她可以去当原来的米希亚店店长了，可以扬眉吐气了，在上海也站稳脚跟了。出人意料的是，胜任了应收员这样高难度工作的她，在各种刁难的人和事间历练过的她，能力和见识也大大见长，她有能力也有自信去探索更大的世界和未知的领域了，她选择出国读书。王漫妮这个人物出彩之处，就是她在认清社会的现实和残酷后，依然保有梦想，依旧鲜活动人、充满行动力；她作为一个出身普通、无学历的女孩，能够不借助风力，不依傍他人；即使站在新的起跑线，碰到恶势力，她也不畏惧。这种不肯将就和屈服，敢想也敢试、肯持续学习的态度和能力，在 21 世纪人人都想快速致富、赚快钱的时代环境下尤为难能可贵，极大凸显了 21 世纪新女性的主体力量。

而钟晓芹似乎代表着普通的大多数，按部就班、随遇而安地读书、工作、结婚，父母健在、工作安稳，生活似乎就这么平平淡淡地过着。作为一个在物业公司工作的办公室小职员，她对生活没有拼劲和野心，会因为怀孕而主动放弃难得的升职机会，生活中不懂得拒绝，没有宏大目标，享受着平凡的快乐。当她 30 岁离婚后，开始独立生活，没有了父母、丈夫保护伞的遮风挡雨，她有了新的追求者，并通过写作反思和重建人生。在有婚姻的挫折和阅历后，她内心越来越强大，才知道自己最想要什么，谁是最适合自己的伴侣，也多了一份对家人的责任。她在写作中找到自己的快乐，也得到自我的实现——她因自传式小说《云朵有几种姿态》成为网红作家，获得 156 万元的版权费。原本她在剧中平平无奇，却因为创作记录三个人生活的小说，逆袭成为三个主要女性生活经历的总结者、反思者，这样看起来经历平淡、能力平凡的钟晓芹也有着不平凡的能力，她也从芸芸众生中的小职员变成闪闪发光的网红作家，影视公司争相出价把她的小说改成电视剧。在剧作叙述中，正是经由她，电视剧的故事才得以呈现在观众面前，这样她在电视剧中的原本一个普普通通的邻家女孩式的存在，通过写作能力的自我开掘，实现了对自我的确证——正是"咸鱼也能翻身"，给观众带来开拓自己人生空间的勇气。

剧作所展现的三个主要女性形象，她们不再有民国时期"娜拉出走之后怎么办"的忧虑；也不用像近现代白流苏们那样算计如何依靠婚姻获得一个金饭碗；她们也没新中国女性那样的"在男女都一样"宏大情怀下失去女性的光彩；她们也没有 20 世纪 90 年代陈染、林白笔下的女性那么高冷、自矜、自怜，不知人情冷暖；更没有卫慧、棉棉们的女性人物那样沉湎于物质、感官欲望；她们也不用像电视剧《我的前半生》中的罗子君那样让职场男性贺函给她们提供职业指导……她们对自己的女性身份不再是恓恓惶惶的，她们通过职场的历练和生活的坚实经历，获取了对自身能力的自信，她们对生活中的一切，能坦然面对，对年龄她们坦然"三十而已"——"而已"是21世纪女性对一切挑战的无畏、接受与正视，这正是女性意识的全面觉醒，女性自我力量的确证。她们为自己、为自我的选择、为自我实现而奋斗，不是为了男人、为了儿女、为家庭，甚至也不是在家国情怀、宏大叙事统召下去努力，她们仅仅是出于自身的选择、判断去选择自己的生活道路和生活方式。鲁迅的时代，娜拉走后"也实在只有两条路：不是堕落，就是回来"[①]，而鲁迅笔下的子君直接以"死"决然地否定了"回来"。2017年电视剧《我的前半生》里资深全职太太罗子君仍需在业界男性贺涵的指点下走向人生自立与成功，《三十而已》里21世纪的新时代女性则有勇气、有能力，不仰靠男人，在职场和生活实践中自主地选择和决定自己的命运和人生，这是女性意识全面崛起的时代真实写照。

三、《三十而已》对多阶层女性生活情态的展现

43集剧作以三个主要女性人物作为典型，通过她们活动的场景平行交叉展开情节，展现不同阶层、职业、家庭、个性的诸多女性的"全景式"生存状态：有富太太奢侈生活的攀比与算计，有虎妈不惜一切代价为孩子争取教育资源；有职场女性的蛮拼，有全职太太的琐碎；有婚内出轨、不婚主义等，涉及都市方方面面的热点话题。一方面考虑到影视剧作为大众文化的通俗性，需要接地气地展现多维度的大众关注的生活画面和热点问题，另一方面又通过主要女性人物在多维生活场景中面临的自我价值和社会价值的选择与困惑、纠结与成长，展现时代生活主题和社会侧影，以此实现剧作娱乐性、趣味性、思想性、审美性的并存。正如制片人陈菲说的："现实题材就是要直面现实生活当中的痛点、问题、困境，然后引发大家的讨论、思考、共情，最后通过主人公的选择和成长，让大家获得力量。观众现在看剧集，对于信息量的要求是很大的，你如果给他看事件密度不够的剧他很难满足。三十的做法我们认为是符合当下观众观剧的心理节奏，以及对信息接纳的需求。"[②]

电视剧满足了观众对都市生活认识的多方需求。剧作前半部极大地铺叙了大都市奇观社会的异彩纷呈、光怪陆离、奢华富裕。在《三十而已》

---

① 鲁迅：《娜拉走后怎样》，见《鲁迅杂文全集》，河南人民出版社2002年版，第52页。
② 南风：《〈三十而已〉总制片人：我们的立场，对出轨零容忍》，Ifeng电影：http://ent.ifeng.com/c/7yKrMqgxJIG，2020-07-23。

一开头，就铺叙了有钱客户抢购王漫妮所工作的奢侈品牌线下店米希亚当季限量款的包包——那个店随便一条裤子就要上万块，高级定制的珠宝一枚上百万，然而有钱人趋之若鹜，就跟日常买白菜一般。电视剧又描述了作为精英阶层的顾佳为打入"太太圈"想方设法加钱换限量款的奢侈品牌包包，又通过顾佳的视角展现"富太太"们生活的各种场景、顾佳的生日宴会等，满足了一般观众对"贫穷限制了的想象力"的各种窥富欲，满足一般受众认识生活、获得信息量和话题资本的追求。同时也通过妆容精致、衣着考究的奢侈品牌金牌销售王漫妮的店铺销售和她的邮轮之行的所见所闻，呈现都市社会变幻无穷的商品符号与华丽壮观、瞬息万变的都市影像，铺叙富豪阶层对"行头"的追逐和她们空虚浮华的内心世界以及消费社会中人们对新的符号产品、新的个性、价值话语的拥抱、体验，呈现新时代富裕阶层追逐物质性享受的一个侧影。

与此同时，电视剧在平实的职场生活展现中注重真实性和细节的推敲。如不少有着类似职业经历的网友纷纷盛赞《三十而已》江疏影出演的王漫妮柜姐一角，在很大程度上还原了这个职业的一些行规和细节，剧情足够接地气，"为了销售不喝水憋尿""丢库存需要加班加点盘点""高端产品需要预定""行头的分量是混圈子的资本"①等细节真实还原了柜姐的日常，这些细节表现出小镇出身、努力维持一份体面的都市丽人王漫妮在职场中的"蛮拼"——一个每月一万五的工资，每天用力活着的都市"月光族"工作的状态。而在商场的物业部门上班的钟晓芹，则做职场便利贴女孩，她在职场上也没有规划和野心，工作毫不"高大上"，都是些琐碎、纷杂的后勤服务工作，由于从小在父母呵护中长大，对人、对世界充满善意的她对同事的要求也是有求必应，虽然赢得好人缘，但日子久了成了大家习惯性的跑腿打杂人员，苦不堪言。但是这样的女性正是善良、温暖的大多数。正如她同事钟晓阳说的："之前我不明白，为什么一见到你就会觉得放松，心情就会好，相处久了，我才发现，你就像我喜欢的那些云一样，永远不会争当主角，风能吹散你，雨也能吓垮你，但是你总能自我修补"，"不娇气，也不矫情。抬头看天，天上有云的时候，一定是个好天"。

剧作也很精心地在片尾呈现葱油饼摊一家生活点滴：这是城市街头寻常的葱油饼摊，剧中女摊主是一个一边摆路边摊一边带孩子的大约三十岁的女性，他们一家蜗居在仅能容纳一张桌子的狭小房间，一家三口挤一张床，每天凌晨起来切葱、备料，然后出摊，摊主老公则送外卖。到了饭点，摊主烙好葱油饼装袋，等待老公送外卖的途中过来享用。大都市的灯红酒绿、山珍海味与他们无关，他们只珍惜当下拥有的每一元收入和一家三口

---

① 殷素素:《〈三十而已〉10大真实细节：柜姐被骚扰是常态，行头是混圈的资本》，https://www.sohu.com/a/409414045_605773，2020-07-24。

的点滴人伦温情。风吹日晒、起早贪黑是他们生活的关键词，然而他们知足而满怀希望——只为生活的蒸蒸日上——从流动摊升级为固定的店面，更上一层楼——这正是民间大多数人普通的生活逻辑。这是外来的底层女性生活的写照，虽然艰辛，但是坚实有爱，温暖人心——"不管什么阶层，努力生活的样子都很美好"。有剧迷说："每次看到这家人，一下子就把我从光鲜亮丽的剧情，拉回烟火气十足的现实，比起富太太们260万的包包，这才是人间真实。"①

　　恩格斯在《致裴迪南·拉萨尔》的信中曾提到了一种理想的戏剧状态，即："较大的思想深度和意识到的历史内容，同莎士比亚剧作的情节的生动性和丰富性的完美地融合"②。恩格斯肯定莎士比亚剧作《亨利四世》《亨利五世》情节的生动性和丰富性：通过没落贵族骑士福斯泰夫的活动为线索，展现英国下层平民光怪陆离的生活场景，从而向人们打开了一幅表现英国16世纪的社会生活风俗画，达到了人物卓越的个性刻画和情节生动性和丰富性的融合。电视剧《三十而已》展现了四种完全不同层面的女性群体及其心理层次与心理成长：有"文"能调试望远镜、赏鉴莫奈画作，"武"能摆平客户、逼退小三，虽为家庭主妇，但智慧与美貌并具的精英阶层女性顾佳；有挣着一万五的工资、租住七千块房子的都市打工族"沪漂"王漫妮；有成长于本地、衣食无忧的普通工薪阶层钟晓芹；有终日忙碌、售卖葱油饼的底层外来女工。当然还有"活在丈夫的价值半径里"过着养尊处优生活的阔太太们：她们买几十万、几百万的包包像买白菜，每天百无聊赖到学学裁缝、喝喝下午茶、晒晒朋友圈，如扬言要为儿子买个"小行星"的王太太、转让亏损茶厂给顾佳的李太太、十八线小明星嫁大自己二十岁富豪丈夫的于太太，等等。通过这些不同层次的女性形象，打开不同生活空间的生活场景，拓展了电视剧的艺术表现空间，避免局限于某一类型女性形象的单调和单一，使电视剧变得更加丰满、多元。一方面，《三十而已》在思想深度上展现都市女性意识的全面崛起；另一方面，《三十而已》在都市生活内容的表现上兼顾到了情节的生动性和丰富性，达到了近年女性题材创作的一个文艺高峰。这种文艺高峰，属于王一川先生概括的八种文艺高峰中的"时代精神式高峰"③，它"极大地依赖于整个时代精神整体氛围的支援"，这就是自五四运动、新中国成立到改革开放以来中国女性解放运动累积的成果，尤其是近四十年来社会性别平等观念累积成果的集中呈现。

性别意识研究

---

① 刀刀叨文艺：《〈三十而已〉不只"爽"！片尾彩蛋藏深意，我敢说大部分人都错过》https://www.sohu.com/a/409162779_479198?_f=index_pagefocus_3&_trans_=000012_wm_sy，2020-07-23。

② ［德］卡尔·马克思，［德］弗里德里希·恩格斯：《马克思恩格斯全集》第29卷，人民出版社1974年版，第582页。

③ 王一川：《当代中国能有什么样的文艺高峰？》，载《民族艺术研究》2020年第2期。

女性的成长不再只是寻找情感归属、结婚育儿和家庭的琐琐碎碎这些日常生活的领域，她们可以在这些领域寻找到自己的归属，她们也可以在更多的领域寻找到更多的自我价值和自我实现，她们有勇气拒绝，也有勇气担当。"结婚成家生娃不再是衡量女人三十岁成功与否的标准，《三十而已》把电视剧中的中年女性角色从家庭琐碎中救了出来。她们都在不停寻找更大的自我实现，情感落点不再是女性角色身上最大的议题，王漫妮、顾佳、钟晓芹的经历、选择，就是现在大部分都市女性的表达、视角和立场。"① 该剧 7 月 17 日开播后的 21 天，腾讯视频播放量 43.4 亿次，平均每天 8.5 个微博热搜；到 7 月 30 日，《三十而已》收获了超过 20 亿的全网播放量。而在豆瓣页面上，它也凭借精彩的剧情和人物塑造拿下了 7.8 的高分。其中，超过 70% 的观众打到了 8 分以上。② ——所有这些正体现出观众对该剧的认可，也是对该剧所表现的女性意识、女性立场的认可，也体现出大众文化层面女性题材叙事的渐趋成熟与完善。

四、走向审美化、意义化的生活

恩格斯除了提出理想的戏剧状态是将思想深度、历史内容与情节的生动性和丰富性完美地融合之外，他还提出一个了现实主义文艺创作的重要原则，即现实主义文艺作品的内容不仅仅应该是真实的，同时对它的理解应该是正确的，即有正确的倾向性——艺术家对他们表现的生活所持的立场、态度和评价必须是正确的。恩格斯在《致敏·考茨基》中说："倾向应当从场面和情节中自然而然地流露出来，而不应当特别把它指点出来。"③别林斯基也说："在艺术的领域内，倾向要不是被才能支持着，是不值一文钱的。"④

在电视剧《三十而已》中，我们看到了电视剧通过具体情节塑造真实的人物形象，通过展现人物的所见、所思、所想呈现我们正在生活的现实，虽然也有表现都市生活中的纸醉金迷、物质主义、贫富差距、虚伪欺骗等，但是无论住着千万豪宅的顾佳，漂泊无依的王漫妮，还是路边卖葱油饼的路人，她们在每天高速运转、创造巨额财富的繁华都市里，并没有迷失自

① 《想问一下〈三十而已〉的主创，你们是不是认识我？》，新浪看点娱利工作室-幕后故事 vol.438：http://k.sina.com.cn/article_5737990122_15602c7ea01900o89l.html，2020-07-24。
② 《〈三十而已〉编剧：写这个本子，我曾经数度崩溃》，1905 电影网：https://www.1905.com/news/20200730/1471642.shtml，2020-07-30。
③ ［德］卡尔·马克思，［德］弗里德里希·恩格斯：《马克思恩格斯全集》第 36 卷，第 385 页。
④ ［俄］别林斯基：《1847 年俄国文学一瞥》，见《外国理论家作家论形象思维》，中国社会科学出版社 1979 年版，第 81 页。

己，她们努力生活的样子，让人痛惜而感动。顾佳抛开最初想走捷径获巨富的浮夸，坚实、坚定地走向实业，救自己也救贫困的湘西茶农们；王漫妮也能抛开华而不实、非居于相互平等、尊重的恋爱，剧末还能自信、坦然地面对并拒绝曾经高高在上的恋爱对象，并且决心出国留学探索自我实现的更大空间；钟晓芹则在写作中获得了平凡的职业工作不可能带给她的自我实现的快感和财富获得感，更加自信、从容。她们有能力、有颜值、经济独立，但不世俗、不世故，不畏惧、不后退，敢于面向未来，探索无限的可能——无论什么时候，都有重新开始、乘风破浪的勇气。而卖葱油饼一家人的生活尽管如此平凡、琐碎、奔波、劳碌，但他们却没觉得丝毫的辛苦，仿佛过得比谁都开心，总是一脸的笑容和满足。这一底层坚实的"人间真实"也是电视剧暖心、治愈的存在。甚至葱油饼摊位上"有事离开，扫码自取"的牌子也是基于人与人之间互相理解和信任的一个美好愿望和现实的细节呈现。正如陈菲说的："我们还是在找寻一种共情和寄托，去给观众希望和对未来人生的追求，甚至可以去获得另一种勇气。"[1]此外，《三十而已》的主创意识到"现实题材的创作，还是要正视人性的复杂，在原则底线之上，是否会有感性的挣扎、纠结、反复甚至沉沦"[2]，甚至《三十而已》的成功，或许正是因为它没有用所谓的'政治正确'去贬损他人的选择，而是尝试还原每种生活的幸福和狼狈"。[3]剧作主创的创作初衷得到大家的认可。可以说，《三十而已》选择正面的叙事，但也不是简单、单维度地呈现，而是充分考虑到多元的视角和多层级的内涵，还原事件的矛盾性和复杂性，给人们多维的思考空间。这正是中国电视剧叙事走向成熟的标志。

匈牙利哲学家阿格妮丝·赫勒认为，人们应该超脱日常生活中实用主义和功利态度的束缚，从以自我为中心的"为我的存在"，转变为人与自然和谐发展的"为我们的存在"。她说："如果我们能把我们的世界建成'为我们的存在'，以便这一世界和我们自身都能持续地得到更新，我们是在过着有意义的生活"[4]。电视剧《三十而已》正是通过三个主要女性人物在职场、情爱生活的历练中自然而然、自主自觉地走向审美化、意义化的生活道路，在职场、婚恋、为人处世上都为现实的女性树立了标杆和正确的价值导向，这是近年来女性意识题材文艺的一个重大突破。它来源于剧组主创团队从时代精神中吸取丰厚的精神滋养，并通过扎实的调研、采写和精良的制作，有力度、有深度、有层次地呈现新一代85后青年女性生活与精神的成长。

① 《想问一下〈三十而已〉的主创，你们是不是认识我？》，新浪看点娱利工作室-幕后故事vol.438：http://k.sina.com.cn/article_5737990122_15602c7ea01900o89l.html，2020-07-24。
② 专访总制片人陈菲：《〈三十而已〉离地半尺的人物背后瞄准的是大众共情，骨朵网络影视：https://www.jiemian.com/article/4785846.html.2020-08-06。
③ 同上。
④ ［匈］赫勒：《日常生活》，重庆出版社1990年版，第290页。

性
别
意
识
研
究

《三十而已》的创作既来源于时代的社会生活世界激流，又超越于这个时代；既切入现实的真切与关怀，又"进入个性化想象力的高空；创造出发源于此生活世界激流又具有精神超越性意义，并且还能够回头给予置身于生活世界激流中的人类群体以积极的精神感召的美的艺术品"①。尽管是电视剧的形式，但也正如胡亚敏教授所说："无论是经典作品，还是大众文化，尽管追求的审美风格不同，面向的对象有差异，但基本的价值取向应该有相通之处，这就是对人的尊重。可以说，对一部作品作价值判断最根本的准绳是考察这部作品是否有利于人的全面发展。在这一点上，不同文化之间并非完全不可通约。"②综上，从女性意识全面崛起的表达，从性别平等的叙事，从对人的尊重和有利于人的全面发展上，《三十而已》呈现出了这类题材所具有的时代高度，堪称女性题材电视剧的一个文艺高峰。剧作作为现实生活中女性主体意识成长和自我观照的凝结，作为大众对现实社会生活审美体验的载体，通过广泛的艺术接受必然会潜在地影响大众的思想观念与审美心理结构，促进社会性别平等的正面价值观、审美实践的良化发展与建构！

（陆兴忍：武汉纺织大学教授）

---

① 王一川：《当代中国能有什么样的文艺高峰？》，载《民族艺术研究》2020 年第 2 期。
② 胡亚敏：《马克思恩格斯的社会理想与文学批评价值判断的重建》，载《福建论坛》（人文社会科学版）2020 年第 3 期。

从叙事差异看东西方女性的婚姻书写

——以《摩登婚姻》与《我们太太的客厅》为个例

张欣怡

摘　要：英国现代短篇小说家凯瑟琳·曼斯菲尔德与中国新月派文人之间的文化交流，曾促进了其作品在现代中国的广泛译介和传播，除了与之直接对话的徐志摩以及被称为"中国的曼殊斐儿"的凌叔华，曼斯菲尔德与中国"五四"作家之间还存在着密切的文学关系。曼斯菲尔德的《摩登婚姻》与冰心的《我们太太的客厅》均为沙龙式小说，故事情节非常相似，都描写了女性的家庭婚姻状况。但由于她们处在不同的文化背景又有着不同的个体经验，因此具体的叙事又有所差异。本文讨论的即是她们在叙述相同主题时表现出的差异性，并分析差异性所形成的根源。

关键词：曼斯菲尔德；冰心；婚姻；叙事差异

性别意识研究

　　凯瑟琳·曼斯菲尔德（Katherine Mansfield，1888—1923）是 20 世纪 20 年代英国最优秀的女作家之一，她将毕生的精力献给了英国文坛上一直备受忽视的短篇小说，并以其独特的女性视角以及现代主义艺术风格在西方文学史上留下了绚丽的一笔。曼斯菲尔德的写作风格细腻，语言凝练简洁，在她走过的短短三十六年里创作了八十多部作品。虽然曼斯菲尔德没有发表过女性主义理论相关的文章，但她的内心却向往两性之间的和谐美好，她一生都在和男权做斗争，用自己独特的反叛来体现她的女性意识，这些在她的作品中都有很好的体现。冰心也是杰出的女作家，她以散文和小说享誉文坛，作品主题多与儿童、女性有关。冰心虽然不像丁玲、凌叔华、张爱玲、萧红那样是旗帜鲜明的女性主义作家，但她大力歌颂母爱，对知识女性大加赞赏，弘扬两性平等，她笔下的女性形象大多具有强烈的女性意识。曼斯菲尔德的作品在五四时期被徐志摩、陈西滢、凌叔华等人译介进入中国，刮起了一阵不小的潮流。当今国内学界对于曼斯菲尔德与"五四"作家之间的研究多集中在探究新月派与布鲁姆斯伯里两个文学团体之间的对话与交流，曼斯菲尔德与徐志摩、凌叔华的文学渊源①，而对于曼斯菲尔德与其他"五四"作家的文学关系探究较少。基于此，本文将曼斯菲尔德与冰心同一题材作品进行对比分析，来探讨她们在叙述同一主题时表现出的差异性以及造成这种差异的原因。

一

曼斯菲尔德创作的《摩登婚姻》(*Marriage à la Mode*，1921)与冰心的《我们太太的客厅》(1933)在情节上有着高度的相似，都刻画了一个以自我为中心的现代知识女性形象，小说中的男性处于被支配地位，男性权威被消解。两位作者不约而同地将女性放在"沙龙"这一社交场所中别有一番意味。虽然两篇文章一前一后发表的时间间隔并不久远，但笔者在考察大量的基础材料之上发现并没有一手材料能证明冰心在创作《我们太太的客厅》时是受到了曼斯菲尔德的《摩登婚姻》的影响，因此我的研究方法论将结合比较文学的第二大研究法——平行研究法来对比分析。

"平行研究强调的是采用哲学的、审美的、批评的方法，即通过不同民族作家作品之类同和差异的比较和对比，寻求文学的共同本质和共同的美学基础。"②曼斯菲尔德创作的《摩登婚姻》与冰心的《我们太太的客厅》的叙事主题都是婚姻。两篇小说中都有一个常年不怎么在家的丈夫以及一个以客厅为交际中心的太太，小说中的女性都占据着主导地位，这无疑都表露着作者对同一问题的关注和内在情感的相似。作为一位女作家，曼斯菲尔德有着复杂的人生经历，这些经历在日后都成为一种原动力促使她不断探索女性题材和主题，她以其独特的女性视角刻画了许多为生存奋斗、挣扎的年轻女性形象，还描绘了在舒适的中产阶级家庭挑战男性权威的中年女性形象。从简单地描摹外在生活现象转变为精神的探索，这些中产阶级女性形象的塑造标志着曼斯菲尔德女性主体意识逐渐走向自觉。因此在小说《摩登婚姻》中她从威廉和妻子伊莎贝尔的关系入手来刻画中产阶级家庭的婚姻状况。小说中的男主角威廉有着传统的家庭观，喜欢按部就班的生活，希望妻子孩子都在身边，乖乖待在家里。然而妻子伊莎贝尔却不是传统温柔体贴，贤良淑德，把持家务的女性，她不满足于仅仅是扮演某人的妻子，某人的母亲的角色，她有更多的追求。当威廉休假回家想与妻子共度两人平静的时光时，伊莎贝尔却与一大群朋友吃喝玩乐，这无疑是对

① 赵文兰：《凯瑟琳·曼斯菲尔德与中国"五四"作家文学关系论析》，载《山东社会科学》2021年第10期。
② 陈惇，刘象愚：《比较文学概论》，北京师范大学出版社2000年版，第127页。

男性家庭地位的一大挑战。同样地，对于 30 年代的冰心，虽然创作量锐减，但她并没有故步自封，受丁玲影响又经历了成家、丧母、生育之后，这一阶段的冰心笔下的女性形象逐渐丰富立体起来。"沈从文曾在 30 年代初断言冰心永远写不出家庭亲子爱以外"，但冰心却用作品回应着这颇有偏见的言论，① 如《冬儿姑娘》《相片》《我们太太的客厅》。《我们太太的客厅》创作于 1933 年，虽然冰心在"五四"时期就享有盛名，但其 30 年代的作品常常被人忽略，甚至在专写中国现代女性作家的《浮出历史地表：现代妇女文学研究》这部名作中这篇文章也不被提起，但相反的是坊间对于这篇作品一直讨论不休，原因在于很多人认为这篇文章冰心另有深意，小说中的女主人公别有所指。费冬梅在其论作《林徽因"太太客厅"考论》中就指出："冰心这篇小说虽说针对沙龙发声，然而讥讽的矛头却并未指向知识分子社交本身，笔触明显围绕女主人不放。"② 无论是林徽因的支持者还是冰心的支持者，他们都站在己方的角度阐释着该问题的合理性，围绕此争论不休。而在解志熙的《惟其是脆嫩，何必是讥嘲——也谈所谓"冰心—林徽因之争"》中作者以一个中间人的角度阐明了事情的原委，他认为一个作家的创作是基于自己的切身经验以及观察周围世界而来的间接经验，并将重点放在了冰心和林徽因之间的这种连续性的互动行为。③ 诚然，本文将从文学艺术的审美层面来对这篇小说阐释和分析（这也是在平行研究中要注意的对比的文学性），重点放在作者基于自己的切身经验上，而不谈影射相关。和《摩登婚姻》一样，《我们太太的客厅》也是对中产阶级婚姻关系的描述，具体讲述的是一个受男人环绕、工于心计并且爱出风头的女人的婚后生活。她轻松地将围绕在她身边的众多男人玩弄于股掌之间。对女性婚后状态的关注是这两篇小说共同的主题，而在内在情感上也有相似之处。

早先无论在东方还是西方，女人总被认为应该站在男人的身后，甚至于结婚后的女人也不应该和其他男人有过多的交谈。但曼斯菲尔德和冰心不约而同地将女性从传统贤妻良母的范畴中解放出来，放在"客厅"这个社交范畴中，一定程度上表现了其女性形象的主体性。如果说对婚后家庭生活的书写是这两篇小说的外在主题，那么幻灭感和孤独感就是它们所共有的情感归属。在曼的小说中威廉追忆着和伊莎贝尔从前的时光，在他看来伊莎贝尔是"那玫瑰花枝，花瓣轻柔，晶莹闪亮，凉爽宜人"，而自己对她掌握着绝对主动权，只需要"去摇动玫瑰花枝，让雨珠洒落在身上"就

① 解志熙：《惟其是脆嫩，何必是讥嘲——也谈所谓"冰心—林徽因之争"》，载《汉语文学研究》2011 年第 1 期。
② 费冬梅：《林徽因"太太客厅"考论》，载《社会科学论坛》2015 年第 9 期。
③ 解志熙：《惟其是脆嫩，何必是讥嘲——也谈所谓"冰心—林徽因之争"》。

能拥有她的一切。① 不过如今时髦的伊莎贝尔拥有了超出家庭的交际圈，这对威廉来说无疑是"爱情"的幻灭以及身体的孤独。而对伊莎贝尔来说，孤独感让她不满足于做一个在家做家务带孩子的"贤妻良母"，精神上的孤独使得女性作为弱势群体在家庭中不得不运用其特有的方式来表达受到的压迫。因此威廉的孤单来自妻子对传统家庭关系的"出逃"，伊莎贝尔的孤独来自女性一直以来受到的男性的压迫、欺凌或暴力。在冰心的作品中这种幻灭感和孤独感似乎更多地留给了女性。对于婚姻和爱情"太太"分得很开，在她看来"若不是因为种种的舒服和方便，也许他就不再是我们的先生了！但是丈夫终究不比情人，种种的舒服和方便，对于我们的太太，也有极大的好处"。② 情人能给她精神上的愉悦而丈夫又能给她生活上的舒适与安逸，这也即是灵与肉分离的幻灭。"太太"在"先生"牺牲西班牙舞来陪伴自己的时候，也牺牲了自己和诗人的约会，"伏在先生的肩上，眼里竟然有了泪光"③。传统家庭关系中男人在外工作赚钱而女人只能待在家里，极度缺乏陪伴的"太太"不免会感到孤独。

这两篇小说无论是在主题还是内在情感上都体现着两位女性作家浓烈的女性意识。但西方的女性主义无疑比东方先发展一步，因为曼斯菲尔德已经从发现女性在家庭生活中的症候入手，找到了实际解决的办法——通过扩大女性的交际圈让男性感到压力。而冰心似乎还是停留在发现问题这个阶段，小说中对于丈夫的描写其实是大片空白的，我们不得而知太太的丈夫是否能察觉出妻子的心思。

虽然俩人有着不同的文化背景，但都通过对女性婚后生活状态的展示表达了对男权社会现状的不满，对女性生存境遇和心理状况的关注。

二

在女性主义叙事学的名作《虚构的权威》一书中，作者兰瑟认为女性叙述较倾向于采取投入故事和隐蔽自己的"声音"的叙述策略，以拉近与受叙述者、读者和人物之间的距离，呈现得更多的是感情而不是权威。④

曼斯菲尔德和冰心无疑都践行着这种叙述策略。在叙事视角的选取上，曼斯菲尔德以男性视角讲述故事，但其内核却在为女性发声，曼斯菲尔德作为具有现代意识的女性，将女性的反抗意识变成现实中的反抗。从男性

① ［英］凯瑟琳·曼斯菲尔德：《曼斯菲尔德短篇小说集》，天津人民出版社1982年版，第232页。
② 冰心：《冰心全集：第2册》，海峡文艺出版社1999年版，第23页。
③ 同上，第40页。
④ ［美］苏珊·S.兰瑟：《虚构的权威：女性作家与叙述声音》，北京大学出版社2002年版，第15页。

视角出发很好地反映出了女性对传统家庭关系的挑战以及男性对这种潜在力量的不安，他们无法找到直接证据来对抗这种反叛，只能用别有深意的语言来暗示女性，在威廉回到家里感到很陌生时便对伊莎贝尔说道："唉，你心里明白！"而伊莎贝尔却觉得是丈夫古板认为自己只是"认识了几个真正合得来的人"，甚至说"你认为这些是坏兆头""你每次走上楼来，我都有那种感觉"①。作者用一系列含蓄又别有所指的话语来显示威廉对这份爱情的猜忌，似乎他希望发生什么大过于没有发生什么。而这样的原因就在于女性通过扩大自己在客厅的活动来表达自己潜在的反抗，但这种反抗的力量远远大于女性从家庭出走或者出轨这种已经发生的实质性事情，这是生活在男权阴影下的女性从生命深处发出的合理的抗议。从男性视角出发，更能将这种家庭关系表现得暧昧不明，作者的女性主义思想也自然而然地呈现出来。巧妙的是，虽然这是一篇从男性视角出发的文章，但男性在小说中却处于一个压抑的状态，这是因为叙述者虽然从男性视角出发，但却又不断转换着视点，给读者以全知视角。因此在小说中我们可以看到威廉内心对这份感情的不信任，对妻子背离家庭的紧张，也可以看到伊莎贝尔给朋友们读信时的嘲笑，收到信后内心的摇摆。

再看《我们太太的客厅》，小说中的"我们的太太"明明是"沙龙"中绝对的主角，而叙述视角却由太太身边的女仆展开。太太的名字叫作"美"，但在叙述中，叙述者通篇以"我们的太太"称呼她。段义孚在他的人文地理学著作《空间与地方》②中指出，距离是相对于自己的距离，在英语中离说话人较近的物体叫"this"，离说话人较远的物体叫"that"，这能带出较大的情感负荷。如莎士比亚的《查理二世》中持续使用"this"来唤起爱国热情。因此在《我们太太的客厅》中，作者以一个女仆的视角来讲述我们太太作为交际花的生活，小说全篇的叙述主语都是"我们太太"，这反映了汉语语言不仅能携带情感负荷还更为博大精深。因为这篇小说中的"我们太太"并不是要引起读者的亲切感，而是讽刺的语气。小说中的"我们的"似乎一直有人在用一种骄傲的语气强调这个太太和一般太太的不同，她的行为举止都表现出她不只是丈夫的附属品，其能力大大超出了一般太太的行动范围——她有专属于自己的"沙龙"客厅。然而在小说的结尾处却峰回路转，"说到底'太太'终归是太太，哪怕她是'我们的太太'，哪怕她是客厅里的月亮，客厅里的太太也终归是属于丈夫的"③。因此，受挫的太太终归是逃不出樊笼，最后的栖息地也只能是家中温暖的炉火和丈夫坚实的臂膀。不同于《摩登婚姻》视角的不断转变，《我们太太的客厅》叙述视角

性
别
意
识
研
究

① ［英］凯瑟琳·曼斯菲尔德:《曼斯菲尔德短篇小说集》，第233页。
② 段义孚:《空间与地方》，中国人民大学出版社2017年版，第38页。
③ 冰心:《冰心全集:第2册》，第41页。

始终集中在太太的身上，携带的情感负荷——"讽刺"也只是针对"我们太太"一人。小说清晰地为我们展现了太太的客厅的格局和布置，从布置的风格、墙上的画像和照片以及摆放在矮书架子上的小本外国诗文集都可以看出"我们太太"以文化人自尊的讲究、自恋和自以为是。随着叙事的推进，读者便会不自觉跟随女仆的视角来看人物的一一出场。在每个人物出场后作者也不忘讽刺"我们太太"。女仆 Daisy 的出场讽刺了"我们太太"是个伪进步知识分子，只知道喊大而无用的空口号却没有实际的行动；女儿彬彬的出场讽刺了"我们太太"永远习惯做主角，连最爱的女儿也只能给她做配角的性格；科学家陶先生的出场讽刺了"我们太太"喜欢享受社会高层知识分子的仰视和爱慕的虚荣心理；袁小姐和露西的出场讽刺了"我们太太"容不下其他优秀女人的小气作风；还有诗人、文学教授、哲学家等人物的出场，都以不同角度讽刺了"我们太太"性格上的缺陷，也为我们描绘出太太的一个大致的形象。作者借女仆之口将自己的声音隐藏在故事之中，充满了深意。

有趣的一点是曼斯菲尔德一直以来都习惯用女性视角来表达她的女性主义主题如《女主人的贴身女仆》《莫斯小姐的一天》《求职女》，等等。而冰心则习惯站在一个男性的视角去看待身边的女性，如她五四时期大多的问题小说以及中期的《关于女人》，这种角度似乎也就更加客观。这两部作品则是两人对熟悉习作模式的颠覆，更凸显了她们女性意识的进步。

三

曼斯菲尔德和冰心从不同的叙事视角出发展现了女性婚后的生活状态，然而她们的叙事风格也有着东西方文化的巨大差异。同为女性作家，细腻是她们所共有的特点。曼斯菲尔德的细腻体现在她花费了更多墨笔在人物的心理描写上，她很少关注事件本身的发展脉络，而是颠倒时空顺序，专注于发掘人物内心深处的潜意识。当威廉坐上回家的列车时，作者采用了意识流的手法，跟随威廉的内心活动穿插其不同时段的回忆，来表现威廉对往昔夫妻之情的怀念。此外当伊莎贝尔收到威廉的来信，在决定到底是回信还是和其他人下楼去玩的时候，作者也给到了伊莎贝尔相当丰富的内心活动：

> 伊莎贝尔坐起身来。是时候啦，她必得当机立断。是和他们去呢，还是留下来给威廉写信？哪条路，该走哪条路？"我必须拿定主意。"唉，这还有什么问题？她当然要留下来写信。
> 不，这太难啦。"我要——我要跟他们去，等以后再给威廉写信。

以后。现在不行。反正我一定写。"她匆匆想道。①

细腻的心理描写表现出了伊莎贝尔在回归家庭和走向社会中虽然有所摇摆，但最后还是选择了后者。这突破了从男性视角开始叙述的局限性，也是作者女性意识的显露。

在冰心的《我们太太的客厅》中，作者没有把重点放在人物的心理描写上，而是着重描写了沙龙的环境和人物的外貌特点。对于我们的太太，她写其穿着"浅绿色素绉绸的长夹衣，沿着三道一分半宽的墨绿色缎边，翡翠扣子，下面是肉色袜子，黄麂皮高跟鞋。头发从额中软软的分开，半掩着耳轮，轻轻地拢到颈后，挽着一个椎结"；写其神态"是午睡乍醒的完满欣悦的神情，眼波欲滴"；连身旁的女仆也穿着"黑皮高跟鞋，黑丝袜子，身上是黑绸子衣裙，硬白的领和袖，前襟系着雪白的围裙，剪的崭齐的又黑又厚的头发，低眉垂目的"；写好友露西是"发光的金黄的卷发，短短的堆在耳边，颈际，深棕色的小呢帽子，一瓣西瓜皮似的歪歪地扣在发上。身上脚上是一色的浅棕色的衣裳鞋袜。左臂弯里挂着一件深棕色的春大衣，右手带着浅棕色的皮手套，拿着一只深棕色的大皮夹子。一身的春意，一脸的笑容，深蓝色眼里发出媚艳的光，左颊上有一个很深的笑涡"，等等。②作者的这些描写使得小说人物的身份和性格仿佛浑然一体，跃然纸上。

《摩登婚姻》和《我们太太的客厅》从表象上看最大的不同就是结尾的设置。这体现了异质文化背景下，作者对于女性情爱婚姻心理的不同叙事技巧：中国传统文化与西方婚姻价值观的差异，中国人明显表现得更为含蓄，西方人表现得更开放。前一篇中，周末才能回一次家的丈夫落寞地走后，给妻子写了一封信，起初妻子还有一丝愧疚，后来就继续跟那群人玩去了。后一篇，丈夫推掉了饭局回家陪妻子，妻子不得已取消了和诗人听戏的安排。同样都是周旋于诗人、画家、文学家之间的女性，一个选择了继续无声地反抗而一个转身回到了丈夫温暖的怀抱。

除了文化背景的不同，作者在面对女性现实问题时个体经验也导致了女性意识体现形式的差异。虽然曼斯菲尔德与冰心都有着优渥的家庭条件，但是曼在年幼时因为无法忍受母亲的唯唯诺诺，父亲的冷漠刻板，于是逃离了家庭。在伦敦逐梦时期经历了一段失败的婚姻，最后开始了她的"流浪"生涯。除了饱受物质上的窘迫，面对这个对女性处处压抑的社会，她也表现出精神上的困境。因此在曼斯菲尔德的作品中到处流露出与自己性别、身世相关的众多气息。虽然曼斯菲尔德从未标榜过自己是激进的女权主义者，也从未撰写过女性主义相关的理论，更未公开表示过对女性问题

性别意识研究

---

① ［英］凯瑟琳·曼斯菲尔德：《曼斯菲尔德短篇小说集》，第 243 页。
② 冰心：《冰心全集：第 2 册》，第 22—23 页。

的特殊关注①，但她却在个人生活的抗争和对女性生活的敏锐观察中流露出浓烈的女性意识。因此我们看到的她的这部后期作品《摩登婚姻》将女性的反抗意识变为现实的反抗，这种反抗虽然有限而微妙但是又是非常强硬的。男性在家庭中的地位，让我们不得不联想到曼斯菲尔德早期作品中女性的遭遇。作者自身的经历和个性在小说中充分扩张，向外传达出对传统女性价值观念的反思和破坏。相比曼斯菲尔德的坚决，冰心的这篇小说更显温和。冰心家庭和爱情的美满以及其受到的基督教文学的影响形成了她独特的"爱的哲学"，哪怕是五四时期最具锋芒的问题小说，她都不会表现出咄咄逼人的激烈姿态。成为妻子、母亲之后她的创作又有了一些变化，但是依然秉承着她一贯的温婉敦厚。结尾处"太太"受到了"露西"的刺激而选择回到家庭陪伴丈夫是一种感性的流露，更是冰心本人的传统家庭观对女性主义思想的牵绊。而对于"太太"喜欢到处结交朋友，享受追捧地位，叙述者又表现出一种讽刺的意味，太太的身份就表明了女性的一种性别认同，表现出对女性命运的关注，也正是她的温和让她的女性意识相比曼斯菲尔德显得更为保守。冰心心灵深处还是有着深厚传统积淀的女性性别文化观念，已婚的女人不能太逾矩，她终归是属于丈夫的。

冰心和曼斯菲尔德均是女性文学的代表人物，都对女性的悲剧性存在状态表达了高度关注，并用实际行动致力于女性自由和解放。尽管两人生活在不同的国家，处在不同的时代，也采用了不同的写作技巧，但她们都是女性意识的先驱者，用自己独特的方式反抗着身边的男权，憧憬着两性的和谐。这两部作品是两人女性意识的结晶，对于它们的平行比较有利于我们分析出作家是采取何种方式对于女性婚姻状态进行关注的。

（张欣怡：北京语言大学中国现当代文学专业硕士研究生）

---

① 牛建伟：《曼斯菲尔德短篇小说的女性主题特征》，载《齐齐哈尔大学学报》2002年第5期。

论《伤逝》中女性主体性建构的"空白所指"

——以易卜生戏剧与《伤逝》的比较为例

李彤鑫

摘　要: 鲁迅于 1925 年创作的小说《伤逝》中的女性形象是中国现代文学史中影响最为深远的第一代出走"娜拉",然而标志着中国女性主体意识觉醒的这一声绝叫"我是我自己的"放在子君身上理解终究还是一个"空白的所指"。通过将《伤逝》中的子君同易卜生创作的两部戏剧《玩偶之家》《海上夫人》中的女性形象进行对比,则可以总结出《伤逝》中女性形象空白所指的具体内容,能够帮助我们更好地理解五四时期走出封建旧式家庭的第一代女性身上所缺少的娜拉之所以成为娜拉的精神特质。

关键词: 女性主体性;易卜生戏剧;比较研究;鲁迅研究

性别意识研究

　　鲁迅于 1925 年创作的小说《伤逝》[①]无疑是对易卜生戏剧《玩偶之家》[②]中出走娜拉形象的一次中国化再造,娜拉甩手关门的一声绝响也因为不同的社会环境与经济条件转变为子君独自负着虚空的重担在灰白的长路上前行。子君和涓生爱情消逝的悲伤结局其中有很大一部分原因归结于子君女性主体性内在构建的空白,而这空白恰恰就是从旧家出走的第一代娜拉们最终走向"要么回来,要么堕落"的原因本质。由此可见,《伤逝》中女性人物主体性的觉醒和失落是导向人物悲剧命运的关键因素。

　　目前学界对《伤逝》的研究丰富驳杂,多数研究集中在对单一文本的分析和解读的过程中探讨作品的内在意旨。对比研究方面主要集中在联系易卜生戏剧《玩偶之家》探析娜拉形象转入中国文化土壤后的延续和变异,笔者发现出现在《伤逝》这篇小说中被提及的易卜生的另一部戏剧《海上夫人》却鲜少有研究者作为研究的对象。笔者认为,这两部作品作为鲁迅的创作储备和剧中人物思想交织碰撞的始发点,是不能择一而论的。

---

① 鲁迅:《彷徨》,人民文学出版社 2006 年版。
② [挪]易卜生:《易卜生戏剧》,人民文学出版社 2015 年版。

通过阅读这两部戏剧不难看出，《海上夫人》中的艾梨达正是重归家庭后的娜拉生命的延续，笔者认为只有将这两部作品结合起来分析比较，也许才能对《伤逝》中子君身上的空白所指做出更加全面的解释。

一、女性主体性话语生成的空白所指

女性主体性这一批评术语来源于人的主体性概念，本文中使用的女性主体性的概念界定主要采用刘思谦《中国女性文学的现代性》[①]和赵小华《女性主体性：对马克思主义妇女观的一种新解读》[②]这两篇文章对女性主体性的理解，即存在于客观世界中的女性主体，在其所面对的家庭或社会地位、价值追求、自主能动性的发挥、自身创造性的实现等一系列的主观追求和现实成就之间的相互关系。我们将从这一主体性概念的建构出发，通过联系易卜生戏剧《玩偶之家》和《海上夫人》，试图分析《伤逝》中子君身上女性主体性空白所指缺失的具体内容。

《伤逝》是一篇以男性第一人称视角讲述的爱情小说，女性主体性话语的空白所指首先就体现在女性人物在小说中的话语缺失。从涓生的叙述中，在子君和涓生为期六个月的恋爱里，涓生是"我已经说尽了我的意见、我的身世、我的缺点、很少隐瞒"[③]，可以看到涓生在这段关系里是很坦白和直率的，充满着对自我的自信和清晰认知，他将子君视作一个可以倾诉的对象毫无保留地表达自己，这是男性在自由恋爱关系中话语表达非常自由和顺利的情形。全文出现有关子君话语的直接引语，便只有那一声被学界视作中国现代女性主体性觉醒的第一声呐喊："我是我自己的，他们谁也没有干涉我的权利！"[④]而这呐喊声中包含的指规动作只有一个：那就是勇敢地离开旧式的封建家庭，投身组建和涓生共同生活的小家庭，这便是这声呐喊中包含的全部动作。除此之外，读者在《伤逝》中再也看不见子君的任何言谈，只能通过涓生的追忆来摹画子君的音容笑貌，子君成了投射在涓生瞳仁中的一个影子，只有形象，而无声音。

易卜生戏剧最大的一个特点，或者说易卜生之所以被称作现代戏剧之父的一个重要原因，就是改变了原有欧洲戏剧"三一律"的固定样式。他开创了在戏剧中大量使用人物对话的方式来反映社会现实的先河。《玩偶之家》与《海上夫人》就正是这一创作手法的表现佳作，在《偶玩之家》中，我们可以看到娜拉正像海尔茂形容的那样，仿如一只"小鸟儿"一只"小

① 刘思谦：《中国女性文学的现代性》，载《文艺研究》1998年第1期。
② 赵小华：《女性主体性：对马克思主义妇女观的一种新解读》，载《妇女研究论丛》2004年第4期。
③ 鲁迅：《彷徨》，第111页。
④ 同上。

松鼠"，叽叽喳喳地穿梭于忙碌的家庭生活，娜拉除了最后离开家时说的那一句"我还要争做一个人"①这样充满独立精神的话语之外，在"希望"破灭后，虽然她还没有想清楚离开家庭之后该何去何从，未来的道路该怎样走，但她确确实实表现出了一种不愿再做丈夫的玩偶，不愿再做家庭玩偶的决心。她主动提出了要和丈夫海尔茂坐下好好谈一谈的意见，觉醒的娜拉要求独立，要求自主，这"不仅仅是关于人身的自由，而是在思想上也要追求一种无他人干涉的独立自主"②"什么事情我都要用自己的脑子想一想，把事情的道理弄明白"③，即使身陷不合道理的囹圄社会，甚至成为这一不合理经济制度的牺牲者，娜拉仍然抱着强烈的反抗精神想要弄明白"究竟是社会正确，还是我正确"④，即使"哪怕外面有鹰，有猫以及别的什么东西之类"⑤。娜拉以坚硬的态度和清晰的头脑最终毅然地选择离开家庭，走向自我寻找的道路。

在《玩偶之家》这个文本中，读者通过娜拉面对各种人物所反映出的不同表现及人物语言的顺畅表达，能够感受到娜拉是一个活生生的、有爱有恨、有自身对世态人情思考的一位现代女性，这也是为什么娜拉相较于子君而言更为鲜活更为生动的重要原因。即语言的丰富言说使平面的人物形象增添了生动的声音，通过丰富鲜明的声音，人物的立场、性格、思考被读者更为明确地感知从而反作用于人物形象的再次建构。

通过对子君和娜拉在文本中话语声音的分析，不难看出构建女性主体性首要的一点就是女性声音表达的顺畅与否。通过对比可见，《伤逝》中的子君不论是在旧家、在社会中还是在新文化氛围笼罩下的小家，都没有一个场所容纳她的声音。失语的存在状态是女性主体性构建失败的第一个有力证明，娜拉甩手关门的一声绝响终究化为子君独自负着虚空的重担在灰白的长路上前行，直至湮灭无声。

二、女性主体性建构中爱之关怀的空白缺失

如果说子君和娜拉最终的离开是因为家庭的无爱，那艾梨达重新回归家庭生活，重燃对丈夫和两个女儿的爱则是出于自由选择下对爱的重新发现。通过对比阅读，笔者发现不可缺少的爱之关怀是女性主体成长中的关键一环，它必须来自多方面的支持和鼓励，特别是在人刚刚站起成为一个

① ［挪］易卜生：《易卜生文集（第 5 卷）》，人民文学出版社 1995 年版，第 202 页。

② 郑汉生：《论易卜生〈玩偶之家〉中出走的娜拉》，载《湖北广播电视大学学报》2008 年第 9 期。

③ ［挪］易卜生：《易卜生文集（第 5 卷）》，第 203 页。

④ 同上。

⑤ 同上，第 205 页。

"大写的人"的五四时期。

子君和涓生之间的隔膜实际上可以总结为：一个仍在为思想启蒙努力的革命者和一个满足于日常凡俗生活，精神已停滞不前的家庭妇人之间的隔膜。在《伤逝》中，涓生作为一个相对彻底的启蒙者，在面对夹杂在新旧之间偏离启蒙路线的子君时，不但没有帮助子君回归启蒙的道路，甚至连一点安慰的同情和怜悯也不曾有，反而产生一种受害者的心情，对子君充满了怨恨的情绪。涓生在手记中共记录了三次希望子君死去的心情，这些叙述恰恰是和涓生新生的希望联系在一起的。"我觉得新的希望就只在我们的分离；她应该决然而去——我也突然想到她的死。"[1] "新的路的开辟，新的生活的再造，为的是免得一同灭亡。"[2] "生活的路还很多，我也还没有忘却翅子的扇动，我想——我突然想到她的死。"[3] 隐含作者极端地将战斗与死作为生存要义的对立面置于选择的两端，完全忽视了爱在中间所起的保护作用，并且更为严苛地要求通过别人的死来为自己翅子的扇动助力，虽然不清楚死的背后带给涓生扇动翅子的鼓励机制是什么，也许是责任的逃避、也许是负担的抖落、也许是获得更多的生活空间、也许是新生道路的开辟，但有一点可以明确的是，《伤逝》中一旦女性角色失去对启蒙道路的坚持，遭遇了战斗精神的消弭，留给她的只有被抛弃的命运。子君虽然获得了意志上的自我觉醒，但却没有办法从经济上、从社会上、从家庭生活中获得独立的个人生活能力，必须要依附着父权制的社会基础才得以存在（娜拉和艾梨达离开家庭之后都能够独立生存），当得以依靠的男性主体退出其生活舞台，女性的战斗精神和生命能量便迅速枯萎。

在如此特殊的时代背景下，女性成为父权制社会的牺牲品，一方面被要求毫不退缩地成为一名战士坚持新阵营的启蒙立场，另一方面仍要保持着贤妻良母贤良淑德的旧式女性底色。女性所面对的更多的是被爱的条件、男性中心意识形态下的苛责、社会对女性角色的固有期待，而缺少在家庭、在社会中独立生存所必要的支持和鼓励。女性主体性生成阶段的必要条件之一就是关爱，这在小说《伤逝》的文本中是大量缺失的。关爱必须是来自多方面的支持、有父母的理解关怀之爱、社会的保障维护之爱、爱人的陪伴稳定之爱和自身对自我及全部潜能的确信之爱，如果仅仅是将女性主体存在的意义建立在男女之间的两性之爱，当爱情消散，毫无疑问女性生命的存在意义即刻沦为空虚。

如果说《玩偶之家》中娜拉的离开是出于对建立在金钱关系上资本主义家庭的反叛，那《海上夫人》则为我们提供了现代爱情的理想范本，通

---

① 鲁迅:《彷徨》，第 122 页。
② 同上。
③ 同上，第 120 页。

女作家学刊·第四辑

过解读《海上夫人》中艾梨达的重获新生，能够帮助我们更好地理解爱在女性主体性建构中所起的重要作用。

艾梨达作为灯塔守护人的女儿，从小便对大海产生了一种难以名状的狂热和向往，因为这海其实就象征着人物选择的自由和未来发展道路的无限可能，艾梨达的初恋——水手庄世顿正是大海意象的人形显现。父亲去世之后，艾梨达迫于生活境状嫁给了医生房格尔，用艾梨达的话说，她是将自己"卖给房格尔的"①，因而当初恋情人庄世顿再次回到艾梨达身边要求艾梨达同他一起离开的时候，艾梨达陷入了痛苦的抉择，因为即使多年过去庄世顿仍旧是自由、是未来无限可能性的象征。艾梨达面对如此诱惑，她被深深吸引的同时又感到惊恐万分，这是人出于对未知自由的向往生出的一种狂热又惧怕的非理性情感。艾梨达要求丈夫房格尔解除婚约，这样她才可以凭借自己的个人意志自由地做出离开还是留下的选择。当房格尔心痛地解除和艾梨达的婚约时，自由对艾梨达来说再也不构成一种强烈的蛊惑力量，从而艾梨达脱去了对自由的迷狂状态，冷静之后的她意识到自己是深深地爱着丈夫和两个女儿的，是房格尔的爱给了艾梨达自由选择的可能。因此，不难看出，在作家易卜生的思想中，爱的产生和意志选择的自由是不能分开而论的，是爱给了意志自由选择的机会。

"仇恨是一种强烈的破坏欲望，爱是对某一对象的强烈的肯定欲望。爱并非一种情感，而是一种积极的驱动力和内在的相连状态，其目的是对象的幸福、发展与自由。"②这是德裔哲学家弗洛姆在《逃避自由》一书中对"爱"给出的理解。在《海上夫人》一剧中则清晰地表现为房格尔为了妻子艾梨达精神上的考虑而做出的种种努力。因为艾梨达从小生活在开阔浩瀚的海洋，房格尔害怕是因为此地的山高地狭阻碍了妻子心胸和精神的开阔，便诚心地和艾梨达商量以放弃自己的事业为代价搬去沿海地带生活；即使艾梨达没有称职地担负起一个妻子和一个母亲应该承担的责任，房格尔也并没有责备埋怨，而是更为体贴地为妻子的健康着想，甚至还邀请妻子少女时代的旧识前来为其排忧解闷，以至即使深爱着艾梨达，也愿意给她离开的自由。房格尔做这些事的目的只有一个，希望艾梨达的精神能够好转，能够摆脱神秘因素的控制，希望她能得到真正的幸福和快乐。正是因为艾梨达有了家庭之爱的理解、保护和拯救，最终才能摆脱对自由生发出的一种非理性的狂热欲望，摆脱大海作为自由的象征对其精神的控制，做出发自心底的选择，重拾平静安稳的幸福生活，回归人真正的自由本质。

通过对比子君和艾梨达发现，女性主体性的构建是离不开关怀之爱的呵护、鼓励和陪伴的，子君灰白生命的苍凉底色便是因为缺少家庭之爱的

① ［挪］易卜生:《易卜生文集（第6卷）》，人民文学出版社1995年版，第303页。
② ［美］艾里希·弗洛姆:《逃避自由》，上海译文出版社2015年版，第174页。

温暖关怀，最终走向了死亡的殊途。而《海上夫人》中的艾梨达在丈夫和家人帮助支持下，最终完成了对自我的救赎，对自我心灵的发现，走完了女性主体性建构的一系列路程，两位出走的娜拉因为家庭之"爱"的有无表现出截然不同的命运走向。

三、五四青年对西方现代伦理观念理解的缺失

正如宋建华在《错位的对话：论"娜拉"现象的中国言说》一文中指出"五四文学家往往将对西方文学作品的解读视作对西方现代人文精神的全部理解"。[①] 在《伤逝》中，不难看到涓生和子君作为启蒙阵营中的一员，仅仅是通过靠阅读西方的文学作品来理解西方现代人文内涵，而人为地忽视了各国现实、社会条件之间的差距。正是五四青年一代对西方现代伦理观念含混模糊的理解，使他们自身在新旧文化之交的时代背景中无法将自身"安住"其间而发生内在的自我拉扯，如此情况将进一步阻碍其现代健全人格和性情的养成。

在《伤逝》中，子君在进入和涓生共同生活的小家庭后，在日常繁忙琐碎的家庭生活中偏离了原先启蒙道路的方向，彻底地沦为一个庸俗的家庭主妇，以全部的家庭生活内容作为自己存在于这世上的功业，因而渐渐失去了自我更新和成长的机会。即使勇敢地离开了父家，说出了"我是我自己的"独立宣言也难逃父权制社会下女性的附属身份，她仍旧是丈夫的妻子、父亲的女儿，她始终没能成为一个能够依靠自己的力量活在这世上的人，之前和涓生所谈论的"家庭专制、打破旧习惯、男女平等"等现代解放思想的观念终究变成了一套讽刺的空虚。究其根本，便是20世纪"两半中国"深重的封建意识形态下的尾大不掉与进步的激进的新文化特质之间的不相容。身居其中的进步青年精神上渴望破除一切旧的，但潜意识中总有民族文化内涵的积习在阻碍人物按照他习得的知识成为他理应成为的人。是"不逾矩，合乎礼"这一传统的文化模式和"破除一切旧的"五四口号这两种处于极端的文化价值选择造成了人物内心的分裂和拉扯。

从《玩偶之家》到《海上夫人》，易卜生向我们展现了女性自我主体发现的完整轨迹。两剧的创作时间相隔十年，挪威在此期间也经历了如火如荼的女权主义运动，正是社会的不断进步推动了作家创作视野的成熟。在《玩偶之家》中，娜拉最终对自己的认知落脚在："我几乎觉得自己像一个男人。"[②] 这是一个女性如果要在社会上取得合法的生存地位，她必须要将自己去性别化才得以成立的表达。而在《海上夫人》一剧中，通过房格尔的

---

① 宋建华：《错位的对话：论"娜拉"现象的中国言说》，载《文学评论》2011年第1期。
② ［挪］易卜生：《易卜生文集（第5卷）》，第134页。

女作家学刊·第四辑

大女儿博列得与凌格斯川关于两性婚姻话题的探讨，让读者看到女性对自身存在价值的认同有了更进一步的理解："我觉得婚姻可以算作一桩奇妙的事，好像能把女人逐渐变得像她丈夫一样。"（凌格斯川）"女人会吸取她丈夫的兴趣嗜好？不知你想过没有，也许丈夫会同样被老婆吸过去，我的意思是说，他也会逐渐像他老婆。"（博列得）① 从这段对话中，我们看到了女性不但对自身的主体性有了更加深入的认识和挖掘，更进一步地提到了两性之间的主体间性所要求的平等和融合。可以说在《海上夫人》一剧中，隐含作者的创作思维中就孕育出了有关女性主体性的自觉意识和对两性之间主体间性的美好追求。

通过对比发现，易卜生于 1888 年创作的《海上夫人》同鲁迅于 1925 年创作的《伤逝》，前者文本内蕴含的对女性主体性的理解和探索是更进一步的，而后者对第一代出走娜拉的发难仍旧在一定程度上侵染着男性中心意识形态的积习，其间创作思想的内在差距指向的便是西方文化现代伦理内涵在五四时期引入却不能被很好消化的证明。或者说，中国作家在面对西方文学作品的时候，往往只抓取表面上能够拿之即用的改造工具，却忽视了对作品表征下人文内涵的深入理解，因而造成了作品中女性人物主体性构建的大量空白。

正如孟悦和戴锦华在《浮出历史地表》中所指，中国现代文学大量作品中"女性主体成长中的空白，显露了不仅是女性自身，而且也是整个现代史上新文化的结构性缺失"。② 本文试图从易卜生戏剧与《伤逝》的比较分析子君形象所承载的女性主体性空白所指的具体内容，以期更好地理解中国第一代出走娜拉所面临的生存困境。

通过戏剧《玩偶之家》《海上夫人》与《伤逝》的比较发现，子君、娜拉、艾梨达这三位现代女性身上有着不同的主体内涵。本文试图从女性主体话语生成的空白所指、女性主体性成长必不可少的爱之关怀和五四青年对西方现代伦理观念的理解空白三个方面尝试着为《伤逝》中女性形象的"空白所指"赋予了具体的所指内容，同时表达了笔者对女性主体性构建的一些理解。

（李彤鑫：北京语言大学人文学院硕士研究生）

性别意识研究

---

① ［挪］易卜生：《易卜生文集（第 6 卷）》，第 291 页。
② 孟悦、戴锦华：《浮出历史地表》，北京大学出版社 2018 年版，第 30 页。

名作家史料研究

《庐隐全集》订正与补遗

戚　慧

女作家学刊·第四辑

摘　要: 福建教育出版社 2015 年 9 月版《庐隐全集》，依作品发表时间先后排序，确实便于考察其不同时期的创作，但有些作品著录信息不全或欠准确，需要进一步完善。庐隐佚文尚有发掘的空间，除研究者先后披露的三十余篇集外文，还有二十余篇作品未收入《庐隐全集》。

关键词: 庐隐;《庐隐全集》; 订正; 补遗

王国栋编、福建教育出版社 2015 年 9 月版《庐隐全集》(以下简称"《全集》")收录庐隐 1920 年至 1935 年间各类作品"约 240 篇(部)，其中 90 多篇(部)为此次新增的佚文"，同时采用编年体，"基本以年分系，大致按时间先后顺序编排"，最大限度地呈现了庐隐的创作面貌和创作历程。但《全集》中有些作品的著录信息存在不全、不确现象，而且还失收了不少庐隐的集外作品。

一、著录信息订正与补充

《全集》将庐隐所有作品不分体裁安排在各年份下，但有的作品并未按其发表时间排列，而是根据成集本出版时间系年的。全集在每篇作品文末均"标明发表或出版的日期、报刊名及转载、结集情形"①，但所著录的信息，或不全，或欠准确。兹据笔者所知，订正与补充如下:

---

①　王国栋编:《编辑体例》，见《庐隐全集》(第 1 卷)，福建教育出版社 2015 年版，第 2 页。

《新村底理想与人生底价值》，载北京《民国日报·批评》1920年12月8日新村号第4号。《全集》："1920年12月5日北京大学《批评》。"（见卷一P19）

《劳心者和劳力者》，载北京《民国日报·批评》1921年1月11日新村号第6号，署名卢隐女士。《全集》："1921年1月11日北京大学《批评》。"（见卷一P26）

《雪》，载北京《益世报·女子周刊》1921年2月5日第14号，署名卢隐。《全集》："本篇最初发表于1921年10月25日《益世报·女子周刊》。"（见卷一P116）

《一个月夜里的印象》，载《京报·青年之友》1921年3月8日、3月9日第7版"小说"栏，署名卢隐女士。《全集》："本篇最初发表于1922年5月'文学研究会丛书'《小说汇刊》。"（见卷一P159）

《邮差》，载《京报·青年之友》1921年2月20日第7版"小说"栏，署名卢隐女士。《全集》："本篇最初发表于1922年5月'文学研究会丛书'《小说汇刊》。"（见卷一P163）

《傍晚的来客》，载《京报·青年之友》1921年3月29日第7版"小说"栏，署名卢隐女士。《全集》："本篇最初发表于1922年5月'文学研究会丛书'《小说汇刊》。"（见卷一P167）

《两个小学生》，又载北京《黄报》1921年9月11日、9月12日第1版"小说"栏。

《悠悠的心》，又载《盛京时报》1922年8月27日第7版"新诗"栏，署名庐隐。

《华严泷下》，又载北京《黄报》1922年9月23日至26日第1版"游记"栏，署名庐隐。文末署"一九二二在横滨"。

《海边上的谈话》，又载北京《黄报》1922年9月27日至29日第1版"游记"栏，署名庐隐。

《最后的光荣》，又载北京《黄报》1922年10月15日至17日第1版"杂感"栏，署名庐隐。

《最后的命运》，又载《无锡新报·星期增刊》1923年8月25日第52号，署名卢隐。

《秋别》《寂寞》，又载《无锡新报·星期增刊》1923年10月14日第7版，署名卢隐。《秋别》，又载北京《世界日报·蔷薇周刊》1928年11月28日第5卷第86期，署名庐隐。

《前尘》，又载上海《现代妇女》1934年7月16日第1卷第1期，题名《往事》，署名庐隐女士遗作。内容有部分删改。篇末注："一九三三年改作。"

《妇女的平民教育》，载《教育杂志》1927年9月20日第19卷第9期"平民教育专号"，署名黄庐隐。《全集》："本篇最初分别发表于1927年9月、10月《教育杂志》第19卷第9号、第10号'平民教育专号'。"（见卷二 P268）

《英雄泪》，载北京《世界日报·蔷薇周刊》1927年10月25日第47期，署名庐隐。《全集》："本篇最初发表于1927年12月5日《蔷薇周刊》第3卷第47期。"（见卷二 P270）

《研究文学的方法》《公事房》《牺牲》，分别载北京《世界日报·蔷薇周年纪念增刊》1927年12月6日至7日，1927年12月8日至9日，12月13日至15日，署名庐隐。《全集》："本篇最初发表于1927年12月28日《蔷薇周年纪念增刊》。"（见卷二 P271—299）

《时代的牺牲者》，载北京《晨报副刊》1927年2月23日第1524号、2月24日第1525号，署名庐隐。《全集》："本篇于1928年1月收入北平古城书社《曼丽》集初版本。"（见卷二 P317）

《西窗风雨》，载北京《晨报副刊》1926年12月8日第1488号，署名庐隐。《全集》："本篇于1928年1月收入北平古城书社《曼丽》集初版本。"（见卷二 P321）

《一幕》，载天津《庸报·妇女铎》1927年7月13日第9期，署名庐隐。《全集》："本篇于1928年1月收入北平古城书社《曼丽》集初版本。"（见卷二 P327）

《血泊中的英雄》，载北京《晨报副镌》1927年4月2日第1546号，署名庐隐。《全集》："本篇于1928年1月收入北平古城书社《曼丽》集初版本。"（见卷二 P332）

《风欺雪虐》，载北京《晨报副刊》1927年4月30日第1561号，署名庐隐。《全集》："本篇于1928年1月收入北平古城书社《曼丽》集初版本。"（见卷二 P337）

《曼丽》，载天津《庸报·妇女铎》1927年9月21日第19期，署名庐隐。《全集》："本篇于1928年1月收入北平古城书社《曼丽》集初版本。"（见卷二 P348）

《〈曼丽〉自序》，载北京《古城周刊》1927年10月23日第1卷第6期，署名庐隐。《全集》："本篇收入《曼丽》集，北平古城书社1928年1月初版。"（见卷二 P349）

《房东》，载北京《晨报副刊》1927年1月29日第1514号，署名庐隐，题名《我们的房东》。《全集》："本篇于1928年1月收入北平古城书社《曼丽》集初版本。"（见卷二 P361）

《一鞭残照里》，载天津《庸报·妇女铎》1927年8月10日第13

期，署名庐隐。《全集》："本篇于 1928 年 1 月收入北平古城书社《曼丽》集初版本。"（见卷二 P371）

《寄梅窠旧主人》，载北京《世界日报·蔷薇周刊》1926 年 12 月 28 日第 6 号，署名庐隐。《全集》："本篇于 1928 年 1 月收入北平古城书社《曼丽》集初版本。"（见卷二 P375）

《醉后》，载北京《世界日报·蔷薇周刊》1927 年 4 月 4 日第 19 期，署名庐隐。《全集》："本篇于 1928 年 1 月收入北平古城书社《曼丽》集初版本。"（见卷二 P380）

《不安定的心》，载北京《晨报副刊》1926 年 12 月 2 日第 1485 号，署名庐隐女士。《全集》："本篇于 1928 年 1 月收入北平古城书社《曼丽》集初版本。"（见卷二 P384）

《雷峰塔下——寄到碧落》，载北京《古城周刊》1927 年 9 月 18 日第 1 卷第 1 期，署名庐隐。《全集》误作"本篇写于 1927 年 11 月。"（见卷二 P387）

《最后的一夜》，载北京《世界日报·蔷薇周刊》1927 年 4 月 12 日第 20 期，署名庐隐。《全集》："本篇于 1928 年 1 月收入北平古城书社《曼丽》集初版本。"（见卷二 P392）

《侦探》，又载北京《农民》1928 年 3 月 1 日第 4 卷第 1 期、1928 年 3 月 11 日第 4 卷第 2 期，署名黄庐隐。

《哭评梅》，又载北京《益世报》1934 年 6 月 23 日第 9 版，署名庐隐女士遗著。

《夜的奇迹之一》题注："庐隐在此之前预告将出版散文诗集《夜的奇迹》。以下该集各篇依发表时间先后，编者均加上序号。"（见卷三 P1）编者将《我生活在沙漠上》《梦》加上副标题《夜的奇迹之九》《夜的奇迹之十一》，而原刊并无副标题。同样，《雪耻之正当途径》的小标题《耻在何处》《雪耻必备》《雪耻之策》，皆为编者所加，原刊则无。

《乞丐》，又载《京报·复活》1934 年 8 月 23 日至 26 日第 9 版，署名庐隐女士遗著。

《穴中人》《不幸》，分别载北平《市民》1928 年第 1 卷第 1 期，北平《市民》1928 年第 1 卷第 2 期至 4 期，均署名黄庐隐。全集："本篇最初发表于 1929 年 6 月中华平民教育促进会《平民读物》初版。"（见卷三 P179—190）

《渺无音信》，载北平《市民》1928 年第 1 卷第 5 期至第 9 期，署名黄庐隐。全集："本篇最初发表于 1929 年 6 月中华平民教育促进会《平民读物》初版。"收录不全。（见卷三 P207）

《林肯》，载北平《市民》1928 年 3 月 11 日第 1 卷第 10 期，署

名庐隐。全集："本篇最初发表于 1929 年 6 月中华平民教育促进会《公民图说讲稿》初版。"（见卷三 P233）

《秋声》，又载开封《文艺月报》1934 年 11 月 1 日第 1 卷第 2 期，署名庐隐女士遗著。

《我生活在沙漠上》，又载河南《茉莉月刊》1933 年 6 月 10 日创刊号，署名庐隐。

《人间天堂》，载天津《益世报·益世报副刊》1929 年 11 月 25 日第 14 期、11 月 26 日第 15 期、11 月 28 日第 16 期、11 月 29 日第 17 期，1930 年 1 月 6 日第 40 期至 1 月 9 日第 43 期。据于赓虞说，原题为《地上乐园》，由他改为《人间天堂》。《全集》："本篇最初分别发表于 1930 年 1 月 3 日—9 日天津《益世报》副刊。"（见卷三 P288）

《咖啡店》，又载上海《新夜报》1934 年 5 月 15 日第 2 版"黄庐隐女士遗作特镌"，又载《京报·复活》1934 年 8 月 26 日至 28 日第 9 版。

《井之头公园》，载《北平晨报·北晨学园》1931 年 1 月 10 日第 16 号。《全集》误作"1931 年 2 月 25 日。"（见卷三 P437）

《烈士夫人》，载上海《妇女杂志》1931 年 10 月 1 日第 17 卷第 10 号。《全集》误作"1931 年 9 月《妇女杂志》第 17 卷第 9 号。"（见卷三 P444）

《致王礼锡函》《王礼锡复函》，载上海《读书杂志》1931 年 4 月 1 日创刊号。《全集》误作"1931 年 1 月 10 日上海神州国光社《读书杂志》创刊号。"（见卷四 P4）

《几句实话》，载《北平晨报·北晨学园》1931 年 2 月 26 日第 45 期、2 月 27 日第 46 期。《全集》误作"1931 年 3 月 26 日、27 日。"（见卷四 P9）

《云端一白鹤》，载《申江日报·江声》1932 年 10 月 8 日第 4 版。《全集》误作"1932 年 9 月 18 日。"（见卷四 P233）

《吹牛的妙用》，又载《盛京时报》1933 年 8 月 28 日第 3 版，署名庐隐女士。

《人生的梦的一幕》，载《京报·复活》1932 年 2 月 18 日至 2 月 21 日第 9 版"短篇小说"栏，署名庐隐。《全集》："本篇最初发表于 1933 年 1 月 8 日《申江日报》副刊《海潮》第 17 号。"（见卷五 P10）

《碧波》，载《申江日报·海潮》1932 年 10 月 9 日第 4 期，署名"黄庐隐"，又载《京报·复活》1932 年 12 月 4 日至 6 日第 9 版"短篇小说"栏，署名黄庐隐。《全集》误作"1932 年 10 月 23 日"。（见卷四 P251）

《补袜子》，载《申江日报·海潮》1932 年 10 月 23 日第 6 期，署名黄庐隐。又载《京报·复活》1932 年 12 月 7 日至 9 日第 9 版，署名庐隐。《全集》将最初发表时间误作"1932 年 10 月 26 日"。（见卷四 P254）

《秋光中的西湖》，又载《京报·复活》1933 年 1 月 15 日、1 月 16 日、1 月 17 日、1 月 18 日、1 月 19 日、1 月 20 日第 9 版"短篇小说"栏，署名庐隐。

《给我的小鸟儿们（二）》，载《申江日报·海潮》1932 年 11 月 27 日第 11 期，署名庐隐。《给我的小鸟儿们（三）》，载《申江日报·海潮》1932 年 12 月 11 日第 13 期，署名庐隐。《全集》并未录入《给我的小鸟儿们（三）》。（见卷四 P268—P275）

《跳舞场归来》，又载《京报·复活》1933 年 2 月 13 日至 2 月 17 日第 9 版"短篇小说"栏，署名庐隐。

《按摩》，又载北京《益世报·益世俱乐部》1933 年 1 月 1 日第 9 版，署名庐隐，题名《按摩院在上海》（未刊完，《益世报》1933 年 1 月 2 日缺失）。又载《盛京时报》1933 年 1 月 16 日第 3 版，署名"庐隐"。

《小小的呐喊》，载上海《女声》1932 年 12 月 15 日第 1 卷第 6 号，署名庐隐，《全集》误作"12 月 30 日"。（见卷四 P294）

《好丈夫》，载上海《女声》1933 年 1 月 1 日第 1 卷第 7 号，署名庐隐。《全集》误作"1 月 15 日"。（见卷五 P16）

《一个情妇的日记》，又载《京报·复活》1933 年 3 月 13 日至 3 月 27 日第 9 版"短篇小说"栏，题名《情妇的日记》，署名庐隐女士。

《前途》，载上海《前途》1933 年 1 月创刊号，署名庐隐。《全集》误作"2 月 15 日"。（见卷五 P157）

《今后妇女的出路》，载上海《女声》1933 年 3 月 15 日第 1 卷第 12 号，署名庐隐。又载杭州《妇女旬刊》1934 年 11 月 10 日第 11 期，署名庐隐。《全集》误作"1933 年 3 月 16 日"。（见卷五 P160）

《破灭》，载《华北日报·新绿》1929 年 5 月 23 日第 14 期，署名庐隐。《全集》："本篇最初被收入 1933 年 3 月中华书局初版《玫瑰的刺》集。"（见卷五 P203）

《壮志长埋》，载《河北民国日报副刊》1928 年 12 月 31 日第 27 期，署名庐隐。《全集》将此篇归于 1933 年。（见卷五 P208）

《歧路》，原题《迷途》，载北京《新晨报·新晨报副刊》1930 年 7 月 15 日第 662 号、7 月 17 日第 663 号、7 月 18 日第 664 号，署名庐隐。又载上海《中华教育界》1932 年 5 月第 19 卷第 11 期、1932 年 6 月第 19 卷第 12 期，署名庐隐。《全集》："本篇最初发表于 1933 年 3 月中华书局初版《玫瑰的刺》集。"（见卷五 P225）

《丁玲之死》，又载天津《庸报》1933 年 7 月 5 日第 8 版。载《盛京时报·妇女周刊》1933 年 7 月 14 日第 5 版，题为《悼丁玲》，署名庐隐。载《大同报》1933 年 7 月 16 日第 5 版，署名黄庐隐女士。

《灾还不够》，又载《京报·复活》1933 年 7 月 10 日第 9 版，署名庐隐。

《愧》，又载《盛京时报·儿童周刊》1933 年 8 月 22 日第 6 版，署名庐隐女士。

《我愿秋常驻人间》，又载《盛京时报·儿童周刊》1933 年 8 月 29 日第 6 版，署名"庐隐女士"。

《火焰》，连载于上海《华安》月刊 1933 年 11 月 10 日第 2 卷第 1 期至 1935 年 2 月 20 日第 3 卷第 1 期，刊出十章。1935 年 9 月，《火焰》（共十六章）由上海北新书局付排，1936 年 1 月初版。《全集》所录发表时间不全。(见卷五 P383)

《复赵清阁信（二）》，见赵清阁《吊两位短命的朋友》，载上海《女子月刊》1934 年 12 月 1 日第 2 卷第 12 期。《全集》："发表于 1935 年 1 月《女子月刊》第 3 卷第 1 期。"(见卷六 P19)

《我第一次所认识的社会》，又载《京报·复活》1934 年 8 月 31 日至 9 月 2 日第 9 版，署名庐隐女士遗著。

说明：以上的订正与补充只涉及《全集》中庐隐作品的著录情况，不涉及作品内容①。

二、集外作品补遗

自王国栋编《庐隐全集》（简称"《全集》"）由福建教育出版社于 2015 年 9 月出版以来，金传胜、杨新宇、田丰等学者陆续发掘出不少包括小说、文论、演讲稿②等在内的庐隐佚文，并及时做了披露③。具体如下④：

---

① 《全集》收录作品依据不同，文字内容也有不同之处。以《京报》上《一个月夜里的印象》初刊本与《全集》所录文字进行对照，则有"恬净"—"恬静"，"幽妙"—"微妙"，"扭"—"拧"，"好似"—"好象"，"软了"—"也都软化了"等不同，不一而足。

② 据报载，庐隐曾发表多次公开演说，如《现代中国需要的文学》《文学与生活》《天才与恋爱》等演讲稿尚未披露。

③ 参见金传胜：《〈庐隐全集〉补遗》，载《汉语言文学研究》，2017 年第 1 期。杨新宇：《庐隐集外小说一篇半及散文半篇》，载《现代中文学刊》，2019 年第 5 期。田丰：《庐隐佚文三篇释读》，载《新文学史料》，2021 年第 3 期。

④ 其中，《下雪底一天》《"国庆"》《夕阳影里》《怀友》《漫歌》《女子在文化上的地位》《本校之计划》《校训　诚》《诗之修辞》《重阳登高有感》《雪后登中央公园最高峰》《哀鸿篇》《书怀》《自白》《庐隐女士遗书两通》等篇由金传胜提供。

《我对于大学开放女禁底意见》，载北京《今生》月刊 1920 年 5 月 1 日第 1 卷第 1 期，署名庐隐女士。

《下雪底一天》，载天津《大公报·思潮》1920 年 7 月 8 日至 10 日第 11 版"新小说"栏，又载长沙《大公报》1920 年 8 月 1 日至 5 日第 9 版"小说"栏，均署名庐隐女士。

《瀑布下的一个青年》，载《广州晨报》1921 年 4 月 2 日，署名卢隐女士。

《早晨的歌声》，载《广州晨报》1921 年 4 月 29 日，署名卢隐女士。

《"国庆"》，载上海《时事新报·双十增刊》1921 年 10 月 10 日第 25 版，署名卢隐女士。

《对于清华开放问题之研究》，载《清华周刊》1921 年 11 月 19 日第 226 期，署名隽因、庐隐。

《真幸福》，载北京《家庭研究》1921 年第 1 卷第 3 期，署名卢隐。

《夕阳影里》，载《北京女子高等师范周刊》1922 年 10 月 22 日第 3 期，署名卢隐。

《怀友》，载《北京女子高等师范周刊》1923 年 1 月 28 日《周刊》第 17 期，署名庐隐。

《漫歌》，载《北京女子高等师范周刊》1923 年 5 月 27 日第 34 期、6 月 3 日第 35 期、6 月 10 日第 36 期，署名庐隐。

《女子在文化上的地位》，载《北京女子高等师范周刊》1923 年 6 月 30 日第 39 期"言论"栏，署名黄庐隐。

《文学的教育价值》，载《京师教育月刊》1927 年 12 月 20 日第 1 卷第 1 期，署名黄庐隐。

《本校之计划》，载《女一中季刊》1928 年 5 月 6 日第 2 期，署名庐隐。又载《京师教育月刊》1928 年 4 月 20 日第 1 卷第 5 期，题名《对于女一中之计划》，署名黄庐隐。

《校训　诚》《诗之修辞》《重阳登高有感》《雪后登中央公园最高峰》《哀鸿篇》《书怀》，载《女一中季刊》1928 年 5 月 6 日第 2 期，署名庐隐。

《我感到更深的寂寞了》，载北京《世界日报·蔷薇周刊》1928 年 10 月 23 日第 78 期。

《河畔》，载北京《世界日报·蔷薇周刊》1928 年 10 月 31 日第 5 卷第 81 期，署名庐隐。

《泪与酒》，载《河北民国日报副刊》1928 年 12 月 3 日第 3 期，署名庐隐。

《僵尸》，载《河北民国日报副刊》1928 年 12 月 15 日第 13 期，署名庐隐。

《庐隐女士的文学漫谈》，载《国立清华大学校刊》1929 年 1 月 18 日第 35 期，署名鹏。

《结》，载天津《益世报·益世报副刊》1930 年 5 月 30 日第 137 期、5 月 31 日第 138 期，署名庐隐女士，又载《现代学生》1932 年 8 月第 2 卷第 2 期，署名庐隐。

《自白》，载上海《中华日报·小贡献》1932 年 6 月 15 日第 15 号，署名庐隐。

《我也来谈谈妇女问题》，载上海《女声》1932 年 11 月第 1 卷第 1 期，署名庐隐。

《办公室》，载上海《现代学生》1932 年 11 月第 2 卷第 5 期，署名庐隐。

《创作家应有的努力》，载上海《大夏周报》1932 年 12 月 19 日第 9 卷第 13 期，署名黄庐隐女士。

《梦》，载上海《新夜报》1934 年 5 月 16 日，署名庐隐，又载《京报·复活》1934 年 8 月 28 日至 31 日第 9 版，署名庐隐女士遗著。

《少女的眼泪》，载上海《玲珑》1934 年 5 月 23 日第 4 卷第 15 期，又载《京报·复活》1934 年 8 月 22 日、8 月 23 日第 9 版，署名庐隐女士遗著。

《庐隐女士遗书两通》，载开封《文艺月报》1934 年 12 月第 1 卷第 3 期。

此外，至少还有以下二十余篇作品未收入《庐隐全集》。

（一）《新社会报》

1921 年 3 月 1 日，《新社会报》在北京创刊，由林白水和胡政之合办，林白水任社长，胡政之为总编辑。1922 年 2 月，《新社会报》因揭露时弊遭徐世昌政府封查，同年 5 月 11 日，改名《社会日报》继续出刊。1921 年 10 月 31 日，《新社会报》设副刊"社会新声"，开辟介绍、论坛、小说、文艺、游记、调查、剧评、浪漫谈等专栏[①]。庐隐在该副刊上发文四篇，即《碎荷》《母亲的爱》《假面具》《雪夜杂感》，均未被披露。

---

① 《启事第一号》，北京《新社会报·社会新声》1921 年 10 月 31 日。内容如下："本报五六版　该为社会新声，内容如介绍、论坛、小说、文艺、游记、调查、剧评、浪漫谈等等，要之随时辟栏，不拘一定，取绝对公开态度，为青年墨舞之场，无论何项著作，均一律表示欢迎，望我同志，勇跃投玉。"

女作家学刊·第四辑

《碎荷》，载《新社会报·社会新声》1921年11月3日第5版"浪漫谈"栏，署名卢隐女士，文末署"二、一八、一九二一，北京"。这篇散文写西湖里的荷花，从初夏崭露头角到暴雨打击下变成干枯的碎荷，文字清丽可爱，想象绮丽独特。

《母亲的爱》，载北京《新社会报·社会新声》1921年11月8日、11月9日、11月10日第5版"小说"栏，署名庐隐女士，文末署"二四，十，一九二一北京"。小说以"我"之口讲述一个从小缺少母爱的表姐妹辛如，她常常郁郁寡欢，独立在花园里向花草倾诉自己的心事。辛如身上无疑带有庐隐的影子，她因得不到母爱的温存，以至于形成厌世、执拗的心理，而庐隐自幼生长于冷漠孤寂的环境中，同样渴求母爱。小说中热情歌颂了母爱："我觉得母亲的爱，实是唯一兴奋人们生趣的妙剂呢！囚狱里的罪犯，若有母亲的爱，来调和他，他便永远不至变为疯子，用脑过多的学者——劳苦的工人……他们都要母亲的爱温存他们，他们才不至于自杀：真是伟大深密的母亲的爱……天下子女们的唯一的生活的源泉呵！"庐隐早期短篇小说情节性不强，主要以风景描写和情感抒发见长，她心思细密，擅长用细腻流畅的文笔抒写曲折起伏的情感。

《假面具》，载北京《新社会报·社会新声》1921年12月13日第5版"浪漫谈"栏，署名庐隐。这篇杂感从莎士比亚的名言"世界是一个绝大的戏场，人类是无数的俳优"谈起，揭示了社会运动家起初鼓动倡导女权运动的妇女、对抗资本家的工人、反对地主的农民起来运动。这些社会运动家一旦真要争取权利的时候，他们便露出了真面目，妇女、工人、农民才发现被骗。这种假面具尤其让妇女们遭受欺骗和玩弄，她们出于"文字之交""道义之友"的真诚与男子交往，结婚后却不得不屈服于男子威权下，想要翻身却逃不脱离婚或自杀的结局。庐隐指出妇女们要识别这种假面具不是容易的事，"第一不可不先求'充分的知识''独立的能力'和'正确的思想'"，最重要的在于自求、自强，不被人利用。她呼吁妇女、工人、农民争取自己的地位和权利，要与志同道合的人联合起来，才有成功的希望。

《雪夜杂感》，载北京《新社会报·社会新声》1922年1月1日第5版"诗"栏，署名庐隐。照录如下：

> 一片寒光，/ 疑是月上东窗，/ 疏影横斜，/ 梅蕊送暗香，/ 细凝昵，/ 深院中松柯缀银花，/ 彤云如泼墨，/ 白雪纷飘扬，/ 沿街乞儿嘶声唤，/ 声声透尽悽凉，/ 无奈，无奈，/ 未语已惨伤。

此诗作于1921年12月21日，诗中描绘了一幅雪景图，由近及远，近处寒光照东窗，梅影横斜，送来暗香，松树点缀着银花，远处天边如泼墨般的彤云，预兆着大雪。接着，笔锋一转，在白雪纷纷中传来沿街的乞讨声，无限凄凉与无奈袭面而来。这种反差，表现了诗人感时伤怀的情愫。

（二）《京报》

庐隐在《京报》"青年之友""复活""妇女周刊"等副刊上发表作品数十篇，除《跳舞场归来》《补袜子》《情妇的日记》①《秋光中的西湖》《呓语》《一个月夜里的印象》《傍晚来客》《灾还不够》《碧波》《人生的梦的一幕》等已收入全集外，尚有十一篇集外文。其中，《早晨的歌声》《瀑布下的一个青年》已被披露②，《破产》《泪痕》《僵尸》《失望》《送春去》《他狂了》《隔壁的哀音》《金钱、母子的恩情》《耽忧》等尚未披露。这九篇作品，均署名卢隐女士。

《送春去》，载《京报·青年之友》1921 年 5 月 24 日第 6 版"诗"栏。全诗如下：

> 送春去，去送春；/小院里愁杀了送春人！/呵！什么时候绿叶已成阴？/什么时候花瓣儿已飘零？/要不是那恼人的杜鹃啼不休，/谁又知道春已去！//春去平你流莺儿甚事？/窗户底下不住声的哀啼，/明年春来——/你依旧枝儿上相倚——/只是那窗户里的人儿老了红颜增了憔悴！/重来小院里送春更不知是谁？

庐隐深受旧文学濡染，自觉吸收了古典诗词中的艺术养分，这首诗中的杜鹃、流莺便是她对古典诗词中意象的化用与活用。诗人借"送春"慨叹韶华易逝，容颜不再。

《他狂了》，载《京报·青年之友》1921 年 5 月 17 日第 6 版"诗"栏。全诗如下：

（一）

> 他卧在尘垢积满的地板上，/惨淡的面孔上浸着鲜红的血泪；/"呵！为什么使我到这地步？/原来你们是不负责任的父母？"/他不住声地这么说。/他们怔怔地望着他，/轻轻地欷道——/可怜他狂了！

① 原题为《一个情妇的日记》。
② 杨新宇在《庐隐集外小说一篇半及散文半篇》中已披露《瀑布下的一个青年》《早晨的歌声》刊于《广州晨报》，其中《瀑布下的一个青年》因报纸缺失不全，还指出这二篇文章可能是转载的，并非原发报纸。《瀑布下的一个青年》，载《京报·青年之友》1921 年 3 月 22 日第 7 版"小说"栏，《早晨的歌声》，载《京报·青年之友》1921 年 4 月 6 日第 6 版、第 7 版"小说"栏，皆署名卢隐女士，应为初刊。

女作家学刊·第四辑

（二）

他忽地跳了起来，/勇敢而果决地向前飞奔；/口里不住声地叫道："什么地方是伊的住处？/什么地方是那鲜红的胭脂井？/水干了吗？……"/他们远远地望着他，/轻轻地叹道——/可怜他狂了！/不译了。①

这首诗共分两节，第一节讲述一位面容惨淡的青年躺在积满尘垢的地板上，控诉道："呵！为什么使我到这地步？/原来你们是不负责任的父母？"。第二小节，青年狂奔出家门，寻找"伊"的住处。面对儿子指责，父母却只能远远地望着，始终叹息道"可怜他狂了"。

除了以上两首短诗，其余七篇皆为小说。从题材上看，这些小说大致可分为两类：

一类是青年抒发对社会、前途的感慨。他们徘徊在理想和现实的歧路，因而郁郁寡欢，寂寞颓废，苦闷悲哀，带着感伤的情绪，对人生悲观失望，表达时代青年的心声。《僵尸》②，载《京报·青年之友》1921年3月26日第7版"小说"栏。这篇小说叙述"我"在夜中乘坐黄包车，路上看见死去的老车夫所生发对死亡的感慨。《失望》，载《京报·青年之友》1921年4月20日、21日第6版、7版"小说"栏。此篇可与《庐隐自传》对读，不难发现"伊"乃是庐隐的化身。"伊"十岁进入教会学校读书，离开母亲后，精神无处寄托，成为基督教徒，将眷恋母亲的深情转移到上帝身上，但阅读《进化论》了解人类起源后，这个精神寄托便瓦解了，在生病住院中领悟了坏事可以变成好事，转身投入教育事业，不久因环境恶劣而放弃，加之恋爱纠缠，在人世中浮沉挣扎一番后，对前途和人生顿感失望。《泪痕》③，载北京《京报·青年之友》1921年5月8日第6版、7版"小说"栏。15岁的雪儿在慈母的呵护下，却不明白缺憾、困恼为何物，直到看到遍地海棠花的残红碎瓣，让她感到生命的脆弱与无常，陷入绝望、悲观，不久便抑郁而终。书页中干枯而暗黄的竹叶染上雪儿斑驳的泪痕，更添上"我"流下的新泪。整篇小说中弥漫着浓厚的悲哀伤感的情绪。《破产》，载《京报·青年之友》1921年4月30日第6版、第7版"小说"栏。这篇小说讲述怀有办学梦的林诚，他拿出数十年劳苦积攒的家产来办村学，却接连遭到杨贡生的欺骗和邻村小学校长所率领的一群无赖恶棍打砸，以及县政府和教育厅长相互勾结，最后不得不破产，无路可走，心灰意冷。已披露前两段的《瀑布下的一个青年》，讲述的是从家中出走的青年即隐，烦闷、忧

<hr>

① 最后一句原文如此，疑为衍字。
② 此篇与已披露的《河北民国日报》副刊上刊登的《僵尸》同名。
③ 《泪痕》，又载《盛京时报》1921年8月19日、8月20日第7版"创作"栏。

郁、看不到前途的希望，走进一处奇异之地，有崎峻尖削的斜壁，急流的瀑布，青翠苍郁的青苔绿草，不由得陷入这自然庄严的美景。他想到几个聪明的青年在都市中努力奋斗，怀着成功的希望，在黑暗现实重压下，失去抵抗能力，他们最终回到空虚无限大的家乡去。即隐不愿回去，在都市看不到希望，他最终选择了死亡，投入瀑布深渊。庐隐揭示了当时部分怀有抱负的青年，他们进城之后找不到出路，或选择回去或走向死亡。

另一类是家庭问题小说，主要表现在青年男女的恋爱、婚姻悲剧，作者笔下的母子（女）关系大都是紧张的。《金钱、母子的恩情！》，载《京报·青年之友》1921 年 2 月 25 日第 7 版"小说"栏。小说中母女关系由紧张而进一步恶化，蕴清与文征相爱结婚，这桩婚姻却被贪财的母亲破坏，将其许配给一个老头作妾。文征却听信谗言与蕴清离婚，蕴清被迫离开家庭寄身破庙，小说揭示了母女的恩情比不上金钱，表现了亲情淡漠。《隔壁的哀音》，载《京报·青年之友》1921 年 5 月 13 日第 6 版"小说"栏。这篇小说讲述母亲向儿子讨要生活费，伴随着争吵和啼哭，母子矛盾冲突激烈以至于要共亡。《耽忧》，载《京报·青年之友》1921 年 5 月 25 日第 6 版"小说"栏。此篇以第一人称视角写"我"为一对新人唱婚歌，却对这对新人的未来充分忧虑，原来他们两人不认识、不了解，只是因父亲的债务而结合，成为金钱的牺牲品。"我"不禁为他们的前途而担忧。

这七篇小说与收录《海滨故人》中的前七篇短篇小说应作于同一时期，即庐隐就读于北京女子高等师范学校期间。茅盾说"《海滨故人》集子里前头的七个短篇小说就表示了那时的庐隐很注意题材的社会意义。她在自身以外的广大的社会生活中找题材"，"是朝着客观的写实主义走"①。这一评价同样适用于《京报》上这些新发现的少作。这些作品大都通过普通人的生活反映社会悲剧，洞见社会积弊，写出了时代与个人的苦难和不幸。

（三）《时事新报》和《大晚报》

此外，《时事新报》和《大晚报》上有庐隐佚文四篇，即《今夜的月》《病中》《女权运动问题——理论与实际》和《女人》。

《今夜的月》，载上海《时事新报·文学》1923 年 10 月 10 日第 21 版，署名庐隐女士。文中"我"由今夜的月忆起与啸姊、隽姊别离的情景，约好中秋相见，如今却在分别中。"我"对分别的原因解释是："二十年前——我来到世上不久的时候，我便爱上了窗子前面的玫瑰花了，我早就存有希望和成功的念头了，这两条又绵韧又坚固的绳子早就织成一个又美丽又细密的网子了，我不觉得便被套在里头，这时我把分别实在看得不值

---

① 未明（茅盾）：《庐隐论》，载上海《文学》1934 年 7 月 1 日第 3 卷第 1 期。

什么，便是那长条的柳枝也不能绾住我不走了，但这都在不十分清醒的时候。"我"被缠绕在"希望和成功的念头"织成的网中，也无法摆脱对远方友人的思念。

《病中》，载上海《时事新报·学灯》1924 年 8 月 16 日第 4 版，署名庐隐。全文如下：

> 单衾独拥，/思绪苦缠绵，/谁将破笛吹残红，/一声声都化作鹃啼；/倚枕细认新痕更旧痕！//几枝素艳，瘦横冬窗，/倩影明姿辜负了，/病里心情但有懒散！//墨池久荒芜，/狼藉秃管。/只有呻吟托微风，/道尽衷肠！

这首诗诉说了病中离别相思之苦，情凄切而景哀怜。因病里懒散，墨池荒芜，诗人只得托微风道衷肠，抒发了悒郁、哀愁的心绪。

《女权运动问题——理论与实际》，载上海《时事新报·双十增刊》1922 年 10 月 10 日，署名庐隐女士。这一期刊登了关于"女权运动问题"的讨论，除庐隐文章外，还有李三元的《女权运动问题》、章锡琛的《对于中国妇女参政三大疑问的解释》、周建人的《妇女主义的一点辩护》、婉珍的《关于女权之三问题》和晏始的《最近的女权运动》等文。在中国现代文学史上，庐隐是较早对妇女解放运动进行深刻而尖锐反思的作家，对当时的妇女解放运动一直抱有清醒的认识。早在 1920 年所作《"女子成美会"希望于妇女》一文中，她就鲜明指出"妇女解放问题，一定要妇女本身解决"，"解放二字是空洞的，必定要想出具体方法，使解放的理论，进到解放的事实"[①]。《女权运动问题——理论与实际》则是她对女性解放运动的理论和实际的进一步讨论。文中，庐隐首先介绍了西方女权运动的历史，对比中国女权运动，虽发展较迟但也有一定的进步。她认为"女权运动到了今日，只是实际问题，绝不是理论的问题"，而实际问题是求妇女人格的完全，在家庭和社会上寻求男女平权，特别是选举权和被选举权。在她看来，女权运动主要分为两派，"一派是从实地上着手女权运动，先要及妇女本身的能力，——妇女教育问题，职业问题，经济独立问题"，"还有一派，说女权运动问题一定要从参政入手，以为是否为若果？妇女有了参政权，关于妇女本身种种利益，就可以在议会里提出"。庐隐认为这两派的主张皆有理由，但依照中国现在的政治情形，女子的参政权无法得到保证，因此主张"不要忘了实际"。所谓实际，即要考虑到法律和社会问题，而女子经济的独立是社会问题，不能单靠法律解决，女子要想法子充实自己的能

———————————
① 卢隐女士：《"女子成美会"希望于妇女》，载北平《晨报》1920 年 2 月 19 日副刊。

名作家史料研究

力，打破男子在职业上的垄断。而女子参政是少数女子所能参与的，"女权运动，是为一般的妇女谋幸福，更扩张之就是为人类谋幸福，切不可为少数优秀分子白牺牲"。她还认为女子有了充实的能力之后，法律是无法阻碍其经济独立的。最后，她指出妇女运动的所要紧的目标的是"要求社会上一般人同情的谅解"，狭窄心理下提出的男女对抗是无法解决问题的，倡导觉醒的人们共同解决。这是庐隐对妇女问题的思考理性所得出的现实结论。此后，庐隐还写了《中国的妇女运动问题》《妇女的平民教育》《妇女生活的改善》《妇女谈话》等文继续讨论妇女问题。

《女人》，载上海《大晚报·妇女新地》1934 年 1 月 1 日第 23 版"妇女随感"栏，署名黄庐隐。庐隐对于妇女问题的讨论无疑来自她对现实的观察，这篇便记述了当时妇女处境的真实的一端。作者在隆冬之际外出访问友人，路上遇见众多男女拥挤着前往大礼堂听某女士的演讲，有感于男人们谈论女人演讲时的关注点不在于演讲的内容，而在于女人是否漂亮与年轻，产生了一个新的认识"一个女人在男人的心中眼中，原来是这样的一个典型——除了足以使他们膜拜的青春外，更无人格可说，所以批评一个女人，除了漂亮不漂亮，年轻不年轻以外，也再无话可说"。对此，作者喟叹不已。

此外，笔者在天津《庸报·妇女铎》上辑获庐隐的佚文八篇，囿于篇幅，在此仅存目：

> 《琳琅》，载天津《庸报·妇女铎》1927 年 5 月 18 日第 1 期，署名庐隐。
>
> 《今日中国的妇女问题》，载天津《庸报·妇女铎》1927 年 6 月 29 日第 7 期，署名庐隐。
>
> 《冒雨登陶然亭》，载天津《庸报·妇女铎》1927 年 7 月 13 日第 9 期，署名云音。
>
> 《编者的几句话》，载天津《庸报·妇女铎》1927 年 8 月 3 日第 12 期，署名庐隐。
>
> 《摧残》，载天津《庸报·妇女铎》1927 年 8 月 17 日第 14 期，署名云音。
>
> 《编辑余谈》，载天津《庸报·妇女铎》1927 年 8 月 24 日第 15 期。
>
> 《午后梦醒》，载天津《庸报·妇女铎》1927 年 10 月 5 日第 21 期，署名庐隐。
>
> 《破碎的国旗》，载天津《庸报·妇女铎》1927 年 10 月 12 日第 22 期"国庆纪念特刊"，署名庐隐。

全集不全且难全已是常态，特别是现代作家作品散见于民国时期报章杂志，多有散佚之作，尚有待于进一步的挖掘与发现。《庐隐全集》若有机会修订或再版，可对部分作品系年进行重新排列，新发现的佚文也应悉数增补①。

（戚慧：武汉大学写作学专业研究生）

名作家史料研究

①　《闽潮周刊》1920 年第 4 期、第 5 期上分别刊登了卢隐的《可怜》和《中日亲善》，笔者暂未找到原刊。

阳光的孩子

——冰心留美成绩单解读

步起跃

摘　要：本文根据美国威尔斯利女子学院的原始档案，考辨冰心留美学习期间的英文名字、所修的课程、所获得的成绩。

关键词：冰心；成绩单；硕士；威尔斯利女子学院

冰心是 20 世纪中国的文学大师，她的作品是中华民族文化的瑰宝，全人类的财富。冰心曾于 1923 年至 1926 年间就读于美国威尔斯利女子学院（WELLESLEY COLLEGE）并获得文学硕士学位。在此期间她写了散文集《寄小读者》，显示出婉约典雅、轻灵隽丽、凝练流畅的特点，具有高度的艺术表现力，实属冰心的经典之作。

威尔斯利女子学院建校于 1870 年，位于波士顿西郊，风景秀丽，是美国顶尖的私立文理学院之一，也是美国最好的四年制女子大学，拥有大量的杰出校友，包括美国前国务卿奥尔布赖特、克林顿夫人希拉里等。冰心在威尔斯利就读期间究竟修了些什么课程，成绩如何，却一直是个谜，无人知道。

2006 年 5 月在鲜花盛开的季节，中国冰心研究会会长，冰心文学馆馆长、一级作家王炳根应邀来威尔斯利访问作演讲并且采访校长。他还带来了冰心亲属的授权书。学校注册处的工作人员和我们解释，由于空间限制，1940 年以前的毕业生成绩单，已经全部转移到图书馆文献处了。注册处的陈女士很热情，说让我们稍等，她就去文献处把冰心的成绩单找来供我们调研。

成绩单上面记载了冰心一共选修了十八门课，完成的有十三门，包括有成绩的七门，免试的二门，旁听的四门。还通过了二门外语阅读考试，最后是专业大考和硕士毕业论文。

那个时候的成绩单，都是一张张卡片手写的，可不像现在由电脑储存容易打印。冰心的成绩单，由二张卡片组成。她的学生证号码是 015754，用的名字是 WAN-YING HSIEH（谢婉莹）。冰心曾经说过她在美国有个英文名字。但从未透露，所以没有人知道。我们发现卡片上她的名字旁边还加了个括号，注明 MARGARET 即玛格丽特。这个女性名字的意思是阳光的孩子。可以确认，这就是她的英文名字。

第一张卡片正面是冰心 1923—1924 学年的课程号码、学分和成绩。第一学期：英国文学 302（3 学分），英国文学 307（3 学分），阅读和朗诵 101（3 学分），但均无成绩。这可能和她在此期间生病有关吧。第二学期：英国文学 101（3 学分，无成绩），英国文学 307（3 学分，成绩为 B），英国文学 309（3 学分，无成绩）。另外，还记载了其他的课程例如个人卫生与体育 120/121，数学 101，英语作文 102，圣经历史等，但都给画掉了。

需要说明的是，当时威校给学生成绩分为 ABCDE 五等，而不是目前的 A，A-，B+ 等一共有十六等之多。当时的 B 相当于 80 分至 85 分，已属良好成绩。

反面记载了冰心的下列个人情况:姓名，出生年月日（1902 年 8 月 12 日，这明显有误。冰心应该出生于 1900 年），属于公理会（CONGRAGATIONAL CHURCH，基督教会的一个教派），父母姓名（MR.P.C.HSIEH，即谢葆璋先生），地址（中国北京中剪子巷 14 号），监护人姓名（MISS KENDRICK，注明非亲戚）。毕业学校是中国北京燕京学院（YANCHING COLLEGE），于 1923 年获得学士学位。在注解一栏里，注明是 1923 年 7 月 17 日录取为特别学生，就是破格录取的意思。

第二张卡片正面除了名字，学号，毕业学校之外，记载了下列信息：1924 年 11 月入学，专业为英国文学，1926 年 6 月获得硕士学位，论文题目是《李易安女士词的翻译和编辑》为 3 学分，1924—1925 学年住校，奖学金情况不明，1925—1926 学年住校，授予奖学金。课程与成绩记录如下：1924—1925 学年：英国文学 307（3 学分，第一学期 B，第二学期 B）；英国文学 309（3 学分，第一学期 B，第二学期 B）；英国文学 101（3 学分，但无成绩，注明是毕业必修课，免试）。1925—1926 学年：英国文学 304（3 学分，第一学期 C，第二学期 B）；英语作文 302 和 303（均为 1 学分，但无成绩，注明是旁听）。专业大考（1926 年 6 月 10 日，成绩为 B），法语阅读 1926 年 5 月通过，英语阅读 1925 年 10 月通过（原来是德语，画掉了改为英语，并且注明是经过特别表决，基于中文是母语之故。估计那时候学校的规定是必须通过二门外语）。

卡片反面除了记载了冰心的学校宿舍地址为 NORUMBEGA 楼 39 号外（该楼后毁于火灾），没有其他新的信息。

据注册处陈女士的介绍，在冰心就读那个年代，教授极少给 A，所以 B 已经是很不错的成绩了。完全不像如今那么容易得 A。前几年威尔斯利学生的成绩过高，尤其是文科竟然达到了平均 A- 的地步，学理科的学生往往平均成绩只有 B，因而意见很大感到不公，而校方针对成绩膨胀的现象，最近规定教授给成绩不得超过 B+。其实不仅仅是威校，美国的许多大学都有成绩膨胀的现象，包括哈佛。当然这是题外话。

（步起跃：美国威尔斯利女子学院终身教授，原数学系主任）

名作家史料研究

冰心的两篇"佚文"及其他

——以平沪渝各地旧报文献为线索

肖伊绯

摘 要：本文以新发现的两篇冰心佚文《〈婴儿日记〉序》和《新生活运动》，以及一篇关于冰心1947年在南京的讲演之报道为核心，并对照冰心同时期的其他创作，从一个侧面勾勒冰心在抗战前后的生活轨迹与心路历程。

关键词：冰心；佚文；《〈婴儿日记〉序》；《新生活运动》；女性之美

小引：冰心中年生涯之追寻

稍稍熟悉中国近现代文学史的读者，大多知晓后来为世人所知、擅长为青少年读者写作的著名女作家冰心，早在20世纪二三十年代即创作出大量文学作品，崭露头角于国内文坛了。《冰心全集》已出至三种版本（海峡文艺出版社，1994、1999、2012年三版），集中内容也逐渐丰富，但"遗珠之憾"时有。

仅据笔者所见，冰心于20世纪三四十年代的数次访谈、讲演、出席会议之报道，以及明确署名撰发的"佚文"等相关文献，还有相当数量至今仍未收入《冰心全集》。这些所谓"新见"史料，为笔者近七八年来陆续发现的，有些篇章发现已久，到如今已着实算不得"新见"之谓了。在此七八年间，或者更早一些，应当还有其他研究者与读者对这样一批文献或多或少有所接触，可能也是因种种原因，始终未能将之整理发布罢了。

为披露与分享文献，亦为将来充分探研与补辑全集，笔者不揣谫陋，将这批新见历史文献酌加整理，拟逐一转录全文，并略加考述附后。此次仅将其中两篇"佚文"全文披露，并略加注释与考述；且将抗战胜利之后冰心在南京所作"女性之美"的讲演及其历史背景，加以初步梳理与考索，希望能为进一步了解与探研冰心中年生涯，略有助益。

女作家学刊·第四辑

（一）1935 年《〈婴儿日记〉序》

时为 1935 年 11 月 1 日，上海《妇女生活》第一卷第五期印行，此期杂志中刊发了记者"子冈"专访冰心的内容。

五千余字的访谈内容之记录，出自署名"子冈"的记者之手。"子冈"即彭子冈，原名彭雪珍（1914—1988），江苏苏州人。少年时代即展露写作才华，曾向《中学生》杂志投稿，受到《中学生》杂志主编叶圣陶的赏识，对其有所指导。1934 年夏，考入北平中国大学英语专业，后经老师介绍，加入沈兹九主编的上海《妇女生活》杂志社，任助理编辑，就此跨入新闻界。

彭子冈采访冰心，话题涉及面之广，谈论内容之多，记录成稿篇幅之巨，都可称当时在各报刊所载冰心访谈报道之最。当二人正在谈论"文坛观感"之际，因外来的访客暂时中断了谈话，"这时正有人送来两本《婴儿日记》，那上面有冰心的序，书内有一些简单而有趣的画，是仿照外国本子印的"。这一细节，亦被彭氏细致地记录了下来。

应当说，于此次专访本身而言，这一中途穿插进来的生活细节，似无过多价值。可笔者据此细节，却访得冰心的一篇"佚文"。原来，此《婴儿日记》，乃后来成为史迪威秘书的刘耀汉、胡琇莹夫妇合编，冰心为其撰有短序一篇，原文如下：

> 这本《婴儿日记》，是刘耀汉先生和他的夫人胡琇莹合编的，为记载一个婴儿诞生起，一切有趣可喜的事情。如婴儿的重量，高度，游伴与玩具，喜悦与厌恶，第一次言语，第一次旅行等，都有单页可填，而且每单页上都有极生动可爱的婴儿的图画，以引起记载按阅者的兴趣。这在我们中国，还是创见的关于婴儿自己的书籍。
>
> 本来一个人的生命史，对于自己，对于父母亲朋，是有极亲切极重大的意义的，特别是婴儿时代的一切种种，当时如不详细记下，过后往往渺茫无考。这不但是个人和家庭回忆上的损失，也许是国家和世界史料上的损失！
>
> 在此我至诚的希望这本《婴儿日记》的早日的刊印，和广大的流行。
>
> 谢冰心，一九三五，九，七夜

上述两百余字的短序，实为《冰心全集》所未载的"佚文"。从冰心序文完成时间来看，此《婴儿日记》印制时间仅月余即告完成，即刻送至冰心宅邸。也由此可以想见，编者应当是早前已将册内所有内容编排毕事，只待冰心序文撰成，即刻开印，方可有此月余即告完工的印制效率，也足见对冰心此序之重视。

此《婴儿日记》，开本尺寸为大十二开，为硬纸精装本，"婴儿日记"四字中英文烫金精印于封面，予人以大方挺括之感。打开册子，前后环衬均为跨页五色彩印的"麒麟送子图"；内页则均为书写感极佳的重磅道林纸，计有百余页，且隔页即有彩色插图，印制颇为精致。当时每册售价为大洋两元，与其印制成本相当，价格自然不菲。

翻检 1935 年 10 月 13 日的北平《世界日报》，曾刊载有《婴儿日记》的广告，原文如下：

不难设想，这样一册"华丽大方"，"用作贵重礼品尤佳"的《婴儿日记》，售价已经为当时北平保姆的月薪均值，普通人家应当不会购置。若非家境优越、行事讲究又兼乐于收藏家庭史料者，恐怕绝难购买使用并保存至今。所以，附印于册中的这一篇冰心短序，至今尚少为人知。

据查，《婴儿日记》编者刘耀汉（1908—？），江西于都人，1930 年 5 月南京中央军校第八期。抗战时期曾任商震秘书，参与"中国缅印马军事考察团"相关工作，为中英军事同盟达成及中国远征军入缅作战做前期考察。后又曾被委以美军顾问团的首席翻译，出任史迪威秘书等职。抗战胜利后，曾任上海港口司令部副司令，后调任国民政府国防部联勤总部第六补给区司令。

（二）1941 年 2 月 20 日：冰心在重庆撰发《新生活运动》

时至 1937 年 6 月 29 日，已访问苏俄，经行西伯利亚的冰心，终于返回北平，为期一年的海外游学宣告结束。旋即七七事变爆发，冰心夫妇不得不携子女于抗战烽火中再次离开北平，经上海、香港辗转至大后方云南昆明。

为躲避日军轰炸，冰心在抵达昆明之后不久，又带着子女迁居于昆明郊外的呈贡县，并且一度在当地的师范学校任义务教师。其夫吴文藻则独自留在昆明城里，利用英国庚款为云南大学创办社会学系。

此时，因冰心与宋美龄是美国马萨诸塞州威尔斯利学院的校友，生活突然出现转机。宋美龄以校友名义，在当时的陪都重庆，向冰心表示希望其参与抗战期间的妇女界文化工作，并建议其举家迁至重庆，便于生活与工作联络。在接受蒋、宋夫妇召见之后不久，1940 年 11 月，冰心夫妇二人与三个孩子及保姆，乘坐专机直飞重庆。

冰心举家飞赴重庆时，教育部政务次长顾毓琇、国防最高委员会参事室参事浦薛凤，以吴文藻的清华留美同学身份到机场迎接。冰心一家临时居住在顾毓琇的"嘉庐"，吴文藻随后出任国防最高委员会参事室参事，冰心出任新生活运动促进总会妇女指导委员会（简称"妇指会"）的文化事业组组长。

"妇指会"是 1934 年蒋介石提倡新生活运动初期成立的推行妇女界新生活运动的专门机构，由宋美龄担任指导长。"七七事变"之后，全面抗战爆发，宋美龄于 1938 年 5 月邀请妇女界领袖及各界知名女性代表，在江西庐山举行谈话会，共商动员全国妇女参与救亡工作大计，会议决定以新生活运动促进总会妇女指导委员会为推动一切工作的总机构。指导长宋美龄之下设委员会和常务委员会，由国民党、共产党、救国会、基督教女青年会等各个方面的妇女界知名人士组成。

冰心约于 1940 年 12 月，即举家飞赴重庆之后不久，即加入"妇指会"。两个月之后，即 1941 年 2 月 7 日，又与郭沫若、黄炎培等一百四十余人，出任所谓"文化运动委员会"委员。据抗战爆发之后社址由杭州迁至浙江丽水的《东南日报》于 1941 年 2 月 8 日的报道可知，这一委员会的宗旨乃是，"以文化力量增加民族力量，以文化建设促进国家建设，达成抗战建国的神圣使命"。

在接连出任"妇指会"与"文运会"要职的情势之下，冰心迅即于1941 年 2 月 20 日，在重庆为"新生活运动七周年纪念大会"，特意撰写了《新生活运动》一文。1941 年 2 月 22 日，因抗战爆发社址由上海迁至重庆的《时事新报》，于该报第五版的"新生活运动七周年纪念大会特刊"上刊发了冰心此文，明确署名"谢冰心"。特刊版面中央位置，还印有宋美龄的题词"道德为生活之本"，颇见报社方面的精心策划与郑重其事。

应当说，此文或许并不表示冰心衷心支持蒋介石力倡的"新生活运动"，恐怕只是其人对宋美龄以"校友"名义予以诸多关照的某种"回报"之举。因为，就在五年之前，1935 年 10 月，冰心接受上海《妇女生活》记者彭子冈专访时，就曾明确的讥讽过"新生活运动"，显然并不支持这一太过形式化的国民运动。访谈中冰心曾这样说道：

> 这，都是非常可笑的，这些事据说该由教育部或内政部管理的，而现在……到绥远去那次便有这个笑话：那边小镇上都有赶集的，但在新生活运动推行到了那里之后，有许多乡民竟不敢出来了，因为怕强迫扣钮子，他们本来便习惯敞胸或竟不用钮子的。

孰料五年之后，冰心竟一改"前言"，撰成"后语"，转而要来为"新生活运动"捧场了。那么，这"后语"如何搭得上"前言"，个中微妙，恐怕只能是当年局中人方能体味。至于其中究竟有何种"不足为外人道"的苦衷，又有何种原因竟致此文撰发八十余年之后也从来无人提及，仿佛此文从未存在过一般，始终未能被接续三次增订的三种版本的《冰心全集》所收录，或许也只能从重庆版《时事新报》颇难搜寻的角度上去予以解释了。至于此篇"佚文"内容究竟如何，不妨细读，原文如下：

新生活运动

谢冰心

新生活是和旧习染相对而言的，因为觉悟到旧习染之摧损消耗我民族的元气，之不能使我国家自立图强于现代的世界，才毅然觉醒，而兴起这翻然更新，移风易俗的新生活运动。

新生活须知的每一条款，似乎都是"卑之无甚高论"，似乎都是我国人所早应知晓早能遵行的。而环顾左右，我们所看到的每每正与新生活的条件相反。此无他，一种美德到了极平常的时候，每每被人所忽视。如同整齐清洁，简单朴素，是极易做到不难遵行的，而结果连这最低的卫生条件都不能为中上阶级人家的所遵守，遑论其他。

礼义廉耻表现在衣食住行，意思就是说以你的人生哲学，以你的思想、精神，来充满你生活中的一切。衣服饮食房屋等等是看得见的思想。我们可以从这一切来窥见一个人物的个性，一个民族的国民性。进到一个国境，看见道路广大清洁，森林青葱茂盛，人民温和有礼，你立刻知道这个国家是个文明的国家。进到一个家庭，有见院中花木扶疏有致，屋内陈设简单清雅，肴菜整齐洁净，主人热诚和气，小孩子活泼快乐，你知道这是一个美满的家庭。看到一个学生躯干挺直眉宇清扬，衣履整洁，谈吐从容，你就知道这是一个有为不苟的青年。因为一个民族或家庭或个人都在他的衣食住行上表现出他的中心的一切。

昨天偶然同一位女作家朋友谈到文学作品，谈到"风格"，谈到文如其人，她以为文学家最重要的是人格的修养，因为人格中这种种，常常会在作品中无心流露，为要作品好，人格一定要修养得好。人格卑劣者，作品不会高超，人格臨小者，作品不会开展。所谓诚于中者而形于外，所谓言为心声，所谓，其人光明，其言磊落。我以为不但文学作家如此，一切艺术作家亦莫不然，如绘画、音乐、雕塑等等都要有自己高尚的人格，寄托在作品上面，这作品才有生气，才有精神，才有其独到的风格。

文艺界以外，还有许多人，如军事家、政治家以及一切人们都包括在内，也都是以他的衣服、房屋、工作来表现他的中心思想的。这中心思想，不是一朝一夕可以养成的，不是所谓之"放下屠刀立地成佛"的。乃是应当累年积月，训练戒惧，从大处着眼，从小处下手，自己造成了一种心理和生理的习惯，在精神和物质上都不能容忍那污秽，散乱，奢侈，虚伪，浮嚣狂暴的一切。

抗战到了第四个年头，几千百万的将士在前线浴血捐躯，几千百万的沦陷区同胞在兽蹄下宛转呼号，几千百万的老弱妇孺流离失所，我们已经以最大的坚忍，最大的牺牲，来克服这最大的困难。如今在国际上我们已以这血红的坚忍的意志，赢得了各友邦的敬佩，在此我们不能不归颂于我们的贤明勇毅的领袖，与我们诚朴耐劳的民众。我们这些安处后方，忝居为智识的人们，在这伟大的抗战里，我们到底为国家做了些什么？言念及之，能不愧汗……

我们不需要崇高的理论，我们不需要堂皇美丽的言词，我们只要认定一个切实健全的中心思想，不弃小节地用最大的能力表现在我们的衣食住行上，表现在我们的工作上，我们自己要力行，而且要使得我们周围的一切人们，也心悦诚服，努力奉行。不要小看了这一切的小过程小关键，一个人格，一个家庭，一个民族之所以完满伟大，就是这样零碎的自强不息的陶冶煅炼了起来。

浅人无深语，我对于这不平凡的新生活运动，只能写出这些平凡的话语。

二，廿，三十年重庆

（三）1947 年 6 月，冰心在南京讲演"女性之美"

在重庆撰发《新生活运动》六年之后，抗战胜利业已近两年之后，时为 1947 年 7 月 13 日，《华北日报》第六版"新家庭"栏目第七期中，刊发了一篇题为《中国女人是世界上最优秀的女人》的文章，向华北地区读者披露了冰心在南京出席参政会期间的一次关于评述各国女人的讲演。

此次讲演的基本内容，乃是列举与评论各国"女性之美"，但被整理者归纳成"中国女人是世界上最优秀的女人"这样更适合国内女性读者口味的主题。不久，7 月 25 日，此文又略有修改，转发于上海《东南日报》，只不过将标题更改为《冰心女士所谓的各国女人的优点》，这样的标题也更接近于讲演本身的主题了。8 月 2 日，陕西西安《国风日报》又转载此文，改题为《各国女人的风格——冰心女士谈片》。12 月 15 日，山西太原《阵中日报》也转载了此文，又改题为《冰心论各国女人》。

可见，从平沪两地报道之肇始，冰心在南京的一次讲演，竟得以迅即传播到了国内西北地区，其人其言论，当时还是有着相当影响力的。不过，若论诸篇报道的社会影响力度若何，恐怕还是以《华北日报》所刊发的那一篇为最。毕竟，以"中国女人"为主题，在国内报纸上刊发出来，还是会更为吸引国内读者一些；且第一时间就在冰心学习、工作与生活多年的北平发表了出来，自然又有着外地报刊无法比拟的区域性传播优势。在此，转录原文如下：

中国女人是世界上最优秀的女人

绪 仁

打开最近的南京报纸，看到冰心女士在一个学术讲座上主讲关于各国女人的问题，把她过去所到过的国家的女人的优点扼要列举，而结论认为中国女人是世界上最优秀的女人，因为中国女人具备了各国女人所有的优点。下面就是冰心女士的意见：

日本女人的优点是"柔"——当你对她说话的时候，她总是微微地笑着。

美国女人的优点是"俏"——她们所穿的衣服实在是俏。她们衣服上的颜色，很少不超过三种以上不同的颜色的。

法国女人的优点是"韵"——她们很雅，很轻，很能讲话，讲得很得体的话。这是与她们常常邀请诗人、文学家、哲人等一同举行"沙龙"有关系的。从她们的服装看即很雅致，法国女人的春装大都离不了青蓝黄诸色，很少鲜艳的颜色，她们也从不擦太浓的胭脂。

英国女人的优点是"稳"——和英国的绅士一样，英国女人也是很端庄严肃的，和她们接近，使人有过于稳重之感。

德国女人的优点是"素"——因为过去在纳粹统治之下，德国人民都养成了一种勤俭劳苦的风气，因此德国女人极朴素，她们不化妆，不艳装，所以一般看去是觉得很素的。

瑞士女人的优点是"健"——瑞士女人都是蓝眼睛，黄头发，因为牛奶，可可多，每个人都有足够的营养，从外貌看去，她们都十分健康的。

苏联女人的优点是"壮"——她们能够驾驶车子，担任"站长"的职务，从事各种劳苦工作，操劳与男子平等，她们高大肥壮，因此可以"壮"了来形容之。

中国女人——她们有着上列各种不同的优点，她们是世界上最优美的女人！

冰心女士是文学家，是一位对妇女心理有研究的学者，她的《关于女人》一书是中国文坛上的一部杰作。因此，她的意见大概不会错。中国女人确有着各种不同的优点，从一般看，温柔、朴素、庄重，是中国女人最普通的特色，而都市女人爱俏，乡村女人健壮，中下阶层的女人能够吃苦耐劳，都是事实，风韵文雅的女子自古以来就很多，现在当然也不少。这些都是中国女人的特色，其中有若干优美的性格是值得尊重保持的，如勤俭、耐劳、温柔、庄重，等等。此外，中国女人也有若干缺点，例如对现实容易满足，因为易满足即不求进步，气量狭隘，猜疑心重，对政治缺乏兴趣等，但这都不是大毛病，有些属于教育的问题，不难改进，从大体上说，中国女人的确是世界上最优秀的女人！

上述近千字的冰心讲演之报道，出自一位署名"绪仁"的整理者。不过，此文只有半数篇幅，属冰心讲演内容；另有一半内容，乃是整理者的介绍与评述。

文章开篇明言，整理内容源自"最近的南京报纸"；遗憾的是，笔者至今尚未寻获刊有此次讲演的南京旧报，故无法获见此次讲演的全部内容。也正因为如此，只能将此次讲演的时间大致定为 1947 年 6 月。冰心讲演的全部内容，应当也不仅限于此次报道中仅约五百字的篇幅，但目前仍以此《华北日报》的报道在时间上最早，篇幅也相对最大。此次讲演的确切时间及全部内容之充分考察，只能留待将来寻访到更为完整的讲演报道或记录稿，方才可予实现了。

仅就报道中摘录出来的这部分内容而言，可知此次讲演的主题，乃是评述各国"女性之美"，当时在南京妇女界中，应当是颇受欢迎的话题。这样的情形，几个月之前的日本，也已"预演"。正如冰心对记者赵浩生所言，"到日本不久她在日本报纸上曾发表过一篇《寄日本妇女》的信，文章刊出后，有一个农妇，从很远的地方跑到东京来看她，和她握手恳谈，激动到流泪"①，可见冰心在日本撰发评述日本女性的文章，同样也颇受关注。

赵浩生访谈中还提到，"她上楼去，拿了一叠日本的报纸刊物给我看，都是日本记者访问她的特写。《朝日周刊》还有一期介绍谢冰心先生的专号"，更可以想见冰心在日本妇女界乃至新闻界受欢迎的程度。事实上，第三版《冰心全集》（2012年版），也正是因日本学者的襄助，从当年的日本报刊上撷取了不少冰心"佚文"，有些文章也是从日文转译为中文之后，方才收入全集的。

总之，冰心以著名女作家的身份与资格，无论中日各国，谈论"女性之美"这样的话题，总是会赢得各国妇女界的欢迎的吧。不过，冰心并非从日本归国之后，突发奇想才开始谈论中国女性，在日本时即早已开始谈论中国女性了。只是当时冰心谈论的中国女性，并非是一个集各国女性优点于一身的群体概念，而只是一位集中国女性优点于一身的代表性人物——宋美龄。

（四）抗战期间，冰心与宋美龄的交往及"佚文"

如今，查阅第三版《冰心全集》，可知冰心在日本期间，至少曾撰发过三篇文章评述宋美龄，即《我所见到的蒋夫人》《最近的宋美龄女士》《我眼中的宋美龄女士》。这三篇文章，皆曾译为日文，发表于日本报刊上，中国国内一时还鲜为人知。时至1951年，曾在东京大学新中国文学系执教两年的冰心再次返国，从此定居北京。鼎革剧变之际，或出于种种历史客观因条件限制，或出于个人处境之考虑，冰心此后的作品中再未提及宋美龄。

冰心逝世前夕，20世纪90年代，这些文章才重新被日本学者发现。复又过了十余年，距这些文章首次发表约七十年后，这些文章又被旅日中国学者转译为中文，方才被收入第三版《冰心全集》之中，方才令世人所知，原来冰心也曾不吝笔墨，抒写过宋美龄。如果再联系到1947年6月冰心在南京讲演"女性之美"时，提出"中国女人是世界上最优秀的女人"的观点，

① 注：赵浩生专访冰心的报道，原载于1947年5月31日《东南日报》，此次专访的时间为1947年5月25日。本文所征引专访内容，均出自此次报道。

不难发现，冰心笔下的宋美龄，正是这一"最优秀的女人"之代表。

据《我所见到的蒋夫人》可知，时为 1940 年秋，尚在云南昆明避难隐居的冰心，收到时任教育部政务次长顾毓琇的来信，称宋美龄有意邀请其为妇女指导委员会做一些文化教育方面的工作。冰心初以家庭实际困难为由婉辞，宋氏复又以蒋、宋夫妇邀冰心夫妇共进晚餐为由，再次相邀，冰心便未再推辞。随后不久，冰心在精心安排之下飞抵重庆，第一次在见到宋美龄。就这样，二人的第一次会面的机缘悄然而至。文中这样描述"初晤"时的情景：

> 我独自坐在客厅里，周围的墙上挂着贵重的字画，另外还有一套蛮漂亮的家具，但房间里除了有一个花瓶以外，只在窗边挂着一张张自忠将军的照片。
>
> 这时我突然听到隔墙用英语打电话的十分清晰的声音。根据听到的"美国国务院"等词，可以大致地判断对方是美国人。放电话的咔嚓声一响，蒋夫人就倏然地从外面走了进来。我们俩握手后对面而坐。我不知是惊还是喜。
>
> 在我至今为止见到的妇女中，确实从未有过像夫人那样敏锐聪颖的人。她身材苗条、精神饱满，特别是那双澄清的眼睛非常美丽。

可见，"初晤"的氛围是极其良好的，冰心对宋美龄的赞美，也是毫无保留，颇见衷心的。敏锐聪颖、身材苗条、精神饱满，非常美丽……中国女性的优点几乎皆已加诸宋氏一身，从面貌形体乃至精神智慧方面，可谓极尽其佳。简言之，冰心对这位中国当时的"第一夫人"的第一印象颇佳。

如果说《我所见到的蒋夫人》一文对"初晤"的描述，赞美之辞已然迸发，但"中国女人是世界上最优秀的女人"这一观点，还需从冰心所撰另一篇《我眼中的宋美龄女士》，来落到实处。且看文中描述宋氏为国事家事操劳的场景：

> 女士为主席做口译、笔译、写稿件、接待客人，这些在家在外始终都是一样的。即使说女士一天的生活全是按主席的政治事务计划而展开的也不为过。女士有时是主席的顾问，有时是翻译，有时是秘书，有时是老师。对主席来说，女士就像自己的眼睛和手一样不可或缺。

描述了宋氏的繁忙操劳之后，冰心又接着描述宋氏的衣着品位，也是极尽赞叹之意。文中这样写道：

女士对色彩的协调搭配无与伦比。曾经在访美期间，女士登上了让美国女性惊欢的有名的 Vogue 杂志的封面……并不仅限哪种颜色，宋女士能根据季节、天气等不同情况，自由、大胆地搭配各种颜色，尽显其美。

无须赘言，在冰心的笔下，宋美龄不仅是实至名归、当之无愧的中国"第一夫人"，更是深受东西文化滋养，集各国女性优点于一身的中国女性之代表了。

据考，1947 年 4 月 17 日，冰心在日本《主妇之友》杂志，发表《我所见到的蒋夫人》一文。同年 5 月 19 日，冰心从日本东京回国，又给宋美龄带回了日本《妇人公论》编辑部的约稿信，信中有言：

阁下曾在本刊（昭和十二年五月号）上，提倡过依靠妇女之手维持国际和平，不幸的是却发生了与日本妇女意愿相违背的残酷战争。今天由于日中妇女合作的心愿，必须确立真正的和平，请您再一次把玉稿赠予日本妇女。

归国之后，同年 5 月 20 日至 6 月 2 日，冰心俱在南京参加第四届国民参政会。会议结束后次日，6 月 3 日，宋美龄在收到冰心带回的《妇人公论》之后，欣然亲笔回信。原文如下：

日本妇人公论编辑部诸先生惠鉴：此次谢冰心女士返国带转瑶笺，欣悉日本妇女关怀国际和平问题，热忱推进亲善之美意，无任欣慰。过去日本军阀侵略华夏，不但妨碍东亚安全且累及日本妇女。现在诸位欲参加政治，于国策之决定得有贡献意见之机会，则促进世界和平之呼声，当更易发生伟大之效力。愿华日两国妇女共同携手，以树人类永远安居康乐之幸福。兹乘谢女士重赴东京之便，聊寄厚望。匆此裁答即颂撰安！蒋宋美龄。中华民国三十六年六月三日。

参政会结束三天之后，在南京逗留至 6 月 5 日，冰心方才离去，转赴上海，再赴北平探望子女。除了一场讲演"女性之美"的报道后来转载于华北、东南地区的报刊之上，在南京逗留的三天时间里，冰心并无其他活动见诸报端。殊不知，等候宋美龄的回音，亦是其在南京逗留的原因之一。

几经辗转之后，冰心终将宋美龄的回信带至日本。《妇人公论》1947年 9 月号以《赠日本女性》之总标题，刊发了宋美龄的中文原信、日文译文和大幅照片，并且随之刊发冰心所撰《最近的宋美龄女士》，以为介绍。

1948 年 1 月，日本《淑女》杂志创刊。该杂志第 1 卷第 1 号上，又刊发了冰心的谈话录《闻名于世的女杰·我眼中的宋美龄女士》，编者按语中明确称：

> 我们从来日的谢冰心女士那儿得知了举世闻名的宋美龄女士的近况。谢冰心女士是宋美龄女士最好的朋友。

笔者以为，约略了解上述冰心与宋美龄之交往及其"佚文"内容之后，对冰心于 1947 年 6 月在南京讲演"女性之美"这一史事，以及讲演中提出的"中国女人是世界上最优秀的女人"之观点，或许才能有一些"弦外之音"式的更为充分与深入的理解。

说到"弦外之音"，当年即有。据说，冰心终于应宋美龄之邀，举家从昆明搬迁至重庆之际，是专机与专车都派上了用场。其中，三个孩子和保姆由专机接至重庆；军队后勤处又调来一辆卡车，将其所有家当从陆路运至重庆，其中甚至还包括其特意嘱咐的一张能保证其睡眠质量的席梦思大床垫。

后来，与冰心本有同乡之谊，却因冰心所撰《我们太太的客厅》一文有所讥刺而与之反目的林徽因，听说此事之后，颇为反感。就在冰心举家迁至重庆之后不久，林氏在 1940 年 11 月致费正清夫妇的信中，对此不无尖刻地嘲讽道：

> Icy Heart（冰心）即将飞往重庆去做官（再没有比这更无聊和无用的事了）。她全家将乘飞机，家当将由一辆靠拉关系弄来的注册卡车全部运走，而时下成百有真正重要职务的人却因为汽油受限而不得旅行。她对我们国家一定是太有价值了！很抱歉，告诉你们这么一条没劲的消息！[①]

（肖伊绯：自由撰稿者）

---

① 注：此信原文为英文，后由林徽因之子梁从诫译为中文，收入《林徽因书信集》，江西人民出版社，2016 年。

中国现当代女性文学研究与批评著作目录辑要
第三部分：作家及作品研究

（1979—2019年大陆出版）

谢玉娥　编

关　露〔1907—1982〕

萧阳，广群著：《一个女作家的遭遇：记关露的一生》，北方文艺出版社，1988年5月。

柯兴著：《魂归京都——关露传》，群众出版社，1999年3月。

丁言昭编选：《关露啊关露》（漫忆女作家丛书），人民文学出版社，2001年1月。

周文杰编著：《文坛四才女：旷世凄美的关露、潘柳黛、张爱玲、苏青》，黑龙江人民出版社，2005年1月。

陆晶清〔1907—1993〕

王士权，王世欣著：《爱国女作家陆晶清传》，江西人民出版社，2002年6月。

葛　琴〔1907—1995〕

小鹰著：《追忆与思考：纪念我的父母荃麟和葛琴》，2007年7月。

张伟，马莉，邹勤南编：《葛琴研究资料》，知识产权出版社，2009年9月。

沈祖棻〔1909—1977〕

巩本栋编：《程千帆沈祖棻学记》，贵州人民出版社，1997年10月。

王留芳主编：《沈祖棻研究文论集》，2009年。

徐有福编：《程千帆沈祖棻年谱长编》，南京大学出版社，2013年9月。

黄阿莎著：《沈祖棻词作与词学研究》，华中师范大学出版社，2016

年1月。

罗　洪（1910—2017）

艾以，沈辉，卫竹兰等编著：《罗洪研究资料》，知识产权出版社，2010年1月。

萧　红（1911—1942）

肖凤著：《萧红传》，百花文艺出版社，1980年12月。

萧军著：《萧红书简辑存注释录》，黑龙江人民出版社，1981年1月。

骆宾基著：《萧红小传》，黑龙江人民出版社，1981年11月。

哈尔滨师范大学北方论丛编辑部编：《萧红研究（论文集）》，北方论丛编辑部，1983年。

王观泉编：《怀念萧红》，黑龙江人民出版社，1981年2月第1版，1984年11月第2版。

杜一白，张毓茂著：《萧红作品欣赏》，广西人民出版社、广西教育出版社，1985年3月。

〔美〕葛浩文著：《萧红评传》，北方文艺出版社，1985年3月。

庐湘著：《萧军萧红外传》，北方妇女儿童出版社，1986年11月。

骆宾基著：《萧红小传》，北方文艺出版社，1987年6月。

铁峰著：《萧红文学之路》，哈尔滨出版社，1991年5月。

李重华主编：《呼兰学人说萧红》，哈尔滨出版社，1991年6月。

孙延林，姜莹编著：《怀念你——萧红》，哈尔滨出版社，1991年6月。

皇甫晓涛著：《萧红现象：兼谈中国现代文化思想的几个困惑点》，天津人民出版社，1991年8月。

铁峰著：《萧红传》，北方文艺出版社，1993年8月。

丁言昭著：《萧红传》，江苏文艺出版社，1993年9月。

李重华著：《只有香如故：萧红大特写》，哈尔滨出版社，1993年9月。

孙延林主编：《萧红研究》（第一辑、第二辑），哈尔滨出版社，1993年9月。

钟汝霖著：《萧红新传与十论萧红》，黑龙江人民出版社，1994年4月。

姜志军著：《鲁迅与萧红研究论稿》，黑龙江人民出版社，1994年5月。

肖凤著：《萧红　萧军》（名人情结丛书），中国青年出版社，1995年1月。

丁言昭著：《萧红：萧萧落红情依依》，四川文艺出版社，1995年3月。

王小妮著：《人鸟低飞：萧红流离的一生》，长春出版社，1995年5月。

萧红著：《萧红自传》，江苏文艺出版社，1996年10月。

金承泽，王一兵著：《萧红生平与著述浅识》，黑龙江人民出版社，1998年。

钟耀群著：《端木与萧红》，中国文联出版公司，1998年1月。

梁晴著：《萧红　1911—1942》，江苏文艺出版社，1999年5月。

秋石著：《萧红与萧军》，学林出版社，1999年12月。

季红真著：《萧红传》，北京十月文艺出版社，2000年9月。

曹革成主编：《端木蕻良和萧红在香港》，白山出版社，2000年12月。

季红真编选：《萧萧落红》（漫忆女作家丛书），人民文学出版社，2001年1月。

曹革成著：《跋涉生死场的女人萧红》，华艺出版社，2002年3月。

刘乃翘，王雅茹著：《萧红评传：走出黑土地的女作家》，哈尔滨出版社，2002年7月。

单元著：《走进萧红世界》，湖北人民出版社，2002年8月。

萧耘，王建中编著：《萧军与萧红》，团结出版社，2003年7月。

黄晓娟著：《雪中芭蕉：萧红创作论》，中央编译出版社，2003年11月。

肖凤著：《悲情女作家萧红》，文化艺术出版社，2004年1月。

萧红著：《萧红自述》，大象出版社，2004年12月。

曹革成著：《我的婶婶萧红》，时代文艺出版社，2005年1月版；江苏文艺出版社，2010年3月版。

王炳根著：《雪里萧红：亲临作家故居》，福建教育出版社，2007年4月。

李大为著：《女性化的写作姿态：萧红论》，吉林大学出版社，2008年8月。

林贤治著：《漂泊者萧红》，人民文学出版社，2009年1月第1版，2014年2月修订版。

郭玉斌著：《萧红评传》，中国社会出版社，2009年6月。

刘艳萍著：《姜敬爱与萧红小说创作之比较研究》，延边大学出版社，2010年4月。

葛浩文著：《萧红传》，复旦大学出版社，2011年1月。

晓川，彭放主编：《萧红研究七十年：1921—2011（上中下）》，北方文艺出版社，2011年3月。

彭放，晓川著：《百年诞辰忆萧红：1911—2011年纪念萧红诞辰100周年》，北方文艺出版社，2011年3月。

王观泉编：《怀念萧红》，东方出版社，2011年5月。

李汉平著：《一个真实的萧红》，东方出版社，2011年5月。

袁权著：《萧红全传》，中国青年出版社，2011年5月。

季红真著：《萧红全传：呼兰河的女儿》，现代出版社，2011年5月第1版，

2012 年 1 月修订版，2016 年 1 月修订版。

萧军著：《为了爱的缘故：萧红书简辑存注释录》，金城出版社，2011 年 8 月。

章海宁主编："萧红印象丛书"《萧红印象·研究》《萧红印象·记忆》《萧红印象·序跋》，黑龙江大学出版社，2011 年 12 月。

章海宁，李敏编著：《萧红印象·书衣》，黑龙江大学出版社，2011 年 12 月。

秋石著：《呼兰河的女儿：献给萧红百年》，百花洲文艺出版社，2011 年 12 月。

郭淑梅著：《寻找与考证：萧红居地安葬地及纪实作品研究》，黑龙江人民出版社，2012 年 12 月。

任雪梅主编：《百年视阈论萧红》，黑龙江人民出版社，2013 年 2 月。

张珊珊，林幸谦著：《萧红文本研究》，黑龙江人民出版社，2014 年 8 月。

钟耀群著：《端木与萧红》，华文出版社，2014 年 10 月。

袁权著：《萧红与鲁迅》，华文出版社，2014 年 10 月。

叶君著：《萧红与生命中的他们》，中国社会科学出版社，2015 年 4 月。

叶君编著：《鲁迅与萧红》，北方文艺出版社，2016 年 7 月。

王天臣著：《念想·萧红》，作家出版社，2016 年 7 月。

高路著：《萧红与张爱玲》，中国国际广播出版社，2018 年 1 月。

阮莉萍著：《一钩新月天如水：现代作家萧红的三维品鉴》，吉林文史出版社，2018 年 2 月。

端木赐香著：《悲咒如斯：萧红和她的时代》，东方出版社，2018 年 7 月。

［美］葛浩文著：《萧红评传》，北方文艺出版社，2019 年 1 月。

袁培力著：《萧红年谱长编》，陕西人民出版社，2019 年 4 月。

魏丽著：《萧红研究述评》，中国社会科学出版社，2019 年 10 月。

杨 绛（1911—2016）

田蕙兰、马光裕、陈珂玉选编：《钱钟书杨绛研究资料集》，华中师范大学出版社 1990 年 11 月第 1 版，1997 年 1 月第 2 版。

孔庆茂著：《杨绛评传》，华夏出版社，1998 年 1 月。

罗银胜著：《杨绛传》，文化艺术出版社，2005 年 1 月。

吴学昭著：《听杨绛谈往事》，生活·读书·新知三联书店，2008 年 10 月第 1 版，2016 年 6 月再版，2017 年 5 月增补版。

杨国良编：《杨绛年谱》，线装书局，2008 年 12 月。

火源著:《智慧的张力:从哲学到风格——关于杨绛的多向度思考》,中国文联出版社,2016年1月。

周绚隆主编:《杨绛:永远的女先生》,人民文学出版社,2016年12月。

吴义勤主编;刘婧婧选编:《杨绛研究资料》,百花洲文艺出版社,2019年1月。

白　朗（1912—1990）

金玉良著:《落英无声:忆父亲母亲罗烽、白朗》,文化艺术出版社,2009年9月。

草　明（1913—2002）

辽宁大学中文系编:《中国当代文学研究资料:草明专集》,辽宁大学中文系,1979年4月。

余仁凯、张伟、马莉等编:《草明葛琴研究资料》,北京十月文艺出版社,1991年12月。

中华全国总工会宣教部、中国作家协会创研部编:《纪念草明》,作家出版社,2003年8月。

余仁凯编:《草明研究资料》,知识产权出版社,2009年4月。

苏　青（1914—1982）

静思编:《张爱玲与苏青》,安徽文艺出版社,1994年6月。

王一心著:《苏青传》,学林出版社,1999年1月。

李伟著:《乱世佳人——苏青》,上海书店出版社,2001年6月。

毛海莹著:《寻访苏青》,上海文化出版社,2005年12月。

王一心著:《他们仨:张爱玲·苏青·胡兰成》,东方出版中心,2008年6月。

毛海莹著:《苏青评传》,中国社会科学出版社,2010年11月。

王一心著:《海上花开:民国上海四才女之苏青传》,安徽文艺出版社,2011年2月。

林杉著:《有个文人叫苏青》,人民日报出版社,2012年3月。

黄恽著:《缘来如此:胡兰成、张爱玲、苏青及其他》,福建教育出版社,2014年8月。

杨　沫（1914—1995）

沈阳师范学院中文系编:《中国当代文学研究资料:杨沫专集》,沈阳师范学院中文系,1979年7月。

王永生著：《小说〈青春之歌〉评析》，上海教育出版社，1980年7月。

杨沫，徐然著：《爱也温柔　爱也冷酷：〈青春之歌〉背后的杨沫》，辽宁人民出版社，2000年8月。

聂中林著：《杨沫之路》，内蒙古人民出版社，1988年5月；军事科学出版社，2003年1月。

老鬼著：《母亲杨沫》，长江文艺出版社，2005年8月。

老鬼著：《我的母亲杨沫》，同心出版社，2012年1月。

徐然，青柯，青波著：《永远的〈青春之歌〉：杨沫百年纪念图文》，同心出版社，2014年8月。

赵清阁（**1914—1999**）

张彦林著：《锦心秀女赵清阁》，河南人民出版社，2005年6月。

傅光明著：《书信世界里的赵清阁与老舍》，复旦大学出版社，2012年3月。

田　琳（**1916—1989**）

［加拿大］吴芸茜责任主编；诺曼·史密斯，陈实主编：《田琳作品及其研究》，上海交通大学出版社，2018年5月。

韦君宜（**1917—2002**）

邢小群，孙珉编：《回应韦君宜》，大众文艺出版社，2001年3月。

于光远等著：《韦君宜纪念集》，人民文学出版社，2003年12月。

邢小群，孙珉编：《回应韦君宜（上中下）》，大众文艺出版社，2006年6月第2版。

蒋芝芸著：《韦君宜小说简论》，华中师范大学出版社，2018年11月。

林海音（**1918—2001**）

舒乙、傅光明主编：《林海音研究论文集》，台海出版社，2001年5月。

傅光明著：《林海音：城南依稀寻梦》，大象出版社，2002年11月。

夏祖丽著：《从城南走来：林海音传》，生活·读书·新知三联书店，2003年1月第1版，2013年3月再版。

周玉宁著：《林海音评传》，作家出版社，2006年7月。

张爱玲（**1920—1995**）

于青著：《张爱玲传略》，安徽文艺出版社，1992年。

于青著：《天才奇女——张爱玲》，花山文艺出版社，1992年7月；中国青年出版社，1994 年 11 月；复旦大学出版社，2000 年 1 月。

王一心著：《惊世才女张爱玲》，四川文艺出版社，1992 年 8 月。

阿川著：《乱世才女张爱玲》，陕西人民出版社，1993 年 3 月。

于青著：《张爱玲传》，世界书局，1993 年 9 月。

余斌著：《张爱玲传》，海南出版社，1993 年 12 月第 1 版，1995 年 10 月修订版；人民文学出版社，2013 年 4 月。

于青，金宏达编：《张爱玲研究资料》，海峡文艺出版社，1994 年 1 月。

李振声，张新颖著：《张爱玲作品欣赏》，广西教育出版社，1994 年 3 月。

静思编：《张爱玲与苏青》，安徽文艺出版社，1994 年 6 月。

萧南著：《贵族才女张爱玲》，四川文艺出版社，1995 年 5 月。

胡辛著：《最后的贵族张爱玲》，21 世纪出版社，1995 年 9 月。

陈子善编：《私语张爱玲》，浙江文艺出版社，1995 年 11 月。

于青编著：《寻找张爱玲》，中国友谊出版公司，1995 年 12 月。

于青著：《奇才逸女张爱玲》，山东画报出版社，1995 年 12 月。

季季，关鸿编：《永远的张爱玲：弟弟、丈夫、亲友笔下的传奇》，学林出版社，1996 年 1 月。

陈子善编：《作别张爱玲》，文汇出版社，1996 年 2 月。

胡辛著：《胡辛自选集　张爱玲传》，作家出版社，1996 年 5 月。

司马新著；徐斯，司马新译：《张爱玲在美国：婚姻与晚年》，上海文艺出版社 1996 年 7 月。

孔庆茂著：《魂归何处：张爱玲传》，海南国际新闻出版中心，1996 年 8 月。

万燕著：《海上花开又花落：读解张爱玲》，百花洲文艺出版社，1996 年 8 月。

费勇著：《张爱玲传奇》，广东人民出版社，1996 年 10 月第 1 版，2000 年 1 月再版。

张子静著：《我的姊姊张爱玲》，学林出版社，1997 年 1 月。

司美娟著：《张爱玲情事》，时代文艺出版社，1997 年 11 月。

邵迎建著：《传奇文学与流言人生：张爱玲的文学》，生活·读书·新知三联书店，1998 年 6 月。

宋明炜著：《浮世的悲哀：张爱玲传》，上海文艺出版社，1998 年 11 月。

罗玛编：《重现的玫瑰：张爱玲相册》，光明日报出版社，1999 年 5 月。

刘川鄂著：《张爱玲传》，北京十月文艺出版社，2000 年 1 月第 1 版，2003 年 10 月第 2 版。

宋家宏著：《走进荒凉：张爱玲的精神家园》，花城出版社，2000 年 10 月。

冯祖贻著:《百年家族 张爱玲》,河北教育出版社,1999年第1版,2000年12月第2版。

张均著:《月光下的悲凉:张爱玲传》,花城出版社,2001年1月。

子通,亦清主编:《张爱玲评说六十年》,中国华侨出版社,2001年8月。

王一心著:《张爱玲与胡兰成》,北方文艺出版社,2001年9月。

余彬著:《张爱玲传》,广西师范大学出版社,2001年10月。

于青编:《最后一炉香》,花城出版社,2002年1月。

关鸿编选:《金锁沉香张爱玲》(漫忆女作家丛书),人民文学出版社,2002年1月。

葛涛编选:《网络张爱玲》,人民文学出版社,2002年5月。

金宏达主编:《回望张爱玲》(全套三册:《昨夜月色》《华丽影沉》《镜像缤纷》),文化艺术出版社,2003年1月。

周芬伶著:《艳异:张爱玲与中国文学》,中国华侨出版社,2003年5月。

杨泽编:《阅读张爱玲》,广西师范大学出版社,2003年9月。

胡兰成著:《今生今世:我的情感历程》,中国社会科学出版社,2003年9月。

张子静,季季著:《我的姊姊张爱玲》,文汇出版社,2003年9月。

李岩炜著:《张爱玲的上海舞台》,文汇出版社,2003年9月。

张爱玲,胡兰成著:《张爱胡说》,文汇出版社,2003年9月。

魏可风著:《张爱玲的广告世界》,文汇出版社,2003年9月。

止庵,万燕著:《张爱玲画话》,天津社会科学院出版社,2003年10月。

林幸谦著:《荒野中的女体:张爱玲女性主义批评Ⅰ》,广西师范大学出版社,2003年12月。

林幸谦著:《女性主体的祭奠:张爱玲女性主义批评Ⅱ》,广西师范大学出版社,2003年12月。

张盛寅编:《一个真实的张爱玲》,东方出版社,2003年12月第1版,2005年1月第2版。

陈晖著:《张爱玲与现代主义》,新世纪出版社,2004年2月。

[台]蔡登山著:《传奇未完:张爱玲》,云南人民出版社,2004年4月。

[台]王蕙玲著:《她从海上来:张爱玲传奇》,作家出版社,2004年4月。

罗玛著:《凝视张爱玲》,广西师范大学出版社,2004年4月。

刘绍铭、梁秉钧、许子东编:《再读张爱玲》(阅读张爱玲书系·1),山东画报出版社,2004年5月。

水晶著：《替张爱玲补妆》（阅读张爱玲书系·2），山东画报出版社，2004年5月。

王德威著：《落地的麦子不死：张爱玲与"张派"传人》（阅读张爱玲书系·3），山东画报出版社，2004年5月。

陈子善编：《张爱玲的风气：1949年前张爱玲评说》（阅读张爱玲书系·4），山东画报出版社，2004年5月。

刘锋杰著：《想像张爱玲：关于张爱玲的阅读研究》，安徽教育出版社，2004年6月。

刘琅、桂苓编：《女性的张爱玲》，中国友谊出版公司，2005年6月。

金宏达：《平视张爱玲》，文化艺术出版社，2005年7月。

于青著：《张爱玲　1920—1995》，江苏文艺出版社，2005年7月。

陈子善编：《记忆张爱玲》（阅读张爱玲书系·5），山东画报出版社，2006年3月。

王进著：《魅影下的"上海"书写：从"抗战"中张爱玲到"文革"后王安忆》，广西师范大学出版社，2006年4月。

刘锋杰、薛雯、黄玉蓉著：《张爱玲的意象世界》，宁夏人民出版社，2006年6月。

淳子著：《在这里：张爱玲城市地图》，人民出版社，2006年11月。

刘川鄂著：《张爱玲之谜》，中国书店，2007年1月。

夏世清著：《色·戒：张爱玲与胡兰成的前世今生》，陕西师范大学出版社，2007年7月。

王一心著：《色·戒不了》，中国广播电视出版社，2008年1月。

万燕著：《女性的精神：有关或无关乎张爱玲》，同济大学出版社，2008年3月。

刘川鄂著：《传奇未完：张爱玲1920—1995》，北京十月文艺出版社，2008年6月。

李欧梵著：《苍凉与世故》，上海三联书店，2008年6月；人民文学出版社，2010年2月。

李欧梵，夏志清，刘绍铭等著；陈子善编：《重读张爱玲》，上海书店出版社，2008年12月。

肖进编著：《旧闻新知张爱玲》，华东师范大学出版社，2009年6月。

刘锋杰主编：《小团圆的前世今生》，安徽文艺出版社，2009年9月。

王一心著：《〈小团圆〉对照记：张爱玲人际谱系》，文汇出版社，2009年11月。

邓如冰著：《人与衣：张爱玲《传奇》的服饰描写研究》，广西师范大学出版社，2009年12月。

袁良骏著:《张爱玲论》,华龄出版社,2010年2月。

何清著:《分离之殇:张爱玲创作心理再审视》,西南交通大学出版社,2010年8月。

庄超颖著:《苍凉与华美:张爱玲述论》,福建教育出版社,2010年12月。

[美]黄心村著:《乱世书写:张爱玲与沦陷时期上海文学及通俗文化》,上海三联书店,2010年12月。

张爱玲,宋淇,宋邝文美著;宋以朗编:《张爱玲私语录》,北京十月文艺出版社,2011年6月。

冯祖贻著:《张爱玲家族》,安徽文艺出版社,2011年7月。

张均著:《张爱玲十五讲》,文化艺术出版社,2012年1月。

邵江天著:《风华绝代:民国上海四才女之张爱玲传》,安徽文艺出版社,2012年1月。

杨銮莹著:《苍凉与疯狂:玛格丽特·杜拉斯和张爱玲:童年,家族小说,女性写作》,吉林人民出版社,2012年12月。

张向荣著:《跨越空间的对话:波伏娃与张爱玲文学的女性意识之比较研究》,暨南大学出版社,2013年6月。

孔庆茂著:《流言与传奇:张爱玲评传》,商务印书馆,2013年8月。

高全之著:《张爱玲学》,漓江文艺出版社,2015年6月。

王艳芳著:《千山独行:张爱玲的情感与交往》,人民出版社,2016年1月。

刘绍铭著:《爱玲说》,广东人民出版社,2016年1月。

柳星著:《英语世界的张爱玲研究》(中外女性文学研究丛书),中国社会科学出版社,2016年4月。

冯祖贻著:《煊赫旧家声:张爱玲家族》,新星出版社,2017年1月。

万燕著:《解读张爱玲》,中华书局,2018年1月。

祝宇红著:《无双的自我:张爱玲的个人主义文学建构》,上海书店出版社,2018年1月。

陈理慧著:《张爱玲论稿》,陕西人民教育出版社,2018年9月。

邵迎建著:《张爱玲的传奇文学与流言人生》,生活·读书·新知三联书店,2018年10月增订本。

赵秀敏著:《张爱玲电影剧本研究》,中国社会科学出版社,2018年12月

周洁琼,韦振华著:《张爱玲与英美文学研究》,北京工业大学出版社,2019年8月。

潘柳黛〔1920—2001〕

周文杰著：《柳黛传奇：民国上海四才女之潘柳黛传》，安徽文艺出版社，2011 年 1 月。

梅　娘〔1920—2013〕

陈晓帆编选：《又见梅娘》（漫忆女作家丛书），人民文学出版社，2002 年 2 月。

柳青，侯健飞编：《再见梅娘》，人民文学出版社，2014 年 5 月。

郑　敏〔1920—2022〕

吴思敬，宋晓冬编：《郑敏诗歌研究论集》，学苑出版社，2011 年 1 月。

周礼红著：《郑敏创作思想研究：兼及 1940 年代以降中国新诗发展动向的考察》，中央编译出版社，2014 年 5 月。

茹志鹃〔1925—1998〕

扬州师范学院中文系编：《中国当代文学研究资料：茹志鹃专集》，扬州师范学院中文系，1979 年 4 月。

孙露茜，王凤伯编：《茹志鹃研究专集》，浙江人民出版社，1982 年 7 月。

翁光宇，谭志图著：《茹志鹃作品欣赏》，广西教育出版社，1987 年 3 月。

王安忆著：《我和我的母亲茹志鹃》，广东人民出版社，2004 年。

陈香梅〔1925—2018〕

胡辛著：《陈香梅传》，作家出版社，1995 年 12 月；花山文艺出版社，1999 年 8 月。

庄文永著：《非凡女性：陈香梅的人生与写作》，花城出版社，2010 年 5 月。

聂华苓〔1925—〕

梦花编：《最美丽的颜色：聂华苓自传》，江苏文艺出版社，2000 年 1 月。

黄宗英〔1925—2020〕

姜金城著：《雁南飞：黄宗英传》，上海文艺出版社，1996 年 9 月。

黄宗英著：《黄宗英自述》，大象出版社，2004 年 2 月。

黄宗英著：《黄宗英》，古吴轩出版社，2004 年 8 月。

姜金城著:《黄宗英画传:属云的人》,浙江文艺出版社,2005年8月。

黄宗英著:《贫女的嫁妆:黄宗英自传》,江苏文艺出版社,2011年8月。

贺抒玉〔1928—2019〕

贺抒玉主编:《三秦大地的生命之歌:贺抒玉创作评论集》,中国文史出版社,2011年12月出版。

宗 璞〔1928—〕

人民文学出版社编:《宗璞文学创作评论集》,人民文学出版社,2003年10月。

常莉著:《宗璞:铁箫声里玉精神》,大象出版社,2007年10月。

徐洪军编著:《宗璞研究》,河南大学出版社,2017年7月。

柯 岩〔1929—2011〕

李泆编:《柯岩研究专集》,少年儿童出版社,1990年8月。

陈昌本,张锲主编:《柯岩研究文集》,中国文联出版公司,1998年2月。

柏文猛著:《柯岩创作论》,新华出版社,2002年10月。

李泆著:《柯岩创作论》,首都师范大学出版社,2006年9月。

中国作家出版集团编:《蓦然回首:柯岩创作60周年座谈会文集》,作家出版社,2011年7月。

贺小风,贺小雷编:《永远的柯岩:悼念柯岩专集(上下)》,作家出版社,2012年11月。

郭久麟著:《柯岩传》,山西人民出版社,2012年11月。

《柯岩研究文集(上中下)》,大连出版社,2012年12月。

杨娟,陆华编:《柯岩研究文集续编》,作家出版社,2014年11月。

丁七玲著:《柯岩传:人民的歌者》,江苏人民出版社,2015年2月

於梨华〔1931—2020〕

哈迎飞,吕若菡编:《人在旅途:於梨华自传》,江苏文艺出版社,2000年1月。

赵淑侠〔1931—〕

庐湘著:《海外文星:瑞士籍华人著名女作家赵淑侠的路》,北方妇女儿童出版社,1988年5月。

赵淑侠作品国际研讨会组委员会编:《赵淑侠作品国际研讨会论文集》,作家出版社,1996 年 7 月。

刘俊峰著:《赵淑侠的文学世界》,中国文联出版社,2000 年 9 月。

徐 棻〔1933—〕
羽军选编:《徐棻剧作研究论文集萃》,四川文艺出版社,2010 年 9 月。

谌 容〔1936—〕
何火任编:《谌容研究专集》,贵州人民出版社,1984 年 5 月。

张 洁〔1937—2022〕
许文郁著:《张洁的小说世界》,人民文学出版社,1991 年 10 月。

王昭晖著:《张洁创作散论》,九州出版社,2012 年 12 月。

张建伟著:《张洁小说创作的心路历程》,光明日报出版社,2015 年 1 月。

吴义勤主编;李莉选编:《张洁研究资料》,百花洲文艺出版社,2019 年 1 月。

温小钰〔1938—1993〕
孙玉石,谢冕,孙绍振主编:《远方的星——温小钰纪念文集》,团结出版社,1994 年 8 月。

戴厚英〔1938—1996〕
戴厚英著:《性格—命运——我的故事》,太白文艺出版社,1994 年 4 月。

戴厚英遗著:《心中的坟:致友人的信》,复旦大学出版社,1996 年 11 月。

吴中杰,高云主编:《戴厚英啊戴厚英》,海南国际新闻出版中心,1997 年 1 月。

王辉著:《戴厚英小说人性主题研究》,中国矿业大学出版社,2010 年。

陈若曦〔1938—〕
梁若梅著:《陈若曦创作论》,中国华侨出版社,1992 年。

汤淑敏著:《陈若曦:自愿背十字架的人》,作家出版社,2006 年 7 月。

尤作勇著:《"现代文学"的歧路:白先勇、陈若曦小说创作比较研究》,知识产权出版社,2014 年 11 月。

阮温凌著：《海峡子规：陈若曦研究与对话》，上海三联书店，2015年9月。

琼　瑶（1938—）

鲍杰著：《柔情的琼瑶》，中国文联出版社，1986年11月。

琼瑶著：《琼瑶自传》，作家出版社，1990年3月。

姜晓著：《情之世界：琼瑶小说赏读》，中国国际广播出版社，1992年8月。

张毅主编：《琼瑶的旋想：琼瑶作品赏析》，作家出版社，1993年4月。

覃贤茂著：《琼瑶传奇》，四川人民出版社，1999年9月。

曲振海主编；陈东林、张景然、凉源著：《毒品·艺术：琼瑶作品批判》，时代文艺出版社，2000年10月。

杜素娟著：《烟雨愁人：琼瑶传》，江苏文艺出版社，2001年3月。

史玉根编著：《一个真实的琼瑶》，东方出版社，2008年4月。

邵卯仙著：《琼瑶小说语言风格研究》，山西人民出版社，2016年5月。

叶文玲（1942—）

陈坚，吴秀明主编：《叶文玲论集》，杭州大学出版社，1999年6月。

三　毛（1943—1991）

三毛著：《三毛昨日、今日、明日》，中国友谊出版公司，1988年1月。

杨子、杨钟旭、刘玉兰等编：《撒哈拉的太阳：三毛作品精华赏评》，大连出版社，1991年4月。

古继堂著：《评说三毛》，知识出版社，1991年6月。

沈国亮编著：《三毛和她的大陆亲友们》，山东文艺出版社，1991年9月。

李东著：《风中飘逝的女人：三毛的人生与艺术》，学林出版社，1992年4月。

张瑞德，陈爱璞著：《三毛传奇》，广东人民出版社，1996年10月。

［美］马中欣著：《三毛真相》，西苑出版社，1998年9月。

张景然著：《诡话：破析马中欣与三毛真相》，广州出版社，1999年1月。

徐静波编著：《三毛·撒哈拉之恋》，东方出版社，2001年1月。

刘克敌，梁君梅著：《永远流浪：三毛传》，江苏文艺出版社，2001年3月。

师永刚、陈文芬、冯昭等著：《三毛私家相册》，中信出版社，2005年4月。

崔建飞，赵珺著：《凄美的欢颜——三毛》，作家出版社，2005 年 8 月。

刘兰芳著：《一个真实的三毛》，东方出版社，2006 年 3 月。

吕美云，陈芳著：《三毛研究》，中国社会出版社，2010 年 10 月。

随园散人著：《我为过客，你是天涯：三毛遇见张爱玲》，江苏文艺出版社，2018 年 1 月。

沈念著：《三毛传：活着就是要纵情绽放》，台海出版社，2018 年 9 月。

林燕妮（1943—2018）

费勇著：《林燕妮传奇》，广东人民出版社，1996 年 10 月第 1 版，2000 年 1 月第 2 版。

陈祖芬（1943—）

陈祖芬著；徐虹赏析：《陈祖芬散文精品赏析》（女人坊——中国当代著名女作家散文精品赏析丛书），学林出版社，2006 年 12 月。

张雅文（1944—）

吴井泉，王秀臣著：《以生命作抵押：张雅文论》，黑龙江人民出版社，2002 年 1 月。

施叔青（1945—）

白舒荣著：《自我完成　自我挑战：施叔青评传》，作家出版社，2006 年 7 月。

亦　舒（1946—）

钟晓毅著：《亦舒传奇》，广东人民出版社，1996 年 10 月第 1 版，2000 年 1 月第 2 版。

汪义生著：《文苑香雪海：亦舒传》，团结出版社 2001 年 1 月。

王小鹰（1947—）

来颖燕编选：《非人磨墨墨磨人：王小鹰创作评论研究集》，华东师范大学出版社，2018 年 4 月。

叶广芩（1948—）

李伯钧主编：《叶广芩研究》，陕西师范大学出版总社有限公司，2014 年 8 月。

代娜新著：《叶广芩与张爱玲家族小说比较研究》，东北师范大学出版社，2015 年 8 月。

竹　林（1949—）
史挥戈著：《竹林文学创作论》，江苏大学出版社，2014 年 11 月。

萨仁图娅（1949—）
罗庆春编著：《萨仁图娅、栗原小荻短诗艺术研究》，重庆出版社，2003年 12 月。

内蒙古师范大学，中国少数民族作家研究中心编：《萨仁图娅研究专集》，中央民族大学出版社，2005 年 8 月。

梁凤仪（1949—）
易明善，张承志，廖安厚等著：《梁凤仪财经小说论析》，成都科技大学出版社，1993 年。

程乃珊，周清霖编：《上海人眼中的梁凤仪：梁凤仪作品评论集》，学林出版社，1993 年 2 月。

覃贤茂著：《梁凤仪传》，四川人民出版社，1997 年 8 月。

梁凤仪著：《空山雨声：梁凤仪自传》，漓江出版社，2003 年 3 月。

张抗抗（1950—）
张抗抗著：《小说创作与艺术感觉》，百花文艺出版社，1985 年 6 月。

骆寒超，胡志毅主编：《张抗抗作品评论集》，春风文艺出版社，1999年 1 月。

张抗抗著：《女人说话》，江苏人民出版社 1999 年 9 月。

张抗抗编著：《你是先锋吗？——张抗抗访谈录：女性身体写作及其他》，文汇出版社，2002 年 7 月。

郭力著：《"北极光"的遥想者：张抗抗论》，黑龙江人民出版社，2002年 1 月。

张抗抗著；洪烛赏析：《张抗抗散文精品赏析》（女人坊——中国当代著名女作家散文精品赏析丛书），学林出版社，2006 年 12 月。

张抗抗著：《张抗抗自述人生》，时代文艺出版社，2010 年 1 月。

张抗抗编著：《女性身体写作及其他》，文汇出版社，2010 年 9 月。

张抗抗著：《张抗抗文学回忆录》，广东人民出版社，2019 年 1 月。

吕锦华（1951—2014）
苏州市吴江区文学艺术界联合会、苏州市吴江区作家协会编：《总想为你唱支歌——纪念吕锦华女士诗文作品集》，2014 年 9 月。

李小雨〔1951—2015〕

中国诗歌学会编：《润物细无声：悼念与追思诗人李小雨》（纪念文集），中国诗歌学会，2015 年 6 月。

舒　婷〔1952—〕

王辉著：《舒婷诗文研究》，三晋出版社，2016 年 3 月。

毕淑敏〔1952—〕

刘俐俐著：《颓败与拯救：毕淑敏与一类文学主题》，华夏出版社，2000 年 3 月。

毕淑敏著；李冰赏析：《毕淑敏散文精品赏析》（女人坊——中国当代著名女作家散文精品赏析丛书），学林出版社，2006 年 12 月。

毕淑敏著：《毕淑敏自述人生》，时代文艺出版社，2010 年 1 月。

陈善珍著：《天使的力量：毕淑敏作品评论集》，四川科学技术出版社，2010 年 5 月。

温奉桥主编：《文学的医心：毕淑敏作品研究及其他》，中国海洋大学出版社，2011 年 10 月。

胡因梦〔1953—〕

胡因梦著：《生命的不可思议：胡因梦自传》，东方出版中心，2006 年 8 月。

残　雪〔1953—〕

萧元编：《圣殿的倾圮：残雪之谜》，贵州人民出版社，1993 年 6 月。

〔日〕近藤直子著：《有狼的风景：读八十年代的中国文学》，人民文学出版社，2001 年 5 月。

残雪著：《为了报仇写小说：残雪访谈录》，湖南文艺出版社，2003 年 8 月。

罗璠著：《残雪与卡夫卡小说比较研究》，人民文学出版社，2006 年 8 月。

残雪著：《残雪文学观》，广西师范大学出版社，2007 年 6 月。

张京著：《女性主义与残雪小说中的"自我"》，九州出版社，2007 年 9 月。

残雪著：《趋光运动：回溯童年的精神图景》，上海文艺出版社，2008 年

1 月。

卓今著:《残雪评传》,湖南文艺出版社,2008 年 12 月。

卓今著:《残雪研究》,湖南文艺出版社,2012 年 12 月。

马福成著:《巫文化视域下残雪小说研究》,浙江大学出版社,2013 年 5 月。

残雪著:《残雪文学回忆录》,广东人民出版社,2017 年 8 月。

残雪著:《沙漏与青铜:残雪评论汇集》,作家出版社,2019 年 1 月。

王安忆〔1954—〕

王安忆著:《故事和讲故事(文学理论集)》,浙江文艺出版社,1991 年 12 月;复旦大学出版社,2011 年 3 月。

王安忆著:《重建象牙塔》,上海远东出版社,1997 年 9 月。

王安忆著:《心灵世界:王安忆小说讲稿》,复旦大学出版社,1997 年 12 月。

刘芳著:《智慧的献祭:王安忆》,广东人民出版社,2003 年 4 月。

王安忆著:《王安忆说》,湖南文艺出版社,2003 年 9 月。

沈红芳著:《女性叙事的共性与个性:王安忆、铁凝小说创作比较谈》,河南大学出版社,2005 年 12 月。

吴义勤主编;王志华,胡健玲编选:《王安忆研究资料》,山东文艺出版社,2006 年 5 月。

王安忆著:《王安忆导修报告》,新星出版社,2007 年 1 月。

王安忆著:《王安忆读书笔记》,新星出版社,2007 年 1 月。

陈德才著:《王小说文本特征》,大众文艺出版社,2007 年 9 月。

马春花著:《叙事中国:文化研究视野中的王安忆小说》,中国海洋大学出版社,2007 年 10 月。

李淑霞著:《王安忆小说创作研究》,中国海洋大学出版社,2008 年 5 月。

张新颖、金理编:《王安忆研究资料(上下)》,天津人民出版社,2009 年 7 月。

华霄颖著:《市民文化与都市想象:王安忆上海书写研究》,上海文化出版社,2009 年 10 月。

吴芸茜著:《论王安忆》,华东师范大学出版社,2010 年 1 月。

李晶著:《站立与行走:从王安忆和虹影的作品看女性写作的双重向度》,线装书局,2011 年。

滕朝军,母华敏著:《王安忆创作简论》,内蒙古人民出版社,2012 年 5 月。

裴艳艳著:《王安忆小说主题研究》，中国戏剧出版社，2012 年 3 月。

王姣著:《王安忆小说的叙事美学》，吉林出版集团股份有限公司，2017 年 5 月。

张新颖著:《斜行线：王安忆的"大故事"》，商务印书馆，2017 年 7 月。

方　方（1955—）

李俊国著:《在绝望中涅槃：方方论》，湖北人民出版社，2000 年 11 月。

吴义勤主编；张元珂选编:《方方研究资料》，百花洲文艺出版社，2019 年 1 月。

范小青（1955—）

秦雯，邹启凤编著:《范小青卷》，复旦大学出版社，2008 年 9 月。

何平编著:《范小青文学年谱》，复旦大学出版社，2015 年 8 月。

晓华编:《范小青研究资料》，人民文学出版社，2016 年 10 月。

李　琦（1956—）

罗振亚著:《雪夜风灯：李琦论》，黑龙江人民出版社，2002 年 1 月。

池　莉（1957—）

刘川鄂著:《小市民，名作家：池莉论》，湖北人民出版社，2000 年 11 月。

苍狼，李建军，朱大可等著:《与魔鬼下棋：五作家批判书——池莉　王安忆　莫言　贾平凹　二月河》，中国工人出版社，2004 年 3 月。

孙桂荣著:《大众表述与文化认同：池莉小说及其当代评价研究》，吉林文史出版社，2009 年 7 月。

濮方竹著:《池莉小说的城市呈现》，现代出版社，2015 年 10 月。

铁　凝（1957—）

陈映实著:《铁凝及其小说艺术》，河北人民出版社，1990 年 8 月。

贺绍俊著:《铁凝评传》，郑州大学出版社，2005 年 1 月

范川凤著:《美人鱼的鱼网从哪里来：铁凝小说研究》，中国文史出版社，2005 年 2 月。

马云著:《铁凝小说与绘画、音乐、舞蹈：兼谈西方现代艺术对中国文学的影响》，河北人民出版社，2006 年 10 月。

铁凝著；红孩赏析:《铁凝散文精品赏析》（女人坊——中国当代著名女作家散文精品赏析丛书），学林出版社，2006 年 12 月。

梁惠娟，汪素芳，李素珍著：《冷峻的暖色：铁凝创作研究》，花山文艺出版社，2007 年 9 月。

贺绍俊著：《作家铁凝》，昆仑出版社，2008 年 7 月。

吴义勤主编；房伟等编选：《铁凝研究资料》，山东文艺出版社，2009 年 4 月。

周雪花著：《永远的瞬间：铁凝小说叙事研究》，北京出版社，2010 年 7 月。

闫红著：《铁凝与新时期文学》，中国戏剧出版社，2010 年 7 月。

刘莉著：《玫瑰门中的中国女人：铁凝与当代女性作家的性别认同》，北京师范大学出版社，2012 年 3 月。

张光芒，王冬梅编著：《铁凝文学年谱》，复旦大学出版社，2014 年 8 月。

王志华著：《灵魂之魅与中和之美：铁凝小说论》，中国社会科学出版社，2015 年 9 月。

许庆胜著：《铁凝小说艺术论》，中国文史出版社，2016 年 5 月。

叶 梅（**1958—**）

内蒙古师范大学中国少数民族作家研究中心编：《叶梅研究专辑》，中央民族大学出版社，2007 年 3 月。

严歌苓（**1958—**）

庄园著：《女作家严歌苓研究》，汕头大学出版社，2006 年 4 月。

李燕著：《跨文化视野下的严歌苓小说与影视文学研究》，暨南大学出版社，2014 年 8 月。

周航著：《严歌苓小说叙事三元素研究》，暨南大学出版社，2017 年 10 月。

刘艳著：《严歌苓论》，作家出版社，2018 年 5 月。

董娜编：《严歌苓小说的叙事伦理》，中国社会科学出版社，2018 年 5 月。

海 男（**1962—**）

黄玲著：《妖娆异类：海男评传》，云南人民出版社，2013 年 12 月。

迟子建（**1964—**）

方守金著：《北国的精灵：迟子建论》，黑龙江人民出版社，2002 年 1 月。

管怀国著：《迟子建艺术世界中的关键词》，中南大学出版社，2006 年

6月。

迟子建著;顾艳赏析:《迟子建散文精品赏析》（女人坊——中国当代著名女作家散文精品赏析丛书），学林出版社，2006年12月。

刘春玲著:《迟子建文学研究》，吉林大学出版社，2013年2月。

丛琳著:《生命向着诗性敞开：迟子建小说的诗学品质》，吉林人民出版社，2016年6月。

宋秋云著:《极地·远方：迟子建文学创作论》，光明日报出版社，2017年9月。

李会君著:《迟子建的乡土世界与叙事精神》，武汉大学出版社，2017年12月。

华中科技大学中国当代写作研究中心编:《苍凉与诗意：2016秋讲·迟子建戴锦华卷》，华中科技大学出版社，2018年11月。

葛水平（1966—）

吴亚琼著:《太行深处：葛水平小说论》，中国书籍出版社，2016年1月。

杜文娟（1967—）

李焕龙主编:《杜文娟作品赏析》，三秦出版社，2014年2月。

金仁顺（1970—）

赵继红著:《金仁顺〈春香〉人物论》，黑龙江朝鲜民族出版社，2019年12月。

（谢玉娥：河南大学教授，女性文学文献研究家）

台港澳及华文作家研究

台湾留学生文学的主题"调式"两则
——再议《又见棕榈，又见棕榈》的文学史意义

李东芳

摘　要：於梨华代表的台湾留学生文学为后期的移民文学奠定了两个"调式"：一是揭示了海外学人无根而寻根，乡愁中回归母体文化的精神渴求；二是以海外学子为代表的青年的成长心路，具有代表性。

关键词：主题；寻根；身份认同；成长小说

调式，在音乐术语中，指的是构成乐曲的多个音符组合在一起，以其中的一个音为主音，其余各音都倾向于它，这个体系叫作调式。於梨华代表的台湾留学生文学为后期的移民文学奠定了两个"调式"：一是揭示了海外学人无根而寻根，乡愁中回归母体文化的精神渴求；二是以海外学子为代表的青年的成长心路，具有代表性。

一、留学生文学主题调式的开创："无根"的失落感与孤独感

於梨华的《又见棕榈，又见棕榈》中，创设了留学生文学具有代表性的主题：海外学子关于身份的焦虑——关联到对生命意义的质疑以及意义的失落和被剥夺感，学界也将这种有关意义的"焦虑"称为流散状态，或者说叫作漂流状态，即个体在不断向外追求中追寻生命的意义，试图通过身份（留美博士/工科博士/新闻学博士/文学青年）建构，定义自己的奋斗和拼搏是有价值的，背井离乡是非常有"意义"的，然而却遭遇巨大的精神失落。——在美国读书打工的孤独和辛苦以及获得的文凭——留美博士的名誉，并不能抵挡和掩盖缺乏精神归属的失落，主人公牟天磊在精神上

439

还是不断忆念着"中国"，发生了身份认同的精神危机。杜维明在《文化中国》《文化中国：边缘中心论》《文化中国与儒家传统》等诸文中提出"文化中国"的概念，认为"中国"也是一个文化理念。[①] 查尔斯泰勒认为，身份认同问题关系到一个个体安身立命的根本，是确定自身身份的尺度。认同发生危机的主要表现是失去了这种方位定向，不知道自己是谁，从而产生不知所措的感觉。[②] 由于个体缺少一种文化坐标，在其中能够获得一种稳定的意义。或者说，这种意义是不确定的，易变的，甚至在一种文化下是有意义的，而在另一种文化中，变得毫无意义，这时个体势必面临着"意义割裂"的心理危机。比如牟天磊获得新闻学的留美博士文凭，这使得他能够在美国生存立足，却没有感受到个人生命意义的价值感和成就感，仍然是一个美国文化之外的"边缘人"。

如果说，移民文学就是身份未定者的文学，也是持续追求归属和无穷追问身份的文学，它揭示了这种追求和追问的精神特质与哲学处境。那么，於梨华的《又见棕榈，又见棕榈》在留学生文学或者说移民文学中，是当之无愧的"先行者"。小说出现了一个基本的"调式"——浪迹天涯的孤独感，怀乡思亲的忧郁情绪，惆怅纠结和思绪万千作为主要的情绪旋律反复出现。小说以主人公牟天磊视角观察对比美国和台湾生活，以他内心的"意识流"构置的场景活动作为推进故事情节的主要动机——比如牟天磊回到台湾父母家里，不断地对比在美国求学的孤独场景与家里亲情的温暖陪伴；美国打拼时咬牙坚持吃的种种苦头，和台湾的校园生活的轻松自在形成鲜明的对比，从而唤起读者"此夜曲中闻折柳，何人不起故园情"的认同，产生强烈的共鸣。

作者对于留美博士牟天磊的情感生活泼墨甚多，揭示出他的情感选择中暴露出的性格弱点，从而使得这个人物一方面具有留学生去国怀乡的共同心理，但是另一方面又具有以博士学历或者文科学科作为自己自尊心依托的脆弱，主人公常常情绪化地对比心中的"中国生活"和"美国生活"，铺陈个人打工的艰辛，为适应餐馆打工而不得不降低姿态产生的悲愤情绪，个人意志力脆弱和视野的狭隘，使得他对美国的观察仅仅停留在对校园人物的观察和个人体验上，这都使得主人公敏感自尊的心理感受成为评判中美事物的尺度，缺乏对于美国社会的深入观察，主观性较强。主人公牟天磊与小说中诸多人物对于美国的想象和反应大相径庭，构成鲜明对比，驱动故事情节在矛盾对立中形成"冲突"，造成内在的叙事张力。——比如意

---

① 杜维明：《文化中国精神资源的开发》，见郑文龙编：《杜维明学术文化随笔》，中国青年出版社 1999 年版，第 63—73 页。

② 转引自汪晖：《个人观念的起源与中国的现代认同你》，见《汪晖自选集》，广西师范大学出版社 1997 年版，第 38 页。

珊对于美国的好奇和向往，与牟天磊对美国的失望和排斥，对温情的"中国"充满价值归属感成为对比；牟天磊的家人以及台湾民众对于美国的认可和想象，与牟天磊的个人体验又形成对比。

由于作者无形中认同主人公的价值评判，否定"美国"以及留学意义的价值倾向，从注重亲情的角度，肯定了中国式生活带来的精神归属感和文化认同感。牟天磊是从台湾的食物上，人与人的情感的真挚，以及青少年记忆的角度肯定了"中国"的文化价值和情感价值——它决定了一个人的精神结构，不是随着物质的丰裕和外在身份与地位可以改变的。牟天磊的痛苦也由此而生，使得他历尽千辛万苦得到的美国身份的意义，在哲学层面——从初恋挚爱的失落，意气风发变得老成持重的转变上，得到是由诸多的"失去"换来的。

从这个角度上而言，这部小说透露出对文化和精神需求的满足大于物质名利的占有的价值判断。它继承并回应了中国文学中对生命意义的儒释道互补的诠释：如苏东坡在《行香子述怀》中所表达的，其实浮名与浮利，不过是虚苦劳神。而牟天磊的生活理想是想要尽其天真，做一个乐陶陶的"闲人"，这也是作者的理想，如同小说中的理想人物邱如峰教授，具有理想主义的情怀，办纯文学刊物，开设文学评论课程，传播人文思想，呼吁对"无用之大用"人文精神的关注。

作为早期留学生文学的奠基之作，这部小说的"思乡"主题，渲染了学子对于身份认同和文化归属的精神需求，比如牟天磊听到《苏武牧羊》引发的情感，使得小说将台湾之于大陆的漂泊感，留美学子之于中国的归属感进行了强化，而兴味浓厚——"中国人"的身份才是他们的"根"。牟天美和牟天磊这一代台湾青年，对于大陆，还有隔海相望的情愫，意识深处认为祖国才是他们的"家园"，所以对于美国及其生活方式的过度追捧，是充满隔膜和难以融入的。牟天磊的心理结构和审美趣味上，都与中国传统文人有着千丝万缕的联系。——比如他理想的生活是类似于庄子的悠游自在，远离尘嚣，简单而知足。

其中隐含着另一对矛盾体，其实不只是美国代表的物质丰裕和中国代表的精神归属，也不是牟天磊和家人关于美国认知的不同，而是时代语境下，科学主义与人文思想的对立。

小说中，通过牟天磊的视角，学科学的留美博士不但容易找工作，甚至在情场上也是女孩子们青睐的对象。"科学人士"回乡探亲，不但是大家心目中的成功者，更是衣锦还乡的自信者。作者不是透露出对于人文主义的隐忧——一方面嘲讽"科学人士"的思想单纯，不会精神上受到"文化之苦"，不会考虑太多精神归属和身份认同的问题，因此也就少了精神焦虑；另一方面，又羡慕"科学人士"在时代语境下如鱼得水的成就感——比如某文科学子改学计算机数学，从而功成名就；比如牟天磊的情场竞争者莫大兄弟由于是科学人士，就敢于邀请牟天磊的未婚妻外出游玩，给牟天磊带来尊严上的危机感。可见隐含的学科秩序——也隐含了功成名就的秩序，造就了牟天磊精神上的抑郁不得志和空虚感，其实是人文主义在科学主义面前的"示弱"。

对此秩序，作者也认为回天乏术，只好认同这一时代的价值选择，在牟天磊犹豫不决，难下决心到底是留在台湾还是赴美的故事情节上，作者设置了邱教授车祸死亡，从而推进了牟天磊"又见棕榈"，终下决心，回归自我。理想终归是理想。所以有夫之妇佳利会平静地依然回到工科博士的家里，继续缺乏精神交流的婚姻生活。

人文主义的式微，嵌套在一个去国怀乡的壳子里，虽然有情感的失落，自尊的受挫，被剥夺的成长记忆，但其实骨子里是无力抵抗世俗追捧科学主义的潮流。牟天磊的内心还没有强大到可以藐视世俗之见，所以他在两种价值观之间拉扯，纠结，怯懦。虽然他的沧桑仍然显得幼稚——因为他是个总被"别人"所驱动的人，内心无法为自己做主，他最后终于决定留下来，并去说服意珊，仍然是由于邱教授死了而为了对得住逝者所做出的选择，内心如果没有自主权，何谈自由和尊严？牟天磊的精神之殇，也是作者对人文主义"没落"的感伤。

寻根，既是寻求身份认同之根，也是寻求人文主义之根。

二、留学生文学主题调式之二：成长就是美丽的痛

这部小说隐含的另一个主题是：自我的丢失。牟天磊出国也是基于当时台湾民众对于美国的美好想象，基于年轻人想要闯一闯的好奇和冒险精神（他在意珊身上仿佛看到了自己），顺从世俗潮流的同时，丢失了自己——丢失了对文学的热爱，而不得不从事不太需要文学写作才能的教职——理想被现实的骨感所代替，在美国工作，留美博士，这些打拼下来的头衔，使得牟天磊将要继续为"它"们而拼搏下去。

屈从于现实考量导致内心分裂的牟天磊，仿佛患上了一种病症：持续的内心对话，持续的对照和追悔，又反悔，纠结和犹豫不决，无法让灵魂跟上身体的行动，终于成了一个没有魂的人——类似于空心病的人。生命的意义到底在于何处？在于父母引以为豪的满足感里，还是在于赢得一张留美博士文凭和美国教职身份让世人艳羡（比如当地报纸的报道，当地政府的请客，街坊邻居亲戚们的赞叹）？牟天磊把自己丢失了，甚至无法追求本属于自己的爱情——初恋情人眉立也由于他的赴美不得不出嫁他人，甚至无法从事自己喜欢的职业，也无法决定是留下来在台湾工作，还是继

女作家学刊·第四辑

续美国的生活。他已经从内到外，都失去了自由，虽然得到了别人眼里的"成功"。

在这个层面上，这部小说深化了留学生文学关于"乡愁"和文化"寻根"，以及身份认同的留学生文学主题的基调，而扩展出第二种"调式"，具有个人成长的哲学内涵。所以，有评论认为这部小说具有"成长小说"的意味。

小说主人公牟天磊无法超越历史和社会环境的潮流和价值观，所以选择"做自己"是奢侈的，每个人在时代面前都是渺小的，在人文学科紧缩，科学主义盛行的时代，为了生存，牟天磊不得不放弃自己喜欢的文学事业。

古今中外的经典中很多探索此主题，关于青年的成长，都要经历迷茫和探索，徘徊在现实和理想的差距之间，艰难地进行选择，然后超越，随之而成长。比如罗曼·罗兰的《约翰·克利斯朵夫》。

理想和现实的矛盾，情感和理性的对立，常常使得个体失去自我，这也是造成人们痛苦的原因之一。只有在对于现实的超越，重新从内心，而非外部环境中获得自己内心的力量，才获得了自由，也意味着"成长"，类似于禅宗的"见山是山"的第三重境界。小说名为"又见棕榈，又见棕榈"的重叠结构，也可以解读为两层含义：第一层——牟天磊回到台湾，找回了失落已久的家的温暖感觉，仿佛童年时代陪伴左右的棕榈树一样，让他找到了"根"，即认清了自己的精神归属，还是中国式的，无论是思维方式，价值观，还是饮食习惯，情感偏好，都是中国式的。这种重新回家的温暖，补偿了自己独自在美国打拼的孤寂、辛苦、屈尊等负面情绪体验。第二层——回到家后，父母竟然不能理解和支持他想要留下来在母校教书的选择，使得他才发现，自己以为找到了归"根"的感觉，其实并不是，只要他还不能发现自己的意志，就仍然会在精神上是无力的漂泊者和孤独者。"找到的不是自己想要的"，这种得失的悖论一直成为小说主要的叙事基调。所以，直到邱教授突然车祸去世，他才发现必须为自己做主，才"又见棕榈"，那挺拔而深植于泥土中的棕榈树给予他生命的启示——拿定主意不回美国，并尝试让父母和女友都能够理解，此时的他才回归自己，意味着精神开始成长。

关于爱情描写，是这部小说非常精彩的部分。法国作家司汤达在《论爱情》里，对爱情做过种种分类，比如"理智的爱""精神的爱""肉欲的爱""激情的爱"，等等。将这一分类标准借鉴一下，这部小说对男女情感心理进行了细致入微的描摹，主要有三种情感形态：第一种是屈服于现实的恋情，如牟天磊和初恋情人眉立。第二种是寂寞孤独中基于心理和生理需求的感情，如牟天磊和有夫之妇佳利。第三种是基于现实婚姻法则的"交换型"感情，如牟天磊和一心想要去美国的青年女子意珊。

牟天磊具有忧郁的气质，深邃的思想，纠结反复的行为模式，多愁善感的情绪，仿佛接近俄罗斯文学里的"零余者"，现代文学里的"多余人"，成为了中外文学长廊里人物形象的"近亲"，作为现实中的"不得志者"，他们在想象的世界里获得了"优胜感"：比如评判对他们身份构成威胁的"科学人士"——认为后者头脑简单，鲜有思想，甚至外貌也是貌不惊人，粗鄙不堪（比如意珊眼中的莫大兄弟，和天磊比起来，就貌不出众，粗俗肤浅。衬托出天磊的颀长清隽，文质彬彬）。比如在爱情关系上，天磊不但证明初恋情人眉立对他还保有情愫，而且还证明有夫之妇佳利对他的情感不只是孤寂的留学生生活中一段插曲，不只是排遣寂寞的男子和婚姻中精神交流匮乏的主妇之间的彼此满足"需要"，而是渲染两个人的恋情是基于热爱文学的共同爱好，有深度精神交流的情感关系，隐含着牟天磊在情场上再次战胜了"科学人士"。

作者将牟天磊置于情场上，证明自己的尊严和价值，可谓独具匠心。爱情上的胜利，使得在世俗价值观面前逊于"科学人士"的牟天磊，获得了一些心理平衡。

牟天磊放弃初恋情人，远走美国的动机也是出于对台湾生活的不满足，想要在更大的天地里施展才华，也是那个时代环境的思想产物。美国的物质丰裕，机会仿佛多多，都吸引着学子们。

在当时台湾的政治经济环境下，赴美留学仍然是青年人的梦想和出路。小说里交代了邱教授的尴尬处境，其实暗示出天磊的选择是正确的——邱教授钟情于纯文学，然而不但爱情失败了，生活也潦倒不堪。牟天磊虽然在美国找到的工作不符合自己的理想，但是毕竟体面并且收入相对高，也才吸引了意珊这样单纯美丽，家境丰殷的女孩子愿意与他为伴。作者在小说结尾，试图构建一个理想的结局——牟天磊既能保留美国的工作，又能尝试一下文学事业，就安排了牟天磊暂时留在台湾工作一段时间的结局。牟天磊仿佛能够"鱼与熊掌"兼得，在精神上得到了现实苦痛的超越而成长，在现实上又折中地进行了妥协。这个安排了"巧合"（牟天磊迫于意珊的情感压力，准备回美时，邱教授突然去世）和"偶然"（莫大兄弟突然邀请意珊，迫使天磊必须给予他和意珊的关系以答案）的富有戏剧性的精巧结局，也折射出作者试图调和理想与现实的"大团圆"式构思，某种程度上削弱了作品的思想深度。

小说描述了一个人青年时期的精神成长，从臣服于现实，到超越现实，寻求和回归自我的过程。这对于任何国别和时代的青年，都具有典型意义。

但是，於梨华作为一位女性作家，女性意识不够明显，这不能不说是非常遗憾的。在牟天磊的心理结构中，仍然以男性意识为中心，比如认为意珊有自己的意愿（——想要去美国看看，好奇而不满足于台湾的现状）

女作家学刊·第四辑

本是可以理解的，但是他会坚持认为意珊应该出于对他的感情而不以出国为婚姻目的，并且认为得到意珊的同意是必然的。由于作者同情和认同牟天磊的视角，使得他的一切心理活动都具有合理性，而意珊被描述为一个天真肤浅，对美国有不切实际想象的年轻女性，将结婚当作赴美出国的条件，被简单化和符号化了，忽略了她的性格和内心活动的丰富性。作者对主人公视角的偏爱意图，模式化了三位女性的情感选择——眉立由于母亲生病，不得不嫁给并不相爱的丈夫；佳利虽然与"科学人士"的丈夫缺乏共同语言和情感互动，然而基于现实的考量，仍然可以安之若素地维系婚姻。意珊想要去美国，但是凭借自己能力，无法实现，嫁一个留美博士成了"捷径"。甚至牟天磊的妹妹天美，也屈从于现实，放弃了个人梦想，踏踏实实地过日子。小说里的几位女性都是服从于现实原则，使得女性形象被简化和模式化，更加衬托出作者唏嘘不已的主题——现实很骨感，个人很难超越现实，女性多数很现实。将牟天磊代表的青年学子犹疑在理想与现实夹缝之间的痛苦，留美身份夹在文化缝隙之间的痛苦，这种痛苦的现实性得到了强调，而这种痛苦的精神性本质被弱化了——牟天磊的痛苦与其说是迫于现实的痛苦，不如说更有精神上缺乏独立果敢和明确的价值立场的痛苦，或者说是没有找到生命意义之答案的痛苦。对于这种痛苦的超越，才完成了一个人精神的成长。

总体而言，在叙事技巧上，整篇小说既有中国文学独有的特点，也有西方现代小说通过回忆插入意识流，转接时空等叙事技巧。前者表现为对人物情感细腻入微的洞察，负载思乡愁绪的"乡愁"和"漂泊感"，具有浓郁的中国风，具有古典文学的气韵，回环往复的描摹和铺排，渲染出海外学子的孤独感，与小说主人公的沉郁心境心理描写中隐含的价值归属，是淡淡的哀愁，加上"思乡"，暗合古典诗歌意境，仿佛一幅水墨丹青，感怀往事，为小说的叙事性增添了抒情色彩，而充满美感。

（李东芳：北京语言大学汉语国际教育学部汉语进修学院副教授）

另一种意象

——论邱妙津《鳄鱼手记》中的"眼睛"

赵诗楠

女作家学刊·第四辑

摘　要: 为异性恋机制所排斥的台湾省女作家邱妙津，在其作品《鳄鱼手记》中以独特的书写方式展现了同性恋视角下的社会生活面貌。本文试从《鳄鱼手记》与《坏痞子》《忧郁贝蒂》两部电影之间的互文性入手，结合弗洛伊德精神分析理论，探究作为智性器官的"眼睛"在文本中多重意义的指涉，展现 20 世纪末台湾省同性恋群体的内心景观与矛盾的身份意识。

关键词: 邱妙津;《鳄鱼手记》;意象研究;同性恋;眼睛

　　1969 年出生的邱妙津，是台湾省一位同性恋女作家，1995 年在巴黎留学以水果刀刺胸自杀身亡时仅二十六岁。《鳄鱼手记》是作家于台湾解严后创作的一部以台湾大学生活为背景的同性恋自传体小说。这部小说在 1994 年于台湾省就已经出版了繁体字版本，但直到 2012 年广西师范大学出版社出版了简体字版本，大陆对于《鳄鱼手记》的关注才越来越多。目前学界对于该书的意象研究主要集中于"鳄鱼"意象[①]。虽然其中不乏有很多令人耳目一新的观点，但讨论的内容和主题都有较大重叠性。本文试探讨《鳄鱼手记》中的另一种意象——"眼睛"，从邱妙津《鳄鱼手记》与《坏痞子》《忧郁贝蒂》两部法国电影之间的互文性入手，结合弗洛伊德精神分析理论，探讨作为智性器官的"眼睛"在文本中多重意义的指涉，展现 20 世纪末台湾省同性恋群体的内心景观与矛盾的身份意识。

一、双向阅读:《鳄鱼手记》与两部电影之间的互文

　　小说在开始不久，作家就在叙述中插入了两部法国电影:《坏痞子》和

[①]　比较具有代表性的研究有: 陈思和:《凤凰·鳄鱼·吸血鬼——试论台湾文学创作中的几个同性恋意象》，载《南方文坛》2001 年第 3 期;马嘉兰:《揭下面具的鳄鱼: 迈向一个现身的理论》，载《女学学志: 妇女与性别研究》2003 年第 15 期。

《忧郁贝蒂》。《坏痞子》又译作《坏血》，是法国导演莱奥·卡拉克斯（Leos Carax）拍摄于1986年的作品，邱妙津称该导演为"当代的审美大师"。这是一部集科幻与爱情于一体的作品：一种传染性疾病STBO通过没有感情的性活动传播。男主角为了获得重启人生的资本而同一群负债累累的老头打上交道，计划夺取治疗STBO的药剂，但却爱上了老头的情妇安娜，最后夺取药剂成功，却被人打死。邱妙津在《鳄鱼手记》中插入的部分正是电影的结尾：

> "要做个诚实的孩子很困难。"他闭上眼，继续用腹语说遗言。终于死了，一个老丑男人，从他紧闭的眼眶挤出一颗蓝色的眼珠。天生没办法诚实的蜥蜴，虽然会想把白肚子朝上翻，至死还是必须藏住要给爱人的眼泪。[①]

在这部电影中，"看"这个动作被赋予了丰富的含义。结合电影情节来看，结尾处老头挤出的是眼泪，而邱妙津在小说中却写成"眼珠"，显然是为凸显"眼睛"在小说中的作用有意为之。笔者想就影片中的几个场景，讨论影像与《鳄鱼手记》建构出的前文本对话。首先，老头们住所处干净的玻璃门值得注意。因为老头们的私生活充满了肮脏与混乱：墙皮斑驳，食物与垃圾堆满角落，无数的飞虫在反射了灯光的镜子上乱撞，美丽的少女与白发苍苍的老头交媾。一般情况下人们为了掩盖内部的污秽往往会选择不透明的物体用来遮蔽，而这间屋子却向外部坦诚地展现内部的一切，"门"在这个地方只是简单划分区域的分隔物，对外没有丝毫隐私。所以"变态男"可以肆无忌惮地"看"貌美的安娜，甚至可以一动不动地站很久，试图通过"看"来实现自己对安娜的占有。即使被斥责之后，他仍然每天过来"看"安娜，仿佛只要玻璃门没有被换，女主角就应该"被看"。当男女主人公正在玻璃门旁聊天时，这一部分则以"叙事蒙太奇"[②]的手法演绎了出来：前景还是两人聊天，后景是宛若一尊静止石雕的变态男，直勾勾地盯着安娜，与此同时两人聊天的声音还穿插其间。当变态男的行为作为背景嵌入两人的对话时，"被看"的不适感被消解了，女主角甚至戏言称"变态男"的长相和前男友相似，每天看到他觉得很开心。此时，"看"的行为已经获得了"被看者"的默认，"被看者"像得了"斯德哥尔摩综合征"，开始认同并习惯"看"的行为。

---

① 邱妙津：《鳄鱼手记》，广西师范大学出版社2012年版，第22页。
② "叙事蒙太奇"是导演卡拉克斯常用的一种拍摄手法，即"将情感爆发的段落集中凝缩于一分钟的默片画场景、动作之内，又使叙事手段更为精简、直接，去掉了多余的叙事动作，使整个段落的节奏更加流畅与明快"。详见刘博鑫：《"法国新电影"的异质作者》，西南大学，2020年硕士研究生毕业论文。

《鳄鱼手记》中发生的"鳄鱼俱乐部事件"也是由非常态的"被看"引起的。已经有很多研究指出，"鳄鱼俱乐部事件"这个情节的描写是作家用以影射发生在 1992 年 3 月"台湾新闻世界报道"栏目组的记者潜入女同性恋酒吧，用隐藏摄影机偷拍的事件。摄影机的镜头就像《坏痞子》中能够跨越界限直视一切的玻璃门，架构出了看与被看之间不平等的权利关系：不理解或对同性恋群体抱有猎奇心的"人类"闯入"鳄鱼"的俱乐部，在未经许可的情况下用摄影机进行拍摄，以此博取更多"人类"的眼球并赢得利益。但当面对学生、上班族、蓝领等群体的关注时"鳄鱼"的反应却不是愤怒："大家到底是何居心呢？至于被这么多人偷偷喜欢，它真受不了，好、害、羞啊！"[1]"鳄鱼"作为同性恋群体的一员，它虽排斥外界侵犯隐私权的做法，但仍接受了这种行为。它认可了自己与"人类"的不同，觉得"被看"是正常的。这种自虐式心态背后，隐藏着的是同性恋群体渴望获得主体认同却找不到出路的深沉绝望。她们将这种绝望内化后，又以戏谑打趣的手法反扑回来。

《坏痞子》中还有一个值得注意的情节是，男主角的朋友患上 STBO 后先糜烂的地方就是"眼睛"。这里电影的寓意应该是指因眼睛占有了不该占有之物应受到惩罚。他在发病之前反复揉搓自己的"眼睛"，动作似乎痛苦到想要将其挖出。在作家提到的另一部电影《忧郁贝蒂》中也出现了"挖掉眼睛"这一行为：

> 女主角贝蒂说："生命老是在阻挡我。"把自己的眼睛挖掉，被送进精神病院，用皮带紧紧捆绑在床上。[2]

《忧郁贝蒂》中的女主角与得了生理疾病致使眼睛糜烂的男主角朋友不同，她是得了心理疾病。由于男主人公的作品始终得不到赏识，本就容易冲动的贝蒂更加歇斯底里，用力地反击生活中每一个伤害自己与男主人公的人。当她被关在家里时便开始自残，以至于最后挖掉了自己的眼睛，被送进了精神病院，像植物人一样躺在床上。男主人公难以忍受自己心爱的贝蒂被如此对待，半夜化装成女人潜入医院杀死了她。用"挖掉眼睛"来表达难以遏制的痛苦，这一行为背后的寓意值得深思。"挖掉眼睛"并非一瞬间的事情，不是如自杀一样可以导致人迅速死亡，也不像用刀子割伤那样是在可控范围之内的疼痛，那么导演为什么要选择这样惨烈的自残方式呈现给观众呢？"挖掉眼睛"有着什么样的含义呢？了解"眼睛"与"真理"之间的关系或许有利于理解这一行为背后的深刻含义。

---

① 邱妙津：《鳄鱼手记》，第 54 页。
② 同上，第 22 页。

女作家学刊·第四辑

在中西方各自的理论体系中，都在不断地讨论"真理"同"视觉"之间的密切联系。亚里士多德在《形而上学》的开篇就提到过："求知是人类的本性……无论我们将有所作为，或竟是无所作为，较之其他感觉，我们都特爱观看，理由是：能使我们识知事物。"① 在叔本华美学思想范畴中，他认为人类获取知识的方式有两种，一为直观，二为经由概念。叔本华更为推崇"直观"这一方式②，更强调"视觉"在获得知识时的直接性，强调在通向真理之路时的必要作用。尼采也同样提出了"视角主义"，认为真理离不开视角。③ 在中国古代关于"知"的讨论中，也有将眼睛与摄取联系起来的说法，比如墨子曾说过："遇物而能貌之"（《墨子·经说上》），强调观察与获取信息之间的联系。有所不同的是，中国文论并非仅单向强调眼睛在获取外部世界映象时的作用，我们还将眼睛作为了解内在世界的入口，比如孟子曾言："存乎人者，莫良于眸子。眸子不能掩其恶。胸中正，则眸子瞭焉；胸中不正，则眸子眊焉。"（《孟子·离娄上》）除此之外，在中国古代文论中，还出现了"诗眼""戏眼"等美学概念，将"眼睛"由了解人内在世界的入口进一步发展为了解作品内在意蕴的开关。在绘画中也是如此："中国人特别要让人活得不同于禽兽，对于肉体的裸露则含蓄为之，而将揭露的部位定位于面容与眼睛，其所重视的身体已是由意义所充满的身体，要在其中揭露天机、神采与境界。"④ 但无论如何，"眼睛是智性的器官"⑤的观点在中西方都是被认同的，这也体现了人类文明的共通性和可对话性。文学、绘画如此，电影也是如此。《坏痞子》一开始就注定了结局的虐恋，《忧郁贝蒂》中两人的情侣生活很欢乐，经常放纵大笑，快乐到让观众忽略到其中隐藏的阴翳。两部的主角共同点在于他们都是游离于普通人所建构的社会规则之外的，都是沉溺于爱欲，矛盾且挣扎着，最终因看清了自己无法逃脱困境而"挖掉眼睛"，走向自毁。"眼睛"作为智性器官是我们感知和追逐所欲之物的工具，那么"挖掉眼睛"则意味着放弃对所欲之物的追求，选择灭亡。

在《鳄鱼手记》中，"挖掉眼睛"被当作同性恋个体的象征符号反复出现。如果说文本的多义性体现在穿插了各种前文本，那么我们可以说邱妙津在有意无意间接受并改写了两部电影作品中的影像符号，并在《鳄鱼手记》的文本语境中赋予其新的含义。以媒体作为中介、以猎奇心态"观看"着同性恋群体的"我们"没有受到约束，而"被看"的一方却选择"挖掉

---

① ［古希腊］亚里士多德：《形而上学》，商务印书馆1959年版，第1页。

② ［德］叔本华：《作为意志和表象的世界》，商务印书馆1982年版，第25—144页。

③ ［德］尼采：《重估一切价值》，华东师范大学出版社2013年版，第432页。

④ ［法］弗朗索瓦·于连：《本质或裸体》，百花文艺出版社2007年版，第6页。

⑤ ［日］铃木大拙，［美］弗洛姆著：《禅与心理分析》，中国民间文艺出版社1986年版，第91页。

眼睛"这种极端的方式回应社会,这不能说不是一种讽刺。接下来,笔者将通过分析《鳄鱼手记》中作为智性器官的"眼睛"在文本中多重意义的指涉。

二、"特殊的眼睛"

> 这只特殊的眼睛在我青春期的某一刻张开后,我的头发快速萎白,眼前的人生偷换成一章悲惨的地狱图。所以当我还没成年时,我就决定要无、限、温、柔,成为这一个人。把自己和这只眼睛关进去暗室。①

英文"gaydar"是 gay 与 rader 的缩写,意思为"同性恋雷达",意指通过观察对方身上的女性气质或男性气质来识别某人是否为同性恋者的方式。② 在这里,眼睛就像具有特殊能力的雷达,能够敏锐地捕捉对方身上与众不同的气质,"通过独特的注视方式来传达自己共同的文化意义"。③ 在这里,"特殊的眼睛"是"拉子们"以与众不同的视角认识世界的方式,是特殊的身份象征。结合这一段拉子的自述,可以看出她面对社会异样评价时对自我的压抑:自拥有了这双眼睛,拉子就开始抱着悲观的态度审视着周围的一切。为了融入社会,拉子只能将自己的本能欲望遮蔽起来,因为只有在暗处才能让自己和"正常人"看起来没有什么差别,同样,也只有在暗处,当自卑在撕扯自己直至崩溃时才不会被人发现。《俄狄浦斯王》中的主人公因不具备认清殊相的能力,看不清自己杀父娶母的事实而自愿刺瞎双眼。和俄狄浦斯的不同之处在于,拉子是看清世人面目后为了顺应社会大环境主动选择将视力遮蔽,俄狄浦斯是没有看清应该看清的事情而选择自戳双目,但无论如何,两者都拥有"特殊的眼睛":拉子是从同性恋世界的角度切入,俄狄浦斯是从哲人的视角切入④,他们都通过这双眼睛从与众不同的视角进入了世界,是超脱于当下的存在,是未来话语的代表,但他们又因为自己的另类不得不与现实世界对抗,直指法律与社会无知与偏见,在抗衡失败后自愿退出,面对自己无法改变的世界选择"不看",带有英雄主义般的悲壮色彩。"挖掉眼睛"也是一种自我保护,拉子认为只有如此才能使在现实世界中找不到自己定位的主人公放弃执念和无意义的挣扎,获

① 邱妙津:《鳄鱼手记》,广西师范大学出版社 2012 年版,第 16 页。
② 详 见 Gerulf Rieger、J. Michael Bailey: *Dissecting "Gaydar": Accuracy and the Role of Masculinity–Femininity,* Arch Sex Behav, 2010, pp.124-140。
③ Patrick Higgins: *A Queer Reader,* London: Fourth Estate, 1993, pp.235-236.
④ 刘小枫老师认为,俄狄浦斯是一位"哲人王",但"哲人俄狄浦斯的头脑似乎善于透过殊相认识到共相,却不善于从共相认识到殊相"。详见刘小枫:《罪与欠》,华夏出版社 2009 年版,第 189—235 页。

女作家学刊·第四辑

得暂时的解脱。

　　事实上，这只"特殊的眼睛"在文中并非拉子独有。以往研究者的讨论多集中于拉子与水伶的小说，梦生这个人物反倒被忽略。在拉子与梦生初次见面时，拉子就意识到："他跟我是同类人，拥有那只独特的眼睛，且他更纯粹彻底，在这方面他比我早熟比我优秀。"[①]从人物塑造上来看，吞吞、至柔、水伶、小凡等人物性格具有很强的同质性，她们属于激发拉子保护欲的一类人物，但梦生显然是拉子无法掌控的存在，遇上他时拉子总是无可奈何地将身上的刺"软化"。作家对于梦生的形象塑造也花费了更多的笔墨，去渲染他的"坏痞子"形象。正是因为这样，拉子和梦生两个作为男女同志中的强势存在才在文本中有了对话的可能。因为"单一的声音，什么也结束不了，什么也解决不了。两个声音才是生命的最低条件，生存的最低条件"。[②]当拉子和梦生两人还并未熟识时，拉子就有预感："他的眼睛可以自由窥看到我，能对我予取予求。"[③]又在接下来的书写中提到："我的眼睛同样可以自由窥看到他，能对他予取予求。"[④]这里眼睛发挥了它的"连接"作用。通过这双"特殊的眼睛"，同性恋群体可以寻找同类。两个人通过"特殊的眼睛"便可以自由出入对方内心深处，认定了对方是"适合一起死的人"。

　　拉子与水伶之间的恋情也是通过"眼睛"建立起来的。在两人一次互通心意后，她写道：

　　　　眼睛，也是支点，把我整具骷髅骨架撑起来，渴望睡进去她海洋般的眼。这个象征此后分分秒秒烧烤着我。眼睛支撑起我与世界之间的桥。红字般的罪孽与摒弃的印记，海洋的渴望。[⑤]

　　拉子将自己的眼睛等同于"桥"，赋予其"连接"的含义。"眼睛"同所视之物的关系实则就是人际关系，两个独立的个体从此之后通过这个渠道有了联系。拉子认为此刻的水伶就是自己的全世界，这个世界里仅有幽深无尽的海洋，是"眼睛"将本已化为腐朽的自己重新组建起来，打通了与外界联系的渠道。弗洛伊德曾强调过"眼睛"这一器官"在追逐性对象的过程中发挥着重要的作用，因为它能在性对象身上发现美，从而使人产

---

① 邱妙津：《鳄鱼手记》，第25页。
② ［俄］巴赫金：《陀思妥耶夫斯基诗学问题》，见《巴赫金全集》（5），河北教育出版社1998年版，第333页。
③ 邱妙津：《鳄鱼手记》，第35页。
④ 同上，第36页。
⑤ 同上，第17页。

生性兴奋"①。从目的论的角度上来讲，人眼作为传递视觉影像的器官，在恋爱过程中是必不可少的，它发现欲望又传递欲望：既是引燃恋爱双方爱欲的火花，同时又能在对方的眼中影射出彼此充满爱欲的眼睛，相互注入精神力量。但是这种"特殊的恋情"又不被时代和社会所认可，一双双猎奇和责备的"眼睛"在暗处看着她们，两人在表白后难以将这份爱意维持下去。拉子意识到了恋情从一开始就游走在社会规范与秩序的边缘，所以才会觉得恋人的目光"分分秒秒烧烤"她。

三、作为"犯罪"凶器的眼睛

在西方文学作品中，"爱情"总是与同"犯罪"及其相关比喻联系在一起，其中一个原因就在于，爱情本是私密的感情，当某些不为社会和他人认可的私密感情被公开化并置于多人关系中，处于恋情中的双方就会为了维护私密性而挣扎，甚至威胁到集体利益，而这是为基督教文明世界中所排斥的，所以罗密欧与朱丽叶的爱情是"犯罪"，只有死亡才能将两人救赎。在《鳄鱼手记》中，拉子与水伶的恋爱也是同"犯罪"联系在一起的。小说在关于两人的恋爱描写中，"犯罪"这个词出现次数高达七次②。"犯罪"成了"欲望"的代名词。在这段感情中，拉子又自认为是水伶"年轻的父亲""具有特异精神美感的恋人"③，也就是说，拉子是这段关系中的"T"，担当了情感中的男性角色。"叙述者认同男性文化传统所标举的孤绝艺术家自我，遂企图操控情欲与文学文本。"④在"犯罪"的整个过程中，拉子将水伶放在引诱其"犯罪"的女性位置上，而自己则以"犯人"的男性暴力视角切入，认为水伶"不明白我温驯羊毛后面是只饥饿的狂兽，一直将她撕碎的冲动"⑤。可以说，《鳄鱼手记》中的欲望书写暴露了操控与暴力的问题，这种操纵与暴力是在"看与被看"这种权利建构中形成的。"看绝不只是去看，它意味着一种权利的心理学关系，在这种关系中，观看者优越于被看的对象。"⑥古希腊"真理"一词 aletheia 若从词源的角度来解释，同眼睛的进攻性有很大关系："aletheia 是由否定性前缀 a 与 letheia（遮蔽）构成，而'去蔽'这一动作顺应的无非是眼睛的进攻性请求；至于它所力图达到的

① ［奥］西格蒙德·弗洛伊德：《性学三论》，浙江文艺出版社 2005 年版，第 30 页。

② 数据来源于作者自查。

③ 邱妙津：《鳄鱼手记》，第 133 页。

④ 刘亮雅：《爱欲、性别与书写：邱妙津的女同性恋小说》，载《中外文学》1997 年第 3 期，第 8—30 页。

⑤ 邱妙津：《鳄鱼手记》，第 19 页。

⑥ Jonathan E.Schroeder, *"Consuming Representation: A Visual Approach to Consumer Research."*InBarbara B.Stern, ed, *Representing Consumers Voices, Views and Visions*（London: Routledge, 1998）, p.208.

女作家学刊·第四辑

'无蔽'状态则是完全为了满足眼睛的占有欲望。"[1] 拉子对水伶的情感就是充满占有欲的。自约定上课时的见面与屡次爽约开始，拉子对水伶都是忽冷忽热的状态，在爱到极点时突然刹闸，让水伶"泄了一地的爱没人要"[2]，在水伶受挫时她又扮演着虚假的安慰者，给予她温暖后又恶作剧般地告诉她正在写告别信。在水伶决定和过往告别，开启新的人生时，拉子却主观地认为她将坠入永劫的轮回，然后接连给她写信向她疯狂表白自己的心迹，告诉她"我回来了"，企图将她拉扯回来。所有的一切都是由拉子主观判断的，她与水伶的开始、爱水伶的方式、结束感情的方式，水伶仿佛一个没有主体性的木偶，在感情的旋涡中终于迷失了自己。事实上，水伶已然变成拉子的欲望客体，拉子爱的并不是现实中活生生的水伶，而是活在自己用想象镀上金身、抽离于时空的水伶，甚至希望"将她杀死装在水晶棺材里，永远保存或占有她，而逃避掉现实关系的种种威胁，以及实体的她在时间里的变化"[3]。在小说的最后，被情伤折磨得不堪重负的水伶似乎丧失了正常人的言行："一九八九年我和水伶再度相逢后，她就处于歇斯底里的状态中。她恐惧我……用我的手触摸她，她全身颤抖，表情上惊呼不要……她的精神控制力逐渐薄弱，她说自己是在梦游。"[4] 可以说，这种悲剧是由拉子直接造成的，她挑逗对方又残忍地拒绝求爱，她期盼着犯罪，也有意引导走向这种结局，欣赏着自残的水伶和自己。在这种意义上来讲，"眼睛"可以向所爱之人投去爱的目光，但当其欲望的投射过于沉重时，爱欲就畸变成了操控欲，变成了一种"凶器"，残暴地将所爱之人置于自己完全的控制之下而使其丧失精神的主体性，最终失去灵魂。

在另一个层面上来说，主流社会的"眼睛"，对同性恋群体投去的猎奇的、不理解的，甚至是攻击的视线，也是将拉子与水伶两人推向深渊的"凶器"。用眼睛去爱、去满足欲望是生理本能，只是对撕扯于身份认同之间的拉子来讲，她认为这是"犯罪"。毕竟"任何一个社会中都存有许多视觉规范，制约着人们日常生活中如何合乎规范地使用视觉来交往和传达"[5]。用眼睛去爱同性，在这个社会中就是违背了视觉规范的，是不被允许的，不被允许的事情就等于"犯罪"。"犯罪"是贬义词，也是拉子对自我欲望的"污名化"。当同性恋群体向恋人投出爱的目光时，就会被一双双藏在暗处的眼睛发现。笔者认为，在小说中，作家借用水伶"歇斯底里"的症状和小说结尾鳄鱼的自焚对这种视线给予了回应，她向我们展示，当"鳄鱼们"无

① 路文彬：《真理与视觉——论西方形而上学的视觉认知范式》，载《中文自学指导》2007年第3期，第14页。
② 邱妙津：《鳄鱼手记》，第115页。
③ 同上，第124页。
④ 同上，第167页。
⑤ 周宪：《视觉文化的转向》，北京大学出版社2008年版，第70页。

法承受人类所投注的过度关注时，只能沦落至此。

　　邱妙津是毕业于台湾大学心理系的优等生，后又留学于法国巴黎第八大学心理系临床组，作家对于弗洛伊德精神分析的理论认知应该十分透彻，应该知道"歇斯底里症"并非一种心理疾病，而是一种被社会建构的行为模式。[①] 邱妙津将这种已被证伪的"疾病"移植到文学文本中进行书写，显然别有意图：作家希望以这种形式来向读者展现为了顺应社会秩序和道德法律的同性恋群体如何被迫压抑自己的爱欲，她们因无法正确处理自己的理性意识同内在自我欲望的关系，而就只能如此。鳄鱼最后的自焚也意味着，"当爱恨交织的情人陷入施虐、受虐、自虐、互虐的纠缠时，他们的哭嚎所诉说的不仅是爱欲的痛苦，也是对主流社会的控诉"[②]。在水伶与拉子的恋爱关系中，虽然没有描写外在环境对两人直接的关注和压迫，但审视他们的目光其实一直存在，可能是他们的朋友，可能是校园里的老师同学，可能是街上的路人，也可能是正在读书的你我他。这些目光就像一把把"凶器"，粗暴地割裂她们的生活。

结　语

　　论述的构成并非只有一种文化现象，只有思考不同文化艺术形式的美学效果，才能更好地诠释文本中意象的指涉，且进一步深入作家想要传递的讯息。《鳄鱼手记》中作家对于"眼睛"意象的运用正是一个很好的例证：作家通过化用《坏痞子》和《忧郁贝蒂》电影作品中的影像符号"眼睛"，在《鳄鱼手记》的文本语境中赋予了其新的含义。《鳄鱼手记》中有四种不同形式的"看"：第一种是作家在文本生成的过程中对自我内心的"看"；第二种是作品中的人对"鳄鱼"的看；第三种是作品中拉子对水伶等人的"看"；第四种是读者在看完成作品时的"看"。带有不同目的和文化背景的视线在小说中交汇相遇，形成一个复杂的"视线场"，但无论是谁在"视线场"中，观看者都是主动的、带有目的的，并且在观看的过程中观看者的审视和对自我的确认得到了加强。更重要的是，观看主体对被看者的理解与认识在一定程度上就是自我的投射。正如梅洛·庞蒂所言："对象在我们眼睛下面，排除并散发出它们的实体，它们直接询问我们的目光，它们

① 弗洛伊德曾写过《歇斯底里症研究》一文，他认为歇斯底里症的成因是持久的压力心理无法及时转换成其他精神活动从而得到疏解，最终只能以生理性的方式表现出来。但是这种症状"只是被医学建构的一种社会表演，并且被受到暗示的患者所接受，以此作为发现他们生活意义的一种途径"。详见［美］托马斯·哈代·黎黑：《心理学史》，上海人民出版社 2013 年版，第 236 页。
② 刘亮雅：《世纪末台湾小说里的性别跨界与颓废：以李昂、朱天文、邱妙津、成英姝为例》，载《中外文学》第 28 卷第 6 期，第 124 页。

考验着我们的身体与世界达成的共同协议。"①《鳄鱼手记》就为我们提供了一次这样审视自我的机会，让我们能够在"视线场"之中反观真实的自己。无论是感同身受，是理解包容，还是不以为然，这些真实的感受都会再次撞击文本，使其在不同的语境、不同的时代下焕发新的内涵。

附　录

手记	页码	文本内容
第一手记	17 页	眼睛支撑起我与世界之间的桥。
第一手记	17 页	眼睛……这个象征此后分分秒秒烧烤着我……红字般的罪孽与摒弃的印记，海洋的渴望。
第一手记	16 页	它早已被我特殊的眼睛看出。这只特殊的眼睛在我青春期的某一刻张开后，我的头发快速萎白，眼前的人生偷换成一章悲惨的地狱图。所以当我还没成年时，我就决定要无、限、温、柔，成为这一个人。把自己和这只眼睛关进去暗室。
第一手记	25 页	我马上就明白他跟我是同类人，拥有那只独特的眼睛，且他更纯粹彻底，在这方面他比我早熟比我优秀。
第二手记	35 页	他的眼睛可以自由窥看到我，能对我予取予求。
第二手记	36 页	我的眼睛同样可以自由窥看到他，能对他予取予求。
第三手记	80 页	"两眼浮肿，不是挖过眼球，就是掉到水沟再爬起？"另一张纸条；"没有眼珠和根本躺在水沟里的人闭嘴啦。"偷朝他瞪一眼。
第五手记	121 页	而从我那只独特的眼看自己，却是个类似希腊神话所说的半人半马的怪物。我这样的怪物竟然还有另一个女人原意痴心地爱着。

（赵诗楠：北京语言大学比较文学与世界文学专业硕士研究生）

台港澳及华文作家研究

---

① ［法］莫里斯·梅洛 - 庞蒂：《眼与心》，中国社会科学出版社 1992 年版，第 129 页。

诗意的修辞

——浅谈钟晓阳小说的诗性特征[*]

赵 月

摘 要： 钟晓阳作为香港第二代本土作家，80年代初即在台港文坛引起轰动。时至今日关于钟晓阳的文学研究，已经取得了一定成果。但在文本的诗性特征方面，国内尚未出现专门研究钟晓阳小说的诗性特征的学术论文。有鉴于此，本文将以钟晓阳小说中的诗性特征为研究对象，从"意象与意境""精神与气质""反思与抗争"三个维度出发，通过对小说中的诗性智慧、诗性空间、诗性精神以及语言的诗性生成等方面进行分析，挖掘钟晓阳小说的美学价值及思想内涵。

关键词： 钟晓阳；诗性特征；现代性；《停车暂借问》

香港作家钟晓阳1962年出生，未满二十岁便以长篇小说《停车暂借问》蜚声文坛。《停车暂借问》共分三部，分别为《妾住长城外》《停车暂借问》《却遗枕函泪》，一直被认为是钟晓阳最好的小说作品之一。除此之外，钟晓阳还出版有《流年》《爱妻》《哀歌》等短篇小说集。步入中年之后写有《燃烧之后》与《遗恨传奇》等，但均被认为已不复有当年的水准。

钟晓阳作为香港第二代本土作家，80年代初即在台港文坛引起轰动。时至今日关于钟晓阳的文学研究，已经取得了一定成果。经梳理可见，对于钟晓阳的文学研究主要集中于思想内涵、美学价值、张爱玲的文学影响以及其与台湾文学的关系四大方面。在思想内涵的具体层面，学界对于钟晓阳的文学研究主要涵盖了死亡意识、女性意识以及钟晓阳小说中的"都市问题""香港书写"等方面。但在文本的诗性特征方面，国内尚未出现专门研究钟晓阳小说的诗性特征的学术论文。在现有研究论文中，诗性特征的分析主要零星分散在对钟晓阳小说主题内容的整体分析中，以及对于钟晓阳与张爱玲的比较研究中，并未有全面系统的分析与探讨。

* 本文系北京语言大学研究生创新基金（中央高校基本科研业务费专项资金）项目"论钟晓阳小说的诗性特征"成果，批准号（21YCX006）。

钟晓阳成长在多元文化并存的大都市，却始终无法割舍对于中国古典文学的眷恋。在钟晓阳收录在《细说》中的诗歌中，俯仰可见中国古典文学的影子。中国古典文学对于钟晓阳文学创作的影响主要表现在古典悲剧意识与古典诗性特征这两方面。由于大量阅读中国古典文学作品，中国古典美学中所包含的诗性特征在钟晓阳的文学作品中有着深深的烙印。有鉴于此，本文将以钟晓阳小说中的诗性特征为研究对象，从"意象与意境""精神与气质""反思与抗争"三个维度出发，通过对小说中的诗性智慧、诗性空间、诗性精神以及语言的诗性生成等方面进行分析，挖掘钟晓阳小说的美学价值及思想内涵。

一、意象与意境

"意象"与"意境"是中国古代诗学中的重要概念，但对于它们的含义却一直没有特别清晰的界定。文艺理论家童庆炳在《文艺理论教程》一书中对二者作了如下界定：意象是以表达哲理观念为目的，以象征性或荒诞性为基本特征以达到人类理想境界的表意之象，即为艺术典型；意境是文学艺术作品通过形象描写表现出来的境界和情调，是抒情作品中呈现的情景交融、虚实相生的形象及其诱发和开拓的审美想象空间。

在中国古典诗歌中，许多意象与意境被反复提及与使用，如月亮、流水、斜阳、杨柳、落花、杜鹃，等等。在钟晓阳的小说中，这一类意象同样俯拾即是。如《妾住长城外》中对于赵宁静外貌的描写："两颗单眼皮清水杏仁眼，剪开是秋波，缝上是重重帘幕……素净似一幅水墨画，眼是水、眉是山，衣是水、裙是山，叫人单纯得不想别的……"[1] 很容易使人联想到王观的"水是眼波横，山是眉峰聚。欲问行人去那边？眉眼盈盈处。"山、水、秋波、帘幕等古典诗词的常用意象在小说中的使用，使得钟晓阳的小说别具一种古典整饬之美。

除此之外，赵宁静肩花而归的场景也一直被许多读者所津津乐道。宁静与弟弟小善外出砍盛放的梨花枝，归来时的情景被作家以极富诗意的手法描写了出来："终于，大门处进来一株白梨花，就像桃花那样一大株，阳光底下飞飞泛泛，仿佛一棵火树银花在那儿斥斥错错烧着。愈烧愈盛，愈烧愈近，葱绿叶中透点桃红，是宁静的花衬衫，也在斥斥错错烧着。到了半路，梨花移到小善肩上，宁静两颊红皲皲的碎步过来，仿佛梨花还没有烧完，还在她腮上灼灼地烧。"[2] 这一场景极富诗意，似乎可以直接用中国画的笔法泼画出来。人面与花面相映成趣也是中国古典诗歌的常见修辞传统，

① 钟晓阳：《停车暂借问》，十月文艺出版社2019年版，第12页。
② 同上，第18页。

钟晓阳在小说中将这一传统重拾，使得文本宛如一段泛黄的旧戏文，充满千年古意。

中国古典诗词中的意象与意境在钟晓阳的小说中占据了极其特殊的位置，也使得小说具有了与众不同的艺术特色。因为语言的诗意化和古典化，钟晓阳常常被用来与张爱玲相类比，二者在表达上确实有着相似之处，但是在内涵上却是不同的，这种不同主要表现在人物塑造与情节架构上。

二、精神与气质

虽然钟晓阳在文学创作的过程中受到了很多来自张爱玲的影响，钟晓阳本人也十分欣赏张爱玲，但是二者的文学气质却是很不相同的，唯有在语言与修辞上存在着较大的相似之处。张爱玲虽然受《红楼梦》传统影响颇深，也擅用古典意象与传统修辞进行创作，但其笔下的人物却大多数都是现代的，具有现代人的精神气质，常常是个性反叛的或是灵魂虚无的，充满现代性或是后现代性的时代特征。但钟晓阳则不然，其笔下的人物无论外貌特征还是精神气质都是古典的、传统的，常常被赋予带有中国文化传统特征烙印的性格与气度。钟晓阳对于古典境界的向往蕴涵着形式和内容的双重冲动，这一特点在钟晓阳的许多小说中都可以看到，尤其以《停车暂借问》三部曲与《哀歌》最为明显。

《停车暂借问》三部曲写了女主人公赵宁静的两段感情经历，一是与关东军通译官之子吉田千重的相恋，另一是与远亲表哥林爽然的爱情。在与吉田千重的相恋中，由于日本军的战败撤离，宁静与千重不得不相隔天涯，最终被迫分开的一幕在作者的笔下显得既痛彻心扉又含蓄克制，情绪上亦是既恣意宣泄又戛然收束，这既是作者的文字风格自然如此，又是因为主人公在作者笔下被塑造成了具有含蓄节制之美的古典君子。

但在第二部与第三部中，这种古典式的含蓄节制在某种程度上弱化了人物的真实性，也使得情节发展产生了一种无力感。赵宁静与林爽然相恋，虽有林爽然定亲在先，但赵与林的恋情未必就会一定走向悲剧的结局。再加上这一种悲剧结局并不是外界导致的，而仅仅是因为赵与林之间的缺乏沟通，男女主人公之间自身制造出来的隔阂最终扼杀了爱情，使得原本颇具生命力的爱情逐渐萎缩在由节制含蓄的性格织就的无边之网中。在赵宁静与林爽然分手的一幕中，林爽然"头也不回，再见也不说，径直走了，走得很快，死欠着头"。赵宁静此时"很想撵上去，告诉他她是骗他的，跟他开玩笑而已"[①]。但宁静最终没有赶上去，爽然最终也没有回头，一对相爱

---

① 钟晓阳：《停车暂借问》，第 147 页。

的恋人从此劳燕分飞，只是因为宁静对爽然开了一个"我和熊大夫订婚了"的玩笑。在吐露内心的真实情感时，爽然和宁静都显得过分的含蓄了，勇气总是被敏感及多虑销蚀殆尽，故而爱的言表永远充满着艰辛。[1]因此，古典诗意使得人物具有了克制收束的传统美德，但这种美德也在一定程度上使得人物失去了主体性与真实感。

在《却遗枕函泪》和《哀歌》中，不仅男女主人公的性格具有中国古代文化传统的特征，二者之间的爱情模式也是古典的、诗性的。《却遗枕函泪》中的林爽然抛弃赵宁静远赴美国，《哀歌》中的"你"最终因为生活的漂泊无依与"我"分手，其中蕴含的都是中国传统的男耕女织式爱情模式，即男性需要担负起养家糊口的责任，如果不能为女性带来一份衣食无忧的生活，那么毋宁与其分手莫再耽搁。这类爱情模式无疑还是把女性视为"第二性"，没有把女性看作一个同男性一样的具有主体性和选择权的独立的"人"。古典诗性为钟晓阳的作品增添了含蓄蕴藉的诗意之美，但也成为束缚作品思想深度进一步开拓的规则牢笼。

三、反思与抗争

钟晓阳生于广州，长在香港，但香港并未带给她故乡之感，反而让她一直觉得自己是一个漂泊的"外省人"。1980年的暑假，钟晓阳跟随母亲回到沈阳，在探亲之余开始收集"赵宁静的传奇"写作资料，并在回家不久之后开始写《妾住长城外》。在2019年版《停车暂借问》的后记《车痕遗事》中，钟晓阳详细书写了自己孩童时期听母亲追忆和讲述东北故乡风物的往事，从中我们不难看出，关外的白山黑水之地并不仅仅是钟晓阳纸面上的祖籍，更是她精神上的故乡。因此，中国古典文化传统和诗学传统也成了钟晓阳和故乡之间的精神纽带，正是因为有此依托，钟晓阳才能够时常回到精神故乡的怀抱，重新寻找回自己的血脉根系。

对于钟晓阳而言，香港是一个过于现代的城市，到处都是堕落的精神与虚无的灵魂。在钟晓阳的文字中，香港纸醉金迷的街景中显现出来的不是繁华，而是彻底的冰冷。因此，钟晓阳用古典文化和诗学传统来为自己构建了一个想象中的世界，用来对抗现实世界的迷惘与疯狂。出于对现实的失望，钟晓阳总是在现实中寻找着古典的情怀，但她确切地知道这种情怀在现代社会是无法存身的，所以她又不得不在作品中让它们逝去。钟晓阳以充满悲剧性的故事，传达着反省现代香港都市的寓意。尽管有所谓"九七世纪末"的提示，但我们在小说中看到的绝望，却并不是对于香

---

① 路文彬：《古典情怀与现实疏离——钟晓阳小说情感叙事论》，载《华文文学》2001年第4期。

港即将"失掉"的绝望，相反却是对于香港现代都市的绝望。于是，尽管眼花缭乱，最终一切还是回到了钟晓阳的那个以古典爱情反省现代性的寓意。①

或许，从某种意义上说，钟晓阳所建构出的诗性世界也为我们提供了一个反思现代性的路径，在现代性的焦虑日益显现的今天，或许我们可以从中国古典诗学传统中找到另一种诗意栖居的方式。

中国古典美学的诗性特征对钟晓阳的创作的影响是多方面的，因篇幅有限很难面面俱到地厘清。钟晓阳的文学作品中包孕了强烈的中国古典美学的诗性智慧，人物的灵魂里投射了中国古典文学的诗性内涵，小说中的故事发生空间亦多为具有象征和隐喻含义的诗性空间。除此之外，钟晓阳小说中的人物多具有一种诗性精神，表现为对现实的拒斥，等等，另外小说中语言的具象性、直觉性和整体性等也表现出了鲜明的诗性特质。诗性特征贯穿了钟晓阳文学创作的全过程，无论是早期深受张爱玲影响的作品还是留学归来后意欲突破的后期作品，钟晓阳都用细腻的笔触写下一桩桩充满诗意的文学诗篇，并以此来呈现出其对于人生的思考。更重要的是，在充满诗性特征的表达中，钟晓阳始终保持着自己鲜明的特质。仔细读来不难发现，独特的中国古典文学的诗性气息蕴蓄在钟晓阳每部作品的字里行间，成为其最具标识性的艺术特征。

（赵月：北京语言大学中国现当代文学专业硕士研究生）

---

① 赵稀方：《钟晓阳论》，载《华文文学评论》2014 年第 2 期。

心系天下，纵横笔端，倾力文化的比较与交融

——2022 美中作协 吕红散文讲座综述

弘 晓

美国中文作家协会与美国华文文艺界协会和《红杉林》日前举办 2022 年散文论坛。在线与会者有美中作协会员，中美两地作家、学者以及文学爱好者近百人。论坛的主讲人为美中作协顾问吕红博士，总策划为美中作协主席李岘博士，主持人是作协艺委会委员杭松。

吕红博士的讲座从讲述自己八岁读红楼，十岁读《狂人日记》开始，指出了经典作品对创作的影响。随后，她引用了海德格尔的名言，指出诗性在散文创作中的重要性。旅美多年她在《星岛日报》《世界日报》《世界周刊》《侨报》《国际日报》等刊发作品，并与大家分享了《红杉林》办刊过程中的酸甜苦辣。结集出版散文集《女人的白宫》《让梦飞翔》。以及对身份认同的学术研究，对作家与编辑双重身份的感受，对人与事的深刻感悟，有关亲情散文和纪念文，在书写散文过程中的内心触动。

吕红博士称在海内外高校做了不止上百次学术讲座，基本上都是围绕着海外华人创作与世界文学发展等专题，与各大院校文学院中文系交流；出了几本书，获了几个奖，在文学的海岸线上也算留下深深浅浅的脚印……梳理创作轨迹，尤其是在散文写作上的一些经验和感受，对大家有一点启发或共鸣，也就达到这次讲座的目的或效果了。现场的热烈气氛印证了——跳动的脉搏，镌刻着历史的秒变；艺术创作最大的作用是抚慰人心。

一、彼岸回眸：岁月的足印

（一）散文是一种作者写自己经历所见所闻的真情实感，灵活精准的文学体裁

很多初学者最开始走上创作之路都是从诗歌散文开始的。吕红也是如此，青涩年华初试锋芒，那还在读书阶段，闺密同学帮忙打字油印散文习

461

作四处散发，换来文学刊物编辑回信及交流。后参加散文征文比赛获奖，奖品是精美的日记本，还有一部写作词典；那么最初文学期刊发表的是短篇小说，后来连续发的是中篇小说；又被省市作协聘为签约作家，与当时选入的十二位青年作家一块儿进入长篇小说创作笔会，封闭式写作四十多天；见缝插针为报刊写音乐随笔，偶尔写散文；访学来到美洲新大陆很长时间都没机会接触中文的报刊，偶然去匹兹堡大学图书馆访问，发现《芳草》自己的作品亦在其中，不禁喜出望外！异国他乡，如遇故友。要知道，这可是清澈岁月最初的芳草地啊！

（二）从东方到西方，从签约作家到专栏作家

相信每一个来到异国他乡的人都会感受到文化震荡、冲击和洗礼……对所有移民而言，美国经验是一个颠覆心智的过程，是探险与心碎的混合。它打开了一切事物的可能性，同时也侵蚀了传统信仰与习惯。华人在新旧拉扯之间左右为难、痛苦挣扎的困境，亦体现了世界之纷繁复杂，人性之纷繁复杂；淤积了太多太多想要倾诉的心思。那段时期见缝插针给各大报刊写随笔专栏，《侨报》《星岛日报》《世界日报》《世界周刊》《国际日报》《明报》《美华文学》《香港文学》《城市文学》，以及《光明日报》《羊城晚报》《扬子晚报》《散文选刊》《台港文学选刊》等文思飞扬、心灵翱翔的天地！

2003年大型散文精选六卷《美国新生活方式丛书》由光明日报出版社出版，其中选发了本人八篇作品；之后一发不可收，作品被收入多部散文精选或年选；印象很深的是《波特兰的白宫》最初发表在《美华文学》，后参加当年华夏散文大赛，脱颖而出并获奖，对自己也是很大鼓励！将报刊作品集结为《女人的白宫》，由广东花城出版社出版，美华文协联合各界举办新书发表会，场面热烈，还获得纽森市长颁奖、总领事贺函呢！

二、散文分类，各种书写模式运用

散文，故言之"形散神聚"，形散，就是题材广泛，写法多样，结构自由，不拘一格。神聚，中心集中，意境深邃。相比而言作者的阅读储藏愈厚实，则对生活的感受愈敏锐，易于触类旁通，浮想联翩，文思泉涌。无论散文的内容多么广泛，表现手法多么灵活，都是为了更好地表达文章的主题。

"散文是一个极为宽泛的分类，状物写景、感触心得、人物特写、游记日记等等都可以统摄为散文，要一一去品味，说出点子丑寅卯，就有了些千头万绪的感觉。"当年《红杉林》创刊两载，请旅美作家木愉写篇综合性

评论，他细读了大部分作品，其中包括吕红散文《森林中的白马》，缘于一个青年画家远行前夕赠予一幅临摹画。是东山魁夷的白马经典。茂密的森林是远景，近景是平静如镜的湖面，一匹白马在湖和林之间徘徊，像是在思考，像是在酝酿某个新的目的地。似乎，这幅画表现的就是梦，关乎人生，关乎自然。吕红对画面有着富有层次的感悟，让读者欣赏着画家的绘画风格，也欣赏着作家的散文风格。原来在小说中，常有大段的散文化铺陈。这篇散文中自谓为"你"，却也特别，读着就有了些小说的意味。吕红在小说和散文这两种体裁间自由跳跃。创作似带有叙事的虚实结构，形成特色。

三、经典作品对创作的影响

名家经典，影响了作者的成长，最初影响当然是《红楼梦》。

吕红笑谈孩提时代，母亲拆洗被单发现"秘密"大惊失色——这孩子连字都没认全怎把书偷偷藏于枕下？！还有姨妈阁楼珍藏的古今中外名著，那是小学生放暑假最好的去处！而更多书籍，在不同年龄段成为心灵伴侣。普希金、莱蒙托夫、印度诗人泰戈尔，鲁迅先生的故乡系列，张爱玲透入骨髓的《私语》，王鼎均的大气磅礴，左手写诗右手写散文的前辈余光中，在小说散文和戏剧中腾挪自如的名家白先勇，聆听过他三次演讲，还有犀利又柔情的龙应台，海内外那些经典名篇为创作带来滋养——当然最终还是要落在自己的笔端，人生阅历与阅读经验的积淀相辅相成。个人写作经验分类，涵盖亲情散文:《当风筝轻轻飞起》最初在《星岛日报》专栏连载，又被《台港文学选刊》刊登。

记得多年前访散文家刘荒田，说要挖他"隐私"，他回应:散文是最没隐私的，不像小说家可以躲在虚构的故事中，散文的特点就是告白于天下！

纪念文——怀念曾卓《云雾苍茫忆故人》、追思老南《叶落他乡树》，被选入《中国散文精选》的《人与树之随想》……《写给母亲的信》《端午节，父亲的感言》，等等，获得读者广泛的好评，一位出版社总编发来感言:"看了你怀念母亲和记叙父亲的文字，写得很细腻，很生动，很感人，能体会你对父母的体贴入微，饱含深情。现在许多人对父母容易渐生麻木，以为一切都理所当然，行孝也来日方长，于是远观淡察，疏于关心，最终遗憾抱悔。所以读了你的这些文章，令我更感到一种责任与紧迫，向你学习，更多关爱年迈的父母，更多珍惜身边的亲朋，只是手拙，写不出这样优美又富有深意的文字，见贤思齐，唯点赞而已！"

——从北到南，众多读者通过各种途径表达感慨:母亲似乎就是文学的一块伤疤，爱与痛直抵人心！

人与人，人与书，人与世界，相遇都是缘。一个本真的人，一个阅历丰富思考深邃的人，其说话或写作会带给人新鲜感受。那些年随着各种会议采风，行走神州、行走世界，愈来愈交游广阔，吕红给报刊专栏写了不少旅游随笔，比如《南行记系列》《九寨沟系列》《天高水长》等专栏系列，形成规模。

由于写作视野往往会被熟悉的经验所遮蔽，难免"生在此山"的盲点。大同小异的写作套路，没有个人经验在这种陌生化的视觉下被照亮。千人一面的滚瓜烂熟，就是没有找到独特的艺术表达方式。真情实感，学富五车，都是写作最丰富最能够突破窠臼的矿产资源。语言不只是工具，而是一种思考方式。为何当年余秋雨一部《文化苦旅》将历史沧桑和深沉苦思融会贯通到了极致，毕竟在90年代初期是开辟了大文化散文的新路子！

无论阅读，或是旅游都是引领你到一个陌生场景，遇见他者。所谓读书，阅人，阅世，不如遇到高人。阅读是与最好的自己相遇。摆脱思维及语言套路，唯有大量地阅读经典，化为作品的营养，才经得起岁月的冲刷。作家思考的深浅也决定了作品的分量，在浮躁喧哗的尘世，具有抚慰人的心灵的力量。

创办《红杉林》十七年来，日积月累，集腋成裘。卷首语精选《让梦飞翔》浓缩了十七年走过的风霜雨雪与春夏秋冬。散文语言不仅是优美，或故作高深，或文白夹杂，其实语言不是修辞的美，而是有着丰富内涵。细节把握，隐藏于文字里的绵密的情感气息。从报刊到各种精选、年选及获奖之体会：在写卷首语得到很多的感悟，在短短千字文里必须容纳丰富的信息，在精炼的语句中表达不仅在字面的意蕴。

散文的魅力，在于真知、真见、真性、真情。散文固然是以情动人，但也不乏理性的提炼，经验的积淀。化作文学和谐色彩、自然的节奏、韵味，还必须依靠驾驭文字的娴熟，笔墨的高度净化。同样的文字用不同语句不同的标点符号，生成的语感节奏，语调温度色彩，阅读效果都不尽相同。如何让读者与你一道同情共振，这也是一种修炼。

在中西文化的交汇点上，如何找准定位很重要。从阅读及创作中感受到，名家日积月累不断地写，不仅厘清了思路，还有逻辑思维的锻炼。好的作品会让人感动，让人思考，让人振奋。海外创作，比较多的就是散文这种体裁。但令人眼睛一亮的作品稀缺，而不痛不痒不好不坏可发可不发中不溜的作品为基数，或许沉淀及打磨不够？散文的作者，要有特别敏锐的眼光和洞察力，能看到和发现别人所没有看到的事物，还需有异常严密而深厚的文字功底。如何从思考到文字产生陌生化的跨越，也是需要痛苦磨砺的。

"读万卷书 行万里路"对于创作者来说是至关重要的。如何深刻体悟人性人情，梳理个人情感与生命和死亡的关系。如何为文化传承留下风格特色鲜明的作品……更需千锤百炼的真功夫。"为伊消得人憔悴，衣带渐宽终不悔"，在散文创作领域，海外作家永远在路上，在不断地修炼之中……

专家学者有的以书面发言，有的现场点评，精彩纷呈。点评嘉宾有著名散文家刘荒田、著名作家李硕儒、资深评论家于文涛、华中师范大学文学院江少川教授、华中师范大学文学院邹惟山教授、南京大学文学院刘俊教授、安徽大学文学院吴怀东教授、加州大学戴维斯分校比较文学系鲁晓鹏教授等。不仅肯定了吕红博士在散文创作中的造诣，更肯定了吕红对华语文学传播所做出的贡献，让与会者不仅认识了作家吕红，编辑吕红，更认识了文学活动家吕红以及社区服务者吕红。

著名作家李硕儒表示：

祝贺美中作协举办的散文论坛，主题吕红散文创作的讲座！这是一场文学盛宴，亦是一次心灵的滋养，和一次精神的享受。

吕红以她青春无悔的追求写下了一篇篇真挚感人的篇章，她率真，执着，敏感于自己的心灵，关注着天下人心，这自然不能不流注于她的笔端，在她早期的散文如《异域觅知音》《白色的圣诞节》《波特兰的白宫之夜》中，她以一颗初到异域他乡的孤独之心寻找、揣度着同样孤独的来自世界各地的"天涯沦落人"。她在寻找中吟味，在寻找中研酿，在寻找中呈现，终于以她的文字呈现出新移民作家的观察、体验、感喟和新鲜又五味杂陈的形态与色彩。近年来，她的散文则以楚人历来"心观天下、心系天下"的胸襟，投注于中、美文化的比较和融合，仅以她主编的《红杉林》卷首语为例，无论是在《笃行致远》中关于中医药的历史走向及发展脉络，还是对"世界文学组织之母"聂华苓的抒写，都以更宽展的眼界、更博大的胸怀，突破一己的情愁叹息，呼唤人类的沟通、融和人间大爱。

然而，散文虽样貌不一，各有千秋，但只有达到"审美"层次者，才能感人，才能使人隽久不忘。欲达这个境地，唯有具备诗心、诗语、诗韵，散文意蕴才更加深厚悠长……

资深评论家于文涛点评十分精粹：

旅美作家吕红主打小说，其长篇小说《美国情人》被誉为海外华文文学的扛鼎之作。她的散文随笔也可圈可点，别具一格。我读过她的一些近作，感慨颇多。一言以蔽之，吕红的散文随笔体现了"三真"：讲真话，抒真情，在写作技巧上见真功夫。

每期《红杉林》的卷首语都由主编吕红亲自撰写。面对商界巨擘，侨界首领，文坛高手，艺林新秀，吕红举重若轻，点评精准，求真寻美，言简意赅。虽千字短文，方寸之地，仍呼风唤雨，妙笔生花。略加整理，编成一本别致的书《让梦飞翔》。

优秀的散文随笔不但晓之以理，更动之以情。所动之情，不是虚情，不是煽情，而是真实感情的自然流露。亲情，爱情，师生情，文友情，人与自然之情，万般温馨落笔端。请再读一遍吕红《写给母亲的信》《江南品蟹忆旧》《人与树之随想》。

吕红的散文随笔展示了她的文化底蕴，审美眼光和文字功力。她的作品，有散文的潇洒，小说的细节和诗的意境。她用文字构筑了私家花园："前庭后院，草木葳蕤。甭管世事如何变幻，姹紫嫣红兀自绽放，茶花、桃花、梨花、苹果花、石榴花、月季、玫瑰争奇斗艳，马蹄莲白生生摇曳，天堂鸟振翅欲飞……"

舞文弄墨，百无一用。无用之用，方为大用。愿文学之树永远郁郁葱葱。

著名散文家、美华文艺界协会荣誉会长刘荒田发言表示：

吕红创作上的成就，所达到的思想境界，我想还是留给学养深厚，学有专攻的教授点评吧。但我从另外一个角度，就是所谓知人论世来介绍一下吕红博士。因我们都是生活在美国旧金山的，我认识她有20多年啦！这20多年看着她一路走过来。我简略地说一下啊，首先呢，她是一个非常出色的文坛领袖。旧金山华人八十来万，包括硅谷那些精英们。这里文化气氛非常浓厚，写作者也非常多，其中呢，有我们这个协会，就是吕红当会长的美国华文文艺界协会。我也做过会长啊！第一任会长是大诗人纪弦老先生，他在中国诗歌史上是留下相当地位的大诗人。几任会长中，我们认为做事情最多的影响最大的还是吕红，因此众望所归，不做都不行，是大家的选择啊！举例来说，几年前旧金山举办了一次大型国际性的文学活动，国内应邀参加会议有几十位名校教授。这个运作可是不简单啊，吕红所率领的团队，办成颇具规模的、有历史意义的大型国际会议。可谓踏踏实实为推动海外华人文学，劳苦功高的领军人物，这是第一点。第二点，集合力量创办一本杂志叫《红杉林》啊，在国内的朋友恐怕不大了解海外办杂志的艰辛。我有一个朋友有句名言，他说凡是看到杂志出版，必买。然后呢，就等着买最后一期。就说没有哪份杂志是长命的，因为没有政府财力支持，非常难维持啊，关于这方面可歌可泣的细节太多啊，我就不讲了。《红杉林》一期一期坚持下来，质量之高，影响之大！教授们会做出肯定的。第三点，吕红博士从写论文到答辩完成学业是下了苦功的，她是一个非常有进取心的人！我亲眼见到她在文学写作，在出版杂志、筹办文学活动，其毅力都是非同小可的；她办事是坚韧、踏实、沉默，一点点做，从来不放弃，之所以今天有这样的成就，受到大家的尊敬啊！这个小妹妹呢我是看着她长大，长到这样，是非常非常自豪。我就这么做一个简单的介绍，大家想了解更多可以来找我慢慢聊。

文学评论家、华中师范大学江少川教授指出：

《与心灵对话，看人间冷暖》是一个非常切合散文特色的题目。刚才听了吕红讲座和刘荒田发言，我谈两点感受：

第一，饱含生命记忆的家园情怀。

吕红的散文给人类影响很深刻的是她的记人、怀人散文，写人物的散文。移居海外，生活在异域文化的语境中，故乡渐行渐远，最难忘怀故乡的父老乡亲，用母语书写家园往事，回忆亲人好友，就是一种回乡，文化的回乡、灵魂的回乡。吕红的散文是这样，其他海外作家也是这样。吕红散文特色表现在这方面：一是怀念故乡的父母亲友，二是怀念生她养她的故土的风物山川，还有打上中国文化的民族记忆，如美食、节令、习俗、历史典故等。如《写给母亲的信》《我的父亲》《人与树之随想》等篇都是很感人的这类散文。

第二，追求散文的率真、情致的美。

散文与诗是距离物质金钱最远的文体。读吕红散文，其一，文中有"我"，有自我，敢于写亲身经历，袒露个人情感。不矫揉造作。上述那几篇散文之所以动人，就是文中有"我"，抒发内心真实的感受。其二，写人情、写人性，善于抓住人物特征，突出人物个性中最闪光的点，尤其是表达人性美的细节。这正是她写父母亲打动人的所在。她追求散文的率真、情致与境界的美。此外她的散文语言灵动抒情、优雅细致，善于营造一种意境，增添了美的情致。（一是游记，最重要的卷首语，随感，实际上是一种审美趣味。写感受写感怀，文章令人印象深刻）最后希望吕红写出更多更美的散文！

华中师范大学教授邹惟山以"散文创作，空间广远"为题抒发感慨：

　　吕红对自我散文创作之道路的回顾和她对散文的认识，能够给我们诸多的启示。第一，自我的发现是散文的起点。和其他文体创作不同，散文文体不会需要那么多的想象，而主要是记录自己的生活和感悟，因此，对自我、他者和生活的发现，就极其重要。第二，散文是小文体，但可以做大文章。散文可长可短，短有短的优势，长有长的优势，短如鲁迅之《野草》，长如刘醒龙之《长江在上》，都可以是大作品。但需要用心用力，体现自己的追求。第三，长期的坚持，方可成大的气候。散文的自由度很大，天地也很广，今天写一篇，下月写两篇，明年写五篇，都可以的，端看自我的兴趣。十年下来，二十篇，五十篇，都可以。只要是出自于自我的发现，就会有重要的价值。第四，形式上要有所追求。要有一个中心，要有一点光亮，要有一个情节，要有一些警句，只要有某种创造性的东西，就可以成立，就可以供后人研究。

　　吕红坚持散文创作多年，怀人散文和旅行散文是她的两大翅膀，展得很开，飞得很高，引人关注，得到赞誉。她是桂子山培养的作家，已成为华中师大的骄傲。其创作的主要作品是小说，也兼及散文和评论。没有想到她有这么丰富的作品，并不只是一个编者，也不只是一个文坛活动家和组织者。

　　当然，她还有很大的发展前景，如更多地关注自然，关注山水，关注地方，关注地域，同时也是从我出发，其散文创作一定可以走向更广阔的世界。

　　我也写一些散文，前后大约有一百篇，也有一些讲究，也有一些追求，但尚未达到最高境界。不要小看散文，诸子散文，唐宋八大家，明清小品，多有可观之处。英国的随笔，美国的游记，俄罗斯的笔记，皆有可珍也。美国华文散文，名家辈出，如王鼎钧、刘荒田、木心、吕红、陈瑞琳等，乃一流大家。我相信，海外华文散文之风，一定会得到大兴。

安徽大学文学院院长吴怀东教授的书面发言：

　　吕红教授是著名的华人作家，也是当代著名的海外华文学研究专家、比较文学专家。她像一团热情的火，燃烧着文学的激情；她像温

女作家学刊·第四辑

暖的春风，吹拂着中美文学界。虽然因为技术上问题，我不能正常上线聆听吕红教授的报告，但是，吕红教授之前已将其近年散文发给我拜读，联系到吕红教授的独特经历，联系到当下的形势，我对其散文的特色和独特价值有了初步认识。下面我将我的思考作为书面报告提交给会议，姑且算作无法与会的补充。

加拿大著名文艺理论家诺思诺普·弗莱的文学批评以宏大著称，他认为：

人类的文学活动从作家的角度来看虽然千差万别，但是大体可以划分为不同的共同类型，而且他更强调，人类的文学活动与社会进程的对应关系，曾将古往今来人类的文学文体按照原型理论与一年四季对照，春天的叙事是喜剧（古希腊戏剧），夏天的叙述是浪漫故事（罗曼司），秋天的叙事是悲剧，冬天的叙事诗反讽与讽刺，毫无疑问，这是一个比喻性的解读，但是，我们不能不认为是深刻的。当今人类热爱的四种文学文体分别是：诗歌、小说、戏剧、散文，我受弗莱理论的启发，我认为这四种文体对应着作者与读者的四个不同人生阶段：青年是诗歌的时代，中年是小说与戏剧的时代，而散文中则是中年过后的时代，这只是说的是兴趣和心境，并不必然对应的是实际年龄。为什么做这样的比较呢？我想大家回忆自己的阅读经历和人生感受，就会理解我的这种认知。青年时期，一切是不确定的，对个人生活和社会是有梦想的年龄，想象力丰富，激情洋溢，这不就是诗歌创作的内容和动力吗？人到中年，进入社会，理解了社会的复杂性，而叙事性的小说、戏剧正好以这些内容为主。人到中年时的感慨"人生如戏"，感慨的正是这个真切的人生与社会体验。经过了中年的社会拼搏，发现理想永远很远，生活原来不过尔尔，平常叙事正是散文的核心精神。我说了这么大半天，其实正是表达我对吕红教授散文创作的一种观察。吕红教授阅历丰富，见多识广，她不需要激情和想象，不需要虚构和夸张，将自己平常见闻、生活阅历行诸文字，就是最好的文学。当然她很年轻，她的容貌年轻更与她的经历不相称，但是，她的文字已经达到宁静止水的优雅，从而具有一种独特的精神魅力。这是我阅读吕红教授散文的第一个印象。

我阅读吕红教授散文的第二个印象是她对中美生活的独特观察，我觉得她具有一种世界性的眼光。我不知道她创作时是否具有明确的阅读对象意识，不过，在我看来，不是清晰的，当然这不是一种否定性的评价，这恰恰是她独特的特点。她游走在中美之间，她内心的读者对象既不是美国的华人，也不一定是祖国的读者，换言之，国别已经淡化了。她要写的就是自己游走在这两国之间的独特体验。我想上个世纪在国内火爆一时的电视剧《北京人在纽约》，真正喜爱这部电视剧的人也许正是没有到过纽约甚至到过美国的经历的中国人，那时看这部电视剧的感觉是异国神游的感觉，是从空中落到地上的感觉，因为那时出国不像今天这么容易和便利。吕红教授如今的写作，比那时对美国生活的文艺表现更现实，更实在，更日常，更有人情味。这种感觉上的变化，来自她个人长期生活在两边熟悉的经验，更来自国门打开中美交往频繁所导致的彼此熟悉。这种熟悉的陌生感是我们阅读吕红教授散文的独特体验。我还要说的是，在当下我们要特别珍视这种国别淡化的文学经验和人生感受，为什么呢？文学的对象是人生，是对生命的关怀，所谓身份角色相对于任何个体的人来说都是外在的，美国人也是人，中国人也是人，从人的角度来看，社会性的角色、身份显然都是外在的，所以呢，文学是人类共同的语言，是人类共同的爱好，是人类文明沟通的资源。我们看到，随着人类科技的发达，随着社会进程的推进，一股逆全球化思潮扑面而来，时隔30年之后意识形态再次成为影响大国决策的依据，这样的背景下，文学以及人文学者必须要高声表达人、人类、人道主义的声音，因为众所周知的原因这种声音在当下的中美之间尤其重要。所以，吕红教授在中美之间的游走、吕红教授的散文创作乃至今天这场研讨会，其意义就不止于文学，不止于对吕红教授本人。毫无疑问，吕红教授的报告首先是基于她优秀的散文创作成就，但是，其意义和价值已经超越于文学之外，值得我们尊重，值得我们珍视，值得我们发扬！再次感谢吕红教授！

在点评发言中，加州戴维斯大学比较文学专家鲁晓鹏教授谈到几层面：

吕红的长篇小说创作非常出色，行文细致入微，前一位老师也说吕红个人生活非常丰富，她去了很多地方，从行万里路，视野放在中国以外的地方，亲身体会和广泛的交游啊，她的经验都糅在创作里，散文里，所以这个看起来非常过瘾！吕红有很深厚的游历，迁徙，人生历练，虽然她很谦虚说散文需要积累啊去沉淀啊，我觉得她已经做到了，真的不容易。作为一个组织者，一个作家，一个对社区很有贡献的人，一个有声望的杂志总编辑，以及她组织的我们的协会；经历

女作家学刊·第四辑

非常丰富，她把这些都融合起来融合在有声有色的文字中。

　　同时，吕红非常热心关注下一代华人的成长。比如组织国际青少年中英文征文大赛，十几年好几届了！甚至也鼓励我们的孩子参加。这些大赛已经帮了很多华人子弟，有些大学生研究生都得益于大赛，不仅是中国大陆的而且全世界青少年都可以参赛。真正是中美文化桥梁的建构啊！感佩其对华人社区的贡献，对下一代孩子的关注和鼓励！

　　就像布莱希特讲的这个《四川好人》，贾樟柯的《三峡好人》，我说吕红是加州好人，或者说是旧金山好人！是能为我们社区做很多事情，为中美跨文化沟通尽心尽力，对推广华人文学或者也算海外文学吧，也算中国文学看你怎么下定义了是吧？这也就是跨边境的这么一种写作，这样的一种担当。我们这个世界确实需要像她这样跨越太平洋、跨域的这种全方位多层次的创作努力，还有对社区的贡献。讲座已经差不多两个半小时了，安排我最后一个讲，我已听大家讲了很多，我觉得大家讲的很有道理，听大家讲颇有启发，听吕红老师讲座很有收获！

　　南京大学文学院刘俊教授发信表示：虽然音频技术没能解决，但仍想在讲座中表达一下我真诚的感言，其一，吕红的散文是行动的散文；其二，吕红的散文要结合她的小说一起读；其三，吕红的散文还可以更加"学者散文"化。衷心祝愿吕红创作更加成功！祝贺美中作协与美华文协、《红杉林》等举办散文论坛专题讲座圆满成功！

　　当日参加讲座的还有北美作协、加拿大作协、南美作协、欧华、澳华、日本韩国等海内外知名作家、教授、诗人学者以及高校博士生硕士生等。

　　在互动交流中，来自北京大学中文系的黄浩宁希望吕红博士能谈一谈风景描写在散文写作中的运用，以及对散文的纯美和以王朔为例的不同于纯美的语言表达方式的看法。吕红老师指出散文写作不应被囿于散文描写，更应该让文字走入内心。而王朔在某些作品中的语言表达，则是作家在某个写作阶段的一种独树一帜的表达方式或写作技巧。随后美中作协会员强颂锦提问散文和随笔的区别。吕红回答道，散文的谋篇布局更加讲究，文字更有深度，而随笔则更加随意，有一定的即时性。

　　美中作协主席李岘对论坛做了总结。她说对于背井离乡的人，远离了自己的母文化，就会面临着"原乡文化"与"他乡文化"带来的心灵碰撞，于是有话要说，有感而发。用今天主讲人的话来说：散文的精华就是"说真话、抒真情"。所以我们海外文友的散文通常是用生命的体验凝结出来的文字，而非春花秋月可有可无。当然，如何体现出"运笔谋篇用真功夫"，就需要我们通过这样的学术交流的机会相互取长补短。

颇值得一提的是，诗人袁南生大使即兴赋诗：

七律　为吕红博士散文讲座点赞

闪亮登场倍入神，耕春传道吐金银。
怡情已到三苏界，追韵频扬五柳风①。
笔赋兰亭花已醉，帆飘墨海意犹新。
一场透雨宜栽树，文采萦香傲酒醇。

（吕红：文学博士。美国华文文艺界协会会长、《红杉林》美洲华人文艺总编。陕西师范大学高研院特聘作家，著有《美国情人》《世纪家族》《女人的白宫》《午夜兰桂坊》《曝光》《让梦飞翔》等中英文作品。）

（弘晓：知名作家）

---

①　注："三苏"指苏洵、苏轼、苏辙；"五柳"指五柳先生陶渊明

欧华文学在地化的经典之作

——比利时华文女作家谢凌洁访谈录

安 静

摘 要: 两位旅居欧洲的文学在场者,从小说修辞学和文化学的角度,就比利时作家谢凌洁的长篇小说《双桅船》的双螺旋叙事架构、第一文本与第二文本的互文关系、隐喻象征手法、人物形象塑造、"百科全书式"的跨文化跨领域写作、叙述方法的实验性与精神气质的古典性等展开讨论,并兼及以下一系列问题:现代小说的叙述策略,陌生化手法与陌生化阅读,专业作者与专业读者,文学创作的使命与作品的价值评判,小说创作中普遍存在的固化模式,移民作家的世界视角、身份辨识、知识储备、艺术素养与人文情怀,移民创作的可能与利弊,文化的冲突与融合,自我与他者,海洋文化等等。

关键词: 谢凌洁;欧华文学;移民作家

被访者: 谢凌洁,女,小说家

采访者: 安静(颜向红),女,文学评论者,国家社科基金"欧华文学及其重要作家研究"(批准号:19BZW149)和"欧洲华文文学史论"(批准号:22BZW146)项目组成员

时 间: 2020年2月—5月

地 点: 网络访谈(安静居奥地利-萨尔茨堡,谢凌洁居比利时-安特卫普)

引 言

2020年春,奥地利华文文学评论者安静,通过云端对比利时华文小说家谢凌洁进行了长达四个月的访谈,从小说修辞学和文化学的角度,就谢凌洁的长篇小说《双桅船》的双螺旋叙事架构、第一文本与第二文本的互

文关系、隐喻象征手法、人物形象塑造、"百科全书式"的跨文化跨领域写作、叙述方法的实验性与精神气质的古典性等展开深度讨论，并兼及以下一系列问题：现代小说的叙述策略，陌生化手法与陌生化阅读，专业作者与专业读者，文学创作的使命与作品的价值评判，小说创作中普遍存在的固化模式，移民作家的世界视角、身份辨识、知识储备、艺术素养与人文情怀，移民创作的可能与利弊，文化的冲突与融合，自我与他者，海洋文化，等等。

细细的光纤，无形的网络，联结起萨尔茨堡和安特卫普；思想的风暴冲破疫情的阻隔，在欧洲这两个历史文化名城之间奔涌激荡。

谢凌洁，广西人，鲁迅文学院 2000 年作家班以及 2009 年第 11 届中青年作家高级研讨班学员。企业管理和会计专业。上世纪 90 年代因家中变故，滋生了以游历和文学治疗并寻找自己的迫切心理，终于在 1999 年辞去银行的工作，开始长达近十年的流浪生活。现居比利时，创作和研究方向涉猎历史、宗教、哲学、神学、人类学等。作品散见于《北京文学》《小说界》《上海文学》《十月》《花城》《长江文艺》《中国作家》《大家》《时代文学》等期刊，部分被《小说选刊》《中华文学选刊》转载。著有中短篇小说集《辫子》、长篇小说《双桅船》及散文随笔集《藏书，书藏》等。

谢凌洁的力作《双桅船》第一版于 2017 年 10 月于花城出版社出版之后，好评如潮。2022 年 5 月，北美科发出版集团出版了第二版。《文艺理论与批评》副主编李云雷认为："《双桅船》是一部中国人讲的世界故事，小说以繁复的结构与精湛的技巧深入三个战友亲密而复杂的关系，探索了二战前后世界与人心的变化，先锋小说的实验性、跨文体的形式以及对人性、人心、人际关系的深入挖掘在文本中相互交织，为我们展现出一幅璀璨而深邃的精神图景，也显示了作者开阔的视野，巧妙的构思，以及写作的雄心。"①

云南出版社拉美文学原主编刘存沛也高度评价："《双桅船》颠覆了我既往的经验及寻常的阅读期待。这是一部让人读来绝不会产生似曾相识感受的作品，一部处处充满新意和创意的作品。作者文笔之雄健，视野之广阔，故事之精彩，让我暗自庆幸遇到了一部开创性的佳作。作品沉实厚重，缤纷繁复，丰盈自足，自成天地。作者精湛的艺术素养和深厚的人文情怀，均全然超乎我的阅读期待，从而带来重重惊喜。"②

全书以双线叙述，人物饱满，细节纷繁，充满历史、古籍、图书、迷

---

① 李云雷：《双桅船》英文版推荐语（待出版）。https://mp.weixin.qq.com/s/8cu_aTwFzc_O5xJJ_3Vlwg.
② 刘存沛：《漫漫书卷气，荡荡人文风》，载《文艺报》2016 年 9 月 9 日。

宫、学术和海洋百科的气息①……这正是作者精确设置的定位，并达到预期的效果。

以下便是这两位旅居欧洲的女性文学在场者的对话——

一、百科全书式的写作

安　静：奥地利作家茨威格曾经评论巴尔扎克的写作是"百科全书式的写作"。无独有偶，你的《双桅船》也被称为"百科全书式的写作"。那么，身为作者，你如何看待这一评价？你为什么采取这样的写作方式？

谢凌洁：巴尔扎克的作品早期读过一些，没印象了。倒是几年前在巴黎他家看到的手稿、图片等陈设和各种物件，广博丰富的文学现场传递一个信息：他具有渊博的知识和庞大深邃的世界，可见以"百科全书式写作"评价他的作品是有理论支持的。至于以同样标签评价《双桅船》，大概是本书涉及的知识和信息量较大而给读者的印象。"百科全书式"的说法本身不求严谨，任何一部作品，都不可能是"百科全书式"，但出于宏大架构和人物雕塑的需要，足够的信息完善，系统的知识是必须的。

采取这种方式创作，大概和个人需求还有阅读经验有关，比如那种毫无植被依附的光秃秃的作品，读来缺乏营养，无趣，不属于我的阅读范围。从深层意义的文学况味来说，作为艺术形式中的一种，文学应该是唯一具备在空间结构上实现高度综合的表现形式，而欧洲有文学抱负的大家，已是先行者。

《双桅船》原型是个中篇，截稿后觉得那样处理浪费难遇的好题材，直觉告诉我这是个文学容量可以大承载的东西，而结构和人物数据网让我问自己：庞大的信息量有无可能借助小说天然具备的综合能力去实现空间架构上的平衡？实践证明可行。所以这是我的一个实验文本，涵括新闻、日记、书信、组诗、戏剧等形式，还有海洋地理、海洋生物学、植物学、动物学、建筑学等知识和信息。

二、叙述文本的颠覆性

安　静：我对《双桅船》的复杂结构和叙述视角以及各种崭新的小说修辞特别感兴趣。主线"卷1……13"，通过中国女留学生苏语的视角进行叙述（第三人称叙述为主），涵盖各种文体：书信、新闻、诗歌、戏剧等；副线"C1……13"以威廉之妻埃萨的视角展开，通过第一人称、第二人称、

① 谢凌洁：《双桅船》，花城出版社2017年版，第347页。

台港澳及华文作家研究

甚至第三人称叙述的日记体，丰富而斑斓。两条线一共二十六个单元，如同榫卯相契、杂糅相叠，且互相印证，故事在多层叙述空间和时间中跳跃穿梭，辗转递嬗，避开了传统小说线性结构的单一性，以新技法构建了一个纷繁丰沛的立体的语言艺术迷宫。

谢凌洁：这用音乐结构来说可能会更明确些。就像大型声乐作品往往出现主歌和副歌和多个声部、管弦交响一样，会有复调——天主教的格里高利圣咏和巴洛克音乐如巴赫的赋格曲，就属于这类，主线是主旋律，副线用于装饰、过渡、反衬，多个旋律各自独立却又彼此镶嵌、交合，最终沿着恒定的轨道实现整体平衡。

《双桅船》的结构采用复调双螺旋和多种套件组合，正出于此意。主线涵括多文体、多种组织形式；埃萨以日记展开的副线，呈现她的日常和不为人知的视点。这样双线并行，彼此呼应、并进或反差、混淆，最终唱和。这和一场集唱诗、圣咏、戏剧等形式为一体的大型舞台作品同理。创作的关键是找到那条自行贯通的逻辑链条，当你拥有了这条母亲河般的白色链带，哪怕它途中岔开再多支流，终会沿着各自的轨道汇集，这和管弦乐在旋律上的配合同理。归根到底，一切服务于人物，当你把人物的塑造拔到预设高度，必定需要相应手段的支持，人物不是孤立存在的，他们必有背景，就像希腊雕塑的摆放需要相应的神话背景一样。

安 静：在古希腊神话中，音乐之神俄耳甫斯有一把七弦琴，他的琴声可以使木石按照音乐的节奏和旋律组成各种建筑物。曲终，节奏和旋律就凝固在这些建筑物上，化为比例和韵律，所以有"建筑是凝固的音乐"一说。《双桅船》结构和风格也像一组古典建筑群，主体与附体间相互连通又各自独立，花园、拱廊、花窗、分层立面彼此平衡，其高度、长度、力度比例和谐，构成一个庄重宏伟却不失华丽典雅的整体空间。

谢凌洁：这个话题好。欧洲最初给我视觉冲击的就是教堂、宫殿、剧院等一类古建筑。一个以砖石筑造的形体，竟因为立体空间上的立面、线条在结构比例上的和谐，即可实现艺术和科学的理想结合。实际上，那就是宇宙法则、是几何学的精妙运用，是建筑师把自己一套数学体系在空间结构上进行了理想的黄金分割实践。古典音乐在几何上的黄金分割和建筑异曲同工。音乐的结构、节奏、旋律在抽象空间上的应用和建筑架构在实体空间上的实践是遵循同一原理，可见美的本质就在于数的应用，而线条上表现为斐波那契数列的这套黄金分割理论，和中国的阴阳学又是同一个东西，所以，实体建筑、音乐建筑或文学建筑，空间结构上所遵循的，不过是那朵灿烂玄妙的玫瑰曼陀罗。这套来自古典智慧的科学审美体系，不仅是建筑和音乐的应用原理，文学创作应用也不鲜见，西方的十四行诗之所以那么和谐优美，原因就是，它是黄金分割的典型。

小说的创作相对松弛得多，有点随其所宜的灵活。《双桅船》双线各自独立，阅读上可分开读，也可双线并进。埃萨的日记属于主线的补充，像和声中的另脉声线。日记的行文有时用第一人称，有时第二、甚至第三人称，是有意而为，就像电影拍摄镜头的擅自推远、拉近或随时变焦或说川剧变脸的肆意转换，出于淋漓表达的自由需要。

总而言之，双螺旋架构除了张弛平衡的叙述需要，更有和声、混声、反衬的修辞装饰考虑。文中含括的新闻、书信、日记、长诗、戏剧等文体和海洋地理学、植物学、海洋生物学、建筑学等知识，是为了实现所有用材在整体结构、空间、功能、氛围和逻辑上的表达，以求得预期的美学奇观。

安　静：从副线C（埃萨日记部分）的注释及页脚下的众多注释可见，《双桅船》还存在着与神话、基督教文化相对应的诸多隐喻和象征元素。

谢凌洁：埃萨的名字出自希腊神族成员、海洋女神埃萨，别名Clymene，代表名誉、耻辱之意。符号C源自Clymene的头个字母，也是法语十字架Croix的头个字母。埃萨的日记名《上十字架》出自文艺复兴圣坛画大师鲁本斯名作，埃萨以此为日记名，有忏悔赎罪之意，此类典出和象征隐喻文中不少。

安　静：和埃萨之名一样，文中许多人名和意象充满典故、双关、隐喻和象征，比如人名、海洋生物、音乐、宗教、器官、物体，等等，大大拓展了小说的维度。从某个方面来说，《双桅船》带给欧华文学叙述文本上的变革是颠覆性的，是个具有里程碑意义的作品。

谢凌洁：提出这个问题，说明你触摸到了作品深层处的纹理部分。前面已说到文中大量采用隐喻与象征。埃萨的先生威廉·莫尔爵士，与他家族某位唱诗班的低音主唱同名，以此纪念先辈的神圣，更是纪念摩尔爵士家族在清教徒运动中唱着圣诗奔赴战场而后乘坐"五月花号"横穿大西洋前往美洲的英勇和荣耀；大卫·休谟，典出十八世纪英国思想界敏锐的哲学家、彻底怀疑主义者大卫·休谟，老鹰取此名，意在他秉承了清教徒祖宗代代相传的反叛精神和独立人格，而他的别号老鹰也有多重含义，老鹰是希腊神话中宙斯的圣宠，也为罗马帝国徽号——传说皇帝君士坦丁以基督之名征战的当日，天空中出现使他获胜的十字旗号，获胜后的君士坦丁决定以十字取代原来的老鹰徽号。大卫取老鹰为别名，意在自己注定为阿多尼斯之死终身背上十字架。

故事中的焦点人物阿多尼斯·卡特，此名典出希腊神话的神祇阿多尼斯·卡特，他有着惊人的美貌，半人半神。古典文学中，阿多尼斯是雌雄同体的典型，为宙斯所宠爱，众神为他争风吃醋而阴谋使尽，逼迫宙斯对阿多尼斯进行判决，使得他将一年中的时间分为三部分，并以等长的时间陪伴那些为争得他而使坏的神祇，从而解决纷争——沿用这个典型的形象，吻合他在威廉和大卫之间关系的角色。以"天鹅"作他别名，因天鹅是神灵般圣洁的鸟类，古老的欧洲书写以鹅毛作笔，正出于此因。《圣经》中这句: In the beginning was the Word, and the Word was with God, and the Word was God. 足见言说和神的关系、书写的神圣以及天鹅的神圣。书中此类索引应用不少，涉及希腊、罗马和北欧神话、基督教和日本典故等，若具备相关知识，理解会更充分，更有共鸣。

安　静:《双桅船》中的大量注释组成了第二文本，与正式文本构成互文性，让我想起保罗·奥斯特的《神谕之夜》和宁肯的《天·藏》，只是后者走得更远: 注释具有叙事功能，变成了故事和结构的有机组成部分。

谢凌洁: 文本的注释部分和双螺旋结构的设计，是同等重要的一环，以求于空间结构上构建一个柏拉图的三角形，一个看似有主次关系而等同于同心圆的互文系统。我为这些注释耗费了大量时间心神，原因是这类小说必然涉及庞大的知识范畴，如历史事件、人名典出、典故、神话引用、生物学、词源学、语义学等，在文本侧面形成一个语义上的局域数据网，篇幅不小，后来为出版的便利而大幅删除，特别可惜。

关于注释部分，我不仅偏好，认为也必要，它不仅具有叙述、诠释的功能性更有修辞装饰功能，等同于文本又超越文本，我私下叫它超文本。作为内在功能——文本功能，它具有补充、扩展和深化叙述的作用，帮助读者从历史时代、从事件和角色上去思考，破除主文本叙述的局限性。其外，作为隐形的"讲述者"，ta 画外音式的描述，像是出于礼貌和智慧而没有喧宾夺主的喧嚷，ta 的存在更像是自我思想、智慧和语言的隐性表演，辅助主题，对应主体，并自成系统，成为一个独立的资源描述框架，一个结构化的知识形式、识别系统，众多的隐性知识可从这个无声的组织去索引，并发现来源的相关性，它无声的隐性存在，一如蜘蛛织网，以文字、数字、符号，在主体之外结一网自我的修辞格。

安　静: 不少人被《双桅船》现代性比较强的叙事策略、繁复的语言、复杂的结构所迷惑，忽略了作品深处的古典精神，事实上，从对古典戏剧、音乐绘画、哲学文化的论述，到古典建筑、服饰、印刷品的装帧等的描绘，以及人物的气质，无不体现作者对古典时代的热爱，古典意识无处不在。

谢凌洁: 把小说的内在气质和叙述风格分而论之是对的。本书既然源自欧洲传统，古典主义当然不能辜负。中世纪文艺复兴的后期，进入 17 世纪，就像来自意大利的巴洛克式运动一样，古典运动在欧洲传播，开启又一个活跃的时代，在音乐、建筑、绘画、服饰、戏剧、文学等领域掀起风潮。今距离那个时代几个世纪，但除了法国大革命和两次大战损毁的部分，大多还在，感觉特别受益。我不否认，落地欧洲的最初，震撼我的就是教堂、宫殿和剧院等古典建筑，后来逐渐发现音乐绘画等的相关联系。西方从古典哲学到古典艺术所遵循的那套恒定的美学系统，就像古老的希腊神话一样影响着艺术家们的创作，而现在，我也是受惠者。

三、以"陌生化手法"延长审美过程

安　静：《双桅船》的现代陌生化叙事风格，让一些读者感到晦涩，难以把握，有阅读障碍，有趣的是，你以心理学家、文艺评论家巴罗·怀特《叙述的迷幻与障碍》的书名做了旁注，似乎预先警告读者：这是一个有难度的阅读。

谢凌洁："晦涩""阅读障碍""陌生"等读者反馈，都在意料中，因为那是我的设定，而开卷后心理学家、文艺评论家巴罗·怀特《叙述的迷幻与障碍》正是隐性的一个批注，算是预告。前面说了，本书对中文读者的挑战，在于异域文化植被的整体置入，因为神话和基督教传统的欧洲给了我想法。而晦涩难懂的部分也许因为冷知识或潜意识流露，那是出于深层思考或隐性情感需要。不过，具备足够知识的读者，所有障碍都会迎刃而解。

另外，书中背景除了欧洲还有个海底世界，有大量海洋奇观。蓝鲸、丑鱼、狮子鱼、鲨鱼、章鱼等庞大的海洋生物群充当了三幕剧《蓝鲸之歌》的所有角色，如果具备生物学知识、了解它们所在食物链和隐喻、象征等文学修辞，就能理解作者把它们等同于人类的用意。视为故事灵魂核心的这个三幕剧花费了我大量时间，以便弄清它们之间的共生和敌我关系，以及海洋植被的依附关系及生活习性，分配的角色等。这里顺便一提，世界海洋占地球近八成的面积，而中国海岸线长从鸭绿江口到北仑河口三万多公里，海域占去疆域三分之一，我们却似乎没有海洋文化。恰恰，我有意识地把那个黑色深渊当作陆地的别样存在，一个潜隐的神秘而诗意的存在，深渊与陆地，海洋生物群与人类社会形成地球两极的黑白夜观照。相信这些内容不曾出现在华语作品中，哪怕欧洲作家也鲜见，所以，我能理解阅读者的陌生感。

安　静：《双桅船》人物多，关系复杂，命运彼此缠连，附带爱称、外号的洋人名字，等等；叙事网络千头万绪，空间庞大繁复，时间跨度长，情节环环相连曲折往复，一不留神错过某个细节后面就跟不上了，还有翻译味的语言等，乍一看晦涩迷离、幽深纠缠，没有欧洲古典文化的底子是很难读下去的，需要时间、智力和悟性，安静的环境＋沉浸式阅读。多数非专业读者还没学会"陌生化阅读"，未能打破"自动化"的阅读惯性而停留于传统的"自动化语言"，那是一种习惯成自然的缺乏原创性和新鲜感的语言。而具有创造性的作家却孜孜以求于"陌生化写作",以具有奇崛感的文字与奇异构思,打破惯性语言壁垒,创造自我的话语系统,为读者构建崭新的审美体系——使审美主体和审美对象间保持距离以产生美感。显然,文学艺术区别于现实生活就在于它呈现的陌生化——俄国形式主义学者什克洛夫斯基很早提出:艺术的技巧就是使对象陌生,使形式变得困难,增加感觉的难度和时间长度,以延长审美过程。因此,优秀的作家会像个"强迫症"患者,以自觉的期待视野和文本的召唤结构呼唤专业读者。好作品的生命在于无止境的流传与解读,合格读者需要训练自己克服阅读障碍并提升审美、想象甚至再创作能力,实现读者视域与作者视域的融合,与作者一道实现作品的价值。

谢凌洁:关于书中人名,前面说了,不再重复。实际上,几年来我收到海内外读者不少反馈,说和其他华语作品不同的是这部小说知识和信息量巨大、鲜有的阅读感、受益等一类的话。这表明,读者对作品的认领是有前提的,那就是读者和作品或说作者彼此间的对应性,比如,知识储备上的大致相当,风格的相当甚至个人气息的相近,甚至可以说作品和读者的彼此寻找和认领,跟知音的彼此邂逅同理。

创作应该是这样的:一切视作品的价值预期和人物需要为重,读者和市场不该成为考虑因素——相信但丁创作《神曲》、荷马创作《史诗》也没考虑这些问题——两部史诗级作品的立意之高、史迹与意象之丰富无人能企及——但不妨碍作品的流传。文学的创作,终极意义在于实现思想的自由和价值追求的高度,还有所造人物的永恒,忠诚于这个理想,别的不必视为羁绊。按本人藏书心得,书再多,最终发现大多只是书房装饰,那被内心视为知音并作为灵魂相伴的,必定是给我以滋养而阅读不易的殊异之作。

四、他者:地狱与天堂的构建者

安　静:《双桅船》展现了你宽广扎实的知识储备和深刻的思辨能力以及广阔的国际视野。你的叙述除了世界性的眼光视角,有否东方视角和中国传统小说叙事传承?你的东方视角和中国经验如何融入欧洲叙事?

谢凌洁:所谓"世界性视角"说到底就是地球流浪者视角。作为地球的漂泊者,视角注定和地球一样是"圆的",这没有选择,和一滴水流落大海、一粒沙子漫卷于沙漠同命运,不管他在迢迢旅途深受跋涉辗转之苦甚至"断肠人在天涯"的心酸,还是世界公民的如鱼得水悠然自在,感受和一个常年睡在故乡月色里的人肯定不同,因为你所处的是一个庞大的"他者"构成的"异乡",当然,一个天生的——或说宿命上的——流浪者,地理上的

女作家学刊·第四辑

故乡是不存在的，嘴里念念不忘的"故乡"，不过是乌托邦的意象反射。

至于个人，我来自东方，地理基因学决定了我视角的东方属性——如苏语的视角，中国传统叙事也和我的乡音一样天然存在，这一切在叙事中的应用全凭故事架构和人物需要决定，难说出一个模式。

安　静：中国文化位移西方后遭到哪些尴尬？

谢凌洁：作为写作者，最大的尴尬是在别人的国家用自己的母语写作，这等同于对着一群聋子呐喊——劳而无功。

自原人亚当被造下，文化冲突的尴尬就注定存在了，因为巴别塔上人类在与神的抗衡中输掉了——恰恰是这个典故，让我想了很多。最令人疑惑的是，人们普遍认为早已进入了"地球村时代"，我却觉得那是人类的一厢情愿，不仅感受不到，反而觉得海洋和电缆分隔的大陆之间，种族隔膜之痛和文化尴尬时刻在提醒我：人类依靠自身能力破除时间循环的魔咒，走出衔尾蛇的囚禁，几乎不可能，这才是致命的尴尬。

安　静：关于这种"致命的尴尬"，在不久前欧洲华文笔会举办的一次小说研讨会上，你有过很深入的论述。你那次发言的题目叫《他者，地狱与天堂的构建者》，谈到了移民创作的可能与利弊，今天，是否可以展开这个话题谈谈。

谢凌洁："他者"这个概念来自萨特，定义为"自我意识之外的非我族类"。所以只要是自我意识之外的人都可归为"他者"行列。可见"他者"这个概念是一双面镜，你视他为"他者"，他也视你为"他者"，它和是否移民没有关系。对移民来说，这个概念就更宽泛，不管本族他族。"我们在人家的地方生活，不容易"，这是移民爱说的一句话，"独在异乡为异客"的意识挥之不去，异乡的不易首先是生存上的不易，异乡和"他者"的残酷是这种不容易的根源。而作家在异乡生存就更难了，因为你首先得解决生存问题。

移民作家的利和弊都明显。利的一面是，异乡的陌生和新鲜足够满足作家的好奇心，而在这种情境下，曾经忽略的意识也许逐渐苏醒，在多种族的环境里生活，很多现象的出现远超你原有的生活范畴，比如多语种交流形成的回音壁般的陌生混响，会让你对母语的意识更为强烈，从而促使你执着于寻找适当而有力的语词，而创作恰是源于压抑之下的表达迫切。纵观世界大家，像海明威、托马斯、尤瑟纳尔、米兰·昆德拉、黑塞等都是在异国成长起来。

异地创作的弊端同样明显，比如氛围缺乏，寂寞孤独等，能否坚持，得看个人底子韧性。毕竟，这个职业在物质方面的产出不作为追求，那么，要想写一部厚实有价值的作品，光积累和准备过程就不会短，资料收集的旅行也需财力支持，一旦创作开始，从状态的准备到成稿，过程漫长，其间焦虑始终折磨心神。能坚持下来，也许会有所结果，坚持不下来，把生活过好也 OK。终归还是这句：他者即地狱。但"他者"也是天堂。"我"由"他"构建和成就，没有"他者"，就没有"我"。所以，尽管人人抱怨文化冲突的不适，对作家不见得是坏事，但需要个人持衡。

安　静：这印证了奥地利诗人里尔克在《安魂曲》中所写的：生活和伟大的作品之间，总存在某种古老的敌意。"古老的敌意"其实就是要你经历挫折苦难，去磨炼锻造伟大的作品。正是在这地狱天堂之间的辗转腾挪，你完成了这部欧华小说在地化的经典之作。

谢凌洁：里尔克的诗有我熟悉的意象运用和欧洲古风，有亲近感。他这句"生活和伟大的作品之间，总存在某种古老的敌意"道破一种沧海桑田的情感本质，一种百感交集的感情。这种"古老的敌意"，根源首先应该出自"夏娃的放逐"。尽管她和亚当的不肖子孙们普遍认为她因冒犯而被驱逐，但我认为，出于天性和对善恶认知、个人智慧尤其是对真理的忠诚，她必然离弃父权的乐园并自当拓荒者、另辟伊甸园。纵观作家音乐家等艺人，似乎都少不了从这条充满宿命色彩的"夏娃之路"越过——里尔克也不例外——直到你经历过凡·高、里尔克的穷困潦倒，肖邦的神伤悲怆，柴可夫斯基的绝望，李斯特的超然，最终必将写下自己的那部"安魂曲"。我呢，是他们的后来者，一个学生——那么，《双桅船》就是我自己给过去岁月写的一曲《安魂曲》吧。

（安静：欧洲华文笔会常务副会长，福建教育学院副教授、副编审）

当代女诗人研究

戴潍娜的"新感性诗歌"

远　洋

摘　要：戴潍娜的诗歌富于"新感性"，挑战着既有的诗歌规则和习惯的阅读趣味，释放深深压抑的潜意识和潜能，并赋予它们朝气蓬勃的生命力，语言新奇诡异，意象灵动鲜活，情节起伏跌宕，将感性之美、想象之奇和游戏功能重新还给诗歌艺术。她擅用戏剧性手法，将古典资源进行现代性转化，探索当代女性的现实处境，使娇憨女儿态、灵动的音乐性、明澈的智性美交融为一体，如水柔情中隐含着反思批判的锋芒，充分展现了"新感性"的颠覆能力和"新感性"之美的魅力。

关键词："新感性诗歌"；戴潍娜；女诗人；诗歌艺术；马尔库塞

在泥沙俱下、千人一面的网络诗歌时代，忽然读到戴潍娜的诗集，不能不说是意外的发现和惊喜。她的诗，给我们带来新的审美感受或者说新的感性经验，这种新的感性经验，在前人、同辈诗人的作品当中，是还没有发现或表现的，是被压抑或未被发掘的感性经验，因此令人耳目一新。

解放深深压抑的感性

戴潍娜，一位"仙草姑娘"般的诗歌新人，从"瘦江南"里脱颖而出，这般高调姿态的美学弥塞亚，戴着"面盾"，高坐在我们"灵魂体操"的艺术殿堂上，一只眼盯着坏了的"降落伞"，另一只眼盯着"天鹅绒监狱"。甫一出场，就已卓尔不群。

她自称是"写作的造反派"，倒也着实不谬：既"离经叛道"、悖逆传

483

统诗教，又远离"大众"、不合"潮流"，挑战着既有的诗歌规则（或曰"做法"）和习惯的阅读趣味，甚至颠覆了当代诗歌美学，以至于让一些读者无法理解，让批评家不知所措，难以置喙。然而，她的诗歌激活了我们的感觉，让它从昏昏沉沉、麻木不仁的惰性状态中苏醒；刷新了我们的眼光，重新像儿童般天真好奇地去打量面前世界。

马尔库塞在《审美之维》中说：

> "今天的造反者是想要以崭新的感受方式去看到、听见和感觉到新事物，他们把解放与废除习惯的和规范化的感知方式联系起来。"[1] "艺术的使命就是在所有主体性和客体性的领域中，去重新解放感性、想象和理性。"[2]

戴潍娜就是这样一个造反者和解放者，她把那些被深深压抑的潜意识和潜能释放了出来，并赋予它们朝气蓬勃的生命力。她的造反，既针对诗歌的表现形式，也针对诗歌的传统意义。"唇，/是她身上最鲜美的小动物，/它天生戴着手铐。""跟你家官人肉香最近，都酸甜口儿"，"一截吻将他们捆绑"，"一斤吻悬在我们头顶"，"一只大吻将我覆盖"……这些诗句，刺激并灼烧着视、听及各种感觉，奇特的比喻、神妙的通感、诡谲的想象纷至沓来，把人恍恍惚惚地带入新异奇幻的世界。让诗歌从陈词滥调中解放出来，从平铺直叙中跳脱出来，从板起面孔的说教中逃离出来，而代之以新奇诡异的语言、跌宕起伏的情节、灵动鲜活的意象，从而将感性之美、想象之奇和游戏功能重新还给诗歌艺术。

擅用戏剧性手法呈现诗情

更令我吃惊的是，她特别擅长运用戏剧手法来增强诗歌的艺术效果。这让我想起了艾略特的论断："哪一种伟大的诗不是戏剧性的？……谁又比荷马和但丁更富戏剧性？我们是人，还有什么比人的行为和人的态度能使我们更感兴趣呢？"[3]换言之，现代最佳的抒情诗都是戏剧性的。她常常借助于对话、独白、场景、冲突来营造戏剧性情境，把诗歌写得一波三折、风生水起。如《回声女郎》一诗，开头，"妖"一露面，就如一个花旦在舞台上亮相，几分妩媚几分泼辣、带着喜剧色彩的形象栩栩如生：

---

[1] ［德］马尔库塞：《新感性》，见刘小枫主编《人类困境中的审美精神》，东方出版中心1994年版，第630页。
[2] ［德］马尔库塞：《审美之维》，生活·读书·新知三联书店1989年版，第212页。
[3] 裘小龙：《译本前言：开一代诗风》，见《四个四重奏》，漓江出版社1991年版，第21页。

女作家学刊·第四辑

她迷宫般的耳朵是用来爱的
倔强的小口是用来决斗的
不会眨的眼睛是用来预言的——

接着，在不动声色中展开了"妖"和"猎人"这对"风流俏冤家"之间的爱情嬉戏：爱的试探，甜蜜的折磨，"在彼此身体上创造悬崖"，寻求痛到极致的快乐。由此，一连串错会情意构成戏剧性冲突："妖"在爱情中看起来似乎失去了自我，但实则她内心郁郁多情、缠绵悱恻，她在期望、或者说更愿意以爱来回应爱，这是由于天生的羞涩，也是性别所决定的——传统女性在爱情中多呈现为"被动角色"；而"猎人"面对只会重复他的话语的"回声女郎"，陷入了抑郁和忧伤。当"猎人""开枪"时，"妖不后悔创造出一个真正的狩猎者"，至此，"猎人"变成了猎物，终于掉进了"妖"用柔情蜜意编织的"陷阱"，但她渴望的那一声"我爱你"最终也没有被他用言语说出。这场痴男怨女的杯水风波，揭示了男女天然的心理差异，即便在热恋中也难以真正达到相互理解。各个诗节中插入的"你有名字吗？""无所谓""别跟着我""你倒说话""给你做个记号"等对话（尽管回答的话只是重复）和"冤家冤家"的独白，"昵昵儿女语"宛然在耳，平添了生动有趣的现场感，使得矛盾冲突层层推进。

在戴潍娜为数不算多的诗中，几乎每首诗都运用了戏剧性手法，技巧娴熟，不落痕迹。如《帐子外面黑下来》，春宵帐里就是男女主人公的舞台，整首诗歌采取独白的方式展开；《雪下进来了》用作者独白的声音描绘了一个戏剧性场景，书写老人对已故爱人的追忆，近乎超然，却更显得晚景凄凉；《午夜狐狸》以狐狸欲变身美女与书生相会、却发现书生就是美女的戏剧性情节来解构全诗；《格局》则如莎士比亚戏剧中人物的慷慨陈词；《戏中》开头一句"她雪白的身体铺上床板，像等待屠宰"，立刻就让人置身于夫妻之间的戏剧性冲突之中。如此，等等，她避免直抒胸臆，将炽热激烈的情感"冷处理"，通过客观物象和戏剧情境间接性地暗示诗歌的寓意，把相互对立甚至充满敌意的思想情绪统一于一个具体情景里，让激情隐含于矛盾冲突之中，造成相互抵牾的悖谬语境，显得别出心裁、独具一格。

探索古典资源的现代性转化

然而，戴潍娜没有被近三十年来反传统的诗歌潮流裹挟而去，而是自觉地从现代性出发去汲取传统，将其视为创造过程中不断对话的资源，将其富于生命力的因素融合于诗歌中。她常常调用"神女""书生""官人""妖""冤家"等古典意象（如《午夜狐狸》中的"狐狸"潜入城市），把它们置于现代场景之中，深度挖掘传统意蕴，并赋予新的文化内涵，借以表现诗人的思想情感，反讽现代社会人性萎缩、阴盛阳衰、真爱难寻；她有着浓郁的古典情怀，时而吐露生不逢时的悲剧性痛苦。"古代迟迟不来，那就在你的时代 / 挨着"，这里，"挨着"一词，既是"靠近""贴近"之意，也是"消极、无奈地等待"，这是对生存处境的喟叹，也是对永难复返的古典时代的追慕（其实在任何时代诗人都是不合时宜的人）。她正是艾略特在《传统与个人才能》中界定的那种具有共时性历史感的诗人。她深知，对于个体人性，中国传统文化和僵化的专制体制曾经造成了深重的禁锢和伤害，而当今物欲横流和资本所形成的极权，更使之遭受加倍的扭曲和戕残。

> 男主人和女主人匆忙起居
> 连厕所门都挂上钟表。

"在现代工业社会里，人类的爱欲所受的压抑不仅没有消失和减轻，反而变本加厉地严重起来。"[①]"京城第一无用之人与最后一介儒生为邻"，"瞧瞧这身无处投奔的爱娇"，在她的诗里，浓厚的古典氛围呼之欲出，但其主旨始终是现代性的问题——更确切地说，是对现代性的反抗，寻求个体人性的自由和解放。

反思当代女性的现实处境

《被盗走的妈妈》一诗，诗人特意加上副标题"献给 H.E 的三八节礼物"，可谓寓意深长。妈妈，曾几何时，那个骄傲的少女，拥有无数爱慕者，"对求婚者的拒绝，是你人生收藏的勋章"，但婚后两地分居，变成"唐传奇中分身为妾慰藉远方良人的贤妻"，以单薄的肩膀独力承担起养育孩子的重担，母爱本能的苏醒，"甘心成为器皿"，"活活把你逼进灶房、杂役和倒满洁厕灵的洗衣机"，在家务琐事中耗尽青春，最后，"当才华、抱负、远大前程这些事儿终于与你没关了 / 你得到一个名字——/ 叫女人"。在母亲身上，诗人看见一代代女人的宿命，看见女性堕入庸常生活的悲剧。

吕进先生在《女性诗歌的三种文本》中说："女性主义诗人往往倾心于表达性别觉醒，表达对男性话语权利的怀疑与拒绝，表达对在男权社会中

---

① ［德］马尔库塞:《爱欲与文明》，上海译文出版社 1987 年版，第 11 页。

女作家学刊·第四辑

久已失落的自我的寻觅。"①这样的探索，在翟永明、伊蕾之后，似乎已无人问津，而今在戴潍娜的诗中重又有迹可寻。如《回声女郎》写少女在恋爱中的自我迷失，在《帐子外面黑下来》里，"为了一睹生活的悲剧真容 / 我们必须一试婚姻"，但婚姻也许不过是"一座股权平分的废墟"，"丈夫这时扮演起屠夫的角色"，连小狐狸都感到悲哀的是，"男人在这世上找不见了"。在《当她把头探出船洞》里，诗人借抒情主人公之口感叹道，"这个时代 / 只敢在自己身上寻找异性"；在《挨着》中，"神女眠着 / 像一所栈房，黑话进去住一阵 / 白话进去住一阵"。哪怕是神女，也要不断地遭遇"黑话"和"白话"。她表达的是绝望，决意"不殉情了。不殉美了。/ 试一试殉鬼"，但即使在鬼域，"争吵不断的坟地，喧嚣比世间更甚 / 无数个死去的时刻讨要偿还 / 活着的人，以一挡万 / 你空想的自由 / 时时为千百代的鬼所牵绊"。两千年专制和礼教的束缚，加之于中国妇女身上磐石般的压迫，"权力，像一枚小图章，把每一个角落 / 无微不至地糟蹋——"直到今天，仍然让当代知识女性感到难以承受之重。

读她的诗，使我更加坚信：好诗出自性灵。在她的诗里，娇憨女儿态、灵动的音乐性、明澈的智性美交融为一体，如水柔情中隐含着反思批判的锋芒，充分展现了"新感性"的颠覆能力和"新感性"之美的魅力。阿多诺指出，真正的艺术必须拒绝逢迎现存社会的规范，应对现存社会具有一种否定、颠覆的能力；与此同时，艺术还应具有乌托邦的功能，"在它拒绝社会的同一程度上反映社会并且是历史性的，它代表着个人主体性回避可能粉碎它的历史力量的最后避难所"②。艺术要表现由社会不公正造成的人类的痛苦，要反思人类粗暴控制自然所带来的灾难。他特别强调艺术的批判性中所蕴含的救赎功能。社会异化、人格分裂，只有通过艺术才能得到补偿和拯救，失落的梦幻、理想和人性才能在其中找回。马尔库塞进一步指出，只有发展新感性才能实现人的解放，而艺术是其必由之路，"艺术的技巧就是使对象陌生，使形式变得困难"③，在她的诗里，陌生化、原创性，几近完美俱足。当然也给读者带来了挑战。

> 她努力矫正他失去的感官
> 让他千百倍的快乐千百倍的伤心
> 猎人再醒来时，已是个天生敏感的诗人

其感性之丰富和新鲜，有助于唤醒我们对生活的敏感，回归本真的自

---

① 吕进：《女性诗歌三种文本》，载《诗探索》1999 年第 4 期。
② ［美］弗雷德里克·詹姆逊：《马克思主义与形式》，百花洲出版社 1995 年版，第 27 页。
③ ［德］马尔库塞：《新感性》，见刘小枫主编《人类困境中的审美精神》，第 633 页。

我，不仅能带来极大的审美愉悦，而且也给人以许多启迪。她在听道讲坛说："借由种种隐秘之途，诗歌跟每一个人都可能产生感性的关系，它将重新塑造我们的表达方式、生活方式、感知方式、想象方式，塑造一代人的审美感官和灵魂质地。"[①] 这段话仿佛是对马尔库塞的遥远的回应。我希望并且相信，以她为代表的新感性诗歌将塑造并引领一代"新人"。

2017 年 5 月 18 日初稿

2021 年 6 月 11 日修订

（远洋：诗人，翻译家，诗歌评论家，中国作协会员）

---

① 戴潍娜：《诗歌应从幽微的美学走向透明的公共思考》，中国诗歌网 2017 年 5 月 17 日"诗讯"。

论新时期女性诗歌写作对
菲勒斯中心主义的颠覆与解构

曲美潼

摘　要：菲勒斯中心主义从一定程度上抑制着中国女性文学意识的生成与发展。新时期的女性诗歌写作更加注重对女性主体意识的张扬和对女性话语权的把握，从一定程度上推进了女性文学发展中对于菲勒斯中心主义的颠覆与解构。从公共空间到私人领域，这一时期女性诗歌写作对菲勒斯中心主义的解构主要体现在对女性叙事空间的窄化以及对女性精神空间的延拓；从"人"到"女人"，新时期文学创作在性别立场和性别视角的转换中逐步完成对女性自我价值的追寻，并试图从全新的两性视角出发构建女性的神话谱系；落实到具体的创作之中，从自然意象到工具意象再到躯体意象，新时期女性诗歌写作试图通过对意象的选取和描摹，完成对男权神话的颠覆以及女性思维惯性的纠偏。由此，两性之间的关系由男性的绝对主导走向男女之间话语权的争夺与对抗，再由冲突逐渐走向融合，以期共同迈入性别共荣的全新常态。

关键词：新时期；女性诗歌写作；菲勒斯中心主义；解构

当代女诗人研究

　　菲勒斯中心主义始终伴随着中国女性文学的发展过程，并从一定程度上抑制着女性文学意识的生成与发展。中国的女性诗歌写作受到西方女权主义思潮的影响，在进入新时期以后，逐渐高扬起女性的自主意识；从朦胧诗再到后来的"第三代诗"，"女性诗歌"创作都贯穿其中，扮演着不可替代的重要角色，并在 80 年代后期引发创作和评论的热潮，学界对女性诗歌热潮的关注也一直持续到九十年代初期。纵观这一时期的女性诗歌写作，对菲勒斯中心主义的颠覆与解构成为女作家们试图表现的重要主题。

　　要深入探究这一问题，首先需要对"菲勒斯中心主义"这一概念加以探究和界定。"菲勒斯"对应英文单词 phallus，是 penis 的变体，本义为阴茎、阳物。波伏瓦在《第二性》中提及："phallus 一词十分准确地指雄性生殖器这块增生肉……表达男性全部特点和处境。"[①] 可见这一语词本身表达出男性至上的文化选择。对于"菲勒斯"的提法及其相关研究，可追溯至弗洛伊德的精神分析理论，他认为孩童时期力比多的形成聚焦于婴儿对于男性生殖器的认识，这一时期对菲勒斯的解释更多集中于生理学角度；随后拉康对弗洛伊德的相关理论（孩童的"阳物崇拜"）进行纠偏，并进一步提取深化，将其运用于性别差异理论研究，使得菲勒斯的含义扩展至社会学领域，丰富了这一词汇在抽象层面上的象征意蕴——他认为，附着在菲勒斯之上的对这一生殖器官的想象使得语词容纳更广阔的含义；解构主义学者德里达在此基础上，将"菲勒斯中心"的表述进一步提炼并加以推广，使得这一概念逐渐定型化，成为针对男性偏见与男性中心话语的固定表达形式。在此基础之上，对菲勒斯相关概念的界定逐渐丰富起来：《族裔与性属研究最新术语词典（2009）》中指出，"菲勒斯中心的"（phallocentric）意味着"男性由于相对于女性的优势而象征权力，从而增强了父权制中文化和物质的不平等"[②]，"菲勒斯中心主义"（phallocentrism）则被"广泛地用于批评性描述男性的偏见"[③]；邓时忠也在《新时期小说与西方文学思潮》中对这一概念加以定义：所谓菲勒斯中心主义，就是"通过绝对地肯定男性的价值来维持其社会特权话语的一种态度"[④]。菲勒斯中心主义实际上是对男权的加固与肯定，从古至今，这一观念对于女性意识的萌生与女性文学的发展设置了不小的障碍，而女性主体精神的逐步发展和确立就意味着菲勒斯中心主义的逐步消解和话语权的丧失；新时期的女性诗歌写作更加注重对女性主体意识的张扬和对女性话语权的把握，因而从某种程度上推进了女性文学发展中对于菲勒斯中心主义——即男权中心主义的颠覆与解构。

一、从公共空间到私人领域：女性叙事空间的
窄化与精神空间的延拓

加斯东·巴什拉在《空间的诗学》中提出："我就是我所在的空间。"[⑤] 女性的居住空间一定程度上代表着女性对自我精神领域的塑造。新时期女性诗歌写作对菲勒斯中心主义的解构主要体现在对文本叙事空间的窄化以及

---

① ［法］西蒙娜·德·波伏瓦《第二性1》，上海译文出版社2011年版，第61页。
② 徐颖果：《族裔与性属研究最新术语词典·英汉对照》，南开大学出版社2009年版，第221页。
③ 同上，第221—222页。
④ 邓时忠：《新时期小说与西方文学思潮》，四川大学出版社1998年版，第201页。
⑤ ［法］加斯东·巴什拉：《空间的诗学》，上海译文出版社2013年版，第175页。

女作家学刊·第四辑

对女性精神空间的建构；八十年代女性诗歌创作的叙事空间呈现出从公共空间到私人空间的转向。从初兴时段对公共空间和领域的大量涉及，到中后期逐渐转向具有女性性别特色的私人领域，这一时期的女性诗歌创作逐渐将目光收缩，聚焦于女性独有的空间领域，探讨女性叙事与女性精神空间之下的变化与转向，并以此为基础探讨这一转变与菲勒斯中心主义之间的话语争夺与对抗。

　　一方面是对文本中叙事空间的窄化：70 年代末 80 年代初朦胧诗兴盛时期，女作家们大多将叙事空间设置在公共的空间和领域，涉及自然风物与社会景观，诗歌的叙事空间和视野相对开阔，呈现出明媚的色调。比较有代表性的作品有舒婷的《神女峰》《礁石与灯标》，傅天琳的《山路上》《黎明，闪耀在山桃树上》，王小妮的《假日湖畔随想》等。这一时期女性诗歌文本中所涉及的空间不带有明显的私人化与性别化特质，与男性作家共享文本中的叙事空间，并力求在男性的叙事空间中争得一席属于自我性别的叙事领地；创作中女性诗歌中的叙述主体呈现为"大写的女性"，诗人们试图在文本中为女性正名，通过见证女性与男性的比肩而立，使得读者正视起女性这一性别类型的存在，但此时诗中的"女性"始终处于半隐身的状态，缺少具体的形态和实指，这也是新诗潮下女性意识"朦胧"的体现。"作为人类的一半，女性从诞生起就面对着一个完全不同的世界，她对这世界最初的一瞥必然带着自己的情绪和知觉，甚至某种私下反抗的心理。"[1]80 年代中后期，随着翟永明组诗《女人》及其序言《黑夜的意识》的发表，诗歌的叙事空间逐渐开始向着更加私人的领域转变，作家们开始关注女性私有的空间和领地，例如房间、浴室以及卧室。伊蕾的"卧室系列"将视线聚焦于独居女人的生活空间，在这一空间之下，男性被摒除在外并剥夺话语权，女性大胆地展露自我、审视自我并探索自我：镜子中的"我"魅力四射，浴室里的"我"顾影自怜，"我"为自己画像，在房间里聚会、独唱和散步，进行形而上的哲学思索……在与自我独处的空间里，女性摆脱了男性目光的审视，在性别主体中享有绝对的话语权。这一系列诗歌结尾所共有的"你不来与我同居"，一方面是对于异性的渴求与呼唤，另一方面则是对自我空间的强调与重视——表明了即使男性话语处于缺席和被悬置的状态，女性仍旧能够描绘出属于自己的一片天地。唐亚平的"黑色系列"将目光对准黑夜中的房间与洞穴，展现在女性私人空间之下，男性与女性的周旋与交锋："在我们之间上帝开始潜逃／捂着耳朵掉了一只拖鞋"（《黑色睡裙》），"一个老朽的光棍／扯掉女人的衣袖／抢走半熄灭的烟蒂／无情无义地迷失于夜"（《黑色子夜》），在独属于女性的房间里，男性

----

① 　翟永明：《黑夜的意识》，载《诗潮》2020 年第 8 期。

与女性之间进行了激烈的角逐，男性不再始终占据上风并拥有绝对的主导权，而是受到女性的控制与影响；诗歌中的叙述主体则呈现为"小写的女人"，"女人"的血肉逐渐被填充和丰富，而不再只是一个空荡的口号，女性的自我意识在这一过程中得以昂扬。从朦胧诗到第三代诗，其中的女性诗歌创作的叙事空间范围不断缩小，从公共空间走向私人空间，诗歌中的叙述主体也从"大写的女性"转变为"小写的女人"，文本中的男性话语逐渐呈现被剥夺和阉割的趋向。玛丽·朴维在探讨女性主义与解构主义之关系时，强调"解构主义策略可以使我们更准确地列出存在于个人的社会位置和社会权力和压迫之中的多重决定因素"。[①]这一时期的诗歌从叙事空间到叙述主体，都呈现出对范围上的缩小，但这并不意味着女性研究上的倒退，对男权中心的进一步解构，实际上就意味着对女性主义研究的进一步深入，将女性文学从男性的视域下解放出来，冲破社会中固有的惯性思维，对文化权力的压迫进行自主的反抗，就是这一阶段研究中针对菲勒斯中心主义最有力的发声。

另一方面是诗歌文本中对于女性精神空间的探索。新中国成立以来，文坛长期被宏大乐观的情绪主导，在诗歌创作领域大唱"颂歌"与"赞歌"，以"大我"的视角歌颂劳动；到80年代，叙述主体"大我"逐渐转变为"小我"，性别意识也逐渐开始显现。20世纪80年代，随着文坛的"解冻"，西方女性思潮得以大规模引入中国，女权主义者的自我发声为女诗人们带来思想上的解封，女性诗歌写作在这一时期试图打破一元的男权话语模式，实现女性独立精神空间的建构与延拓。虽然这一时期的女性诗歌文本在叙事空间上有所窄化，但创作中呈现出的女性精神空间却得到了前所未有的放大与延展。马斯洛在需求层次理论中将人的需求层次由低到高划分为生理需求、安全需求、社会需求、尊重需求以及自我实现需求五个层次；以这一理论来衡量女性诗歌的写作可以发现，新时期女作家们的诗歌创作不仅仅是为了消磨空虚的时光和打发百无聊赖的生活，满足自我最基本的生理需求；男权话语的压制使得女性的生存历来受到威胁，作家试图通过写作在与男性抗衡的过程中获得安全感，争取到属于自己的话语空间，实现表达和言说上的自由，这是女作家创作对于安全需求的实现。社会权力的建立向来以男权话语为主导，女性自动被归为弱势群体而得不到重视，新时期女作家在创作中借建构女性主体这一过程对社会权力造成的压迫进行反抗，因而满足了需求层次的第三层需求——社会需求。女性主体的确立为两性之间搭建出得以对话的空间和平台，使得两性在交往的过程中从交锋对立走向对话合作，并在此基础上逐步实现两性平等且相互尊重的和谐共存关

---

① ［美］玛丽·朴维:《女性主义与解构主义》，收入张京媛编选《当代女性主义文学批评》，北京大学出版社1992年版，第340页。

系，这是文本中对于尊重需求的实现。新时期的女性诗歌创作在与男权中心主义，即菲勒斯中心主义的抗衡中，完成了对前四个需求层次的满足，开始向着需求理论的终极层次迈进：她们由被动的接受者逐渐转化为主动的进取者和开拓者，在诗歌的动态发展过程中完成了从被动进行精神上的自审到主动进行精神追求的价值转换，并最终达到了最高层面的自我实现层次。张颐武称伊蕾为"自白式的诗人"，她在诗作《想》中写道："我把体验过的加以深化／我把未得到的改为得到／我把发生过的加以进展／我把未曾有的化成幻觉"，这是一种对于女性自我内心想法的直接表达，也是对女性精神世界的一次大胆揭露。诗人们在文本中将女性拘囿于私密的空间之中，迫使女性开始审视自我，但这种审视不仅停留在躯体层面，而是更多地进入精神的空间，为女性建构起一间属于自己的"精神之屋"——女性的精神空间不同于男性精神世界的雄伟壮阔，而是相对细腻和敏感，目标在于对女性微妙的情感体验进行记录和呈现。女性在寻找自我的过程中不断面临着强权的压迫与异性"无形之手"的控制，因此不可避免地落入自我怀疑和失望悲伤的情绪之中，作家们之所以一再借"黑色"与"房间"表现自己的私人情感，是因为她们认为自己处于"太阳"与公共领域的对立面，被男性投射下的黑暗与阴影所笼罩，被无尽蔓延的失落情绪所挟持。但也正因为如此，女性以这一隐秘的空间为领地，逐渐建构起了不同于男性的、属于自我的独立精神空间，开启了对自我精神领域的主动探索与发掘。"她们压在别人身上，为此而受苦；这是因为她们有着吮吸外在机体生命的寄生虫的命运；让她们拥有自主的机体，让她们能够同世界斗争，从中获得养料，他们的附属性就会消失，男人的附属性也会消失。"[①]这一时期的女性诗歌写作满足了马斯洛理论的自我需求层次，竭力破除自我性别领域的附属品性，获取独立的命运走向，以饱满的精力为自我而活，满足自我对于生活品质的追求。上文提到，新时期的女性诗人通过对工具意象的选择将自我界定为"无边无沿"的"制作者"，同样地，在对自我精神空间进行梳理的过程中，她们逐渐认识到，女性精神空间拥有着无限广阔的可能，其疆域同样可以用"无边无沿"来形容，她们冲破了以往文本中人物精神空间的局限和樊笼，将女性空间之特色加以放大，并对尚未进行界定的女性精神空间进行大胆的探索和追问，由此实现了在女性精神空间领域的翱翔。综上，新时期女性诗歌在对叙事空间与女性精神空间的打造上，通过对菲勒斯中心主义进行的解构，使得女性话语得以剥离多重的附加因素，呈现出相对纯粹的样貌。

---

① ［法］西蒙娜·德·波伏瓦：《第二性2》，上海译文出版社2011年版，第591页。

二、从"人"到"女人":性别立场转换中对女性 自我价值的追寻

埃莱娜·西苏认为,女性文学研究中对女性意识的张扬包括两个部分:一是对于旧时代和旧故事的击破与摧毁,二是对新的两性言说话语的预见和规划,即"破旧"和"立新"。新时期的女性诗歌写作通过对菲勒斯中心主义的颠覆与解构在女性书写破旧和立新的过程中起到了重要的衔接作用。新中国成立到新时期到来之前,文学经历了近三十年的发展,纵观这一历程,女性文学从最初集体无意识下"无性化""去女性化"的"时代新人"形象塑造,演变到男女平权倡导之下两性差异的模糊与女性主体意识的缺失;20世纪80年代以来,人道主义精神为人们所接纳和认可,"大写的人"逐渐被"小写的人"所取代,个人的生活和情感成为文学的重要书写对象,女性文学批评研究也同样经历了性别视角与性别立场的转换,"小写的人"中的"女人"引发学界的重视。诗人郑敏表示,20世纪70年代的西方女权运动为女性诗歌赋予时代的活力,"呼喊出男性中心文化中妇女的苦闷、寂寞和愤怒,又进一步引出姐妹手足情与情感、心理的联盟,为了反抗男性的有形无形的垄断,反对婚姻和家庭的无形控制"①。这一运动和思潮到80年代引入中国,推动了诗歌中女性意识从朦胧到觉醒的质变效应的产生——这一时期中国女性作家的集体性出场也为诗歌领域女性意识的喷薄与崛起贡献出力量,她们强调以女性的独特视角出发重新研究和考量现有的文学体系,并致力于解构以男权为主导和中心的不合理的文化体系。从"人"到"女人",新时期文学创作在性别立场和性别视角的转换以及对菲勒斯中心主义的颠覆与解构中逐步完成对女性自我价值的追寻。

新时期女性诗歌对于菲勒斯中心主义进行颠覆与解构,目的在于从全新的两性视角出发构建女性的神话谱系。金文野在《新时期女性主义诗歌创作论》中写道:"对女性失落已久的独立人格的追寻与呼唤、讴歌和赞美,是新时期女性主义诗人不可遏制的创作冲动和自觉的价值追求。"②结合具体的作家诗歌创作来看,舒婷、傅天琳等人的部分创作表现出女性意识的觉醒,但她们所采用的视角仍旧受到男性视野的拘囿,女性意识表现得相对朦胧;翟永明、唐亚平、伊蕾等人的多数创作通过与男性话语权的对峙与抗争使得女性视角得以逐步确立。但女性视角的确立并不完全等同于两性之间的冲突与竞争,对两性视角中二元对立的形式进行突破,也许更有利于两性之间和谐话语体系的建构。诗人小君在创作中呼唤"真正的女人"和

---

① 郑敏:《女性诗歌:解放的幻梦》,载《诗刊》1989年第6期。
② 金文野:《新时期女性主义诗歌创作论》,载《当代文坛》2003年第2期。

"真正的妇人"形象，可见这一时期女作家们在另一部分诗歌创作中不再将自我与男性话语进行强行捆绑，她们开始正视起自己的形象和欲求，并在作品中进行坦诚的表露与呈现。林雪在《微暗的火》中对以自己为代表的女性形象进行了总体上的勾勒，"最小婴儿，最老的妇女／都是我自己的形象。我贯穿在／所有女性的姓氏与骨髓中间／犹如贯穿在我们居住的陆地上／一条闪亮的中国的丝绸"，摆脱了菲勒斯中心主义的男性权力话语与审美视域，从女性的视角出发审视自身，同样可以呈现出相对完整的女性形象；唐亚平在《自白》中为自我寻找定位，"我生来就不同凡响……我天生一张白纸／期待神来之笔／把我书写"，女性的形象并不一定要通过与男性形象的对立才能得以呈现，女性作家们可以通过创作自由地"以我手写我心"，从而建构出独立的自我形象；张真面对女性的特质，呼喊出"我的柔弱便是我的力量""这是我的要求／我要这个世界关怀我的忧虑"（《我不满意》），表现自己对现存秩序的不满和控诉，在这一过程中，作家并没有表现出对男性的控诉和仇视，而是从女性立场出发，争取本就属于自我的权利。在这一部分创作中，女性对于菲勒斯中心主义的解构体现为两性视角的转化，以及利用更加纯粹的女性视角对自我进行审视与关注，以此完成对女性主体神话谱系的建构。

女性的自我价值虽然在这一时期内通过研究视角的转换得到了更好的确立，但作家们并没有因此而停止思索，翟永明在组诗《女人》的最后一首《结束》中提出了"完成之后又怎样"的疑虑，这是对女性诗歌创作未来发展的疑问，也是对女性未来命运走向的疑问；在某一段时期内由于西方女权理论的传入以及自我意识的觉醒，中国女性在性别问题上实施了绝地的反击，由底层走向神坛，但这样的发展速度是否能为本土论域所接受，发展的质量是否经得起时间的检验与推敲，还有待于进一步考察，对于问题未来的发展与走向，还尚未形成确切的结论。女作家们在创作中意识到了这一点并开始思索：在女性地位与价值的急速上升之后，女性面对的未来如何？同时她们也对初步呈现的问题保持警惕：对于自我性别的过分关注是否会造成女性身体叙述上的剑走偏锋，对于身体的过分迷恋是否会使得自我在对性别的评价上有失公允？面对文学的发展，作家与批评家们从未停止前进的脚步，对于这一时期女性问题的研究也还远未完成，有待进一步完善。从"人"到"女人"，女性诗人们在创作中针对菲勒斯中心主义的抗争是一场长期的战役，在某一段时期内可能会取得相对卓越的成绩，抑或是反响平平，无明显的创作实绩。在新时期以来的这一时段中，两性之间的关系由男性的绝对主导走向男女之间话语权的争夺与对抗，再由冲突逐渐走向融合，共同迈入性别共荣的全新常态。正如学者刘巍所说的那样，"男性和女性之间不是战争，而是对话沟通，女性文学研究建立男女平等、和谐共存的两性关系，才能使女性不是处于'自说自话'的孤军奋战的状态，从而在文学艺术领域和社会文化领域实现阴阳和谐的太极图"①。在对于性别问题的研究上，两性之间的差异必然会始终存在，但有分歧就会有融合，建构起和谐的两性关系和科学的两性研究视角是我们在研究中的共同理想。

三、从自然意象到躯体意象：对男权神话的颠覆以及女性思维惯性的纠偏

新时期的女性诗歌写作伴随着西方现代主义思潮的移入和新诗潮下朦胧诗的蓬勃发展而逐渐进入大众视野，并随着新生代诗的崛起实现了女性精神的超越与突围，从整体上实现了对诗歌创作内容和主题的全面突破：不同于新中国成立以来与十七年时期对宏大叙事的追逐与赞颂，这一时期的女性诗歌写作强调人道主义精神，高扬起"人"的个性，呈现个人对平等和自由的追求，并在此基础上进一步强调女性自我意识与个性的生成。埃莱娜·西苏在《美杜莎的笑声》中表达了自己的观点，她认为整个文学创作的历史就是"菲勒斯中心主义传统的历史。它的确就是那同一种自我爱慕、自我刺激、自鸣得意的菲勒斯中心主义"②。在她看来，女性只有通过自我书写才能够对抗男权话语以及文本中普遍存在的男性崇拜。在具体的创作中，新时期的女性诗歌写作通过对意象的选取和描摹，试图完成对男权神话的颠覆，并在这一过程中对女性创作中的思维惯性进行纠偏；从自然意象到工具意象再到躯体意象，多元意象背后的隐喻内涵逐渐深入到女性自我的生命体验，使得作品中的女性意识与女性情感逐渐走向明晰。

首先是对自然意象的选择，女诗人们通过对不同种类自然意象的对比和使用来彰显自我的性别身份与存在的意义，在争夺话语权的同时试图颠覆男性至高无上的地位。新时期之初，女作家们先是借植物意象来表明自我的主体特质："我必须是你近旁的一株木棉／作为树的形象和你站在一起……我有我红硕的花朵／像沉重的叹息／又像英勇的火炬"（舒婷《致橡树》），叙述者自喻为木棉与花朵，渴望与男性主体共同"分担寒潮、风雷、霹雳"，共同"享受雾霭、流岚、虹霓"，以彰显女性与男性平等的身份与地位。傅天琳在《山路上》写道："峰巅的树／炫耀着／高不可测的距离……我搀扶你／健康人搀扶残疾人／你挽着我／果敢挽着犹疑／树，在被你逐渐

---

① 吴玉杰，刘巍等：《中国现代女作家的女性文学意识》，社会科学文献出版社2017年版，第195页。
② ［法］埃莱娜·西苏：《美杜莎的笑声》，收入张京媛编选《当代女性主义文学批评》，第193页。

放大的剪影中 / 从朦胧到清晰"。在这里，"树"的意象从某种程度可以代表新时期到来之际朦胧模糊的女性意识，通过男性与女性的合作与交往，女性对于自我的认知逐渐明晰，作家们试图通过诗句表明女性对个性自由的追逐以及对平等爱情关系的向往与渴求。随后，女诗人们通过阳光与黑夜的对比以及季节年月的时序更替来呈现男性与女性的差异：唐亚平在组诗《黑色沙漠》的同名序诗和跋诗《黑夜》中分别写道"我的眼睛不由自主地流出黑夜 / 流出黑夜使我无家可归""我决定背对太阳站着 / 让前途被阴影淹没"，翟永明在组诗《女人》的第三辑《七月》中描绘"从落日的影子里我感受到 / 肉体隐藏在你的内部，自始至终 / 因此你是浇注在我身上的不幸"，在唐亚平和翟永明看来，黑夜喻指女性，太阳及其光芒则指涉男性，男性虽如阳光般拥有居高临下、不可一世的威严与地位，但女性正如黑夜的存在，同样不可或缺、无法取代；女性并非男性的附属品，抑或是除了男性以外的"第二性"，女性自身拥有着独立的姓名和角色。到这一时期，女作家们已经逐渐走向女性整体的内部，发掘自身散发出的与男性相对的独特价值。此外，伊蕾的《三月的永生》、陆忆敏的《七月十二日》《出梅入夏》、翟永明的《秋天》、虹影的《冬之恐怖》、小君的《冬天》、张真的《竭力回忆一个冬天》等诗作都通过对不同季节和年月的记录表现出诗人站在女性立场对自我发声语境的探索。

其次是对工具意象的发掘。金华在探讨当代女性诗歌的艺术精神时提出，当代女权主义思想家们对菲勒斯中心主义的消解与反抗，实际上是"反抗菲勒斯中心主义对女性在文化意义上的压抑，要求消解男性的阴茎之笔对女性意识和历史的野蛮书写"。[①] 新时期女诗人们对于以往男性书写的反抗还体现在用工具和器物对自我的武装上，其中包括窗帘、镜子、香烟、睡裙、十字架等意象，并在此基础之上将女性自我界定为"无边无沿"的"制作者"。在这里举几个相对典型的案例：一是"镜子"意象，伊蕾在《镜子的魔术》中反复描摹床头木框镜子中的自我："她是一个，又是许多个""她是立体，又是平面"，赵琼在《我参与地狱的大合唱》中写道"我含着泪水 / 在褴褛的镜子里 / 发现了自己的原形"，翟永明在《此时此刻》中刻画"镜子忠诚而可恶 / 朝向我 / 升起一个天生当寡妇的完美时刻"。女性曾经陷入男性话语幽闭的虚假镜像之中，被指认为男性的附庸，缺少独立审视自我的过程。无论是从外表还是内在，女性都与男性存在着巨大的差异，新时期的女作家的诗作中，镜子中的"我"展现出无限的可能，诗人们在"镜子"的魔术中呈现出自我千姿百态的同时，通过镜中的形象对女性自我的优势和缺陷进行重新审视，从而高扬起女性主体的性别意识。二是"窗

---

① 金华：《当代女性诗歌的艺术精神》，载《中国社会科学院研究生院学报》2013 年第 1 期。

帘"意象:"下雨的夜晚最有意味 / 约一个男人来吹牛 / 他到来之前我什么也没想 / 我放下紫色的窗帘开一盏发红的壁灯"（唐亚平《黑色睡裙》），"白天我总是拉着窗帘 / 一边想象阳光下的罪恶 / 或者进入感情王国 / 心理空前安全 / 心理空前自由"（伊蕾《窗帘的秘密》）。"窗帘"在女诗人们笔下成为女性的私有意象，成为女性秘密和个人领域的代名词，并成为女性自我书写与男性话语之间的相对界限，为女性意识的生成与自省提供维护和保障;这一领域之中，女性占据绝对的主导和支配地位，使得男性意识和男权话语呈现出被阉割的状态。伊蕾在组诗《被围困者》中反复书写"我无边无沿"，王小妮将自我界定为"狭隘房间里的固执制作者"，可见作家在创作中通过对工具意象的发掘使得女性的自我意志得到了更好的展现。

最后是对躯体意象的青睐。新时期女性诗歌通过对女性躯体意象的选取和使用完成对女性自身生理与心理奥秘的探索，并借此表达对菲勒斯中心主义的反抗。"对于女性而言，身体是撕裂的主体与客体、是延异的符号、是形而上与形而下的吊诡。"① 随着八十年代中后期新生代诗歌的崛起，诗人们对于女性躯体的述说不再遮遮掩掩，借自然意象指代两性之间的关系，而是坦然地在诗中对女性身体进行揭露与表达。唐亚平在诗中大谈女性"披散的长发"（《黑色沼泽》）与"发情的步履"（《黑色子夜》），试图呈现出女性外表之下潜藏的魅力;"那只手瘦骨嶙峋 / 要把阳光聚于五指 / 在女人乳房上烙下烧焦的指纹 / 在女人的洞穴里浇铸钟乳石 / 转手为乾扭手为坤"（《黑色洞穴》），诗作中的"那只手"实际上是对菲勒斯中心主义下男性特权的指代，"乳房"与"洞穴"则是对女性弱势地位的揭示:即使"那只手瘦骨嶙峋"，却依然要汇聚万众瞩目的阳光，试图呼风唤雨，在女性的身体上刻下无法磨灭的印记。女性躯体由被动的不受自我控制到主动反抗压迫，实现自我主宰，作家正是通过女性躯体的书写对附着在女性之上的无形之手加以批判，进而逐步实现对男权话语、男权镜像与男权神话的颠覆。伊蕾较之唐亚平更进一步，在创作中表现得更加大胆与直露，从"碗状的乳房"到"紧凑的臀部"，从"健美的肌肉"到"斜削的肩膀"（《土耳其浴室》），作家表示，"你是带生殖器的男神 / 我是带生殖器的女神 / 我喘息着，生生地看见 / 世界小得只有一捧"，将女性拉上神坛，提高到与男性并肩而立的位置，是对男权话语的抗衡，也是对女性性别立场的彰显。世界是多元而丰富的，打破菲勒斯一体化话语，实现两性之间关系的平衡，也从一定程度上推动了对以往女性意识中"惰性"的祛除，并试图完成对封建伦理道德强加在女性思维中"惯性"意识的纠偏。正如谢冕所说:"她们如同发现新大陆一般地发现了自己的身体、身体内部的感觉、那些仅仅属于女人的

---

① 孙丽君:《20世纪80年代中后期"女性诗歌"的身体转向》，载《浙江师范大学学报（社会科学版）》2017年第42卷第3期。

女作家学刊·第四辑

一切体验、生理的和心理的。"① 女性身体的独特性带来了女性主体对自我的重新认知，并由此完成了诗歌文本对于女性的"精神性别"的挖掘。

可以说，这一时期的女性诗歌写作对菲勒斯中心主义的颠覆即是对接受"他者"身份的传统封建女性理想的颠覆。"在菲勒斯中心主义的语言钳制下，女性想对自己重新命名也会陷入男性话语的圈套，因为她们没有自己的语言。"② 正因为如此，女性诗歌写作才更加注重发掘具有代表性的意象，力求进一步形成自己的表述体系。新时期女诗人们在创作中通过对自然、工具、躯体意象的选取，逐渐打破了形成于传统封建时期的女性理想；女性试图改变自我被讲述的命运以反抗男权中心话语，并逐步完成对自身的建构，与此同时，女性的自主意识也不断增强，从开始的灵肉分离的诉说逐渐走向后期的灵肉合一的张扬与呐喊，以往女性思维中的惰性与惯性在创作中逐渐得以纠偏。

综上，研究以新时期女性诗歌写作为研究对象，探讨了新时期女性诗歌与菲勒斯中心主义之间的对抗，分析了这一时期女性诗歌写作对以菲勒斯为代表的男权中心主义的颠覆与解构。首先分析了诗歌叙事空间的窄化与精神空间的延拓对于男权话语的解构；其次表明，新时期女性诗歌通过对菲勒斯中心主义的颠覆与解构对两性关系进行重新定位，实现了性别视角的转换，帮助女性自身完成了从"人"到"女人"的性别立场转换中对自我价值的追寻；最后以具体的作家创作为例，分析了诗歌通过意象的选取对男权神话的颠覆以及女性思维惯性的纠偏。这一历史阶段下对于菲勒斯中心主义的颠覆与解构既是对现代文学中女作家自我发现与发声的接续，也为 90 年代乃至新世纪以来女性写作进入性别共荣的新常态打下了坚实的基础。但有一点需要注意的是，颠覆与解构并非最终的目的，建构起完善的女性批评话语体系才是最终批评理想的目标所在。女性文学批评的进程仍在不断持续，女性文学的天空和未来必定更加宽广，正如陆忆敏在诗中所希冀的那样，"我坐在光荣与梦想的车上 / 去到无论哪个远方 / 我以不变的姿势祈祷 / 向同一个方向等待"。光荣与梦想就在远方，相信女性文学及其批评的发展会在持续前进中得到更加丰富的呈现。

（曲美潼：哈尔滨师范大学文学院 2022 级博士研究生）

① 谢冕：《丰富又贫乏的年代——关于当前诗歌的随想》，载《文学评论》1998 年第 1 期。
② 罗振亚：《解构传统的 80 年代女性主义诗歌》，载《文史哲》2003 年第 4 期。

一首饱蘸挚情、艺术创新的动人恋歌

——至美《我拥抱着爱》赏论

李金坤

摘　要: 以写现代情诗闻名的女诗人至美，一首《我拥抱着爱》的新作，又将其重情尚意、婉而见豪的创作风格与清新澄明的艺术境界推向了一个新的高度。具体表现为"感情真挚""意象雅美""艺术创新""哲理深刻"四大特色，委实是当下新诗园地一株颇为罕见的含露绽放的真善美兼具、情景理交融的恋歌杰作。

关键词: 至美；我拥抱着爱；情真象雅；创新理趣

　　我于高校执教并研究中国古典文学与文化三十余年矣，除自己因教研之需而创作及关注一些近体诗词外，对于当下的新体诗是很少顾及的，谨此声明，本人从无厚古薄今之偏颇，只是因为当今新诗园地充斥了太多的"散文分行诗""低俗媚世诗""小资脂粉诗""无病呻吟诗"等缺乏"言志""缘情"不着调、无地气的所谓诗歌。而在一次诗文交流活动中，我偶然读到了新疆女诗人至美的一部分新诗，尤其是一组情诗，其内容的丰富性、情感的饱满性、意象的新颖性、意境的澄明性、风格的婉约性，顿时令我眼睛一亮，兴味遂生。这是我读到的当今最为真切、最富才情、最接地气的情诗杰作之一。本文不拟对诗人全部情诗作系统而全面之探析，仅就其《我拥抱着爱》新诗作一简析，以窥其情真、象美、艺新、理深的创作特色。为便于阅读与阐析，兹将至美的《我拥抱着爱》全诗移录于下：

　　　　多想此时你能拥抱着我，
　　　　让我在静世安好中臣服。

　　　　一只小鸟叼来了爱的种子，
　　　　让你我爱的情愫生根发芽；
　　　　在这薄情不乏深情的世界，

愿有你的爱陪伴不离不弃。

多想找一个理由，
留在你的身边灿若春花；
在爱的海洋里游弋自如，
荡一叶小舟浏览万水千山。

折一束阳光映照你我光影，
在生的呼吸之间；
傻傻地笑着，
仿佛天地中只有彼此。

你爱的月季开了，
满屋的香，
你第一个给我分享；
让我看到枝丫中的生命，
依然昂扬蓬勃。

你为石缝里顽强生长的小草，
写下一首倾情赞美的诗，
给它拍一幅绝美的特写。
生命在你寻美的眼中，
蓬勃怒放，盎然向上。

我们曾经千百次地畅想，
一棵树长大的样子，
一枝花绽放的美丽，
那是你我狂喜后的痴迷。

你说爱听我百灵般的声音，
喜欢我江边舞动的风姿；
而我爱偷看你深情的眼神，
还有温暖可掬的笑容。

原来……爱情的本质，
是将两个人变得更好；

找到丢失的灵魂伴侣，
成为一个喜悦全新的自己。

多想此时你能拥抱着我，
许我一骑红尘安然无恙。

这是一首难得的恋歌杰作。概而论之，此诗主要特色有四：

其一，情感真挚。清代诗人张问陶尝云："好诗不过近人情""万化无非一味真"（《论诗十二绝句》）此诗最动人者，就是切近人情，真诚炽热。全诗十节，自首至尾始终贯穿着"情真"这根红线，环环推进，丝丝入扣。题目"我拥抱着爱"短短五个字，便集中表达了诗人寻寻觅觅、终获真爱的欢爱之情与珍爱之意，诗人要用满腔热情与浑身气力去拥抱它，永沐爱河，不再失去，怜惜之中隐含着一种欣然自豪之情。劈首一句"多想此时你能拥抱着我"，直抒胸臆，表达渴望得到情侣关爱的炽热情感，具有笼罩全诗的重要作用。中间部分，则分别从诗人自己对未来甜美日子的丰富想象与对情侣懂爱懂美的夸奖中，体现爱情的神圣与美好。结尾处，重复首节内容，将渴望真爱之情推向了情感世界的顶峰。末句"许我一骑红尘安然无恙"与首节"让我在静世安好中臣服"一句，虽然语言有别，但都用祈使句之形式，深切表达了诗人渴望得到温馨幸福爱情的恬淡安然的美好情状，首尾呼应，具有异曲同工之妙。

其二，意象雅美。此诗在意象的选用上自然而讲究，颇富深意。诗中的"小鸟""种子""春花""海洋""小舟""月季""石缝""小草""一棵树""一枝花""江边""百灵""风姿"等意象，都给人以青春鲜亮、生机勃勃的审美感受，象征着阳光美好"蓬勃怒放，盎然向上"的爱情意蕴，因而由此共同营构了情景交融、深爱不绝的优雅美景。如第二节中并不起眼的"一只小鸟"意象，其作用却非同小可。它是诗中恋人的牵线者与见证者。至于"爱的种子"的意象，将彼此相爱的起始情状十分形象而诗意地体现出来，不愧为写情妙手。进而，由"一只小鸟叼来了爱的种子"诗句，我们又会自然联想到李商隐《无题》"青鸟殷勤为探看"之句，其中的青鸟是神话中为西王母传递信息的使者。诗人设置了"小鸟衔爱种"的特殊意象，既具有神话历史的时间悠远感，又具有彼此相连的空间开阔感，意境雅美，意味幽远，耐人寻味。

值得一提的是，诗人在精心选择意象的同时，还十分注重意象的时空关联与情感逻辑关系的自然而巧妙的对应。如从"爱的种子""发芽"，到"一棵树长大的样子""一枝花绽放的美丽"，通过这些意象的变化，我们

女作家学刊·第四辑

便会自然感受到随着时间的推移而恋人情感的深入、热烈至成熟的欢愉过程，给人以爱之美的怡神享受。诗人如此经营意象，实在是别具意味而令人击节叹赏！

其三，艺术创新。一首诗歌的成功，是离不开艺术创新的。此诗的成功之处，就在于诗人在诗的主体部分精心设置了男女彼此欣赏的两个画面：首先，女子欣慰地回忆男友给她分享月季花开、满屋芬芳的喜悦以及男友为石缝里顽强生长之小草拍照题诗的精神激励意义，由此洋溢着女子对男友的无比喜爱与崇敬之情。其次，诗人又以女子口吻抒写男友对女子的欣赏之意，"你说爱听我百灵般的声音，喜欢我江边舞动的风姿"，从听觉与视觉两个层面凸显了男友的喜爱深情，十分亲切自然而逼真。紧接着，诗人又将镜头切换到女子一面，真诚回应了她对男友的美好感觉："而我爱偷看你深情的眼神，还有温暖可掬的笑容。"这一"爱"字，喜欢之意溢于言表；"偷看"二字，将初恋女子那种窃喜而略呈羞涩之心理状态表现得惟妙惟肖而淋漓尽致，可谓神来之笔。诗人如此从男女恋人互为欣赏的角度来表现恋爱之过程情状，颇具画面感、真实感与生动感。较之那些"爱你一万年""海枯石烂不变心"的苍白无力的豪言壮语来，其艺术魅力更大、更美，也更含蓄，给人印象也更深刻。

其四，哲理深刻。此诗描写恋爱的过程、彼此喜爱、欣赏的画面，都是极其亲切而至诚的。无矫揉造作之态，有真诚炽热之情。此诗在主体部分突出了彼此喜爱欣赏的情景之后，诗人水到渠成地抒发了一段深刻解读"爱的本质"的诗句："原来……爱情的本质，是将两个人变得更好；找到丢失的灵魂伴侣；成为一个喜悦全新的自己。"诗人通过找到了真爱、体验了真情的美好感觉之后，才真正懂得并领悟了"将两个人变得更好"，才是真正的"爱情的本质"。"梅花香自苦寒来"，这是诗人历经爱情的艰难痛苦的历程且觅得真爱之后的最真切、最由衷、最可信的爱情本质之感悟，对那些浑浑噩噩、醉生梦死而不知爱情为何物的芸芸众生而言，它不啻是一缕清风与一副清醒剂。幸福的爱情，美满的婚姻，就应该是一加一大于二的"两个人变得更好"的"真爱的模样"。由此想到诗人曾在《爱的回答》中如此动情地阐释"爱"意说，"爱是两个人在一起时，顿时变成了整个世界；爱是低眉浅笑的心悦；爱是行走于天地之间的流光"；"爱是平凡生活中的嘘寒问暖，爱是时时犹在的牵挂；爱是因为有了你的存在，世界登时变得明亮起来"。如此之"爱"，都是对"爱的本质"的全面而细致的精准解读。一句话，爱能让爱情与婚姻变得更美好、更幸福。无疑，诗人"将两个人变得更好"的"爱情本质"深刻之解读，委实具有醒世觉人的激励作用与经典哲理意义。

通过对至美《我拥抱着爱》的"感情真挚""意象雅美""艺术创新"

"哲理深刻"四大特色的品赏，我们不禁为其充满字里行间的真心实意、炽热情怀与画面之美、艺术之新所深深吸引，它确实是当下新诗园地一首颇为罕见的真善美兼具、情景理交融的恋歌杰作。

诗人至美正值盛年，现已创作诗词五百余首及散文、短篇、中篇、长篇小说数篇（部）。作品多刊于新疆党刊《今日新疆》与《昌吉文学》《回族文学》等。诗集《青春集》已由新疆酒文化研究中心印发。可以相信，凭借其好学精神、好修品格、诗心才情、睿智鸿志与人生历练，一定能够创作出更多更美更受人喜爱的新诗华章！

（李金坤：江苏大学文学院博士、教授）

少数民族作家研究

游走的诗学与真诚的靠近
——读梅卓散文集《走马安多》

周维强

摘　要: 梅卓的散文, 从字里行间, 一直是一个藏家女子游走时炽烈而坦荡的心迹历程。她的散文, 时而缓慢, 时而急促, 时而柔美, 时而从容。就像一个画家或者行吟诗人, 行走着, 对生活安静地审视, 以及一颗心对平凡的世俗日子的感怀与记录。

关键词: 梅卓; 安多; 溯源; 心迹历程

　　读梅卓的散文集《走马安多》, 我对她笔下所书写的地域, 比如茫拉河上游、安多、理塘以及嘉那玛尼石经城, 充满了联想与神往。俗话说, 读万卷书, 不如行万里路。散文集《走马安多》是梅卓在行万里路的基础之上, 然后再阅读万卷书后, 结合着所思所想, 落笔而成。有着文本上值得信赖值得探索值得研究的价值。梅卓用"游走"一词, 诠释她的写作思路。我以为, 游走是一个想法, 而非目的。梅卓在《游走在青藏高原》(代后记)一文中写道:"游走并不在于征服, 而在于感动。"这句话更是让我联想到刘勰在《文心雕龙》中所说的"登山则情满于山, 观海则意满于海"。游走, 就是融入, 就是触景生情, 就是用心灵捕捉那些动人的风景。

　　游走于藏区, 书写着藏区的梅卓是藏族女性作家的优秀代表, 早些年, 写作了大量的散文诗并出版了《梅卓散文诗选》。后把笔锋转向了散文和小说创作, 依旧写出了不少名篇。我一直认为, 散文写作最不可或缺的就是诗意和思考。而在散文集《走马安多》中, 梅卓很巧妙地将诗意和思考融入了文本当中, 让我在领略那如涓涓细流般的诗性语言的同时, 也在感知她的所思所想。诗人写散文有着先天的优势, 那就是对语言的感受力比其他人要强。从文学溯源的方向来看，作为诗人的梅卓，写散文时，更是将想象力和感受力，发挥到了极致，她所书写的散文篇什，既有穿梭于历史传说、天文地理以及古城遗址的想象与审视，又有博古通今、感怀今昔的叹息与思索。在文本中，梅卓袒露了她的真实一面，一个有着同情心和悲悯之情的藏族女诗人的真诚与真心；也让思考深入到对本民族的历史和文化的深度发掘之中，展现了性情与心灵的纯真和自然。

开篇散文《在青海，在茫拉河上游》，述说了兰本加一家的生活日常。借用兰本加儿子的老师的视角，串起了全文的生活细节，让我们感受到了藏民的纯朴和善良。梅卓在书写这篇散文时，用平实的语言，记叙和还原了那些动人的生活场景。尤其是把这篇文章置于"青海茫拉河上游"这个地域，让我对藏区生活有了更为直接的感性认识。读这篇散文给我最大的感受就是梅卓对于藏区生活细节描写的精准把握，丝毫没有拼接和造作的句子，都是质朴而闪光的情节，让我读起来，如临其境。张爱玲说，写散文就像是做读者的邻居，读的就是那份自然与真切。梅卓用细腻的笔触，诠释了这一点。兰本加一家，在茫拉河上游，只是一户普通的藏族人家，但他们与人为善，与自然为善，将游牧人骨子里"天人合一"的理念，通过一言一行，解读出来。

从文本中，我们还可以看出梅卓还是一个环保主义者或者有环保主义理念的作家。比如第二小节的第五自然段中，这样写道："儿子竟然拣到一节废电池，他用尔甲把电池抛到很远。这种现代文明带来的污染也来到了偏僻的草原，显然类似的情况以后会有更多，他从老师的谈话中得知，一节小小的电池危害极大，它产生的辐射足以影响到草场的再生能力，如果牛羊吃了这样的草，就有可能发生畸形现象。这节小小的电池破坏了早晨的宁静，虽然现代文明带来了生活上的便利，但随之而来的污染却更为有害。爱护草原，在小伙子的心里早早埋下了根，他不愿意生养过父辈、生养过自己的美丽家乡在未来的人们心目中只能是一种想象。"现代文明的垃圾，打破了草原的生态平衡。文中写得还只是一节废电池，现实生活中也许有比废电池更多更可怕的垃圾，在侵蚀着高原的绿意。虽然文中，作者并没有直接控诉废旧垃圾所产生的危害，但是作者借一个草原小伙子的回答，已然阐明了这种危害带来的灾难。

《孝的安多方式》一文中，写到了藏族老人索南才让的子女为他举办的礼敬佛法、布施大众的大规模善事活动以及索南才让老人的生死观。这篇文章虽然篇幅短小，但是语言澄澈，如涓涓细流，明丽、深邃，且思想容量巨大。透过"松更节"这一特殊的节日，让我们看到了一个藏族老人的豁达与坦然。梅卓的散文写作，语词运用精准而有力，没有大而化之的情节，也没有模棱两可的表达和含混不清的字词，这是作者的写作态度，那就是真诚、真实，让语言描写深入生活细部，如写诗一样，让全文呈现写意画的特点。《孝的安多方式》，短文不短，画面感串联着对于生死的终极感悟，是对人生的另一番解读。

而《洁白的仙鹤永在飞翔》，原载《福建文学》2006年第3期，当年我曾在图书馆读到过这篇散文，如今，在散文集《走马安多》中重遇，是一种缘分。这一次，我读得更为仔细，也读到了不一样的感受。因为2017年夏天的时候，我曾经游历过甘孜州的理塘县，所以，此番再读，自是多了一份亲切。这篇散文分三个小节，写到了仁康古屋、理塘寺和嘉木祥故居。虽然文中引用了一些史料和文字，但是这些史料和文字，经过作者的再创造和诗意化处理，在文中，就有了新的活力和生命力。读起来，并没有生硬的感觉，且因为用典得当，衬托出了这次游历的文化探寻奥义。梅卓在散文中，对民族文化的审视和思考，让情感融入文字之中，让我们感受到了作者的襟怀与性情。散文写作是最能见性情的一种文体。梅卓写散文，宛如在素描一条奔腾的山涧小溪或者草原上的大河，读完文字后，就能够感受到大河或者小溪在脑海中浮现，波光粼粼，恣意澎湃。朴实且自然的文字，在细细回味之中，沉浸在藏民族的史册之中，感受着民族文化濡染心灵的诗意与惬意。

梅卓的"游走"是一条闪着金光的丝线，她用游走这种形式，串起了整本散文集的写作路线。她的行走，是在安多藏区中寻找一种灵魂的皈依以及文化源头上的寻根脉络。不论是《青唐：宗曲穿城而过》《伊扎三题》还是《故土群山》《天境祁连》，在文本之中，她都努力让自己的心贴近高山、河流、寺庙和草原，梅卓的内心世界始终被藏区的景色所萦绕，蓝天、白云、红墙、金顶，在心魂上构图，展示着内心的平和与宁静。她出生在青藏高原，在藏区游走，更凸显对乡愁的提炼和回归故土时的真情与赤诚。

余光中先生在《散文的知性与感性》一文中说："在一切文体之中，散文是最亲切、最平实、最透明的言谈，不像诗可以破空而来，绝尘而去，也不像小说可以戴上人物的假面具，事件的隐身衣。散文家理当维持与读者对话的形态，所以其人品尽在文中，伪装不得。"周作人更是直言，新文学的其他形式都是舶来品，唯有散文是国粹。梅卓在散文集《走马安多》中，从内心出发，将散文这种明心见性的文体，沉淀出自己内心世界的真性情和真知灼见。她在藏民族的文化与风俗中，汲取写作的营养，文本的叙事更有着还乡的迫切，她的靠近，是女儿走向故乡时的感动与深情。从梅卓的文字中，时常能够感受到她眼窝中涌动的热泪般滚烫的真情，比如《新年画卷》《古地三叹》《朝圣者之旅》等。面对着现代文明的冲击，藏民族古老的生活和修行方式，也在发生着巨大而深刻的变化。面对着这种变化，内心的震颤而撕裂的疼痛，同样让梅卓有着切肤的触动。在乡愁式的回归和对藏民族传统文化的继承上，梅卓的书写更具有审视和思辨的意义。

散文集《走马安多》是一部彰显情怀的叙事文本，随着作者身体和精神上的双重行进，"游走"的奥义更多体现在心灵的追寻和探究。在历史与现实之间，在现代文明和历史传承之间，我们可以看出作家梅卓对于时代文化中的深刻自省与反思。在文本中，梅卓更多承担了一个作家的责任感和使命感，在民族文化和风俗中，放置抵达生命境界的情怀，在乡愁中抵达自我的本真。同时，我们也应该看到，在现今这个喧嚣的时代，这份安谧的文本是难能可贵的。它让我们呼唤那种温暖而有温情的人际关系，呼唤对于根脉文化的重新认识，呼唤精神的富足远大于对物质的追求。总之，从写作本身出发，从真诚抵达真诚。

梅卓工作生活在青海，她行走的范围和区域又全部是藏区，这让她的行走更有诗性，也更能触及灵魂内部的共振。和大都市来的远行客不同，梅卓的游走具有内心世界心灵秩序的整合，而非肤浅地体会。她的散文语言，有诗歌的语言镶嵌在其中，闪烁灵动光泽。叙述的时候，又时常夹杂小说的构思（这可能和作者长时间的小说练笔有关），这就让《走马安多》这本散文集有了更丰富的文本内涵和书写形式。通读全书的散文，梅卓写作时，对细节的刻画和描绘，有着独特的发现。她落笔从容，让细腻的心思，在文学的语言里准确地找到要表达的位置。像《十万虹化故乡》《清静世界》《活佛世家》等篇什，从民族信仰和生活情境等着眼，然后调动自己的味觉、触觉、视觉、嗅觉和听觉，让文字呈现出立体的姿态。

《走马安多》这本散文集的文本还有着很强的个人书写印记。那就是气息匀称，情感沉实，自然舒展，抒情浓郁。在书写这些散文时，梅卓还在做着《青海湖》杂志的编辑，做编辑之余，还能如此勤奋地写出这么多优美的文章，实属难得。散文名家张守仁说，散文就是写自己，写自己的感觉、情绪、体验、识见、发现，写自己对往事的回忆，对另一时空的向往，以及心灵深处的瞬间波动。没有"我"的散文，就没有灵魂，散文要写个人独特的，与众不同的经历和感觉。从这个角度来看，梅卓的散文写作是成功的。散文讲求真性情真感情，虚假的抒情，也终归会在时间的流逝中露出写作的破绽。读梅卓的散文，从字里行间，我读到的一直是一个藏家女子游走时炽烈而坦荡的心迹历程。她的散文，时而缓慢，时而急促，时而柔美，时而从容。就像一个画家或者行吟诗人，行走着，对生活安静地审视，以及一颗心对平凡的世俗日子的感怀与记录。

我曾在一篇散文中写道，这两年，优秀的散文文本，很多出自西部作家之手。像刘亮程、李娟、杨献平等，他们远离沿海城市，没有都市喧嚣的困扰，可以在一个相对安静的写作环境中去沉潜。从文本出发，从情感深处去提炼，让汉语的字和词更好地为散文文本服务，不功利，也不轻浮，梅卓亦然。

评论家卓玛在《行走与言说的梅卓方式》一文中这样写道："梅卓在她的写作生涯中为我们画出一个清晰的创作轨迹。《走马安多》中，梅卓以她惯有的庄重、从容和亲切为我们娓娓道来这块高原大陆的风景。其自觉言说姿态中包蕴自信，自信又反映出作家知性的言说立场。这是一个作家试图超越自我的表现，是作家担当意识成熟的反映。"我深以为然。在传播藏族人文精神上，在展现藏民生活的全貌上，以及作为一个藏族作家的责任担当上，梅卓的写作都有着现实语境的观照和知识分子的情怀分享。通读《走马安多》，梅卓以这本散文集为起点，继续在小说中构筑她的文学世界观，展现出一个藏族作家创作时的持久生命力和韧劲。

（周维强：浙江文学院青年作家（诸暨）班学员）

少数民族作家研究

民族文化记忆的女性书写

——论叶尔克西散文集《草原火母》

热宛·波拉提

摘　要: 散文集《草原火母》兼具性别意识与文化身份意识，是"首部哈萨克族女作家写哈萨克女性的大散文作品"。身为女性的叶尔克西自觉将眼光投注于不同身份的哈萨克族女性身上，塑造出天鹅女、女萨满、黑宰阿娜、脐母等女性形象，建构起本民族的文化记忆，再现了哈萨克族历史中缺失的女性群像，展现出女性／母性在哈萨克族文化成长中所起的作用。在叙事层面，叶尔克西有意将民族的历史文化叙事与女性叙事相交织，作者的文化身份意识与女性意识也由此相交融；当叶尔克西站在集体层面叙写本民族的历史文化之时，更多地体现出认同、协商的叙事策略，其女性话语以更潜隐的方式游移在文本裂隙之间，使文本成为其女性意识与文化身份意识相互对话、不断协商的场域。

关键词: 叶尔克西·胡尔曼别克；哈萨克散文创作；文化记忆；女性书写

　　在中国 90 世纪 90 年代的"散文热"中，女作家们反映内心私密性经验的散文作品大幅增多，出现了"女性散文"的概念。充分的性别意识与性别自觉被认为是这一时期女性写作最为引人瞩目的特征之一。[①]同时，少数民族女作家们也在寻找合适于自身的文化身份进行女性书写。《草原火母》被称为"首部哈萨克族女作家写哈萨克女性的大散文作品"，亦是叶尔克西·胡尔曼别克的一部性别意识与文化身份意识都很鲜明的散文集。在这部作品中，身为女性的叶尔克西在创作中自觉将眼光投注于一个个不同身份的哈萨克族女性身上，塑造出天鹅女、女萨满、努丽拉、黑宰阿娜、脐母等女性形象，建构起本民族的文化记忆。在民族文化记忆的女性书写中，叶尔克西有意将民族的历史文化叙事与女性叙事相统合，作者的文化

[①]　黄晓娟：《当代少数民族女性文学发展概论》，载《广西民族师范学院学报》2013 年第 4 期。

身份意识与女性意识也由此相交融。有评论者指出，民族叙述是民族意识的表达，而女性叙述则始终与女性悲剧命运与自我内心世界的敞露紧密联系在一起。[①] 可见，这两种叙事具有本质上的话语分歧，民族的、历史文化叙事应属于民族集体层面的、相对理性的话语模式，而女性叙事则是作者较为私密的、相对感性的话语型。有学者分析道：文化之所以是文化，之所以有力量、有生命力，相当程度上正是因为它们作为习俗、传统、规则，规范着与之相关的个体与群体，各种规范也并非没有强制的约束力，对于女性来说，尤其如此；因此，不难想象个体性、解放性的女性话语，同族性传统之间的冲突，也一定会在少数族文学写作中存在，哪怕是以非直接的方式。[②] 在叶尔克西的文本中，集体层面上的有关民族的历史文化叙事与相对私密的、源自作者内心深处的女性话语之间，同样存在着某种矛盾或分裂，其女性意识以更潜隐的方式游移在文本裂隙之间。

一、女性话语与民间叙事话语的融合

叶尔克西在《草原火母》中巧妙地将民间叙事话语与女性话语糅合在一起，实现了女性的母性精神与民族精神文化内蕴之间的互融。在《三千年的坎普洛依》中，作者借助草原女石人的形象向我们展示了哈萨克草原女性的母性景观，呈现出这一群体独特的精神面貌："草原女石人更像一个农妇或牧人家的妻子，拥有的只有拙朴、平实、厚重，还有顽强的生命力；就像她们守望的草原一样的平静，一样默默无闻，一样朴实无华。"[③] 更有哈萨克妇女在迁徙的驼队中"剽悍"的生产过程："她停下马来，在路边生下她的孩子；然后，把腰带一紧，把孩子往怀里一揣，又翻上马背去，继续随队伍前进。"[④] 作者进而把这种天然、质朴、博大的母性与哈萨克民族敬畏、热爱自然万物的民族性相贯通，把哈萨克人世代栖息的草原归为"母性的草原"："千百年前，这充满生机的草原已经是母性的草原了，哈萨克的游牧文化因此被母性的光芒所包容，所滋润。"叶尔克西更将这种母性情怀赋予其民族的精神内蕴："一个文化里倾注了母亲崇拜情结的民族，必定是热爱生活的民族、善良的民族。"[⑤] 以此表达出对本民族热烈而深挚的情感。

在《萨满铃鼓》中，叶尔克西形塑了历史中为哈萨克人民呼唤光明，

---

① 田泥：《可能性的寻找：在民族叙事与女性叙事之间——20 世纪 80 年代以来少数民族女性小说的叙事追求》，载《民族文学研究》2007 年第 4 期。

② 姚新勇：《多样的女性话语——转型期少数民族文学写作中的女性话语》，载《南方文坛》2007 年第 6 期。

③ 叶尔克西·胡尔曼别克：《草原火母》，新疆人民出版社 2006 年版，第 54 页。

④ 同上，第 239 页。

⑤ 同上，第 57 页。

医治病痛的女萨满阿克库娜尔的形象："她的眼前光明和黑暗一层一层地出现，星光在光层间穿梭和跳跃；她听到光的声音像人的心跳，光的烟云像水流一样滑过她的肌肤……她感到光明充满了她的身体，冲上她的头顶。"① 作者将个人鲜活的想象注入其中，融合了大胆的虚构，将女性的母性力量与大自然相结合，文字间充溢着大自然丰沛的浪漫诗性，凸显出女萨满生命中所具有的创造力及母性力量。

叶尔克西还意图通过再现本民族女性历史人物的事迹来获得自己更完整的叙述，还原历史中女性的生存。譬如《太阳公主》里的努丽拉和《黑宰阿娜》中的昆比薄，她们是一对母女，后者是哈萨克族历史上一个庞大部落的女首领，也曾身披盔甲在战场上威风凛凛。作者写她们母女容貌姣好，品性温良而贤德。虽都是妾，但天资聪慧，面对挫折隐忍而坚韧，善于帮助丈夫处理部落间复杂的事物。她们对自身多舛的命运毫无怨言，总是能积极面对生命中的各种变数，用爱与母性来阻止草原上的杀戮与战争。作者通过对历史细节的挖掘并借助自己的文学想象，塑造出善良、强悍、博大、公道的哈萨克女性形象，并为她们赋予了地母般的母性特征。在作者笔下，对于如黑宰阿娜这样进入本民族历史脉络中的女性而言，她们的女性经验与民族的"大我"认同之间达成了某种精神统一，作者的女性身份也随之融于其民族身份之中。此外，作者在集体性的历史叙事中并未忽略细节描写，对哈萨克女性服饰、形态的精细描摹以及富有哈萨克文化质素物象的反复描述都为历史叙事增补了女性色彩。叶尔克西以女性对于历史独有的体悟方式，通过感性的、具象的写作方式，将宏大的历史场面与私密性的女性经验相联系，实现了"个人化"历史写作。这种历史写作在一定程度上解构了整体性的历史叙事框架，颠覆了男性所主导的历史写作霸权，作者的女性主体性也由此得到了张扬。作者将眼光投注于历史中的女性时，同样没有忘记联结个人记忆。在《我生命中的三个女性》中，作者写自己儿时的脐母、婆婆和母亲对待死亡的态度。脐母认为："死是不存在的，只有当一个人被大家忘了，那才算真正死了。"② 写婆婆和母亲对各自后事精细的安排，阐发出哈萨克女性对生命的终极关怀，凸显哈萨克族女性自尊自爱、包容达观的品质。可以说，叶尔克西的散文里始终贯穿着个人记忆与民族文化记忆，二者相互渗透、融汇无间。

作者还写到哈萨克民歌中的三大主题都与歌颂女性有关："爱情主题唱的是对女性的赞美，故乡主题唱的是女性的博大胸怀和对儿女的孕育之情，母亲主题唱的是无私的母爱和她们身上散发的奶香。"③ 叶尔克西总结道，

---

① 叶尔克西 · 胡尔曼别克：《草原火母》，第 23 页。
② 同上，第 240 页。
③ 同上，第 240 页。

"女性才是哈萨克文化尤其是文学和民歌中真正的主角"，充分肯定女性在哈萨克文化传统中享有的重要地位。然而作者在哈萨克文艺作品中发现，年轻的女性和年长的女性形象占据了哈萨克文化的极大一部分空间，而中年女性的角色却是缺失的。"她们好像从文化中消失了一段时光；当她们从一位妙龄少女变成一个满头白发的婆婆的时候，又出现在我的视野里。"[①]对于这样负荷着生活重担而又被男性所掌管的历史所遗忘和压抑的群体，叶尔克西流露出对女性在民族历史和现实中生存境况的反思意识。中年妇女在民族文化记忆中的尴尬位置，甚至是在本民族历史中明显的缺席，让作者感到惋惜又惆怅。学者王岳川曾指出："女性在历史中往往处于历史遮蔽之下，所以只是男权制度神话中的一个消逝者和缺席者，甚至只能作为一个亚文化群漂移在父权制度的边缘，长期以来成为父权制度的陪衬品；因此，在历史中，女性丧失了自我，丧失了自己的历史、自己的文化和基本品格。"[②]显然，叶尔克西写作本书的目的之一是试图寻找女性与民族历史的对接。但事实上，她所要表述的历史本身就存在着女性的缺失或游离。正如开篇指出，女性话语与集体性的民族叙事话语之间存在着根本的话语分歧，女作家在对本民族的历史、文化、宗教的写作过程中，极有可能与内在于民族传统文化深处的父权制的权力结构发生冲突。因此，当叶尔克西带着虔诚而敬畏的心情沉浸在浩繁的民族历史文化之中时，她来自边缘立场的女性话语却无可安顿，只能潜藏于文本的裂隙之间。

二、文本裂隙间的女性意识

在《女巫吉孜特尔娜克》中，叶尔克西塑造出一个有血有肉的哈萨克神话中的女巫形象："这个女人是森林里的精灵，是这里的主人，她知道这里的一草一木，熟悉这里的每一滴露珠，每一缕星光；懂得野兽的语言，鸟儿的歌声。""她总是以普通的中年女人的身份出现，她从不大动干戈，从不与英雄玩儿迂回，斗心智，更不用女色。"[③]作者将神话传说中的真实与虚构充分结合起来，有着大胆的想象和对民族的揣度。"作为一名女巫，她身上好像一点也不具备女性的美艳与诡异，但分明又女人味儿十足；她的着装，她的向英雄投去女人的目光，她的大自然的生活背景，无不给她以厚重的女性色彩，她就是一个女人！"[④]女性的陌生感总是与自然联系在一起，而女巫正是女性与自然的结合，是人类与自然沟通的使者，这种异己力量

① 叶尔克西·胡尔曼别克：《草原火母》，第239页。
② 王岳川：《女性话语与身份书写在中国》，载《东方文化》2000年第3期。
③ 叶尔克西·胡尔曼别克：《草原火母》，第118页。
④ 同上，第119页。

一直是父权制社会所惧怕的，所以历史中女巫的结局总是被处死。学者戴锦华就曾指出："以女性作为敌手与异己而建立的一整套防范系统乃是父系秩序大厦的隐秘精髓，女性与其说作为女性，不如说是作为先前文明的残片……父系社会所有礼、法、价值伦理体系无不针对这一暂时丧失进犯力和自我保护力的性别之敌而设。"① 叶尔克西就女巫对男性的无端仇视评议道："站在女性的角度去看吉孜特尔娜克的邪恶，却很难搞懂她邪恶的意义；但是，站在男性的角度去看，可以发现女巫吉孜特尔娜克只是远古那个为英雄好汉而存在的年代，人们假想出来的一个女性对手；英雄们不但要战胜巨兽、强敌，还要战胜她这样的女人，一个让英雄好汉们决一死战，并以战胜她为荣的女人。"② 此处，作者源自女性立场的性别话语显然占据了论述的中心，其女性经验与族性话语之间构成了某种张力，部分保留的女性主体性以"文本无意识"的形式微妙地显露出来。

在《遥远的巴丹》中，叶尔克西将笔锋转向了旧时一位哈萨克普通女性的遭遇：初为人妻的巴丹在婆家仅仅被当作家里的一个碗，或一个挤奶的木桶，意外丧夫后遭到了婆家人无情抛弃，巴丹的公公像躲避瘟疫一样，像抛弃一条小狗一样带着家人离开了巴丹。作者在文中插入了这个家族的后代——英雄贾尼别克的一段不为人知的经历：贾尼别克战胜归来向汗王敬献土地之时，汗王又觊觎他掠夺来的"战利品"——一个女人，贾尼别克便在愤怒中当众杀害了这个女子。显然，叶尔克西对英雄这段经历的叙写并不是为了凸显男性的力量，而在于这一事件的边际，即为历史中处于弱势的女性发声，为旧时女性作为战利品被争夺、不能左右自我命运而怅然。故事的最后，抛弃儿媳的萨日家族受到了诅咒，子嗣很少，贾尼别克对自己和祖上犯下的恶行幡然醒悟，尊巴丹为"我们的巴丹娘娘"，感慨道："没有女人，没有男人的天，因为女人顶着天。"叶尔克西借沙场将士贾尼别克之口，衬托出女性在草原生活中的主心骨地位。

作者写哈萨克著名诗人阿拜的篇章里，同样穿插了一个女性在部落内部利益争夺中无法掌控自身命运的故事。在阿拜儿时的记忆里，部落里曾有一位年轻的遗孀决定认公公为父亲，就此与公公相依为命，但是他们被部落法庭判定为通奸，按照部落法被处以绞刑。叶尔克西解释道："女人死了配偶，亦是夫家的财产，由不得你自行决定自己的命运，何去何从得由家族的人说了算。"③ 父权制下，女性只是两个男性家族之间缔结关系的一颗纽扣，她的个人意愿无关紧要，冤案背后实为男权既得利益。在《黑宰阿

① 孟悦，戴锦华：《浮出历史地表——现代妇女文学研究》，中国人民大学出版社2004年版，第3页。
② 叶尔克西·胡尔曼别克：《草原火母》，新疆人民出版社2006年版，第118页。
③ 同上，第220页。

娜》中，部落女首领黑宰阿娜不幸丧夫后，按照转房制①嫁给了自己的小叔子。叶尔克西写道："按现代的价值标准来说，这是对女性权利的一种歧视；但在旧时，却是保存家族利益的一个有效方式。"作者不禁发出感慨："现在，人们的生活节奏快了，多元的价值标准，多元的文化现实和社会现实……但是，有一点是肯定的，黑宰阿娜性格中曾经有过的坚定和包容性，是我们需要永远遵守的。"②凸显出叶尔克西内心深处的女性意识与其文化身份认同之间的矛盾。正是作者的女性意识使其还持有源自女性边缘立场的些许质疑与反思，部分得以保留的女性主体性在文本的裂隙处得到了微妙呈现。

叶尔克西在谈到哈萨克女性的爱情生活时，用哈萨克情歌为她们的悲剧式爱情埋下了伏笔："哈萨克的情歌无论是旋律还是歌词里总有一种让人说不上来的淡淡的忧郁……哈萨克的情歌好像没有一首是团圆的，如愿以偿的。"③在《天父地母》中作者写哈萨克女性对待感情时的责任感："对一个情窦初开时节就已经把对家庭的责任感放在其情感世界之首的哈萨克女性来说，爱情的路十分遥远：她的生活总是逐水草而居，她的爱情也就注定悲欢离合……她们的一生，不是远离爱人，就是远离父母亲友。"④叶尔克西继而从大量民间叙事作品中总结出哈萨克女性所怀有的"母亲式"的爱情观："她们蔑视权贵，善解人意，善于谋划自己的未来，却又对爱情忠贞不渝，而且总是危难时给英雄们以力量，像一个成熟的母亲那样包容一切过错，包括爱人的过错……她们的感情世界悲壮，充满着坎坷和不幸……但她们的爱情却总是能够从一而终。"⑤

叶尔克西转而把目光落到现实中哈萨克女性的情感中，她笔下的多位哈萨克普通妇女对爱情持有不可亵渎的虔诚之心，她们基于对爱情以及家庭的传统观念甚至影响了她们追求个人的幸福，哈萨克女性悲情的宿命一再被演绎，原始的、神话的、永恒的母性，终究贯穿着本族女性命运的始终。作者无不带着无奈的口吻说："我不知道应该去欣赏她们，还是应该替她们感到些许的悲哀。""当一群有着共同的生活习惯，共同的生产方式，共同的心理素质，并操同一种语言的女人们，把对爱情的坚守，对家庭的责任，对子女的爱心当作她们共同的情感信仰的时候，我们还能说些什么呢？"⑥作出评价的艰难，反映出作者对待民族传统价值观内心的矛盾，无

少数民族作家研究

---

① 转房制：指女性结婚后，如果其夫亡故，在服丧期满后改嫁其丈夫的兄弟或家族的其他男性。
② 叶尔克西·胡尔曼别克：《草原火母》，第98页。
③ 同上，第120页。
④ 同上，第228页。
⑤ 同上，第230页。
⑥ 同上，第238页。

奈之下只好妥协："一个民族的爱情故事一旦变成道德价值观沉积在民族文化中，就塑造出一个民族的心灵形态了，不管你如何用现在的价值观来评判它，甚至否定它，它都是客观存在的。"[①] 显然，作者看到了民族传统文化对女性的某种制约，但是基于对本民族文化的强烈认同感又使作者在一定程度上忽略了传统文化内部的父权制中心话语，这不能不说在一定程度上减损了叶尔克西源自女性边缘立场的批判力。

三、结语

叶尔克西在《草原火母》中站在现实的维度，以特有的女性视角建构起本民族的历史文化记忆，再现了历史中缺失的女性群像，展示出女性／母性在哈萨克族文化成长中所起的作用，其间的女性关怀正是通过女性话语与民间叙事话语的融合完成的。从这个意义上来说，叶尔克西的散文既有传统"文化散文"的厚重感和历史感，又同时具备女性散文应有的女性立场与女性关怀。当叶尔克西站在集体层面对民族的历史文化进行书写之时，较多地体现出认同、协商的叙事策略，其女性话语却呈现出某种分裂的状态而游移于文本裂隙之间。作者的女性意识与文化身份认同之间的关系也就更为矛盾复杂，造成了叶尔克西散文中女性之声的矛盾性和不稳定性，她的文本也因而成为其女性意识与文化身份意识相互竞争、不断协商的场域。

（热宛·波拉提：中央民族大学中国少数民族语言文学专业硕士，现任西安外国语大学俄语学院助教）

---

① 叶尔克西·胡尔曼别克：《草原火母》，第 234 页。

女作家学刊·第四辑

上官婉儿的文学史意义

顾 农

摘 要: 上官婉儿卷入当时的政局很深,同时也是一位著名的诗人兼文学评论家。其代表作《彩书怨》刚健明亮,预示着诗坛风气的变化。她的评论虽然是御用的性质,但要求推陈出新,用刚健有力的调子来写诗,推动了此后的盛唐气象。她建议扩大朝廷的文艺学术机构,对此后文化的繁荣也发挥了积极的作用。

关键词: 上官婉儿;文学评论;诗坛风气

关于唐代历史,陈寅恪先生有一个意见值得引起高度重视,他说:"唐代女人的地位很重要,有许多事,表面看来是男人的事,其实与女人很有关系。"①

上官婉儿(664—710)就是一位地位很重要的女奇人,她的一生起伏跌宕,同当时的政治史关系很深,而同时又是一位著名的诗人兼文学评论家。她的生活作风风流放诞,一生没有结婚(以她宫中女官的身份,不可能有正式的婚姻),而性伴甚多,而且大抵皆是地位也很高的男士。她在《旧唐书》卷五一有传,《新唐书》卷七六亦有传而较详,请节引如下:

上官昭容者,名婉儿,西台侍郎仪之孙。父庭芝与仪死武后时。母郑,太常少卿休远之姊。婉儿始生,与母配掖庭。天性韶警,善文章。年十四,武后召见,有所制作,若素构。自通天(696)以来,内掌诏命,掞丽可观。尝忤旨当诛,后惜其才,止黥而不杀也。然群臣

---

① 陈寅恪:《讲义及杂稿》,生活·读书·新知三联书店2002年版,第475页。

奏议及天下事皆与之。

帝（按指中宗李显）即位，大被信任，进拜昭容，封郑沛国夫人。婉儿通武三思，故诏书推右武氏，抑唐家……婉儿劝帝侈大书馆，增学士员，引大臣名儒充选。数赐宴赋诗，君臣赓和，婉儿常代帝及后、长宁安乐二主，众篇并作，而采丽益新。又差第群臣所赋，赐金爵，故朝廷靡然成风。当时属辞者，大抵虽浮靡，然所得皆有可观，婉儿力也。

……帝即婉儿居穿沼筑岩，穷饰胜趣，即引侍臣宴其所。是时，左右内职皆听在外，不问止。婉儿与近嬖至皆营外宅，袤人秽夫争候门下，肆狎昵，因以求剧职要官……韦后之败，斩阙下。

上官婉儿同他的祖父上官仪（约 605—665）、父亲上官庭芝一样，都死于初唐残酷的宫廷斗争之中，当然是晚了几十年。初唐的政局折腾得厉害，直到玄宗上台以后才安定下来，所以有开元、天宝的盛世，而不久之后安史之乱又爆发了。

婉儿其人的私德可议之处不少，性活动泛滥无归，同韦皇后、公主一起卖官鬻爵，简直无法无天；但专从文学的角度看，她在诗歌创作和批评两方面的劳作，是有成绩的，而且因为地位的关系，曾经产生过较大的影响——这样两手都硬的女能人在中国文学史上一向罕见，甚至堪称空前绝后的一大奇葩。

直接署名上官婉儿的诗，今存三十二首（《全唐诗》卷五）。婉儿被杀以后不久即得到平反，到开元年间更为之编辑文集，有二十卷之多，且由重臣、诗人张说（字道济，封燕国公，667—731）为之作序，给予很高的评价。这时过去种种纷争已经趋于结束，要讲究一起向前看了。可惜上官婉儿的诗亡佚已甚，她早先充当枪手为皇帝中宗李显、韦皇后以及他们的两个宝贝女儿长宁公主、安乐公主代写的诗，现在已经很难一一认定了。

婉儿的祖父上官仪乃是初唐著名诗人，也是宫体诗最后一个杰出的代表；婉儿似乎继承了他诗人的基因，一向出手不凡，而且非常讲究符合宫廷的需要。

婉儿最优秀的一首诗也许是《彩书怨》：

叶下洞庭初，思君万里余。露浓香被冷，月落锦屏虚。
欲奏江南曲，贪封蓟北书。书中无别意，唯怅久离居。

题材不过是传统的思妇哀愁，但显得格外的雍容含蓄，带有贵夫人的气息。颔联两句写闺房内华丽的用品及其虚冷之态，这一路数后来被诗人词客反复运用，例如温庭筠就从这里学到许多。此诗没有宫廷气，容易为读者接受。

《彩书怨》虽然是一首传统题材的怨诗，但气魄阔大，开头两句以洞庭湖为背景，就同传统的艳丽而小气的闺房内景完全两路，而结尾又并不落入哀伤感叹的老调，显得刚健明亮而有感情，表达了女性的自信，预示着诗坛风气的变化。

婉儿大量的作品都是献诗、应诏，内容无非是颂圣，没有多少可读性，试看她为中宗幸骊山温泉而作的献诗三绝句——

> 三冬季月景龙年，万乘观风出灞川。
> 遥看电跃龙为马，迥瞩霜原玉作田。
>
> 鸾旗掣曳拂云迥，羽骑骖驔蹋景来。
> 隐隐骊山云外耸，迢迢御帐日边开。
>
> 翠幕朱帷敞月营，金罍玉斝泛兰英。
> 岁岁年年常扈跸，长长久久乐太平。

皇帝陛下到温泉去泡了一次澡，她便就此大唱颂歌，从上路写起，逐一称颂马如何高级，路如何辉煌，仪仗如何威风，一直说到安排御帐。下池泡澡固然很舒服，却不大好直接描写，于是前面称为"观风"，最后则径写泡完以后的酒会，并且直截了当、肉麻兮兮地表态说，自己下回还要跟着来"扈跸"。

凡御用之作，大抵都是这种路数和派头。如果她就在民间，过普通人的日子，其文学成就将不可限量。上官婉儿原是多有诗歌细胞的才女，而久在宫中，把她的才华消磨浪费了许多，最后还搭上了一条性命。

一味讲究享乐的帝王，他的乐总是享不长的。景龙（中宗的年号，707—710）不足四年，到第四年六月，中宗就被他的皇后韦氏、女儿安乐公主合谋毒死了。政局立即发生大的动荡，上官婉儿的春风得意也就迅速走到了尽头。

上官婉儿的诗歌批评虽然完全是依靠她在中宗朝宫廷里的特殊地位来进行的，但仍然具有专业的水平和相当的价值，隐藏着重大的文学史意义。

关于她如何品评作品并给出"差第"（区分不同的等级），《唐诗纪事》卷三"上官昭容"条下提供过一份意味深长的个案记录：

> 中宗正月晦日，幸昆明池，群臣应制百余篇。帐殿前结彩楼，命

> 昭容（即上官婉儿）选一首为新翻御制曲。从臣悉集其下，须臾纸落如飞，各认其名而怀之，既进，唯沈、宋二诗不下。又移时，一纸飞坠，竞取而观之，乃沈诗也。即闻其评曰："二诗功力悉敌。沈诗落句云'微臣凋朽质，羞睹豫章材。'词气已竭。宋诗云'不愁明月尽，自有夜珠来。'犹陟健举。"沈乃伏，不敢复争。
>
> 宋之问诗曰："春豫灵池近，沧波帐殿开。舟凌石鲸动，查拂斗牛迴。节晦蓂全落，春迟柳暗催。象溟看浩景，烧劫辨沉灰。镐饮周文乐，汾歌汉武才。不愁明月尽，自有夜珠来。"

凡应制之作，除了必须歌功颂德这一基本要求之外，还有三条要领：一要写得快（完成得太晚将被罚酒，没有面子），二要辞藻漂亮，三要结句得体。

沈佺期当时提供的诗是："法驾乘春转，神池象汉回。双星遗旧石，孤月隐残灰。战鹢逢时去，恩鱼望幸来。岸花缇骑绕，堤柳幔中开。思溢横汾唱，欢流宴镐杯。微臣彫朽质，羞睹豫章材。"（《和晦日驾幸昆明池》）竭力颂圣，措辞华丽，用典与宋之问诗有不约而同之处。最后说两句谦虚的话，也合于这一类宫廷诗篇的常见格局，可以说立言是得体的。

可是在经过一番斟酌研究之后，作为裁判的上官婉儿明确地批评了沈佺期的这个结尾，认为不够响亮，不够漂亮，"词气已竭"，用作"新翻御制曲"不合适；而宋之问的诗最后说，昆明池的盛会气势恢宏，夜以继日，即使没有明月朗照也不要紧，皇家自有夜明珠来照明。这样调子就高了，措辞更为合适。

沈诗的结尾本来并不能算错，过去有许多宫廷应制唱和的诗都是这么写的，但是时代不同了，在大唐帝国的大好形势下，诗篇应当"健举"，积极向上，显示新的气象。上官婉儿的本意也许只是希望更有力地来宣传当下的盛世，但她却敏锐地感受到时代的变迁，要求推陈出新，用刚健有力的调子来写诗——稍后到玄宗时代，政局稳定下来，国力日益强盛，诗歌中的"盛唐气象"便如日东升，照亮了诗坛。

《新唐书》本传指出："当时属辞者，大抵虽浮靡，然所得皆有可观，婉儿力也。"这里的意思是说，当时流行的还是南朝以来相沿已久的浮艳诗风，但经过上官婉儿的诗歌品评，刚健的诗风正在逐步形成，由她遴选出来的优秀作品相当可观，开辟了盛唐诗歌发展的新路向。

上官婉儿其人由于特殊的际遇，成为宫廷文学活动的要人，客观上推动了唐诗向着刚健乐观的方向向前发展，在诗风改进一事上做出了特别的贡献。文学史工作者应当给予她更多的关注和更高的评价。

中宗时君臣游览赋诗，品评高下，蔚然成风。《唐诗纪事》卷九李适条下有过比较详细的介绍，是研究唐诗难得的背景材料，这里也提到宋之问获胜的名句"不愁明月尽，自有夜珠来"。该条载：

> 初，中宗景龙二年，始于修文馆置大学士四员，学士八员，直学士十二员，象四时、八节、十二月。于是李峤、宗楚客、赵彦昭、韦嗣立为大学士，（李）适、刘宪、崔湜、郑愔、卢藏用、李乂、岑羲、刘子玄为学士，薛稷、马怀素、宋之问、武平一、杜审言、沈佺期、阎朝隐为直学士，又召徐坚、韦元旦、徐彦伯、刘允济等满员，其后被选者不一……

> （景龙）三年七日，清晖阁登高遇雪，宗楚客诗云"蓬莱雪作山"是也，因赐金彩人胜。李峤等七言诗，"千钟圣酒御筵披"是也。是日甚欢，上令学士递起屡舞，至沈佺期赋《回波》，有"齿绿牙绯"之语。晦日，幸昆明池，宋之问诗"自有夜珠来"之句，至今传之。二月八日，送沙门元奘等归荆州，李峤等赋诗。十一日，幸太平公主南庄。七月，幸望春宫，送朔方节度使张宣赴军。八月三日，幸安乐公主西庄。九月九日，幸临渭亭，分韵赋诗。韦安石先成。十一月一日，安乐公主入新宅，赋诗。十五日，中宗诞辰、长宁公主满月，李峤诗"神龙见像日，仙凤养雏年"是也。二十三日，南郊，徐彦伯上《南郊赋》。十二月十二日，幸温泉宫，敕蒲州刺史徐彦伯入伏，同学士例，因与武平一等五人献诗，上官昭容献七言绝句三首。

据此可知，上官婉儿评论沈、宋二人诗之高下，在景龙三年（709）正月晦日即月底那一天；而她本人就今上到温泉泡澡献七言绝句三首，则在当年十二月十二日。

上官婉儿因为身份的关系，不能不写些泡澡献诗一类的肉麻之作，而有意味的好诗不多，作为诗人，可以说她是比较一般的，但是作为批评家，她的意义就大得多了。社会地位很高的批评家，总是具有很大的能量，而婉儿的有关言论恰好是深合时宜，具有正能量的。

景龙四年（710）三月十二，中宗亲临上官婉儿的宫外别墅欢宴。三个月以后，这位往往高调宣称"今天下无事，朝野多欢"（《唐诗纪事》卷一"中宗"条下）的享乐主义皇帝被自己的妻、女下毒致死。这样的政变骇人听闻，史无前例。于是中宗的侄子李隆基（后来的玄宗）发动反政变，率部杀进皇宫，干掉韦皇后及其一伙，上官婉儿也在宫中被杀。此后政局一新，诗坛的情形也同过去很不同了。

婉儿后来得到甄别，张说在为她的文集所写的序言中举出历史上两位著名的才女——汉代的班昭、晋朝的左棻来做比较，并进而指出："文章之道不殊，辅佐之功则异，迹秘九天之上，身没重泉之下，嘉猷令范，代罕得闻。"这无非是官样文章，所以只能这样含糊其词。婉儿在政治上曾经非常显赫，但她的可取之处其实主要在于文学批评。她建议扩大朝廷的文艺学术机构，对此后文化的进一步繁荣，也发挥了积极的作用。

用历史的长镜头看，一位文学人物的贡献同他生前的遭遇往往并没有直线式的联系。

（顾农：扬州大学知名教授）

顾太清诗词研究述论

孟庆跃

摘　要: 学界对顾太清诗词的研究,在不同的阶段有不同的侧重点。晚清时期的笔记、诗话对顾太清诗词有所著录。民国时期,顾太清诗词研究主要集中在对诗词版本的整理、刊印方面,又缘于晚清词学大家王鹏运的认可与赞许、况周颐的评点,她的词作获得了比诗作更高的评价,正式确立了她在词学史上的地位。在此之后,学界对顾太清诗词的研究沉寂了一段时间,直到 80 年代才有较多的专著和论文相继问世。80 年代之后,学者们一方面注重于《天游阁集》的收集、整理,另一方面采用性别研究、宗教文化研究、互文性研究等多种新视角侧重于对《东海渔歌》中词作的研究,且取得了丰硕的成果。目前顾太清研究在史料和阐释两方面仍还有较大的研究空间。

关键字: 顾太清;《天游阁集》;《东海渔歌》;《红楼梦影》

　　一代才媛顾太清(1799—1877)娴于书画、雅善诗词,有"男中成容若,女中太清春"之美誉,又因为续《红楼梦》,作《红楼梦影》成为中国文学史上有作品存世的第一位女小说家。鉴于顾太清所取得的文学成就,自晚清、民国直到现在,学者们从不同的研究视角出发,在诗词版本研究与文献整理、文学价值评估、艺术特色鉴赏等方面取得了丰硕的研究成果。不仅如此,学界对顾太清诗词的研究,在晚清、民国和 80 年代之后,呈现出各自的特色,有着不同的侧重点。鉴于此,我们首先整理晚清时期笔记、诗话对顾太清诗词的著录,并进一步民国时期与 80 年代之后学界对顾太清诗词的研究情况进行梳理,并在此基础之上,厘清顾太清诗词研究中亟待加强的几个方面。

一、晚清时期笔记、诗话对顾太清诗词的著录

顾太清的诗词合集《天游阁集》，经过她本人的删订，集中诗词按创作时间先后排序，有诗七卷，词六卷。在她生前，她的诗词只在亲友间流传，鲜少流传出府，所以晚清时期的各类笔记、诗话对顾太清诗词的著录不多，以完颜恽珠的《国朝闺秀正始集》、沈善宝的《名媛诗话》对顾太清诗词的著录为代表。

道光十一年（1831），恽珠编成《国朝闺秀正始集》，集中谓"太清姓顾，字子春，汉军人，多罗贝勒奕绘的侧室，著有《子春集》"①。并收录了顾太清的五首诗作：《送居士游盘山》《和居士雨后过南院韵》《秋夜》《题王蒙关山萧寺画》《题陈松涛女史画》，恽珠是满洲镶黄旗完颜廷璐之妻，亦是能诗善绘的才女，其子麟庆官至江南河道总督，亦有文名，为协助母亲完成《国朝闺秀正始集》的编撰，曾奉母命多方寻求闺中佳作。关于《子春集》，卢兴基认为是顾太清早期诗集之名②，集中诗作作于与奕绘成婚之前，后经过她本人的舍弃，导致《子春集》的失传。

顾太清闺中密友沈善宝在《名媛诗话》卷八中对顾太清诗词的记载为："满洲西林太清春，宗室奕绘太素绘贝勒继室，将军载钊、载初之母，才华横溢，援笔立成。待人诚信，无骄矜习气，著有天游阁诗稿。"③且赞许顾太清才思敏捷，唱和诗作"皆即席挥毫，不待铜钵声终，俱已脱稿"④。诗中佳句颇多，"结句最峭"；词作"有《东海渔歌》四卷，巧思慧想，出人意外"⑤。由此可知，沈善宝对顾太清的诗词极为赞许。道光十七年（1837），沈善宝入京，在许云姜的介绍下，与顾太清相识，二人相交二十五载，多有唱和。可以说，沈善宝对顾太清的诗词作品是极为熟悉的，《名媛诗话》中对顾太清诗词的著录也是最多的。

晚清其他笔记、诗话中对顾太清诗词的著录，多袭自《国朝闺秀正始集》《名媛诗话》，如徐乃昌《小檀栾室丛刻闺秀词》中对顾太清词作的著录与《名媛诗话》中大体相同。

总的来看，因顾太清诗词鲜少流出府外，晚清时期笔记、诗话对顾太清诗词的著录多出自女性亲友之间，这是造成顾太清诗词在晚清文坛未引起重视的原因。

---

① ［清］完颜恽珠：《国朝闺秀正始集》卷二十，红香馆刊本。
② 卢兴基：《顾太清的生平和创作探考》，载《中华文史论丛》，2001 年第 3 辑。
③ ［清］沈善宝：《名媛诗话》卷八，清光绪鸿雪楼刻本，第 2b—4a 页。
④ 同上。
⑤ 同上。

二、民国时期的顾太清诗词研究

顾太清的诗词才华与成就在文坛与学界的再发现，转折点出现在19世纪末和20世纪初，这段时间内涌现了大量对顾太清诗词的评价，这与顾太清诗词抄本大规模地流出府外有关。关于抄本流传出府的时间及原因，顾太清的后人金启孮认为："清光绪二十六年义和团运动时，太清后人前往房山避难，荣府被义和团成员抄检劫掠。《天游阁集》抄本因此流出府外。"①据此，我们推知顾太清诗词抄本流出的时间大约是1900年。但是，况周颐早在1888年或1889年，就已于厂肆购得《天游阁诗》手稿②。这与金启孮推断顾太清诗词抄本流出府外的时间略有出入。我们猜测，有可能在义和团运动之前，顾太清的《天游阁集》就已经流出，但其中不包括她的词作。李芳也认为，顾太清逝世于光绪十五年（1889），《天游阁集》中诗作的流出可能与此有关。③她又依据1909年陈士可于厂肆购得顾太清《天游阁集》（五卷，缺第四卷）、词集《东海渔歌》（四卷，缺第二卷）抄本的事实，对金启孮的观点也予以肯定。1909年，况周颐所藏《天游阁诗》被文廷式门人徐乃昌借得并刊印出版，分上下两卷，收诗197首，今北京图书馆有藏。同年春，陈士可从厂肆购得《天游阁集》抄本，包括诗五卷，缺卷四；词四卷，缺卷二，该抄本现藏于中国社会科学院文学研究所。1910年，陈士可藏稿本《天游阁集》诗五卷（五卷，缺第四卷），由上海神州国光社作为"风雨楼刊本"之一刊印，故称"上海神州国光社铅印本《天游阁集》"，又称"风雨楼丛书刊本《天游阁集》"。需注意的是，此刊本将第五卷分拆为四、五两卷，以满五卷之数，书中详载冒鹤亭注语、集末另附从《国朝闺秀正始集》中补遗数首，共收诗527首。目前主要藏于中国国家图书馆、吉林省图书馆等地。1914年，况周颐在得知冒鹤亭誉抄陈士可《东海渔歌》藏本后，即将该抄录本借去，并以此为底本大加删改。冒鹤亭抄录本《东海渔歌》共收录词167首，况周颐竟删掉8首，修改达80多首，占一半左右。此外，还删除冒广生的眉批，加上自己的评语和5首补遗。交由西泠印社以活字本（三卷本）刊行于世。此刊本印刷精良，并有况周颐评语，为世人喜爱。但此刊本为况周颐大施删改后的失真刊本，在日藏本《天游

---

① 金启孮：《师友高谊　满学佳话——忆〈天游阁集〉寻访记》，见太清西林春原著、金启孮，乌拉熙春编校：《天游阁集》，辽宁出版社2001年版，第1—12页。

② 清末词学大家况周颐在西泠印社木活字本《东海渔歌》序文中言："光绪戊子、己丑间，与半塘同客都门，于厂肆得太素道人所著《子章子》及顾太清《天游阁诗》，皆手稿。"见况周颐：《〈东海渔歌〉序》，见（清）顾春撰：《东海渔歌》，西泠印社1914年版，第1—3页。

③ 李芳：《"女中太清春"一说的形成与确立》，载《文学遗产》2019年第2期。

阁集》未公布于世之前，王佳寿森竹西馆铅印本《东海渔歌》和李一氓西泠印社木活字本《东海渔歌》①皆以袭用，为害匪浅。1941 年，王佳寿森又在西泠印社活字本（三卷本）《东海渔歌》的基础上，排印了竹西馆本《东海渔歌》四卷，原缺之卷二，用新觅得的朱祖谋所藏抄本《东海渔歌》一卷补足。以上就是晚清民国时期学界对《天游阁集》的收藏、整理、出版情况。

中华民国年间，顾太清的诗词，尤其是词作，得到了王鹏运的认可与赞许，他论词至满洲人，将她与纳兰容若并提，言"男中成容若，女中太清春"②，此举无疑极大地提高了顾太清的文学地位，扩大了她的影响。此后，民国词学研究者多将纳兰容若与顾太清推举为满族词人之双璧。况周颐评顾太清词，谓"太清词得力于周清真，旁参白石之清隽。深稳沉著，不琢不率，极合倚声消息。求其诣此之由，大概明以后词未尝寓目，纯乎宋人法乳，故能不烦洗伐，绝无一毫纤艳涉其笔端"。"无人能知，无人能爱，夫以绝代佳人而能填无人能爱之词，是亦奇矣"③，将她的词作置于一般闺秀词之上，极为推举。

综上，顾太清的诗词别集流落坊间，又逢民间词坛整理、刊印词集文献的风气，顾太清的诗词方得以流传。又缘于晚清词学大家王鹏运的认可与赞许、况周颐的评价，她的词作获得了比诗作更高的评价，从此正式确立了她在词学史上的地位。民国十六年，梁乙真的《清代妇女文学史》由中华书局出版，书中以"太清之词"为章节标题，专章论述了顾太清词的艺术特征，认为她的词作"精工巧丽，备极才情，固不仅为满洲词人中之杰出，即在二百余年文学史上，亦不屈居蘋香、秋水下也"④，这可谓是给予了顾太清词作在文学史上的至高地位。

中华民国时期，亦有学者发表关于顾太清诗词的单篇期刊论文，其中尤为值得一提的是储皖峰先生发表的《关于清代词人顾太清》一文，该文披露了"国内所存《天游阁集》并非全本的事实，并指出诗词集凡十三卷，尚存于日本内藤炳卿所藏《天游阁集》钞本中"⑤，并将铃木虎雄《支那文学史研究》中关于顾太清的章节全文译出，以便国人对日藏本《天游阁集》

---

① 1977 年，李一氓从齐燕铭处借得竹西馆铅印四卷本《东海渔歌》，"便依西泠印社活字规模，框行为同一式，用罗纹纸墨印，钞配第二卷，遂成全帙"。并录王佳寿森序及《太清轶事》于后，又从风雨楼从刊本《天游阁集》中移录《柳枝词》十二首于《补遗》之后，齐燕铭作有长跋。

② 王鹏运对冒广生曾言"论满洲词人者，有男中成容若，女中太清春"语，冒广生：《小三吾亭词话》，见唐圭璋辑：《词话丛编》，中华书局 1986 年版，第 4661 页。

③ 况周颐：《〈东海渔歌〉序》，见（清）顾春撰：《东海渔歌》，西泠印社 1914 年版，第 1—3 页。

④ 梁乙真：《清代妇女文学史》，中华书局 1927 年版，第 259 页。

⑤ 储皖峰：《关于清代女词人顾太清》，载《国学月报》1929 年第 12 期。

有所了解。这篇文章对于国内顾太清诗词研究者来说，有着重要的引导作用，其学术价值不言而喻。在此之后，学界对顾太清诗词的研究沉寂了一段时间，直到八十年代才有较多的专著和论文相继问世。

三、80 年代之后的顾太清诗词研究

80 年代之后，学界对顾太清诗词的研究在前人的基础上，采用性别研究、宗教文化研究、互文性研究等多种视角，在诗词版本研究与文献整理、诗词创作评析等方面取得了较为丰硕的研究成果。现撮其精要，进行归纳总结。

在顾太清诗词集整理出版方面，取得了突破性的进展。1989 年，由李澍田主编的《长白丛书》（二集），张钧、孙屏合著的《顾太清诗词桃花流水捕鱼人诗文》①是一部对顾太清诗词进行简单整理与注释的早期著作。1998 年，张璋编校的《顾太清奕绘诗词合集》问世，虽然其中存在些许讹误，但不可轻易否定其学术价值。2001 年，金启孮先生将日藏本《天游阁集》的静电复制本交辽宁民族出版社再版发行（因第一版日方仅允作为赠送亲友用，只刊印百本，不得公开发行）。该影印本出版发行时，金启孮先生作有《〈天游阁集〉寻访记》《原本〈天游阁集〉考证》两篇文章以贻国人，用以纪念原本《天游阁集》回归之不易；并配以家藏顾太清的肖像、绘画、墨迹等。可以说，这是《天游阁集》迄今为止最为完整的影印本。2015 年，中华书局出版发行了《顾太清集校笺》，校笺者为金启孮先生，由长女金适在金先生病逝后整理出版。该书以金启孮从日本杏雨书屋寻回的家藏《天游阁集》手抄本全帙影印本为底本，校以其他各本，共辑顾太清诗作 828 首，词作 335 阕，是可以替代以前所有版本的新整理本，是迄今第一部关于清代著名女词人顾太清诗词全帙的校笺集。该本中诗词之后附有奕绘相关诗词、况周颐评语，书后附金启孮《满洲女词人顾太清与〈东海渔歌〉》《〈天游阁集〉寻访记》《原本〈天游阁集〉考证》《西林觉罗氏世系表》《顾太清（西林春）年谱》，此校笺本的文献和学术价值基本得到了学界的公认。总的来看，八十年代以来的顾太清诗词版本研究与文献整理取得了突破性的进展，这有裨益于深入展开对顾太清诗词的研究。

于此，我们还需关注到其他学者对顾太清诗词的选注，诸如奚彤云《闺中造物有花仙——顾春诗词注评》、卢兴基《顾太清词新释辑评》、胥洪泉《顾太清词校笺》等。奚彤云所著的《闺中造物有花仙——顾春诗词

---

① 李澍田，张钧，孙屏编：《顾太清诗词桃花流水捕鱼人诗文》，吉林文史出版社 1989 年版。

注评》①是节选顾太清具有代表性的诗词并加以注释的一部著作，全书以时间为线，收录诗 60 余首，词 70 余阕，并附注释以供后人研究和赏析。卢兴基《顾太清词新释辑评》②更是一部将顾太清全部词作进行梳理并加以注释的著作，该书对读者理解顾太清其人其词多有助益。但赵伯陶指出此书因以《顾太清奕绘诗词合集》为底本，故因袭"合集本"之多处讹误，属美中不足，实为遗憾。③胥洪泉的《顾太清词校笺》④，也是一部致力于文本研究，结合校勘和笺注的著作，该书是建立在信、达、雅的基础上辅助后人研究顾太清词的重要研究成果。这五部以顾太清诗词为研究对象的专著，各有侧重点，为我们以后的研究奠定了坚实的基础。

80 年代以来，不仅有以顾太清诗词为研究对象的学位、期刊论文大量涌现，更有黄嫣梨《清代四大女词人：转型中的清代知识女性》、吴永萍等《清代三大女词人研究》等专著问世。这些研究主要集中在以下三个方面：第一，以顾太清诗词为依托，对顾太清的生平经历进行梳理。由于史料的缺失，且《天游阁集》全帙流亡海外，顾太清的身世长期处于混沌未明的状态。80 年代之后，顾太清的身世问题依旧是学界研究的重点。金启孮《顾太清与海淀》⑤一书虽志在填补顾太清生平研究之空白，但书中多个章节结合顾太清诗词对其生平经历进行介绍、梳理，从这个角度上说，《顾太清与海淀》一书亦可称得上是研究顾太清诗词的一部佳作。张菊玲所著的《旷代才女顾太清》⑥是一部致力于评述顾太清生平和文学活动的研究性专著，书中"京师闺友集结诗社""太清词的卓越成就""'略知画事'顾太清"三章均对顾太清的诗词予以艺术分析，用以佐证生平事迹。卢兴基根据顾太清的诗词，勾勒其早年行迹，认为顾太清七岁以前去过广东；八岁至十一岁回到北京；十一岁那年夏季去往福建；十二岁至二十六岁侨居江南；与奕绘在江南相识相恋⑦。李芳则另辟蹊径，依据顾太清的诗词对她的生平交游情况进行梳理，指出："顾太清的创作与交游，以丈夫奕绘逝世、搬离荣王府为转折，形成了前后期的鲜明对比。婚内她的诗词多以题画、咏物、写景为题材，风格恬淡清隽；除与奕绘和女性诗友唱和之外，罕有与文坛的直接交往。奕绘逝世后，人生境遇的变化让她重新发掘了诗词的社交功能，她的创作领域有所拓展，情感表达大胆炽热；并且以独立的姿态构成了一

① 奚彤云撰：《闺中造物有花仙——顾春诗词注评》，上海古籍出版社 2004 年版。
② 卢兴基：《顾太清词新释辑评》，中国书店 2005 年版。
③ 赵伯陶：《日藏钞本〈天游阁集〉》，载《古籍整理出版情况简报》2005 年第 1 期。
④ 胥洪泉笺注：《顾太清词校笺》，巴蜀书社 2010 年版。
⑤ 金启孮：《顾太清与海淀》，北京出版社 2000 年版。
⑥ 张菊玲：《旷代才女顾太清》，北京出版社 2002 年版。
⑦ 卢兴基：《顾太清的生平和创作探考》。

个广阔的交游圈。"①除此之外，李冰馨②、詹颂③、刘舒曼④等人关注到了顾太清的文学交游"秋红吟社"，但研究成果也很有限，且主要集中于结社特点、具体成员上，在文学观念、创作内容、活动方式、文学史地位等方面的研究还有待于进一步的拓展。

第二，绝大多数学者将目光聚焦于顾太清词作，开展咏物词、题画词、纪游词等类型研究和花、酒、梦、乌鸦等意象研究，并联系顾太清生平与性情，分析其艺术特征和思想内蕴，使研究对象更为微观具体。在批评方法上，将社会历史视角、性别视角、宗教民族等文化视角作为切入点，研究成果丰富。诸如，在类型研究方面，魏远征⑤将顾太清的题画词分为文人山水题画词、花卉小品题画词与人物题画词三类，指出《东海渔歌》中的三类题画词由外到内呈现情感逐步深入的趋势，文人山水题画词表现了文人普遍的山水情怀，花卉小品题画词抒发女性文人的闺阁情怀与生活意趣，人物题画词则刻画女性细腻隐曲的内心状态直至顾太清自己幽微隐曲的内心境界，展现近代社会知识女性生命意识的朦胧觉醒。毛文芳⑥将顾太清的画像咏物词细分类别，并结合画面观视、写作心理、闺阁情谊、意识认同等进行多向度论述，剖视生命体验。在意象研究方面，胥洪泉⑦分析了太清词中乌鸦意象的满汉文化意蕴，认为顾太清诗词中描写的乌鸦意象具有丰富的满汉文化意蕴。诗词中对慈乌反哺的赞美，是满族乌鸦崇拜、汉族慈乌反哺观念的体现；对恶乌贪残、凶狠的谴责，是受汉族文化指斥贪戾品性的影响；对黄昏屋旁栖鸦的偏爱，是对汉族"乌栖富家""乌栖孝家""乌栖有政德"观念的接受。在性别视角、宗教民族文化视角方面，孙燕的《满族文化与女性意识——论清代才女顾太清》⑧、谭凤娇的《顾太清女性意识研究》⑨、李聆汇《满族女作家顾春创作中的女性意识》⑩等期刊、学位

① 李芳：《闺门内外：顾太清交游圈的形成及其典型意义》，载《苏州大学学报》（哲学社会科学版）2016 年第 2 期。
② 李冰馨：《从"秋红吟社"看明清女性诗社的发展》，载《乐山师范学院学报》2007 年第 2 期。
③ 詹颂：《道咸时期京师满汉女性的文学交游与创作——以沈善宝〈名媛诗话〉为主要考察线索》，载《民族文学研究》2009 年第 4 期。
④ 刘舒曼：《秋红吟社及其研究情况综述》，见王云、马亮宽主编：《"区域、跨区域与文化整合"社会史国际学术讨论会论文集》，天津人民出版社 2012 年版。
⑤ 魏远征：《词境·画境·心境——论顾太清题画词》，载《民族文学研究》，2012 年第 4 期。
⑥ 毛文芳：《一个清代闺阁的视角——顾太清（1799—1877）画像题咏论析》，载《文与哲》2006 年第 8 辑。
⑦ 胥洪泉：《顾太清诗词中乌鸦的文化意蕴》，载《重庆师范大学学报（哲学社会科学版）》2013 年第 3 期。
⑧ 孙燕：《满族文化与女性意识——论清代才女顾太清》，载《黑龙江民族丛刊》2017 年第 1 期。
⑨ 谭凤娇：《顾太清女性意识研究》，2014 年湖南科技大学硕士学位论文。
⑩ 李聆汇：《满族女作家顾春创作中的女性意识》，2014 年长春师范大学硕士学位论文。

古代女诗人研究

论文着眼于顾太清诗词中的女性意识问题；梅莉《清代中晚期满族精英日常生活与道教——以顾太清、奕绘夫妇为中心》①考述了顾太清宗教文化与具体实践情况，并论述宗教精神与词作之间的联系。在艺术表现方面，卢兴基发表《尘梦半生吹短发，清歌一曲送残阳——清代女词人顾太清和她的词》②一文，评顾太清词有真切质朴、淳雅、工用用典、自然清秀、明快动人、善于整体构织等多个侧面；周茜的《叠雪裁冰词绝妙　不共吹花嚼蕊——浅议满族女作家西林春及其词的艺术特色》③，评顾太清词"不在一字一句的精雕细作中用力，不追求细密工致的纤细之美，而以整体已经的圆满，气格的生动浑化取胜"，"语言质朴清新，自然爽致，不以雕琢为务，而以白描见长，词作风韵清奇隽永"。吴敏《论太清词的艺术美》④认为太清词具有自然美与个性美德和谐统一、旋律美与意境美的巧妙搭配。值得一提的是，1975 年，台湾中国文化大学中国文学研究所吴光滨的硕士毕业论文《顾太清及东海渔歌笺注》⑤应该是国内最早以顾太清为研究对象的学位论文，论文的重点偏重于对顾太清词的笺注。总的来看，80 年代的学界对顾太清词的研究颇为深入，且角度多样。

第三，学界对顾太清诗词的研究呈不平衡的状态，顾太清的词备受关注，而诗作的研究多以诗词并论的形式展开。以顾太清的诗为研究对象的专题研究有段继红《太清诗中的女性生存本相——清代女诗人顾春诗歌论》⑥一文，指出顾太清的诗虽具有传统女性伤春悲秋的细腻缠绵，但其独特魅力在于其洒脱不羁的精神风貌和超越时代的女性意识；李珍《论顾太清诗中的梦幻思想》⑦在对顾太清的诗作进行禅师分析的基础上，从作者的人生经历、道家思想濡染、明清女性文人回归佛道的审美追求以及晚清社会环境的影响等角度入手，分析顾太清梦幻思想形成的文化背景。金丽《顾太清诗歌研究》⑧通过传统的诗歌鉴赏和历史社会分析相结合的方法对顾太清的诗作进行解读，立论翔实，有一定的借鉴作用。还有赵雪梅

① 梅莉：《清代中晚期满族精英日常生活与道教——以顾太清、奕绘夫妇为中心》，载《江汉论坛》2016 年第 6 期。
② 卢兴基：《尘梦半生吹短发，清歌一曲送残阳——清代女词人顾太清和她的词》，载《阴山学刊》2001 年第 1 期。
③ 周茜：《叠雪裁冰词绝妙　不共吹花嚼蕊——浅议满族女作家西林春及其词的艺术特色》，载《民族文学研究》2002 年第 2 期。
④ 吴敏：《论太清词的艺术美》，载《民族文学研究》2000 年第 1 期。
⑤ 吴光滨：《顾太清及东海渔歌笺注》，1975 年中国文化大学中国文学研究所硕士毕业论文。
⑥ 段继红：《太清诗中的女性生存本相——清代女诗人顾春诗歌论》，载《民族文学研究》2004 年第 2 期。
⑦ 李珍：《论顾太清诗中的梦幻思想》，载《山西师范大学学报》（社会科学版）研究生论文专刊 2012 年第 39 卷。
⑧ 金丽：《顾太清诗歌研究》，2013 年云南师范大学硕士毕业论文。

《诗含画意，画寓诗情——论清代女作家顾太清的诗歌写作艺术》^①、李哲妹《论顾太清诗歌》^②等对顾太清诗的题材分类、艺术特色做了初步论述。在诗词并论的情况下，也往往偏重于对顾太清词的论述。诸如学界单独评述顾太清诗歌的薄弱现象反映在顾太清诗词创作具有相通特点的同时，也可见对顾太清诗歌研究还有待进一步深入。

总体而言，80 年代之后在顾太清诗词版本整理出版方面取得了突破性的进展，为顾太清诗词研究的进一步展开夯实了基础。在诗词研究方面，学界一方面以诗词为依据，梳理、考证顾太清的生平事迹及交游圈。另一方面，我们需注意到，学界对顾太清诗词的研究呈现出不平衡的状态，绝大多数学者将目光聚焦于顾太清的词作，从多个角度探究顾太清词的艺术特色，以确立顾太清在文学史上的地位。关于顾太清诗作的研究，目前还处于探索状态，还有待进一步深入和挖掘。概言之，80 年代至今的顾太清诗词研究为我们接下来的研究工作提供了宝贵的经验与参考资料。

综上所述，自民国至当下，以顾太清诗词为研究对象的学者越来越多，研究成果也越来越丰富。研究成果主要集中于诗词版本的研究与整理、顾太清生平经历研究以及探析诗词的思想内涵、文学价值等方面。在顾太清唱和诗词研究、顾太清与"秋红吟社"的研究、顾太清诗词与小说《红楼梦影》之间的关系三个方面，亟待加强。

据金启孮先生言，顾太清《天游阁集》与奕绘《明善堂集》取义相对，集中《东海渔歌》又与《南谷樵唱》取偶^③，不仅如此，两集中诗词的内容、创作时间上也是相配的。二人从成婚至奕绘逝世，顾太清与奕绘共同生活了十四年。在这十四年中，奕绘与顾太清创作了大量的唱和诗，张菊玲在《旷代才女顾太清》^④第一章列出了《太清、奕绘夫妻诗词唱和目录》，其中，唱和之诗有 68 组，唱和之词有 34 组，总计 113 组。二百多首唱和作品的存在，证明了顾太清与奕绘之间的伉俪之情。虽然奕绘早逝，顾太清被迫携子出府别居，但顾太清诗词从未流露过对奕绘及他们婚姻的怨怼。顾太清与奕绘之间的唱和诗词可分为两类：其一是夫妻二人的纪游唱和诗。夫妻二人经常联辔出游的经历，极大地丰富了唱和内容；其二是夫妻二人赏画、题诗、参道的唱和诗作。顾太清与奕绘志趣相投，是真正具有精神共鸣的精神伴侣，这部分唱和作品占据了顾太清唱和诗的大部分内容。除与丈夫奕绘的唱和诗词，由于女诗人可以成为本人自传的作者，有时也有可

---

① 赵雪梅：《诗含画意 画寓诗情——论清代女作家顾太清的诗歌写作艺术》，载《语文学刊》2005 年第 7 期。

② 李哲妹：《论顾太清诗歌》，2007 年湖南大学硕士毕业论文。

③ 金启孮：《明善堂文集 序》，见［清］奕绘原著；金启孮校笺：《明善堂文集》，天津古籍出版社 1995 年版。

④ 张菊玲著：《旷代才女顾太清》，北京出版社 2002 年版。

以充当闺友生平的记录人^①，她们现存的作品集，为彼此生平提供了诸多细节^②。顾太清与闺中密友沈善宝、许云姜、许云林等人的唱和诗词同样需要关注。目前来看，以顾太清唱和诗词为研究对象的成果极少，除张菊玲外，可能只有安明宏的学位论文《顾太清及其唱和诗词研究》^③以顾太清与丈夫奕绘唱和、与友人唱和、与前贤唱和三个方面为研究对象，探究顾太清唱和诗词的审美艺术特色，深入了解顾太清的日常生活动态。由此可知，对顾太清唱和诗词的研究已到了刻不容缓的程度。

其次，秋红吟社是顾太清组建的女性诗社，成立于清代中晚期，成立时间较晚，但持续的时间却长。近年来，在女性文学研究深入的背景下，秋红吟社引起了学者们的关注。如张菊玲在《旷代才女顾太清》^④中对诗社成员进行了介绍，但秋红吟社成员的考证还有待进一步的深入。李冰馨在《从"秋红吟社"看明清女性诗社的发展》^⑤一文中指出，"秋红吟社"作为成熟女性诗社的两大特征，即突破家庭血缘关系的结社形式以及无须借助男性文人组织扶持而由女性诗人独立结社的过程。该社突破了成员的地域同一性和女性群体创作中的民族性，体现出清代文学在地域上的扩大和汉文学对满族文学的影响，同时也反映着男性权威对女性生活及文学创作约束力的存在。刘舒曼《雾里楼台看不真——秋红吟社满族成员家世初探》^⑥一文对诗社中满族女诗人的家世及交游考证得非常详尽，可惜未涉及诗社中出身江南的汉族女诗人。李杨《"秋红吟社"考》^⑦通过对顾太清等人诗词作品的研读，对结社时间、社集形式、社员的家世生平进行梳理。就现有文献材料来看，有两则关于诗社成员的记载：一是沈善宝的《名媛诗话》卷八；二是顾太清《雨窗感旧》的诗序。前者言"己亥秋日，余与太清、屏山、云林、伯芳结秋红吟社"^⑧，沈善宝提及的诗社成员除她本人外，还有顾太清、项屏山、许云林、钱伯芳五人。后者载"同治元年长夏，红雨轩乱书中捡得《咏盆中海棠》诸作。旧游胜事，竟成天际浮云；暮景嬴躯，有若花间晓露。海棠堆案，红雨轩争咏盆花；柳絮翻阶，天游阁分题佳句。今许云姜随任湖北；钱伯芳随任四川；栋阿少如就养甘肃；富察蕊仙、栋阿武庄、

① 方秀洁：《书写自我、书写人生：沈善宝性别化自传/传记的书写实践》，见伊沛霞、姚平主编《当代西方汉学研究集萃·妇女史卷》，上海古籍出版社2012年版，第231—233页。
② 魏爱莲著、马勤勤译：《美人与书：19世纪中国的女性与小说》，北京大学出版社2015年版，第170页。
③ 安明宏：《顾太清及其唱和诗词研究》，2012年漳州师范学院硕士毕业论文。
④ 张菊玲著：《旷代才女顾太清》，北京出版社2002年版。
⑤ 李冰馨：《清代女作家顾太清研究》，2007年四川师范大学硕士论文。
⑥ 刘舒曼：《雾里楼台看不真——秋红吟社满族成员家世初探》，载《满族研究》，2011年第4期。
⑦ 李杨：《"秋红吟社"考》，载《满族研究》，2017年第4期。
⑧ ［清］沈善宝：《名媛诗话》卷八，清光绪鸿雪楼刻本。

许云林、沈湘佩已作泉下人，社中诸姊妹惟项屏山与春二人矣。二十年来星流云散，得不伤心耶！"①这里，顾太清记载了"秋红吟社"萧条之后的成员情况。《名媛诗话》中记载的是"秋红吟社"成立之初，约道光十九年（己亥，1839），而顾太清的记载写于同治元年（壬戌，1862），二者记载相差二十几年，据此，我们可知，在这二十年间，有新的成员加入诗社。这些成员的出生地不同，民族亦不同。因此，"秋红吟社"的存在得益于不同地区、不同民族的女诗人的共同努力，对于研究晚清时期闺阁才媛的交游情况、文学创作有着重要的意义。但现在囿于缺乏文献材料，秋红吟社的诗文创作、文学观念等问题还有待进一步探究。

再次，随着对《红楼梦影》研究的深入，部分学者注意到了顾太清诗词与《红楼梦影》文本的关系。张璋、张菊玲等先生最先注意到《红楼梦影》第十九回《梅花雪啜茗怀人　消寒诗食瓜夺彩》中诸闺秀写作的九首消寒诗皆是顾太清自己的诗作，詹颂教授进一步指出除张璋、张菊玲等发现的九首《消寒》诗外，另有五首诗歌来自太清诗词集②，分别是:《红楼梦影》第二十二回，宝琴的丈夫梅瑟卿为宝玉题写在扇面上的第二首诗"旧曾游处记分明，曲曲阑干接上清"。为顾太清原题为《小游仙效西昆体》的诗作；另外四首为同一回梅瑟卿为贾兰题写在扇面上的四首诗，为顾太清原题为《以文拟闺词四题各限韵》。胥洪泉继续在这一问题上深入挖掘，他发表了《顾太清〈红楼梦影〉中的佚诗佚词》③一文，论证了《红楼梦影》中首句为"吓须帘卷玉钩横"的七律和词作《鹊桥仙·咏瓜灯》《调寄爪茉莉·即景联句》亦为太清之作。由此可知，《红楼梦影》中部分素材来源，特别是其中的文学活动的素材是直接取材于顾太清自身的文学交游和诗词创作。鉴于此，从互文性视角考察顾太清诗词与小说《红楼梦影》关系，同样亟须予以关注和探究。

综上，在既往研究的基础之上，顾太清诗词研究方面可供继续深入探究的问题有三：一是以顾太清唱和诗词为研究对象，探究顾太清与丈夫奕绘、闺中密友沈善宝等人的文学创作互动情况；二是"秋红吟社"，顾太清作为该诗社的组织者之一，探究"秋红吟社"对顾太清文学创作活动的影响；三是从互文性视角考察顾太清诗词与小说《红楼梦影》之间的关系。这三个方面的问题对于顾太清诗词研究来说，均有重要意义。

古代女诗人研究

---

① ［清］太清西林春原著、金启孮，乌拉熙春编校:《天游阁集》，辽宁出版社2001年版，第236页。
② 詹颂:《女性的诠释与重构:太清〈红楼梦影〉论》，载《红楼梦学刊》，2006年第1辑。
③ 胥洪泉:《顾太清〈红楼梦影〉中的佚诗佚词》，载《古籍整理研究学刊》，2013年第3期。

四、结语

　　中华民国至现在，学界对顾太清诗词的研究从未中断，且在不同的阶段有不同的侧重点。中华民国时期，顾太清的诗词别集流落坊间，又逢民间词坛整理、刊印词集文献的风气，顾太清的诗词方得以流传。又缘于晚清词学大家王鹏运的认可与赞许、况周颐的评价，她的词作获得了比诗作更高的评价，从此正式确立了她在词学史上的地位。80 年代之后，学者们一方面注重于《天游阁集》的收集、整理，另一方面采用性别研究、宗教文化研究、互文性研究等多种研究新视角侧重于对《东海渔歌》中词作的研究，且取得了丰硕的成果。我们对顾太清诗词研究的历程进行回顾、总结、反思，在顾太清唱和诗词、顾太清与"秋红吟社"、顾太清诗词与小说《红楼梦影》之间的关系三个方面的探索与研究有待深入。

（孟庆跃：北京语言大学博士生）

"女子无才便是德"？

——论清代闺秀获取知识的主要途径

陈文静

摘　要： 在中国古代封建社会中，女性被限定于家庭之中与闺阃之内，"内言不出于阃，外言不入于阃"是古代女性生活的真实写照，她们往往只能以家庭、亲属角色为人认知，而与之相对的男性，则在社会生活中拥有绝对的话语权，但这种情况在清代发生很大变化。清代闺秀受教程度较前代大为改观，除清代学术思想影响之外，获取知识的途径也较为多样，主要有闺塾师传授，母氏课读以及家族男性教授等方式。

关键词： 清代闺秀；闺塾师；母教；家学

古代女诗人研究

　　在中国古代封建社会中，女性被限定于家庭之中与闺阃之内，"内言不出于阃，外言不入于阃"是古代女性生活的真实写照，她们往往只能以家庭、亲属角色为人认知，而与之相对的男性，则在社会生活中拥有绝对的话语权。但这种情况在清代发生很大变化，"胜清一朝，其闺襜英奇，超迈千古，计先后无虑数千人"[1]，清代女性文学较前朝先代已行之甚远，正如陈东原在《中国妇女生活史中》所言："（妇女）文学之盛，为前此所未有。"以胡文楷《历代妇女著作考》（增订本）[2]为例，仅清代女性作者篇幅占比该著作高达71.43%，其中，共收录清代3672位女性作者的作品，确非前代所能比肩。

一、清代学术之泽

　　陈东原将女性文学置于清代学术全景之中加以考量，认为如此繁盛之

---

①　梁乙真：《清代妇女文学史》，中华书局1932年版，第283页。
②　胡文楷著，张宏生等增订：《历代妇女著作考》，上海古籍出版社2008年版。

况是"清代学术之盛，为前此所未有，妇女也得余泽"①之故。在中国传统学术史的进程中，清代学术代表了极为重要的转变——明亡之前，宋、元、明儒学都倡导个体的道德完善，强调知行合一，认为政治、文化的稳定取决于个体严格的道德修养，即只要每个士大夫都成为道德榜样，那么，莫春浴沂，风乎舞雩的礼治社会就会复兴，甚至繁盛。然而，随着甲申国变，清朝入主中原，文人士子开始对由明亡而引发的文化困境进行严肃的反思，顾炎武在《日知录·心学》（卷十八）言道：

> 近世喜言心学，舍全章本旨而独论人心道心，甚者单撅道心二字，而直谓即心是道，盖陷于禅学而不自知，其去尧、舜、禹授受天下之本旨远矣。……愚按，心不待传也，流行天地间，贯彻古今而无不同者，理也。理具于吾心，而验于事物。心者，所以统宗此理而别白其是非。

正是意在否定晚明心学"良知"说使得知识分子流于空谈——这种空谈最终断送大明王朝。此外，陆陇其则不仅斥责王阳明学派以"伪学"为基，更是将晚明社会的混乱归咎于他的邪说影响：

> 故至于启祯之际，风俗愈坏，礼义扫地，以至于不可收拾，其所从来，非一日矣。故愚以为明之天下，不亡于寇盗，不亡于朋党，而亡于学术。②

于是，清代文人将学术思想从道德修养转向实证考据，考辨意识和"回归原典"则成为复兴经典思想的重要治学之道，并期冀以此重建社会秩序。由此，清代朴学逐步形成、发展，直至乾嘉时期犹盛，涉及天文、地理、科学、人文等诸多领域，开启清代学术的全盛时代。

家庭是女性最为主要的活动空间，女性通过女儿、妻子和母亲等角色成为社会所认可的性别化社会成员。但是将女性限制于家庭的内在空间并不意味女性是男性的附属品，相反，女性是家庭活动的基石与家庭角色的聚焦中心。随着清代学术进入全盛时代，参加科举考试人数也在不断上升。此时，在家族中拥有一位受过教育的女性则尤为重要："因为她们需要帮助她们的儿子准备应考，另外也是出于道德的考虑，因为这些女性担任着教养下一代的责任。作为妻子和掌管家政的人物，女人同样需要道德的自主

---

① 陈东原：《中国妇女生活史》，商务印书馆 2015 年版，第 200 页。
② 转引自［美］魏斐德：《洪业：清朝开国史》，新星出版社 2017 年版，第 704 页。

性。"①犹如蝴蝶效应一般，于是，女学的地位日益提升，最终使得"妇女也得余泽"。

二、闺塾师之教

除受清代学术之盛影响之外，自明末以来，女性受教育程度大为改善，这对于女性文学的发展起着至关重要的作用。在清代，五六岁的男童便可入学堂读书，"凡男童长至五六岁后，如其天资聪明则于五六岁，或因其秉性亦可于八岁时，入学从事句读"②。至于女子，授业教师与所学内容虽有差异，但整体相偕：

> 女子上学之法与男子亦无不同，但均由有才学之寡妇或良家妻女做为女先生，每日来到各家，教授各家女子。开始教时教《女训》《孝经》，然后再和男子同样使读《千字文》《百家姓》《四书》等书文。③
>
> 开始习字，亦有女先生教写"上、大、人"，以后不论男女，均师从善书法之先生学习练字。④
>
> 富家女亦有教以诗、文者。小户人家女子中，或因有志于学，或因父兄之喜好，亦有请先生教以诗作者。⑤

清代继续秉承"内、外有别""男、女有别"的儒家传统思想，对于女子上学，则须聘请品德贤良的闺塾师到家中教授女子读书。闺塾师是清代较为特殊却又很普遍的现象，这类女性的身份或因才名闻名遐迩，如清媛归懋仪以其才名而身为闺塾师，"归懋仪，字佩珊，……有《绣馀小草》，……佩珊诗清婉绵丽，与席浣云为闺中畏友，时相唱和。尝题《虢国早朝图》有'马驮香梦入宫门'之句，随园极赏之。负盛名数十年，往来浙江为闺塾师"⑥；或因丧夫守寡，生活所迫，"(胡)采斋(慎仪)，号石阑，又号鉴湖散人，骆烜室。石阑早寡，抚幼子，未几，子卒。家益落，乃为闺塾师"⑦；或因家道中衰，维持生计，"张学象，字古图，号凌仙，……有《砚隐集》……凌仙苦节奇贫，依姊羽仙以居，课子读书无间昕夕。后为闺塾

① ［美］曼素恩:《缀珍录——十八世纪及其前后的中国妇女》，江苏人民出版社2005年版，第105页。
② ［日］中川忠英辑:《清俗纪闻》，东京书肆万青堂求版，明治九丙子禅刻，卷五闾学"闾学"条。
③ ［日］中川忠英辑:《清俗纪闻》，卷五闾学"女子之学习"条。
④ 同上。
⑤ 同上。
⑥ ［清］徐世昌:《晚晴簃诗汇》，民国退耕堂刻本，卷一百八十六。
⑦ ［清］沈善宝:《名媛诗话》，清光绪红雪楼刻本，卷四。

师，讲学传经有宣文之目"①——她们须借助自身的咏絮之才以维持生计，诣至官宦府邸教授闺秀贤淑。闺塾师的雇主以高官居多，学生则是这些高官的女儿或者妾。教授内容起初授以女德之类，但有时也只是基础的识字和绘画，最通常的是诗歌艺术。而后所授内容则与男子所学"四书""五经"之类无异。

三、贤母课读

在父权社会中，家庭永远是女性身份的最重要属性之一。对于大多数女性而言，不论她们来自官宦、商人或是庶民，其身份总是以男性家族体系为依托（但绝非附属品），即女儿、妻子、母亲。因此，由于徘徊在家庭生活的女性受闺阃之围的内部空间制约，除闺塾师讲授之外，对于知识的获取途径主要存有母教与父夫家学等方式。

相对于空间外化的男性教育，女性教育却往往只能在家庭空间中进行，并以母亲为主要的教授者，即所谓之"母教"。"母教"之"母"并非只能母亲担任，还包括了宗族女性长辈，如姨母、姑母，甚至祖母等，是泛指母氏对（女性）晚辈②的教养。这种文化现象在清代极为常见，在史籍中常有"贤母课子（女）"，抑或"青灯课读"诸类之称：

> 徐昭华，字伊璧，浙江上虞人……幼承母教，诗名噪一时，工楷隶，善丹青。（《国朝书人辑略》）
>
> 墨兰女史颜如玉，家住吴门出名族。生小聪明失怙寒，阿母劬劳亲教育。（《名媛诗话》之《赠女史唐墨兰》）
>
> 守官懔母教，移孝励臣心。（《三松堂集》之《曾宾谷都转母夫人七十寿诗》）
>
> 制曰：子之能仕，父教之忠，盖亦有母教焉。古之所以宗母师也。（《牧斋初学集》）

作为文化现象，"母教"在清代图像表述系统中较为盛行，多以"课读图"的创作及其题咏形式呈现，徐雁平在《清代世家与文学传承》中将之称为"青灯课读图"系列，并指出图中主要人物——母亲成为描述的焦点，"母教的阐扬，对于世家子弟而言，是树立清白家风、强调家学传承的重

---

① ［清］徐世昌：《晚晴簃诗汇》。
② 母教既有针对女子的教育，也有针对男子的教育。由于本文着重论述女性获得知识的途径，故文中母教则以女子教育为论述重点。

女作家学刊·第四辑

要行为"。① 反映在文学作品中，与之相对应的则是对于"青灯课读图"的题图诗、文。

在清代众多"课读"图文中，骆绮兰《秋灯课女图》及其题诗尤为著称。骆绮兰，字佩香，号秋亭，江苏句容人。相传其是"初唐四杰"之一骆宾王的后裔，适嫁龚世治。然其夫早逝，故骆绮兰无子女，得抚一义女，灯下课女，教以养成，亲绘《秋灯课女图》以示含辛茹苦，并自作《自题秋灯课女图》：

> 江南木落雁飞初，月色朦胧透绮疏。
> 老屋半间灯一盏，夜深亲课女儿书。②

作为养母的骆绮兰夜深不眠，身处为秋风所破的老屋，在黄晕的烛光下，亲课义女。此图诗一经现世，当时应和题咏者众多。借此，将通过分析以下引录的题图之作，对于清代"贤母课女"的文化内涵，窥见一斑：

题秋灯课女图

> 谁识闺中女传贤？饮冰茹苦度华年。
> 柏舟旧誓贞松节，梧馆还赓咏絮篇。
> 云外冥鸿悲寡和，膝前雏凤慧堪怜。
> 披图触我当时梦，犹记篝灯课选年。③

此诗出自清代才女鲍氏姊妹齐著《起云阁诗钞》，作于鲍之兰。鲍之兰，字畹芳，江苏丹徒县人。诗中不仅肯定了骆绮兰守节持贞，悉心课女，同时，《秋灯课女图》触动了鲍之兰的回忆：在黄晕的烛光下，母亲的身影依稀可见，不辞辛劳教课诗文。作为闺阁才女，鲍之兰自幼承袭母训，工诗咏。

吊诡的是，对于《秋灯课女图》的欣赏与肯定，往往男性居多。在《听秋轩闺中同人集》中，仅有 7 位女性对《秋灯课女图》进行题咏；而在《听秋轩赠言》中的应和题咏者，就有 45 位男性，或是题诗，或是题序，其中，不乏袁枚、王文治、毕沅、法是善、赵翼等大家官宦。如清人潘奕儁作《题骆佩香女史秋灯课女图》，则以男性视角反观女性课女的艰辛与身为寡妇的凄凉：

---

① 徐雁平：《清代世家与文学传承》，生活·读书·新知三联书店 2012 年版，第 158 页。
② ［清］骆绮兰：《听秋轩诗集》，清乾隆六十年（1795）金陵龚氏刻本，卷一，十三。
③ ［清］蔡殿齐撰：《国朝闺阁诗钞》，清道光娜嬛别馆刻本，第六册《起云阁诗钞》（鲍之兰，字畹芳）卷四。

题骆佩香女史秋灯课女图

秋声寥落漏声迟，绣阁风清夜课时。

吟到柏舟神惨淡，半生心事一灯知。

世业青毡未肯忘，谢庭有女守巾箱。

玉台他日传新咏，不数松陵午梦堂。[①]

冷夜残秋，孤母课女，吟至贞德处，思夫情难却，幼女心尚稚，慨叹半生心事与谁言。只得寄托吾家有女初长成，以告慰早逝的夫君。

在清代，课女的母亲多为茕茕之身——或夫君早亡，如沈善宝在《名媛诗话》中便描述了自己母亲在父亲早逝时教养子女的情景，"先严即世时，兄弟等长犹未冠，幼尚婴孩，抚孤十余载，以养以教，后各游幕糊口"。[②] 或夫君应考游宦，梅曾亮在《周石生授经图记》中，念及自己年少读书时，父亲因科考而无暇课业，故母教悉数，"时曾亮年十三四，家大人方试礼部，留京师。每从塾归，则吾母课诵，必问所习者师讲解否？能记忆否？"[③]——由于家中无夫，于是，抚养教育的责任则由母亲担当。

对于女弟子骆绮兰《秋灯课女图》极为赞赏的王文治，题咏数首，其中涉及母教课女所授内容：

题闺秀骆佩香秋灯课女图八首[④]

膝前娇女始扶休，学母能为黯淡妆。

一自姮娥孤处后，伴云赖有小寒簧。（其五）

朱阑细字手亲裁，句读分明教几回。

坐待碧梧新月上，一声寒雁过江来。（其六）

双眸炯炯发垂垂，聪慧过人写作宜。

阿母闲中定回忆，当年妆罢受书时。（其七）

沧江白发老词人，多谢班昭执贽频。

彩笔年来都半秃，试凭彤管为传薪。（其八）

这组题图诗是骆绮兰的老师王文治所作，诗中不仅描述了佩香课女，而且涉及所学内容，即诗词为主。除此之外，王文治另题有《秋灯课女图》绝句：

---

① ［清］潘奕隽撰：《三松堂集》，清嘉庆刻本，卷十。

② ［清］沈善宝撰：《名媛诗话》，卷六。

③ ［清］梅曾亮：《柏枧山房诗文集》，上海古籍出版社2005年版，卷十，第225页。

④ ［清］王文治撰：《梦楼诗集》，清乾隆刻本道光补修本，卷二十一《小止观斋》三集。

一灯双影瘦怜俜，窗外秋声不可听。

儿命苦于慈母处，当年有父为传经。①

亦涉及课女所习内容，有传经之类。

再题佩香《秋灯课女图》

东坡要儿愚且鲁，生女何必求聪明。

一分才折一分福，不栉进士徒虚名。

岂知深闺读书种，也要传心度针孔。

佩香女史绝世才，忍使清芬无接踵。

手抚么弦伤寡鹄，巾箱况少遗孤续。

一个娇娃解语花，绮窗亲课秋宵读。

梧月蕉风夕馆凉，一灯如豆光微绿。

风诗诵到柏舟篇，女未知悲娘暗苦。

篝火书声夜漏迟，依稀柳母旧家规。

可怜一样丸熊苦，他课男儿此女儿。②

题女史骆佩香《秋灯课女图》

寡女弦弹素月，幼妇绢挥彩笔。冰者心玉者骨，秋夜长油灯渴。

彼娇雏依凤膝，停针鬄开卷帙。雁叫哀虫吟，唧咿唔声相间。发娘似

女受书日，翁指讲习诗律。瓦檠火半明灭，记此境，犹仿佛，史书华

经书质，无儿传，待女阅宣文君本。闺阃进士，科有不栉。东家贵烛

泪洒，西家富笙歌咽。蕉窗凉梧院洁，景凄清寥天，一柳絮才，柏舟

节，悼史言彤管述。③

在赵翼与祝德麟的题作中，可以得知，清代贤母课女除教授女儿诗词

经赋的同时，作为女性要掌握的"女红"也是须进行传训的。

其实，在清代女子所受母教的内容较为灵活，多以母氏见识短长为论，

如闺秀沈善宝《名媛诗话》中回忆其母训教诗文时，则是从《文选》先导：

"太孺人每训宝等学诗，须从《文选》入手，不至粗鄙；倘从唐以下入手，

必失浅薄矣。"④至于其从妹沈善禧（湘卿），因材施教，则授以唐宋诗歌，

① ［清］袁翼：《邃怀堂全集》，清光绪十四年袁镇嵩刻本，骈文补笺。
② ［清］赵翼：《瓯北集》，清嘉庆十七年湛贻堂刻本，卷三十八。
③ ［清］祝德麟：《悦亲楼诗集》，清嘉庆二年姑苏刻本，卷二十七。
④ ［清］沈善宝撰：《名媛诗话》，卷六。

"余从妹湘卿风度闲雅，敏慧不群。先慈见背后，余依伯母居室甚隘，与妹同榻五载，授妹唐宋五七言诗，朝夕讲论，诵过不忘，偶作小诗，亦有韵致。"①

清代女性获取知识的主要途径之一在于"母教"，而贤母课女往往具有以下的特点：其一，课女之母多为丧夫之妇。广而统之，寡母抚孤在清代有百余例之多②，究其原因，正如熊秉真所言："……男性可以缔结多重婚姻关系，一名年轻女性失去丈夫的可能性要高于一名男性失去所有妻妾的可能性。对于一个孩子而言，在无父情况下抚育成长的可能性要高于无母（包括继母与嫡母）抚育成长的可能性。与此相应，历史上有大量的寡母独自抚孤、勤苦持家的记载。"③其二，课女所学内容常以母氏灵活传训，不拘一格，除古代女子须掌握的女红外，在文学上，总体以诗词格律为主要内容。其三，课女所处的环境较为清苦。黄晕孤灯、秋晚长夜、寒舍老屋……这些往往是"母教"主题常有的意象：一方面，借此有文学烘托孤儿寡母青灯课读酸楚之意，但另一方面，客观而言，一个缺乏男性经济来源与生活支撑的家庭，在封建父权社会中，其举步维艰程度是不难想象的。

当然，在清代，"母教"作为一种文化现象与女性受教途径之一，除存在于上述情形之中，其在正常家庭中也是较为常见的。它作为家族文化记忆，为时人记载与回忆。

四、父夫之家学

清代女性知识的获取除母教之外，父夫等家族男性的影响也是不可或缺的。当女性待字闺中，在原生家庭中处于女儿的身份时，作为家庭空间秩序的权威，父亲对于女儿须进行规训，以便其出嫁后遵守妇德，不辱门庭，同时也能更好地适应新的家庭生活。然而，由于对于女儿的父爱，于是，父亲会在女儿的规训上有所变通：不仅仅规范女训女诫之类，对女儿的教育更是才德并重，鼓励女儿习得经史诗文。

明末清初才女叶小鸾，字蕙绸，自幼聪颖，与父叶绍袁相习，善工诗词，其舅父有言："词曲盛于元，未闻擅能闺秀者。蕙绸出其俊才，补从来闺秀所未有。其俊语韵脚，不让贯酸斋乔梦符。"④对叶小鸾的才华赞赏有加。然而，才女多薄命，在其即将新婚燕尔之前，叶小鸾不幸去世了。对于她的去世，伤心欲绝的叶绍袁夫妇始终都不认为她真的殁逝了。在封棺

---

① ［清］沈善宝撰：《名媛诗话》，卷六。
② 该数据转引自徐雁平：《清代世家与文学传承》，生活·读书·新知三联书店2012年版，第167页。
③ 同上。
④ 胡文楷：《历代妇女著作考》，上海古籍出版社2008年版，第186页。

之前，其父母在叶小鸾的右臂上写下了小鸾的名字，以便来世相认。由此，反而观之，育养才德兼备的女儿对于封建家长制的维护者父亲而言，不仅是封建家庭的要求，更重要的是，父亲能够从对拥有才学的女儿的欣赏过程中，获得精神的慰藉与愉悦。正如明末清初文人王思任对于其女王端淑才华的慨叹"身有八子，不及一女"①，从中能够看到王思任对于其女的自豪之情。

对于女儿才华大为欣赏的父亲，往往会在女儿连理上颇费心思，希望女儿的才华在夫家能够得以延续与提升，因为，当女子别闺出嫁，来到夫家时，若嫁与官宦文人之家，那么，夫族成员，尤其是夫、翁，也会给予指导。清代素有"小韫"美誉的汪端，自幼母亲早逝，由姨母梁德绳与姨夫许宗彦抚养，"梁夫人早卒，……宜人受抚于姨母梁楚生夫人，……爱宜人如所生"②，夫妇二人教授其诗词文章。待汪端及笄之年，夫妇二人希望其能够嫁入书香之家，继续饱读诗书，"郎君诗礼门，况闻美无度。渊源有舅嬛，别集久传布"③，最终，几经思量，汪端适陈文述之子陈裴之为妻。婚后，夫妻二人琴瑟和鸣，作诗唱和，交流彼此心慧，"（汪端）与裴之一灯双管，拈韵分笺，每有新作，即呈鉴定，以博欢颜，日以为常"④。公爹陈文述是一位思想开明的文人，对于汪端的咏絮之才极为欣赏，"君舅为云伯明府，海内诗人之杰也，见妇诗，亟赏之，有所指授"⑤，时常给予指导，"今云伯⑥诗才宏富，为海内诗人之冠。小韫⑦得其指授"⑧。支持汪端著书立作，并为其《自然好学斋诗钞》撰写题说："余亦摘宜人佳句，为《自然好学斋诗说》，凡百余联，古香新意，触手纷来，不止'——鹤声飞上天'也。"⑨由此可见，清代女性虽身处相对封闭的家庭空间之中，但通过家族男性对其的影响，在知识获得上依旧可以与外部空间建立联系。

总而言之，清代闺秀受教程度较前代大为改观，除清代学术思想影响之外，获取知识的途径也较为多样，主要有闺塾师传授，母氏课读以及家族男性教授等方式。

（陈文静：文学博士，中国科协创新战略研究院在站博士后）

---

① 转引自［美］高彦颐：《闺塾师——明末清初江南的才女文化》，江苏人民出版社2005年版，第139页。
② 胡晓明、彭国忠主编：《江南女性别集（二编）》，黄山书社2010年版，第306页。
③ 转引自［美］魏爱莲：《美人与书：19世纪中国的女性与小说》，北京大学出版社2015年版，第106页。
④ 胡晓明、彭国忠主编：《江南女性别集（二编）》，第306页。
⑤ 同上，第322页。
⑥ 陈文述，字云伯。
⑦ 汪端，号小韫。
⑧ 胡晓明、彭国忠主编：《江南女性别集（二编）》，第323页。
⑨ 同上，第312页。

古代女诗人研究

"留下一页不朽千古"

——纪念陈映真

赵遐秋

今年 11 月 6 日是陈映真八十五周岁冥诞，22 日是他永远离开我们的五周年祭日。

为了永不忘却的纪念，我重读他的短篇小说《归乡》《夜雾》和中篇小说《忠孝公园》，写下读后一得，以作这位伟大的爱国主义文学家之祭奠。

20 世纪 20 年代，日据时期，在台湾的中国文学，受到海峡这边五四新文化、新文学运动的直接影响，兴起了新文化运动，高举"德先生""赛先生"的大旗，发动了文学革命，用白话文代替了文言文，建立了反帝反封建，特别是反抗日本殖民统治的爱国主义新文学。从那时候以来，在台湾，在爱国主义文学发展的艰难历程中，先后涌现出来三位顶天立地的领军人物——赖和、杨逵和陈映真。

赖和是台湾五四新文学的奠基人。1924 年年末，台湾展开了新旧文学的激烈论战，赖和坚决站在新文学一边，写了《谨复某老先生》等文章，参加了论战，又和张我军、杨云萍等人一起，用文学创作的实绩，宣告了在台湾的新文学的诞生。1925 年 8 月，《台湾民报》发表了他的第一篇白话散文《无题》。1926 年 1 月，这家报纸又发表了他的《斗闹热》。这是台湾最早的白话短篇小说之一。赖和最杰出的贡献是开创了台湾新文学反帝反封建的爱国主义传统。他的代表作《一杆"称仔"》呐喊出来的是深沉而又强烈的悲愤。赖和于是发掘并宣示了台湾新文学的一个特殊主题。这一主题的文学表现和深化，是他在作品里揭露和批判日据时期的统治工具警察和"巡查补"，即"查大人"和"补大人"，揭露他们的专制，批判他们的残酷，即使坐牢也从不畏惧。

继承和发扬了赖和开创的台湾新文学爱国主义传统的是杨逵。杨逵的小说名篇《春光关不住》《送报夫》《水牛》《模范村》《鹅妈妈出嫁》等，张扬生活在台湾的同胞爱台湾也爱中国的爱国主义精神，颂扬"压不扁的玫瑰花"的精神，给人希望、勇气和力量。特别是，抗战胜利，台湾光复，历史进入一个新的时期，面对美国、日本妄图分裂中国的一股反动势力在台湾推行"台独"路线的时候，以杨逵为代表的生活在台湾的中国人，继续高举爱国主义大旗，揭露所谓"独立"以及"托管"的一切企图，进一步揭露国内外一切反动的"台独"势力的种种"去中国化"的阴谋，爱台湾也爱祖国大陆，是这个时期杨逵对抗"台独"派的一个重要标志。作为当年台湾文坛上的一面光辉旗帜，战后的1949年，他积极支持台湾大专院校"麦浪歌咏队"的爱国巡回演出，发表同情"二·二八"被捕人员及主张结束内战赞同和谈的《和平宣言》，被台湾当局逮捕，监禁在火烧岛集中营，长达十二年。

勇敢地接过赖和和杨逵的爱国主义旗帜，陈映真领导推动了以反对"台独"为核心的爱国主义运动。他写出了大量的声讨批判"文化台独""文学台独"的战斗檄文，反对叶石涛为代表的"文学台独"，组织了台湾文学界反对"文学台独"的战斗队伍，将台日勾结为"皇民文学"招魂的阴谋拿来示众，揭露了接过叶石涛衣钵的陈芳明的"后殖民史观"，指出他诬蔑中国是"外国"对台湾"殖民"，实质是主张"文学台独"。陈映真吹响了两岸文学家联合反对"文学台独"的集结号。他还先后写出了短篇小说《归乡》《夜雾》，中篇小说《忠孝公园》，用艺术形象反对"文学台独"，呼唤国家统一。这，在台湾文学界，祖国大陆文学界，以至世界华文文学界，他当属第一人。

读《夜雾》，人们可以看到20世纪70年代末期到90年代台湾社会生活的重大事变与事件，时代气息至为浓郁，时代色彩更为鲜明。这样写，《夜雾》就有了作品的时代性。弥足珍贵的是，《夜雾》还写了台湾社会生活巨变对小说主人公李清皓的刺激，以及留给他的精神上的烙印，直到精神失常，自杀身亡。你看，在万头攒动的游行人潮中，李清皓奉命便衣搜查，他看见"从路上开进来一小队群众，拉着上面写着'台湾、中国，一边一国'的白布条"，还看见一个穿黑灰色夹克的男子用绳索拴着的一条小白猪惊慌失措地串，而"小白猪身上被人用利器刻着'中国猪'几个歪歪斜斜、渗着血丝的字。人群中传来笑声，小白猪'呜呜'地叫"。就在这时，李清皓听到了"台湾独立万岁"的口号声。顷刻，他感到一种突如其来的、空虚的、深渊似的恐惧。他"第一次感觉到外省人的自己，已经在台湾成为被憎恨、拒绝、孤立而无从自保的人"。这样的直白，这样的描述，令我们读小说的人，犹如身临其境一般地亲眼目睹了"台独"分裂祖国的可耻罪行，何其残忍！记得，在京西北西三旗我们家，我们读《夜雾》这段文字时，映真突然站了起来，愤愤地说："是可忍，孰不可忍！"他告诉我们，写作这篇小说时，他的心情是痛苦，愤怒，渴望去战斗！我似乎又听见他那铁骨铮铮的宣言：我是个死不改悔的"统一派"！

读《忠孝公园》，我们见识到了一个名叫"林标"质疑"我是谁"的艺术典型。这是一个台湾籍的日本兵。日本军国主义侵占台湾后强制推行的"皇民化运动"，并没有吞没林标一家人的心灵。林标的爸爸妈妈和他，都没有改成日本姓名，在家里坚持说汉语。在他们心里，他们是台湾人，也是中国人，台湾、中国是分不开的，融为一体的。1944年十九岁的林标被征入伍，报到的那一天，日本军官宣布他是日本人，是日本皇军，顿时，他糊涂了——"日本人？"在心里，他还是暗暗地觉得至少自己是台湾人。不久，林标戴着"日本皇军"的帽子，辗转被送到赤日炎炎的南洋前线。在南洋，种种见闻和亲身经历感受，让他迷惑了。尤其是，日本投降后，大队长对林标他们说，从此你们都变成中国人了，他更困惑了。凭空而来的战胜国身份，一点也没有给他带来胜利的欢乐。战争结束了。他却更糊涂了，自己，究竟是中国人，还是日本人？这以后，又是种种的人生遭际一直让他伤悲，疑问，困惑，是台湾人？还是中国人？或者日本人？最后，在人生快要走到尽头的时候，他还是无奈地，又是愤怒地，发出疑问说："我，到底是谁？我是谁呀？"映真告诉我，写到这里，他难过得写不下去了，放下笔，呆呆地坐在书桌前，很久，很久。他还说，一个人最痛苦时，是无语，无思，无泪，脑子里一片空白。当时，他就是这样的。也就在那一刻，我才读懂了他那篇《精神的荒废》的文章，明白了他为什么要大声疾呼："久经搁置、急迫地等候解决的、全面性地战后的清理问题，已经提到批判和思考的人们的眼前。"

再读《归乡》，我们就看到了，兵荒马乱的年月里，一个林世坤，从台湾流落到大陆，大陆成了他的另一个故乡。一个老朱，从大陆漂泊到台湾，台湾也成了他的故乡。两个老兵邂逅在人生的旅途上，却原来都有一个共同的情结。少小离家，有家不能回，待到归乡时，却又难舍他另一个家，这"归乡"的路，何时是个头？于是，乡愁诗意化，归乡的情结就此纾解而升华。映真用林世坤和老宋这两个艺术形象昭告世人："台湾和大陆，两头都是我的家。"这"会住在你心里头，时不时，在你胸口咬人"，让你刻骨铭心，让你终究也难以释怀。于是，我们读懂了，这归乡的路，其实就是统一的路，就是不分大陆和台湾都是一个中国的路！

岁月流逝，真情永在。我们读小说的人，仔细回忆，认真思索，还有第二人这样写过吗？没有了。没有第二位小说家，连续用三篇小说，在写好20世纪70年代到90年代台湾社会风貌的时候，这样深情灌注于"中

女作家学刊·第四辑

国统一"这样一个历史性的重大主题了。前，无古人；后，至今尚无来者。"陈映真"这三个字，就这样镌刻在我们的当代中国文学史上，镌刻在我们中国国家统一的历史上了，"留下一页不朽千古"了。

（说明："留下一页不朽千古"，见安九词、张征作曲的《寸心》）

2021 年 11 月 5 日于京东朝阳东凤小镇家居

（赵遐秋：中国人民大学中文系教授）

女作家园地

告别康奈尔

顾 艳

一

告别康奈尔大学，已经有五年多了。回想那一年，我在斯坦福大学访学，初春时申请到奖学金，有一次赴康奈尔大学进修创意写作的机会。于是，在斯坦福大学的春季学期一结束，我就打点行囊从旧金山，经费城，历时十多个小时，遭遇误机一回，终于抵达康奈尔大学。

康奈尔大学是美国著名的长青藤盟校，坐落在五指湖之一的卡尤加湖（Lake Cayuga）南畔，位于纽约州中部的绮色佳（Ithaca）小镇上。19世纪末，20世纪初，Ithaca曾是爱迪生公司、比沃格拉夫公司和维太格拉夫公司的重要电影拍摄基地。

在我未起程前，先前来文科进修的同学告诉我，学校不提供住宿，必须先在网上租房。我翻看康奈尔大学校内网页，学生转租房实在蛮多。这些学生暑假里有些回家乡去了，有些到别的大学进修去了。我租到的是康奈尔大学，一位文科在读博士David租住的房子。初夏，他正要回加州并且外出旅游。在网上和他签一份合同，付两个月租金960美元，解决了住宿问题，心里踏实多了。

说实话，比起斯坦福，康奈尔的房租实在太便宜了。为了不白白浪费两个月的房租，我就把斯坦福的住房转租给了从上海来硅谷度假的一家四口。这样一盘算，我既去了康奈尔进修，还省回了一千多美元的租金，感觉真是天上掉下一个大馅饼。

那天，我从费城转机到绮色佳（Ithaca）小镇，飞机小得就像公共汽车那样，乘客才四五个人，不免胆战心惊。后来平安抵达目的地，机场却把我的一只旅行箱装错了飞机。我只能提着随身行李，等待网上早已约定的"的士"。半个多小时后，司机把我送到了我租住的地方。这时David正在家里焦急地等我，如果我再迟迟不到，他就要误了去旧金山的航班。

David租住在绮色佳（Ithaca）小镇中心地带的、一栋古老的哥特式建

女作家学刊·第四辑

筑风格的别墅里。这栋别墅租住着不少人家，David 租住正大门内的一室一厅，并且附带一个小花房。David 有很多盆景植物，如：铁树、罗汉松、黄杨、虎尾兰、金钱树等，当然还有许多我叫不出名儿的花卉植物。我惊讶一个文科博士，除了几大橱书，还有那么多盆景，简直就是置身在书香和花海世界里了。

David 见到我的第一刻，交代我要每天给他的植物浇水，告诉我洗衣房在什么地方，垃圾箱在什么地方，最后把家里的钥匙交给我，并告诉我离开康奈尔时，可以把钥匙塞进前边门楼旁的他的铁皮信箱里。David 说完走了，我就成了这个家的主人。

说真的，David 把房子租给我，家里的橱门和抽屉没有一个上锁。也就是说，既然租给你，就全部信任你。只要不损坏，你可以拿他书橱里的书看，也可以打开音箱听音乐，还可以使用他厨房里的一切设备，包括锅、盆、碗、勺。这样的条件，就促使我尽快找到超市，自己买菜烧饭吃。

由于，机场工作人员第二天才能给我送来旅行箱；一时无法安顿自己，便查看了地图，先去康奈尔大学报到，再去小镇商业城逛逛。从我租住的这栋古老别墅出发，步行到学校大约半个多小时；而巴士呢，大约二十分钟一班。因为才下午一点多，就决定边走边看风景。遗憾的是天气阴霾，街道灰蒙蒙的，我被折腾得面色也是灰蒙蒙的。大约走了十五分钟，小镇商业城到了。所谓商业城，也就是长长的一条街上鳞次栉比的商店，有吃的、有玩的、有服装店，有餐馆等。我要去的康奈尔大学就是走完这条街，再笔直朝前边的山坡走上十来分钟路。

真没想到，走完热闹的小街，一上山坡便看不见人影，只有汽车从你身边疾驰而过，心里不免有些惶恐。尽管山坡越来越陡，我却越走越快，生怕发生什么意外或迷路。真是初来乍到，一切都是陌生的，一切又是高度警惕的。

走完了一条长长的山坡路后，问了一位司机才知道前边的山坡就是大学城了。这让我有些庆幸。几分钟后，我顺利抵达康奈尔大学。为了找报到处，我翻过了好几个山坡，进了好几栋教学楼，几乎都是理科教学楼。我这才想起来康奈尔大学是著名的理工科大学，但在我文科学者朋友的口耳相传中，它的东亚系在全美也属于非常不错的。最大特点是研究型，看重研究能力和写作水平。它的本科设有语言、文学、历史、哲学等专业。

我对它向往已久，不仅因为它是研究型的学科，更重要的是它拥有比斯坦福大学更好的东亚图书馆。我来来回回寻找几次后，终于找到了文科教学楼和办公室。办完入学手续，已经下午四点多了。走出教学楼，正好俯瞰山坡下的南部建筑群。那诗意中的宁静、那空旷中的雅致，是斯坦福大学校园里没有的。本来还想四处走走看看，但走出大学城，还要独自一人行走在那条山坡小路上。如果不趁天黑前回去，准会吓得魂飞魄散。

回来的路上，天色更阴霾了。走出大学城，我就有些紧张。在看不见人影的山坡小路上，我低头快步走着。突然听见身后的脚步声渐渐逼近，我心怦怦地跳着，不敢回头，直到他从我身边经过与我道一声 HELLO 时，我才渐渐恢复平静。

几分钟后，我走出山坡小路来到绮色佳（Ithaca）小镇商业城。又饿又累的我，终于找到一家名为"春莱"的中国餐馆。餐馆老板是广东人，这是我到康奈尔后见到的第一个中国人，由此感到十分亲切。于是，我点了三四个菜，要了两份米饭。点那么多倒不是为给广东老板赚钱，而是我考虑到明天的早餐和中餐全在这里了。

提着饭盒回家，心里有种踏实的感觉。拐过两条街，我租住的家就在前方了。远远望去，那栋古老的哥特式别墅，依稀能看到从前的豪华与气派。我走上台阶，打开玻璃窗式的木门，屋里静悄悄地弥漫着花香和植物的青草气味；这就是我在康奈尔的家。也许太累了，回到家里本想打个瞌睡，却呼呼地一觉睡到大天亮。

二

早上起来，为自己做了简单的杭州泡饭。放下碗筷后，我开始看各种学习资料与日程安排。临近中午，机场果然派人把我的行李箱送来了。这让我有一种失而复得的感觉，仿佛里面的每一件物品都顿时珍贵百倍。我立即换上自己的床单被套，把每一件外套挂进衣橱内；一切收拾停当，便给 David 的盆景植物浇水。这时我仿佛是个花农，对每一盆植物都小心翼翼。

黄昏时分，天气突然变得晴朗，一缕夕阳从窗外照射进来，我忽然有一种想出去走走的冲动。于是打开地图找超市，发现步行到一家大型超市，只需要十五分钟，真让我有些喜出望外。的确，小镇有小镇的好处，不像斯坦福大学如果没有汽车，去趟超市都不容易。说实在，美国的超市无论在什么地方，基本千篇一律。

小镇人也习惯了开车，即使十来分钟的路程，绝对不会走过去。因此长长的街道，也只我一个步行者。起先心里有些恐慌，但回家的路上提着大包小包的蛋糕、咖啡、苹果、杧果，还有一只大西瓜；累得慌，也就没感到害怕了。

夜晚的小镇是宁静的，我租住的这栋古老的哥特式别墅，就在十字路边的西口。窗外的马路空无一人，而昏黄的路灯下偶尔有汽车疾驰而过。我常常在临窗的书桌前，一直工作、学习到凌晨两点左右。夜深人静，有时会传来楼上年轻夫妇做爱时的呻吟与欢快的叫喊；就像屋子里发出的一点声音，让我感觉这里并非我一个人，我完全不用害怕。于是，我依然沉浸在工作和学习中。时间流逝得相当快，通常一觉醒来，就得去学校上课了。

去学校，我选择走十五分钟路，到绮色佳（Ithaca）小镇商业城；接着坐两站巴士到山上。下了车，走几步路就到我们的教学楼了。这样既方便安全，又能每天经过商业城；既逛了街，又上了学，一举多得。几天后，我清楚地知道从我居住的这栋哥特式别墅，到绮色佳（Ithaca）小镇商业城，必须经过一个养老院、一个教堂，一个火葬场，一个坟园。火葬场就在商业城附近，起初我以为是家商店呢！而养老院，则距我仅一百五十米左右，那是一栋临街的木屋。木屋门口摆放着许多桌椅，有老年人在这里喝茶、聊天，或者看风景。

我们这班文科进修生来自世界各地，有意大利、德国、英国、日本等，但大部分是美国本土学生。一回生，二回熟，几天下来也就都认识了。因为各自租住的地方不同，下了课很少有聚在一起闲聊的。莘莘学子在校园里来往穿梭，每个人都显得匆匆忙忙。

说实话，如此著名的理工科大学，文科能够得到迅速发展，成为行业里的佼佼者，实属不易。就拿进修来说，康奈尔大学几乎每年暑假都有文科进修班。它的招生并不局限在美国，只要你的申请得到批准，你从世界各地都可以来到康奈尔大学进修。当然，进修是有名额限制的，批准申请相当不容易。

比起斯坦福大学，我更喜欢康奈尔大学的校园。它不仅位于山顶，仰头是湛蓝空旷的天色；还在于它的面积约有二千三百英亩，真是苍苍茫茫尽在眼底，一片开阔气象。那些原始嶙峋的山石和参天古木，以及喧哗的溪谷瀑布和石拱吊桥；还有那山顶静谧的碧波湖水、山脚带状的卡尤佳湖畔；这里的自然环境，气势壮观又诗意盎然。

只是我们忙忙碌碌的学习，大部分时间都在教学楼和图书馆，去闲逛宛如旅游胜地般的康奈尔整个校园，的确需要特别安排。当然，我们每天经过的教学楼、图书馆、咖啡吧等地，亦是风景如画的地方。咖啡吧附近就是康奈尔大学标志性的建筑——麦格劳塔钟楼（McGraw Tower），高 173 英尺，从地面至顶层共有 161 台阶。它在 1891 年建于尤里斯图书馆（Uris Library）之上，由建筑师 William Henry Miller 设计，保留着中世纪欧式建筑风貌。

塔内有康奈尔编钟（Cornell Chimes），共二十一个。每天都有学生在麦格劳塔钟楼里演奏，其乐曲种类丰富多样。那天黄昏，我正好从图书馆出来，夕阳下的钟楼里响起了一曲中国唐代诗人张若虚的《春江花月夜》。那是琴键通过铁索拉动顶楼的大钟，发出丝丝缕缕的乐曲，响彻在美国康奈尔大学校园里是那么荡气回肠，令我一阵惊喜。

我知道康奈尔大学著名的华人校友有：胡适、茅以升等，来该校学习和生活过的有：梁思成、林徽因、冰心、徐志摩等；而这美丽小镇的中文译名"绮色佳"（Ithaca），就是出自才子胡适之手。

才子胡适原本是读农科的，读了一年后发现自己对农科兴趣不大，便转学到文理学院改读文科了。这一转学，改变了胡适的整个人生和命运。1914年，胡适在古生物教授家与教授女儿韦莲司邂逅，遂成莫逆之交。韦莲司生于1885年，长胡适六岁，望族之后；虽未进过正式学校，却由于显赫的家庭背景，对自然、社会都有与众不同的视觉。她喜欢画画，是美国早期抽象画的先锋画家之一。然而，当两个人情愫与日俱增时，胡适为了尽孝，不忤逆寡母的意愿，最后只得回国与江冬秀完婚。

1916年，胡适回国前一年，写下了一首脍炙人口的新诗《两个黄蝴蝶》："两个黄蝴蝶，双双天上飞。不知为什么，一个忽飞还。剩下那一个，孤单怪可怜。也无心上天，天上太孤单。"

三

几乎每天，我都是在学校停车站坐两站巴士，到绮色佳（Ithaca）小镇商业城下车后步行回家。大半个月下来，我对这些地方已经非常熟悉了。无论白天还是夜晚，绮色佳（Ithaca）小镇是安宁的。在杭州，未到火葬场前心里便胆怯；而绮色佳（Ithaca）却使我经过火葬场和坟园时，有一种看破生死之感觉。有时进入坟园抚着碑碣，摘去残花，墓中人安适舒坦地躺在幽深的林中，却给世人以哲学上的观照。

我非常庆幸，租住在这栋古色古香的哥特式建筑风格的别墅里。这别墅表明了它的文化渊源与悠久历史。每当拿着钥匙开门，门上的雕花图案和斑驳油漆，以及推门而入便可看见镶嵌在墙上的、古老的边框雕着花纹的镜子，还有头顶上高高的古老式样的吊灯，都使我遐想从前的主人是何等人生？

每天回家第一件事给David的盆景植物浇水，接着做自己喜欢的中国饭菜。中午在学校吃的汉堡几乎要吐，而别的西餐真没对胃口的。所以，一日三餐，我只晚餐大饱口福，直至工作学习到凌晨不用吃夜宵。今天上午的课程结束后，下午是主题演讲会，设在教学楼门口的草坪上，有一种诗意美。

我们的同学来自世界各地，演讲时操着不同口音的英语；年龄上的差别虽然挺大，但并不明显。因为，大家都有一颗青春、开朗、活泼的心。同学们排队等待演讲，那是真正的演讲，并非拿稿发言；讲到激动处，自然也会有肢体表达。整个气氛认真而活泼，随性、自由、率真，演讲便不再成为负担，而是迫不及待地想要表达出来。在这样的环境影响下，演讲水平自然与日俱增。

快轮到我了，我还是有些紧张，尽管已背出了大部分稿子，但仍然不能完全脱稿演讲。所以我拿着稿子上场，三下五除二地很快讲完了。走下台时，一位叫摩根的同学道："This can not, to speech, can not read the manuscript.（这样可不行，要演讲，不能读稿。）"我表示接受他的建议，待下周再开主题演讲会时，我就正式"演讲"吧！的确，有这么好的训练机会，如果自己不大胆努力地尝试，便永远也学不会真正意义上的演讲了。

这天主题演讲会结束，我们就在树木掩映的草坪上，几张简易折桌一搭就聚餐了。食物都是同学们自己准备带来的，一人准备一份。我带来的是咖喱牛肉饭，其他同学准备了烤牛排、红葡萄酒、水果等；同学们喜欢站着举杯喝酒，站着果然比坐着亲切，而且看上去潇洒又便于交流。回家时，晚上九点多了。下了巴士，路上没有行人；我独自一人黑灯瞎火地走回家，已经没有丝毫害怕了。

四

转眼，两个月的进修马上就要结束了。先前双休天，我把大部分时间都花在尤里斯图书馆（Uris Library）了。尤里斯图书馆虽然比不上斯坦福大学图书馆的豪华，但它古色古香的韵味和连着楼道一起的铁架子书橱，别具一格。当然，更令我喜欢的是，康奈尔的文科图书远远超过斯坦福，中文版图书的书库也相当大。可以说，国内找不到的图书，到康奈尔来准能找到。

我准备这个双休天去逛康奈尔植物园（Cornell Plantations），周六一早我约了同学海伦（Helen）一起出发。海伦是美国本土人，金发、碧眼，皮肤雪白，是北欧日耳曼血统的白人。她穿一条深蓝、领口镶着黑白格的连衣裙；脖子上戴着一条珍珠项链，十分淑女的样子；而我呢，则是白上衣，配着碎花长裙。

在康奈尔主校园的东面，便是康奈尔植物园，面积约15平方公里，包括一个植物园、数个植物学花园，以及自然林地、小径、小溪和峡谷。的确，植物园离主校区相当远。好在我们一路沿着毕比湖（Beebe Lake）向上前行，优美的景色使人心旷神怡。虽然天气炎热，但有茂盛的树林遮阳，有透着湿气的湖畔风吹拂，更还有这天然的原始森林，簌簌地透着凉气。我们每走一段路都能看到提示牌，而且林间或者山间小径上，还有小亭子、石凳，供游客观赏风景和休息。我对海伦说："现在是夏天，如果秋季枫叶红了的时候，那该是绮色佳最美的时刻吧！"

这路边的景色非常不错，我们赏过一个花卉园后就返程了。比起植物园，我还是喜欢离主校区近一些的、湖光山色浑然天成的毕比湖。毕比湖是康奈尔大学最灵秀的地方，悠游的大雁伴随着春花秋叶，一座古朴的石拱桥下瀑布飞流直下；给来自世界各地的学者们，一派原始的自然景色。

当然，校园的南部和北部，也都各有一条峡谷经过潺潺溪流、跌宕起伏，造就了数不清的大小瀑布。南边的叫卡斯卡迪拉溪（Cascadilla Creek），北面的就是绮色佳瀑布（Ithaca Falls），最后纵身一跳的是瀑布溪（Falls Creek）。峡谷之中，只见水流飞溅，悬崖壁立；峡谷两岸密林葱葱，校舍隐隐。

从毕比湖回到主校区，我们在学校图书馆里边的咖啡吧吃了西点和水果，便去图书馆内的马克·吐温书稿陈列室，观赏每一件展品。接着，来到了图书馆前的大草坪；东边的草坪上有康奈尔的石雕像。西边则是康大另一创建者，第一任校长怀特 Andrew Dickson White（1832—1918）的石雕座像。两座雕像，东西遥遥相对。怀特的石雕座像前有红色的脚印，稍远些有一串白色的脚印。传说，夜深人静时康奈尔会来到怀特这里倾心交谈。

最后，我们去了康奈尔大学校园里的艺术博物馆。里面的展品很多，一个馆一个馆看过来就到了黄昏。虽然是玩，但回到家我真是感到疲惫极了；两只脚后跟都走出了水疱。

进修结束后，一想到要告别康奈尔，我就有些舍不得。这小镇东山起伏的丘陵，以及卡尤加湖宽阔的湖面；还有教授和同学们的每一次聚会，以及我租住的这栋古老别墅里的诗意生活——花香和书香；都让我依依不舍，但回去是必须的。在那个凌晨时分，漆黑黑的夜，什么也看不清楚时，我告别了康奈尔。许多年后的今天，康奈尔在我心里忽闪忽闪得像一盏灯。

2016 年 2 月 25 日写于杭州大学苑

原载《黄河文学》2016 年 12 月

选载《留美学子》2021 年 1 月 31 日

（顾艳：知名作家。现旅居美国。著有长篇小说《杭州女人》《夜上海》《辛亥风云》及小说集、诗集共 29 部。被评为浙江 1929 年至 1999 年五十位杰出作家之一。）

阅读和学习传统诗词感悟点滴

周玉清

走进中国摇曳不尽的传统诗歌，灿若群星，烂若霓锦，美不胜收的感受全都涌了过来，不禁感慨系之，惊喜不禁：根深才能叶茂，源远才能流长。诗性始终是艺术创作中的一种追求，弥漫着挥之不去的生活情趣和历史气息。在中国人的生活中，诗是一种卓然不群的精神财富。诗人们在美的源流、生活的大潮里求索，继承，创新，一代一代，让感情发展成形象、艺术，而呈现出如此绚丽丰厚美好的硕果来。像一座取之不尽的宝藏和泉流，让你美，让你思、让你哭和笑，回味咀嚼，以笔作镐，自觉不自觉地以诗人之笔，诗人之心、之情……于是你渐渐也成一位诗人了。我想，也许我就是这样走上读诗、写作的道路的吧！说不上是诗人，但想说的话还是太多，这里先谈谈感受深一些实在一些的东西吧。

一、意境与诗歌

诗歌是特别看重意境的。对诗歌的意境，我原来觉得它很缥缈，很虚无，很抽象，很神圣，是一种高深莫测，可望而不可即、不好把握的神秘境界。近年来反复阅读好些古今出色的诗词，从中领悟到意境并不是那么神秘。其实所谓"意"，我以为就是指主观。即人的思想感情、审美意识。如对选择、捕捉到的对象，静观默察，分析研究，发酵、融炼、升华等一系列心理活动过程等。"境"是指客观——现实生活中一切，景物、人和事，等等。这样理解，意境不那么神秘抽象，不可捉摸，而是主观与客观结合的高度统一融炼出来的美好境界。

唐代的张璪在谈绘画中说过："外师造化，内得心源。""外师造化"就是强调向大自然学习，以生活为师。因为多彩多姿的人生生活，是诗人取之不尽的精神财富和源泉。皮之不存，毛将焉附。所以我们必须把创作的尺码定位在热爱生活的基础上。把人和事，放在一定的社会条件下去展示，才能紧扣时代脉搏，传达出与时代的共鸣，而有所创新。

而诗歌创作又是人类活动中一种复杂的精神现象。从艺术审美的角度看，社会中的一切、万象、万物都是创作的材料，但它只属于客观的自然形态而不等于诗词。无论奇幻的人生经历，不幸的坎坷遭遇，大自然如银的瀑布，连海的春江，春天的花朵，秋天的红叶，夏夜的星空，冬天的雪梅，多么千姿百态，五彩缤纷，无论数量上如何极大地，千百倍地，甚至是无限地超越诗歌的美，但在质量上却比诗歌的美要低。因为它是自在的美，自然的美，只有"内得心源"，通过人对生活独特的认识、感受，转化，上升为诗情理趣，才能转化成美的诗歌。这里就不作烦冗的阐述了。

二、才识与诗歌

诗词创作是诗人对生活的一种感悟和深悟，眼光应该是独特的、敏锐的、高瞻远瞩的，这样才能捕捉住一种独特的别具风情的境界，创作出生动鲜活、别具一格的文学作品。这种功力、功夫，绝不是一蹴而就，一两天可形成的，而是要有对"诗性"独特的追求，刻苦地从传统文化深厚的土层中一步一步地开掘发掘，厚积薄发，最终具有深厚的才识和文化修养。而还要根据自己的审美情趣，真挚而热情地去拥抱生活，精心地去寻找和挑选描写的对象，捕捉住点滴细节，把一些零散的、模糊的材料积累起来，静观默察，仔细地进行分析研究，去粗存精，去伪存真，从现象到本质，有所体悟而不墨守成规，审美的着力点始终要放在厚重的文化修养与寻找生活独特感受的基础上，而不人云亦云。才能创作出有新意的诗词。王翰的《凉州词》：

> 葡萄美酒夜光杯，欲饮琵琶马上催。
> 醉卧沙场君莫笑，古来征战几人回。

他本来是要鞭打战争的残酷，抒写厌倦战争而又无可奈何，只有借酒浇愁来麻醉自己的心情。却一开始反而用许多美好富感染力的形象，组成亮丽动人的诗句，一下就将读者深深地吸引住了。觉得诗句非常新颖、鲜活而具诱惑力、感染力、穿透力，而不觉得压抑和沉重。折射出诗表达艺术感情素养的深厚、独特而到位。最后用"醉卧沙场君莫笑，古来征战几人回"来点题作结，苦中作乐，无可奈何，留下诗意的空间耐人回味、咀嚼和遐思。

岑参的《走马川行奉送封大夫出师西征》："轮台九月风夜吼，一川碎石大如斗，随风满地石乱走。"写西域的风光，何等的有气概而气壮山河！表面看来浅近通俗，其实这绝不是简单的摹山范水，仓促间的写实记物。

试想，许多诗人都到过边塞，为什么写不出来这样厚重的诗句？可见这是不知不觉中，浸满情感、用夸张手法，浸润出来的掷地有声、立体直观独有的艺术境界。表面看来，语言浅近易懂，实则举重若轻，是诗人内蕴功力外化的具体呈现，因而才能展示出平常难得的别种风情而让人感动不已。杨万里的《小池》"小荷才露尖尖角，早有蜻蜓立上头"是一幅多么清新美丽极富生活情趣的图画。"才""早"观察细致，抓住了特征，形神兼备，体现出来的化平凡为神奇的功夫耐人回味。韩愈的《早春呈水部张十八员外》："天街小雨润如酥，草色遥看近却无。"不是将所有的花儿草儿，树儿叶儿一把抓来都写进去，而是将"天街""皇都"即长安早春标志性的小草，在一场春雨后，泥土解冻，变得酥软，潮湿，像布了一层酥油一样，刚刚萌发出来。远远看去，像浮起了一层极淡的绿色，近看反而看不清的景况。折射出作者善于状难状之景了得的功夫，故捕捉到的景物令人耳目一新，感受到美好的春光就在眼前。没有足够的扎实的功力和底气，能提炼出这样准确凝练的诗句吗？宋代宋祁的《玉楼春·春景》："东城渐觉风光好，縠皱波纹迎客棹。绿杨烟外晓寒轻，红杏枝头春意闹。"一个"渐"字，也透露是写初春，然而时间上却有一个跨度，呈现逐渐变化的过程。下面的"晓寒轻"，透露寒冷的程度比冬天已是轻一些了。特别是"红杏枝头春意闹"，"闹"是动物的声音，红杏是不会闹的。这里却用通感，移情于物，呈现红杏开得非常繁茂而娇艳，像许多小鸟站在枝头，喳喳地叫、闹一般，极富生气、朝气和爽气。虽亦是写早春，却比韩愈的诗时间要次后一些了。其审美价值，都既呈现物之生趣，也呈现诗人之意趣而给人以精神上的愉悦。诗人的学养、功力、观察、情感、想象等，也便在激情的高温、互激互动中熔解变形而呈现了出来，体现着高超的艺术想象力和审美的观察力，才识和学养是多么丰厚而值得我们钦佩和借鉴。

三、情感、想象与诗歌

诗是感情的产物，意境中不可缺少。卜子夏在《毛诗传序》中说："情动于中而形于言，言之不足，故嗟叹之。嗟叹之不足，故咏歌之。咏歌之不足，不知手之舞之，足之蹈之也。"强调诗歌中感情因素特别重要。人在写诗的时候，首先触动的就是感情。观物亦观我也，即以我之情，观花鸟、人物、事态、一切的一切。如画画，春山如笑，夏山如怒，秋山如妆，冬山如睡。山不能言，而人以情命笔，可代言也。唐朝陈陶的《陇西行》"可怜无定河边骨，犹是春闺梦里人"。呈现战争的残酷，不是抽象地说教，而是写丈夫早已为国牺牲，化成了河边的白骨，妻子还在梦中思念呀，盼望呀，希望他能有朝一日，回家团聚，过一种平常人家和平快乐的生活。诗人融入的情感如此深厚而浓烈，唤起来的联想也就特别地明晰而厚重，让人有刻骨铭心之感，不知不觉中，痛恨战争给人民带来的悲苦灾难是何等的深沉而惨烈！

在此，要提醒的是：情感因素非常复杂。不同的时代，不同的人的生活经历、文化素养、民族意识、历史意识、地区、年龄、性格、爱好，等等，千差万别，形成的审美情趣也完全复杂而不相同。断臂的维纳斯雕像，塑造的是一件残缺美的完美雕塑，形态传神优美，线条明晰，应该说是一件主题明确的艺术品，但中世纪的修道院却说她是女妖而大逆不道，有的人却非要替她接上手臂，而改变了主题。杜甫的诗"两个黄鹂鸣翠柳，一行白鹭上青天"，注入的感情多么喜悦欢欣而愉快！金昌绪却要"打起黄莺儿，莫叫枝上啼"。可见地区不同，时代不同，感情因素也可能完全各别。唐代以肥为美，能作掌上舞的赵飞燕，一定不会被评为美人。即使是同一个人，在不同的时间、地点，对同一事物，其感受也可能完全地不相同。高兴时，你会感到涟漪在对你微笑，愁苦时，你会觉得小河在对你哭泣，涟漪的愁苦实在太多了，等等。理解了这些，不仅是写诗，就是在读诗时，你也会根据不同的情况、时间、地点、条件，作具体分析和理解，而避免概念化、简单化，甚至僵化地去看待复杂的感情因素。

诗歌还非常需要想象力。黑格尔曾说："诗所特有的因素是创造的想象。"诗歌的语言非常简洁，空间的容量非常之大，常常浸满诗人的想象、人格魅力和人生领悟的意象，等等。像黄庭坚在《清平乐》抒写惜春情怀，不是直说春天已经过去了，他希望把春天留住。而是展开奇妙的联想——"若有人知春去处，唤取归来同住。"春，怎么能够"唤取"呢？这是诗人置身于不同时空，沉浸于不同感受，迸发出来的一种奇情妙想，却非常耐人寻味而有新的创意。杜甫在长安思念鄜州的妻子，却偏偏从妻子在家乡思念自己落笔："今夜鄜州月，闺中只独看。遥怜小儿女，未解忆长安。"想象妻子在月光下，思念自己，小儿女们却不理解母亲的心意。下面"香雾云鬟湿，清辉玉臂寒"，想象妻子在月光下站得太久，头发都被露水浸湿了，手臂也被月光照凉，妻子仍然站在那儿望着月亮。其思念之态完全可以用画面画出，比单纯从自己的角度来写具立体感，深刻而耐人寻味。晏几道的《鹧鸪天》写与日思夜想的情人陡然相逢，乍惊乍喜，却不从现在写起，而是通过联想，先写过去欢乐的场面——"彩袖殷勤捧玉盅"，这是"从别后，忆相逢，几回魂梦与君同"的基础。以后写已经相逢了，还不相信，以为是在梦中。构思便回环曲折而巧妙，将相逢时的乍惊、乍喜，往日的思念、回味，都融入其中而耐人咀嚼不尽，都是善于联想，有境界的好诗。

四、语言与诗歌

好的诗歌是用艺术形象组成的。善于把叙述性的语言转化为描写性的语言。刘勰在《文心雕龙·隐秀》篇中说："文之英蕤，有秀有隐。"英蕤，指内容充实，词汇丰富，文采绚丽而言。秀，我以为主要指外在的艺术形象。这就是说，诗歌的语言不同于散文那样平铺直叙而缺少具体的形象。它是要借助美的语言构成外在的艺术直观形象来制造意境，作用于人的思维和感情的。

王禹偁的《村行》："万壑有声含晚籁，数峰无语立斜阳。棠梨叶落胭脂色，荞麦花开白雪香。"由艺术形象组合出来的美好境界，画出来，就是一幅极具生活情趣的山水图，达到了王维说的："诗中有画，画中有诗"极高妙的艺术境界。

许多著名的诗家，都极长于把抽象的感受，转化为立体直观的艺术形象，直话曲说。才能生动、鲜活，具体地给人以强烈的美感而有思考的余地。如"愁"是人一种抽象的情绪，如果只用叙述性的语言直说我很愁，愁极了，愁得很，很痛苦等，能够感动人吗？南唐李煜在《相见欢》中写愁，"剪不断，理还乱，是离愁"，《虞美人》："问君能有几多愁，恰似一江春水向东流。"愁成了剪不断，理还乱的物象，像一江滚滚滔滔的春水永远也流不完，流不尽，何等形象直观、立体感人！宋代的李清照在《武陵春》中写，"只恐双溪舴艋舟，载不动、许多愁"，将抽象的情绪，变成有重量的生动形象，连舴艋舟也载之不动，何等的有新意而激发起人的联想！王实甫在《西厢记》中借鉴了这种写法：《送行》一出中"四围山色中，一鞭残照里。遍人间烦恼填胸臆，量这些大小车儿，如何载得起"。愁因为有了重量，连车儿也载它不起，袒露崔莺莺来送行，极不愿意与张生分别、离开，承受着多么巨大痛苦的心情。

李白更是长于写愁的大师：《宣州谢朓楼饯别校书叔》"抽刀断水水更流，举杯消愁愁更愁"。用大江的水比喻愁是割不断，消不掉的，越割越多，越消越愁。《秋浦歌》中夸张地刻画："白发三千丈，缘愁似个长。"试想，白发再长能长到三千丈吗？可我们一点也不觉得这是在夸张。李白这人我以为人非常地张扬个性，夸张，甚至是漫画似的人物，所以才能用这样撼人心魄的形象，而使诗歌具强大的爆破力、冲击力和震撼力。我们一点也不感到夸张得过分，一读就知道是李白的诗，令人感动而惊叹。

朱熹的《观书有感》，本来是一首哲理诗。可他长于将说理转化成具象，使意境变得非常鲜活，道理易懂而明白。

半亩方塘一鉴开，天光云影共徘徊。

问渠那得清如许？为有源头活水来。

　　半亩方塘像一面晶清澄澈的镜子，把天光云影，即客观事物及其细微变化，映入其中，任其徘徊、徜徉。以比喻我们的头脑，就像清洁的一面方塘，因为读书，吸收着各种各样的知识，就能变得清澈、明晰而丰富多彩。可方塘为什么会这样清澈透明呢？这是因为它有源头活水不断地流来的缘故，因而水就不会污浊，陈腐，发臭，以比喻我们的头脑，需要不断地吸收新的知识，不断地充实、更新，知识才越来越多，丰富多彩，而不会陈旧，老化，落后，而能与时俱进，不断发展、更新，适应时代的需求，说明读书学习的重要性和作用。却又不是抽象地说理，而是用生动形象的比喻，把抽象的道理讲得明白、透彻，让人易懂易于接受，比空洞平淡地叙述说理，生动活泼了许多。

　　但形象的语言并不等于罗列万象、纤毫毕露，能不说的就尽量不说。《诗镜总论》中说："诗不患无景，而患景之烦。"它有充足的空间让人去遐想、深思，往往可以从含蓄中去领略它或藏或露的画外之声，弦外之音。有的诗提炼得非常精粹，极有分量，既形象鲜明地体现本质特征，又以少胜多、以小见大，而创新成了极有分量、经典的名句。宋词留下来的名句并不太多，李清照就占据了其中的一部分。像"绿肥红瘦""莫道不销魂，帘卷西风，人比黄花瘦""此情无计可消除，才下眉头，又上心头""寻寻觅觅冷冷清清，凄凄惨惨戚戚"，等等，都以情命笔，在不知不觉中，物情与我情便水乳交融，成了极富意境脍炙人口的创新语言了。杜甫的"朱门酒肉臭，路有冻死骨"，"随风潜入夜，润物细无声"，白居易的"可怜身上衣正单，心忧炭贱愿天寒""野火烧不尽，春风吹又生"，岳飞的"莫等闲，白了少年头，空悲切"等都以少胜多，以小见大，明白晓畅，撼人心脾，成了创新的名句而令人传颂不尽。

五、谋篇布局与诗歌

　　好的诗词主题、布局、结构非常重要，弄清楚各个层次，是整体、局部，还是个别，体晤深切，基本上已就读懂了诗歌。如杜牧的《江南春》：

千里莺啼绿映红，水村山郭酒旗风。

南朝四百八十寺，多少楼台烟雨中。

　　诗的主题显然是歌颂江南的春天。那么，怎样来写江南春天与其他地

女作家学刊·第四辑

方的春天有什么不同？而诗歌只有四句。第一句"千里"，概括面既宽又大，显然从大处落墨，着眼整体。"莺啼绿映红"，莺飞燕舞，红绿相映，色彩缤纷，极富生气、活气、朝气、爽气和生命力，有声有色地把江南整个的春天都点燃了。是概括地写其特点。第二句，"水村山郭酒旗风"，由大而小逐渐缩小到写具体特征。江南，水道纵横，人烟稠密，经济发达，酒旗飘萧，都抓准了江南春天基本的特色——繁华、富庶、和谐、美好。第三四句"南朝四百八十寺，多少楼台烟雨中"。由小而微，缩小到写个别有特色的事物：金碧辉煌的重重佛寺，掩映在烟雨迷蒙的幻境之中，给美丽的江南，披上了一层奇幻朦胧、绚丽的色彩，这是彼时江南特有的一道亮丽风景线，点缀在此，增其绚丽，使人更加喜爱美丽的江南。整体的结构是抓准特征，由大而小，由小而微，从而完成其江南春整体意境的呈现，值得我们借鉴和学习。

"横看成岭侧成峰，远近高低各不同"，诗词创作牵涉的问题还有许多，艺术很难用统一的标准去衡量。如果我们能从不同的角度捕捉住了一点，写出一点有创意的境界就是好诗词。"山重水复疑无路"，只要无怨无悔不断地求索，一定会"柳暗花明又一村"而"更上一层楼"，写出新时代伟大不朽的诗作来。

（周玉清：绵阳师范学院教授，中国作家协会会员，中国红楼梦学会会员、中华诗词学会会员、中国楹联学会会员）

女作家园地

年谱研究法的推进

——庄园著作《许广平后半生年谱》序言

朱寿桐

最近一段时间，庄园从一个重要刊物的主编换岗为图书馆馆员。这两个岗位没有什么高下之分，但我知道她是喜欢做编辑的，被迫换岗，或许有些痛苦。不过我确信她能够从人生的低谷与情绪的痛感中从容走出，并能够在任何一种岗位都得到收获的乐趣。这就是人生，人生的痛苦与人生的魅力有时就是这样纠结在一起。果然，她作为图书馆研究馆员上岗不几天，就发来了《许广平后半生年谱》，向我说起此书的时候，语气之间能看出她一贯的自信和从容。如果说编修作家年谱对于一个刊物主编来说只能是业余作品，可对于一个图书馆研究馆员来说却毫无疑问是业务职责所在。从这一意义上说，庄园的转岗未必是一件不合适的事情。

庄园作为一个研究者，素质、训练乃至能力和爱好都是相当全面的。她最先在报界工作，于文学研究则习惯于写具有灵性和时务性的评论。她的文学评论写得生动而灵活，带着这样的评论风格，一开始进入学术性的作家论写作有些水土不服，这样的结果便是，她将学位论文草稿最初交给我，我几乎予以全盘否定。此后相当一段时间，她改变了报章评论式的写作风格，而以相当"经院"的规范与规矩进行研究和写作，终于写出了有相当历史厚重度和理论深度的作家论，此文得到了刘再复先生的高度肯定，同时也受到研究对象的首肯。在作家研究的同时她又致力于作家年谱的钻研，而她的年谱研究体现了明确的学术追求：尽可能求详求实，方法上旁征博引，并结合相关时事做历史的立体推进。这样的年谱，不仅将研究对象全面立体地呈现于学术的平台，而且像一部长篇的编年史那么厚重而丰富，读之则如进入历史的时空，在精彩纷呈的历史呈现中体验到应接不暇临场感。相信这是庄园对于作家年谱研究的一种独特理解，同时也成了她的一种学术追求。

《许广平后半生年谱》这部书发扬了她做博士论文兼修作家年谱时的那种求实求详，旁征博引，立体推进的治史风格，同时又作出了更进一步的学术追求。长期身处潮汕地区的庄园，又是女性作者，对许广平这样的粤东女性作家不仅特别关切，而且会倾注足够的热情，特别是这部年谱研究的是许广平"后半生"的写作与生活，那是许广平永远离开了与鲁迅相处的浪漫、甜美而充满深度的文化人生，独自面对虽然复杂、尖锐然而又充满着平面化的社会生活，其中的跌宕起伏，风云际会，云谲波诡，飘摇震荡，确实令人目不暇接，有时甚至被震撼。正因为如此，《许广平后半生年谱》比一般年谱，哪怕比庄园自己编修的作家年谱来，都更加明显地追求研究对象社会生活面的广阔度，将研究对象的文学与人生放在更加具有社会关涉性和时代普遍性的意义上进行整体性考察，广泛涉及许广平的家族成员，鲁迅的家族成员，许广平的政治盟友，文坛旧友，等等，将他们在不同时代的人生际遇、文化活动和社会运作都纳入研究视野，可谓一种既高度聚焦又带有全景式的学术观照，其视角和学术视野早已经超越了一部年谱的研究范围。于是，这部年谱的研究和写作，不仅能体现研究者资料整理的功夫与价值，也能洞见研究者对历史和时代进行文化认知和学术把握的能力与功力。

将年谱研究既当作一种学问，同时也当作一种文学批评甚至社会批评、文明批评，是庄园的一种学术探索与追求。如果《许广平后半生年谱》仅仅局限于年谱写作以及相关的资料整理，那可能只是对于鲁迅研究者甚至许广平研究者才有意义。其实，所有的文学研究都应该对一定社会的文化建设有作用，如果只是个别地解决事关某些个人的生平经历的问题，而对于更广大的读者来说这样的研究就没有作用。在文学研究特别是文学史研究领域，学问有许多种做法，但无论哪一种做法，都需要有一定的用处。理论创意乃至方法开拓可以给人以启迪，作品解析以及资料整理可以供人去参考，作为学问的文学研究应该对别人有些用处。这种文学研究的有用性主张是否与文学艺术的非功利性认知构成冲突？相信至少不是正面冲突。文学行为如果可以分为创作本体、学术本体和批评本体这三种本体形态，那么，创作本体是一种心灵创造的投射，可以离开具体的功利讲求，也就是可以"无用"，而文学的学术本体是对心灵创造的结果进行理论的学术处理和历史的知识处理的结果，它是应该有用的，应该有一种学术的、文化的作用，有一种知识的、阅读的功能。《许广平后半生年谱》对于许多读者来说，有助于认知中国知识分子在抗日战争和内战时期的艰难和困顿、坚守和坚韧，也有助于认知知识分子面临的社会主义改造的紧张与严肃，真诚与疑虑，其材料是那样的翔实而生动，其感受是那样的真实而痛切，这样的著作比一般的历史专著更具有历史的客观性和史实的可靠性。

此外，《许广平后半生年谱》还是一本相当有趣的著作。文学的学术应该有趣。文学研究既然在知识的、阅读的方面需要发挥其文化功能，它较为理想的状态就是能够激发起人们的阅读兴趣，调动起人们的知识的愉悦和思考的快意。作为历史资料，年谱本来就具有一种积累、汇聚的优势，它可以是日记、书信、文章、会议记录、电话记录、电报稿、调查报告、各种便条、书刊、回忆录，但更重要的是可以是这些材料的杂合体，而且正如庄园在这部年谱中所努力做到的，它还是研究对象及其同时代相关人员多个人上述材料的相互印证和相互补充，构成一般历史著作所无法抵达的生动、丰富的杂多。这种生动、丰富的杂多对于每个读者都是相当有趣的材料集锦，即便有读者对那样一个特定的历史运作和社会运作并不十分感兴趣，也不妨碍他从这些杂多的生动与丰富中获得阅读快感的体验。

《许广平后半生年谱》是一本有用而有趣的研究著作，是庄园在年谱研究方法上努力掘进的成果。这本书表明，庄园不是一个安于现状的史料整理者和随遇而安的传记研究者，她在撰著年谱的同时不断探索年谱研究的方法论，并以具有某种覆盖性的成果呈现这种方法论探索的收获。这就是说，这本书同样表明，庄园即使在面临逆境的时候仍然是一个值得期待的研究者。

写于 2020 年 5 月

（朱寿桐：澳门大学人文学院特聘教授，博士生导师）

庄园著《许广平后半生年谱》书讯

庄　园

学者庄园的新书《许广平后半生年谱——兼及鲁迅的家人与友人等（1936—1968）》由台湾花木兰出版社 2020 年 9 月出版。

庄园，广东汕头人，文艺学副研究员、澳门大学哲学（文学）博士。从事媒体工作 20 多年，曾担任《华文文学》副主编 10 年，现在汕头大学图书馆工作。已出版个人专著 6 部、编著 2 部，发表学术论文 50 多篇。代表著作有《女性主义专题研究》等。

《许广平后半生年谱》前言

庄 园

1936 年，鲁迅去世。本书将"1936"作为一个重要的时间节点，开启许广平后半生的书写，一直写到她去世那一年——1968 年。全文以许广平的个人命运、发表文章和著述、社会活动为主线，兼及鲁迅的家人——弟弟周作人、周建人、儿子周海婴、母亲鲁瑞、原配朱安、孙子周令飞等；鲁迅的友人——曹靖华、瞿秋白、胡风、冯雪峰、萧红、萧军、徐懋庸、唐弢等的个人命运、社会活动、个人重要作品、与鲁迅相关的著述等内容的叙述，还涉及时代背景和文艺政策等。本书引用和借鉴的文献资料包罗了80 年（1940—2020）来出版的书籍和学术论文，希望可以通过"许广平后半生年谱"这种方式，来记录和反映那个时代相关人物的生活轨迹。

在我们的学术文化界，有些同志简单地把年谱等同于资料书、工具书，对它的独立的学术价值估计不足。我认为，这起码是一种误解。其实，年谱的编写工作，并不是简单的资料堆积和排比，而是一种严正的学术研究。它要求编著者在充分掌握原始资料的基础上，以胸有全局的历史透视力和求真求实的科学精神，在消化资料的过程中，来审视在历史演变中谱主的生活和言行，再给以客观的历史分析、处理和著录，不必溢美，不必掩丑，其目的，不仅是使读者明了谱主的生平事迹，而且通过他的行状来认识历史、评价人生，从生活中体味生命的真正意义和价值。对于一部以作家为谱主的年谱来说，则应在描述出他的生活史、创作史的过程中，显示出他的人格成长史，突出他在思想和艺术上所达到的独自境界；"风格即人格"，以人而及于文，人是第一义的，文则是第二义的，重在反映他的人格的素质和文格的特色。胡适把年谱看成是传记的一大进化，他认为最好的年谱应该是最高等的传记的观点。我认为他是真正体味到了年谱的真实意义和价值的。因此，年谱既是一部切要的工具书，也是具有自己独特价值的学术著作。它的编著者，不仅应具有开阔的文化视野、充足的专业知识素养和严肃认真的科学态度，应该更具有历史学家的史识、史见与史德。[①]

[①] 引自贾植芳先生为《巴金年谱》一书所写的序言。序（贾植芳），唐金海、张晓云主编《巴金年谱（上、下卷）》，四川文艺出版社 1989 年版，第 1—2 页。

女作家学刊·第四辑

以上这段话，是贾植芳先生写于 20 世纪 80 年代末，今天读来依然醍醐灌顶。他对年谱学术价值的论述也进一步坚定我对此书选题的写作。在写"许广平后半生年谱"之前，我对写作年谱已经有一定的经验了。在近几年进行学术研究中，我也越来越依赖用查找年谱的方式进行文献的整合与研究脉络的梳理。

想要对许广平进行专题研究大概从 2017 年年初博士毕业后开始，当时我很想转入对鲁迅的研究，以更深化自己对中国现代文学的思考。当一整套《鲁迅全集》在面前一字排开时，我才意识到这是一项十分沉重的工作。考虑了一阵子之后，我打算从"许广平"这个点切入，毕竟我做女性主义的专题思考已经有些年头了。于是我着手搜集相关的资料，接着开始阅读文本，渐渐地，我无法克服对文学性太弱的作品的厌倦，研究的兴趣也变得索然。许广平的文学创作是不成熟的。如果一个研究对象的文学作品不具备重要价值的话，这让我难以投入时间、精力和热情去用心地做，于是我决定搁置这项研究。

重拾此专题是在 2019 年年底，当时我遭遇职业转岗。刘再复先生鼓励我做"鲁迅一家"的专题研究。于是我又想到了"许广平"，这次本来的目标是写《国家的妇女——许广平的另一面相》，拟以客观的、中立的态度继续我对中国女性在 20 世纪 30—70 年代这个时间段的考察和了解。2020 年 1 月初，我在做读书笔记的同时也着手记录"许广平年谱"，这是我为将清研究对象的履历做的一个前期准备，虽然已经有多部许广平的传记问世，但是并没有一部"许广平年谱"。随着阅读的深入，我越来越怀疑以许广平为个案来写"国家的妇女"这个题目的可延展性。此时，刘先生也劝我修改写作题目，他还将一个很有意思的学术专题拟了一个提纲发给我，鼓励我另起炉灶。望着书房飘窗上堆积的参考书籍及文献，我瞬间凌乱了，两个多月的准备工夫又白费了吗？考虑再三之后，我还是决定继续下去，想着能做多少算多少吧。

许广平身上的许多标签是我探究和思考的动力："五四"洗礼、妇女解放、鲁迅的学生和伴侣、政治化女性等，还有一点，她出生的许氏家族籍贯是潮汕，具体地点为澄海沟南许地，位于今天的汕头市金平区。也就是说，许广平的家族曾经与我住在同一个区域中。现今的旅游点"沟南许地"这块牌子，用的就是鲁迅书法的集字。已经出版的几本许广平的传记，对许广平的后半生几乎都是略写。我借助现有的公开出版的书籍和文献资料，详细记录并研究她在这期间的各种细节，期望让许广平的形象更完整，让阅读者更了解当时的意识形态和文化氛围，也为研究者从事相关的研究提供一点有用的参考资料。之后因为篇幅的调整和内容的剪裁，我将题目改为"许广平后半生年谱——兼及鲁迅家人和友人等（1936—1968）"。

序跋与书评

为了给相关的阅读梳理出清晰的头绪，我同时写作了两篇研究综述——《许广平文集出版 70 年》以及《许广平传记出版 40 年》，以附录的方式一并收入书中。

写于 2020 年 3 月 26 日

《许广平后半生年谱》后记

庄　园

鲁迅去世时许广平只有 38 岁，他留下的遗嘱中的一条——忘记我，管自己生活。后来连宋庆龄也曾劝许广平再婚。可是许广平的世界再也没有别的男人，"鲁迅的遗孀"成为她后半生的主要标签。

认识鲁迅之前，许广平是个叛逆勇敢的南方女子。少女时代，为了逃避和反抗包办婚姻，她从广州北上到天津求学（直隶第一女师，属于中等女子师范学校），又从天津到北京上大学（国立北京女子师范大学，简称"女师大"）。她在"五四"之光的烛照下成长，积极参加学生运动，曾被校长杨荫榆讥讽为"害群之马"。1925 年，许广平和鲁迅开始师生恋；1927 年 3 月，鲁迅追寻她的脚步来到广州；1927 年 9 月，两人双双前往上海；1929 年 9 月，鲁迅许广平的爱情结晶周海婴出生。

1925—1936 年，是许广平和鲁迅真正在一起的时间。她给了他一个温软的家，为他生下自己的骨血。鲁迅正是在这个时段思想成熟并成为中国文坛的领袖人物。认识鲁迅之后，许广平就成为他的得力助手，她帮他抄稿、校对、联络等，后来又料理日常生活、生养后代。鲁迅去世之后，许广平吃了不少苦头，她被日本宪兵抓去关了 70 多天，体弱多病的海婴被寄养在亲戚朋友家，困顿之中，她曾经想要去香港生活，可是为了保存鲁迅的遗物，她还是坚守在上海，一直到 1949 年才迁居北京。

1949—1968 年，许广平相继担任中央人民政府政务院副秘书长、中华全国妇女联合会副主席、中国民主促进会副主席、中国作家协会副主席、对外友好协会理事等职。许广平更重要的贡献是编校《鲁迅全集》，写了三本与鲁迅相关的书——《欣慰的纪念》（1953）、《关于鲁迅的生活》（1955）、《鲁迅回忆录》（1961），参与了鲁迅博物馆（北京）、上海鲁迅纪念馆和广州鲁迅纪念馆的筹建和布置等。

在历次的政治运动中，那些曾经追随鲁迅脚步的友人们纷纷受到冲击，其中以胡风的经历最为惨烈，冯雪峰、萧军、唐弢等也未能幸免。鲁迅的两个弟弟，周作人晚年靠诠释鲁迅和翻译工作维持生计，1967 年被红卫兵批斗致死；周建人在 1948 年加入中国共产党，1949 年之后曾担任中央人民政府出版总署副署长、浙江省人民政府副主席、浙江省革委会副主任、全国人大常委会副委员长、全国政协副主席、民进中央主席，他编写了几本动植物的教科书，还有一个头衔是"生物学家"，1984 年在北京病逝，享年96 岁。

许广平凭着政治的嗅觉和疏离的态度，一开始并没有受到特别大的冲击，但最后还是因为鲁迅去世前写的一篇文章——《答徐懋庸并关于抗日统一战线问题》被动卷入文坛和政坛的黑旋风中"死于非命"。她在 1968 年 3 月去世，当时属于"文化大革命"的初期阶段。

此书的内容从最初的"许广平主题"写成了眼前的"鲁迅'周边'研究"。也就是说，书写的内在动力是对"文坛领袖去世之后，他的家人和友人怎样了？"以及"他们如何参与建构共和国的文化图景？"两个问题的追寻。"许广平"在此演变成写作的线索之一，虽然她在文中还是以主体的方式被重点标记，但与她有关的章节仅占全文的三分之一。以时间为线索将这些与鲁迅相关的真实人物的行动依次展开，又并列前进，呈现他们在20 世纪 30 年代中期到 60 年代末期的生活轨迹。这一段错综复杂的历史时期，从中华民国到中华人民共和国、从抗日战争到解放战争，还涉及跌宕起伏的政治运动等，国家、民族、战争、政治这些大概念笼罩着他们，时代的大事记和个人的大事记互相交织，能真实地反映他们的奋斗与挣扎、歌哭与爱恨吗？写作中因材料庞杂及线索人物的叠加，笔者一直深陷疑虑的困境，接近全书尾声，还是未能释然——

写于 2020 年 4 月 16 日

（庄园：汕头大学图书馆副研究员，澳门大学哲学博士）

图书在版编目（CIP）数据

女作家学刊.第四辑/阎纯德主编.—北京:作家出版社，
2023.4

ISBN 978-7-5212-2234-0

Ⅰ.①女… Ⅱ.①阎… Ⅲ.①女作家—文学评论—
中国—当代 Ⅳ.①I206.7

中国国家版本馆CIP数据核字（2023）第048668号

女作家学刊·第四辑

主　　编:阎纯德
责任编辑:张　平
装帧设计:意匠文化·丁奔亮
出版发行:作家出版社有限公司
社　　址:北京农展馆南里10号　　　邮　　编:100125
电话传真:86-10-65067186（发行中心及邮购部）
　　　　　86-10-65004079（总编室）
E-mail:zuojia @ zuojia.net.cn
http://www.zuojiachubanshe.com
印　　刷:三河市北燕印装有限公司
成品尺寸:165×260
字　　数:696千
印　　张:36.75
版　　次:2023年4月第1版
印　　次:2023年4月第1次印刷
ISBN 978-7-5212-2234-0
定　　价:98.00元